Lalka
TOM II
Bolesław Prus

Lalka. TOM II
Copyright © JiaHu Books 2015
First Published in Great Britain in 2015 by JiaHu Books – part of Richardson-
Prachai Solutions Ltd, 34 Egerton Gate, Milton Keynes, MK5 7HH
ISBN: 978-1-78435-116-8

A CIP catalogue record for this book is available from the British Library
Visit us at: jiahubooks.co.uk

ROZDZIAŁ PIERWSZY: PAMIĘTNIK STAREGO SUBIEKTA

I wyjechał!... Pan Stanisław Wokulski, wielki organizator spółki do handlu przewozowego, wielki naczelnik firmy, która ma w obrocie ze cztery miliony rubli rocznie, wyjechał do Paryża jak pierwszy lepszy pocztylion do Miłosny... Jednego dnia mówił (do mnie samego), że nie wie, kiedy pojedzie, a na drugi dzień - szast... prast... i już go nie ma.

Zjadł elegancki obiadek u jaśnie wielmożnych państwa Łęckich, wypił kawę, wykłuł zęby i - jazda. Naturalnie. Pan Wokulski nie jest przecie lichym subiektem, który musi żebrać u pryncypała o urlop raz na kilka lat. Pan Wokulski jest kapitalistą, ma ze sześćdziesiąt tysięcy rubli rocznie, żyje za pan brat z hrabiami i książętami, pojedynkuje się z baronami i wyjeżdża, kiedy chce. A wy, moi płatni oficjaliści, kłopoczcie się o interesa. Przecie za to macie pensje i dywidendy.

I to jest kupiec?... To jest błazeństwo, mówię, nie kupiectwo!..

No, można wyjechać nawet do Paryża i nawet po wariacku, ale nie w takich czasach. Tu, panie, kongres berliński nawarzył piwa - tu, panie, Anglia, panie, za Cypr, Austria za Bośnię... Włochy krzyczą wniebogłosy: "Dajcie nam Triest, bo będzie źle!..." Tu już słyszę, panie w Bośni krew leje się potokami i (byle żniwa skończyć) wojna buchnie przed zimą jak amen w pacierzu... A on tymczasem daje nura do Paryża!...

Cyt!...?... ...Po co on tak nagle wyjechał do Paryża?... Na wystawę?... Cóż go obchodzi wystawa. A może w tym interesie, który miał zrobić z Suzinem?... Ciekawym, na jakich to interesach zyskuje się po pięćdziesiąt tysięcy rubli, tak sobie od ręki?... Oni mi mówią o wielkich maszynach do nafty czy do kolei, czy też do cukrowni?... Ale czy wy, aniołki, zamiast po nadzwyczajne maszyny, nie jedziecie po zwykłe armaty?... Francja, tylko patrzeć, jak weźmie się za łeb z Niemcami... Mały Napoleonek niby to siedzi w Anglii; ale przecież z Londynu do Paryża bliżej niż z Warszawy do Zamościa...

Ej!... panie Ignacy - nie śpiesz się ty z sądami o panu W. (w takich razach lepiej nie wymawiać całego nazwiska), nie potępiaj go, bo możesz się ośmieszyć. Tu gotuje się jakaś gruba kabała: ten pan Łęcki, który kiedyś bywał u Napoleona III, i ten niby aktor Rossi, Włoch...(Włochy gwałtem upominają się o Triest...), i ten obiad u państwa Łęckich przed samym wyjazdem, i to kupno kamienicy. Panna Łęcka piękna, bo piękna, ale przecie jest tylko kobietą i dla niej Stach nie popełniałby tylu szaleństw... W tym jest coś z p... (w takich razach najwłaściwiej mówić skróceniami). W tym jest jakieś duże P.

Będzie już ze dwa tygodnie, jak wyjechał biedny chłopak, może na zawsze... Listy pisze krótkie i suche, o sobie nie mówi nic, a mnie tak nurtuje smutek, że nieraz, dalibóg, miejsca znaleźć nie mogę. (No, chyba nie za nim; tylko tak, z przyzwyczajenia.)

Pamiętam, kiedy wyjeżdżał. Już zamknęliśmy sklep i właśnie przy tym oto stoliku piłem herbatę (Ir wciąż mi niedomaga), gdy naraz wpada do pokoju lokaj Stacha:

- Pan prosił - wrzasnął i uciekł. (Co to za zuchwały gałgan, a co za próżniak!... Trzeba było widzieć minę, z jaką stanął we drzwiach i powiedział: "Pan prosi!" Bydlę.)

Chciałem go zmonitować: błaźnie jakiś, twój pan jest panem tylko dla ciebie; ale poleciał na złamanie karku.

Szybko dokończyłem herbatę, Irowi nalałem trochę mleka do miseczki poszedłem do Stacha. Patrzę, w bramie jego lokaj kokietuje od razu aż trzy dziewuchy jak łanie. No, myślę, taki wałkoń i czterem dałby radę, chociaż... (Z tymi kobietami sam diabeł nie dojdzie porządku. Na przykład pani Jadwiga, szczuplutka, malutka, eteryczna, a już trzeci mąż dostaje przy niej suchot.)

Wchodzę na górę. Drzwi do mieszkania nie zamknięte, a sam Stach przy świetle lampy pakuje walizkę. Coś mnie tknęło.

- Cóż to znaczy? - pytam.

- Jadę dziś do Paryża - odpowiedział.

- Wczoraj mówiłeś, że jeszcze nie tak prędko pojedziesz?...

- Ach, wczoraj!... - odparł.

Cofnął się od walizki i pomyślał chwilę; potem dodał szczególnym tonem:

- Jeszcze wczoraj... myliłem się...

Wyrazy te zastanowiły mnie w przykry sposób. Spojrzałem na Stacha z uwagą i ogarnęło mnie zdziwienie. Nigdy bym nie sądził, ażeby człowiek niby to zdrów, a w każdym razie nie raniony, mógł zmienić się tak w przeciągu kilku godzin. Poblądł, oczy zapadły, prawic zdziczał...

- Skądże ta nagła zmiana... projektu? - spytałem czując, że nie o to pytam, co bym chciał wiedzieć.

- Mój kochany - odparł - alboż ty nie wiesz, że nieraz jedno słowo zmienia projekta, nawet ludzi... A nie dopiero cała rozmowa! -dodał szeptem.

Wciąż pakując i zbierając różne graty wyszedł do sali. Upłynęła minuta - nie wracał; dwie... nie wraca... Spojrzałem przez uchylone drzwi zobaczyłem, że stoi oparty o poręcz krzesła patrząc bezmyślnie w okno.

- Stachu...

Ocknął się - i znowu powrócił do pakowania zapytując:

- Czego chcesz?

- Tobie coś jest.

- Nic.

- Już dawno nie widziałem cię takim.

Uśmiechnął się.

- Zapewne od czasu - odparł - kiedy to dentysta źle wyrwał mi ząb, i w dodatku zdrowy...

- Dziwnie mi wygląda to twoje wybieranie się w drogę - rzekłem. - Może masz mi co powiedzieć?...

- Powiedzieć?... Ach, prawda... W banku mamy około stu dwudziestu tysięcy rubli, więc pieniędzy wam nie zabraknie... Dalej... Cóż dalej?.. - pytał sam siebie.

- Aha!... Nie rób już sekretu, że ja kupiłem kamienicę Łęckich. Owszem, zajdź tam i ponaznaczaj komorne według dawnych cen. Pani Krzeszowskiej możesz podnieść jakieś kilkanaście rubli, niech się trochę zirytuje; ale biedaków nie duś... Mieszka tam jakiś szewc, jacyś studenci; bierz od nich, ile dadzą, byle płacili regularnie.

Spojrzał na zegarek, a widząc, że ma jeszcze czas, położył się na szezlongu i leżał milcząc, z rękoma nad głową i przymkniętymi oczyma. Widok ten był nad wszelki wyraz żałosny. Usiadłem mu przy nogach i rzekłem:

- Tobie coś jest, Stachu?... Powiedz, co ci jest. Z góry wiem, że nie pomogę, ale widzisz... Zgryzota jest jak trucizna: dobrze ją wypluć...

Stasiek znowu uśmiechnął się (jak ja nie lubię tych jego półuśmiechów) i po chwili odparł:

- Pamiętam (dawne to dzieje!), siedziałem w jednej izbie z jakimś frantem, który był dziwnie szczery. Opowiadał mi niestworzone rzeczy o swojej rodzinie, o swoich stosunkach, o swoich wielkich czynach, a potem - bardzo uważnie słuchał moich dziejów. No - i dobrze z nich skorzystał...

- Cóż to znaczy?.. - spytałem.

- To znaczy, mój stary, że ponieważ ja nic chcę z ciebie wydobywać żadnych zeznań, więc i przed tobą nie mam potrzeby ich robić.

- Jak to - zawołałem - w taki sposób traktujesz zwierzenie się przed przyjacielem?

- Daj spokój - rzekł podnosząc się z kanapy. - To może dobre, ale dla pensjonarek... Ja zresztą nie mam z czego zwierzać się nawet przed tobą. Jakim ja znużony!... - mruknął przeciągając się.

Teraz dopiero wszedł ten łajdak lokaj: wziął walizę Stacha i dał znać, że konie stoją przed domem. Siedliśmy do powozu, Stach i ja, ale przez drogę do kolei nie zamieniliśmy ani wyrazu. On patrzył na gwiazdy świszcząc przez zęby, a ja myślałem, że jadę - chyba na pogrzeb.

Na dworcu Kolei Wiedeńskiej złapał nas doktór Szuman.

- Jedziesz do Paryża? - zapytał Stacha.

- A ty skąd wiesz?

- O, ja wszystko wiem. Nawet to, że tym samym pociągiem jedzie pan Starski. Stach wstrząsnął się.

- Co to za człowiek? - rzekł do doktora.

- Próżniak, bankrut... jak zresztą wszyscy oni - odparł Szuman. -No i eks-konkurent... - dodał.

- Wszystko mi jedno. Szuman nie odpowiedział nic, tylko spojrzał spod oka. Zaczęto dzwonić i świstać. Podróżni tłoczyli się do wagonów; Stach uścisnął nas za ręce.

- Kiedy wracasz? - zapytał go doktór.

- Chciałbym... nigdy - odpowiedział Stach i usiadł do pustego przedziału pierwszej klasy. Pociąg ruszył. Doktór zamyślony patrzył na oddalające się latarnie, a ja... O mało się nie rozpłakałem...

Kiedy woźni poczęli zamykać drzwi peronu, namówiłem doktora na przechadzkę po Alejach Jerozolimskich. Noc była ciepła, niebo czyste; nie pamiętam, ażebym kiedykolwiek widział więcej gwiazd. A ponieważ Stach mówił mi, że w Bułgarii często patrzył na gwiazdy, więc (zabawny projekt!) i ja postanowiłem od tej pory co wieczór spoglądać w niebo. (A może istotnie na którym z migotliwych świateł spotkają się nasze spojrzenia czy myśli i on nie będzie czuł się już tak osamotniony jak wtedy?)

Nagle (nie wiem nawet skąd) zrodziło się we mnie podejrzenie, że niespodziewany wyjazd Stacha ma związek z polityką. Postanowiłem więc wybadać Szumana i chcąc zażyć go z mańki, rzekłem:

- Coś mi się zdaje, że Wokulski jest... jakby zakochany?...

Doktór zatrzymał się na chodniku i usiadłszy na swej lasce zaczął się śmiać w sposób, który aż zwracał uwagę na szczęście nielicznych przechodniów.

- Cha! cha!... czyś pan dopiero dzisiaj zrobił tak piramidalne odkrycie?... Cha!... cha!... podoba mi się ten starzec!...

Głupi był koncept. Przygryzłem jednak usta i odparłem:

- Zrobić to odkrycie było łatwo, nawet dla ludzi... mniej wprawnych ode mnie (zdaje się, że mu troszkę dogryzłem). Ale ja lubię być ostrożny w przypuszczeniach, panie Szuman... Zresztą, nie sądziłem, ażeby mogła wyrabiać z człowiekiem podobne hece rzecz tak zwyczajna jak miłość.

- Mylisz się, staruszku - odparł doktór machając ręką. - Miłość jest rzeczą zwyczajną wobec natury, a nawet, jeżeli chcesz, wobec Boga. Ale wasza głupia cywilizacja, oparta na poglądach rzymskich, dawno już zmarłych i pogrzebanych, na interesach papiestwa, na trubadurach, ascetyzmie, kastowości i tym podobnych badaniach, z naturalnego uczucia zrobiła... wiesz co?... Zrobiła nerwową chorobę!... Wasza niby to miłość rycersko - kościelno - romantyczna jest naprawdę obrzydliwym handlem opartym na oszustwie, które bardzo słusznie karze się dożywotnimi galerami, zwanymi małżeństwem. Biada jednak tym, co na podobny jarmark przynoszą serca... Ile on pochłania czasu, pracy, zdolności, ba! nawet egzystencyj... Znam to dobrze - mówił dalej, zadyszany z gniewu - bo choć jestem Żydem i zostanę nim do końca życia, wychowałem się jednak między waszymi, a nawet zaręczyłem się z chrześcijanką...No i tyle nam porobiono udogodnień w naszych zamiarach, tak czule zaopiekowano się nami w imię religii, moralności, tradycji i już nie wiem czego, że ona umarła, a ja próbowałem się otruć... Ja, taki mądry, taki łysy!...

Znowu stanął na chodniku.

- Wierz mi, panie Ignacy - kończył schrypniętym głosem - że nawet między zwierzętami nie znajdziesz tak podłych bydląt jak ludzie. W całej naturze samiec należy do tej samicy, która mu się podoba i której on się podoba. Toteż u bydląt nie ma idiotów. Ale u nas!... Jestem Żyd, więc nie wolno mi kochać chrześcijanki... On jest kupiec, więc niema prawa do hrabianki... A ty, który nie posiadasz pieniędzy, nie masz praw do żadnej zgoła kobiety... Podła wasza cywilizacja!... Chciałbym bodaj natychmiast zginąć, ale przywalony jej gruzami...

Szliśmy wciąż ku rogatkom. Od kilku minut zerwał się wiatr wilgotny i dął nam prosto w oczy; na zachodzie poczęły znikać gwiazdy zasłaniane przez chmury. Latarnie trafiały się coraz rzadziej. Kiedy nie-kiedy w Alei zaturkotał wóz obsypując nas niewidzialnym pyłem; spóźnieni przechodnie uciekali do domów.

"Będzie deszcz!... Stach już jest około Grodziska" - pomyślałem.

Doktór nasunął kapelusz na głowę i szedł zirytowany, milcząc. Mnie było coraz markotniej, może z powodu wzrastającej ciemności. Nie powiedziałbym tego nikomu nigdy, ale nieraz mnie samemu przychodzi na myśl, że Stach... naprawdę już nic dba o politykę, ponieważ cały zatonął w fałdach sukienki tej panny. Zdaje się, że mu nawet coś o tym wspomniałem onegdaj i że to, co on mi odpowiedział, bynajmniej nie osłabiło moich podejrzeń.

- Czy podobna - odezwałem się - ażeby Wokulski tak dalece już zapomniał o sprawach ogólnych, o polityce, o Europie...
- Z Portugalią - wtrącił doktór.

Ten cynizm oburzył mnie.

- Pan sobie drwisz - rzekłem. - Nie zaprzeczysz jednak, że Stach mógł zostać czymś lepszym aniżeli nieszczęśliwym wielbicielem panny Łęckiej. To był działacz społeczny, nie jakiś tam kiepski wzdychacz...
- Masz pan rację - potwierdził doktór - ale cóż stąd?... Machina parowa przecież nie młynek do kawy, to wielka machina; ale gdy w niej zardzewieją kółka, stanie się gratem bezużytecznym i nawet niebezpiecznym. Otóż w Wokulskim jest podobne kółko, które rdzewieje i psuje się...

Wiatr dął coraz mocniej; miałem pełne oczy piasku.

- I skąd właśnie na niego padło takie nieszczęście? - odezwałem się. (Ale - niedbałym tonem, ażeby Szuman nie myślał, że żądam informacji.)
- Na to złożyło się i usposobienie Stacha, i stosunki wytworzone przez cywilizację - odparł doktór.
- Usposobienie?... On nigdy nie był kochliwy.
- Tym się zgubił - ciągnął Szuman. - Tysiąc centnarów śniegu, rozdzielonego na płatki, tylko przysypują ziemię nie szkodząc najmniejszej trawce; ale sto centnarów śniegu zbitych w jedną lawinę burzy chałupy i zabija ludzi. Gdyby Wokulski kochał się przez całe życie co tydzień w innej, wyglądałby jak pączek, miałby swobodną myśl i mógłby zrobić wiele dobrego na świecie. Ale on, jak skąpiec, gromadził kapitały sercowe, no i widzimy skutek tej oszczędności. Miłość jest wtedy piękną, kiedy ma wdzięki motyla; ale gdy po długim letargu obudzi się jak tygrys, dziękuję za zabawę!... Co innego człowiek z dobrym apetytem, a co innego ten, któremu głód skręca wnętrzności...

Chmury podnosiły się coraz wyżej; zawróciliśmy prawie od rogatek.

Pomyślałem, że Stach musi już być około Rudy Guzowskiej.

A doktór wciąż prawił, coraz mocniej rozgorączkowany, coraz gwałtowniej wywijając laską:

- Jest higiena mieszkań i odzieży, higiena pokarmów i pracy, których nie wypełniają klasy niższe, i to jest powodem wielkiej śmiertelności między nimi, krótkiego życia i charłactwa. Ale jest również higiena miłości, której nie tylko nie przestrzegają, lecz po prostu gwałcą klasy inteligentne, i to stanowi jedną z przyczyn ich upadku. Higiena woła: "Jedz, kiedy masz apetyt!", a wbrew niej tysiąc przepisów chwyta cię za poły wrzeszcząc: "Nie wolno!... będziesz jadł, kiedy my cię upoważnimy, kiedy spełnisz tyle a tyle warunków postawionych przez moralność, tradycję, modę..." Trzeba przyznać, że w tym razie najbardziej zacofane państwa wyprzedziły najbardziej postępowe społeczeństwa, a raczej ich klasy inteligentne.

I przypatrz się, panie Ignacy, jak zgodnie w kierunku ogłupienia ludzi pracuje pokój dziecinny i salon, poezja, powieść i dramat. Każą ci szukać ideałów, samemu być idealnym ascetą i nie tylko wypełniać, ale nawet wytwarzać jakieś sztuczne warunki. A co z tego wynika w rezultacie?... Że mężczyzna, zwykle mniej wytresowany w tych rzeczach, staje się łupem kobiety, którą tylko w tym kierunku tresują. I otóż cywilizacją naprawdę rządzą kobiety!...

- Czy w tym jest co złego? - spytałem.

- A niech diabli wezmą! - wrzasnął doktor. - Czy nie spostrzegłeś, panie Ignacy, że jeżeli mężczyzna pod względem duchowym jest muchą, to kobieta jest jeszcze gorszą muchą, gdyż pozbawioną łap i skrzydeł. Wychowanie, tradycja, a może nawet dziedziczność, pod pozorem zrobienia jej istotą wyższą, robią z niej istotę potworną. I ten próżnujący dziwoląg, ze skrzywionymi stopami, ze ściśniętym tułowiem, czczym mózgiem, ma jeszcze obowiązek wychowywać przyszłe pokolenia ludzkości!... Cóż więc im zaszczepia.?... Czy dzieci uczą się pracować na chleb?... Nie, uczą się ładnie trzymać nóż i widelec. Czy uczą się poznawać ludzi, z którymi kiedyś żyć im przyjdzie?... Nie, uczą się im podobać za pomocą stosownych min i ukłonów. Czy uczą się realnych faktów, decydujących o naszym szczęściu i nieszczęściu?... Nie, uczą się zamykać oczy na fakty, a marzyć o ideałach. Nasza miękkość w życiu, nasza niepraktyczność, lenistwo, fagasostwo i te straszne pęta głupoty, które od wieków gniotą ludzkość, są rezultatem pedagogiki stworzonej przez kobiety. A nasze znowu kobiety są owocem klerykalno - feudalno - poetyckiej teorii miłości, która jest obelgą dla higieny i zdrowego rozsądku...

W głowie mi szumiało od wywodów doktora, a on tymczasem ciskał się na ulicy jak szalony. Na szczęście błysnęło, upadły pierwsze krople deszczu, a zacietrzewiony mówca nagle ochłonął i skoczywszy w jakąś dorożkę kazał odwieźć się do domu.

Stach był już chyba około Rogowa. Czy też domyślił się, żeśmy tylko o nim mówili? i co on, biedak, czuł mając jedną burzę nad głową, a drugą, może gorszą, w sercu?

Phi! co za ulewa, co za kanonada piorunów... Zwinięty w kłębek Ir odszczekuje im przez sen stłumionym głosem, a ja kładę się do łóżka, nakryty tylko prześcieradłem. Gorąca noc. Panie Boże, opiekuj się tymi, którzy w podobną noc uciekają aż za granicę przed nieszczęściem. Nieraz dość jest małego figla, aby rzeczy, dawne jak ludzkie grzechy, pokazały się nam w nowym zupełnie oświetleniu.

Ja na przykład znam Stare Miasto od dziecka i zawsze wydawało mi się, że jest ono tylko ciasne i brudne. Dopiero kiedy pokazano mi jako osobliwość rysunek jednego z domów staromiejskich (i to jeszcze w "Tygodniku Ilustrowanym", z opisem!), nagle spostrzegłem, że Stare Miasto jest piękne... Od tej pory chodzę tam przynajmniej raz na tydzień i nie tylko odkrywam coraz nowe osobliwości, ale jeszcze dziwię się, żem ich nie zauważył dawniej.

Tak samo z Wokulskim. Znam go ze dwadzieścia lat i ciągle myślałem, że on jest z krwi i kości polityk. Głowę dałbym sobie uciąć, że Stach niczym więcej nie zajmuje się, tylko polityką. Dopiero pojedynek z baronem i owacje dla Rossiego zbudziły we mnie podejrzenia, że on może być zakochany. O czym już dziś nie wątpię, szczególnie po rozmowie z Szumanem.

Ale to fraszka, bo i polityk może być zakochany. Taki Napoleon I kochał się na prawo i na lewo i mimo to trząsł Europą. Napoleon III także miał sporo kochanek, a słyszę, że i syn wstępuje w jego ślady i już wynalazł sobie jakąś Angielkę.

Jeżeli więc słabość do kobiet nie kompromituje Bonapartych, dlaczego miałaby uwłaczać Wokulskiemu?...

I właśnie kiedym tak rozmyślał, zaszedł drobny wypadek, który przypomniał mi dzieje pogrzebane od lat kilkunastu, a i samego Stacha przedstawił w innym świetle. Och, on nie jest politykiem; on jest czymś zupełnie innym, z czego sobie nie umiem nawet dobrze zdać sprawy. Czasem zdaje mi się, że jest to człowiek skrzywdzony przez społeczeństwo. Ale o tym cicho!... Społeczność nikogo nie krzywdzi... Gdyby raz przestano w to wierzyć, Bóg wie, jakie okazałyby się pretensje. Może nawet nikt by już nie zajmował się polityką, tylko myślałby o wyrównywaniu rachunków ze swymi najbliższymi. Lepiej więc nie zaczepiać tych kwestji. (Jak ja dużo gadam na starość, a wszystko nie to, o czym chcę powiedzieć.)

Jednego tedy wieczora piję u siebie herbatę (Ir jest wciąż osowiały), aż otwierają się drzwi i ktoś wchodzi. Patrzę, figura otyła, twarz nalana, nos czerwony, łeb siwy. Wącham, czuć w pokoju jakby wino i stęchliznę.

"Ten szlachcic - myślę - jest albo nieboszczykiem, albo kiprem?...Bo żaden inny człowiek nie będzie pachniał stęchlizną..."

- Cóż, u diabła!... - dziwi się gość: - Takeś już zhardział, że nie poznajesz ludzi?...

Przetarłem oczy. Ależ to żywy Machalski, kiper od Hopfera!... Byliśmy razem na Węgrzech, później tu, w Warszawie; ale od piętnastu lat nie widzieliśmy się; gdyż on mieszka w Galicji i ciągle jest kiprem.

Naturalnie, przywitaliśmy się jak bliźnięta, raz, drugi, i trzeci...

- Kiedyżeś przyjechał? - pytam.

- Dziś rano - on mówi.

- A gdzieżeś był do tej pory?

- Zajechałem na Dziekankę, ale było mi tak tęskno, żem zaraz poszedł do Lesisza, do piwnicy... To, panie, piwnice!... żyć, nie umierać...

- Cóżeś tam robił?

- Trochę pomagałem staremu, a zresztą siedziałem. Niegłupim chodzić po mieście, kiedy jest taka piwnica.

Oto prawdziwy kiper dawnej daty!... Nie dzisiejszy elegant, co, bestia, woli iść na wieczór tańcujący aniżeli siedzieć w piwnicy. I nawet do piwnicy bierze lakierki... Ginie Polska przy takich podłych kupcach!...

Gadu, gadu, przesiedzieliśmy do pierwszej w nocy. Machalski przenocował u mnie, a o szóstej rano znowu poleciał do Lesisza:

- Cóż będziesz robił po obiedzie? - pytam.

- Po obiedzie wstąpię do Fukiera, a na noc wrócę do ciebie-odpowiedział.

Był z tydzień w Warszawie. Nocował u mnie, a dnie spędzał w piwnicach.

- Powiesiłbym się - mówił - żeby mi przyszło tydzień włóczyć się po dworze. Ścisk, upał, kurzawa!... świnie mogą żyć tak jak wy, ale nie ludzie.

Zdaje mi się, że przesadza. Bo choć i ja wolę sklep aniżeli Krakowskie

Przedmieście, jednakże co sklep, to nie piwnica. Zdziwaczał chłop na swoim kiprostwie.

Naturalnie, o czymże mieliśmy rozmawiać z Machalskim, jeżeli nie o dawnych czasach i o Stachu? I tym sposobem stanęła mi przed oczyma historia jego młodości, jakbym ją widział wczoraj.

Pamiętam (był to rok 1857, może 58), zaszedłem raz do Hopfera, u którego pracował Machalski.

- A gdzie pan Jan? - pytam chłopca.

- W piwnicy.

Zaszedłem do piwnicy. Patrzę, mój pan Jan przy łojówce ściąga lewarem wino z beczki do butelek, a we framudze majaczą jakieś dwa cienie: siwy starzec w piaskowym surducie, z pliką papierów na kolanach, i młody chłopak z krótko ostrzyżonym łbem i miną zbója. To był Stach Wokulski i jego ojciec. Siadłem cicho (bo Machalski nie lubił, ażeby mu przeszkadzano przy ściąganiu wina), a siwy człowiek w piaskowym surducie prawił jednostajnym głosem do owego młodzika:

- Co to wydawać pieniądze na książki?... Mnie dawaj, bo jak będę musiał przerwać proces, wszystko zmarnieje. Książki nie wydobędą cię z upodlenia, w jakim teraz jesteś, tylko proces. Kiedy go wygram i odzyskamy nasze dobra po dziadku, wtedy przypomną sobie, że Wokulscy stara szlachta, i nawet znajdzie się familia... W zeszłym miesiącu wydałeś dwadzieścia złotych na książki, a mnie akurat tyle brakowało na adwokata... Książki!... zawsze książki... Żebyś był mądry jak Salomon, póki jesteś w sklepie, będą tobą pomiatali, chociażeś szlachcic, a twój dziadek z matki był kasztelanem. Ale jak wygram proces, jak wyniesiemy się na wieś...

- Chodźmy stąd, ojcze - mruknął chłopak, spode łba patrząc na mnie.

Stary, posłuszny jak dziecko, zawinął swoje papiery w czerwoną chustkę i wyszedł z synem, który musiał go podtrzymywać na schodach.

- Cóż to za odmieńcy? - pytam Machalskiego, który właśnie skończył robotę i usiadł na zydlu. - Ach!... - machnął ręką. - Stary ma pomieszane klepki, ale chłopak zdatny. Nazywa się Stanisław Wokulski. Bystra bestia!...

- Cóż on zrobił? - pytam.

Machalski objaśnił palcami świecę i nalawszy mi kieliszek wina mówił:

- On tu jest u nas ze cztery lata. Do sklepu albo do piwnicy nie bardzo... Ale mechanik!... Zbudował taką maszynę, co pompuje wodę z dołu do góry, a z góry wylewa ją na koło, które właśnie porusza pompę. Taka maszyna może obracać się i pompować do końca świata; ale coś się w niej skrzywiło, więc ruszała się tylko kwadrans. Stała tam na górze, w pokoju jadalnym, i Hopferowi zwabiała gości; ale od pół roku coś w niej pękło.

- Otóż jaki!... - mówię.

- No, jeszcze nie taki bardzo - odparł Machalski. - Był tu jeden profesor z gimnazjum realnego, obejrzał pompę i powiedział, że na nic się nie zda, ale że chłopak zdolny i powinien uczyć się. Od tej pory mamy sądny dzień w sklepie. Wokulski zhardział, gościom odmrukuje, w dzień wygląda, jakby drzemał, a za to uczy się po nocach i kupuje książki. Jego znowu ojciec wolałby te pieniądze użyć na proces o jakiś tam majątek po dziadku... Słyszałeś przecie, co mówił.

- Cóż on myśli robić z tą nauką? - rzekłem.

- Mówi, że pojedzie do Kijowa, do uniwersytetu. Ha! niech jedzie - prawił Machalski - może choć jeden subiekt wyjdzie na człowieka. Ja mu tam nie przeszkadzam; kiedy jest w piwnicy, nie napędzamy go do roboty; niech sobie czyta. Ale na górze dokuczają mu subiekci i goście.

- A co na to Hopfer?

- Nic - ciągnął Machalski zakładając nową łojówkę w żelazny lichtarz z rączką. - Hopfer nie chce go odstręczać od siebie, bo Kasia Hopferówna durzy się trochę w Wokulskim, a może chłopak odzyska majątek po dziadku?...

- I on durzy się w Kasi? - spytałem.

- Ani na nią spojrzy, dzika bestia! - odparł Machalski.

Zaraz wówczas pomyślałem, że chłopak z tak otwartą głową, który kupuje książki i nie dba o dziewczęta, mógłby być dobrym politykiem; więc jeszcze tego dnia zapoznałem się ze Stachem i od tej pory żyjemy ze sobą nie najgorzej... Stach był jeszcze ze trzy lata u Hopfera i przez ten czas porobił dużo znajomości ze studentami, z młodymi urzędnikami rozmaitych biur, którzy na wyścigi dostarczali mu książek, ażeby mógł zdać egzamin do uniwersytetu.

Spośród tej młodzieży wyróżniał się niejaki pan Leon, chłopak jeszcze młody (nie miał nawet dwudziestu lat), piękny, a mądry... a zapalczywy!... Ten jakby był moim pomocnikiem w politycznej edukacji Wokulskiego: kiedy bowiem ja opowiadałem o Napoleonie i wielkim posłannictwie Bonapartych, pan Leon mówił o Mazzinim, Garibaldim i im podobnych znakomitościach. A jak on umiał podnosić ducha!...

- Pracuj - mówił nieraz do Stacha - i wierz, bo silna wiara może zatrzymać słońce w biegu, a nie dopiero polepszyć stosunki ludzkie.

- A może mnie wysłać do uniwersytetu? - zapytał Stach.

- Jestem pewien - odparł Leon z zaiskrzonymi oczyma - że gdybyś choć przez chwilę miał taką wiarę jak pierwsi apostołowie, jeszcze dziś znalazłbyś się w uniwersytecie...

- Albo u wariatów - mruknął Wokulski.

Leon począł biegać po pokoju i trząść rękoma.

- Co za lód w tych sercach!... co za chłód!... co za upodlenie!... wołał - jeżeli nawet taki człowiek jak ty jeszcze nie ufa. Więc przypomnij sobie; coś już zrobił w tak krótkim czasie: tyle umiesz, że mógłbyś dzisiaj zdawać egzamin...

- Co ja tam zrobię!... - westchnął Stach.

- Ty jeden niewiele. Ale kilkudziesięciu, kilkuset takich jak ty i ja... Czy wiesz, co możemy zrobić?...

W tym miejscu załamał mu się głos: Leon dostał spazmów. Ledwieśmy go uspokoili.

Innym razem pan Leon wyrzucał nam brak ducha poświęcenia.

- A wiecież wy - mówił - że Chrystus mocą poświęcenia sam jeden zbawił ludzkość?... O ileż więc świat by się udoskonalił, gdyby na nim ciągle były jednostki gotowe do ofiary z życia!...

- Czy mam oddawać życie za tych gości, którzy mi wymyślają jak psu, czy za tych chłopców i subiektów, którzy drwią ze mnie? - pytał Wokulski.

- Nie wykręcaj się! - zawołał pan Leon. - Chrystus zginął nawet za swoich katów... Ale między wami nie ma ducha... Duch w was gnije... Posłuchaj zaś, co mówi Tyrteusz: "O Sparto, ruń! nim pomnik twej wielkości, naddziadów grób, meseński skruszy młot i na żer psom rozrzuci święte kości, i przodków cień odegna od twych wrót...Ty, ludu, nim wróg w pętach cię powlecze, ojców twych broń na progach domów złam i w przepaść rzuć... Niech nie wie świat, że miecze były wśród was, lecz serca zbrakło wam!..." Serca!... - powtórzył pan Leon.

Już to Stach w przyjmowaniu teorii pana Leona był bardzo ostrożny; ale młody chłopak umiał wszystkich przekonywać jak Demostenes.

Pamiętam, że pewnego wieczora na licznym zebraniu ludzi młodszych i starszych spłakaliśmy się wszyscy, kiedy pan Leon opowiadał o tym doskonalszym świecie, w którym zginie głupstwo, nędza i niesprawiedliwość.

- Od tej chwili - mówił z uniesieniem - nie będzie już różnic między ludźmi. Szlachta i mieszczanie, chłopi i Żydzi, wszyscy będą braćmi...

- A subiekci?... - odezwał się z kąta Wokulski.

Lecz przerwa ta nie zmieszała pana Leona. Nagle zwrócił się do Wokulskiego, wyliczył wszystkie przykrości, jakie Stachowi wyrządzano w sklepie, przeszkody, jakie stawiano mu w pracy nad nauką, i zakończył w ten sposób:

- Abyś zaś uwierzył, że jesteś nam równym i że cię kochamy jak brata, abyś mógł uspokoić twoje serce rozgniewane na nas, oto ja... klękam przed tobą i w imieniu ludzkości błagam cię o przebaczenie krzywd.

Istotnie, ukląkł przed Stachem i pocałował go w rękę. Zebrani rozczulili się jeszcze bardziej, podnieśli w górę Stacha i Leona i przysięgli, że za takich ludzi, jak oni, każdy oddałby życie. Dziś, kiedy przypominam sobie owe dzieje, chwilami zdaje mi się, że to był sen. Co prawda, nigdy przedtem ani później nie spotkałem takiego entuzjasty jak pan Leon. W początkach roku 1861 Stach podziękował Hopferowi za miejsce. Zamieszkał u mnie (w tym pokoiku z zakratowanym oknem i zielonymi firankami), rzucił handel, a natomiast począł chodzić na akademickie wykłady jako wolny słuchacz.

Dziwne było jego pożegnanie ze sklepem; pamiętam to, bo sam po niego przyszedłem. Hopfera ucałował, a następnie zeszedł do piwnicy uściskać Machalskiego, gdzie zatrzymał się kilka minut. Siedząc na krześle w jadalnym pokoju słyszałem jakiś hałas, śmiechy chłopców i gości, alem nie podejrzywał figla.

Naraz (otwór prowadzący do lochu był w tej samej izbie) widzę, że z piwnicy wydobywa się para czerwonych rąk. Ręce te opierają się o podłogę i tuż za nimi ukazuje się głowa Stacha raz i drugi. Goście i chłopcy w śmiech.

- Aha! - zawołał jeden stołownik - widzisz, jak trudno bez schodów wyjść z piwnicy? A tobie zachciewa się od razu skoczyć ze sklepu do uniwersytetu!... Wyjdźże, kiedyś taki mądry... Stach z głębi znowu wysunął ręce, znowu chwycił się za krawędź otworu i wydźwignął się do połowy ciała. Myślałem, że mu krew tryśnie z policzków.

- Jak on się wydobywa... Pysznie się wydobywa!... - zawołał drugi stołownik. Stach zaczepił nogą o podłogę i po chwili był już w pokoju. Nie rozgniewał się, ale też nie podał ręki żadnemu koledze, tylko zabrał swój tłomoczek i szedł ku drzwiom.

- Cóż to, nie żegnasz się z gośćmi, panie doktór!... - wołali zanim stołownicy Hopfera.

Szliśmy przez ulicę nie mówiąc do siebie. Stach przygryzał wargi, a mnie już wówczas przyszło na myśl, że to wydobywanie się z piwnicy jest symbolem jego życia, które upłynęło na wydzieraniu się ze sklepu Hopfera w szerszy świat.

Proroczy wypadek!... bo i do dziś dnia Stach ciągle tylko wydobywa się na wierzch. I Bóg wie, co by dla kraju mógł zrobić taki jak on człowiek, gdyby na każdym kroku nie usuwano mu schodów, a on nie musiał tracić czasu i sił na samo wydzieranie się do nowych stanowisk. Przeniósłszy się do mnie pracował po całych dniach i nocach, aż mnie nieraz złość brała. Wstawał przed szóstą i czytał. Około dziesiątej biegł na kursa, potem znowu czytał. Po czwartej szedł na korepetycję do kilku domów (głównie żydowskich, gdzie mu Szuman wyrobił stosunki) i wróciwszy do domu znowu czytał i czytał, dopóki zmorzony snem nie położył się już dobrze po północy.

Miałby z owych lekcji nie najgorsze dochody, gdyby od czasu do czasu nie odwiedzał go ojciec, który zmienił się tylko o tyle, że nosił tabaczkowy surdut zamiast piaskowego, a swoje papiery obwijał w chustkę niebieską. Zresztą został taki sam jak wówczas, kiedy go poznałem. Siadał przy stoliku syna, kładł na kolanach papiery - i mówił głosem cichym i jednostajnym:

- Książki... zawsze książki!... Tracisz pieniądze na naukę, a mnie brakuje na proces. Żebyś skończył dwa uniwersytety, nie wyjdziesz z dzisiejszego upodlenia, dopóki nie odzyskamy naszych dóbr po dziadku. Wtedy dopiero ludzie przyznają, żeś ty szlachcic, równy innym...Wtedy znajdzie się familia...

Czas wolny od nauki poświęcał Stach na próby z balonami. Wziął dużą butlę i w niej za pomocą witriolu preparował jakiś gaz (już nawet nie pamiętam jaki) i napełniał nim balon nieduży wprawdzie, ale przygotowany bardzo sztucznie. Była pod nim maszynka z wiatraczkiem...No i latało to pod sufitem, dopóki nie zepsuło się przez uderzenie o ścianę.

W takim razie Stach znowu łatał swój balon, naprawiał maszynkę, napełniał butlę rozmaitymi paskudztwami i znowu próbował, bez końca. Raz butla pękła, a witriol mało mu nie wypalił oka. Lecz co jego to obchodziło, skoro bodaj za pomocą balonu chciał "wydobyć się" ze swej marnej pozycji.

Od czasu jak Wokulski osiedlił się u mnie, przybyła naszemu sklepowi nowa kundmanka: Kasia Hopfer. Nie wiem, co tak podobało się jej u nas - moja broda czy tusza Jana Mincla? Bo dziewczyna miała ze dwadzieścia norymberskich sklepów bliżej domu, ale przychodziła do naszego po kilka razy na tydzień. "A to proszę włóczki, a to proszę jedwabiu, a to igieł za dziesięć groszy.." Po taki sprawunek biegła wiorstę drogi w deszcz czy pogodę, a kupując za parę groszy szpilek przesiadywała w sklepie po pół godziny i rozmawiała ze mną.

- Dlaczego to panowie nigdy nie przychodzą do nas z... panem Stanisławem? - mówiła rumieniąc się. - Ojciec tak panów kocha i... my wszyscy...

Z początku dziwiłem się niespodzianej miłości starego Hopfera i dowodziłem pannie Kasi, że zbyt mało znam jej ojca, ażebym miał składać mu wizyty. Ale ona wciąż swoje:

- Pan Stanisław musi gniewać się na nas, nie wiem nawet za co, bo przynajmniej tatko i... my wszyscy jesteśmy bardzo życzliwi. Pan Stanisław chyba nie może się skarżyć, ażeby z naszej strony doznał najmniejszej przykrości... Pan Stanisław...

I tak mówiąc o panu Stanisławie kupowała jedwab zamiast włóczki albo igły zamiast nożyczek. Co zaś najgorsze, że z tygodnia na tydzień mizerniało biedactwo. Ile razy przyszła do nas po swoje drobne sprawunki, zdawało mi się, że wygląda trochę lepiej. Ale gdy zgasł na jej twarzy rumieniec chwilowego wzruszenia, przekonywałem się, że jest coraz bledsza, a jej oczy stają się coraz smutniejsze i głębsze.

A jak ona wypytywała się: "Czy pan Stanisław nigdy nie zachodzi tu do sklepu?..." Jak patrzyła na drzwi prowadzące do sieni i do mego mieszkania, gdzie o kilka kroków od niej zmarszczony Wokulski nie domyślając się, że tu tęsknią za nim, siedział nad książkami.

Żal mi się zrobiło biedaczki, więc raz, kiedyśmy z Wokulskim pili wieczorem herbatę, odezwałem się:

- Nie bądźże ty głupi i zajdź kiedy do Hopfera. Stary ma duże pieniądze.
- A po cóż ja mam do niego chodzić... - odparł. - Byłem już chyba dosyć...

Przy tych wyrazach wstrząsnął się.

- Po to masz chodzić, że Kasia jest w tobie zakochana - rzekłem.
- Dajże mi pokój z Kasią!... - przerwał. - Dziewczyna dobra z kośćmi, nieraz ukradkiem przyszywała mi oberwany guzik do paltota albo podrzucała mi kwiatek na okno, ale ona nie dla mnie, ja nie dla niej.
- Gołąbek, nie dziecko!... - wtrąciłem.
- W tym całe nieszczęście, bo ja nie jestem gołąbek. Mnie przywiązać mogłaby taka tylko kobieta jak ja sam. A takiej jeszczem nie spotkał.

(Spotkał taką w szesnaście lat później i dalibóg, że nie ma się czym cieszyć!...)

Powoli Kasia przestała bywać w sklepie, a natomiast stary Hopfer złożył wizytę obojgu państwu Janom Minclom. Musiał im coś mówić o Stachu, gdyż na drugi dzień zbiegła na dół pani Małgorzata Minclowa i dalejże do mnie z pretensjami:

- Cóż to za lokatora ma pan Ignacy, za którym panny szaleją?... Cóż to za jakiś Wokulski?... Jasiu - zwróciła się do męża - dlaczego ten pan u nas nie był?... My go musimy wyswatać, Jasiu... Niech on zaraz przyjdzie na górę...
- A niech sobie idzie na górę - odparł Jan Mincel - ale już co swatać, to nie będę. Jestem uczciwy kupiec i nie myślę zajmować się stręczycielstwem.

Pani Małgorzata ucałowała go w spoconą twarz, jakby to był jeszcze miodowy miesiąc, a on łagodnie odsunął ją i obtarł się fularem.

- Heca z tymi babami! - mówił. - Koniecznie chcą ludzi wciągać w nieszczęście. Swataj sobie, swataj, nawet Hopfera, nie tylko Wokulskiego; ale pamiętaj, że ja za to płacić nie będę.

Od tej pory, ile razy Jaś Mincel poszedł na piwo albo do resursy, pani Małgorzata zapraszała do siebie na wieczór mnie i Wokulskiego. Stach zwykle szybko wypijał herbatę, nawet nie patrząc na panią Janową; potem wsadziwszy ręce w kieszenie myślał zapewne o swoich balonach i milczał jak drewno, a nasza gospodyni nawracała go do miłości.

- Czy podobna, panie Wokulski, ażeby pan nigdy nie kochał się? -mówiła. - Ma pan, o ile wiem, ze dwadzieścia osiem lat, prawie tyle co ja... I kiedy ja już od dawna uważam się za starą babę, pan wciąż jest niewiniątkiem...

Wokulski przekładał nogę na nogę, ale wciąż milczał.

- O! panna Katarzyna smaczny to kąsek - mówiła gospodyni. -Oko ładne... (choć zdaje mi się, że ma skazę na lewym czy prawym?) figurka niczego, chociaż musi mieć jedną łopatkę wyższą (ale to dodaje wdzięku). Nosek wprawdzie nie w moim guście, a usta trochę za duże, ale cóż to za dobra dziewczyna!... Gdyby tak trochę więcej rozumu...No, ale rozum, panie Wokulski, przychodzi kobietom dopiero około trzydziestego roku... Ja sama, kiedy byłam w wieku Kasi, byłam głupiutka jak kanarek... .

Kochałam się w moim dzisiejszym mężu!...

Już za trzecią wizytą pani Małgorzata przyjęła nas w szlafroczku (był to bardzo ładny szlafroczek, obszyty koronkami), a na czwartą ja wcale nie zostałem zaproszony, tylko Stach. Nie wiem, dalibóg, o czym gadali. To przecie jest pewne, że Stach wracał do domu coraz więcej znudzony, narzekając, że mu baba czas zabiera, a znowu pani Małgorzata tłomaczyła mężowi, że ten Wokulski jest bardzo głupi i że niemało jeszcze musi napracować się, nim go wyswata.

- Pracuj, kochanie, pracuj nad nim - zachęcał ją mąż - bo szkoda dziewczyny, no i Wokulskiego. Strach pomyśleć, że taki porządny chłopak, który tyle lat był subiektem, który może odziedziczyć sklep po Hopferze, chce zmarnować się w uniwersytecie. Tfy!...

Utwierdzona w dobrych postanowieniach, pani Jasiowa już nie tylko w wieczór zapraszała Wokulskiego na herbatę, na którą on po największej części nie chodził, ale jeszcze sama nieraz zbiegała do mego pokoju, troskliwie wypytując Stacha, czy nie jest chory, i dziwiąc się, że się jeszcze nie kochał, on, prawie starszy od niej (myślę, że ona była trochę starsza od niego).

Jednocześnie zaczęła kobieta dostawać jakichś płaczów i śmiechów, wymyślać mężowi, który na całe dnie uciekał z domu, i występować z pretensjami do mnie, że jestem niedołęga, że nie rozumiem życia, że przyjmuję na lokatorów ludzi podejrzanych...

Słowem wywiązały się takie awantury w domu, że Jaś Mincel schudł, pomimo że coraz więcej pił piwa, a ja myślałem: jedno z dwojga... Albo podziękuję Minclowi za obowiązek, albo wypowiem lokal Stachowi.

Skąd, u licha, dowiedziała się o moich troskach pani Małgorzata? nie mam świadomości. Dość, że wpadła raz wieczorem do mego pokoju, powiedziała mi, że jestem jej wrogiem i że muszę być bardzo podły, skoro wymawiam mieszkanie tak dzielnemu człowiekowi, jak Wokulski... Potem dodała, że jej mąż jest podły, że Wokulski jest podły, że wszyscy mężczyźni są podli, i nareszcie na mojej własnej kanapie dostała spazmów. Sceny takie powtarzały się przez kilka dni z rzędu i nie wiem, do czego by doszły, gdyby nie położył im kresu jeden najdziwaczniejszych wypadków, jakie widziałem.

Pewnego razu zaprosił Machalski mnie i Wokulskiego do siebie na wieczór. Poszliśmy tam dobrze po dziewiątej i gdzież by, jeżeli nie do jego ulubionej piwnicy, w której przy migotaniu trzech łojowych świeczek zobaczyłem kilkanaście osób, a między nimi pana Leona. Nigdy chyba nie zapomnę gromady tych, po największej części młodych twarzy, które ukazywały się na tle czarnych ścian piwnicy, wyglądały spoza okutych beczek albo rozpływały się w ciemności.

Ponieważ gościnny Machalski już na schodach przyjął nas ogromnymi kielichami wina (i to wcale dobrego), a mnie wziął w szczególną opiekę, muszę więc przyznać, że od razu zaszumiało mi w głowie, a w kilka minut później byłem kompletnie zapity. Usiadłem więc z dala od uczty, w głębokiej framudze, i odurzony, w półśnie, półjawie, współbiesiadnikom.

Co się tam działo, dobrze nie wiem, bo najdziksze fantazje przebiegały mi po głowie. Marzyło mi się, że pan Leon mówi, jak zwykle, o potędze wiary, o upadku duchów i o potrzebie poświęcenia, czemu głośno wtórowali obecni. Zgodny chór jednakże osłabnął, gdy pan Leon zaczął tłomaczyć, że należałoby nareszcie wypróbować owej gotowości do czynu. Musiałem być bardzo nietrzeźwy, skoro przywidziało mi się, że pan Leon proponuje, ażeby kto z obecnych skoczył z Nowego Zjazdu na bruk idącej pod nim ulicy, i że na to wszyscy umilkli jak jeden mąż, a wielu pochowało się za beczki.

- Więc nikt nie zdecyduje się na próbę?!... - krzyknął pan Leon załamując ręce.
Milczenie. W piwnicy zrobiło się pusto.

- Więc nikt?... nikt?...

- Ja - odpowiedział jakiś prawie obcy mi głos.

Spojrzałem. Przy dogorywającej świeczce stał Wokulski.

Wino Machalskiego było tak mocne, że w tej chwili straciłem przytomność.

Po uczcie w piwnicy Stach przez kilka dni nie pokazał się w mieszkaniu. Nareszcie przyszedł - w cudzej odzieży, zmizerowany, ale z zadartą głową. Wtedy pierwszy raz usłyszałem w jego głosie jakiś twardy ton, który do dziś dnia robi mi przykre wrażenie.

Od tej pory zupełnie zmienił tryb życia. Swój balon z wiatrakiem rzucił w kąt, gdzie go niebawem zasnuła pajęczyna; butlę do robienia gazów oddał stróżowi na wodę, do książek nawet nie zaglądał. I tak leżały skarbnice ludzkiej mądrości, jedne na półce, inne na stole, jedne zamknięte, inne otwarte, a on tymczasem...

Niekiedy po parę dni nie bywał w domu, nawet na nocleg; to znowu wpadał z wieczora i w odzieniu rzucał się na nie posłane łóżko. Czasami zamiast niego przychodziło kilku nie znanych mi panów, którzy nocowali na kanapce, na łóżku Stacha, nawet na moim własnym, nie tylko nie dziękując mi, ale nawet nie mówiąc: jak się nazywają i w jakiej branży pracują. A znowu kiedy indziej zjawiał się sam Stach i siedział w pokoju parę dni bez zajęcia, rozdrażniony, ciągle nadsłuchujący, jak kochanek, który przyszedł na schadzkę z mężatką, lecz zamiast niej spodziewa się zobaczyć męża.

Nie posądzam, ażeby Małgosia Minclowa miała być tą mężatką, gdyż i ona wyglądała, jakby ją giez ukąsił. Z rana oblatywała kobieta ze trzy kościoły, widocznie pragnąc niepokoić z kilku stron miłosiernego Boga. Zaraz po obiedzie zbierała się u niej jakaś sesja dam, które w oczekiwaniu doniosłych wypadków opuszczały mężów i dzieci, ażeby zajmować się plotkami. Nad wieczorem zaś schodzili się do niej panowie; ale ci, nawet nie gadając z panią

Małgorzatą, odsyłali ją do kuchni.

Nic dziwnego, że przy takim chaosie w domu i mnie w końcu zaczęły się mieszać klepki. Zdawało mi się, że w Warszawie jest ciaśniej i że wszyscy są odurzeni. Co godzinę oczekiwałem jakiejś nieokreślonej niespodzianki, lecz mimo to wszyscy mieliśmy doskonały humor i głowy pełne projektów.

Tymczasem Jaś Mincel, dręczony w domu przez żonę, od samego rana szedł na piwo i wracał aż wieczorem. Wynalazł nawet przysłowie: "Co tam!... Raz kozie śmierć...", które powtarzał do końca życia.

Nareszcie pewnego dnia Stach Wokulski całkiem zniknął mi z oczu. Dopiero we dwa lata napisał do mnie list z Irkucka prosząc, abym mu przysłał jego książki. W jesieni, w roku 1870 (właśnie wróciłem od Jasia Mincla, który już leżał w łóżku), siedzę sobie w moim pokoju po wieczornej herbacie, nagle ktoś puka do drzwi.

- *Herein*! - mówię.

Drzwi skrzyp... Patrzę, stoi na progu jakaś brodata bestia, w paltocie z foczej skóry, odwróconej włosem na wierzch.

- No - mówię - niech mnie diabli wezmą, jeżeliś ty nie Wokulski.

- On sam - odpowiada jegomość w foczej skórze.

- W imię Ojca i Syna!... - mówię. - Kpisz - mówię - czy drogę pytasz?... skądeś się tu wziął? Chyba że jesteś duszą zmarłą...

- Jestem żywy - on mówi - nawet jeść mi się chce.

Zdjął czapkę, zdjął futro, usiadł przy świecy. Jużci Wokulski. Broda jak u zbója, pysk jak u Longina, co to Chrystusowi Panu bok przebił, ale - oczywisty Wokulski...

- Wróciłeś - mówię - czyś tylko przyjechał?

- Wróciłem.

- Cóż kraj tamtejszy?

- Niczego.

- Phi!... A ludzie? - pytam.

- Niezgorsi.

- Fiu!... A z czego żyłeś?

- Z lekcji - mówi - jeszcze przywiozłem ze sześćset rubli.

- Fiu!... fiu!... A co myślisz robić?

- No, jużci do Hopfera nie wrócę - odparł uderzając pięścią w stół. - Chyba nie wiesz - dodał - że jestem uczonym; mam nawet rozmaite podziękowania od petersburskich naukowych towarzystw...

"Subiekt od Hopfera - został uczonym!... Stach Wokulski ma podziękowania od petersburskich towarzystw naukowych!... Istna heca..." - pomyślałem.

Co tu dużo gadać. Uplacował się chłopak gdzieś na Starym Mieście i przez pół roku żył ze swej gotówki kupując za nią dużo książek, ale mało jedzenia. Wydawszy pieniądze począł szukać roboty, i wtedy-trafiła się rzecz dziwna. Kupcy nie dali mu roboty, gdyż był uczonym, a uczeni nie dali mu także, ponieważ był eks-subiektem. Został tedy, jak Twardowski, uczepiony między niebem a ziemią. Może rozbiłby sobie łeb gdzie pod Nowym Zjazdem, gdybym od czasu do czasu nie przyszedł mu z pomocą.

Strach, jak ciężkim było jego życie. Zmizerniał, sposępniał, zdziczał...Ale nie narzekał. Raz tylko, kiedy mu powiedziano, że dla takich jak on nie ma tu miejsca, szepnął:

- Oszukano mnie...

W tym czasie umarł Jaś Mincel. Wdowa pogrzebała go po chrześcijańsku, przez tydzień nie wychodziła ze swych pokojów, a po tygodniu zawołała mnie na konferencję.

Myślałem, że będziemy mówili z nią o interesach sklepowych, tym bardziej że spostrzegłem butelkę dobrego węgrzyna na stole. Ale pani Małgorzata ani zapytała o losy sklepu. Zapłakała na mój widok, jakbym jej przypomniał tydzień temu pochowanego nieboszczyka, i nalawszy mi wina spory kieliszek rzekła jękliwym głosem:

- Kiedy zgasł mój anioł, myślałam, że tylko ja jestem nieszczęśliwa...

- Co za anioł? - spytałem nagle. - Może Jaś Mincel?... Pozwoli pani, że choć byłem szczerym przyjacielem nieboszczyka, nie myślę jednak nazywać aniołem osoby, która nawet po śmierci ważyła ze dwieście funtów...

- Za życia ważył ze trzysta... słyszałeś pan? - wtrąciła niepocieszona wdowa. Wtem znowu zasłoniła twarz chustką i rzekła szlochając: - O pan nigdy nie będziesz miał taktu, panie Rzecki... O! co za cios!... Prawda, że nieboszczyk, dokładnie mówiąc, nigdy nie był aniołem, osobliwie w ostatnich czasach, ale zawsze straszne spotkało mnie nieszczęście... Nieopłakane, niepowetowane!...

- No, przez ostatnie pół roku...

- Co pan mówisz - pół roku?... - zawołała. - Nieszczęśliwy mój Jaś był ze trzy lata chory, a z osiem... Ach, panie Rzecki! Iluż nieszczęść w małżeństwie jest źródłem to okropne piwo... Przez osiem lat, panie, jakbym nie miała męża... Ale co to był za człowiek, panie Rzecki!...Dziś dopiero czuję cały ogrom mego nieszczęścia...

- Bywają większe - odważyłem się wtrącić.

- O tak! - jęknęła biedna wdowa. - Ma pan zupełną rację, bywają większe nieszczęścia. Ten na przykład Wokulski, który podobno już wrócił... Czy prawda, że dotychczas nie znalazł żadnego zajęcia?

- Najmniejszego.

- Gdzież jada? gdzie mieszka?... - Gdzie jada?... Nie wiem nawet, czy w ogóle jada. A gdzie mieszka?... Nigdzie.

- Okropność! - zapłakała pani Małgorzata. - Zdaje mi się-dodała po chwili - że spełnię ostatnią wolę mego kochanego nieboszczyka, jeżeli poproszę pana, ażebyś...

- Słucham panią.

- Ażebyś dał mu mieszkanie u siebie, a ja będę wam przysyłać na dół po dwa obiady, dwa śniadania...

- Wokulski tego nie przyjmie - odezwałem się. Na to pani Małgorzata znowu w płacz. Z rozpaczy po śmierci męża wpadła nawet w taki gniew zapalczywy, że nazwała mnie ze trzy razy niedołęgą, człowiekiem nie znającym życia, potworem... Nareszcie powiedziała mi, żebym poszedł precz, gdyż ona sama da sobie radę ze sklepem. Potem przeprosiła mnie i zaklęła na wszystkie sakramenta, abym nie obrażał się za słowa, które jej żal dyktuje.

Od tego dnia bardzo rzadko widywałem się z naszą pryncypałową. W pół roku zaś później Stach powiedział mi, że... żeni się z panią Małgorzatą Mincel. Popatrzyłem na niego... Machnął ręką.

- Wiem - powiedział - że jestem świnia. Ale... jeszcze najmniejsza z tych, jakie tu u was cieszą się publicznym szacunkiem.

Po hucznym weselu, na którym (nie wiem nawet skąd) znalazło się mnóstwo przyjaciół Wokulskiego (a jedli, bestie!... a pili zdrowie państwa młodych - garncami!...), Stach sprowadził się na górę, do swojej żony. O ile pamiętam, za całą garderobę miał cztery paki książek i naukowych instrumentów, a z mebli - chyba tylko cybuch i pudło na kapelusz.

Subiekci śmieli się (naturalnie po kątach) z nowego pryncypała; mnie zaś było przykro, że Stach tak od ręki zerwał ze swoją bohaterską przeszłością i niedostatkiem. Dziwna bowiem jest natura ludzka: im mniej sami mamy skłonności do męczeństwa, tym natarczywiej żądamy go od bliźnich.

- Sprzedał się starej babie - mówili znajomi - ten niby to Brutus... Uczył się, awanturował się i... kłap!...

W liczbie zaś najsurowszych sędziów znajdowali się dwaj odpaleni konkurenci pani Małgorzaty.

Stach jednakże bardzo prędko zamknął ludziom usta, ponieważ od razu wziął się do roboty. Może w tydzień po ślubie przyszedł o ósmej rano do sklepu, zajął przy biurku miejsce nieboszczyka Mincla i obsługiwał gości, rachował, wydawał resztę, jak gdyby był tylko płatnym subiektem. Zrobił nawet więcej, bo już w drugim roku wszedł w stosunki z moskiewskimi kupcami, co bardzo korzystnie oddziałało na interesa. Mogę powiedzieć, że za jego rządów potroiły się nasze obroty.

Odetchnąłem widząc, że Wokulski nie myśli darmo jeść chleba; a i subiekci przestali się uśmiechać przekonawszy się, że Stach w sklepie więcej pracuje niż oni, i w dodatku - ma jeszcze niemałe obowiązki na górze. My odpoczywaliśmy przynajmniej w święta; podczas gdy on, nieborak, właśnie w święto od rana musiał brać żonę pod pachę i maszerować - przed południem do kościoła, po południu - z wizytami, wieczorem do teatru.

Przy młodym mężu w panią Małgorzatę jakby nowy duch wstąpił. Kupiła sobie fortepian i zaczęła uczyć się muzyki od jakiegoś starego profesora, ażeby - jak mówiła - "nie budzić w Stasieczku zazdrości". Godziny zaś wolne od fortepianu przepędzała na konferencjach z siewcami, modystkami, fryzjerami i dentystami robiąc się przy ich pomocy co dzień piękniejszą. A jaka ona była tkliwa dla męża!... Nieraz przesiadywała po kilka godzin w sklepie, tylko wpatrując się w Stasiulka. Dostrzegłszy zaś, że między kundmankami trafiają się przystojne, cofnęła Stacha z sali frontowej za szafy i jeszcze kazała mu zrobić tam budkę, w której, siedząc jak dzikie zwierzę, prowadził księgi sklepowe.

Pewnego dnia słyszę w owej budce straszny łoskot... Wpadam ja, wpadają subiekci... Co za widok!... Pani Małgorzata leży na podłodze przywalona biurkiem i oblana atramentem, krzesełko złamane, Stach zły i zmieszany... Podnieśliśmy płaczącą z bólu jejmość i z rozmaitych jej półsłówek domyśliliśmy się, że to ona sama narobiła tego rwetesu usiadłszy niespodzianie na kolanach mężowi. Kruche krzesło złamało się pod dubeltowym ciężarem, a jejmość chcąc ratować się od upadku chwyciła za biurko i z całym kramem obaliła je na siebie.

Stach z wielkim spokojem przyjmował hałaśliwe dowody małżeńskiej czułości, na pociechę topiąc się w rachunkach i korespondencjach kupieckich. Jejmość zaś, zamiast ochłonąć, gorączkowała się coraz bardziej; a gdy jej małżonek, znudzony siedzeniem czy też dla załatwienia jakiego interesu, wyszedł kiedy na miasto, biegła za nim... podpatrywać, czy nie idzie na schadzkę!...

Niekiedy, osobliwie podczas zimy, Stach wymykał się na tydzień z domu do znajomego leśnika, polował tam całe dnie i włóczył się po lasach. Wówczas pani już trzeciego dnia jechała w pogoń za swym kochanym zbiegiem, chodziła za nim po gąszczu i w rezultacie - przywoziła chłopa do Warszawy.

Przez dwa pierwsze lata tego rygoru Wokulski milczał. W trzecim roku począł co wieczór zachodzić do mego pokoju na gawędkę o polityce. Czasami, gdyśmy się rozgadali o dawnych czasach, on obejrzawszy się po pokoju nagle urywał poprzednią rozmowę i zaczynał jakąś nową:

- Słuchaj mnie, Ignacy...

Wtedy jednakże, jakby na komendę, wpadała z góry służąca wołając:

- Pani prosi!... pani chora!...

A on, biedak, machał ręką i szedł do jejmości nie zacząwszy nawet tego, co chciał mi powiedzieć.

Po upływie trzech lat takiego życia, któremu zresztą nie można Było nic zarzucić, poznałem, że stalowy ten człowiek zaczyna się giąć w aksamitnych objęciach jejmości. Pobladł, pochylił się, zarzucił swoje uczone książki, a wziął się do czytania gazet i każdą chwilę wolną przepędzał ze mną na rozmowie o polityce. Czasami opuszczał sklep przed ósmą i zabrawszy jejmość szedł z nią do teatru albo z wizytą, a nareszcie - zaprowadził u siebie przyjęcia wieczorne, na których zbierały się damy, stare jak grzech śmiertelny, i panowie, już pobierający emeryturę i grający w wista.

Stach jeszcze z nimi nie grał; chodził dopiero około stolików i przypatrywał się.

- Stachu - mówiłem nieraz - strzeż się!... Masz czterdzieści trzy lat... W tym wieku Bismarck dopiero zaczynał karierę...

Takie albo tym podobne wyrazy budziły go na chwilę. Rzucał się wtedy na fotel i oparłszy głowę na ręku myślał. Wnet jednak biegła do niego pani Małgorzata wołając:

- Stasiulku! znowu się zamyślasz, to bardzo źle... A tam panowie nie mają wina...

Stach podnosił się, wydostawał nową butelkę z kredensu, nalewał wino w osiem kieliszków i obchodził stoły, przypatrując się, jak panowie grają w wista. W ten sposób powoli i stopniowo lew przerabiał się na wołu. Kiedym go widział w tureckim szlafroku, w haftowanych paciorkami pantoflach i w czapeczce z jedwabnym kutasem, nie mogłem wyobrazić sobie, że jest to ten sam Wokulski, który przed czternastoma laty w piwnicy Machalskiego zawołał:

- Ja...

Kiedy Kochanowski pisał: "Na lwa srogiego bez obrazy siędziesz i na ogromnym smoku jeździć będziesz" - z pewnością miał na myśli kobietę... To są ujeżdżacze i pogromcy męskiego rodu!

Tymczasem w piątym roku pożycia pani Małgorzata nagle poczęła się malować... Zrazu nieznacznie, potem coraz energiczniej i coraz nowymi środkami... Usłyszawszy zaś o jakimś likworze, który damom w wieku miał przywracać świeżość i wdzięk młodości, wytarła się nim pewnego wieczora tak starannie od stóp do głów, że tej samej nocy wezwani na pomoc lekarze już nie mogli jej odratować. I zmarło biedactwo niespełna we dwie doby na zakażenie krwi, tyle tylko mając przytomności, aby wezwać rejenta i cały majątek przekazać swemu Stasiulkowi. Stach i po tym nieszczęściu milczał, ale osowiał jeszcze bardziej. Mając kilka tysięcy rubli dochodu przestał zajmować się handlem, zerwał ze znajomymi i zagrzebał się w naukowych książkach. Nieraz mówiłem mu: wejdź między ludzi, zabaw się, jesteś przecie młody i możesz drugi raz ożenić się...

Na nic wszystko...

Pewnego dnia (w pół roku po śmierci pani Małgorzaty) widząc, że mi chłopak w oczach dziadzieje, podsunąłem mu projekt:

- Idź, Stachu, do teatru... Grają dziś Violettę; przecież byliście na niej z nieboszczką ostatni raz....

Zerwał się z kanapy, na której czytał książkę, i rzekł:

- Wiesz... masz rację... Zobaczę, jak to dziś wygląda...

Poszedł do teatru i... na drugi dzień nie mogłem go poznać: w starcu ocknął się mój Stach Wokulski: Wyprostował się, oko nabrało blasku, głos siły...

Od tej pory chodził na wszelkie przedstawienia, koncerty i odczyty.

Wkrótce pojechał do Bułgarii, gdzie zdobył swój olbrzymi majątek, a w parę miesięcy po jego powrocie jedna stara plotkarka (pani Meliton) powiedziała mi, że Stach jest zakochany...

Roześmiałem się z tej gawędy, bo przecież kto się kocha, nie wyjeżdża na wojnę. Dopiero teraz, niestety! Zaczynam przypuszczać, że baba miała rację... Chociaż z tym odrodzonym Stachem Wokulskim człowiek nie jest pewny. A nuż?... O, to śmiałbym się z doktora Szumana, który tak żartuje z polityki!...

ROZDZIAŁ DRUGI: PAMIĘTNIK STAREGO SUBIEKTA

Sytuacja polityczna jest tak niepewna, że wcale by mnie nie zdziwiło, gdyby około grudnia wybuchła wojna.

Ludziom ciągle się zdaje, że wojna może być tylko na wiosnę; widać zapomnieli, że wojny: pruska i francuska, rozpoczynały się w lecie. Nie rozumiem zaś, skąd wyrósł przesąd przeciw kampaniom zimowym?... W zimie stodoły są pełne, a droga jak mur; tymczasem na wiosnę u chłopa jest przednówek, a drogi jak ciasto; przejedzie bateria i możesz się w tym miejscu kąpać. Lecz z drugiej strony - zimowe noce, które ciągną się po kilkanaście godzin, potrzeba ciepłej odzieży i mieszkań dla wojska, tyfus... Doprawdy, nieraz dziękuję Bogu, że mnie nie stworzył Moltkem; on musi kręcić głową, nieborak!...

Austriacy, a raczej Węgrzy już na dobre wleźli do Bośni i Hercegowiny, gdzie ich bardzo niegościnnie przyjmują. Znalazł się nawet jakiś Hadżi Loja, podobno znakomity partyzant, który im napędza dużo zgryzot. Szkoda mi węgierskiej piechoty, ale też i dzisiejsi Węgrzy diabła warci. Kiedy ich w roku dusił szwarcgelber, krzyczeli: każdy naród ma prawo bronić swojej wolności!... A dziś co?... Sami pchają się do Bośni, gdzie ich nie wołano, a broniących się Bośniaków nazywają złodziejami i rozbójnikami.

Dalibóg, coraz mniej rozumiem politykę! I kto wie, czy Stach Wokulski nie ma racji, że przestał się nią zajmować (jeżeli przestał?...).

Ale co ja rozprawiam o polityce, skoro w moim własnym życiu zaszła ogromna zmiana. Kto by uwierzył, że już od tygodnia nie zajmuję się sklepem; tymczasowo, rozumie się, bo inaczej chyba oszalałbym nudów.

Rzecz jest taka. Pisze do mnie Stach z Paryża (prosił mnie o to samo przed wyjazdem), ażebym się zaopiekował kamienicą, którą kupił od Łęckich. "Nie miała baba kłopotu!...", myślę, ale cóż robić?... Zdałem sklep Lisieckiemu i Szlangbaumowi, a sam - jazda w Aleje Jerozolimskie na zwiady.

Przed wyjściem pytam Klejna, który mieszka w Stachowej kamienicy, aby mi powiedział, jak tam idzie. Zamiast odpowiedzieć, wziął się za głowę.

- Jest tam jaki rządca? - Jest - mówi Klejn krzywiąc się. - Mieszka na trzecim piętrze od frontu. - Dosyć!... - mówię - dosyć, panie Klejn!... - (Nie lubię bowiem słuchać cudzych opinii pierwej, nim zobaczę na własne oczy. Zresztą Klejn, chłopak młody, łatwo mógłby wpaść w zarozumiałość pomiarkowawszy, że starsi zapytują go o informacje.)

Ha! trudno... Posyłam tedy do odprasowania mój kapelusz, płacę dwa złote, na wszelki wypadek biorę do kieszeni krócicę i maszeruję gdzieś aż za kościół Aleksandra.

Patrzę: dom żółty o trzech piętrach, numer ten sam, bal... nawet już na tabliczce znajduję nazwisko Stanisława Wokulskiego... (Widocznie kazał ją przybić stary Szlangbaum.)

Wchodzę na podwórko... oj! niedobrze... Pachnie bestia jak apteka. Śmietnik naładowany do wysokości pierwszego piętra, wszystkimi zaś rynsztokami płyną mydliny. Dopiero teraz spostrzegłem, że na parterze w dziedzińcu znajduje się "Pralnia paryska", z dziewuchami jak dwugarbne wielbłądy. To dodało mi otuchy.

Wołam tedy: "Stróż!..."" Przez chwilę nie widać nikogo, nareszcie pokazuje się baba tłusta i tak zasmolona, że nie mogę pojąć, jakim sposobem podobna ilość brudu mieści się w sąsiedztwie pralni, i do tego paryskiej.

- Gdzie stróż? - pytam dotykając ręką kapelusza.
- A czego to?... - odwarknęła baba.
- Przychodzę w imieniu właściciela domu.
- Stróż siedzi w kozie - mówi baba.
- Za cóż to?
- O ... ciekawy pan!... - wrzasnęła. - Za to, że mu gospodarz pensji nie płaci. Ładnych rzeczy dowiaduję się na wstępie!

Naturalnie poszedłem od stróża do rządcy, na trzecie piętro. Już na drugim piętrze słyszę krzyk dzieci, jakieś trzaskanie i głos kobiety wołającej:
- A gałgany!... a nicponie!... a masz!... a masz!...

Drzwi otwarte, we drzwiach jakaś jejmość w nieco białym kaftaniku wali troje dzieci rzemieniem, aż świszcze.

- Przepraszam - mówię - czy nie przeszkadzam?... Na mój widok dzieci rozpierzchły się w głąb mieszkania, a jejmość w kaftaniku chowając za siebie rzemień zapytała zmieszana:

- Czy nie pan gospodarz?...

- Nie gospodarz, ale... przychodzę w jego imieniu do szanownego małżonka pani... Jestem Rzecki...

Jejmość chwilę przypatrywała mi się z niedowierzaniem, nareszcie rzekła:

- Wicek, biegnij do składu po ojca... A pan może pozwoli do saloniku...

Między mną i drzwiami wyrwał się obdarty chłopak i dopadłszy schodów począł zjeżdżać na poręczy na dół. Ja zaś, zażenowany, wszedłem do saloniku, którego główną ozdobę stanowiła kanapa z wyłażącym na środku włosieniem.

- Oto los rządcy - odezwała się pani wskazując mi nie mniej obdarte krzesło. - Mój mąż służy niby to bogatym panom, a gdyby nie chodził do składu węgli i nie przepisywał u adwokatów, nie mielibyśmy co włożyć w usta. Oto nasze mieszkanie, niech pan spojrzy - mówiła - za trzy ciupy dopłacamy sto osiemdziesiąt rubli rocznie...

Nagle od strony kuchni doleciało nas niepokojące syczenie. Jejmość w kaftaniku wybiegła szepcząc po drodze:

- Kaziu! idź do sali i uważaj na tego pana...

Istotnie, weszła do pokoju dziewczynka bardzo mizerna, w brązowej sukience i brudnych pończoszkach. Usiadła na krześle przy drzwiach i wpatrywała się we mnie wzrokiem o tyle podejrzliwym, o ile smutnym. Nigdy bym doprawdy nie sądził, że na stare lata wezmą mnie za złodzieja...

Siedzieliśmy tak z pięć minut milcząc i obserwując się wzajemnie, gdy nagle rozległ się krzyk i łoskot na schodach i, w tej chwili wbiegł z sieni ów obdarty chłopak, zwany Wickiem, za którym ktoś gniewnie wołał:

- A szelmo!... dam ja ci...

Odgadłem, że Wicek musi mieć żywy temperament i że ten, kto mu wymyśla, jest jego ojcem. Jakoż istotnie ukazał się sam pan rządca w poplamionym surducie i w spodniach u dołu oberwanych. Miał przy tym gęsty, szpakowaty zarost i czerwone oczy.

Wszedł, grzecznie ukłonił mi się i zapytał:

- Wszak mam honor z panem Wokulskim?

- Nie, panie, jestem tylko przyjacielem i dysponentem pana Wokulskicgo...

- A tak!... - przerwał mi wyciągając do uścisku rękę. - Miałem przyjemność zauważyć pana w sklepie... Piękny sklep! - westchnął. - Z takich sklepów rodzą się kamienice, a... a z majątków ziemskich - takie oto mieszkania...

- Pan dobrodziej miał majątek? - spytałem.

- Ba!... Ale co tam... Zapewne chce pan poznać bilans tej kamienicy? - odparł rządca. - Otóż powiem krótko. Mamy dwa rodzaje lokatorów: jedni już od pół roku nie płacą nikomu, inni płacą magistratowi kary lub zaległe podatki za gospodarza. Przy tym stróż nie odbiera pensji, dach zacieka, cyrkuł eksycytuje nas, ażebyśmy wywieźli śmiecie, jeden lokator wytoczył nam proces o piwnicę, a dwu lokatorów procesą się o obelgi z powodu strychu... Co się zaś tyczy -

dodał po chwili, nieco zmieszany - co się zaś tyczy dziewięćdziesięciu rubli, które ja będę winien szanownemu panu Wokulskiemu...

- Nie niepokój się pan - przerwałem mu. - Stach, to jest pan Wokulski, zapewne umorzy pański dług do października, a następnie zawrze z panem nowy układ. Ubogi eks-właściciel majątku ziemskiego serdecznie uścisnął mi obie ręce.

Taki rządca, który miał kiedyś własne dobra, wydawał mi się bardzo ciekawą osobistością; ale jeszcze ciekawszym wydał mi się dom, który nie przynosi żadnych dochodów Z natury jestem nieśmiały: wstydzę się rozmawiać z nieznanymi ludźmi, a prawie boję się wchodzić do cudzych mieszkań... (Boże miłosierny! jak ja już dawno nie byłem w cudzym mieszkaniu...) Tym razem jednak wstąpił we mnie jakiś diabeł i koniecznie zapragnąłem poznać lokatorów tej dziwnej kamienicy.

W roku 1849 bywało goręcej, a przecie szedł człowiek naprzód!...

- Panie - odczuwałem się do rządcy - czy byłbyś łaskaw... przedstawić mnie niektórym lokatorom... Stach... to jest pan Wokulski...prosił mnie o - zajęcie się jego interesami, dopóki nie wróci z Paryża...

- Paryż!... - westchnął rządca. - nam Paryż jeszcze z roku 1859. Pamiętam, jak przyjmowali cesarza, kiedy wracał z kampanii włoskiej...

- Pan - zawołałem - pan widziałeś triumfalny powrót Napoleona do Paryża?...
Wyciągnął do mnie rękę i odparł:

- Widziałem lepszą rzecz, panie... Podczas kompanii byłem we Włoszech i widziałem, jak Włosi przyjmowali Francuzów w wigilię bitwy pod Magentą...

- Pod Magentą?... W roku 1859?... - spytałem.

- Pod Magentą, panie...
Popatrzyliśmy sobie w oczy z tym eks-obywatelem, który nie mógł zdobyć się na wywabienie plam ze swego surduta. Popatrzyliśmy sobie - mówię - w oczy. Magenta... Rok 1859 ... Eh! Boże miłosierny...

- Powiedz pan - rzekłem - jak to was przyjmowali Włosi w wigilię bitwy pod Magentą?
Ubogi eks-obywatel siadł na wydartym fotelu i mówił: - W roku 1859, panie Rzecki... Zdaje mi się, że mam honor...

- Tak, panie, jestem Rzecki, porucznik, panie, węgierskiej piechoty panie...
Znowu popatrzyliśmy sobie w oczy. Eh! Boże miłosierny...

- Mów pan dalej, panie szlachcicu - rzekłem ściskając go za rękę.

- W roku 1859 - prawił eks-obywatel - byłem o dziewiętnaście lat młodszy niż dziś i miałem z dziesięć tysięcy rubli rocznie... Na owe czasy! panie Rzecki... Co prawda, brało się nie tylko procent, ale i coś z kapitału. Więc, jak przyszło uwłaszczenie...

- No - rzekłem - chłopi są także ludźmi, panie...

- Wirski - wtrącił rządca.

- Panie Wirski - rzekłem - chłopi...

- Wszystko mi jedno - przerwał - czym są chłopi. Dość, że w roku miałem z dziesięć tysięcy rubli dochodu (łącznie z pożyczkami) i byłem we Włoszech. Ciekawy byłem, jak wygląda kraj, z którego wypędzają Szwaba... A żem nie miał żony i dzieci, nie miałem dla kogo oszczędzać życia, więc przez amatorstwo jechałem z przednią strażą francuską... Szliśmy pod Magentę,

panie Rzecki, choć nie wiedzieliśmy jeszcze, ani dokąd idziemy, ani kto z nas jutro zobaczy zachodzące słońce... Pan zna to uczucie, kiedy człowiek niepewny jutra znajdzie się w kompanii ludzi również niepewnych jutra?...
- Czy ja znam!... - Jedź pan dalej, panie Wioski...
- Niech mnie kaczki zdepczą - mówił ubogi eks-obywatel - że to są najpiękniejsze chwile w życiu. Jesteś młody, wesół, zdrów, nie masz na karku żony i dzieci, pijesz i śpiewasz, i co chwilę spoglądasz na jakąś ciemną ścianę, za którą ukrywa się nasze jutro... Hej! - wołasz- lejcie mi wina, bo nie wiem, co jest za tą ciemną ścianą... Hej!... wina. Nawet pocałunków... Panie Rzecki - szepnął nachylając się rządca.
- Więc tedy, jakeście szli z przednią strażą pod Magentę?...-przerwałem mu.
- Szliśmy z kirasjerami - mówił rządca. - Pan znasz kirasjerów, panie Rzecki?... Na niebie świeci jedno słońce, ale w szwadronie kirasjerów jest sto słońc...
- Ciężka to jazda - wtrąciłem. - Piechota gryzie ją jak stalowy dziadek orzechy...
- Zbliżamy się tedy, panie Rzecki, do jakiejś włoskiej mieściny, aż chłopi tamtejsi dają znać, że niedaleko stoi korpus austriacki. Szlemy ich tedy do miasteczka z rozkazem, a właściwie z prośbą, ażeby mieszkańcy, gdy nas zobaczą, nie wydawali żadnych okrzyków...
- Rozumie się - rzekłem. - Kiedy nieprzyjaciel w sąsiedztwie...
- W pół godziny - ciągnął rządca - jesteśmy w mieście. Ulica wąska, po obu stronach naród, ledwie można przejechać czwórkami, a w oknach i na balkonach kobiety... Jakie kobiety, panie Rzecki!...Każda ma w ręku bukiet z róż. Ci, którzy stoją na ulicy, ani pary z ust...bo Austriacy blisko... Ale tamte, co na balkonach, skubią, panie, swoje bukiety i spoconych, pyłem okrytych kirasjerów zasypują listkami z róż jak śniegiem... Ach, panie Rzecki, gdybyś widział ten śnieg: amarantowy, różowy, biały, i te ręce, i te Włoszki... Pułkownik tylko dotykał ręką ust na prawo, i na lewo słał pocałunki. A tymczasem śnieg różanych listków zasypywał złote kirysy, hełmy i parskające konie... Na domiar jakiś stary Włoch, z krzywym kijem i siwymi włosami do kołnierza, zastąpił drogę pułkownikowi. Schwycił za szyję jego konia, pocałował goi krzyknąwszy: *Eviva Italia* !, padł trupem na miejscu... - Taka była nasza wigilia przed Magentą! To mówił eks-obywatel, a z oczu spływały mu łzy na poplamiony surdut.
- Niech mnie diabli wezmą, panie Wirski! - zawołałem - jeżeli Stach nie odda panu darmo tego mieszkania.
- Sto osiemdziesiąt rubli dopłacam! - szlochał rządca.
Obtarliśmy oczy.
- Panie- mówię - Magenta Magentą, a interes interesem. Może przedstawisz mnie pan kilku lokatorom. - Chodź pan - odpowiedział rządca zrywając się z obdartego fotelu. - Chodź pan, pokażę panu najosobliwszych...
Wybiegł z saloniku i wtykając głowę do drzwi, zdaje mi się kuchennych, zawołał:
- Maniu! ja wychodzę... A z tobą, Wicek, obrachujemy się wieczorem...
- Ja nie gospodarz, żeby się tatko ze mną rachował - odpowiedział mu dziecięcy głos.
- Daruj mu pan - szepnąłem do rządcy.

- Akurat!... - odparł. - Nie zasnąłby, gdyby nie dostał wałów. Dobry chłopak - mówił - sprytny chłopak, ale szelma!...

Wyszliśmy z mieszkania i zatrzymaliśmy się przede drzwiami obok schodów. Rządca ostrożnie zapukał, a mnie wszystka krew uciekła z głowy do serca, a z serca do nóg. Może nawet z nóg uciekłaby do butów i gdzieś het! po schodach aż do bramy, gdyby nie odpowiedziano z wnętrza:

- Proszę!...

Wchodzimy.

Trzy łóżka. Na jednym z książką w ręku i nogami opartymi o poręcz leży jakiś młody człowiek z czarnym zarostem i w studenckim mundurku; na dwu zaś innych łóżkach pościel wygląda tak, jakby przez ten pokój przeleciał huragan i wszystko do góry nogami przewrócił. Widzę też kufer, pustą walizkę tudzież mnóstwo książek leżących na półkach, na kufrze i na podłodze. Jest naresznie kilka krzeseł giętych i zwyczajnych i niepoliturowany stół, na którym przyjrzawszy się uważniej spostrzegłem wymalowaną szachownicę i poprzewracane szachy.

W tej chwili mdło mi się zrobiło; obok szachów bowiem spostrzegłem dwie trupie główki: w jednej był tytoń, a w drugiej... cukier!...

- Czego to? - zapytał młody człowiek z czarnym zarostem nie podnosząc się z łóżka.

- Pan Rzecki, plenipotent gospodarza... - odezwał się rządca wskazując na mnie.

Młody człowiek oparł się na łokciu i bystro patrząc na mnie rzekł:

- Gospodarza?... W tej chwili ja tu jestem gospodarzem i wcale sobie nie przypominam, ażebym mianował plenipotentem tego pana...

Odpowiedź była tak uderzająco prosta, że obaj z Wirskim osłupieliśmy. Młody człowiek tymczasem ociężale podniósł się z łóżka i bez zbytniego pośpiechu począł zapinać spodnie i kamizelkę. Pomimo całej systematyczności, z jaką oddawał się temu zajęciu, jestem pewny, że przynajmniej połowa guzików jego garderoby pozostała nie zapiętą.

- Aaa!... - ziewnął.

- Niech panowie siadają - rzekł manewrując ręką w taki sposób, że nie wiedziałem, czy każe nam umieścić się w walizie czy na podłodze.

- Gorąco, panie Wirski - dodał - prawda?... Aaa!...

- Właśnie sąsiad z przeciwka skarży się na panów dobrodziejów... - odparł z uśmiechem rządca. - O cóż to?

- Że panowie chodzą nago po pokoju...

Młody człowiek oburzył się.

- Zwariował stary czy co?... On może chce, żebyśmy się ubierali w futra na taką spiekotę?... Bezczelność! słowo honoru daję...

- No - mówił rządca - niech panowie raczą uwzględnić, że on ma dorosłą córkę.

- A cóż mnie do tego?... Ja nie jestem jej ojcem. Stary błazen! słowo honoru, i przy tym łże, bo nago nie chodzimy.

- Sam widziałem... - wtrącił rządca.

- Słowo honoru, kłamstwo! - zawołał młody człowiek rumieniąc się z gniewu. - Prawda, że Maleski chodzi bez koszuli, ale w majtkach, a Patkiewicz chodzi bez majtek, lecz za to w koszuli. Panna Leokadia więc widzi cały garnitur.

- Tak, i musi zasłaniać wszystkie okna - odparł rządca.

- To stary zasłania, nie ona - odparł student machając ręką. -Ona wygląda przez szpary między firanką a oknem. Zresztą, proszę pana: jeżeli pannie Leokadii wolno drzeć się na całe podwórko, to znowu Maleski i Patkiewicz mają prawo chodzić po swoim pokoju, jak im się podoba. Mówiąc to młody człowiek spacerował wielkimi krokami. Ile razy zaś stanął do nas tyłem, rządca mrugał na mnie i robił miny oznaczające wielką desperację. Po chwili milczenia odezwał się:

- Panowie dobrodzieje winni nam są za cztery miesiące... - O, znowu swoje!... - wykrzyknął młody człowiek wsadzając ręce w kieszenie. - Ileż razy jeszcze będę musiał powtarzać panu, ażeby pan o tych głupstwach nie gadał ze mną, tylko albo z Patkiewiczem, albo z Maleskim?... To przecie tak łatwo pamiętać: Maleski płaci za miesiące parzyste, luty, kwiecień, czerwiec, a Patkiewicz za nieparzyste: marzec, maj, lipiec...

- Ależ nikt z panów nigdy nie płaci! - zawołał zniecierpliwiony rządca.

- A któż winien, że pan nie przychodzi we właściwej porze?!...wrzasnął młody człowiek wytrząsając rękoma. - Sto razy słyszałeś pan, że do Maleskiego należą miesiące parzyste, a do Patkiewicza nieparzyste...

- A do pana dobrodzieja?...

- A do mnie, łaskawy panie, żadne - wołał młody człowiek grożąc nam pod nosami - bo ja z zasady nie płacę za komorne. Komu mam płacić?... Za co?... Cha! cha dobrzy sobie...

Począł chodzić jeszcze prędzej po pokoju śmiejąc się i gniewając. Nareszcie zaczął świstać i wyglądać przez okno, hardo odwróciwszy się tyłem do nas... Mnie już zabrakło cierpliwości.

- Pozwoli pan zrobić uwagę - odezwałem się - że takie nieuszanowanie umowy jest dość oryginalne... Ktoś daje panu mieszkanie, a pan uważa za stosowne nie płacić mu.

- Kto mi daje mieszkanie?!... - wrzasnął młody człowiek siadając na oknie i huśtając się w tył, jakby miał zamiar rzucić się z trzeciego piętra. - Ja sam zająłem to mieszkanie i będę w nim dopóty, dopóki mnie nie wyrzucą. Umowy!... paradni są z tymi umowami... Jeżeli społeczeństwo chce, ażebym mu płacił za mieszkanie, to niechaj samo płaci mi tyle za korepetycje, żeby z nich wystarczyło na komorne... Paradni są!... Ja za trzy godziny lekcji co dzień mam piętnaście rubli na miesiąc, za jedzenie biorą ode mnie dziewięć rubli, za pranie i usługę trzy...A mundur, a wpis?... I jeszcze chcą, żebym za mieszkanie płacił. Wyrzućcie mnie na ulicę - mówił zirytowany - niech mnie złapie hycel i da pałką w łeb... Do tego macie prawo, ale nie do uwag i wymówek...

- Nie rozumiem pańskiego uniesienia - rzekłem spokojnie.

- Mam się czego unosić! - odparł młody człowiek huśtając się coraz mocniej w stronę podwórka: - Społeczeństwo, jeżeli nie zabiło mnie przy urodzeniu, jeżeli każe mi się uczyć i zdawać kilkanaście egzaminów, zobowiązało się tym samym, że mi da pracę ubezpieczającą -mój byt... Tymczasem albo nie daje mi pracy, albo oszukuje mnie na wynagrodzeniu... Jeżeli więc społeczność względem mnie nie dotrzymuje umowy, z jakiej racji żąda, abym ja jej dotrzymywał względem niego. Zresztą co tu gadać, z zasady nie płacę komornego, i basta: Tym bardziej że obecny właściciel domu nie budował tego domu; nie wypalał cegieł, nie rozrabiał wapna, nie murował, nie narażał się na skręcenie karku. Przyszedł z pieniędzmi, może ukradzionymi, zapłacił innemu, który może także okradł kogo, i na tej zasadzie chce mnie zrobić swoim niewolnikiem. Kpiny ze zdrowego rozsądku!

- Pan Wokulski - rzekłem powstając z krzesła - nie okradł nikogo... Dorobił się majątku pracą i oszczędnością...

- Daj pan spokój! - przerwał młody człowiek. - Mój ojciec był zdolnym lekarzem, pracował dniem i nocą, miał niby to dobre zarobki oszczędził... raptem trzysta rubli na rok! A że wasza kamienica kosztuje dziewięćdziesiąt tysięcy rubli; więc na kupienie jej za cenę uczciwej pracy mój ojciec musiałby żyć i zapisywać recepty przez trzysta lat... Nie uwierzę zaś, ażeby ten nowy właściciel pracował od trzystu lat...

W głowie zaczęło mi krążyć od tych wywodów; młody człowiek zaś mówił dalej:

- Możecie nas wypędzić, owszem!... Wtedy dopiero przekonacie się, coście stracili. Wszystkie praczki, wszystkie kucharki z tej kamienicy stracą humor, a pani Krzeszowska już bez przeszkody zacznie śledzić swoich sąsiadów, rachować każdego gościa, który przychodzi do nich wizytą, i każde ziarno kaszy, które sypią do garnka... Owszem, wypędźcie nas!... Wtedy dopiero panna Leokadia zacznie wyśpiewywać swoje gamy i wokalizy z rana sopranem, a po południu kontraltem... I diabli wezmą dom, w którym my jedni jako tako utrzymujemy porządek!

Zabraliśmy się do odejścia.

- Więc pan stanowczo nie zapłaci komornego? - spytałem.

- Ani myślę. - Może choć od października zacznie pan płacić?

- Nie, panie. Niedługo już. będę żył, więc pragnę przeprowadzić choćby jedną zasadę: jeżeli społeczność chce, ażeby jednostki szanowały umowę względem niej; niechaj sama wykonywa ją względem jednostek. Jeżeli ja mam komuś płacić za komorne, niech inni tyle płacą mi za lekcje, żeby mi na komorne wystarczyło. Rozumie pan?...

- Nie wszystko, panie - odparłem.

- Nic dziwnego - rzekł młody człowiek. - Na starość mózg więdnie i nie jest zdolny przyjmować nowych prawd...

Ukłoniliśmy się sobie nawzajem i wyszliśmy obaj z rządcą. Młody człowiek zamknął za nami drzwi, lecz za chwilę wybiegł na schody i zawołał:

- A niechaj komornik przyprowadzi ze sobą dwu stójkowych, bo mnie będą musieli wynosić z mieszkania...

- Owszem, panie! - odpowiedziałem mu z grzecznym ukłonem, myśląc w głębi duszy, że nie godzi się jednak wyrzucać takiego oryginała.

Kiedy szczególny młodzieniec ostatecznie cofnął się do pokoju i zamknął drzwi na klucz dając tym sposobem do zrozumienia, że konferencję z nami uważa za skończoną, zatrzymałem się w połowie schodów i rzekłem do rządcy:

- Widzę, macie tu kolorowe szyby, co?

- O, bardzo kolorowe.

- Ale są zakurzone...

- O, bardzo zakurzone - odparł rządca.

- I myślę - dodałem - że ten młody człowiek pod względem niepłacenia komornego dotrzyma słowa, co?

- Panie - zawołał rządca - on to nic. On mówi, że nie zapłaci, no i nic płaci; ale tamci dwaj nic nie mówią i także nie płacą. To są, panie Rzecki, nadzwyczajni lokatorowie!... Oni jedni nigdy nie robią mi zawodu.

Mimo woli, i nie wiem nawet dlaczego, pokręciłem głową, choć przeczuwam, że gdybym był właścicielem podobnego domu, kręciłbym głową cały dzień.

- Więc tu nikt nie płaci, a przynajmniej nie płaci regularnie? -zapytałem eks-obywatela.

- I nie ma się czemu dziwić - odparł pan Wirski. - W domu, z którego od tylu lat komorne pobierają wierzyciele, najuczciwszy lokator musi się znarowić.

Pomimo to mamy kilku bardzo punktualnych, na przykład baronowa Krzeszowska...

- Co?!... - zawołałem. - Ach, prawda, że baronowa tu mieszka...Chciała nawet kupić ten dom...

- I kupi go - szepnął rządca - tylko, panowie, trzymajcie się ostro!... Kupi go, choćby miała oddać cały swój majątek... A niemały to majątek, choć pan baron mocno go nadszarpnął... Wciąż stałem na połowie schodów, pod oknem z żółtymi, czerwonymi i niebieskimi szybami. Wciąż stałem zapatrzony we wspomnienie pani baronowej, którą widziałem zaledwie kilka razy w życiu i zawsze przedstawiała mi się jako osoba bardzo ekscentryczna. Umie być pobożną i zawziętą, pokorną i ordynaryjną...

- Cóż to za kobieta, panie Wirski? - spytałem. - To niezwykła kobieta, panie...

- Jak wszystkie histeryczki - mruknął eks-obywatel. - Straciła córeczkę, mąż ją porzucił... Same awantury!...

- Pójdziemy do niej, panie - rzekłem schodząc na drugie piętro. Czułem w sobie takie męstwo, że baronowa nie tylko nic trwożyła mnie, lecz prawie pociągała. Ale kiedy stanęliśmy pode drzwiami i rządca zadzwonił, doznałem kurczu w łydkach. Nie mogłem ruszyć się z miejsca i tylko dlatego nie uciekłem. W jednej chwili opuściła mnie odwaga, przypomniałem sobie sceny z licytacji... Obrócił się klucz w zamku, stuknęła zasuwka i w uchylonych drzwiach ukazała się twarz niestarej jeszcze dziewczyny, ubranej w biały czepeczek.

- A kto to? - spytała dziewczyna.

- Ja, rządca.

- Czego pan chce?

- Przychodzę z pełnomocnikiem właściciela.

- A ten pan czego chce?

- Ten pan jest właśnie pełnomocnikiem

- Więc jak mam powiedzieć?...

- Powiedz pani - odparł już zirytowany rządca - że przychodzimy pogadać o lokalu...

- Aha!

Zamknęła drzwi i odeszła. Upłynęło ze dwie albo trzy minuty, zanim wróciła na powrót i po otworzeniu wielu zamków wprowadziła nas do pustego salonu.

Dziwny był widok tego salonu. Meble okryte ciemnopopielatymi pokrowcami, to samo fortepian, to samo pająk zawieszony u sufitu; nawet stojące w kątach kolumny z posążkami miały także popielate koszule. W ogóle robił on wrażenie pokoju, którego właściciel wyjechał zostawiwszy tylko służbę bardzo dbałą o porządek domu.

Za drzwiami było słychać rozmowę na głos kobiecy i męski. Kobiecy należał do baronowej; męski znałem dobrze, ale nie mogłem sobie przypomnieć, czyj jest.

- Przysięgłabym - mówiła baronowa - że utrzymuje z nią stosunki. Onegdaj przysłał jej przez posłańca bukiet...

- Hum!... Hum!... - wtrącił głos męski.

- Bukiet, który ta obrzydliwa kokietka, dla oszukania mnie, kazała natychmiast wyrzucić za okno...

- Przecież baron na wsi... tak daleko od Warszawy... - odparł mężczyzna.

- Ale ma tu przyjaciół - zawołała baronowa. - I gdybym nie znała pana, przypuszczałbym, że pośredniczysz mu w tych bezeceństwach.

- Ależ, pani!... - zaprotestował głos męski. I w tej samej chwili rozległy się dwa pocałunki, sądzę, że w rękę.

- No, no, panie Maruszewicz, bez czułości!... Znam ja was. Obsypujecie pieszczotami kobietę, dopóki wam nie zaufa, a potem trwonicie jej majątek i żądacie rozwodu...

"Więc to Maruszewicz - pomyślałem. - Ładna para..."

- Ja jestem zupełnie inny - odparł ciszej męski głos za drzwiami i znowu rozległy się dwa pocałunki, z pewnością w rękę.

Spojrzałem na eks-obywatela. Podniósł oczy do sufitu, a ramiona prawie do wysokości uszu.

- Frant!... - szepnął wskazując na drzwi.

- Znasz go pan?...

- Bah!...

- Więc - mówiła baronowa w drugim pokoju - niechże pan zaniesie do Św. Krzyża te dziewięć rubli na trzy wotywy, na intencję, ażeby Bóg go upamiętał... Nie - dodała po chwili nieco zmienionym głosem. - Niech będzie jedna wotywa za niego, a dwie za duszę mojej nieszczęśliwej dzieweczki...

Przerwało jej ciche szlochanie.

- Niechże się pani uspokoi!... - łagodnie reflektował ją Maruszewicz.

- Idź pan już, idź!... - odparła.

Nagle otworzyły się drzwi salonu i jak wryty stanął na progu Maruszewicz, za którym ujrzałem żółtawą twarz i zaczerwienione oczy pani baronowej. Rządca i ja podnieśliśmy się z krzeseł, Maruszewicz cofnął się w głąb drugiego pokoju i widocznie wyszedł innymi drzwiami, a pani baronowa zawołała gniewnie:

- Marysia!... Marysia!...

Wbiegła dziewczyna w białym, jak wyżej, czepeczku, w ciemnej sukni i białym fartuchu. W ubraniu tym wyglądałaby na dozorczynię chorych, gdyby jej oczy nie rzucały za wiele iskier.

- Jak mogłaś wprowadzić tu tych panów? - zapytała ją baronowa.

- Pani przecie kazała prosić...

- Głupia... precz!... - syknęła baronowa. Następnie zwróciła się do nas:

- Czego pan chce, panie Wirski?
- Pan Rzecki jest plenipotentem właściciela domu - odparł rządca.
- A, a!... To dobrze... - mówiła baronowa, powoli wchodząc do salonu i nie prosząc nas, ażebyśmy usiedli. Rysopis tej damy: czarna suknia, żółtawa twarz, sinawe usta, zaczerwienione z płaczu oczy i włosy gładko uczesane.
Skrzyżowała ręce na piersiach jak Napoleon I i patrząc na mnie rzekła:
- A, a, a!... To pan jest plenipotentem, zdaje mi się, że pana Wokulskiego... Czy tak?... Niechże mu pan powie, że albo ja wyprowadzę się z tego mieszkania, za które płacę mu siedemset rubli bardzo regularnie, wszak prawda, panie Wirski?..
Rządca ukłonił się.
- Albo - ciągnęła baronowa - pan Wokulski usunie ze swego domu te brudy i niemoralność...
- Niemoralność? - spytałem.
- Tak, panie - potwierdziła baronowa kiwając głową. - Te praczki, które przez cały dzień śpiewają jakieś wstrętne piosenki na dole, a wieczorem śmieją się nad moją głową u tych... studentów... Ci zbrodniarze, którzy na mnie rzucają z góry papierosy albo leją wodę...Ta nareszcie pani Stawska, o której nie wiem, czym jest: wdową czy rozwódką, ani z czego się utrzymuje... Ta pani bałamuci mężów żonom cnotliwym, a tak strasznie nieszczęśliwym...
Zaczęła mrugać oczyma i rozpłakała się.
- Okropność!... - mówiła łkając. - Być przykutą do tak wstrętnego domu przez pamięć dla dziecka, której nic już nie wydrze z serca. Wszakże ona biegała po tych wszystkich pokojach... Ona bawiła się tam, od podwórza... I wyglądała oknem, przez które mnie, matce-sierocie, wyjrzeć dzisiaj nie wolno... Chcą mnie wypędzić stąd... wszyscy chcą mnie wypędzić... wszystkim zawadzam... A przecież ja stąd nie mogę wyprowadzić się, bo każda deska tej podłogi nosi ślady jej nóżek...w każdej ścianie uwiązł jej śmiech albo płacz...
Upadła na kanapę i zaniosła się od łkania.
- Ach! - płakała - ludzie są okrutniejsi od zwierząt... Chcą mnie wygnać stąd, gdzie moja dziecina wydała ostatnie tchnienie... Jej łóżeczko i wszystkie zabawki leżą na swoich miejscach... Sama ścieram kurze w jej pokoju, ażeby nie poruszyć najmniejszego sprzętu... Każdy cal podłogi wydeptałam kolanami, wycałowałam ślady mojej dzieciny, a oni mnie chcą wygnać!... Wygnajcież stąd pierwej mój ból, moją tęsknotę, moją rozpacz...
Zasłoniła twarz i szlochała rozdzierającym głosem. Spostrzegłem, że rządcy nos czerwienieje, a i ja sam uczułem łzy pod powiekami.
Rozpacz baronowej po zmarłym dziecku tak mnie rozbroiła, że nie miałem odwagi mówić z nią o podwyższeniu komornego. Płacz zaś jej tak znowu denerwował, że gdyby nie wzgląd na drugie piętro, wyskoczyłbym chyba oknem.
W rezultacie chcąc za jakąkolwiek cenę utulić szlochającą kobietę, odezwałem się z całą łagodnością:
- Proszę pani, niech się pani uspokoi... Czego pani żąda od nas?...Czym możemy służyć?...
W głosie moim było tyle współczucia, że rządcy nos jeszcze bardziej

poczerwieniał. Pani baronowej zaś obeschło jedno oko, lecz jeszcze płakała drugim, na znak, że nie uważa swojej akcji za skończoną, a mnie za pobitego.

- Żądam... żądam - mówiła wśród westchnień - żądam, aby mnie nie wypędzano z miejsca, gdzie umarło moje dziecko... i gdzie wszystko mi je przypomina. Nie mogę, no... nie mogę oderwać się od jej pokoju... nie mogę ruszyć jej sprzętów i zabawek... Podłością jest w taki sposób wyzyskiwać niedolę.

- Któż ją wyzyskuje? - spytałem. - Wszyscy, począwszy od gospodarza, który każe mi płacić siedemset rubli...

- A, wybacz, pani baronowa - zawołał rządca. - Siedem pysznych pokoi, dwie kuchnie jak salony, dwie schówki... Niech pani komu odstąpi ze trzy pokoje: przecież są dwa frontowe wejścia.

- Nic nikomu nie odstąpię - odparła stanowczo - gdyż jestem pewna, że mój zbłąkany mąż lada dzień opamięta się i powróci...

- W takim razie trzeba płacić siedemset rubli...

- Jeżeli nie więcej... - szepnąłem. Pani baronowa spojrzała tak, jakby chciała mnie spalić wzrokiem i utopić we łzach. Oj! co to za setna kobietka... Aż mi zimno, kiedy o niej pomyślę.

- Mniejsza o komorne - rzekła.

- Bardzo rozsądnie! - pochwalił ją Wirski kłaniając się.

- Mniejsza o pretensje gospodarza... Ale przecież nie mogę płacić siedmiuset rubli za lokal w podobnym domu...

- Czego pani baronowa chce od domu? - spytałem.

- Ten dom jest hańbą uczciwych ludzi - zawołała gestykulując rękoma. - Więc nie od siebie, ale w imieniu moralności proszę...

- O co?

- O usunięcie tych studentów, którzy mieszkają nade mną, nie pozwalają mi wyjrzeć oknem na podwórze i demoralizują wszystkie...

Nagle zerwała się z kanapy.

- O! słyszy pan? - rzekła wskazując na drzwi, które prowadziły do pokoju od strony dziedzińca.

Istotnie, usłyszałem głos ekscentrycznego brunecika, który z trzeciego piętra wołał:

- Marysiu!... Marysiu, chodź do nas...

- Marysiu! - krzyknęła baronowa.

- Przecież jestem... Czego pani chce? - odparła nieco zarumieniona służąca.

- Ani mi się rusz z domu!... Oto ma pan... - mówiła baronowa-tak jest po całych dniach. A wieczorem chodzą do nich praczki... Panie! - zawołała składając pobożnie ręce - wygnajcie tych nihilistów, bo to źródło zepsucia i niebezpieczeństwa dla całego domu... Oni w trupich główkach trzymają herbatę i cukier... Oni kośćmi ludzkimi poprawiają węgle w samowarze... Oni chcą tu kiedy przynieść całego nieboszczyka ...

Zaczęła znowu tak płakać, iż myślałem, że dostanie spazmów.

- Panowie ci - rzekłem - nie płacą komornego, więc bardzo być może...

Baronowej obeschły oczy.

- Ależ naturalnie - przerwała mi - że musicie ich wypędzić...Lecz, panie!

-zawołała - jakkolwiek są oni źli i zepsuci, to przecież gorszą od nich jest ta... ta Stawska!...

Zdziwiłem się zobaczywszy płomień nienawiści, jaki błysnął w oczach pani baronowej przy wymówieniu nazwy: Stawska.

- Pani Stawska tu mieszka? - spytałem mimo woli. - Ta piękna?..
- O... nowa ofiara!... - wykrzyknęła baronowa wskazując na mnie z pałającymi oczyma zaczęła mówić głębokim głosem:
- Ależ, człowieku siwowłosy, zastanów się, co robisz?... Wszakże to kobieta, której mąż oskarżony o zabójstwo uciekł za granicę... A z czego ona żyje?... Z czego się tak stroi?...
- Pracuje kobiecisko jak wół - szepnął rządca.
- O... i ten!... - zawołała baronowa. - Mój mąż (jestem pewna, że to on) przysyła jej ze wsi bukiety... Rządca tego domu kocha się w niej i bierze od niej komorne z dołu co miesiąc...
- Ależ, pani!... - zaprotestował eks-obywatel, a jego oblicze stało się tak rumiane jak nos.
- Nawet ten poczciwy niedołęga -Maruszewicz - ciągnęła baronowa - nawet on po całych dniach wygląda do niej oknem...

Dramatyczny głos baronowej przeszedł znowu w szlochanie.

- I pomyśleć - jęczała - że taka kobieta ma córkę, córkę... którą wychowuje dla piekła, a ja... O! wierzę w sprawiedliwość... wierzę w miłosierdzie boskie, ale nie rozumiem... tak... nic nie rozumiem tych wyroków, które mnie pozbawiły; a jej zostawiają dziecko... tej... tej... Panie! - wybuchnęła z nową siłą głosu - możesz zostawić nawet tych nihilistów, ale ją... musisz wygnać!... Niech lokal po niej stoi pustką...będę za niego płacić, byle ona nie miała dachu nad głową...

Ten wykrzyknik już całkiem mi się nie podobał. Dałem znak rządcy, że wychodzimy, i kłaniając się rzekłem oziębłe:

- Pozwoli pani baronowa, że w tej sprawie zadecyduje sam gospodarz, pan Wokulski. Baronowa rozkrzyżowała ręce jak człowiek trafiony kulą w piersi.
- Ach!... więc tak?... - szepnęła. - Więc już i pan, i... ten, ten...Wokulski związaliście się z nią?... Ha!... zaczekam tedy na sprawiedliwość boską...

Wyszliśmy, nie zatrzymywani dłużej; na schodach zatoczyłem się jak pijany.

- Co pan wiesz o tej pani Stawskiej? - zapytałem Wirskiego.
- Najuczciwsza kobieta - odparł. - Młode to, piękne i pracuje na cały dom... Bo emerytura jej matki ledwie starczy na komorne...
- Ma matkę?
- Ma. Także dobra kobiecina.
- A ile płacą za lokal?
- Trzysta rubli - odpowiedział rządca. - To, panie, jakbyśmy z ołtarza zdejmowali...
- Pójdziemy do tych pań - rzekłem.
- Z największą chęcią! - zawołał. - A co o nich plecie ta wariatka, niech pan nie słucha. Ona nienawidzi Stawskiej, nie wiem nawet za co. Chyba za to, że jest piękna i ma córeczkę jak cherubinek...
- Gdzie mieszkają?
- W prawej oficynie, na pierwszym piętrze.

Nie pamiętam nawet, kiedy zeszliśmy ze schodów frontowych, a kiedy minęliśmy podwórko i weszliśmy na pierwsze piętro oficyny. Tak ciągle stała mi przed oczyma pani Stawska i Wokulski... Mój Boże! jaka by to była piękna para; ale i cóż z tego, kiedy ona ma męża. Chociaż są to sprawy, do których najmniej miałbym ochoty mieszać się. Mnie się wydaje tak, im wydałoby się owak, a losowi jeszcze inaczej...

Los! los!... on dziwnie zbliża ludzi. Gdybym przed laty nie zeszedł do piwnicy Hopfera, do Machalskiego, nie poznałbym się z Wokulskim. Gdybym jego znowu nie wyprawił do teatru, on może nie spotkałby się panną Łęcką. Raz mimo woli nawarzyłem mu piwa i już nie chcę powtarzać tego po raz drugi. Niech sam Bóg radzi o swej czeladzi...

Gdy stanęliśmy pode drzwiami mieszkania pani Stawskiej, rządca uśmiechnął się filuternie i szepnął:

- Uważa pan... naprzód dowiemy się, czy młoda jest w domu. Jest co widzieć, panie!...

- Wiem, wiem...

Rządca nie dzwonił, ale zapukał raz i drugi. Nagle drzwi otworzyły się dość gwałtownie i stanęła w nich gruba i niska służąca z zawiniętymi rękawami i z mydłem na rękach, których mógłby jej pozazdrościć atleta.

- O, to pan rządca!... - zawołała. - Myślałam, że. znowu jaki tam...

- Cóż, dobijał się kto?... - spytał Wirski z akcentem oburzenia w głosie.

- Nie dobijał się nijaki - z chłopska odparła służąca - ino jeden przysłał dziś bukiet. Mówią, że to ten Marusiewicz z przeciwka...

- Łotr! - syknął rządca.

- Mężczyzny wszystkie takie. Niech mu się co podoba, to zara będzie lazł jak ćma w ogień.

- A panie obie są? - spytał Wirski.

Gruba służąca spojrzała na mnie podejrzliwie.

- Pan rządca z tym panem?

- Z tym panem. To plenipotent gospodarza.

- A młody on czy stary? - badała dalej, przypatrując mi się jak sędzia śledczy.

- Widzisz przecie, że stary!... - odparł rządca.

- W średnim wieku... - wtrąciłem. (Oni, dalibóg, niedługo piętnastoletnich chłopców zaczną nazywać starymi.)

- Są obie panie - mówiła służąca. - Tylo co do pani młodszej przyszła jedna dziewczynka wydawać lekcje. Ale pani starsza jest w swoim pokoju.

- Phy! - mruknął rządca. - Wreszcie... powiedz pani starszej...

Weszliśmy do kuchni, gdzie stała balia pełna mydlin i dziecinnej bielizny. Na sznurze zawieszonym w pobliżu komina suszyły się również dziecinne spódniczki, koszule i pończoszki. (Jak to zaraz znać, że w mieszkaniu jest dziecko!)

Spoza uchylonych drzwi usłyszeliśmy głos już starszej kobiety.

- Z rządcą?... jakiś pan?.. - mówiła niewidzialna dama. - Może to Ludwiczek, bo akurat śnił mi się...

- Niech panowie idą - rzekła służąca otwierając drzwi do saloniku.

Salonik nieduży, koloru perłowego. Szafirowe sprzęty, pianino, w obu oknach pełno kwiatów białych i różowych, na ścianach premia Towarzystwa Sztuk Pięknych, na stole lampa ze szkłem w formie tulipana. Po cmentarnym salonie pani Krzeszowskiej z meblami w ciemnych pokrowcach wydało mi się tu weselej. Pokój wyglądał, jakby oczekiwano na gościa. Ale jego sprzęty zanadto symetrycznie ustawione dokoła stołu świadczyły, że gość jeszcze nie przyjechał. Po chwili z przeciwległych drzwi wyszła osoba w wieku poważnym, ubrana w popielatą suknię. Uderzył mnie prawie biały kolor jej włosów, obok twarzy mizernej, lecz niezbyt starej i bardzo regularnej. Rysy tej damy były mi gdzieś znajome.

Tymczasem rządca zapiął swój poplamiony surdut na dwa guziki i ukłoniwszy się z elegancją prawdziwego szlachcica rzekł:

- Pozwoli pani zaprezentować: pan Rzecki, plenipotent naszego gospodarza, a mój kolega... Spojrzeliśmy sobie obaj w oczy. Wyznaję, że byłem trochę zdziwiony naszym koleżeństwem. Wirski spostrzegł to i dodał z uśmiechem:

- Mówię: kolega, gdyż obaj widzieliśmy równie ciekawe rzeczy będąc za granicą.

- Szanowny pan był za granicą? no proszę!... - odezwała się staruszka.

- W roku 1849 i nieco później - wtrąciłem.

- A czy szanowny pan nie zetknął się gdzie przypadkowo z Ludwikiem Stawskim?

- Ależ, pani dobrodziejko! - zawołał Wirski śmiejąc się i kłaniając. - Pan Rzecki był za granicą przed trzydziestu laty, a zięć pani wyjechał dopiero przed czterema...

Staruszka machnęła ręką, jakby odganiając muchę.

- Prawda! - rzekła - co też ja plotę... Ale tak ciągle myślę o Ludwiczku... Niechże panowie raczą spocząć...

Usiedliśmy, przy czym eks-obywatel znowu ukłonił się poważnej damie, a ona jemu.

Teraz dopiero spostrzegłem, że popielata suknia staruszki jest w wielu miejscach pocerowana, i dziwna melancholia ogarnęła mnie na widok tych dwojga ludzi w poplamionym surducie i w pocerowanej sukni, którzy zachowywali się jak książęta. Nad nimi już przeszedł wszystko wyrównywający pług czasu.

- Bo zapewne pan nie wie o naszym zmartwieniu - rzekła poważna dama zwracając się do mnie: - Mój zięć przed czterema laty miał bardzo przykrą sprawę, najniesłuszniej... Zamordowano tu jakąś straszną lichwiarkę... Ach, Boże! nie ma o czym mówić... Dosyć, że ktoś z bliskich ostrzegł go, że na niego pada posądzenie... Najniewinniej, panie...

- Rzecki - wtrącił eks-obywatel.

- Najniesprawiedliwiej, panie Rzecki... No i on... biedak, uciekł zagranicę. W roku zeszłym znalazł się istotny morderca, ogłoszono niewinność Ludwika, ale i cóż, kiedy on już od dwu lat nie pisał...

Tu pochyliła się do mnie z fotelu i rzekła szeptem:

- Helenka, córka moja, panie...

- Rzecki - odezwał się rządca.

- Córka moja, panie Rzecki, rujnuje się... szczerze mówię, że się rujnuje na

ogłoszenia po zagranicznych pismach, a tu nic i nic... Kobieta młoda. panie...
- Rzecki - podpowiedział Wirski:
- Kobieta młoda, panie Rzecki, niebrzydka.
- Prześliczna! - wtrącił rządca z zapałem.
- Byłam trochę do niej podobna - ciągnęła sędziwa dama wzdychając i kiwając głową eks-obywatelowi. - Jest tedy córka moja niebrzydka i młoda, już jedno dziecko ma i... może tęskni za innymi. Chociaż, panie Wirski, przysięgam; że nigdy od niej o tym nie słyszałam... Cierpi i milczy, ale że cierpi, domyślam się. Ja także miałam trzydzieści lat...
- Kto z nas ich nie miał! - ciężko westchnął rządca.
Skrzypnęły drzwi i wbiegła mała dziewczynka z drutami w ręku.
- Proszę babci! - zawołała - ja nigdy nie skończę kaftanika dla mojej lalki...
- Heluniu! - odezwała się staruszka surowo. - Ty nie ukłoniłaś się...
Dziewczynka zrobiła dwa dygi, na które ja odpowiedziałem niezręcznie, a pan Wirski jak hrabia, i mówiła dalej, pokazując babce druty, przy których chwiał się czarny, włóczkowy kwadracik.
- Proszę babci, nadejdzie zima i moja lalka nie będzie miała w czym wyjść na ulicę... Proszę babci, znowu mi spadło oczko.
(Prześliczne dziecko... Boże miłosierny! dlaczego Stach nie jest jego ojcem. Może nie szalałby tak...)
Babcia przepraszając nas wzięła włóczkę i druty, a w tej chwili weszła do salonu pani Stawska... Muszę sobie przyznać, że ja na jej widok zachowałem się z godnością; ale Wirski zupełnie stracił głowę. Zerwał się krzesła jak student, zapiął surdut jeszcze na jeden guzik, powiem nawet: zarumienił się, i zaczął bełkotać:
- Pozwoli pani zaprezentować sobie: pan Rzecki, plenipotent naszego gospodarza...
- Bardzo mi przyjemnie - odpowiedziała pani Stawska kłaniając mi się ze spuszczonymi oczyma. Ale silny rumieniec i ślad obawy na jej twarzy upewniły mnie, że nie jestem przyjemnym gościem.
"Poczekaj! - myślę. I wyobraziłem sobie, że na moim miejscu jest w tym pokoju Wokulski. - Poczekaj, zaraz cię przekonam, że nie masz się nas czego lękać."
Tymczasem pani Stawska usiadłszy na krześle była tak zmieszana, że zaczęła coś poprawiać około sukienki swojej córeczki. Jej matka również straciła humor, a rządca kompletnie zbaraniał. "Poczekajcie!" - myślę i przybrawszy bardzo surowy wyraz twarzy odezwałem się:
- Panie dawno mieszkają w tym domu?
- Pięć lat... - odpowiada pani Stawska rumieniąc się jeszcze mocniej. Jej matka aż drgnęła na fotelu.
- Ile panie płacą? - Dwadzieścia pięć rubli miesięcznie... - szepnęła młoda pani.
Jednocześnie pobladła, zaczęła skubać sukienkę i z pewnością mimo woli rzuciła na Wirskiego takie błagalne spojrzenie, że... że gdybym był Wokulskim, zaraz bym się o nią oświadczył...
- Jesteśmy - dodała jeszcze ciszej - jesteśmy winne panom za lipiec...
Zachmurzyłem się jak Lucyper i nabrawszy tyle tchu, ile było powietrza w mieszkaniu, rzekłem:

- Nic panie nie są nam winne do... do października. Właśnie Stach... - to jest pan Wokulski, pisze mi, że to istny rozbój brać trzysta rubli za trzy pokoje na tej ulicy. Pan Wokulski nie może pozwolić na podobne zdzierstwo i kazał mi zawiadomić panie, że ten lokal od października będzie do wynajęcia za dwieście rubli. A jeżeli panie nie życzą sobie...

Rządca aż posunął się w tył z fotelem. Staruszka złożyła ręce, a pani Stawska patrzyła na mnie wielkimi oczyma. Oto dopiero oczy!... i jak ona nimi umie patrzeć!... Przysięgam, że gdybym był Wokulskim, oświadczyłbym się jej na poczekaniu. Z męża już pewnie nie ma nawet kosteczki, jeżeli nie pisał przez dwa lata. Wreszcie, od czego są rozwody?... na co Stach ma taki majątek?...

Znowu skrzypnęły drzwi i ukazała się w nich może dwunastoletnia dziewczynka, w pasterce na głowie i z paczką kajetów w ręce. Było to dziecko z twarzą rumianą i pełną, lecz nie zdradzającą zbyt wielkiej inteligencji. Ukłoniła się nam, ukłoniła się pani Stawskiej i jej matce, ucałowała w oba policzki małą Helenkę i wyszła, oczywiście do domu. Następnie wróciła się z kuchni i zarumieniona powyżej oczu, spytała pani Stawskiej:

- Pojutrze o której mogę przyjść?
- Pojutrze, kochanko... Przyjdź o czwartej - odpowiedziała pani Stawska również zmieszana. Gdy dziewczynka ostatecznie wyszła, matka pani Stawskiej odezwała się niezadowolonym tonem:
- I to nazywa się lekcja, Boże odpuść... Helenka pracuje z nią przynajmniej półtorej godziny i za taką lekcję bierze czterdzieści groszy...
- Mateczko! - przerwała pani Stawska, błagalnie patrząc na nią.
(Gdybym był Wokulskim, już bym z nią wracał od ślubu. Co to za kobieta!... co za rysy... co za gra fizjognomii... W życiu nie widziałem nic podobnego!... A rączka, a figurka, a wzrost; a ruchy, a oczy, oczy!...)

Po chwili kłopotliwego milczenia odezwała się znowu młoda pani:
- Bardzo jesteśmy wdzięczne panu Wokulskiemu za warunki, na jakich zostawia nam ten lokal!... Jest to chyba jedyny wypadek, ażeby gospodarz sam zniżał komorne. Ale nie wiem, czy... wypada nam korzystać z jego uprzejmości?...
- To nie uprzejmość, pani, to uczciwość szlachetnego człowieka! -wtrącił rządca. - Mnie pan Wokulski również zniżył komorne i przyjąłem... Ulica, proszę pani, trzeciorzędna, ruch mały...
- Ale o lokatorów na niej łatwo - wtrąciła pani Stawska.
- Wolimy dawnych, znanych nam już ze spokojności i porządku - odpowiedziałem.
- Ma pan słuszność - pochwaliła mnie siwowłosa dama. - Porządek w mieszkaniu to pierwsza zasada, której przestrzegamy... Nawet jeżeli Helunia potnie kiedy papierki i rzuci je na podłogę, zaraz zmiata je Franusia...
- Przecie ja, proszę babci, wycinam tylko koperty, bo piszę list do tatki, ażeby już wracał - odezwała się dziewczynka.

Po obliczu pani Stawskiej przeleciał cień jakby żalu i zmęczenia.
- I nic, żadnej wiadomości? - spytał rządca.
Młoda pani z wolna potrząsnęła głową; ale jestem pewny, czy nie westchnęła, ale tak cicho...

- Oto los młodej i niebrzydkiej kobiety! - zawołała starsza dama. - Nie panna, nie mężatka...
- Mateczko! ...
- Nie wdowa, nie rozwódka, słowem - nie wiadomo co i nie wiadomo za co... Ty, Helenko, mów sobie co chcesz, a ja ci powiadam, że Ludwik już nie żyje...
- Mateczko!... mateczko!...
- Tak - ciągnęła matka z uniesieniem. - My go tu wszyscy oczekujemy każdego dnia, o każdej godzinie, ale to na nic... Albo umarł, albo zaparł się ciebie, więc nie masz obowiązku czekać...
Obu paniom łzy nabiegły do oczu: matce z gniewu, a córce... Czyja wiem?... Może z żalu za złamanym życiem.
Nagle przeleciała mi przez głowę myśl, którą (gdyby nie o mnie chodziło) poczytałbym za genialną. Zresztą mniejsza o jej nazwę. Dość, że było w mojej twarzy i całej postaci coś takiego, że gdy poprawiłem się na krześle, założyłem nogę na nogę i odchrząknąłem, wszyscy wlepili we mnie spojrzenia - nawet mała Helenka.
- Znajomość nasza - rzekłem - zbyt jest krótką, ażebym śmiał...
- Wszystko jedno! - przerwał mi pan Wirski. - Dobre usługi przyjmuje się nawet od nieznajomych.
- Znajomość nasza - mówiłem skarciwszy go wzrokiem - jest wprawdzie niedługa. Pozwolą panie jednak, ażebym nie tyle ja, ile pan Wokulski użył swoich wpływów do odszukania małżonka pani...
- Aaa!... - jęknęła starsza dama w sposób, którego nie mógłbym uważać za objaw radości.
- Mateczko! - wtrąciła pani Stawska.
- Heluniu - rzekła babcia stanowczo - idź do swojej lalki i rób jej kaftanik. Oczko już znalazłam, idź...
Dziewczynka była trochę zdziwiona, może nawet zaciekawiona, ale ucałowała ręce babci i matce i wyszła ze swymi drutami.
- Proszę pana - ciągnęła staruszka - jeżeli mamy mówić szczerze, to mnie nie tyle chodzi... To jest... nie wierzę, ażeby Ludwik żył. Kto przez dwa lata nie pisze...
- Mamo, dosyć!...
- O nie! - przerwała matka. - Jeżeli ty jeszcze nie czujesz swego położenia, to już ja je rozumiem. Nie można żyć z taką wieczną nadzieją czy groźbą...
- Mamo droga, o moim szczęściu i obowiązkach ja tylko mam prawo...
- Nie mów mi o szczęściu - wybuchnęła matka. - Ono skończyło się w dniu, kiedy twój mąż uciekł przed sądem, który dowiedział się o jakichś ciemnych jego stosunkach z lichwiarką. Że był niewinny, wiem, na to gotowa byłam przysiąc. Ale nie rozumiem ani ja, ani ty, po co on u niej bywał.
- Mamo!... przecież ci panowie są obcy... - zawołała z desperacją pani Stawska.
- Ja obcy?... - spytał rządca tonem wymówki; ale powstał z krzesełka i ukłonił się.
- I pan nie jesteś obcy, i ten pan - rzekła staruszka wskazując na mnie. - To musi być uczciwy człowiek...
Teraz ja ukłoniłem się.

- Więc mówię panu - ciągnęła staruszka, bystro patrząc mi w oczy - żyjemy w ciągłej niepewności co do mego zięcia i niepewność ta zatruwa nam spokój. Ale ja, wyznam szczerze, więcej boję się jego powrotu...
Pani Stawska zasłoniła twarz chustką i wybiegła do swego pokoju.
- Płacz sobie, płacz... - mówiła grożąc za nią rozdrażniona staruszka. - Takie łzy, chociaż bolesne, lepsze są od tych, które co dzień wylewasz...
- Panie - zwróciła się do mnie - przyjmę wszystko, co nam Bóg zeszle, ale czuję, że gdyby ten człowiek wrócił, zabiłby do reszty szczęście mojego dziecka. Przysięgnę - dodała ciszej - że ona go już nie kocha, choć sama nie wie o tym, ale jestem pewna, że... pojechałaby do niego, gdyby ją wezwał!...
Tłumione łkanie przerwało jej mowę. Spojrzeliśmy po sobie z Wirskimi pożegnaliśmy sędziwą damę.
- Pani - rzekłem na odchodnym - nim rok upłynie, przyniosę wiadomość o jej zięciu. A może - szepnąłem z mimowolnym uśmiechem - sprawy ułożą się tak, że... wszyscy będziemy zadowoleni...Wszyscy... nawet ci, których tu nie ma!...
Staruszka spojrzała na mnie pytającym wzrokiem, alem nic nie odpowiedział. Jeszcze raz pożegnałem ją i wyszliśmy obaj z rządcą nie dopytując się już o panią Stawską.
- A niechże pan zagląda do nas choćby co wieczór!... - zawołała sędziwa dama, gdy już byliśmy w kuchni. Naturalnie, że będę zaglądał... Czy uda mi się moja kombinacja ze Stachem? Bóg raczy wiedzieć. Tam gdzie serce wchodzi w grę, na nic wszelkie rachuby. Ale spróbuję rozwiązać ręce kobiecie, a i to coś znaczy.
Po opuszczeniu mieszkania pani Stawskiej i jej matki rozeszliśmy się z rządcą domu, bardzo z siebie zadowoleni. To jakiś dobry człeczyna. Ale kiedy wróciwszy do siebie zastanowiłem się nad skutkami mego przeglądu lokatorów, ażem się schwycił za głowę.
Miałem uregulować finanse kamienicy i otóż uregulowałem je tak, że na pewno dochód zmniejszył się o trzysta rubli rocznie. Ha! może tym rychlej Stach opatrzy się i sprzeda swój nabytek, który wcale nie był mu potrzebny. Ir wciąż mi niedomaga. Polityka stoi w jednej mierze: ciągła niepewność...

ROZDZIAŁ TRZECI: SZARE DNIE I KRWAWE GODZINY

W kwadrans po wyjeździe z Warszawy koleją warszawsko - bydgoską doznał dwu szczególnych, choć zupełnie różnych uczuć: owionęło go świeże powietrze, a on sam wpadł w jakiś dziwny letarg.
Poruszał się swobodnie, był trzeźwy, myślał jasno i szybko, tylko nic go nie obchodziło; ani kto z nim jedzie, ani którędy jedzie, ani dokąd jedzie. Apatia ta rosła w miarę oddalania się od Warszawy. Za Pruszkowem prawie ucieszyły go krople deszczu, przez otwarte okno padające do wnętrza wagonu; później nieco ożywiła go gwałtowna burza za Grodziskiem; miał nawet pragnienie, ażeby go piorun zabił. Ale gdy burza przeszła, wpadł znowu w obojętność i nie interesował się niczym; nawet tym, że jego sąsiad z prawej strony spał mu na ramieniu, a sąsiad z przeciwka zdjął kamasze i oparł mu na kolanach nogi, w czystych zresztą skarpetkach.

Około północy napadło na niego coś jakby sen, a może tylko jeszcze większa obojętność. Zasłonił firanką latarnię wagonu, przymknął oczy i myślał, że ta osobliwa apatia skończy się ze wschodem słońca. Ale nie skończyła się; owszem, do rana wzrosła i rosła coraz bardziej. Nie było mu z nią dobrze ani źle; tak sobie.

Potem wzięto od niego paszport, potem zjadł śniadanie, kupił nowy bilet, kazał przenieść rzeczy do innego pociągu i ruszyli dalej. Nowa stacja, nowa zmiana pociągów, nowa jazda... Wagon drżał i turkotał, lokomotywa co pewien czas świstała, zatrzymywała się... Do przedziału zaczęli siadać ludzie mówiący po niemiecku, dwoje, troje... Potem całkiem zniknęli ludzie mówiący po polsku i wagon napełnił się samymi Niemcami.

Zmieniał się też krajobraz. Ukazały się lasy otoczone wałami i złożone z drzew stojących w tak równej odległości jak żołnierze. Znikły drewniane chaty kryte słomą i coraz częściej zaczęły się pojawiać piętrowe domki kryte dachówką, otoczone ogródkami. Znowu postój, znowu jedzenie. Jakieś ogromne miasto... Ach! to chyba Berlin... Znowu jazda...Do wagonu siadają ludzie wciąż mówiący po niemiecku, ale jakby innym akcentem. Potem noc i sen... Nie, to nie sen, to tylko apatia.

Zjawia się dwu Francuzów w przedziale. Krajobraz całkiem odmienny; szerokie horyzonty, wzgórza, winnice. Tu i ówdzie wielki dom piętrowy, stary, ale krzepki, zasłonięty drzewami, zawinięty jakby w bluszcze. Znowu rewizja walizki. Zmiana pociągów, do wagonu wchodzi dwu Francuzów i jedna Francuzka i robią taki hałas, jakby ich było z dziesięcioro. Są to ludzie widocznie dobrze wychowani; pomimo to śmieją się, kilka razy zmieniają miejsca i przepraszają Wokulskiego, lecz za co, on sam nie wie.

Na jednej ze stacji Wokulski pisze kartkę do Suzina: "Paris-Grand Hôtel", i daje ją konduktorowi wagonu razem z jakimś banknotem, nie troszcząc się ani o to, ile dał, ani o to, czy depesza dojdzie. Na następnej stacji ktoś wsuwa mu w rękę cały zwitek banknotów i jadą dalej;. Wokulski spostrzega, że znowu jest noc, i znowu zapada w stan, który może być snem, a może tylko utratą przytomności. Ma oczy zamknięte, pomimo to myśli, że śpi i że ten dziwny stan zobojętnienia opuści go w Paryżu.

"Paryż!... Paryż!... (mówi sobie ciągle śpiąc). Wszakże od tylu lat o nim tylko marzyłem. To przejdzie... Wszystko przejdzie!..."

Godzina dziesiąta rano, nowa stacja. Pociąg staje pod dachem; hałas, krzyk, bieganina. Wokulskiego napada od razu trzech Francuzów ofiarujących mu usługi. Nagle ktoś chwyta go za ramię.

- No, Stanisławie Piotrowiczu, twoje szczęście, żeś przyjechał...

Wokulski przypatruje się przez chwilę jakiemuś olbrzymowi z czerwoną twarzą i konopiastą brodą, wreszcie mówi:

- Ach, Suzin!

Padają sobie w objęcia. Suzinowi towarzyszy jeszcze dwu Francuzów z których jeden odbiera Wokulskiemu bilet na rzeczy.

- Twoje szczęście, żeś przyjechał - mówi Suzin całując go jeszcze raz. - Myślałem, że się skręcę w tym Paryżu bez ciebie...

"Paryż..." - myśli Wokulski.

- O mnie mniejsza - ciągnie dalej Suzin. - Takeś zhardział pomiędzy waszą parszywą szlachtą, że o mnie już nie dbasz. Ale dla ciebie samego szkoda pieniędzy... Straciłbyś z pięćdziesiąt tysięcy rubli...

Dwaj Francuzi, towarzyszący Suzinowi, ukazują się znowu i mówią im, że już mogą jechać. Suzin bierze pod rękę Wokulskiego i wyprowadza go na plac, gdzie stoi mnóstwo omnibusów i powozów jedno-i dwukonnych, z woźnicami umieszczonymi z przodu lub z tyłu. Przeszedłszy kilkanaście kroków trafiają na dwukonny powóz z lokajem. Siadają i jadą.

- Patrzaj - mówi Suzin - to ulica Lafayette, a ot bulwar Magenta. Jedziem wciąż Lafayettem aż do hotelu przy Operze. Powiadam tobie, cud, nie miasto! No, a jak zobaczysz Elizejskie Pola, a potem między Sekwaną i Rivoli... Eh! ja tobie mówię, cud, nie miasto... Kobiety tylko trochę zanadto wypychają się. Ale tu inszy smak... Na wszelki sposób cieszę się, żeś przyjechał; pięćdziesiąt albo i więcej tysięcy rubli to nie nic... Ot, widzisz, Opera, a ot bulwar Kapucyński, a ot, nasza chata...

Wokulski spostrzega ogromny pięciopiętrowy gmach, formy klinowatej, na wysokości drugiego piętra otoczony żelazną balustradą, przy szerokiej ulicy wysadzonej niezbyt starymi drzewami, pełnej omnibusów, powozów, ludzi konnych i pieszych. Ruch jest tak wielki, jak gdyby co najmniej połowa Warszawy biegła na zobaczenie jakiegoś wypadku; ulica jest tak gładka jak posadzka. Widzi, że jest w samym środku Paryża, lecz nie doznaje ani wzruszenia, ani ciekawości. Nic go nie obchodzi.

Powóz wjeżdża we wspaniałą bramę, lokaj otwiera drzwiczki, wysiadają. Suzin bierze Wokulskiego pod rękę i prowadzi do małego pokoiku, który po chwili zaczyna wznosić się w górę.

- A ot winda - mówi Suzin. - Ja mam tu dwa mieszkania. Jedno na pierwszym piętrze za sto franków dziennie, drugie na trzecim za dziesięć franków. I dla ciebie wziąłem za dziesięć franków. Trudna racja -wystawa!...

Wychodzą z windy na korytarz i po chwili znajdują się w eleganckim saloniku, który posiada mahoniowe meble, szerokie łóżko pod baldachimem i szafę mającą zamiast drzwi ogromne lustro.

- Siadaj, Stanisławie Piotrowiczu. Chcesz jeść czy pić, tu czy w sali? No, pięćdziesiąt tysięcy twoje... Bardzom kontent...

- Powiedz mi - po raz pierwszy odezwał się Wokulski - za cóż to ja mam dostać pięćdziesiąt tysięcy?...

- Może i więcej.

-Dobrze, ale za co?

Suzin rzuca się na fotel, opiera ręce na brzuchu i wybucha śmiechem.

- Ot, za to samo, że się pytasz!... Inny nie pyta, za co weźmie pieniądze, tylko dawaj... A ty jeden chcesz wiedzieć, za co zarobisz takie pieniądze. Ach, ty gołąbku!...

- To nie jest odpowiedź.

- Zaraz ja tobie odpowiem - mówi Suzin. - Najpierw za to, żeś ty mnie jeszcze w Irkucku przez cztery lata rozumu uczył. Żeby nie ty, ja nie byłbym ten Suzin co. dziś. No, a ja, Stanisławie Piotrowiczu, ja nie wasz człowiek: za dobro daję dobro...

- I to nie odpowiedź - wtrącił Wokulski.

Suzin wzruszył ramionami.

- Już ty w tej izbie nie chciej ode mnie objaśnienia; a tam na dole sam zrozumiesz. Może być, kupię trochę galanterii paryskich, a może być, kilkanaście statków kupieckich. Ja po francusku ani w ząb i po niemiecku też, więc trzeba mi człowieka takiego jak ty...

- Nie znam się na statkach.

- Bądź spokojny. Znajdziem tu inżynierów kolejowych i morskich, i wojskowych... Mnie nie o nich chodzi, ale o człowieka, który by gadał za mnie - dla mnie. Zresztą, mówię tobie, jak zejdziemy tam na dół, miej ty dwie pary oczów i dwie pary uszów, ale jak wyjdziemy stamtąd, nie miej ty nawet pamięci. Ty to potrafisz, Stanisławie Piotrowiczu, a o resztę nie pytaj się. Ja zarobię dziesięć procent, tobie dam dziesięć procent od mego zarobku i sprawa skończona. A na co to, dla kogo i przeciw komu - nie pytaj.

Wokulski milczał.

- O czwartej przyjdą do mnie fabrykanci amerykańscy i francuscy. Możesz zejść? - spytał Suzin.

- Dobrze.

- A teraz przejedziesz się po mieście?

- Nie. Teraz pójdę spać.

- No, to i dobrze. Chodźże do twego mieszkania.

Opuścili numer Suzina i o kilkanaście kroków dalej weszli do podobnego zupełnie saloniku: Wokulski rzucił się na łóżko, Suzin wyszedł na palcach i zamknął drzwi.

Po odejściu Suzina Wokulski przymknął oczy i usiłował zasnąć. Może nie tyle zasnąć, ile odpędzić od siebie jakąś myśl natrętną, przed którą uciekł z Warszawy. Przez pewien czas zdawało mu się, że jej niema, że została tam i że dopiero szuka go stroskana, tułając się od Krakowskiego Przedmieścia do Alei Ujazdowskiej.

"Gdzie on jest?... gdzie on jest?..." - szeptało widmo.

"A jeżeli poleci za mną?... - spytał samego siebie Wokulski. - No, już chyba tu mnie nie znajdzie w tak wielkim mieście, w takim ogromnym hotelu..."

"A może mnie już szuka?..." - pomyślał.

Zamknął oczy jeszcze mocniej i począł huśtać się na materacu; który wydał mu się nadzwyczajnie szerokim i wyjątkowo sprężystym. Był pogrążony w dwu szmerach. Za drzwiami, na hotelowym korytarzu, ludzie rozmawiali i biegali, jakby w tej chwili stało się coś; za oknem, na ulicy, rozlegał się nieokreślony hałas, na który składają się turkoty licznych wozów, dźwięki dzwonów, głosy ludzkie, trąbki, wystrzały i Bóg nie wie co, a wszystko przytłumione i odległe.

Potem przywidziało mu się, że jakiś cień zagląda do jego okna, a później, że po długim korytarzu ktoś chodzi ode drzwi do drzwi, puka i pyta:

"Czy nie ma go tu?..."

Istotnie ktoś chodził, pukał i nawet zapukał do jego drzwi; lecz nie odebrawszy odpowiedzi poszedł dalej.

"Nie znajdzie mnie!... nie znajdzie..." - myślał Wokulski.

Wtem otworzył oczy i włosy powstały mu na głowie. Naprzeciw siebie

zobaczył taki sam pokój jak jego, takie samo łóżko z baldachimem, a na nim...
siebie!... Było to jedno z najsilniejszych wstrząśnień, jakich doznał w życiu,
sprawdziwszy własnymi oczyma, że tu, gdzie uważał się za zupełnie
samotnego, towarzyszy mu nieodstępny świadek... on sam!...
"Co za oryginalne szpiegowanie... - mruknął. - Głupie te szafy z lustrami."
Zerwał się z łóżka, jego sobowtór zerwał się równie szybko. Pobiegł do okna -
tamten także. Otworzył gorączkowo walizkę, ażeby przebrać się, i tamten
również zaczął przebierać się, widocznie z zamiarem wyjścia na miasto.
Wokulski czuł, że musi uciec z tego pokoju. Widmo, przed którym wyjechał z
Warszawy, było już tu i stało za progiem.
Umył się, włożył czystą bieliznę, przebrał się. Było ledwie wpół do pierwszej.
"Trzy i pół godziny - pomyślał. - Coś trzeba z nimi zrobić..."
Ledwie otworzył drzwi, już znalazł się służący z frazesem:
- *Monsieur?...*
Wokulski kazał zaprowadzić się do schodów, dał służącemu franka i zbiegł z
trzeciego piętra na dół, jak człowiek, którego ścigają.
Wyszedł przed bramę i zatrzymał się na chodniku. Ulica szeroka, wysadzona
drzewami. W jednej chwili przelatuje około niego ze sześć powozów i żółty
omnibus, naładowany podróżnymi wewnątrz i na dachu. Na prawo, gdzieś
bardzo daleko, widać plac, na lewo - pod hotelem - niedużą markizę, a pod nią
gromadę mężczyzn i kobiet, którzy siedzą przy okrągłych stoliczkach, prawie
na chodniku, i piją kawę. Panowie są jak wydekoltowani, mają w dziurkach od
guzików kwiaty lub wstążeczki i zakładają nogi na kolana akurat tak wysoko,
jak przystoi w sąsiedztwie pięciopiętrowych domów; kobiety szczupłe, małe,
śniade, z ognistymi spojrzeniami, lecz skromnie ubrane.
Wokulski idzie w lewo i za węgłem tego samego hotelu, w tymże samym
hotelu, widzi drugą markizę i drugą gromadę ludzi, pijących coś obok
chodnika. Tu siedzi ze sto osób, jeżeli nie więcej; panowie mają miny
impertynentów, damy są ożywione, przyjacielskie i pełne prostoty. Powozy
jedno - i dwukonne toczą się w dalszym ciągu, gromady pieszych pędzą co
chwilę w jedną i drugą stronę, przesuwa się żółty i zielony omnibus, tym zaś
przecinają drogę omnibusy brunatne, wszystkie napełnione wewnątrz,
wszystkie obładowane podróżnymi na dachach. Wokulski znajduje się na
środku placu, z którego rozchodzi się siedem ulic. Liczy raz i drugi - siedem
ulic... Gdzie iść? Chyba w kierunku drzew... Akurat dwie ulice, przecinające się
pod kątem prostym, są zadrzewione...
"Pójdę w kierunku ściany hotelu" - myśli Wokulski.
Robi pół obrotu w lewo i staje zdumiony.
W głębi na lewo widać jakiś potężny gmach.
Na parterze - szereg arkad i posągów, na pierwszym piętrze olbrzymie
kolumny kamienne i nieco mniejsze marmurowe, ze złoconymi kapitelami. Na
wysokości dachu w kątach orły i złocone posągi, unoszące się nad złoconymi
figurami rozhukanych koni. Dach bliżej płaski, dalej kopuła zakończona
koroną, a jeszcze dalej - dach trójkątny, również dźwigający na szczycie grupę
figur. Wszędzie marmur, brąz, złoto, wszędzie kolumny, posągi i medaliony...
"Opera?... - myśli Wokulski. - Ależ tu jest więcej marmurów i brązów aniżeli w

całej Warszawie!..."

Przypomina sobie swój sklep, ozdobę miasta, rumieni się i idzie dalej. Czuje, że Paryż na pierwszym kroku przytłoczył go, i - jest kontent.

Ruch powozów, omnibusów i ludzi pieszych zwiększa się w zastraszający sposób. Co kilka kroków werandy, okrągłe stoliki, ludzie siedzący przy chodnikach. Za powozem, który ma z tyłu lokaja, toczy się wózek ciągniony przez psa, mija go omnibus, potem dwaj ludzie z tragami, potem większy wóz na dwu kołach, potem dama i mężczyzna konno i znowu nieskończony szereg powozów. Bliżej chodnika - wózek z bukietami, drugi z owocami, naprzeciw pasztetnik, roznosiciel gazet, handlarz starzyzny, szlifierz, roznosiciel książek...

- M'rchand d'habits...
- "Figaro"!... - Exposition!...
- "Guide Parisien!"... trois francs!... trois francs!...

Ktoś wsuwa Wokulskiemu książkę w rękę, on płaci trzy franki i przechodzi na drugą stronę ulicy. Idzie szybko, lecz pomimo to widzi, że wszystko go wyprzedza: powozy i piesi. Oczywiście, jest to jakiś olbrzymi wyścig; więc przyśpiesza kroku, a choć jeszcze nikogo nie wyścignął, już zwraca na siebie powszechną uwagę. Jego przede wszystkim atakują roznosiciele gazet i książek, na niego patrzą kobiety, z niego w drwiący sposób uśmiechają się mężczyźni. Czuje, że on, Wokulski, który tyle hałasu robił w Warszawie, tutaj jest onieśmielony jak dziecko i... dobrze mu z tym... Ach, jakże pragnąłby znowu zostać dzieckiem z owej epoki, kiedy to jego ojciec naradzał się z przyjaciółmi: czy go oddać do kupca, czy do szkół?

W tym miejscu ulica nieco zgina się na prawo. Wokulski pierwszy raz spostrzega dom trzypiętrowy i napełnia go jakąś rzewność. Dom trzypiętrowy między pięciopiętrowymi!... cóż to za miła niespodzianka...

Nagle - mija go powóz z groomem na koźle, wiozący dwie kobiety. Jedna całkiem mu nie znana, druga...

"Ona?... - szepce Wokulski. - Niepodobieństwo!..."

Mimo to czuje, że siły go opuszczają. Na szczęście, jest obok kawiarnia. Rzuca się na krzesło, tuż przy chodniku; zjawia się garson, o coś pyta, a następnie przynosi mazagran. Jednocześnie jakaś kwiaciarka przypina mu różę do tużurka, a roznosiciel gazet kładzie przednim "Figaro". Wokulski tej rzuca dziesięć franków, temu franka, pije mazagran i zaczyna czytać: "Jej K. M. Królowa Izabela..."

Mnie gazetę i chowa ją do kieszeni, nie dokończywszy mazagranu płaci za niego i - wstaje od stołu. Garson patrzy spod oka, dwaj goście, bawiący się cienkimi laseczkami, zakładają nogi jeszcze wyżej, a jeden z nich impertynencko przypatruje mu się przez monokl.

"Gdybym tego franta uderzył w twarz? - myśli Wokulski. - Jutro pojedynek i może zabiłby mnie... Ale gdybym ja jego zabił?.. "

Przeszedł około franta i spojrzał mu w oczy. Elegantowi monokl spadł na kamizelkę i opuściła go ochota do półuśmieszków.

Wokulski idzie dalej i z największą uwagą przypatruje się kamienicom Cóż tu za sklepy!... Najlichszy z nich lepiej wygląda aniżeli jego, który jest najpiękniejszym w Warszawie. Domy ciosowe; prawie na każdym piętrze wielkie balkony albo balustrady biegnące wzdłuż całego piętra.

"Ten Paryż wygląda, jakby wszyscy mieszkańcy czuli potrzebę ciągłego komunikowania się jeżeli nie w kawiarniach, to za pomocą ganków" - myśli Wokulski.

I dachy są jakieś oryginalne, wysokie, obładowane kominami, najeżone blaszanymi kominkami i szpicami. I na ulicach co krok wyrasta albo drzewo, albo latarnia, albo kiosk, albo kolumna zakończona kulą. Życie kipi tu tak silnie, że nie mogąc zużyć się w nieskończonym ruchu powozów, w szybkim biegu ludzi, w dźwiganiu pięciopiętrowych domów z kamienia, jeszcze wytryskuje ze ścian w formie posągów lub płaskorzeźb, z dachów w formie strzał i z ulic w postaci nieprzeliczonych kiosków.

Wokulskiemu zdaje się, że wydobyty z martwej wody wpadł nagle w ukrop, który "burzy się i szumi, i pryska..." On, człowiek dojrzały i w swoim klimacie gwałtowny, poczuł się tu jak flegmatyczne dziecko, któremu imponuje wszystko i wszyscy.

Tymczasem dokoła niego wciąż "wre i kipi, i szumi, i pryska"; nie widać końca tłumów ani powozów, ani drzew, ani olśniewających wystaw, ani nawet samej ulicy. Wokulski stopniowo zapada w odurzenie. Przestaje słyszeć hałaśliwą rozmowę przechodniów, potem głuchnie na krzyki handlarzy ulicznych, wreszcie na turkot kół. Potem zdaje mu się, że już gdzieś widział takie domy, taki ruch, takie kawiarnie; później myśli, że ostatecznie jest to nic wielkiego, a naresizcie budzą się w nim zdolności krytyczne, i mówi sobie, że - jakkolwiek w Paryżu częściej można słyszeć język francuski aniżeli w Warszawie, to jednak akcent tutejszy jest gorszy i wymowa mniej wyraźna.

Tak rozważając zwalnia kroku i zaczyna nie ustępować z drogi. I kiedy myśli, że dopiero teraz Francuzi zaczną go wytykać palcami, spostrzega ze zdziwieniem, że już coraz mniej zwracają na niego uwagę. Po jednogodzinnym pobycie na ulicy stał się zwyczajną kroplą paryskiego oceanu.

"To i lepiej!" - mruczy.

Do tej chwili co kilkadziesiąt kroków, na prawo i na lewo, rozsuwały się domy i widać było jakąś boczną ulicę. Teraz jednolita ściana domów ciągnie się przez kilkaset kroków. Zaniepokojony, pośpiesza i ku wielkiemu zadowoleniu dociera naresizcie do bocznej ulicy; skręca trochę na prawo i czyta: Rue St. Fiacre.

Uśmiecha się, przychodzi mu bowiem na myśl jakiś romans Pawła Kocka. Znowu boczna ulica i znowu czyta: Rue du Sentier.

"Nie znam" - mówi do siebie. O kilkadziesiąt kroków dalej widzi: Rue Poissonniere, która mu przypomina jakąś sprawę kryminalną, a potem cały szereg krótkich uliczek wychodzących naprzeciw teatru "Gymnase".

"Cóż to znowu?..." - myśli spostrzegłszy na lewo ogromny budynek, niepodobny do żadnego z tych, jakie znał dotychczas. Jest to olbrzymi prostokąt z kamienia, a w nim brama z półkolistym sklepieniem. Oczywiście brama, która stoi na przecięciu się dwu ulic. Obok niej budka, gdzie zatrzymują się omnibusy; prawie naprzeciw kawiarnia i chodnik oddzielony od środka ulicy krótką żelazną balustradą.

O paręset kroków dalej druga podobna brama, a między nimi szeroka ulica ciągnąca się na prawo i lewo. Ruch nagle potęguje się; tędy bowiem przejeżdżają aż trzy gatunki omnibusów i tramwaje.

Wokulski spogląda na prawo i znowu widzi dwa szeregi latarń, dwa szeregi kiosków, dwa szeregi drzew i dwa szeregi pięciopiętrowych domów ciągnących się na długość Krakowskiego Przedmieścia i Nowego Światu. Końca ich nic widać, tylko gdzieś het, daleko, ulica podnosi się ku niebu, dachy zniżają się ku ziemi i wszystko znika.

"No, choćbym miał zbłądzić i spóźnić się na sesję, pójdę w tamtą stronę!..." - myśli.

Wtem na skręcie wymija go młoda kobieta, której wzrost i ruchy robią na Wokulskim silne wrażenie.

"Ona?... Nie... Naprzód, ona została w Warszawie, a po wtóre - spotykam już drugą taką... Złudzenia..."

Ale siły opuszczają go, a nawet pamięć. Stoi na przecięciu się dwu ulic wysadzonych drzewami i absolutnie nie wie, skąd przyszedł. Ogarnia go strach paniczny, znany ludziom, którzy zbłądzili w lesie; szczęściem, nadjeżdża jednokonka, której furman uśmiecha się do niego w sposób bardzo przyjacielski.

- Grand Hôtel - mówi Wokulski siadając.

Dorożkarz dotyka ręką kapelusza i woła:

- Naprzód, Lizetka... Ten szlachetny cudzoziemiec postawi ci za fatygę kwartę piwa.

Następnie, odwróciwszy się bokiem do Wokulskiego, mówi:

- Jedno z dwojga, obywatelu: albo dopiero dziś przyjechaliście, albo jesteście po dobrym śniadaniu...

- Dziś przyjechałem - odpowiada Wokulski, uspokojony widokiem jego pełnej, czerwonej twarzy bez zarostu.

- I piliście trochę, to zaraz widać - wtrąca dorożkarz. - A taksę znacie?..

- Wszystko jedno.

- Naprzód, Lizetka!... Bardzo podobał mi się ten cudzoziemiec i myślę, że tylko tacy powinni pokazywać się na naszej wystawie. Czy aby jesteście pewni, obywatelu, że mamy jechać do Grand Hôtel?... - zwraca się do Wokulskiego.

- Najzupełniej.

- Naprzód, Lizetka! Ten cudzoziemiec zaczyna mi imponować. - Czy nie jesteście, obywatelu, z Berlina?...

- Nie.

Dorożkarz przypatruje mu się chwilę, wreszcie mówi:

- Tym lepiej dla was. Nie mam wprawdzie pretensji do Prusaków, choć zabrali nam Alzację i spory kawał Lotaryngii, ale zawsze nie lubię mieć Niemca za kołnierzem. Skądże jesteście, obywatelu?

- Z Warszawy.

- *Ah, ca*... Piękny kraj... bogaty kraj... Naprzód, Lizetka!... Więc pan jesteś Polak?... Znam Polaków!... Oto plac Opery, obywatelu, a oto Grand Hôtel...

Wokulski rzucił trzy franki dorożkarzowi, pędem wbiegł do bramy, a z niej na trzecie piętro. Ledwie stanął przed swoim numerem, już ukazał się uśmiechnięty służący i oddał mu bilet Suzina i pakiet listów.

- Dużo interesantów... dużo interesantek! - rzekł służący patrząc na niego figlarnie.

- Gdzież oni?

- Są w salonie przyjęć, są w czytelni, są w sali jadalnej... Pan Jumart niecierpliwi się...

- Któż jest pan Jumart? - spytał Wokulski. - Marszałek dworu pańskiego i pana Siuzę... Bardzo zdolny człowiek i duże mógłby panu oddać usługi, gdyby był pewny tak... z tysiąc franków gratyfikacji... - mówił wciąż figlarnie służący.

- Gdzież on jest?

- Na pierwszym piętrze, w pańskim salonie przyjęć. Pan Jumart jest bardzo zdolny człowiek, ale i ja może przydałbym się waszej ekscelencji, jakkolwiek nazywam się Miler. Naprawdę jednak jestem Alzatczyk i na honor, zamiast brać od pana, jeszcze płaciłbym dziesięć franków dziennie, byleśmy raz skończyli z Prusakami.

Wokulski wszedł do numeru.

- Nade wszystko niech panowie strzegą się tej baronowej... która już czeka w czytelni, a ma niby to przyjść dopiero o trzeciej... Przysięgnę, to Niemka!... Jestem przecie Alzatczyk!... Ostatnie zdania Miler wypowiedział zniżonym głosem i cofnął się na korytarz.

Wokulski otworzył bilet Suzina i czytał: "Sesja dopiero o ósmej - pisał Suzin - masz czasu dosyć, więc załatw się z tymi interesantami, a nade wszystko z babami. Ja już, dalibóg, za stary, żeby im wszystkim dogodzić."

Wokulski zaczął przeglądać listy. Po większej części były to reklamy kupców, fryzjerów, dentystów, prośby o wsparcie, propozycje wyjawienia jakichś tajemnic, jedna odezwa od Armii Zbawienia.

Z całego mnóstwa tych korespondencyj uderzyła Wokulskiego następna: "Osoba młoda, elegancka i przystojna pragnie zwiedzać z panem Paryż na wspólny koszt. Odpowiedź złożyć u szwajcara hotelu."

"Oryginalne miasto!" - mruknął Wokulski.

Drugi, jeszcze ciekawszy list pochodził od owej baronowej... która od trzeciej miała czekać na schadzkę w czytelni.

"To jeszcze pół godziny..."

Zadzwonił i kazał przynieść do numeru śniadanie. W kilka minut podano mu szynkę, jaja, befsztyk, jakąś nieznaną rybę, kilka butelek rozmaitych trunków i maszynkę kawy czarnej. Jadł z wilczym apetytem, pił nie gorzej, wreszcie kazał Milerowi zaprowadzić się do owej sali przyjęć.

Służący wyszedł z nim na korytarz, dotknął dzwonka, coś powiedział przez tubę i wprowadził Wokulskiego do windy. W minutę później Wokulski był na pierwszym piętrze, a gdy opuszczał windę, zastąpił mu drogę jakiś dystyngowany pan, z niedużymi wąsami, we fraku i białym krawacie.

- Jumart... - odezwał się ten pan z ukłonem.

Poszli kilkanaście kroków korytarzem i Jumart otworzył drzwi wspaniałego salonu. Wokulski o mało nie cofnął się zobaczywszy złocone meble, olbrzymie lustra i ściany ozdobione płaskorzeźbami. Na środku stał duży stół pokryty kosztownym obrusem i przywalony stosem papierów.

- Mogę wprowadzić interesantów? - spytał Jumart. - Ci nie są, zdaje mi się, niebezpieczni. Tylko na baronowę... ośmielę się zwrócić uwagę... Czeka w czytelni.

Ukłonił się i wyszedł z powagą do innego salonu, który zdawał się być poczekalnią.

"Czy ja, do licha, nie wpadłem w jaką awanturę?" - pomyślał Wokulski.

Ledwie Wokulski usiadł na fotelu i zaczął przeglądać papiery, wszedł lokaj w błękitnym fraku ozdobionym złotymi haftami i podał mu bilet na tacy. Na bilecie był napis: "Pułkownik", i jakieś nic nie mówiące nazwisko.

- Prosić. Po chwili ukazał się mężczyzna pięknego wzrostu, z siwą hiszpanką, takimiż wąsami i czerwoną wstążeczką przy klapie surduta:

- Wiem, że mało ma pan czasu - odezwał się gość, lekko kłaniając się. - Mój interes jest krótki. Paryż - miasto wspaniałe pod każdym względem: czy chodzi o zabawę, czy o naukę ; ale potrzebuje wytrawnego przewodnika. Ponieważ znam wszystkie muzea, galerie, teatry, kluby, monumenta, instytucje rządowe i prywatne, słowem wszystko...więc jeżeli pan życzy sobie...

- Niech pan raczy zostawić swój adres - odpowiedział Wokulski.

- Władam czterema językami, mam znajomości w świecie artystycznym, literackim, naukowym i przemysłowym...

- W tej chwili nie mogę panu dać odpowiedzi - przerwał Wokulski

- Mam zgłosić się czy czekać na pańskie wezwanie? - spytał gość

- Tak, odpowiem panu listownie.

- Polecam się pamięci - odparł gość. Wstał z krzesła i ukłoniwszy się wyszedł. Lokaj przyniósł drugi bilet i niebawem ukazał się drugi gość. Był to człowiek pulchny i rumiany i wyglądał na właściciela sklepu bławatnego. Kłaniał się na całej przestrzeni ode drzwi do stołu.

- Co pan każe? - spytał Wokulski.

- Jak to, nie odgadł pan przeczytawszy nazwisko Escabeau?..Hannibal Escabeau?... - zdziwił się przybyły. - Karabin Escabeau daje siedemnaście strzałów na minutę; ten zaś, który będę miał honor zaprezentować panu, wyrzuca trzydzieści kul...

Wokulski miał tak zdziwioną minę, że Hannibal Escabeau sam począł się dziwić.

- Sądzę, że nie omyliłem się? - spytał gość.

- Omylił się pan - odparł Wokulski. - Jestem kupcem galanteryjnym i karabiny nic mnie nie obchodzą.

- Mówiono mi jednak... poufnie... - rzekł z naciskiem Escabeau - że panowie...

- Źle pana poinformowano.

- Ach, w takim razie przepraszam... To może być pod innym numerem... - mówił gość cofając się i kłaniając.

Nowy występ błękitnego fraka i białych spodni i nowy gość; tym razem mały, szczupły, czarny, z niespokojnym wejrzeniem. Ten prawie przybiegł do stołu, padł na krzesło, obejrzał się na drzwi i przysunąwszy się do Wokulskiego zaczął przyciszonym głosem:

- Pewnie dziwi to pana, ale... rzecz jest ważna... zbyt ważna...W tych dniach zrobiłem olbrzymie odkrycie co do rulety... Trzeba tylko sześć do siedmiu razy dublować stawkę...

- Wybaczy pan, ale ja się tym nie zajmuję - przerwał mu Wokulski:
- Nie ufa mi pan?... To całkiem naturalne... Ale mam właśnie przy sobie małą
ruletę... Możemy spróbować...
- Przepraszam pana, w tej chwili nie mam czasu.
- Trzy minuty, panie... minutkę... - Ani pół minuty.
- Więc kiedyż mam przyjść? - pytał gość z miną bardzo zdesperowaną.
- W każdym razie nieprędko.
- Niechże mi pan przynajmniej pożyczy sto franków na oficjalne próby...
- Mogę służyć pięcioma - odparł Wokulski sięgając do kieszeni.
- O nie, panie, dziękuję... Nie jestem awanturnikiem... Zresztą...niech pan da...
jutro odniosę... Pan może się tymczasem namyśli...
Następny gość, człowiek okazałej tuszy, ze sznurem miniaturowych orderów
na klapie surduta, proponował Wokulskiemu: dyplom doktora filozofii, order
lub tytuł, i wydawał się bardzo zdziwionym, gdy propozycji nie przyjęto.
Odszedł, nawet nie pożegnawszy się.
Po nim nastąpiła paru minutowa przerwa. Wokulskiemu zdawało się, że w
poczekalni słyszy szelest kobiecej sukni. Wytężył ucho... W tej chwili lokaj
zameldował baronowę...
Znowu długa pauza i ukazała się w salonie kobieta tak piękna i dystyngowana,
że Wokulski mimo woli powstał z fotelu. Mogła mieć około czterdziestu lat;
wzrost okazały, rysy bardzo regularne, postawa wielkiej damy.
Milcząc wskazał jej fotel. Gdy zaś usiadła, spostrzegł, że jest wzburzona i
szarpie w rękach haftowaną chusteczkę. Nagle odezwała się, dumnie patrząc
mu w oczy:
- Pan mnie zna?
- Nie, pani.
- Nie widział pan nawet moich portretów?
- Nie.
- Więc chyba nigdy pan nie był ani w Berlinie, ani w Wiedniu.
- Nie byłem.
Dama głęboko odetchnęła.
- Tym lepiej - rzekła - będę śmielszą. Nie jestem baronowa...jestem zupełnie
kim innym. Ale o to mniejsza. Chwilowo znalazłam się w trudnym położeniu...
potrzebuję dwudziestu tysięcy franków... A ponieważ nie chcę w tutejszych
lombardach zastawiać moich klejnotów, więc... Pojmuje pan?
- Nie, pani.
- Więc... mam do zbycia ważną tajemnicę...
- Nie mam prawa nabywać tajemnic - odpowiedział już zmieszany Wokulski.
Dama poruszyła się na fotelu.
- Nie ma pan prawa?... Więc po cóż pan tu przyjechał?... - rzekła z lekkim
uśmiechem.
- A jednak nie mam...
Dama podniosła się.
- Tu - mówiła wzruszona - jest adres, pod którym można się zgłosić do mnie w
ciągu dwudziestu czterech godzin, a tu... notatka, która może panu da trochę
do myślenia... Żegnam. Wyszła z szelestem. Wokulski spojrzał na notatkę i

znalazł w niej szczegóły dotyczące osoby jego i Suzina, które zazwyczaj stanowią treść paszportów.

"No tak!... - myślał. - Miler przeczytał mój paszport i zrobił z niego wyciąg, nawet nie bez błędów... Woklusky... Cóż, u diabła czy oni mnie uważają za dziecko?..."

Ponieważ nikt z gości już nie przychodził, Wokulski wezwał do siebie Jumarta.

- Co pan rozkaże? - spytał elegancki marszałek dworu.

- Chciałem z panem pomówić.

- Prywatnie?... W takim razie pozwoli pan, że usiądę. Przedstawienie skończone, kostiumy idą do składu, aktorzy stają się równi sobie.

Mówił to nieco ironicznym tonem i zachowywał się, jak przystało na człowieka bardzo dobrze wychowanego. Wokulski dziwił się coraz więcej.

- Powiedz mi pan - rzekł - co to są za ludzie?

- Ci, którzy byli u pana? - spytał Jumart. - Ludzie jak inni: przewodnicy, wynalazcy, pośrednicy... Każdy pracuje, jak umie, i stara się swoją pracę zbyć najkorzystniej. A że lubią zarobić, jeżeli się da, więcej niż warto, to już cecha Francuzów:

- Pan nie jesteś Francuzem?

- Ja?... urodziłem się w Wiedniu, kształciłem się w Szwajcarii i w Niemczech, długi czas mieszkałem we Włoszech, Anglii, Norwegii, Stanach Zjednoczonych... Moje zaś nazwisko najlepiej streszcza narodowość: tym jestem, w czyjej mieszkam oborze; wołem między wołami, koniem między końmi. A że wiem, skąd mam pieniądze i na co je wydaję, i ludzie o mnie wiedzą, więc zresztą nic mnie nie obchodzi.

Wokulski przypatrywał mu się z uwagą.

- Nie rozumiem pana - rzekł.

- Widzi pan - mówił Jumart przebierając palcami po stole - za dużo zwiedziłem świata, ażebym miał troszczyć się o czyjąś narodowość. Dla mnie istnieją tylko cztery narodowości bez względu na języki. Numer pierwszy mają ci, o których wiem: - skąd biorą pieniądze i na co je wydają. Numer drugi - ci, o których wiem, skąd biorą, ale nie wiem, na co wydają. Numer trzeci ma znane wydatki, choć nieznane dochody, a numer czwarty noszą ci, których nie znam ani źródła dochodów, ani wydatków. O panu Escabeau wiem, że ma dochody z fabryki trykotaży, a wydaje pieniądze na zbudowanie jakiejś piekielnej broni, więc szanuję go... zaś o pani baronowej:.. nie wiem, ani skąd bierze pieniądze, ani na co je wydaje; i dlatego jej nie ufam.

- Ja jestem kupcem, panie Jumart - odpowiedział Wokulski, niemile draśnięty wykładem powyższej teorii.

- Wiem o tym. I jeszcze jest pan przyjacielem pana Siuzę, co także daje pewien procent. Nie do pana zresztą stosowały się moje uwagi; wypowiedziałem je jako odczyt, który mam nadzieję, opłaci mi się.

- Jesteś pan filozofem - mruknął Wokulski.

- Nawet doktorem filozofii dwu uniwersytetów - odparł Jumart.

- I spełniasz pan rolę...

- Służącego?... chciałeś pan powiedzieć - przerwał śmiejąc się Jumart. - Pracuję, panie, aby żyć i zabezpieczyć sobie rentę na starość. A o tytuł nie dbam: tyle ich już miałem!... Świat podobny jest do amatorskiego teatru: więc nieprzyzwoicie jest pchać się w nim do ról pierwszych, a odrzucać podrzędne. Wreszcie, każda rola jest dobra, byle grać ją z artyzmem i nie brać jej zbyt poważnie.

Wokulski poruszył się. Jumart wstał z krzesła i ukłoniwszy się elegancko, rzekł:

- Polecam panu moje usługi. Następnie wyszedł z salonu.

"Mam gorączkę czy co?... - szepnął Wokulski ściskając głowę rękoma. - Wiedziałem, że Paryż jest dziwny, ale żeby był aż tak dziwny..."

Kiedy Wokulski spojrzał na zegarek, było dopiero wpół do czwartej.

"Przeszło cztery godziny do sesji" - mruknął czując, że ogarnia go trwoga na myśl: co robić z czasem? Widział tyle nowych rzeczy, rozmawiał z tyloma nowymi ludźmi i jest dopiero wpół do czwartej!...

Trapił go nieokreślony niepokój, czuł brak czegoś... "Może by znowu co zjeść? - nie. Może czytać? - nie. Może rozmawiać? - już mam dosyć tej rozmowy.."

Ludzie obrzydli mu; najmniej wstrętnymi byli ci chorzy na manię wynalazków i ten Jumart ze swoją klasyfikacją człowieczego gatunku.

Nie miał odwagi wracać do swego numeru z wielkim lustrem; cóż mu więc postało, jeżeli nie oglądanie paryskich osobliwości. Kazał zaprowadzić się do sali jadalnej Grand Hôtel. Wszystko tu pyszne i ogromne, począwszy od ścian, sufitu i okien, skończywszy na liczbie i długości stołów. Ale Wokulski nie przypatrywał się; utkwił oczy w jednym z olbrzymich złoconych pająków i myślał:

"Kiedy ona dosięgnie wieku baronowej... ona, przywykła do wydawania dziesiątków tysięcy rubli rocznie, kto wie, czy nie pójdzie też drogami baronowej?... Przecie i ta kobieta była młodą, i za nią mógł szaleć taki wariat jak ja, i ona nie pytała, skąd się biorą pieniądze... Dziś już wie skąd: z handlu tajemnicami ... Przeklęta sfera, która hoduje takie piękne i takie kobiety..."

W sali było mu ciasno, więc wybiegł przed hotel utopić się w ulicznym gwarze.

"Pierwej szedłem na lewo - myślał - teraz pójdę w prawo..."

Wędrówka na oślep w niezmiernym mieście była jedyną rzeczą mającą dla niego jakiś gorzki powab.

"Gdybym między tymi tłumami mógł zgubić samego siebie..."-szepnął.

Skręcił tedy na prawo. Wyminął nieduży plac i wszedł na bardzo duży, obficie zasadzony drzewami. Na środku jego stał gmach prostokątny, otoczony kolumnami jak grecka świątynia; wielkie drzwi spiżowe, okryte płaskorzeźbą, na szczycie frontonu również płaskorzeźba przed-stawiająca, zdaje się, sąd ostateczny.

Wkoło obszedł gmach myśląc o Warszawie. Z jakim trudem dźwigają się tamtejsze budowle nieduże, nietrwałe i płaskie, gdy tu siła ludzka, jakby dla rozrywki, wznosi olbrzymy i tak dalece jest niewyczerpana pracą, że jeszcze zalewa je ozdobami.

Naprzeciw zobaczył niedługą ulicę, a za nią ogromny plac, na którym majaczyła wysmukła kolumna. Poszedł w tamtą stronę. Im bardziej zbliżał się, tym wyżej rosła kolumna i plac się rozszerzał. Przed i za kolumną biły duże wodotryski; na prawo i na lewo ciągnęły się już żółknące kępy drzew jak ogrody; w głębi widać było rzekę, nad którą co chwilę rozsnuwał się dym szybko przelatującego parostatku.

Na placu kręciło się niewiele stosunkowo powozów; natomiast było dużo dzieci z matkami i bonami. Krążyli wojskowi różnej broni i gdzieś grała orkiestra.

Wokulski zbliżył się do obelisku i ogarnęło go zdumienie. Znajdował się na środku obszaru mającego ze dwie wiorsty długości i z półszerokości. Za sobą miał ogród, przed sobą bardzo długą aleję. Po obu jej stronach ciągnęły się skwery i pałace, a daleko, na wzgórzu, wznosiła się ogromna brama. Wokulski czuł; że w tym miejscu może mu zabraknąć przymiotników i stopni najwyższych.

- To jest plac Zgody, to obelisk z Luxor (oryginalny, panie!), za nami Ogród Tuileryjski, przed nami Pola Elizejskie, a tam, na końcu...Łuk Gwiazdy... Wokulski obejrzał się: przy nim kręcił się jakiś pan w ciemnych okularach i nieco podartych rękawiczkach.

- Możemy tam podejść... Boski spacer!... Czy widzisz pan ten ruch... - mówił nieznajomy. Nagle umilkł, szybko odszedł i zniknął między dwoma przejeżdżającymi powozami. Natomiast zbliżył się jakiś wojskowy w krótkiej pelerynie, z kapturem na plecach. Wojskowy chwilę przypatrzył się Wokulskiemu i rzekł z uśmiechem:

- Pan cudzoziemiec?... Niech pan będzie ostrożny ze znajomościami w Paryżu. Wokulski machinalnie dotknął bocznej kieszeni surduta i już nie znalazł tam srebrnej papierośnicy. Zarumienił się, podziękował wojskowemu w pelerynie, lecz nie przyznał się do straty. Przyszły mu na myśl definicje Jumarta i powiedział sobie, że już zna źródło dochodów pana w podartych rękawiczkach, choć nie wie jeszcze o jego wydatkach.

"Jumart ma rację - szepnął. - Złodzieje są mniej niepewni od ludzi, którzy nie wiadomo skąd czerpią dochody..."

I przypomniał sobie, że w Warszawie jest bardzo wielu takich. "Może dlatego nie ma tam gmachów i łuków triumfalnych..."

Szedł Polami Elizejskimi i odurzał się ruchem nieskończonych sznurów karet i powozów, między którymi przesuwali się jeźdźcy i amazonki. Szedł odpędzając od siebie posępne myśli, które krążyły nad nim jak stada nietoperzów. Szedł i lękał się spojrzeć za siebie; zdawało mu się, że na tej drodze, kipiącej przepychem i weselem, on sam jest jak zdeptany robak, który wlecze za sobą wnętrzności.

Dotarł do Łuku Gwiazdy i powoli zawrócił się z powrotem. Gdy znowu dosięgał placu Zgody, zobaczył, poza Tuileryjskim Ogrodem, ogromną czarną kulę, która szybko szła w górę, zatrzymała się pewien czas i powoli opadła na dół.

"Ach, to tu jest balon Giffarda? - pomyślał. - Szkoda, że nie mam dziś czasu!..."

Z placu skręcił w jakąś ulicę, gdzie na prawo ciągnął się ogród oddzielony żelaznymi sztachetami i słupami, na których stały wazony, a na lewo - szereg kamienic z pólokrągłymi dachami, z lasem kominów i kominków, z nie kończącymi się balustradami... Szedł powoli i z trwogą myślał, że ledwie po ośmiogodzinnym pobycie Paryż zaczyna go nudzić...

"Bah! - szepnął. - A wystawa, a muzea, a balon?.. "

Idąc wciąż ulicą Rivoli, około siódmej dotarł do placu, na którym wznosiła się, samotna jak palec, wieża gotycka, otoczona drzewami i niskim płotem z prętów żelaznych. Stąd znowu rozbiegało się kilka ulic ; Wokulski uczuł znużenie, kiwnął na fiakra i po upływie pół godziny znalazł się w hotelu spotkawszy po drodze znajomą już bramę St. Denis.

Sesja z fabrykantami okrętów i odnośnymi inżynierami przeciągnęła się do północy, przy udziale bardzo wielu butelek szampana. Wokulski, który musiał wyręczać w rozmowie Suzina i robił dużo notatek, dopiero przy tej pracy uspokoił się zupełnie. Rześko pobiegł do swojego numeru i zamiast dręczyć się lustrem, wziął do poduszki plan Paryża umieszczony w *Przewodniku*.

"Bagatela! - mruknął. - Około stu wiorst kwadratowych powierzchni, dwa miliony mieszkańców, kilka tysięcy ulic i kilkanaście tysięcy powozów publicznych..."

Potem przejrzał długi spis najznakomitszych budowli paryskich i ze wstydem pomyślał, że chyba nigdy nie zorientuje się w tym mieście.

"Wystawa... Nôtre-Dame... Hale Centralne... Plac Bastylii... Magdalena... Ścieki... No, dajcie mi spokój!" - mówił.

Zgasił świecę. Na ulicy było cicho; przez okno napływał szary blask świateł odbitych chyba od obłoków. Ale Wokulskiemu szumiało i dzwoniło w uszach, a przed oczyma ukazywały mu się to ulice gładkie jak posadzka, to drzewa otoczone żelaznymi koszykami, to gmachy budowane z ciosowego kamienia, to znowu ciżba ludzi i powozów wychodzących nie wiadomo skąd i biegnących nie wiadomo dokąd. Przypatrując się tym pierzchliwym widziadłom usypiał i myślał, że jednak ten pierwszy dzień w Paryżu upamiętni mu się na całe życie. Potem marzyło mu się, że to morze domów i las posągów, i nieskończone szeregi drzew zwalają się na niego i że on sam już śpi w niezmiernym grobowcu samotny, cichy, prawie szczęśliwy. Śpi, o niczym nie myśli, o nikim nie pamięta, i tak przespałby wieki, gdyby, ach! nie ta kropla żalu, która leży w nim czy obok niego, tak mała, że jej nie dojrzy ludzkie oko, a tak gorzka, że mogłaby cały świat zatruć.

Od dnia, w którym po raz pierwszy skąpał się w Paryżu, zaczęło się dla Wokulskiego życie prawie mistyczne. Poza obrębem kilku godzin, które poświęcał naradom Suzina z budowniczymi okrętów, Wokulski był zupełnie swobodny i używał tego czasu na najnieporządniejsze zwiedzanie miasta. Wybierał jakąś miejscowość według alfabetu w *Przewodniku* i nawet nie patrząc na plan jechał tam otwartym powozem. Wdrapywał się na schody, obchodził gmachy, przebiegał sale, zatrzymywał się przed ciekawszymi okazami i tym samym fiakrem, wynajętym na cały dzień, przenosił się do innej miejscowości, znowu według alfabetu. A ponieważ największym niebezpieczeństwem, jakiego lękał się, był brak zajęcia, więc wieczorami oglądał plan miasta, wykreślał już obejrzane punkta i robił notatki.

Niekiedy w wycieczkach towarzyszył mu Jumart i prowadził go do miejsc, o których nie wspominają przewodniki: do składów kupieckich, do warsztatów fabrycznych, do mieszkań rękodzielników, do kwater studenckich, do kawiarni i restauracyj na ulicach czwartego rzędu. I tu dopiero Wokulski poznawał właściwe życie Paryża.

W ciągu tych wędrówek wchodził na wieże: St. Jacques, Nôtre-Dame i Panteonu, wjeżdżał windą na Trocadero, zstępował do ścieków paryskich i do ozdobionych trupimi głowami katakumb, zwiedzał wystawę powszechną, Louvre i Cluny, Lasek Buloński i cmentarze, kawiarnie de la Rotonde, du Grand Balcon i fontanny, szkoły i szpitale, Sorbonę i salę fechtunku, hale i konserwatorium muzyczne, bydłobójnie i teatry, giełdę, Kolumnę Lipcową i wnętrza świątyń. Wszystkie te widoki tworzyły dokoła niego chaos, któremu odpowiadał chaos panujący we własnej duszy.

Nieraz przebiegając myślą oglądane przedmioty: od pałacu wystawy, mającego dwie wiorsty w obwodzie, do perły w koronie Burbonów, niewiększej od ziarna grochu, pytał: czego ja chcę.?... I okazywało się, że nie chciał niczego. Nic nie przykuwało jego uwagi, nie przyśpieszało bicia serca, nie pobudzało go do czynów. Gdyby za cenę pieszej podróży od cmentarza Montmartre do cmentarza Montparnasse ofiarowano mu cały Paryż pod warunkiem, żeby go to zajęło i rozgrzało, nie przeszedłby tych pięciu wiorst. Przechodził zaś ich dziesiątki dziennie dlatego tylko, ażeby zagłuszyć wspomnienia.

Nieraz zdawało mu się, że jest istotą, która dziwnym zbiegiem wypadków urodziła się przed kilkoma dniami tu, na bruku paryskim, i że wszystko, co mu przychodziło na pamięć, jest złudzeniem, jakimś snem przedbytowym, który nigdy nie istniał w rzeczywistości. Wówczas mówił sobie, że jest zupełnie szczęśliwy, jeździł z jednego końca Paryża na drugi i jak szaleniec garściami rozrzucał luidory.

"Wszystko jedno!" - mruczał.

Ach, gdyby tylko nie ta kropla żalu, tak mała, a tak gorzka!

Czasami na tle szarych dni, w których zdawało mu się, że na jego głowę wali się cały świat pałaców, fontann, rzeźb, obrazów i machin, trafiał się wypadek, który przypominał mu, że on nie jest złudzeniem, ale rzeczywistym człowiekiem, chorym na raka w duszy.

Był raz w teatrze "Varietes" na ul. Montmartre, o paręset kroków od swego hotelu. Miano grać trzy wesołe sztuczki, między nimi jedną operetkę. Poszedł tam, ażeby odurzyć się błazeństwem, i prawie natychmiast po podniesieniu kurtyny usłyszał na scenie frazes wypowie-dziany płaczliwym głosem: "Kochanek wszystko wybaczy kochance, wyjąwszy drugiego kochanka..." - Niekiedy trzeba wybaczyć trzech albo i czterech!... - odezwał się ze śmiechem siedzący obok niego Francuz.

Wokulski uczuł brak powietrza, zdawało mu się, że ziemia rozstępuje się pod nim i sufit upada na niego. Nie mógł wytrzymać w teatrze; wstał z krzesła, na nieszczęście położonego gdzieś we środku teatru, i oblany zimnym potem, depcząc po nogach sąsiadów, uciekł z przedstawienia. Biegł w stronę hotelu i wpadł do pierwszej narożnej kawiarni. O co go pytano, co odpowiedział, nic pamięta. Wiedział tylko, że podano mu kawę i karafkę koniaku, naznaczoną kreskami, które odpowiadały objętości kieliszka.

Wokulski pił i myślał;

"Starski to jest ten drugi kochanek, Ochocki trzeci... A Rossi?...Rossi, któremu ja urządzałem klakę i znosiłem mu do teatru prezenta...Czymże on był?... Głupi człowieku, ależ to jest Mesalina, jeżeli nie ciałem, to duchem... I ja, ja mam szaleć dla niej?... Ja!..."

Czuł, że oburzenie uspokaja go; gdy przyszło do rachunku, przekonał się, że... karafka była pusta...

"A jednakże ten koniak uspakaja..." - pomyślał.

Odtąd, ile razy przypomniała mu się Warszawa albo ile razy spotkał kobietę mającą coś szczególnego w ruchach, w ubiorze czy fizjognomii, wpadał do kawiarni i wypijał karafkę koniaku. Tylko wówczas śmiało przypominał sobie pannę Izabelę i dziwił się, że taki jak on człowiek mógł kochać taką jak ona kobietę.

"Przecież chyba zasługuję na to - myślał - ażebym był pierwszymi ostatnim..."

Karafka koniaku wypróżniała się, a on opierał głowę na rękach i drzemał, ku wielkiej uciesze garsonów i gości.

I znowu po całych dniach zwiedzał wystawę, muzea, studnie artezyjskie, szkoły i teatry nie dlatego, ażeby coś poznać, ale żeby zagłuszyć wspomnienia. Powoli, na tle głuchych, nieokreślonych cierpień, poczęło się w nim rodzić pytanie: czy istnieje jaki porządek w budowie Paryża? Czy jest przedmiot, z którym można by go porównać, i ład, pod który dałoby się go podciągnąć?

Widziany z Panteonu i z Trocadero, Paryż przedstawiał się jednakowo: było to morze domów, przecięte tysiącem ulic, nierówne dachy wyglądały jak fale, kominy jak odpryski, a wieże i kolumny jak większe fale.

"Chaos! - mówił Wokulski. - Zresztą nie może być inaczej tam, gdzie zbiegają się miliony usiłowań. Wielkie miasto jest jak obłok kurzu; ma przypadkowe kontury, lecz nie może mieć logiki. Gdyby ją miało, już od dawna wykryliby ten fakt autorowie przewodników; bo i od czegóż oni są?..."

I przyglądał się planowi miasta wyśmiewając własne wysiłki.

"Tylko jeden człowiek, i w dodatku genialny człowiek, może wytworzyć jakiś styl, jakiś plan - myślał.

- Ale żeby miliony ludzi, pracujących przez kilka wieków i nie wiedzących jeden o drugim, wytworzyło jakąś logiczną całość, jest to wprost niepodobne."

Powoli jednakże, ku największemu zdziwieniu, spostrzegł, że ów Paryż budowany przez kilkanaście wieków, przez milion ludzi, nie wiedzących o sobie i nie myślących o żadnym planie, ma jednakże plan, tworzy całość, nawet bardzo logiczną.

Uderzyło go naprzód to, że Paryż jest podobny do olbrzymiego półmiska, o dziewięciu wiorstach szerokości z północy na południe i o jedynastu - długości ze wschodu na zachód. Półmisek ten w stronie południowej jest pęknięty .i przedzielony Sekwaną, która przecina go łukiem biegnącym od kąta południowo-wschodniego przez środek miasta i skręca do kąta południowo-zachodniego. Ośmioletnie dziecko mogłoby wyrysować taki plan.

"No dobrze - myślał Wokulski - ale gdzież tu jest jakiśkolwiek ład w ustawieniu osobliwych budynków... Nôtre-Dame w jednej stronie, Trocadero w innej stronie, a Louvre, a giełda, a Sorbona!... Chaos, i tyle..."

Lecz gdy pilniej zaczął rozglądać się w planie Paryża, spostrzegł to, czego nie dojrzeli rodowici paryżanie (co byłoby mniej dziwne) ani nawet K. Baedeker, roszczący sobie prawo do orientowania się po całej Europie.

Paryż pomimo pozornego chaosu ma plan, ma logikę, chociaż budowało go przez kilkanaście wieków miliony ludzi nic wiedzących o sobie i bynajmniej nic myślących o logice i stylu.

Paryż posiada to, co można by nazwać kręgosłupem, osią krystalizacji miasta. Lasek Vincennes leży w stronie południowo-wschodniej, a kraniec Lasku Bulońskiego w północno-zachodniej stronie Paryża. Otóż: owa oś krystalizacji miasta podobna jest do olbrzymiej gąsienicy (mającej prawie sześć wiorst długości), która znudziwszy się w Lasku Vincennes poszła na spacer do Lasku Bulońskiego.

Ogon jej opiera się o plac Bastylii, głowa o Łuk Gwiazdy, korpus prawie przylega do Sekwany. Szyję stanowią Pola Elizejskie, gorset Tuileries i Louvre, ogonem jest Ratusz, Nótre-Dame i nareszcie Kolumna Lipcowa na placu Bastylii.

Gąsienica ta posiada wiele nóżek krótszych i dłuższych. Idąc od głowy pierwsza para jej nóżek opiera się na lewo: o Pole Marsowe, pałac Trocadero i wystawę, na prawo aż o cmentarz Montmartre. Druga para (nóżki krótsze) na lewo sięga do Szkoły Wojskowej, Hoteludes Invalides, i Izby Deputowanych, na prawo kościoła Magdaleny i Opery. Potem idzie (wciąż ku ogonowi) na lewo Szkoła Sztuk Pięknych, na prawo Palais Royal, bank i giełda; na lewo Institut deFrance i mennica, na prawo Hale Centralne; na lewo Pałac Luksemburski, muzeum Cluny i Szkoła Medyczna, na prawo plac Republiki, z koszarami ks. Eugeniusza.

Niezależnie od osi krystalizacyjnej i prawidłowości w ogólnym konturze miasta Wokulski przekonał się jeszcze (o czym zresztą mówiły przewodniki), że w Paryżu istnieją całe dziedziny prac ludzkich i jakiś porządek w ich układzie. Pomiędzy placem Bastylii i placem Rzeczypospolitej skupia się przemysł i rzemiosła; naprzeciw nich, po drugiej stronie Sekwany, leży "dzielnica łacińska", gniazdo uczących się i uczonych. Między Operą, placem Rzeczypospolitej i Sekwaną gromadzi się handel wywozowy i finanse; między Nótre-Dame, Instytutem Francuskim i cmentarzem Montparnasse gnieżdżą się szczątki arystokracji rodowej. Od Opery do Łuku Gwiazdy ciągnie się dzielnica bogatych dorobkiewiczów, a naprzeciw nich, po lewej stronie Sekwany, obok Hotelu Inwalidów i Szkoły Wojskowej jest siedziba militaryzmu i wszechświatowych wystaw.

Obserwacje te zbudziły w duszy Wokulskiego nowe prądy, o których pierwej nie myślał albo myślał niedokładnie. Zatem wielkie miasto, jak roślina i zwierzę, ma właściwą sobie anatomię i fizjologię. Zatem - praca milionów ludzi, którzy tak głośno krzyczą o swojej wolnej woli, wydaje te same skutki, co praca pszczół budujących regularne plastry, mrówek wznoszących ostrokrężne kopce albo związków chemicznych układających się w regularne kryształy. Nie ma więc w społeczeństwie przypadku, ale nieugięte prawo, które jakby na ironię z ludzkiej pychy, tak wyraźnie objawia się w życiu najkapryśniejszego narodu, Francuzów! Rządzili nimi Merowingowie i Karlowingowie, Burboni i Bonapartowie, były trzy republiki i parę anarchii, była inkwizycja i ateizm, rządcy i ministrowie zmieniali się jak krój sukien albo obłoki na niebie... Lecz pomimo tylu zmian, tak na pozór głębokich, Paryż coraz dokładniej przybierał formę półmiska rozdartego przez Sekwanę; coraz wyraźniej rysowała się na nim oś krystalizacji, biegnąca z placu Bastylii do Łuku Gwiazdy, coraz jaśniej odgraniczały się dzielnice: uczona i przemysłowa, rodowa i handlowa, wojskowa i dorobkiewiczowska.

Ten sam fatalizm spostrzegł Wokulski w historii kilkunastu głośniejszych rodzin paryskich. Dziad, jako skromny rzemieślnik, pracował przy ulicy Temple po szesnaście godzin na dobę; jego syn skąpawszy się w cyrkule łacińskim założył większy warsztat przy ulicy Św. Antoniego. Wnuk, jeszcze lepiej zanurzywszy się w naukowej dzielnicy, przeniósł się jako wielki handlarz na bulwar Poissonniere, zaś prawnuk, już jako milioner, zamieszkał w sąsiedztwie Pól Elizejskich po to, ażeby..jego córki mogły chorować na nerwy przy bulwarze St. Germain. I tym sposobem ród spracowany i zbogacony około Bastylii, zużyty około Tuileries, dogorywał w pobliżu Nôtre-Dame. Topografia miasta odpowiadała historii mieszkańców.

Wokulski rozmyślając o tej dziwnej prawidłowości w faktach, uznawanych za nieprawidłowe, przeczuwał, że jeżeli co mogłoby go uleczyć z apatii, to chyba tego rodzaju badania.

"Jestem dziki człowiek - mówił sobie - więc wpadłem w obłęd, ale wydobędzie mnie z niego cywilizacja."

Każdy zresztą dzień w Paryżu przynosił mu nowe idee albo rozjaśniał tajemnice jego własnej duszy.

Raz, gdy siedział przed kawiarnią pijąc mazagran, zbliżył się do werendy jakiś uliczny tenor i przy akompaniamencie arfy zaśpiewał:

Au printemps, la feuille repousse
Et la flteur embellit les prés,
Mignonette, en foulant la mousse,
Suivons les papillons diaprés.
Vois les se poser sur les roses;
Comme eux aussi je veux poser
Ma lévre sur tes lévres closes,
Et te ravir un doux baiser!

I natychmiast kilku gości powtórzyło ostatnią strofę:

Vois les se poser sur les roses;
Comme eux aussi je veux poser
Ma lévre sur tes lévres closes,
Et te ravir un doux baiser!

"Głupcy! - mruknął Wokulski. - Nie mają co powtarzać, tylko takie błazeństwa." Wstał zachmurzony i z bólem w sercu przesuwał się pomiędzy potokiem ludzi tak ruchliwych, krzykliwych, rozmawiających i śpiewających jak dzieci wypuszczone ze szkoły.

"Głupcy! głupcy!..." - powtarzał.

Nagle przyszło mu na myśl: czy to on raczej nie jest głupi?...

"Gdyby ci wszyscy ludzie - mówił sobie - byli podobni do mnie, Paryż wyglądałby jak szpital smutnych wariatów. Każdy trułby się jakimś widziadłem, ulice zamieniłyby się w kałuże, a domy w ruinę. Tymczasem oni biorą życie, jakim jest, uganiają się za praktycznymi celami, są szczęśliwi i tworzą arcydzieła.

A ja za czym goniłem? Naprzód - za *perpetuum mobile* i kierowaniem balonami, potem za zdobyciem stanowiska, do którego nie dopuszczali mnie moi właśni sprzymierzeńcy, nareszcie za kobietą, do której prawie nie wolno mi się zbliżyć. A zawsze albo poświęcałem się, albo ulegałem ideom wytworzonym przez klasy, które chciały mnie zrobić swoim sługą i niewolnikiem."

I wyobrażał sobie, jak by to było, gdyby zamiast w Warszawie przyszedł na świat w Paryżu. Przede wszystkim dzięki mnóstwu instytucyj mógłby więcej nauczyć się w dzieciństwie. Później, nawet dostawszy się do kupca, doznałby mniej przykrości, a więcej pomocy w studiach. Dalej, nie pracowałby nad *perpetuum mobile* przekonawszy się, że w tutejszych muzeach istnieje wiele podobnych machin, które nigdy nie funkcjonowały. Gdyby zaś wziął się do kierowania balonami, znalazłby gotowe modele, całe grupy podobnych jak on marzycieli, a nawet pomoc w razie praktyczności pomysłów.

A gdyby nareszcie, posiadając majątek, zakochał się w arystokratycznej pannie, nie napotkałby tylu przeszkód w zbliżeniu się do niej. Mógłby ją poznać i albo wytrzeźwiałby, albo zdobyłby jej wzajemność. W żadnym zaś wypadku nie traktowano by go jak Murzyna w Ameryce. Zresztą, czy w tym Paryżu można zakochać się tak jak on do szaleństwa?

Tu zakochani nie rozpaczają, ale tańczą, śpiewają i w ogóle najweselej pędzą życie. Gdy nie mogą zdobyć się na małżeństwo urzędowe, tworzą wolne stadło; gdy nie mogą przy sobie chować dzieci, oddają je na mamki. Tu miłość nigdy chyba nie doprowadziła do obłędu rozsądnego człowieka.

"Dwa ostatnie lata mojej egzystencji - mówił Wokulski - schodzą na uganianiu się za kobietą, której może bym się nawet wyrzekł poznawszy ją dokładniej. Cała moja energia, nauka, zdolności i taki ogromny majątek toną w jednym afekcie dlatego tylko, że ja jestem kupcem, a ona jakąś tam arystokratką... Czyliż ten ogół w mojej osobie nie krzywdzi samego siebie..."

Tu Wokulski dosięgnął najwyższego punktu samokrytyki: poznał niedorzeczność swego położenia i postanowił wydobyć się.

"Co robić, co robić?... - myślał. - Jużci to, co robią inni."

A cóż oni robią?... Przede wszystkim - nadzwyczajnie pracują, po szesnaście godzin na dobę, bez względu na niedzielę i święta. Dzięki czemu spełnia się tu prawo doboru, wedle którego tylko najsilniejsi mają prawo do życia. Chorowity zginie tu przed upływem roku, nieudolny w ciągu kilku lat, a zostają tylko najsilniejsi i najzdolniejsi. Ci zaś dzięki pracy całych pokoleń takich jak oni bojowników znajdują tu zaspokojenie wszelkich potrzeb.

Olbrzymie ścieki chronią ich od chorób, szerokie ulice ułatwiają im dopływ powietrza; Hale Centralne dostarczają żywności, tysiące fabryk - odzieży i sprzętów. Gdy paryżanin chce zobaczyć naturę, jedzie za miasto albo do "lasku", gdy chce nacieszyć się sztuką, idzie do galerii Louvre'u, a gdy pragnie zdobyć wiedzę, ma muzea i gabinety.

Praca nad szczęściem we wszystkich kierunkach - oto treść życia paryskiego. Tu przeciw zmęczeniu zaprowadzono tysiące powozów, przeciw nudzie setki teatrów i widowisk, przeciw nieświadomości setki muzeów, bibliotek i odczytów. Tu troszczą się nie tylko o człowieka, ale nawet o konia dając mu gładkie gościńce; tu dbają nawet o drzewa, przenoszą je w specjalnych wozach na nowe miejsce pobytu, chronią żelaznymi koszami od szkodników, ułatwiają dopływ wilgoci, pielęgnują w razie choroby.

Dzięki troskliwości o wszystko przedmioty znajdujące się w Paryżu przynoszą wielorakie korzyści. Dom, sprzęt, naczynie jest nie tylko użyteczne, ale i piękne, nie tylko dogadza muskułom, ale i zmysłom. I na odwrót - dzieła sztuki są nie tylko piękne, ale i użyteczne. Przy łukach triumfalnych i wieżach kościołów znajdują się schody ułatwiające wejście na szczyt i spoglądanie na miasto z wysokości. Posągi i obrazy są dostępne nie tylko dla amatorów, ale dla artystów i rzemieślników, którzy w galeriach mogą zdejmować kopie.

Francuz, gdy coś wytwarza, dba naprzód o to, ażeby dzieło jego odpowiadało swemu celowi, a potem - ażeby było piękne. I jeszcze niekończąc na tym troszczy się o jego trwałość i czystość. Prawdę tę stwierdzał Wokulski na każdym kroku i na każdej rzeczy, począwszy od wózków wywożących śmiecie do otoczonej barierą Wenus milońskiej. Odgadł również skutki podobnego gospodarstwa, że nie marnuje się tu praca: każde pokolenie oddaje swoim następcom najświetniejsze dzieła poprzedników dopełniając je własnym dorobkiem.

Tym sposobem Paryż jest arką, w której mieszczą się zdobycze kilkunastu, jeżeli nie kilkudziesięciu wieków cywilizacji... Wszystko tu jest, zacząwszy od potwornych posągów asyryjskich i mumii egipskich, skończywszy na ostatnich rezultatach mechaniki i elektrotechniki, od dzbanków, w których przed czterdziestoma wiekami Egipcjanki nosiły wodę, do olbrzymich kół hydraulicznych z Saint-Maur.

"Ci, którzy stworzyli te cuda - myślał Wokulski - albo je gromadzili w jedno miejsce, ci nie byli jak ja szalonymi próżniakami..."

Tak sobie mówiąc czuł, że wstyd go ogarnia.

I znowu załatwiwszy w ciągu paru godzin interesa Suzina włóczył się po Paryżu. Błądził po nieznanych ulicach, tonął wśród krociowego tłumu, zanurzał się w pozorny chaos rzeczy i wypadków i na dnie jego znajdował porządek i prawo. To znowu, dla odmiany, pił koniak, grał w karty i w ruletę albo oddawał się rozpuście.

Zdawało mu się, że w tym wulkanicznym ognisku cywilizacji spotka go coś nadzwyczajnego, że tu zacznie się nowa epoka jego życia. Zarazem czuł, że rozpierzchnięte dotychczas wiadomości i poglądy zbiegają się w pewną całość, w jakiś system filozoficzny, który tłumaczył mu wiele tajemnic świata i jego własnego bytu.

"Czym ja jestem?" - pytał się nieraz i stopniowo formułował sobie odpowiedź: "Jestem człowiek zmarnowany. Miałem ogromne zdolności i energię, lecz - nie zrobiłem nic dla cywilizacji. Ci znakomici ludzie, jakich tu spotykam, nie mają nawet połowy moich sił i mimo to zostawiają po sobie machiny, gmachy, utwory sztuki, nowe poglądy. Lecz ja co zostawię?... Chyba mój sklep, który dziś upadłby, gdyby go nie pilnował Rzecki... A przecież nie próżnowałem: szarpałem się za trzech ludzi i gdyby mi nie pomógł przypadek, nie miałbym nawet tego majątku, jaki posiadam!.. "

Później przyszło mu na myśl: na co to, on strwonił siły i życie?...

Na walkę z otoczeniem, do którego nie przystawał. Gdy miał ochotę uczyć się, nie mógł, ponieważ w jego kraju potrzebowano nie uczonych, ale - chłopców i subiektów sklepowych. Gdy chciał służyć społeczeństwu, choćby ofiarą własnego życia, podsunięto mu fantastyczne marzenia zamiast programu, a potem - zapomniano o nim. Gdy szukał pracy, nie dano mu jej, lecz wskazano szeroki gościniec do ożenienia się ze starszą kobietą dla pieniędzy. Gdy nareszcie zakochał się i chciał zostać legalnym ojcem rodziny, kapłanem domowego ogniska, którego świętość wszyscy dokoła zachwalali, postawiono go w położeniu bez wyjścia. Tak, że nie wie nawet, czy kobieta, za którą szalał, jest zwykłą kokietką o przewróconej głowie, czy może taką jak on zbłąkaną istotą, która nie znalazła właściwej dla siebie drogi. Sądząc jej czyny, jest to panna na wydaniu, która szuka najlepszej partii; patrząc w jej oczy, jest to anielska dusza, której konwenanse ludzkie spętały skrzydła.

"Gdyby mi wystarczyło kilkadziesiąt tysięcy rubli rocznie i komplet do wista, byłbym w Warszawie najszczęśliwszym człowiekiem - mówił do siebie. - Ale ponieważ oprócz żołądka mam duszę, która łaknie wiedzy i miłości, więc musiałbym tam zginąć. W tej strefie nie dojrzewają ani pewnego gatunku rośliny, ani pewnego gatunku ludzie...

Strefa!... Raz będąc w obserwatorium rzucił okiem na klimatyczną mapę Europy i zapamiętał, że średnia temperatura Paryża jest o pięć stopni wyższą aniżeli Warszawy. Znaczy, że ów Paryż ma rocznie więcej o dwa tysiące stopni ciepła aniżeli Warszawa. A że ciepło jest siłą, i to potężną, jeżeli nie jedyną siłą twórczą, więc... zagadka rozwiązana...

"Na północy jest chłodniej - myślał - świat roślinny i zwierzęcy jest mniej obfity, a więc o żywność dla człowieka trudniej. Nie dość na tym: ten sam człowiek musi jeszcze wkładać mnóstwo pracy w budowę ciepłych mieszkań i przygotowanie ciepłej odzieży. Francuz w porównaniu z mieszkańcem północy ma więcej wolnych sił i czasu, a nie potrzebując zużywać ich na zaspokojenie potrzeb materialnych obraca je na twórczość duchową. Jeżeli do ciężkich warunków klimatycznych dodać jeszcze arystokrację, która opanowała wszystkie oszczędności narodu i utopiła je w bezmyślnej rozpuście, to zaraz wyjaśni się, dlaczego ludzie niezwykle zdolni nie tylko nie mogą rozwijać się tam, ale wprost muszą ginąć." "No, już ja nie zginę!..." - mruknął głęboko zniechęcony.

I w tej chwili, po raz pierwszy, jasno zarysował mu się projekt niewracania do kraju.

"Sprzedam sklep - myślał - wycofam moje kapitały i osiądę w Paryżu. Nie będę zawadzał tym, którzy mnie nie chcą... Będę tu zwiedzał muzea, może wezmę się do jakiej specjalnej nauki i życie upłynie mi, jeżeli nie w szczęściu, to przynajmniej bez boleści..."

Powrócić go do kraju i zatrzymać w nim mógł już tylko jeden wypadek, jedna osoba... Ale ten wypadek nie nadchodził, a natomiast zdarzały się inne, coraz bardziej odsuwające go od Warszawy i coraz mocniej przykuwające do Paryża.

ROZDZIAŁ CZWARTY: WIDZIADŁO

Pewnego dnia, jak zwykle, załatwiał się z interesantami w salonie przyjęć. Już odprawił jegomościa, który ofiarował się staczać za niego pojedynki, drugiego, który jako brzuchomówca chciał odegrać rolę w dyplomacji, i trzeciego, który obiecywał mu wskazać skarby zakopane przez sztab Napoleona I nad Berezyną, kiedy lokaj w błękitnym fraku zameldował:
- Profesor Geist.
- Geist?... - powtórzył Wokulski i doznał szczególnego uczucia. Przyszło mu na myśl, że żelazo za zbliżeniem się magnesu musi doznawać podobnych wrażeń.
- Prosić...
Po chwili wszedł człowiek bardzo mały i szczupły, z twarzą żółtą jak wosk. Na głowie nie miał ani jednego siwego włosa.
"Ile on może mieć lat?..." - pomyślał Wokulski.
Gość tymczasem bystro mu się przypatrywał, i tak siedzieli minutę, może dwie, taksując się nawzajem. Wokulski chciał ocenić wiek przybysza, Geist zdawał się badać go.
- Co pan rozkaże? - odezwał się wreszcie Wokulski.
Gość poruszył się na krześle.
- Co ja tam mogę rozkazać! - odparł wzruszając ramionami. -Przyszedłem żebrać, nie rozkazywać...
- Czym mogę służyć? - spytał Wokulski, twarz bowiem gościa wydała mu się dziwnie sympatyczną.
Geist przeciągnął ręką po głowie.
- Przyszedłem tu z czym innym - rzekł - a mówić będę o czym innym. Chciałem panu sprzedać nowy materiał wybuchowy...
- Ja go nie kupię - przerwał Wokulski.
- Nie?... - spytał Geist. - A jednak - dodał - mówiono mi, że panowie staracie się o coś podobnego dla marynarki. Zresztą mniejsza... Dla pana mam coś innego...
- Dla mnie? - spytał Wokulski, zdziwiony nie tyle słowami; ile spojrzeniem Geista.
- Onegdaj puszczałeś się pan balonem captif - mówił gość.
- Tak.
- Jesteś pan człowiek majętny i znasz się na naukach przyrodniczych.
- Tak - odparł Wokulski.
- I była chwila, że chciałeś pan wyskoczyć z galerii?... - pytał Geist.
Wokulski cofnął się z krzesłem.
- Niech pana to nie dziwi - mówił gość. - Widziałem w życiu około tysiąca przyrodników, a w moim laboratorium miałem czterech samobójców, więc znam się na tych klasach ludzi... Za często spoglądałeś pan na barometr, ażebym nie miał odkryć przyrodnika, no, a człowieka myślącego o samobójstwie poznają nawet pensjonarki.
- Czym mogę służyć? - spytał jeszcze raz Wokulski ocierając pot z twarzy.
- Powiem niedużo - rzekł Geist. - Pan wie, co to jest chemia organiczna?...
- Jest to chemia związków węgla...
- A co pan sądzisz o chemii związków wodoru?...

- Że jej nie ma.
- Owszem, jest - odparł Geist. - Tylko zamiast eterów, tłuszczów, ciał aromatycznych daje nowe aliaże... Nowe aliaże, panie Siuzę, z bardzo ciekawymi własnościami...
- Cóż mnie to obchodzi - rzekł głucho Wokulski - jestem kupcem.
- Nie jesteś pan kupcem, tylko desperatem - odparł Geist. - Kupcy nie myślą o skakaniu z balonu... Ledwiem to zobaczył, zaraz pomyślałem: "To mój człowiek!..." Ale zniknąłeś mi pan z oczu po wyjściu z ganku... Dziś traf zbliżył nas powtórnie... Panie Siuzę, my musimy pogadać o związkach wodoru, jeżeli jesteś pan bogaty...
- Przede wszystkim nie jestem Siuzę...
- To mi wszystko jedno, gdyż potrzebuję tylko majętnego desperata - rzekł Geist.
Wokulski patrzył na Geista nieledwie z trwogą; w głowie zapalały mu się pytania: kuglarz czy tajny agent - wariat, a może naprawdę, jaki duch?... Kto wie, czy szatan jest legendą i czy w pewnych chwilach nie ukazuje się ludziom?... Faktem jest jednak, że ten starzec, o niezdecydowanym wieku, wytropił najtajemniejszą myśl Wokulskiego, który w tych czasach marzył o samobójstwie, ale jeszcze tak nieśmiało, że sam przed sobą nie miał odwagi sformułować tego projektu.
Gość nie spuszczał z niego oka i uśmiechał się z łagodną ironią; gdy zaś Wokulski otworzył usta, ażeby zapytać go o coś, przerwał mu:
- Nie fatyguj się pan... Z tyloma już ludźmi rozmawiałem o ich charakterze i o moich wynalazkach, że z góry odpowiem na to, o czym chcesz się poinformować. Jestem profesor Geist, stary wariat, jak mówią we wszystkich kawiarniach pod uniwersytetem i szkołą politechniczną. Kiedyś nazywano mnie wielkim chemikiem, dopóki... nie wyszedłem poza granicę dziś obowiązujących poglądów chemicznych. Pisałem rozprawy, robiłem wynalazki pod imieniem własnym lub moich wspólników, którzy nawet sumiennie dzielili się ze mną zyskami. Ale od czasu gdym odkrył zjawiska nie mieszczące się w rocznikach Akademii, ogłoszono mnie nie tylko za wariata, ale za heretyka i zdrajcę...
- Tu, w Paryżu? - szepnął Wokulski.
- Oho! - roześmiał się Geist - tu, w Paryżu. W jakimś Altdorfie lub Neustadzie kacerzem i zdrajcą jest ten, kto nie wierzy w pastorów, Bismarcka, w dziesięcioro przykazań i konstytucję pruską. Tu wolno kpić z Bismarcka i konstytucji, ale za to pod grozą odszczepieństwa trzeba wierzyć w tabliczkę mnożenia, teorię ruchu falistego, w stałość ciężarów gatunkowych itd. Pokaż mi pan jedno miasto, w którym nie ściskano by sobie mózgów jakimiś dogmatami, a - zrobię je stolicą świata i kolebką przyszłej ludzkości...
Wokulski ochłonął; był pewny, że ma do czynienia z maniakiem.
Geist patrzył na niego i wciąż uśmiechał się.
- Kończę, panie Siuzę - mówił dalej. - Porobiłem wielkie odkrycia w chemii, stworzyłem nową naukę, wynalazłem nieznane materiały przemysłowe, o których ledwie śmiano marzyć przede mną. Ale... brakuje mi jeszcze kilku niezmiernie ważnych faktów, a już nie mam pieniędzy. Cztery fortuny utopiłem

w moich badaniach, zużyłem kilkunastu ludzi; dziś zaś potrzebuję nowej fortuny i nowych ludzi...

- Skądże do mnie nabrał pan takiego zaufania? - pytał Wokulski już spokojny.

- To proste - odparł Geist.

- O zabiciu się myśli wariat, łajdak albo człowiek dużej wartości, któremu za ciasno na świecie.

- A skąd pan wiesz, że ja nie jestem łotrem?

- A skąd pan wiesz, że koń nie jest krową? - odpowiedział Geist. - W czasie moich przymusowych wakacji, które niestety, ciągną się po kilka lat, zajmuję się zoologią i specjalnie badam gatunek człowieka. W tej jednej formie, o dwu rękach, odkryłem kilkadziesiąt typów zwierzęcych począwszy od ostrygi i glisty, skończywszy na sowie i tygrysie. Więcej ci powiem: odkryłem mieszańce tych typów: skrzydlate tygrysy, węże z psimi głowami, sokoły w żółwich skorupach, co zresztą już przeczuła fantazja genialnych poetów. I dopiero wśród całej tej menażerii bydląt albo potworów gdzieniegdzie odnajduję prawdziwego człowieka, istotę z rozumem, sercem i energią. Pan, panie S i u z ę, masz niezawodnie cechy ludzkie i dlatego tak otwarcie mówię z panem; jesteś jednym na dziesięć, może na sto tysięcy...

Wokulski zmarszczył się, Geist wybuchnął:

- Co? może sądzisz pan, że pochlebiam ci dla wytumanienia kilku franków?... Jutro będę jeszcze raz u pana i przekonam cię, jak w tej chwili jesteś niesprawiedliwy i głupi...

Zerwał się z krzesła, ale Wokulski zatrzymał go.

- Nie gniewaj się, profesorze - rzekł - nie chciałem pana obrazić. Ale mam tu prawie co dzień wizyty różnego gatunku filutów...

- Jutro przekonam pana, żem nie filut ani wariat - odpowiedział Geist. - Pokażę ci coś, co widziało zaledwie sześciu albo siedmiu ludzi, którzy... już nie żyją... O, gdyby oni żyli!... - westchnął.

- Dlaczego dopiero jutro?

- Dlatego, że mieszkam daleko stąd, a nie mam na fiakra.

Wokulski uścisnął go za rękę.

- Nie obrazisz się, profesorze? - spytał - jeżeli...

- Jeżeli dasz mi na fiakra?... Nie. Wszakże z góry powiedziałem ci, że jestem żebrakiem, i kto wie, czy nie najnędzniejszym w Paryżu?...

Wokulski podał mu sto franków.

- Daj spokój - uśmiechnął się Geist - wystarczy dziesięć... Kto wie, czy jutro nie dasz mi stu tysięcy... Duży masz majątek?

- Około miliona franków.

- Milion! - powtórzył Geist chwytając się za głowę. - Za dwie godziny wrócę tu. Bodajbym stał ci się tak potrzebny, jak ty mnie jesteś...

- W takim razie może pozwolisz, profesorze, do mego numeru, na trzecie piętro. Tu lokal urzędowy...

- Wolę, wolę na trzecie piętro... Za dwie godziny będę - odparł Geist i szybko wybiegł z pokoju. Po chwili ukazał się Jumart.

- Wynudził pana stary - rzekł do Wokulskiego - co?.

- Cóż to za człowiek? - spytał niedbale Wokulski. Jumart wyciągnął naprzód dolną wargę.

- Wariat to on jest - odparł - ale jeszcze za moich studenckich czasów był wielkim chemikiem. No i porobił jakieś wynalazki, ma nawet podobno kilka dziwnych okazów, ale...

Stuknął się palcem w czoło.

- Dlaczego nazywacie go wariatem?

- Nie można inaczej nazywać człowieka - odpowiedział Jumart - który sądzi, że uda mu się zmniejszyć ciężar gatunkowy ciał czy tylko metalów, bo już nie pamiętam...

Wokulski pożegnał go i poszedł do swego numeru.

"Cóż to za dziwne miasto - myślał - gdzie znajdują się poszukiwacze skarbów, najemni obrońcy honoru, dystyngowane damy, które handlują tajemnicami, kelnerzy rozprawiający o chemii i chemicy, którzy chcą zmniejszać ciężar gatunkowy ciał!..."

Przed piątą w numerze zjawił się Geist; był jakiś rozdrażniony i zamknął za sobą drzwi na klucz.

- Panie Siuzę - rzekł - wiele mi na tym zależy, ażebyśmy się porozumieli.:. Powiedz mi, czy masz jakie obowiązki: żonę, dzieci? - Chociaż - nie zdaje mi się...

- Nie mam nikogo.

- I majątek masz? Milion...

- Prawie.

- A powiedz mi - mówił Geist - dlaczego ty myślisz o samobójstwie?...

Wokulski wstrząsnął się.

- To było chwilowe - rzekł. - Doznałem zawrotu w balonie...

Geist kręcił głową.

- Majątek masz - mruczał - o sławę, przynajmniej dotychczas, nie dobijasz się... Tu musi być kobieta!... - zawołał.

- Może - odparł Wokulski, bardzo zmieszany.

- Jest kobieta! - rzekł Geist. - To źle. O niej nigdy nie można wiedzieć: co zrobi i dokąd zaprowadzi... W każdym razie słuchaj - dodał patrząc mu w oczy. - Gdyby ci kiedy jeszcze raz przyszła ochota próbować... Rozumiesz?... Nie zabijaj się, ale przyjdź do mnie...

- Może zaraz przyjdę... - rzekł Wokulski spuszczając oczy.

- Nie zaraz! - odparł żywo Geist. - Kobiety nigdy nie gubią ludzi od razu. Czy już skończyłeś z tamtą osobą rachunki?..

- Zdaje mi się...

- Aha! dopiero zdaje ci się. To źle. Na wszelki wypadek zapamiętaj radę. W moim laboratorium bardzo łatwo można zginąć, i jeszcze jak!...

- Coś pan przyniósł, profesorze? - zapytał go Wokulski.

- Źle! źle!... - mruczał Geist. - Muszę szukać kupca na mój materiał wybuchowy. A myślałem, że połączymy się...

- Pierwej pokaż pan, coś przyniósł - przerwał Wokulski.

- Masz rację... - odparł Geist i wydobył z kieszeni średniej wielkości pudełko. - Zobacz - rzekł - za co to ludzi nazywają szaleńcami!...

Pudełko było z blachy, zamknięte w szczególny sposób; Geist po kolei dotykał sztyftów osadzonych w różnych punktach, od czasu do czasu rzucając na Wokulskiego spojrzenia gorączkowe i podejrzliwe. Raz nawet zawahał się i zrobił taki ruch, jakby chciał schować pudełko; ale opamiętał się, dotknął jeszcze paru szyftów i - wieko odskoczyło.

W tej chwili opanował go nowy atak podejrzliwości. Starzec padł na kanapę, ukrył pudełko za siebie i trwożnie spoglądał to na pokój, to na Wokulskiego.

- Głupstwa robię!... - mruczał. - Co za nonsens narażać wszystko dla pierwszego lepszego z ulicy...

- Nie ufasz mi pan?... - spytał niemniej wzruszony Wokulski.

- Nikomu nie ufam - mówił zgryźliwie starzec. - Bo jaką mi dać kto może rękojmię?... Przysięgę czy słowo honoru?... Za stary jestem, aby wierzyć w przysięgi... Tylko wspólny interes jako tako zabezpiecza od najpodlejszej zdrady, a i to nie zawsze...

Wokulski wzruszył ramionami i usiadł na krześle.

- Nie zmuszam pana - rzekł - do dzielenia się ze mną twoimi kłopotami. Mam dosyć własnych. Geist nie spuszczał z niego oka, lecz stopniowo uspakajał się. W końcu odezwał się:

- Przysuń się tu do stołu... Spojrzyj, co to jest?

Pokazał mu metalową kulkę ciemnej barwy.

- Zdaje mi się, że to jest metal drukarski.

- Weź w rękę... Wokulski wziął kulkę i aż zdziwił się, tak była ciężka.

- To jest platyna - rzekł.

- Platyna? powtórzył Geist z drwiącym uśmiechem. - Oto masz platynę...

I podał mu tej samej wielkości kulkę platynową. Wokulski przekładał obie z rąk do rąk; zdziwienie jego wzrosło.

- To jest chyba ze dwa razy cięższe od platyny?... - szepnął.

- A tak... tak!... - śmiał się Geist. - Nawet jeden z moich przyjaciół akademików nazwał to "komprymowaną platyną"... Dobry wyraz, co? na oznaczenie metalu, którego ciężar gatunkowy wynosi 30,7,... Oni tak zawsze. Ile razy uda im się wynaleźć nazwę dla nowej rzeczy, zaraz mówią, że ją wytłumaczyli na zasadzie już poznanych praw natury. Przepyszne osły... najmędrsze ze wszystkich, jakimi roi się tak zwana ludzkość... A to znasz? - dodał.

- No, to jest sztabka szklana - odparł Wokulski.

- Cha! cha!... - śmiał się Geist. - Weź do ręki, przypatrz się... Prawda, że ciekawe szkło?... Cięższe od żelaza, z odłamem ziarnistym, wyborny przewodnik ciepła i elektryczności, pozwala się strugać... Prawda, jak to szkło dobrze udaje metal?... Może chcesz je rozgrzać albo kuć młotem?..

Wokulski przetarł oczy. Nie ulega kwestii, że takiego szkła nie widziano na świecie.

- A to?... - spytał Geist pokazując mu inny kawałek metalu.

- To chyba stal...

- Nie sód i nie potas?... - pytał Geist.

- Nie..

- Weźże do rąk tę stal...

Tu już podziw Wokulskiego przeszedł w pewien rodzaj zaniepokojenia: owa rzekoma stal była lekką jak płatek bibułki.

- Chyba jest pusta w środku?...
- Więc przetnij tę sztabkę, a jeżeli nie masz czym, przyjedź do mnie. Zobaczysz tam nierównie więcej podobnych osobliwości i będziesz mógł robić z nimi próby, jakie ci się podoba. Wokulski oglądał po kolei ów metal cięższy od platyny, drugi metal przeźroczysty, trzeci lżejszy od puchu... Dopóki trzymał je w rękach, wydawały mu się rzeczami najnaturalniejszymi pod słońcem: cóż jest bowiem naturalniejszego aniżeli przedmiot, który oddziaływa na zmysły? Lecz gdy oddał próbki Geistowi, ogarniało go zdziwienie i niedowierzanie, zdziwienie i obawa. Więc znowu oglądał je, kręcił głową, wierzył i wątpił na przemian.
- No i cóż? - zapytał Geist.
- Czy pokazywał pan to chemikom?
- Pokazywałem.
- I cóż oni?...
- Obejrzeli, pokiwali głowami i powiedzieli, że to blaga i kuglarstwo, którym poważna nauka zajmować się nie może.
- Jak to, więc nawet nie robili prób? - spytał Wokulski.
- Nie. Niektórzy z nich wprost mówili, że mając do wyboru między pogwałceniem "praw natury" a złudzeniami własnych zmysłów, wolą nie dowierzać zmysłom. I jeszcze dodawali, że robienie poważnych doświadczeń z podobnymi kuglarstwami może obłąkać zdrowy rozsądek i stanowczo wyrzekli się doświadczeń.
- I nie ogłaszasz pan o tym?
- Ani myślę. Owszem, ta bezwładność mózgów daje mi najlepszą gwarancję bezpieczeństwa tajemnicy moich wynalazków. W przeciwnym razie pochwycono by je, prędzej lub później odkryto by metodę postępowania i znaleziono by to, czego bym im dać nie chciał...
- Mianowicie?... - przerwał mu Wokulski.
- Znaleziono by metal lżejszy od powietrza - spokojnie odparł Geist. Wokulski rzucił się na krześle; przez chwilę obaj milczeli.
- Dlaczegóż ukrywasz pan przed ludźmi ów transcendentalny metal? - odezwał się wreszcie Wokulski.
- Dla wielu powodów -odparł Geist. - Naprzód chcę, ażeby ten produkt wyszedł tylko z mojego laboratorium, choćbym nawet nie ja sam go otrzymał. A po wtóre, podobny materiał, który zmieni postać świata, nie może stać się własnością tak zwanej dzisiejszej ludzkości. Już za wiele nieszczęść mnoży się na ziemi przez nieopatrzne wynalazki.
- Nie rozumiem pana.
- Więc posłuchaj - mówił Geist. - Tak zwana ludzkość, mniej więcej na dziesięć tysięcy wołów, baranów, tygrysów i gadów, mających człowiecze formy, posiada ledwie jednego prawdziwego człowieka. Tak było zawsze, nawet w epoce krzemiennej. Na taką tedy ludzkość w biegu wieków spadały rozmaite wynalazki. Brąz, żelazo, proch, igła magnesowa, druk, machiny parowe i telegrafy elektryczne dostawały się bez żadnego wyboru w ręce geniuszów i idiotów, ludzi szlachetnych i zbrodniarzy... A jaki tego rezultat?... Oto ten, że głupota i występek dostając coraz potężniejsze narzędzia mnożyły się i

umacniały, zamiast stopniowo ginąć. Ja - ciągnął dalej Geist - nie chcę powtarzać tego błędu i jeżeli znajdę ostatecznie metal lżejszy od powietrza, oddam go tylko prawdziwym ludziom. Niech oni raz zaopatrzą się w broń na swój wyłączny użytek; niechaj ich rasa mnoży się i rośnie w potęgę, a zwierzęta i potwory w ludzkiej postaci niechaj z wolna wygną. Jeżeli Anglicy mieli prawo wypędzić wilków ze swej wyspy, istotny człowiek ma prawo wypędzić z ziemi przynajmniej tygrysy ucharakteryzowane na ludzi...

"On ma jednakże tęgiego bzika" - pomyślał Wokulski. Później dodał głośno:

- Cóż więc panu przeszkadza do wykonania tych zamiarów?

- Brak pieniędzy i pomocników. Do ostatecznego odkrycia potrzeba wykonać około ośmiu tysięcy prób, co, lekko licząc, jednemu człowiekowi zabrałoby dwadzieścia lat pracy. Ale czterech ludzi zrobi to samo w ciągu pięciu do sześciu lat...

Wokulski wstał z krzesła i zamyślony, począł chodzić po numerze; Geist nie spuszczał z niego oka.

- Przypuśćmy - odezwał się Wokulski - że, ja mógłbym panu dać pieniądze i jednego, a nawet... dwu pomocników... Lecz gdzie dowód, że pańskie metale nie są jakąś dziwną mistyfikacją, a pańskie nadzieje złudzeniami?

- Przyjdź do mnie, obejrzyj, co jest, sam zrób kilka doświadczeń, a przekonasz się. Innego sposobu nie widzę - odparł Geist.

- I kiedy można by przyjść?...

- Kiedy zechcesz. Daj mi tylko kilkadziesiąt franków, gdyż nie mam za co kupić potrzebnych preparatów. A oto mój adres - zakończył Geist podając zabrudzoną notatkę.

Wokulski wręczył mu trzysta franków. Starzec zapakował swoje okazy, zamknął pudełko i rzekł na odchodne:

- Napisz do mnie list na dzień przed przybyciem. Prawie ciągle siedzę w domu ocierając kurze z moich retort!...

Po odejściu Geista Wokulski był jak odurzony. Spoglądał na drzwi, za którymi zniknął chemik, to na stół, gdzie przed chwilą okazywano mu nadnaturalne przedmioty, to znowu dotykał swoich rąk i głowy lub chodził stukając głośno obcasami po pokoju dla przekonania się, że nie marzy, ale czuwa.

"A przecież faktem jest - myślał - że człowiek ten pokazał mi jakieś dwa materiały: jeden cięższy od platyny, drugi znakomicie lżejszy od sodu. Nawet zapowiedział mi, że szuka metalu lżejszego od powietrza!...

Gdyby w rzeczach tych nie tkwiło jakieś niepojęte oszustwo - rzekł głośno - już miałbym ideę, dla której warto się skazać na całe lata niewoli. Nie tylko znalazłbym pochłaniającą pracę i spełnienie najśmielszych marzeń młodości, ale jeszcze widziałbym przed sobą cel, wyższy nad wszystkie, do jakich kiedykolwiek rwał się duch ludzki. Kwestia żeglugi powietrznej byłaby rozstrzygniętą, człowiek dostałby skrzydeł."

I znowu wzruszał ramionami, rozkładał ręce i mruczał:

"Nie, to niepodobna!..."

Brzemię nowych prawd czy nowych złudzeń tak go gniotło, że uczuł konieczność podzielenia go z kimkolwiek, choćby tylko w części. biegł więc na pierwsze piętro do paradnej sali przyjęć i wezwał Jumarta.

Właśnie gdy zastanawiał się, w jaki sposób rozpocząć z nim tę dziwną rozmowę, Jumart sam mu ją ułatwił. Ledwie bowiem ukazał się w sali, rzekł z dyskretnym uśmiechem:

- Stary Geist wyszedł od pana bardzo ożywiony. Przekonał pana czy też został pobity?...

- No, mówieniem nikt nikogo chyba nie przekona, tylko faktami - odparł Wokulski.

- Więc były i fakta?...

- Tymczasem dopiero zapowiedź ich... Powiedz mi pan jednak - ciągnął Wokulski - co byś sądził, gdyby Geist pokazał ci metal pod każdym względem przypominający stal, lecz dwa lub trzy razy lżejszy od wody?... Gdybyś podobny materiał oglądał na własne oczy, dotykał go własnymi rękoma?...

Uśmiech Jumarta przerodził się w jakiś ironiczny grymas.

- Cóż bym miał powiedzieć, dobry Boże, nad to, że profesor Palmieri jeszcze większe cuda pokazuje za pięć franków od osoby...

- Co za Palmieri? - spytał zdziwiony Wokulski.

- Profesor magnetyzmu - odparł Jumart - znakomity człowiek...Mieszka w naszym hotelu i trzy razy dziennie pokazuje magnetyczne sztuki w sali mogącej od biedy pomieścić ze sześćdziesiąt osób... Jest właśnie ósma, więc w tej chwili zaczyna się przedstawienie wieczorne. Jeżeli pan chce, możemy tam pójść; ja mam wstęp darmo...

Na twarz Wokulskiego wystąpił tak silny rumieniec, że oblał mu czoło, a nawet szyję.

- Chodźmy - rzekł - do owego profesora Palmieri. - W duchu zaś dodał: "Więc ten wielki myśliciel, Geist, jest kuglarzem, a ja głupcem, który płaci trzysta franków za widowisko warte pięć franków... Jakże on mnie złapał!..."

Weszli na drugie piętro do salonu urządzonego równie bogato jak inne w tym hotelu. Większą jego część już zapełniali widzowie starzy i młodzi, kobiety i mężczyźni, ubrani elegancko i bardzo zajęci profesorem Palmierim, który właśnie kończył krótką prelekcję o magnetyzmie. Był to mężczyzna średnich lat, zawiędły, brunet, z rozczochraną brodą i wyrazistymi oczami. Otaczało go parę przystojnycb kobiet i kilku młodych mężczyzn o twarzach mizernych i apatycznych.

-To są media - szepnął Jumart. -Na nich Palmieri pokazuje swoje sztuki.

Widowisko, trwające około dwu godzin, polegało na tym, że Palmieri za pomocą wzroku usypiał swoje media, w taki jednak sposób, że mogły one chodzić, odpowiadać na pytania i wykonywać rozmaite czynności. Prócz tego uśpieni przez magnetyzera w miarę jego rozkazów objawiali bądź niezwykłą siłę muskularną, bądź jeszcze niezwyklejszą nieczułość lub nadwrażliwość zmysłów.

Ponieważ Wokulski pierwszy raz widział podobne zjawiska i bynajmniej nie ukrywał niedowierzania, więc Palmieri zaprosił go do pierwszego rzędu krzeseł. Tu po kilku próbach Wokulski przekonał się, że zjawiska, na które patrzy, nie są kuglarstwem, lecz polegają na jakichś nieznanych właściwościach systemu nerwowego.

Ale najwięcej zajęły, a nawet przeraziły go dwa doświadczenia mające pewien związek z jego własnym życiem. Polegały one na wmawianiu w medium rzeczy nie istniejących.

Jednemu z uśpionych podał Palmieri korek od karafki mówiąc, że podał mu różę. W tej chwili medium zaczęło wąchać korek okazując przy tym wielkie zadowolenie.

- Co pan robisz? - zawołał Palmieri do medium - wszakże to asafetyda...

I medium natychmiast z obrzydzeniem odrzuciło korek wycierając ręce i narzekając, że cuchną. Innemu podał chustkę do nosa, a gdy powiedział mu, że chustka waży sto funtów, uśpiony począł uginać się, drżeć i potnieć pod jej ciężarem.

Wokulski widząc to sam spotniał.

"Już rozumiem - pomyślał - tajemnicę Geista. On mnie zamagnetyzował..."

Lecz najboleśniejszego uczucia doznał wówczas, gdy Palmieri, uśpiwszy jakiegoś wątłego młodzieńca, owinął ręcznikiem łopatkę od węgli i wmówił w swoje medium, że jest to młoda i piękna kobieta, którą trzeba kochać. Zamagnetyzowany ściskał i całował łopatkę, klękał przed nią i robił najczulsze miny. Gdy ją włożono pod kanapę, popełznął za nią na czworakach jak pies, odepchnąwszy pierwej czterech silnych mężczyzn, którzy chcieli go zatrzymać. A gdy nareszcie Palmieri schował ją mówiąc, że umarła. młody człowiek wpadł w taką rozpacz, że tarzał się po podłodze i bił głową o ścianę.

W tej chwili Palmieri dmuchnął mu w oczy i młodzian obudził się ze strumieniami łez na policzkach, wśród oklasków i śmiechu obecnych.

Wokulski uciekł z sali strasznie rozdrażniony.

"A więc wszystko jest kłamstwem!... Rzekome wynalazki Geista i jego mądrość, moja szalona miłość i nawet ona... Ona sama jest tylko złudzeniem oczarowanych zmysłów... Jedyną rzeczywistością, która nie zawodzi i nie kłamie, jest chyba - śmierć..."

Wybiegł z hotelu na ulicę, wpadł do kawiarni i kazał podać koniak. Tym razem wypił półtorej karafki, a pijąc myślał, że ten Paryż, w którym znalazł najwięcej mądrości, największe złudzenia i ostateczne rozczarowania, stanie się chyba jego grobem.

"Na co mam już czekać?... czego dowiem się?... Jeżeli Geist jest ordynarnym oszustem i jeżeli można kochać się w łopatce od węgli, jak ja w n i e j, to cóż mi jeszcze pozostaje?..." Wrócił do hotelu rozmarzony koniakiem i zasnął w ubraniu. A gdy obudził się o ósmej rano, pierwszą jego myślą było:

"Nie ma kwestii, że Geist za pomocą magnetyzmu oszukał mnie co do owych metali. Lecz... kto magnetyzował mnie wówczas, kiedy oszalałem dla tej kobiety?..."

Nagle błysnął mu projekt, ażeby zasięgnąć informacji u Palmieriego. Przebrał się więc i szybko zeszedł na drugie piętro.

Mistrz tajemniczej sztuki już czekał na gości; ale że gości jeszcze nie było, więc Wokulskiego przyjął natychmiast, pobrawszy z góry dwadzieścia franków opłaty za naradę.

- Czy - zapytał Wokulski - w każdego może pan wmówić, że łopatka od węgli jest kobietą i że chustka waży sto funtów?...

- W każdego, kto da się uśpić.

- Więc proszę mnie uśpić i powtórzyć na mnie sztukę z chustką Palmieri zaczął swoje praktyki; wpatrywał się Wokulskiemu w oczy, dotykał mu czoła, pocierał ręce od obojczyków do dłoni... Nareszcie odsunął się od niego zniechęcony.

- Pan nie jesteś medium -rzekł.

- A gdybym ja miał w życiu wypadek taki, jak ów jegomość z chustką? - spytał Wokulski.

- To jest niemożliwe, pana niepodobna uśpić. Zresztą, gdybyś był uśpiony i miał złudzenie, że chustka waży sto funtów, to znowu obudziwszy się nie pamiętałbyś pan o tym.

- A czy nie sądzisz pan, że ktoś zręczniej może magnetyzować...

Palmieri obraził się.

- Nie ma lepszego magnetyzera ode mnie! - zawołał. - Zresztą i ja pana uśpię ale na to trzeba kilkumiesięcznej pracy... To będzie kosztowało dwa tysiące franków... Nie myślę darmo tracić mego fluidu...

Wokulski opuścił magnetyzera wcale niezadowolony. Jeszcze nie wątpił, że panna Izabela mogła oczarować go; miała przecież dosyć czasu. Ale znowu Geist nie mógł go uśpić w ciągu paru minut. Zresztą Palmieri twierdzi, że uśpieni nie pamiętają swoich przywidzeń; on zaś pamięta każdy szczegół wizyty starego chemika.

Jeżeli więc Geist nie uśpił go, więc nie jest oszustem. Więc jego metale istnieją i... odkrycie metalu lżejszego od powietrza jest możliwe!...

"Oto miasto - myślał - w którym więcej przeżyłem w ciągu jednej godziny aniżeli w Warszawie przez całe życie... Oto miasto!..."

Przez kilka dni Wokulski był bardzo zajęty.

Przede wszystkim wyjeżdżał Suzin zakupiwszy kilkanaście statków. Najzupełniej legalny zysk z tej operacji był ogromny - tak ogromny że cząstka przypadająca na Wokulskiego pokryła wszystkie wydatki, jakie w ciągu ostatnich miesięcy poniósł w Warszawie.

Na parę godzin przed pożegnaniem się Suzin i Wokulski jedli śniadanie w swoim paradnym numerze i naturalnie rozmawiali o zyskach.

- Masz bajeczne szczęście - odezwał się Wokulski.

Suzin pociągnął łyk szampana i oparłszy na brzuchu ręce ozdobione pierścieniami rzekł:

- To nie szczęście, Stanisławie Piotrowiczu, to miliony. Nożykiem tniesz wiklinę, a toporem dęby. Kto ma kopiejki, robi interesa kopiejkowe i kopiejki zyskuje; ale kto ma miliony, musi zyskiwać miliony. Rubel, Stanisławie Piotrowiczu, jest jak zapracowana szkapa: kilka lat musisz czekać, zanim urodzi ci nowego rubla; ale milion jest mnożny jak świnia: co rok daje kilkoro. Za dwa albo za trzy lata, Stanisławie Piotrowiczu, i ty zbierzesz okrągły milionik, a wtedy przekonasz się, jak zanim gonią inne pieniądze. Chociaż z tobą!...

Suzin westchnął, zmarszczył brwi i znowu wypił szampana.

- Cóż ze mną? - spytał Wokulski.

- A ot, co z tobą - odparł Suzin. - Ty, zamiast w takim mieście robić interesa dla siebie do swego handlu, ty nic... Ty sobie wałęsasz się z głową na dół albo do góry, na nic się nie patrząc, albo nawet (wstyd powiedzieć chrześcijaninowi!) latasz w powietrze balonem... Cóż ty bałaganowym skoczkiem myślisz zostać, ha?... No i nareszcie, powiem tobie, Stanisławie Piotrowiczu, ty obraziłeś na siebie jedną bardzo dystyngowaną damę, tę ot baronowę... A przecie u niej można było i w karty pograć, i ładne kobiety znaleźć; i dowiedzieć się o niejednej rzeczy. Radzę tobie, daj ty jej co zarobić przed wyjazdem: nie dasz adwokatowi rubla, on tobie sto wyciągnie. Ach, ty ojcze rodzony...

Wokulski słuchał z uwagą. Suzin znowu westchnął i ciągnął dalej:

- I z czarownikami naradzasz się (pfy! nieczysta siła...), na czym, mówię tobie, nie zyskasz rozbitej kopiejki, a możesz na siebie obrazić Boga.

Nieładnie!... Najgorsze, co ty myślisz, że nikt nie wie, co tobie dolega? Tymczasem wszyscy wiedzą, że masz jakieś moralne cierpienie, tylko jeden myśli, że chciałbyś kupować tu fałszywe bankocetle, a inny dogaduje się, że rad byś zbankrutować, jeżeli już nie jesteś bankrut.

- I ty w to wierzysz? - spytał Wokulski.

- Aj! Stanisławie Piotrowiczu, już komu, ale tobie nie godzi się awansować mnie na durnia. Ty myślisz: ja nie wiem, że tobie chodzi o kobietę?... Nu, kobieta smaczna rzecz i bywa, że nawet innemu solidniemu człowiekowi przewróci mózgi. Baw więc się i ty, kiedy masz pieniądze. Ale ja tobie, Stanisławie Piotrowiczu, powiem jedno słówko, chcesz?..

- Proszę cię.

- Kto prosi, żeby mu ogolić brodę, nie gniewa się na zdrapanie. Otóż, gołąbku, powiem tobie przypowieść. Znajduje się w tej Francji jakaś cudowna woda na wszystkie choroby (nie pomnę jej nazwiska).Więc słuchaj mnie: są tacy, którzy przychodzą tam na kolanach i prawie nie śmią spojrzeć; a są inni, którzy tę wodę bez ceremonii piją i nawet zęby płuczą... Ach, Stanisławie Piotrowiczu, ty nie wiesz, jak ten pijący grubo żartuje z modlącego się... Zobacz więc, czy nie jesteś takim, a gdybyś był, pluń na wszystko... Ale co tobie?... Boli? prawda...No, pokosztuj wina...

- Czyś słyszał co o niej? - głucho spytał Wokulski.

- Klnę się, żem nic nadzwyczajnego nie słyszał - odparł Suzin uderzając się w piersi. - Kupcowi trzeba subiektów, a kobiecie bijących przed nią czołem, choćby dla zasłonięcia tego zucha, który nie bije pokłonów. Rzecz całkiem naturalna. Tylko ty, Stanisławie Piotrowiczu, nie wchodź między czeredę, a jeżeliś wszedł, podnieś głowę. Pół miliona rubli kapitału to przecie nie plewy; z takiego kupca nie powinni naśmiewać się ludzie.

Wokulski podniósł się i przeciągnął jak człowiek, któremu zrobiono operację rozpalonym żelazem.

"Może tak nie być, a może... tak być!... - pomyślał. - Ale jeżeli tak jest... część majątku oddam szczęśliwemu wielbicielowi za to; że mnie wyleczył!..."

Wrócił do siebie i pierwszy raz całkiem spokojnie począł przebiegać myślą wszystkich adoratorów panny Izabeli, których widywał z nią lub o których tylko słyszał. Przypominał sobie ich znaczące rozmowy, tkliwe spojrzenia, dziwne półsłówka, wszystkie sprawozdania pani Meliton, wszystkie sądy, jakie krążyły o pannie Izabeli wśród podziwiającej ją publiczności. Wreszcie głęboko odetchnął: zdawało mu się, że znalazł jakąś nitkę, która może wyprowadzić go z labiryntu.

"Wyjdę z niego chyba do pracowni Geista" - pomyślał czując, że już wpadło mu w serce pierwsze ziarno pogardy.

"Ma prawo, ma wszelkie prawo!... - mruczał uśmiechając się. - Ale też wybór, czy może nawet wybory... Ehej, jakieżem ja podłe bydlę; a Geist uważa mnie za człowieka!..."

Po wyjeździe Suzina Wokulski po raz drugi odczytał dziś wręczony mu list Rzeckiego. Stary subiekt mało pisał o interesach, ale bardzo dużo o pani Stawskiej, nieszczęśliwej a pięknej kobiecie, której mąż gdzieś zginął.

"Do śmierci zobowiążesz mnie - mówił Rzecki - jeżeli coś obmyślisz dla ostatecznego wyjaśnienia: czy Ludwik Stawski żyje, czy umarł?" Po czym następował rejestr dat i miejscowości, w których zaginiony przebywał opuściwszy Warszawę.

"Stawska?... Stawska?... - myślał Wokulski. - Już wiem!... To ta piękna pani z córeczką, która mieszka w moim domu... Co za dziwny zbieg wypadków: może po to kupiłem dom Łęckich, ażeby poznać w nim tę drugą?... Nic mnie ona nie obchodzi, skoro tu ostanę, ale dlaczegóż nie miałbym jej dopomóc, jeżeli prosi Rzecki... Ach! wybornie... Będę miał zaraz powód dać prezent baronowej, którą mi tak rekomendował Suzin..."

Wziął adres baronowej i pojechał w okolice Saint-Germain.

W sieni domu, w którym mieszkała, był kramik antykwariusza. Wokulski rozmawiając ze szwajcarem mimo woli rzucił okiem na książki i z radosnym zdziwieniem spostrzegł egzemplarz poezji Mickiewicza, tej edycji, którą czytał jeszcze jako subiekt Hopfera. Na widok wytartych okładek i spłowiałego papieru cała młodość stanęła mu przed oczyma.

Natychmiast kupił książkę i o mało nie ucałował jej jak relikwię.

Szwajcar, któremu frank podbił serce dla Wokulskiego, zaprowadził go aż do drzwi apartamentów baronowej, z uśmiechem życząc przyjemnej zabawy.

Wokulski zadzwonił i zaraz na wstępie zobaczył lokaja w pąsowym fraku.

"Aha!" - mruknął.

W salonie, rzecz naturalna, były złocone meble, obrazy, dywany i kwiaty. Po chwili ukazała się baronowa z miną osoby obrażonej, która gotowa jednak przebaczyć. Istotnie przebaczyła mu. W krótkiej rozmowie Wokulski wyłożył cel wizyty, napisał nazwisko Stawskiego i miejsc, w których przebywał, usilnie prosząc, ażeby baronowa przez swoje liczne stosunki dała mu o zaginionym dokładną wiadomość.

- To jest możliwe - odparła wielka dama - ale... czy nie zniechęcą pana koszta?... Musimy odwołać się do policji niemieckiej, angielskiej, amerykańskiej...

- Więc?...

- Więc wyda pan ze trzy tysiące franków?

- Oto są cztery tysiące - odparł Wokulski podając jej czek, na którym wypisał odnośną sumę.

- Kiedyż mam spodziewać się odpowiedzi?...

- Tego nie jestem w stanie oznaczyć - rzekła baronowa - może za miesiąc, może za rok. Sądzę jednak - dodała surowo - że o rzeczywistości poszukiwań nie wątpi pan?

- Tak dalece nie wątpię, że zostawię u Rotszylda kwit jeszcze na dwa tysiące franków, płatnych po otrzymaniu wiadomości o tym człowieku.

- Pan wkrótce wyjeżdża?

- O nie. Zabawię jakiś czas.

- Ach, zachwycił pana Paryż!... - rzekła baronowa z uśmiechem. - Spodoba się panu jeszcze bardziej z okien mego salonu. Przyjmuję co wieczór.

Pożegnali się oboje bardzo zadowoleni: baronowa z pieniędzy swojego klienta, Wokulski, że jednym zamachem spełnił radę Suzina i prośbę Rzeckiego.

Teraz Wokulski został w Paryżu zupełnie osamotniony, bez żadnego obowiązkowego zajęcia. Znowu zwiedzał wystawę, teatry, nieznane ulice, pominięte sale w muzeach...Znowu podziwiał olbrzymie siły Francji, prawidłowość w budowie i życiu milionowego miasta, wpływ łagodnego klimatu na przyśpieszony rozwój cywilizacji... Znowu pił koniak, jadał kosztowne potrawy albo grał w karty w salonie baronowej, gdzie zawsze przegrywał...

Taki sposób przepędzania czasu wyczerpywał go znakomicie, ale nie dawał ani kropli radości. Godziny wlokły mu się jak doby, dnie nie miały końca, a noce spokojnego snu. Bo choć spał twardo, bez żadnych marzeń przykrych albo przyjemnych, chociaż tracił świadomość, nie mógł jednakże pozbyć się uczucia niezgruntowanej goryczy, w której tonęła jego dusza na próżno szukająca tam dna albo brzegów.

"Dajcie mi jakiś cel... albo śmierć!..." - mówił nieraz, patrząc w niebo. A w chwilę później śmiał się i myślał:

"Do kogo ja mówię?... Kto mnie wysłucha w tym mechanizmie ślepych sił, których stałem się igraszką? Cóż to za okrutna dola nie być do niczego przywiązanym, niczego nie pragnąć, a tak wiele rozumieć..."

Zdawało mu się, że widzi jakąś niezmierną fabrykę, skąd wybiegają nowe słońca, nowe planety, nowe gatunki, nowe narody, a w nich ludzie i serca, które szarpią furie: nadzieja, miłość i boleść. Któraż z nich najgorsza? Nie boleść, bo ona przynajmniej nie kłamie. Ale ta nadzieja, która tym głębiej strąca, im wyżej podniosła... Ale miłość, ten motyl, którego jedno skrzydło nazywa się niepewnością, a drugie oszustwem...

"Wszystko jedno - mruczał. - Jeżeli już musimy odurzać się czymś, odurzajmy się czymkolwiek. Ale czym?..."

Wówczas w głębi mroku, nazywającego się naturą, ukazywały się przed nim jakby dwie gwiazdy. Jedna blada, ale niezmienna - to był Geist i jego metale; druga iskrząca się jak słońce albo nagle gasnąca, a tą była ona...

"Co tu wybrać? - myślał - jeżeli jedno jest wątpliwe, a druga a niedostępna i niepewna. Bo choćbym nawet dosięgnął jej, czy ja jej kiedy uwierzę?... czy nawet mógłbym uwierzyć?..." Z tym wszystkim czuł, że zbliża się chwila decydującej walki pomiędzy jego rozumem i sercem. Rozum ciągnął go do Geista, serce do Warszawy. Czuł, że lada dzień coś z tego musi wybrać: albo ciężką pracę, która wiodła do nadzwyczajnej sławy, albo płomienną namiętność, która obiecywała chyba to, że spali go na popiół.

"A jeżeli i to, i tamto jest złudzeniem, jak owa łopatka albo chustka ważąca sto funtów?..." Poszedł jeszcze raz do magnetyzera Palmieriego i zapłaciwszy

należne dwadzieścia franków za konferencję, począł zadawać mu pytania:
- Więc twierdzisz pan, że mnie nie można zamagnetyzować?
- Co to jest nie można! - oburzył się Palmieri. - Nie można od razu, gdyż nie jesteś pan medium. Ale można by z pana zrobić medium, jeżeli nie w kilka miesięcy, to w kilka lat.
Zatem Geist stanowczo nie otumanił mnie" - pomyślał Wokulski. Głośno zaś dodał:
- A kobieta, panie Palmieri, może zamagnetyzować człowieka?
- Nie tylko kobieta, ale nawet drzewo, klamka, woda, no, słowem, wszystko, czemu magnetyzer nada władzę. Ja mogę moje media magnetyzować bodajby szpilką ; mówię im: w tę szpilkę przelewam mój fluid i zaśniesz pan, kiedy na nią spojrzysz. Tym więc łatwiej mógłbym przekazać moją władzę jakiejś kobiecie. Byle, rozumie się, osoba magnetyzowana była medium.
- I wtedy do owej kobiety przywiązałbym się tak jak pańskie medium do łopatki od węgli?.. - spytał Wokulski.
- Bardzo naturalnie - odpowiedział Palmieri spoglądając na zegarek.
Wokulski opuścił go i włócząc się po ulicach myślał:
"Co do Geista, mam prawie dowód, że nie łudził mnie za pomocą magnetyzmu: nie starczyłoby na to czasu. Ale co do niej, nie mam pewności, że nie oczarowała mnie w ten sposób. Czasu było dosyć, ale... któż mnie zrobił jej medium?.."
Im więcej porównywał swoją miłość dla panny Izabeli z uczuciami ogółu mężczyzn dla ogółu kobiet, tym bardziej wydawała mu się nienaturalną. Bo jak można zakochać się w kimś od jednego rzutu oka? Albo jak można szaleć za kobietą, którą widzi się raz na kilka miesięcy, i tylko po to, ażeby przekonać się, że ona nie dba o nas?
"Bah! - mruknął - rzadkie spotkania właśnie nadają jej charakter ideału. Kto wie, czy zupełnie nie rozczarowałbym się poznawszy ją dokładniej?"
Zdziwiło go, że od Geista nie miał żadnej wiadomości.
"Czyby uczony chemik po to wziął trzysta franków, ażeby już wcale mi się nie pokazywać...' - pomyślał.
Ale sam zawstydził się tych podejrzeń.
"Może chory?" - szepnął.
Wziął fiakra i pojechał według adresu, daleko za wały miasta, w okolicę Charenton.
Na wskazanej ulicy fiakier zatrzymał się przed murowanym parkanem; spoza niego widać było dach i górną część okien domu.
Wokulski wysiadł z powozu i zbliżył się do żelaznej furtki w murze, zaopatrzonej w młotek. Po kilkunastu uderzeniach furtka nagle uchyliła się i Wokulski wszedł na dziedziniec.
Dom był jednopiętrowy, bardzo stary; mówiły o tym ściany pokryte pleśnią, mówiły okna zakurzone, gdzieniegdzie wybite. W środku ściany frontowej znajdowały się drzwi, do których wchodziło się po kilku stopniach kamiennych dość zrujnowanych.
Ponieważ furtka już zamknęła się z głuchym łoskotem, a nie było widać szwajcara, który ją otwierał, więc Wokulski stał na środku dziedzińca

zdziwiony i zakłopotany. Nagle w oknie pierwszego, a zarazem jedynego piętra ukazała się jakaś głowa w czerwonej czapce i znajomy głos zawołał:

- Czy to wy, panie Siuzę?... Dzień dobry!

Głowa znikła, lecz otwarty lufcik świadczył, że nie była złudzeniem. Wreszcie po kilku chwilach zgrzytnęły drzwi środkowe, otworzyły się i stanął w nich Geist. Był ubrany w podarte niebieskie spodnie, drewniane sandały na nogach i brudny flanelowy kaftanik na grzbiecie.

- Powinszuj mi, panie Siuzę! - mówił Geist. - Sprzedałem mój materiał wybuchowy anglo-amerykańskiej kompanii i zdaje się, zrobiłem niezły interes. Sto pięćdziesiąt tysięcy franków gotówką z góry i dwadzieścia pięć centimów od każdego sprzedanego kilograma.

- No, w tych warunkach chyba zarzuci pan swoje metale - rzekł uśmiechając się Wokulski. Geist spojrzał na niego z pobłażliwą wzgardą.

- Warunki te - odparł - o tyle zmieniły moje położenie, że na parę lat nie potrzebuję się troszczyć o majętnego wspólnika. Lecz co do metalów, właśnie w tej chwili pracuję nad nimi, spojrzyj...

Otworzył drzwi na lewo od sieni. Wokulski zobaczył rozległą, kwadratową salę, bardzo chłodną. Na środku jej stał ogromny cylinder, podobny do kadzi: stalowa ściana jej miała z łokieć grubości i była w czterech miejscach ściśnięta potężnymi obręczami. Do górnego dna były przytwierdzone jakieś aparaty: jeden podobny do klapy bezpieczeństwa, spod której od czasu do czasu wydobywał się obłoczek pary i szybko niknął w powietrzu, drugi przypominał manometr, którego skazówka jest w ruchu.

- Kocioł parowy?.. - spytał Wokulski. - Dlaczegóż takie grube ściany?

- Dotknij go - rzekł Geist.

Wokulski dotknął i syknął z bólu. Na palcach wyskoczyły mu pęcherze, lecz nie z gorąca, tylko z zimna... Kadź była straszliwie zimna, co zresztą czuło się w całej sali.

- Sześćset atmosfer ciśnienia wewnętrznego - dodał Geist nie zważając na przygodę od Wokulskiego który aż wstrząsnął się usłyszawszy taką cyfrę.

- Wulkan!... - szepnął.

- Dlatego namawiałem cię, ażebyś mnie pracował - odparł Geist.- Jak widzisz, łatwo tu o wypadek... Chodźmy na górę...

- Kocioł zostawi pan bez dozoru? - spytał Wokulski.

- O, przy tej robocie nie potrzeba niańki; wszystko robi się samo i nie może być niespodzianek. Wszedłszy na górę znaleźli się w dużym pokoju o czterech oknach. Głównym jego umeblowaniem były stoły, literalnie zarzucone retortami, miseczkami i rurkami ze szkła, porcelany, nawet z ołowiu i miedzi. Na podłodze pod stołami i w kątach leżało kilkanaście bomb artyleryjskich, między nimi kilka pękniętych. Pod oknami stały wanienki kamienne lub miedziane, napełnione kolorowymi płynami; wzdłuż jednej ze ścian ciągnęła się ława czy tapczan, a na niej ogromny stos elektryczny.

Dopiero odwróciwszy się Wokulski spostrzegł przy samych drzwiach żelazną szafę wmurowaną w ścianę, łóżko okryte podartą kołdrą, z której. wyłaziła brudna wata, pod oknem stolik z papierami, a przed nim fotel obity skórą, popękaną i wytartą.

Wokulski spojrzał na starca obutego w drewniane sandały jak najuboższy wyrobnik, potem na jego sprzęty, z których wyzierała nędza, i pomyślał, że przecie ten człowiek za swoje wynalazki mógłby mieć miliony. Wyrzekł się ich jednak dla dobra jakiejś przyszłej, doskonalszej ludzkości... Geist wydął mu się w tej chwili jak Mojżesz, który do obiecanej ziemi prowadzi jeszcze nie urodzone pokolenia.

Ale stary chemik tym razem nie odgadł myśli Wokulskiego; przypatrzył mu się pochmurnie i rzekł:

- Cóż, panie Siuzę, niewesołe miejsce, niewesoła robota?... Od czterdziestu lat żyję w ten sposób. W tych aparatach uwięzło już kilka milionów i może dlatego ich posiadacz nie bawi się, nie ma służby, a czasami nawet nie ma co jeść... To nie dla pana zajęcie - dodał machnąwszy ręką.

- Mylisz się, profesorze - odparł Wokulski. - Zresztą w grobie nie jest chyba weselej...

- Co tam grób... głupstwo... sentymentalizm!... - mruknął Geist. -W naturze nie ma grobów ani śmierci; są różne formy bytu, z których jedne pozwalają nam być chemikami, inne tylko preparatami chemicznymi. Cała zaś mądrość polega na tym, ażeby korzystać z nadarzającej się okazji, nie tracić czasu na błazeństwa, lecz coś zrobić.

- Rozumiem to - odparł Wokulski - ale... Wybacz pan, pańskie odkrycia są tak nowe...

- I ja rozumiem - przerwał Geist. - Moje odkrycia są tak nowe, że... uważasz je pan za oszustwo!... Pod tym względem nie są mędrszymi od ciebie członkowie Akademii, masz więc dobre towarzystwo... Aha!...Chciałbyś jeszcze raz zobaczyć moje metale, wypróbować je?... Dobrze, bardzo dobrze...

Pobiegł do żelaznej szafy, otworzył ją w sposób bardzo skomplikowany i po kolei począł wydobywać sztabki metalu cięższego od platyny, lżejszego od wody, to znowu przezroczystego... Wokulski oglądał je, ważył, ogrzewał, kuł, przepuszczał przez nie prąd elektryczny, ciął nożycami. Na próbach tych zeszło mu parę godzin; w rezultacie jednak przekonał się, że przynajmniej pod względem fizycznym ma do czynienia z autentycznymi metalami.

Skończywszy próby Wokulski wyczerpany upadł na fotel; Geist pochował swoje okazy, zamknął szafę i śmiejąc się zapytał:

- No i cóż: fakt czy złudzenie?

- Nic nie rozumiem - szepnął Wokulski ściskając rękoma skronie - głowa mi pęka!... Metal trzy razy lżejszy od wody... niepojęta rzecz!...

- Albo metal o jakie dziesięć procent lżejszy od powietrza, co?...śmiał się Geist.

- Ciężar gatunkowy obalony... prawa natury podkopane, co?... Cha! cha! Nic z tego wszystkiego. Prawa natury, o ile je znamy, nawet przy moich metalach pozostaną nietknięte. Rozszerzą się tylko nasze pojęcia o własnościach ciał i ich budowie wewnętrznej, no i rozszerzą się granice ludzkiej techniki.

- A ciężar gatunkowy? - spytał Wokulski.

- Posłuchaj mnie - przerwał mu Geist - a wnet zrozumiesz, na czym polega istota moich odkryć, chociaż, pośpieszam dodać, naśladować ich nie potrafisz. Tu nie ma ani cudów, ani oszustwa; tu są rzeczy tak proste, że pojąć je mógłby uczeń szkoły elementarnej.

Wziął ze stołu stalowy sześcian i podawszy go Wokulskiemu mówił:

- Oto jest decymetr sześcienny, pełny, odlany ze stali; weź go w rękę, ile waży?

- Z osiem kilogramów...

Podał mu drugi sześcian tej samej wielkości, również stalowy, pytając:

- A ten ile waży?

- No, ten waży z pół kilograma:.. Ale on jest pusty... - odparł Wokulski.

- Doskonale! A ta sześcienna klatka ze stalowego drutu ile waży? - spytał Geist podając ją Wokulskiemu.

- Ta waży kilkanaście gramów...

- Otóż widzisz - przerwał Geist. - Mamy trzy sześciany tej samej wielkości i z tego samego materiału, które jednak są nierównej wagi. A dlaczego? Gdyż w pełnym sześcianie jest najwięcej cząstek stali, w pustym mniej, a w drucianym najmniej. Wyobraź więc sobie, że udało mi się zamiast pełnych cząstek budować klatkowate cząstki ciał, a zrozumiesz tajemnicę wynalazku. Polega on na zmianie budowy wewnętrznej materiałów, co nawet dla dzisiejszej chemii nie jest żadną nowością. Cóż, jakże tam?...

- Kiedy widzę okazy, wierzę - odparł Wokulski - kiedy pana słucham, rozumiem. Ale gdy wyjdę stąd... Rozłożył ręce w sposób desperacki.

Geist znowu otworzył szafę, poszukał i wydobywszy mały skrawek metalu, barwą przypominającego mosiądz, podał Wokulskiemu

- Weź sobie to jako amulet przeciw powątpiewaniu o moim rozumie czy prawdomówności. Ten metal jest około pięciu razy lżejszy od wody, dobrze więc będzie ci przypominał naszą znajomość. Przy tym - dodał śmiejąc się - ma on wielką zaletę: nie obawia się żadnych odczynników chemicznych... Prędzej zniknie, aniżeli zdradzi mój sekret... A teraz idź już, panie S i u z ę, odpocznij i namyśl się: co masz zrobić ze sobą?

- Przyjdę tu - szepnął Wokulski.

- O nie! nie zaraz!... - odparł Geist. - Jeszcze nic ukończyłeś swoich rachunków ze światem; a że i ja mam na parę lat pieniądze, więc nie nalegam. Przyjdziesz tu, kiedy ci już nic nie zostanie z dawnych złudzeń...

Niecierpliwie ścisnął go za rękę i popychał ku drzwiom. Na schodach pożegnał go jeszcze raz i cofnął się do laboratorium. Gdy Wokulski wyszedł na dziedziniec, furtka już była otwarta, a gdy wyminął ją i stanął obok swego fiakra, zatrzasnęła się.

Wróciwszy do miasta Wokulski przede wszystkim kupił złoty medalion, umieścił w nim skrawek nowego metalu i zawiesił na szyi jak szkaplerz. Chciał przespacerować się, ale spostrzegł, że ruch uliczny męczy go; więc poszedł do siebie.

"Czemu ja się wracam? - szeptał. - Dlaczego nie idę do Geista do roboty?..."

Usiadł na fotelu i utonął we wspomnieniach. Widział sklep Hopfera, stołowe pokoje i gości, którzy drwili z niego; widział swoją maszynę o wieczystym ruchu i model balonu, któremu usiłował nadać kierunek. Widział Kasię Hopfer, która mizerniała z miłości dla niego...

"Do roboty!... Dlaczego ja nie idę do roboty?.. "

Wzrok jego machinalnie padł na stół, gdzie leżał niedawno kupiony Mickiewicz.

"Ile ja to razy czytałem!..." - westchnął biorąc książkę do ręki.

Książka otworzyła się sama i Wokulski przeczytał:

"Zrywam się, biegnę, składam na pamięć wyrazy, którymi mam złorzeczyć okrucieństwu twemu, składane, zapomniane już po milion razy...Ale gdy ciebie ujrzę, nic pojmuję, czemu znowu jestem spokojny, zimniejszy nad głazy, aby goreć na nowo, milczeć po dawnemu."

"Teraz już wiem, przez kogo jestem tak zaczarowany..."

Uczuł łzę pod powieką, lecz pohamował się i nie splamiła mu twarzy.

"Zmarnowaliście życie moje... Zatruliście dwa pokolenia!.. szepnął. - Oto skutki waszych sentymentalnych, poglądów na miłość."

Złożył książkę i cisnął nią w kąt pokoju, aż rozleciały się kartki. Książka odbiła się od ściany, spadła na umywalnię i ze smutnym szelestem stoczyła się na podłogę.

"Dobrze ci tak! tam twoje miejsce... - myślał Wokulski. - Bo któż to miłość przedstawiał mi jako świętą tajemnicę? Kto nauczył mnie gardzić codziennymi kobietami, a szukać niepochwytnego ideału?... Miłość jest radością świata, słońcem życia, wesołą melodią w pustyni a ty co z niej zrobiłeś?... Żałobny ołtarz, przed którym śpiewają się egzekwie nad zdeptanym sercem ludzkim!"

Wtem nasunęło mu się pytanie:

"Jeżeli poezja zatruła twoje życie, to któż zatruł ją samą? I dlaczego Mickiewicz, zamiast śmiać się i swawolić jak francuscy pieśniarze, umiał tylko tęsknić i rozpaczać?

Bo on, tak jak i ja, kochał pannę wysokiego urodzenia, która mogła stać się nagrodą nie rozumu, nie pracy, nie poświęceń, nawet nie geniuszu, ale... pieniędzy i tytułu..."

"Biedny męczenniku! - szepnął Wokulski. - Tyś oddał narodowi, coś miał najlepszego; lecz cóżeś winien, że przelewając w niego własną duszę, razem z nią przelałeś cierpienia, jakimi nasycali ciebie? To oni są winni twoim, moim i naszym nieszczęściom..."

Podniósł się z fotelu i ze czcią zebrał porozdzierane kartki.

"Nie dość, że byłeś umęczony przez nich, ale jeszcze miałbyś odpowiadać za ich występki?... To oni winni, oni, że twoje serce, zamiast śpiewać, jęczało jak dzwon rozbity."

Położył się na kanapie i znowu myślał: "Szczególny kraj, w którym od tak dawna mieszkają obok siebie dwa całkiem różne narody: arystokracja i pospólstwo. Jeden mówi, że jest szlachetną rośliną, która ma prawo ssać glinę i mierzwę, a ten drugi albo przytakuje dzikim pretensjom, albo nie ma siły zaprotestować przeciw krzywdzie.

A jak się to wszystko składało na uwiecznienie monopolu jednej klasy i zdławienie w zarodku każdej innej! Tak silnie wierzono w powagę rodu, że nawet synowie rzemieślników i handlarzy albo kupowali herby, albo podszywali się pod jakieś zubożałe rody szlachetne.

Nikt nie miał odwagi nazwać się dzieckiem swoich zasług, a nawet ja, głupiec, wydałem kilkaset rubli na kupno szlacheckiego patentu.

I ja miałbym tam wracać?... Po co?... Tu przynajmniej mam naród żyjący wszystkimi zdolnościami, jakimi obdarowano człowieka. Tu naczelnych miejsc nie obsiada pleśń podejrzanej starożytności, ale wysuwają się naprzód istotne siły: praca, rozum, wola, twórczość, wiedza, nawet piękność i zręczność, a nawet choćby szczere uczucie. Tam zaś praca staje pod pręgierzem, a triumfuje rozpusta! Ten, kto dorabia się majątku, nosi tytuł sknery, kutwy, dorobkiewicza; ten, kto go trwoni, nazywa się: hojnym, bezinteresownym, wspaniałomyślnym... Tam prostota jest dziwactwem, oszczędność wstydem, uczoność równoznaczny z obłędem, artyzm symbolizuje się dziurawymi łokciami. Tam, chcąc zdobyć miano człowieka, trzeba posiadać albo tytuł z pieniędzmi, albo talent wciskania się do przedpokojów. I ja bym tam miał wracać?..."

Począł chodzić po pokoju i liczyć:

"Geist jeden, ja drugi, Ochocki trzeci... Ze dwu jeszcze znajdziemy i za cztery albo pięć lat wyczerpalibyśmy owe osiem tysięcy doświadczeń, potrzebnych do znalezienia metalu lżejszego niż powietrze. No, a wtedy co?... Co stanie się z dzisiejszym światem na widok pierwszej machiny latającej, bez skrzydeł, bez skomplikowanych mechanizmów, a trwałej jak okręt pancerny?"

Zdawało mu się, że szmer uliczny za jego oknami rozszerza się i potęguje ogarniając cały Paryż, Francję i Europę. I że wszystkie głosy ludzkie zlewają się w jeden ogromny okrzyk: "Sława!... sława!... sława!..."

"Oszalałem?" - mruknął.

Szybko rozpiął kamizelkę i wydobywszy spod koszuli złoty medalion otworzył go. Skrawek metalu, podobnego do mosiądzu i lekkiego jak puch, był na swoim miejscu. Geist nie łudził go; droga do olbrzymiego wynalazku była na oścież otwarta.

"Zostaję! - szepnął. - Bóg ani ludzie nie przebaczyliby mi zaniedbania podobnej sprawy."

Mrok już zapadał. Wokulski zaświecił gazowe lampy nad stołem, wydobył papier i pióro i zaczął pisać:

"Mój Ignacy! Chcę pogadać z tobą o bardzo ważnych rzeczach, a ponieważ do Warszawy już nie wrócę, proszę cię więc, ażebyś jak najśpieszniej..."

Nagle rzucił pióro: jakaś trwoga opanowała go na widok napisanych przez siebie wyrazów: "do Warszawy już nie wrócę..."

"Dlaczego nie mam wrócić?.. " - szepnął.

"A po co?... Może po to, ażeby znowu spotkać pannę Izabelę, znowu stracić energię?..."

"Raz nareszcie muszę zamknąć te głupie rachunki..."

Chodził i myślał:

"Oto dwie drogi: jedna wiedzie do nieobliczonych reform ludzkości, druga do podobania się, a nawet, przypuśćmy, do zdobycia kobiety. Co wybrać?... Bo jużci jest faktem, że każdy nowy a ważny materiał, każda nowa siła to nowe piętro cywilizacji. Brąz stworzył cywilizację klasyczną, żelazo wieki średnie; proch zakończył wieki średnie, a węgiel kamienny rozpoczął wiek dziewiętnasty. Co się tu wahać: metale Geista dadzą początek takiej cywilizacji, o jakiej nie marzono, i kto wie, czy wprost nie uszlachetnią gatunku ludzkiego...

A z drugiej strony cóż mam?... Kobietę, która przy takich jak ja parweniuszach nie wahałaby się kąpać. Czym jestem w jej oczach obok tych wykwintnisiów, dla których pusta rozmowa, koncept, komplement stanowią najwyższą treść życia. Co ta czereda, nie wyłączając jej samej, powiedziałaby na widok obdartego Geista i jego niezmiernych odkryć? Tak są ciemni, że nawet nie dziwiliby się temu.

Przypuśćmy wreszcie, żebym się z nią ożenił, a wtedy co?... Natychmiast do salonu dorobkiewicza wleliby się wszyscy jawni i tajni wielbiciele, kuzyni rozmaitego stopnia, czy ja wiem wreszcie kto!...I znowu musiałbym zamykać oczy na ich spojrzenia, głuchnąć na ich komplementa, dyskretnie usuwać się od ich poufnych rozmów-o czym? O mojej hańbie czy głupocie?... Po roku tego życia spodliliby mnie tak, że może zniżyłbym się do zazdrości o podobne indywidua...

Ach, czy nie wolałbym rzucić serce głodnemu psu aniżeli oddać je kobiecie, która nawet nie domyśla się, jaka jest różnica między nimi a mną.

Basta!."

Znowu usiadł przy stole i zaczął list do Geista. Nagle przerwał:

"Paradny jestem - rzekł głośno - chcę pisać zobowiązanie nieuregulowawszy moich interesów..."

"Oto zmieniły się czasy! - myślał. - Dawniej taki Geist byłby symbolem szatana, z którym walczy o duszę ludzką anioł w postaci kobiety. A dzisiaj... kto jest szatanem, a kto aniołem?..."

Wtem zapukano do drzwi. Wszedł garson i podał Wokulskiemu duży list.

"Z Warszawy - szepnął. - Od Rzeckiego?... Przysyła mi jakiś drugi list... Ach, od prezesowej!... Co, może donosi mi o ślubie panny Izabeli?

Rozerwał kopertę, lecz przez chwilę wahał się z odczytaniem. Serce zaczęło mu bić śpieszniej. "Wszystko jedno!" -mruknął i zaczął:

"Mój kochany panie Stanisławie! Dobrze, widać, bawisz się, podobno nawet w Paryżu, kiedy zapominasz o swoich przyjaciołach. A grób śp. biednego stryja twego wciąż czeka na obiecany kamień i ja także chciałabym poradzić się ciebie o budowę cukrowni, do której namawiają mnie na stare lata. Wstydź się, panie Stanisławie a nade wszystko żałuj, że nie widzisz rumieńca na twarzy Beli, która w tej chwili jest u mnie i spiekła raczka usłyszawszy, że piszę do ciebie. Kochane dziecko! Mieszka u ciotki w sąsiedztwie i często mnie odwiedza. Domyślam się, że zrobiłeś jej jakąś dużą przykrość; nie ociągaj się więc z przeprosinami i jak najrychlej przyjeżdżaj prosto do mnie. Bela zabawi tu jeszcze kilka dni i może uda mi się wyjednać ci przebaczenie..."

Wokulski zerwał się od stołu, otworzył okno i postawszy w nim chwilę przeczytał drugi raz list prezesowej; oczy zaiskrzyły mu się, na twarz wystąpiły wypieki.

Zadzwonił raz, drugi, trzeci... Wreszcie sam wybiegł na korytarz wołając:

- Garson!.. Hej, garson!...

- Do usług...

- Rachunek.

- Jaki?..

- Cały rachunek za ostatnie pięć dni... Cały, nie rozumiesz?...

- Czy zaraz?... - zdziwił się garson.

- Natychmiast i... powóz na dworzec kolei północnej... Natychmiast!

ROZDZIAŁ PIĄTY: CZŁOWIEK SZCZĘŚLIWY W MIŁOŚCI

Wróciwszy z Paryża do Warszawy, Wokulski zastał drugi list prezesowej. Staruszka nalegała, ażeby natychmiast przyjeżdżał i zabawił u niej parę tygodni.

"Nie myśl, panie Stanisławie - kończyła - że zapraszam cię z powodu twoich świeżych awansów, dla pochwalenia się znajomością z tobą. Tak czasem bywa, ale nie u mnie. Chcę tylko, ażebyś odpoczął po swych ciężkich trudach, a może i rozerwał się w moim domu, gdzie oprócz gospodyni, starej nudziarki, znajdziesz jeszcze towarzystwo młodych i ładnych kobiet."

Dużo mnie obchodzą młode i ładne kobiety! - mruknął Wokulski. W następnej zaś chwili przyszło mu na myśl: o jakich to awansach pisze prezesowa? Czyby już nawet na prowincji wiedziano o jego zarobku, choć sam nikomu o tym nie wspomniał?

Słowa prezesowej przestały go jednak dziwić, gdy naprędce rozejrzał się w interesach. Od dnia wyjazdu do Paryża obroty jego handlu znowu wzrosły i wzrastały z tygodnia na tydzień. W stosunki z nim weszło kilkudziesięciu nowych kupców, a cofnął się ledwie jeden, dawny, napisawszy przy tym ostry list, że ponieważ on nie ma arsenału, tylko zwyczajny sklep bławatny, więc nie widzi interesu nadal utrzymywać stosunków z firmą JW-go Wokulskiego, z którym na Nowy Rok ureguluje wszelkie rachunki. Ruch towarów był tak wielki, że pan Ignacy na własną odpowiedzialność wynajął nowy skład, zgodził ósmego subiekta i dwu ekspedytorów. Kiedy Wokulski skończył przeglądać księgi (na usilną prośbę Rzeckiego wziął się do nich w parę godzin po powrocie z banhofu),pan Ignacy otworzył kasę ogniotrwałą i z uroczystą miną wydobył stamtąd list Suzina.

- Cóż to za ceremoniał? - spytał ze śmiechem Wokulski.

- Korespondencje od Suzina muszą być szczególnie pilnowane - odparł Rzecki z naciskiem. Wokulski wzruszył ramionami i przeczytał list. Suzin proponował mu na zimowe miesiące nowy interes, prawie tej samej doniosłości co paryski.

- Cóż ty na to? - zapytał pana Ignacego objaśniwszy, o co chodzi.

- Mój Stachu - odparł subiekt spuszczając oczy - tak ci ufam, że gdybyś nawet spalił miasto, jeszcze byłbym pewny, że zrobiłeś to w szlachetnym celu.

- Jesteś nieuleczony marzyciel, mój stary! - westchnął Wokulski i przerwał rozmowę. Nie miał wątpliwości, że Ignacy znowu posądza go o jakieś polityczne knowania.

Nie sam Rzecki myślał w taki sposób. Wstąpiwszy do swego mieszkania Wokulski znalazł całą pakę biletów wizytowych i listów. Przez czas nieobecności odwiedziło go około setki ludzi wpływowych, utytułowanych i majętnych, z których co najmniej połowy dotychczas nie znał... Jeszcze większą osobliwość stanowiły listy. Były to prośby bądź o wsparcie, bądź o protekcję do rozmaitych władz cywilnych i wojskowych lub też anonimy po największej części wymyślające mu... Jeden nazywał go zdrajcą, inny fagasem, który tak wprawił się do służby u Hopfera, że dziś dobrowolnie wdziewa na siebie liberię arystokracji, a nawet więcej niż arystokracji. Inny anonim zarzucał mu opiekę nad kobietą złego życia, inny donosił, że pani Stawska jest kokietką i awanturnicą, a Rzecki oszustem, który w nowo nabytym domu wykrada mu komorne i dzieli się z rządcą, niejakim Wirskim.

"Muszą zdrowe plotki krążyć o mnie..." - pomyślał patrząc na stertę papierów. Na ulicy także, o ile miał czas zwracać uwagę, spostrzegł, że jest przedmiotem ogólnego zainteresowania. Mnóstwo osób kłaniało mu się; czasem zupełnie obcy wskazywali na niego, gdy przechodził; byli jednakże i tacy, którzy z widoczną niechęcią odwracali od niego głowę. Między nimi zauważył dwu znajomych, jeszcze z Irkucka, co go dotknęło w przykry sposób.

"Cóż ci znowu - szepnął - dostali bzika?..."

Na drugi dzień swego pobytu w Warszawie odpisał Suzinowi, że propozycje przyjmuje i że w połowie października będzie w Moskwie. Późnym zaś wieczorem wyjechał do prezesowej, której majątek leżało kilka mil od niedawno wybudowanej kolei.

Na dworcu spostrzegł, że i tu jego osoba robi wrażenie. Sam zawiadowca przedstawił się i kazał mu dać oddzielny przedział; nadkonduktor zaś prowadząc go do wagonu rzekł, że to on właśnie miał zamiar ofiarować mu wygodne miejsce, gdzie by można spać, pracować albo rozmawiać bez przeszkód.

Po długim staniu pociąg z wolna ruszył. Była już noc duża, bezksiężycowa i bezobłoczna, a na niebie więcej gwiazd niż zwykle. Wokulski otworzył okno i przypatrywał się konstelacjom. Przyszły mu na myśl syberyjskie noce, gdzie niebo bywa niekiedy prawie czarne, zasiane gwiazdami jak śnieżycą, gdzie Mała Niedźwiedzica krąży prawie nad głową, a Herkules, kwadrat Pegaza, Bliźnięta świecą niżej niż u nas nad horyzontem.

"Czy dziś umiałbym astronomię, ja, subiekt Hopfera, gdybym tam nie był? - pomyślał z goryczą. - A słyszałbym co o odkryciach Geista, gdyby mnie Suzin gwałtem nie zaciągnął do Paryża?"

I oczyma duszy widział szerokie i niezwykłe życie swoje, jakby rozpięte między dalekim Wschodem i dalekim Zachodem. "Wszystko, co umiem, wszystko, co mam, wszystko, co zrobić jeszcze mogę; nie pochodzi stąd. Tu znajdowałem tylko upokorzenie, zawiść albo wątpliwej wartości poklask, gdy mi się wiodło; lecz gdyby mi się nie powiodło, zdeptałyby mnie te same nogi, które dziś się kłaniają..."

"Wyjadę stąd - szeptał - wyjadę!... Chyba że ona mnie zatrzyma...Bo co mi da nawet ten majątek, jeżeli nie mogę go zużytkować w taki sposób, jaki mnie najlepiej przypada do gustu? Co warte życie, pleśniejące między resursą, sklepem i prywatnymi salonami, gdzie trzeba grać w preferansa, ażeby nie obmawiać, albo obmawiać, ażeby nie grać w preferansa?..." "Ciekawym - rzekł do siebie po chwili - w jakim celu tak znacząco zaprasza mnie prezesowa? A może to panna Izabela?..." Zrobiło mu się gorąco i z wolna uczuł jakąś przemianę w duszy. Przypomniał sobie swego ojca i stryja, Kasię Hopfer, która tak go kochała, Rzeckiego, Leona, Szumana, księcia i tylu, tylu innych ludzi, którzy złożyli mu dowody niewątpliwej życzliwości. Co warta cała jego nauka i majątek, gdyby dokoła siebie nie miał serc przyjaznych; na co zdałby się największy wynalazek Geista, gdyby nie miał być orężem, który zapewni ostateczne zwycięstwo rasie ludzi szlachetniejszych i lepszych?...

"Jest i u nas niemało do zrobienia - szepnął. - Są i u nas ludzie, których warto wydźwignąć albo wzmocnić... Za stary jestem na robienie epokowych wynalazków, niech się tym zajmują Ochoccy... Ja wolę innym przysporzyć szczęścia i sam być szczęśliwym..."

Przymknął oczy i zdawało mu się, że widzi pannę Izabelę, która patrzy na niego w dziwny, jej tylko właściwy sposób i łagodnym uśmiechem przytakuje jego zamiarom.

Zapukano do drzwi przedziału i po chwili ukazał się nadkonduktor mówiąc:

-Pan baron Dalski pyta się, czy może tu przyjść. Jedzie tym samym wagonem.

- Pan baron?... - powtórzył Wokulski. - Owszem, niech będzie łaskaw....

Nadkonduktor cofnął się i przymknął drzwi, a Wokulski przypomniał sobie, że baron jest członkiem spółki do handlu ze Wschodem i jednym z niewielu już konkurentów panny Izabeli. "Czego on chce ode mnie? - myślał Wokulski. - Może i on jedzie do prezesowej, ażeby na świeżym powietrzu złożyć pannie Izabeli stanowczą deklarację?... Jeżeli go nie uprzedził ten Starski..."

W korytarzu wagonowym słychać było kroki i rozmowę; drzwi przedziału znowu usunęły się i ukazał się nadkonduktor, a obok niego bardzo szczupły pan, z malutkimi wąsikami szpakowatymi, jeszcze mniejszą bródką prawie siwą i dobrze siwiejącą głową.

"Chyba nie on? myślał Wokulski. - Tamten był zupełnie czarny..."

- Najmocniej przepraszam, że niepokoję panaĺ - rzekł baron chwiejąc się z powodu ruchu pociągu. - Najmocniej... Nie ośmieliłbym się przerywać samotności, gdyby nie to, że chcę zapytać: czy pan nie jedzie do naszej czcigodnej prezesowej, która pana już od tygodnia oczekuje?

- Właśnie do niej jadę. Witam pana barona. Niechże pan siądzie.

- A to doskonale! - zawołał baron - bo i ja tam jadę. Prawie od dwu miesięcy mieszkam tam. To jest... panie... nie tyle mieszkam, ile ciągle dojeżdżam. To od siebie, gdzie mi dom odnawiają, to z Warszawy... Teraz wracam z Wiednia, gdzie kupowałem meble, ale zabawię prezesowej tylko parę dni, bo, panie, muszę zmienić wszystkie obicia w pałacu, założone nie dawniej jak dwa tygodnie temu. Ale cóż robić...nie podobały się, więc obedrzemy, nie ma rady!...

Śmiał się i mrugał oczyma, a Wokulskiego zimno przeszło. "Dla kogo te meble?... Komu nie podobały się obicia?..." pytał sam siebie z trwogą.

- Szanowny pan - ciągnął baron - już skończył swoją misję. Winszuję!... - dodał ściskając go za rękę. - Od pierwszego, panie, rzutu oka uczułem dla pana szacunek i sympatię, która teraz zamienia się w prawdziwą cześć... Tak, panie. Nasze usuwanie się od politycznego życia zrobiło nam wiele szkody. Pan pierwszy złamałeś nierozsądną zasadę abstynencji i za to, panie, cześć... Musimy się przecie interesować sprawami państwa, w którym znajdują się nasze majątki, gdzie leży nasza przyszłość...

- Nie rozumiem pana, panie baronie - przerwał mu nagle Wokulski.

Baron tak zmieszał się, że przez chwilę siedział bez ruchu i głosu. Nareszcie wybąkał:

- Przepraszam!... Doprawdy nie miałem zamiaru... Ale sądzę, że moja przyjaźń dla czcigodnej prezesowej, która, panie, tak...

- Skończmy, panie, z wyjaśnieniami - rzekł ze śmiechem Wokulski ściskając go za rękę. - Kontent pan z wiedeńskich sprawunków?

- Bardzo... panie... bardzo... Chociaż, czy pan uwierzy, była chwila, że za radą szanownej prezesowej miałem zamiar fatygować pana w Paryżu...

- Chętnie służyłbym. O cóż to chodziło?

- Chciałem mieć stamtąd garnitur brylantowy - mówił baron. -Ale że w Wiedniu trafiły mi się pyszne szafiry... Właśnie mam je przy sobie i jeżeli pan pozwoli... Pan jest znawcą klejnotów?...

"Dla kogo te szafiry?" - myślał Wokulski. Chciał poprawić się na siedzeniu, ale poczuł, że nie może podnieść ręki ani wyprostować nóg.

Baron tymczasem wyjął z rozmaitych kieszeni cztery safianowe pudełka, ustawił je na ławce i po kolei zaczął otwierać.

- Oto bransoleta - mówił - prawda, jaka skromna, jeden kamień... Brosza i kolczyki już są ozdobniejsze; kazałem nawet zmienić oprawę... A to naszyjnik... Proste to, ale smaczne i może dlatego ładne...Ale ogień jest, prawda, panie?...

Mówiąc tak, przesuwał szafiry przed oczyma Wokulskiego, przy migotliwym blasku świecy.

- Nie podobają się panu? - spytał nagle baron spostrzegłszy, że jego towarzysz nie odpowiada.

- Owszem, bardzo piękne. Komuż to baron wiezie taki prezent?

- Mojej narzeczonej - odparł baron tonem zdziwienia. - Sądziłem, że prezesowa wspomniała panu o naszym szczęściu rodzinnym...

- Nic.

- A właśnie dziś jest pięć tygodni, jak oświadczyłem się i zostałem przyjęty.

- Komu się pan oświadczył?... Prezesowej?... - rzekł innym już głosem Wokulski.

- Ależ nie!... - zawołał baron cofając się. - Oświadczyłem się pannie Ewelinie Janockiej, wnuczce prezesowej... Nie pamięta jej pan? Była u hrabiny w tym roku na święconem, nie zauważył jej pan?...

Długa chwila upłynęła, zanim Wokulski skombinował, że panna Ewelina Janocka nie jest panną Izabelą Łęcką, że baron nie oświadczył się pannie Izabeli i że nie dla niej wiezie szafiry.

- Przepraszam pana - odezwał się do zaniepokojonego barona - ale jestem tak rozstrojony, że po prostu nie wiedziałem, co mówię...

Baron zerwał się z siedzenia i prędko zaczął chować pudełka.

- Co za nieuwaga z mojej strony! - zawołał. - Właśnie dostrzegłem w oczach pańskich znużenie i mimo to ośmieliłem się spłoszyć panu sen...

- Nie, panie, spać nie mam zamiaru i miło mi będzie odbyć resztę drogi w pańskim towarzystwie. To chwilowe osłabienie, które już przeszło.

Baron z początku robił ceremonie i chciał wychodzić, ale widząc, że Wokulski istotnie orzeźwił się, usiadł zapewniając, że tylko na parę minut. Czuł potrzebę wygadania się przed kimś ze swoim szczęściem.

- Bo co to za kobieta! - mówił baron z coraz żywszą gestykulacją. Kiedym ją, panie, poznał, wydała mi się zimna jak posąg i tylko zajęta strojami. Dopiero dziś widzę, jakie to skarby uczuć...Stroić się lubi jak każda kobieta, ale cóż to za rozum!... Nikomu bym tego nie powiedział, co teraz powiem panu, panie

Wokulski. Ja bardzo młodo zacząłem siwieć i nie bez tego, ażebym od czasu do czasu nie dotknął wąsów fiksatuarem. No i kto by, panie, pomyślał: ledwie spostrzegła to, raz na zawsze zabroniła mi fiksatuarować się; powiedziała, że ona ma szczególne upodobanie do siwych włosów i że dla niej prawdziwie pięknym może być tylko siwy mężczyzna. "A o szpakowatych co pani myśli?" - zapytałem. "Że są tylko interesującymi" - odpowiedziała... A jak ona to mówi!... Czy aby nic nudzę pana, panie Wokulski?

- Ależ, panie!.. Bardzo mi miło spotkać człowieka szczęśliwego.

- Prawdziwie jestem szczęśliwy, i to w sposób, który dla mnie samego jest niespodzianką - ciągnął baron. - Bo o ożenieniu się zawsze myślałem, już od kilku lat zalecają mi to doktorzy. No i projektowałem, że wezmę sobie, panie, kobietę piękną, dobrze wychowaną z nazwiskiem i prezencją, bynajmniej nie wymagając od niej jakiejś romantycznej miłości. Tymczasem ma pan: sama miłość zastępuje mi drogę i jednym spojrzeniem rozniecia pożar w sercu... Doprawdy, panie Wokulski, jestem zakochany... nie - jestem szalony... Nikomu bym tego nie powiedział, ale panu, dla którego od pierwszej chwili uczułem nieledwie braterską sympatię... Jestem szalony!... Myślę tylko o niej, kiedy śpię - śni mi się, kiedy jej nie widzę - jestem, panie, formalnie chory. Brak apetytu, smutne myśli, jakieś ciągłe lękanie się...

Tego, co panu teraz powiem, panie Wokulski, błagam, ażeby pan nie powtarzał nawet przed samym sobą. Chciałem ją wziąć na próbę; jest to niskie, nieprawda, panie? ale trudno, człowiek niełatwo wierzy w szczęście. Chcąc ją tedy wziąć na próbę (ale nikomu ani słóweczka o tym, panie!),,kazałem napisać projekt interczy, według którego, gdyby małżeństwo nie doszło do skutku z czyjejkolwiek winy (rozumie pan?) - ja płacę pięćdziesiąt tysięcy rubli pannie za zawód. Serce mi drętwiało z obawy, że... a nuż porzuci mnie?... Lecz co pan powie? Kiedy jej prezesowa wspomniała o tym projekcie, panna w płacz... "Cóż to - mówiła - on myśli, że wyrzeknę się go dla jakichś pięćdziesięciu tysięcy rubli? Bo jeżeli mnie posądza o interesowność i nie uznaje żadnych wyższych pobudek w sercu kobiety, to przecie powinien rozumieć, że za pięćdziesiąt tysięcy nie oddam miliona..."

Kiedy mi to powtórzyła prezesowa, wbiegłem do pokoju panny Eweliny i nie powiedziawszy ani słówka upadłem jej do nóg... teraz w Warszawie zrobiłem testament, a w nim mianowałem ją jedyną i wyłączną spadkobierczynią, choćbym umarł przed ślubem. Cała moja rodzina przez całe życie nie dała mi tyle szczęścia, ile to dziecko w ciągu kilku tygodni. A co będzie później?... Co będzie później, panie Wokulski?.. Nikomu nie zadałbym podobnego pytania -zakończył baron, mocno targając go za rękę. - No, dobranoc...

"Zabawna historia! -mruknął Wokulski po odejściu barona. - Ten staruszek naprawdę wdeptał się po szyję..."

I nie mógł odpędzić wizerunku barona, który jak cień coraz to wypływał na amarantowe tło siedzenia. Więc patrzył na jego chudą twarz, na której płonął ceglasty rumieniec, na włosy jakby posypane mąką, na oczy wielkie a zapadnięte, w których tlił się blask niezdrowy. Komiczne i smutne wrażenie robiły wybuchy namiętności w człowieku, który nieustannie zasłaniał sobie gardło, sprawdzał, czy okno jest dobrze zamknięte, i siedział w przedziale coraz na innym miejscu z obawy przeciągów.

"Ubrał się! - myślał Wokulski. - Czy podobna, ażeby młoda panna mogła zakochać się w takiej mumii? Z pewnością jest o dziesięć lat starszy ode mnie, a jaki niedołężny, jaki przy tym naiwny!...

Dobrze, ale jeżeli ta panna naprawdę go kocha?... Boć trudno przypuścić, ażeby go oszukiwała. W ogóle biorąc, kobiety są szlachetniejsze od mężczyzn ; nie tylko mniej spełniają występków, lecz i poświęcają się nierównie częściej od nas. Jeżeli więc z trudnością znalazłby się tak podły mężczyzna, który od rana do nocy kłamałby dla pieniędzy, to czy można posądzać o coś podobnego kobietę, młodą pannę wychowaną wśród uczciwej rodziny?

Oczywiście coś jej strzeliło do głowy i musi być także zadurzona, jeżeli nie w jego wdziękach, to w stanowisku. Inaczej musiałaby zdradzić się, że gra komedię, a baron musiałby spostrzec to, bo miłość patrzy przez mikroskop. A jeżeli młoda dziewczyna może pokochać takiego dziada, to dlaczegóż by mnie nie miała pokochać tamta?..."

"Zawsze wracam do swego! - szepnął. - Ta myśl stała się już rodzajem monomanii..."

Odsunął okno zamknięte przez barona i dla odpędzenia natrętnych wspomnień począł znowu przyglądać się niebu. Kwadrat Pegaza opuszczał się już na zachód, a na wschodzie podnosił się Byk, Orion, Pies Mały i Bliźnięta. Przypatrywał się gwiazdom wielokrotnym, gęsto rozsianym w tej okolicy nieba, i przyszła mu na myśl ta dziwna, niewidzialna siła przyciągania, która odległe światy wiąże w jedną całość potężniej, niżby to mogły zrobić jakiekolwiek materialne łańcuchy.

"Przyciąganie - przywiązanie, toż to w gruncie jedno i to samo: siła tak wielka, że wszystko za sobą porywa, a tak płodna, że tryska z niej wszelkie życie. Pozbawmy ziemię jej przywiązania do słońca, a odleci gdzieś w przestrzeń i za parę lat stanie się bryłą lodu. Wtrąćmy jakąś tułaczą gwiazdę w sferę słonecznego systemu, a kto wie, czy i na niej nie rozbudzi się życie? Dlaczego więc baron ma wyłamywać się spod prawa przywiązania, które przenika całą naturę? I czy pomiędzy nim a jego panną Eweliną jest większa przepaść aniżeli między ziemią i słońcem? Co się tu dziwić szaleństwom ludzi, jeżeli w ten sam sposób szaleją światy..."

Tymczasem pociąg szedł wciąż z wolna, długo zatrzymując się na stacjach. Powietrze zrobiło się chłodne, na wschodzie zaczęły blednąć gwiazdy. Wokulski zamknął okno i legł na bujającej kanapie.

"Jeżeli - myślał - młoda kobieta mogła zakochać się w baronie, to dlaczegóż bym ja... Bo przecież go nie oszukuje... Kobiety są w ogóle szlachetniejsze od nas... mniej kłamią..."

- Proszę pana, tu panowie wysiadają... Pan baron już pije herbatę.

Wokulski ocknął się: nad nim stał konduktor i budził go w najuprzejmiejszy sposób. - Jak to, już dzień? - spytał zdziwiony. - O, już jest dziewiąta i od pół godziny stoimy na stacji. Nie budziłem pana, bo pan baron nie kazał, ale że pociąg zaraz idzie dalej...

Wokulski szybko wysiadł. Stacja była nowa, jeszcze niezupełnie wykończona. Pomimo to dano mu wody do umycia się i oczyszczono odzież. Rozbudził się już zupełnie i wszedł do małego bufetu, gdzie rozpromieniony baron pił trzecią szklankę herbaty.

- Dzień dobry! - zawołał baron, z familiarną poufałością ściskając Wokulskiego za rękę. - Panie gospodarzu, herbaty dla pana... Ładny dzień, prawda, akurat do spaceru końmi. Ale też zrobili nam figla!

- Cóż się stało?

- Musimy czekać na konie - prawił baron. - Całe szczęście, że o drugiej w nocy pchnąłem depeszę o pańskim przyjeździe. Bo onegdaj także wysłałem do prezesowej depeszę z Warszawy, ale mówi mi zawiadowca, żem się omylił i zamówił konie na jutro. Szczęście, panie, żem telegrafował dziś z drogi. O trzeciej posłali stąd sztafetę, o szóstej prezesowa odebrała telegram, o ósmej najpóźniej wysłano konie. Poczekamy jeszcze z godzinę, ale za to lepiej pozna pan okolicę. Bardzo, panie, ładna miejscowość...

Po śniadaniu wyszli na peron. Okolica z tego punktu wydawała się płaska i prawie bezleśna; tu i ówdzie widać było kępę drzew, a wśród niej grupę murowanych budynków.

- To są dwory? - spytał Wokulski.

- A tak... dużo szlachty mieszka w tej stronie. Ziemia doskonale uprawna; ma pan łubin, koniczynę...

- Wsi nie widzę - wtrącił Wokulski.

- Bo to dworskie grunta, a pan zna przysłowie: Na dworskim polu dużo stert, na chłopskim dużo ludzi.

- Słyszałem -rzekł nagle Wokulski - że u prezesowej zbiera się dużo gości.

- Ach, panie! - zawołał baron - kiedy trafi się dobra niedziela, to jakbyś pan był na balu w cesursie: zjeżdża się po kilkadziesiąt osób. A nawet dziś powinni byśmy znaleźć grono stałych gości. No, przede wszystkim bawi tam moja narzeczona. Dalej - jest pani Wąsowska, milutka wdóweczka, lat trzydzieści, ogromny majątek. Zdaje mi się, że krąży około niej Starski. Zna pan Starskiego?... Niemiła figura: arogant, panie, impertynent... Dziwię się, doprawdy, że kobieta z takim rozumem i gustem jak pani Wąsowska może znajdować przyjemność w towarzystwie podobnego lekkoducha.

-Któż więcej? - pytał Wokulski.

- Jest jeszcze Fela Janocka, stryjeczna siostra mojej pani; bardzo miłe dziecko, ma z osiemnaście lat. No, jest Ochocki...

- Jest?... Cóż on tam robi?

- Kiedym wyjeżdżał, po całych dniach łowił ryby. Ale ponieważ gust zmienia mu się często, więc nie jestem pewny, czy nie zobaczę go teraz jako myśliwca... Ale cóż to za szlachetny młody człowiek, co za wiedza!... No i zasługi już ma; zrobił kilka wynalazków.

- Tak, to niepospolity człowiek - rzekł Wokulski. - Któż jeszcze bawi u prezesowej?...

- Stale to już nikt, ale bardzo często przyjeżdżają na kilka dni, czasem na tydzień, pan Łęcki z córką. Dystyngowana osoba - mówił dalej baron - pełna rzadkich przymiotów. Pan wreszcie ich zna? Szczęśliwy ten, komu odda serce i rękę! Co to, panie, za wdzięk, co za rozum; doprawdy, czcić ją można jak istną boginię... Nie znajduje pan?

Wokulski oglądał się po okolicy nie mogąc zdobyć się na odpowiedź. Szczęściem, wybiegł w tej chwili posługacz stacyjny donosząc baronowi, że zajechał powóz.

- Wybornie! - zawołał baron i dał mu parę złotych. - Odnieś, kochanku, nasze rzeczy, a my, panie, jedźmy... Za dwie godziny pozna pan moją narzeczoną.

ROZDZIAŁ SZÓSTY: WIEJSKIE ROZRYWKI

Z kwadrans upłynął, zanim upakowano rzeczy w powozie. Nareszcie Wokulski i baron usiedli, furman w piaskowej liberii machnął batem w powietrzu i para dzielnych siwych koni ruszyła wolnym kłusem.

- O, panią Wąsowską rekomenduję panu - mówił baron. - Brylant, nie kobieta, a jaka oryginalna!... Ani myśli iść drugi raz za mąż, choć lubi pasjami, ażeby ją otaczano. Trudno jej, panie, nie uwielbiać, a uwielbiać rzecz niebezpieczna. Starskiemu płaci dzisiaj za wszystkie jego bałamuctwa. Pan zna Starskiego?

- Widziałem go raz...

- Dystyngowany człowiek, ale nieprzyjemny - mówił baron - antypatia mojej narzeczonej. Tak działa jej na nerwy, że biedaczka traci humor w jego towarzystwie. I nie dziwię się, bo to są wprost przeciwne natury: ona poważna - on letkiewicz, ona uczuciowa, nawet sentymentalna - on cynik.

Wokulski słuchając gawędy barona oglądał się po okolicy, która powoli zmieniała fizjognomię. W pół godziny za stacją ukazały się na widnokręgu lasy, bliżej wzgórza; droga wiła się między nimi, wbiegała na ich szczyty lub spadała na dół.

Na jednym z takich wzniesień furman zwrócił się do nich i wskazując batem przed siebie rzekł:

- O, państwo tam jadą brekiem...

- Gdzie? kto? - zawołał baron, prawie wspinając się na kozioł.- A tak, to oni... Żółty brek i gniada czwórka... Ciekawym, kto jedzie? Niech no pan spojrzy...

- Zdaje mi się, że widzę coś pąsowego odparł Wokulski.

- A, to pani Wąsowska. Ciekawym, czy jest i moja narzeczona?...dodał ciszej.

- Jest kilka pań - rzekł Wokulski, któremu w tej chwili przypomniała się panna Izabela. "Jeżeli jedzie z nimi, to dobra wróżba" - pomyślał.

Oba ekwipaże szybko zbliżały się do siebie. Na breku gwałtownie strzelano z bata, wołano, wywijano chustkami, w powozie zaś baron coraz wychylał się i drżał ze wzruszenia.

Powóz stanął, ale rozpędzony brek przeleciał około niego jak burza śmiechu i okrzyków i zatrzymał się o kilkadziesiąt kroków dalej. Widocznie naradzano się nad czymś w sposób hałaśliwy i zapewne coś uradzono, gdyż towarzystwo wysiadło, a brek pojechał dalej.

- Dzień dobry, panie Wokulski - zawołał z kozła ktoś wywijając długim batem. Wokulski poznał Ochockiego.

Baron pobiegł w stronę towarzystwa. Naprzeciw wysunęła się dama w białej narzutce, z białą koronkową parasolką i szła powoli z wyciągniętą do niego ręką, z której zdawał się opadać szeroki rękaw. Baron już z daleka zdjął kapelusz i dopadłszy narzeczonej, prawie zanurzył się w jej rękawie. Po wybuchu czułości, który o ile był krótkim dla niego, o tyle wydał się bardzo długim dla widzów, baron nagle oprzytomniał i rzekł:

- Pozwoli pani, że przedstawię pana Wokulskiego, mego najlepszego przyjaciela... Ponieważ zabawi tu dłużej, więc w tej chwili obliguję go, ażeby w czasie mojej nieobecności zastępował przy pani moje miejsce...

Znowu złożył kilka pocałunków w głąb rękawa, skąd do Wokulskiego wysunęła się prześliczna ręka. Wokulski uścisnął ją i poczuł lodowaty chłód; spojrzał na damę w białej narzutce i zobaczył pobladłą twarz z wielkimi oczyma, w których widać było smutek i obawę.

"Szczególna narzeczona!" - pomyślał.

- Pan Wokulski!,.. - zawołał baron zwróciwszy się do dwu pań i mężczyzny, którzy już zbliżyli się do nich. - Pan Starski... - dodał.

- Już miałem przyjemność... - odezwał się Starski uchylając kapelusz.

- I ja - odparł Wokulski.

- Jakże teraz usadowimy się? - spytał baron na widok nadjeżdżającego breku.

- Jedźmy wszyscy razem! - zawołała młoda blondynka, w której Wokulski domyślił się panny Felicji Janockiej.

- Bo w naszym powozie są dwa miejsca... - słodko zauważył baron.

- Rozumiem, ale nic z tego - odezwała się pięknym kontraltem dama w pąsowej sukni - Narzeczeni pojadą z nami, a do powozu niech siądą, jeżeli chcą, pan Ochocki z panem Starskim.

- Dlaczego ja? - zawołał z wysokości kozła Ochocki.

- Albo ja? - dodał Starski.

- Bo pan Ochocki źle powozi, a pan Starski jest nieznośny - odpowiedziała rezolutna wdówka. Teraz Wokulski spostrzegł, że dama ta ma pyszne kasztanowate włosy i czarne oczy, a całą fizjognomię wesołą i energiczną.

- Już mi pani daje dymisję! - westchnął komicznie Starski.

- Pan wie, że ja zawsze daję dymisję wielbicielom, którzy mnie nudzą. No, ale siadajmy, moi państwo. Narzeczeni naprzód. Fela obok Ewelinki.

- O nie! - zaprotestowała blondynka. - Siądę na końcu, bo babcia nie pozwala mi siadać przy narzeczonych.

Baron z większą elegancją aniżeli zręcznością podsadził narzeczoną i sam usiadł naprzeciw niej. Potem wdówka zajęła miejsce obok barona, Starski obok narzeczonej, a panna Felicja obok Starskiego.

- Prosimy - odezwała się wdówka do Wokulskiego zbierając w fałdy swoją pąsową suknię, która rozesłała się na połowie ławki.

Wokulski usiadł naprzeciw panny Felicji i spostrzegł, że dziewczynka patrzy na niego z pełnym zachwytu podziwem, rumieniąc się co chwilę.

- Czy nie moglibyśmy prosić pana Ochockiego, ażeby lejce oddał stangretowi? - rzekła wdówka.

- Moja pani, cóż mi pani wiecznie robi jakieś awantury! - oburzył się Ochocki. - Właśnie, że ja będę powoził.

- Więc daję słowo honoru, że wybiję pana, jeżeli nas wywrócisz.

- To się jeszcze pokaże - odparł Ochocki.

- Słyszeliście państwo, ten człowiek mi grozi! - zawołała wdówka. - Czy nie ma tu nikogo, który by się za mną ujął?

- Ja panią pomszczę - wtrącił Starski dosyć lichą polszczyzną. -Przesiądźmy się we dwoje do tamtego powozu.

Piękna wdowa wzruszyła ramionami, baron znowu całował rączki swojej narzeczonej, która uśmiechając się rozmawiała z nim półgłosem, ale ani na chwilę nie straciła wyrazu smutku i obawy.

Podczas gdy Starski przekomarzał się z wdową, a panna Felicja rumieniła się, Wokulski patrzył na narzeczoną. Spostrzegła to, odpowiedziała mu pogardliwym wejrzeniem i nagle z bezbrzeżnego smutku przeszła do dziecinnej wesołości. Sama podała rękę baronowi do nowego pocałunku, a nawet niechcący potrąciła go nóżką. Jej wielbiciel był tak wzruszony, że pobladł i posiniały mu usta.

- Ależ pan nie ma idei o powożeniu! - krzyknęła wdowa usiłując potrącić Ochockiego drutem parasolki.

W tej chwili Wokulski wyskoczył. Jednocześnie konie lejcowe skręciły na środek drogi, dyszlowe poszły za nimi i brek silnie pochylił się na lewo. Wokulski podparł go, konie, ściągnięte przez stangreta, stanęły.

- Czy nie mówiłam, że ten potwór wywróci nas! - zawołała wdowa. - Cóż to znowu, panie Starski?...

Wokulski spojrzał na brek i w ciągu jednej chwili zobaczył taką scenę: panna Felicja pokładała się ze śmiechu, Starski upadł twarzą na kolana pięknej wdówki, baron tarmosił za kark stangreta, a jego narzeczona, blada z trwogi, jedną ręką chwyciła za pręt kozła, drugą wpiła w ramię Starskiego.

Mgnienie oka -brek wyprostował się i wszystko wróciło do porządku. Tylko panna Felicja zaniosła się od śmiechu.

- Nie rozumiem, Felu, jak można śmiać się w takiej chwili - odezwała się narzeczona.

- Dlaczego nie mam się śmiać?... Cóż mogło stać się złego?.„. Przecież jedzie z nami pan Wokulski... - mówiła panienka. Spostrzegła się jednak i zarumieniona bardziej niż kiedykolwiek, naprzód ukryła twarz w dłonie, a potem spojrzała na Wokulskiego w sposób, który miało oznaczać, że jest bardzo obrażona.

-Co do mnie, gotów jestem zaabonować kilka podobnych wypadków - odezwał się Starski, wymownie patrząc na wdówkę.

- Pod warunkiem, że ja będę zabezpieczona od dowodów pańskiej tkliwości. Felu, usiądź na moim miejscu - odpowiedziała wdowa marszcząc się i siadając naprzeciw Wokulskiego.

- Cóż znowu, sama pani dziś powiedziała, że wdowom wszystko wolno.

- Ale wdowy nie na wszystko pozwalają. Nie, panie Starski, pan musi oduczyć się swoich japońskich zwyczajów.

- To są zwyczaje wszechświatowe - odparł Starski.

- W każdym razie nie z tej połowy świata, do której ja przywykłam - odcięła wdówka krzywiąc się i patrząc na drogę.

W breku zrobiło się cicho. Baron z zadowoleniem poruszał szpakowatymi wąsikami, a jego narzeczona posmutniała jeszcze bardziej. Panna Felicja, zająwszy miejsce wdówki obok Wokulskiego, odwróciła się do swego sąsiada prawie tyłem, od czasu do czasu rzucając mu przez ramię pogardliwe i melancholijnie spojrzenia. Ale za co? tego nie wiedział.

- Pan dobrze jeździ konno? - zapytała Wokulskiego pani Wąsowska.
- Z czego pani wnosi?
- Ach, Boże! zaraz z czego? Pierwej niech pan odpowie na moje pytanie.
- Nieszczególnie, ale jeżdżę.
- Właśnie że musi pan dobrze jeździć, gdyż od razu zgadł pan, co zrobią konie w rękach takiego mistrza jak pan Julian. Będziemy jeździli razem... Panie Ochocki, od dzisiejszego dnia daję panu urlop ze spacerów.
- Bardzo się z tego cieszę - odparł Ochocki.
- A, ładnie w taki sposób odpowiadać damom! - zawołała panna Felcia.
- Wolę odpowiadać aniżeli odbywać z nimi spacery. Kiedyśmy ostatni raz jeździli z panią Wąsowską, w ciągu dwu godzin sześć razy zsiadałem z konia, a pięciu minut nie miałem spokojności. Niech teraz pan Wokulski spróbuje.
- Felu, powiedz temu człowiekowi, że z nim nie rozmawiam - odezwała się wdówka wskazując na Ochockiego.
- Człowieku, człowieku!... - zawołała Felcia. - Ta pani z wami nie rozmawia... Ta pani mówi, że jesteście ordynarni.
- A co, już zatęskniła pani do towarzystwa ludzi z dobrymi manierami - odezwał się Starski. - Niech pani spróbuje, może dam się przeprosić.
-Dawno pan wyjechał z Paryża? - zapytała wdówka Wokulskiego.
- Jutro będzie tydzień.
- A ja już nie widziałam go cztery miesiące. Kochane miasto...
- Zasławek!..- krzyknął Ochocki i zamachnął batem do ogromnego wystrzału, który mu się jednak nie udał, ponieważ bicz, niezbyt szczęśliwie rzucony w tył, zaplątał się między parasolki dam i kapelusze panów.
- Nie, moi państwo - zawołała wdówka - jeżeli chcecie mnie miewać na przejażdżkach, to wiążcie tego człowieka. On jest po prostu niebezpieczny...
Na breku znowu wszczął się hałas, ponieważ Ochocki miał swoje stronnictwo w osobie panny Felicji, która utrzymywała, że jak na początkującego, dobrze powozi i że najwytrawniejszym furmanom zdarzają się wypadki.
- Moja Felciu - odparła wdówka - jesteś w tym wieku, że u ciebie każdy będzie dobrym furmanem, kto ma ładne oczy.
- Dopiero dziś będę miał dobry apetyt... - mówił baron do swej narzeczonej, lecz spostrzegłszy, że mówi za głośno, począł znowu szeptać.
Znajdowali się już na terytorium należącym do prezesowej i właśnie Wokulski przypatrywał się rezydencji. Na dość wysokim, choć łagodnym wzgórzu wznosił się piętrowy pałac z dwoma parterowymi; skrzydłami. Za nim zieleniły się stare drzewa parku, przed nim rozścielała się jakby wielka łąka, poprzecinana ścieżkami, tu i ówdzie ozdobiona klombem, posągiem albo altanką. U stóp wzgórza połyskiwała obszerna płachta wody, oczywiście sadzawka, na której kołysały się łódki i łabędzie. Na tle zieloności pałac jasnożółtej barwy z białymi słupami wyglądał okazale i wesoło. Na prawo i na lewo od niego widać było między drzewami murowane budynki gospodarskie. Przy odgłosie wystrzałów z bata, które tym razem udawały się Ochockiemu, brek po marmurowym moście zajechał przed pałac zawadziwszy tylko jednym kołem o trawnik. Podróżni wysiedli, Ochocki jednak nie oddał lejców, lecz jeszcze odprowadził ekwipaż do stajni.

- A niech pan pamięta, że o pierwszej śniadanie! - zawołała panna Felicja. Do barona zbliżył się stary służący w czarnym surducie.

- Jaśnie pani - rzekł - jest teraz w spiżarni. Może panowie pozwolą do siebie. I zaprowadziwszy ich do prawej oficyny wskazał Wokulskiemu obszerny pokój, którego otwarte okna wychodziły do parku. Po chwili wbiegł chłopiec w liberyjnej kurtce, przyniósł wody i zajął się rozpakowaniem walizy. Wokulski wyjrzał oknem. Przed nim rozciągał się trawnik ozdobiony kępami starych świerków, modrzewi, lip, poza którymi daleko było widać lesiste wzgórza. Tuż przy oknie stał krzak bzu, a w nim gniazdo, do którego zlatywały się wróble. Ciepły wiatr wrześniowy co chwilę wpadał do pokoju siejąc w nim niepochwytne wonie.

Gość patrzył na obłoki, jakby dotykające wierzchołków drzew, na snopy światła, które przepływały między ciemnymi gałęźmi świerków było mu dobrze. Nie myślał o pannie Izabeli. Jej wizerunek, palący mu duszę, rozwiał się wobec prostych powabów natury; chore serce umilkło i pierwszy raz od dawna zaległy w nim ukojenie i cisza.

Przypomniawszy jednak sobie, że jest tu z wizytą, szybko począł się ubierać. Ledwie skończył, delikatnie zapukano do drzwi i wszedł stary służący.

- Jaśnie pani prosi do stołu. Wokulski udał się za nim... Minął korytarz i po chwili znalazł się w obszernym pokoju jadalnym, którego ściany do połowy były przysłonięte taflami z ciemnego drzewa. Panna Felicja rozmawiała w oknie z Ochockim, przy stole zaś między panią Wąsowską i baronem siedziała prezesowa na fotelu z wysoką poręczą.

Zobaczywszy swego gościa wstała i wyszła parę kroków naprzód.

- Witam cię, panie Stanisławie - rzekła - i dziękuję, żeś posłuchał mojej prośby. Gdy zaś Wokulski pochylił się do jej ręki, pocałowała go w czoło, co na obecnych zrobiło pewne wrażenie.

- Siadajże, o, tu, koło Kazi. A ty, proszę cię, pamiętaj o nim.

- Pan Wokulski zasługuje na to - odparła. wdówka. - Gdyby nie jego przytomność, pan Ochocki połamałby nam kości.

- Cóż znowu?...

- Nie umie powozić nawet parą koni, a rwie się do czwórki. Już wolałam go, kiedy sobie po całych dniach łapał ryby.

- Boże! jakie szczęście, że nie ożenię się z tą kobietą - westchnął Ochocki, serdecznie witając Wokulskiego.

- O panie, panie!... Tylko jeżeli ofiarujesz mi się na męża, to lepiej zostań furmanem - zawołała pani Wąsowska.

- Ci zawsze kłócą się! - rzekła ze śmiechem prezesowa. Weszła panna Ewelina Janocka, a w parę minut po niej, drugimi drzwiami, Starski. Powitali prezesowę, która odpowiedziała im życzliwie, lecz z powagą. Podano śniadanie.

- U nas, panie Stanisławie - mówiła prezesowa - jest taki zwyczaj, że schodzimy się wszyscy obowiązkowo tylko do stołu. Poza tym każdy robi, co mu się podoba. Radzę ci więc, jeżeli boisz się nudów, pilnować się Kazi Wąsowskiej.

- Ja też od razu biorę do niewoli pana Wokulskiego - odparła wdówka.

- Och!... - szepnęła prezesowa spojrzawszy przelotnie na gościa. Panna Felicja zarumieniła się, nie wiadomo który już raz dzisiaj, i kazała Ochockiemu, ażeby nalał jej wina.

- Nie, nie... proszę wody - poprawiła się. Ochocki spełnił zlecenie trzęsąc przy tym głową i rozkładając ręce sposób desperacki.

Po śniadaniu, w ciągu którego panna Ewelina rozmawiała tylko z baronem, a Starski umizgał się do czarnookiej wdowy, goście pożegnawszy gospodynią rozeszli się. Ochocki poszedł na strych pałacu, gdzie w pokoiku, świeżo na ten cel zbudowanym, urządzał obserwatorium meteorologiczne, baron z narzeczoną wybrali się do parku, a prezesowa zatrzymała Wokulskiego.

- Powiedzże mi - rzekła - bo to pierwsze wrażenia bywają najtrafniejsze, jak ci się podoba pani Wąsowska?

- Wygląda na dzielną i wesołą kobietę.

- Masz rację. A baron?

- Mało go znam. To stary człowiek.

- O, stary, bardzo stary - westchnęła prezesowa - a pomimo to chce mu się żenić. A co powiesz o jego narzeczonej?

- Wcale jej nie znam, chociaż dziwi mnie, że upodobała sobie barona, który zresztą może być najzacniejszym człowiekiem.

- Tak, to jest dziwna dziewczyna - mówiła prezesowa - i powiem ci, że zaczynam tracić dla niej serce. Do jej małżeństwa nie mieszam się, skoro niejedna panna jej zazdrości, a wszyscy mówią, że robi świetną partię. Ale to, co miała dostać po mojej śmierci; przejdzie na innych. Kto ma krocie barona, nie potrzebuje moich dwudziestu tysięcy.

Czuć było rozdrażnienie w głosie staruszki. Niebawem pożegnała Wokulskiego radząc mu przejść się po parku.

Wokulski wyszedł na dziedziniec i około lewej oficyny, gdzie była kuchnia, skręcił do parku. Później bardzo często przychodziły mu na myśl dwa najpierwsze spostrzeżenia, jakie zrobił w Zasławku.

Przede wszystkim niedaleko kuchni zobaczył budę, a przed nią na łańcuchu psa, który spostrzegłszy obcego począł tak szczekać, wyć i rzucać się, jakby dostał wścieklizny. Widząc, że mimo to pies ma wesołe oczy i kręci ogonem, Wokulski pogłaskał go, co okrutnego zwierza wprawiło w taki humor, że nie pozwolił gościowi odejść od siebie. Wył, chwytał za ubranie, kładł się na ziemi, jakby domagając się pieszczot, a przynajmniej widoku ludzkiej twarzy.

"Dziwny pies łańcuchowy!" - pomyślał Wokulski.

W tej chwili z kuchni wyszło nowe dziwo: stary parobek otyły. Wokulski, który jeszcze nigdy nie spotkał otyłego chłopa, wdał się z nim w rozmowę.

- Po co wy tego psa trzymacie na łańcuchu?

- Ażeby był zły i nie puszczał do dom złodziejów - odparł uśmiechając się parobek.

- Więc dlaczegóż od razu nie weźmiecie złego kundla?

- Kiej dziedziczka nie utrzymałaby złego psa. U nas to i pies musi być łaskawy.

- A wy, ojcze, co tu robicie?

- Jo jestem pasiecznik, ale przódy byłem rataj. Ino jak mi wół złamał ziobro, to mi jaśnie pani kazała do pasieki.

- I dobrze wam?

- Z początku to ckliło mi się bez roboty, ale późni przywykem i jestem.
Pożegnawszy chłopa Wokulski skręcił do parku i długi czas przechadzał się po
lipowej alei nie myśląc o niczym. Zdawało mu się, że przyjechał tu nasycony,
zatruty zgiełkiem Paryża, hałasem Warszawy, dudnieniem kolei żelaznych i że
wszystkie te niepokoje, wszystkie boleści, jakie przeżył, w tej chwili parują z
niego. Gdyby go zapytano: czym jest wieś? odpowiedziałby, że jest ciszą.
Wtem usłyszał szybki bieg za sobą. Gonił go Ochocki niosąc na ramieniu dwie
wędki.
- Nie było tu panny Felicji? - zapytał. - Miała przyjść o wpół do trzeciej i iść ze
mną na ryby... Ale taka to babska punktualność. Może pan pójdzie z nami? Nie
ma pan ochoty. To może pan woli grać ze Starskim w pikietę?... Do tego on
zawsze gotów, wyjąwszy, jeżeli znajdzie komplet do preferansa.
- Cóż tu robi ten pan Starski?
- Jakże co? Mieszka u swojej ciotecznej babki a razem chrzestnej matki,
prezesowej Zasławskiej, i jak teraz, martwi się, że zapewne nieodziedziczy po
niej majątku. Ładny grosz, ze trzysta tysięcy rubli!... Ale prezesowa uważa, że
lepiej wesprzeć nim podrzutków aniżeli kasę Monaco. Biedny chłopak!
- Cóż mu złego?
- Ale ba!... Po babci urwało się, z Kazią zerwało się i choć w łeb sobie strzel.
Wiedz pan - ciągnął Ochocki majstrując coś koło wędek - że kiedyś obecna pani
Wąsowska, jeszcze jako panna, miała słabość do Starskiego. Kazio i Kazia, jaka
dobrana para, co?... Zdaje się, że nawet pod wpływem tej idei pani Kazia
zjechała do nas przed trzema tygodniami (a ma także grosz po nieboszczyku,
bodaj czy nie tyle, co prezesowa!) .Byli nawet. ze sobą kilka dni dobrze i nawet
Kazio na rachunek posagu zrealizował nowy weksel u pachciarza, gdy wtem...
coś się zepsuło. Pani Wąsowska po prostu kpi sobie z Kazia, a on tylko udaje
dobrą minę. Słowem, kiepsko! Trzeba będzie wyrzec się podróży i osiąść na
piaszczystym folwarku, dopóki nie umrze stryjcio, co prawda już dawno chory
na kamień.
- Ale co dotychczas robił pan Starski?
- No, przede wszystkim robił długi. Trochę grał, trochę podróżował (zdaje mi
się jednak, że głównie po paryskich i londyńskich knajpach, bo w te jego Chiny
wierzyć mi się nie chce), ale specjalnie trudnił się bałamuceniem młodych
mężatek. W tym to on mistrz i już ma tak ustaloną reputację, że mężatki wcale
mu się nie opierają, a panny wierzą, że do której zacznie się umizgać Starski,
natychmiast dostanie męża. Takie dobre zajęcie jak każde inne!... "Zapewne -
szepnął Wokulski, już nieco spokojniejszy o rywala. -Ten nie zbałamuci panny
Izabeli." Dochodzili do końca parku, poza sztachetami którego widać było
szereg murowanych budynków.
- O, ma pan, jaka to oryginalna kobieta z tej prezesowej! - rzekł Ochocki
wskazując na sztachety. -Widzi pan te pałace?... To wszystko czworniaki,
mieszkania parobków. A tamten dom - to ochrona dla parobcząt; bawi się ich
ze trzydzieści sztuk, wszystkie umyte i obłatane jak książątka... A ta znowu
willa to przytułek dla starców, których w tej chwili jest czworo; uprzyjemniają
sobie wakacje czyszcząc włosień na materace do gościnnych pokojów. Tułałem
się po rozmaitych okolicach kraju i wszędzie widziałem, że parobcy mieszkają

jak świnie, a ich dzieci harcują po błocie jak prosięta... Ale kiedym tu pierwszy raz zajechał, przetarłem oczy. Zdawało mi się, że jestem na wyspie Utopii albo na kartce nudnego a cnotliwego romansu, w którym autor opisuje, jakimi szlachcice być powinni, lecz jakimi nigdy nie będą. Imponuje mi ta staruszka... A gdybyś pan jeszcze wiedział, jaką ona ma bibliotekę, co czyta... Zgłupiałem, kiedy raz zażądała, abym jej objaśnił pewne punkta transformizmu, którym dlatego tylko brzydzi się, że uznał walkę o byt za fundamentalne prawo natury. Na końcu alei ukazała się panna Felicja.

- Cóż, idziemy, panie Julianie? - zapytała Ochockiego.

- Idziemy i pan Wokulski z nami.

- Aaa?... - zdziwiła się panienka.

- Pani nie życzy sobie? - spytał Wokulski.

- Owszem, ale... myślałam, że panu będzie przyjemniej w towarzystwie pani Wąsowskiej.

- Moja panno Felicjo! - zawołał Ochocki - tylko proszę nie bawić się w uszczypliwość, bo się to pani nie udaje.

Obrażona panna poszła naprzód w stronę sadzawki, panowie za nią. Łowili ryby do piątej wieczorem, na spiekocie, gdyż dzień był gorący. Ochocki złapał dwucalowego kiełbia, a panna Felicja oberwała sobie koronkę u rękawa. Skutkiem czego wybuchnął między nimi spór o to, że młode panny nie mają pojęcia o trzymaniu wędki, a panowie nie mogą jednej chwili usiedzieć bez gadania. Pogodził ich dopiero dzwonek wzywający na obiad.

Po obiedzie baron oddalił się do swego pokoju (o tej godzinie zawsze chorował na migrenę), reszta zaś towarzystwa miała zebrać się w parku, w altanie, gdzie zwykle jadano owoce.

Wokulski przyszedł tam w pół godziny. Myślał, że będzie pierwszy, tymczasem zastał już wszystkie panie, którym Starski coś wykładał. Siedział rozparty na brzozowym fotelu i mówił z miną znudzoną, uderzając szpicrózgą w koniec buta:

- Jeżeli w historii odegrały jakąś rolę małżeństwa, to bynajmniej nie te ze skłonności, ale te z rozsądku. Co wiedzielibyśmy dziś o Jadwidze albo o Marii Leszczyńskiej, gdyby panie te nie umiały zdecydować się na rozsądny wybór? Czym byłby Stefan Batory albo Napoleon I, gdyby nie pożenili się z kobietami mającymi wpływy? Małżeństwo jest zbyt doniosłym aktem, ażeby przystępując do niego można było radzić się tylko serca. To nie jest poetyczny związek dwu dusz, to jest ważny wypadek dla mnóstwa osób i interesów. Niech ja dziś ożenię się z pokojówką, choćby z guwernantką, a już jutro będę zgubiony w mojej sferze. Nikt mnie nie zapyta: jaka była temperatura moich uczuć? ale jakie mam dochody na utrzymanie domu i kogo wprowadzam do rodziny?

- Co innego małżeństwa polityczne, a co innego małżeństwo dla pieniędzy z człowiekiem, którego się nie kocha - odpowiedziała prezesowa patrząc w ziemię i bębniąc palcami po stole. - To gwałt zadany najświętszym uczuciom.

- Ach, kochana babciu - odparł Starski z westchnieniem - łatwo to mówić o swobodzie uczuć, kiedy się ma dwadzieścia tysięcy rubli rocznie. "Podły pieniądz! brzydki pieniądz!" - wołają wszyscy. Ale dlaczegóż to wszyscy, począwszy od parobka, skończywszy na ministrze, krępują swoją wolność pracą obowiązkową? Za co górnik i marynarz narażają życie? Naturalnie, za ów podły pieniądz, bo podły pieniądz daje swobodę choć przez parę godzin na dzień, choć przez parę miesięcy na rok, choć przez kilka lat w życiu. Wszyscy obłudnie gardzimy pieniędzmi, lecz każdy z nas wie, że jest to mierzwa, z której wyrasta wolność osobista, nauka, sztuka, nawet idealna miłość. Gdzież to wreszcie urodziła się miłość rycerzy i trubadurów? Z pewnością nie między szewcami i kowalami, a nawet nie między doktorami i adwokatami. Wypielęgnowały ją klasy majętne, które utworzyły kobietę z delikatną cerą i białą ręką, które wydały mężczyznę mającego dosyć czasu na ubóstwianie kobiety.

Jest tu wreszcie między nami przedstawiciel ludzi czynu, pan Wokulski, który, jak mówi sama babcia, niejednokrotnie złożył dowody bohaterstwa. Co go ciągnęło do niebezpieczeństw?... Naturalnie pieniądz, który dziś w jego ręku jest potęgą... Zrobiło się cicho, wszystkie panie spojrzały na Wokulskiego. Ten odparł po chwili milczenia:

- Tak, ma pan rację, zdobyłem mój majątek wśród ciężkich przygód, ale czy pan wie, dlaczegom go zdobywał?...

- Za pozwoleniem - przerwał Starski - nie robię panu zarzutu, tylko owszem, uważam to za chlubny przykład dla wszystkich. Skądże pan jednak wie, czy człowiek, który żeni się lub wychodzi za mąż dla pieniędzy, nie ma również na widoku szlachetnych celów? Moi rodzice podobno pobrali się z czystej miłości; jednak przez całe życie nie byli szczęśliwi, a o mnie, owocu ich uczuć, to już nie ma co mówić... Tymczasem moja czcigodna babka, tu obecna, wyszła za mąż wbrew skłonności i dziś jest błogosławieństwem całej okolicy. Nawet lepiej - dodał całując prezesową w rękę - gdyż, poprawia błędy moich rodziców, którzy tak byli zajęci miłością, że zapomnieli o majątku dla mnie... Zresztą - mamy drugi dowód w osobie uroczej pani Wąsowskiej...

- O, mój panie - przerwała zarumieniona wdowa - mówisz tak, jakbyś był prokuratorem sądu ostatecznego. Ja także odpowiem jak pan Wokulski: czy wiesz, dlaczegom to zrobiła?...

- Ale pani to zrobiła i babcia to zrobiła, i my wszyscy to samo zrobimy - mówił z ironicznym chłodem Starski. - Wyjąwszy, rozumie się, pana Wokulskiego, który ma akurat tyle pieniędzy, ile ich potrzeba dla pofolgowania uczuciom...

- I ja tak samo zrobiłem - odezwał się stłumionym głosem Wokulski.

- Ożenił się pan dla majątku? - spytała wdówka szeroko otwierając oczy.

- Nie dla majątku, ale dlatego, ażeby mieć pracę i nie umrzeć głodu. Znam dobrze to prawo, o którym mówi pan Starski...

- A co? - wtrącił Starski patrząc na babkę.

- I dlatego, że znam, żałuję tych, którzy muszą mu ulegać - zakończył Wokulski.

- Jest to chyba największe nieszczęście w życiu.

- Masz rację - rzekła prezesowa.

- Zaczyna mnie pan interesować, panie Wokulski - dodała pani Wąsowska wyciągając do niego rękę. Panna Ewelina przez cały czas rozmowy była schylona nad haftem. W tej chwili podniosła głowę i spojrzała na Starskiego z takim wyrazem rozpaczy, że Wokulski zdziwił się... Ale Starski wciąż uderzał szpicrózgą koniec swego buta, gryzł cygaro i uśmiechał się na pół drwiąco, na pół smutnie. Za altanką rozległ się głos Ochockiego:

- Widzisz, mówiłem ci, że tu jest pani...

- No, to w altance, ale nie w krzakach - odpowiedziała młoda dziewczyna z koszykiem w ręku.

- Ach, głupia jesteś! - mruknął Ochocki wchodząc i niespokojnie patrząc na damy.

- Oho! pan Julian znowu wkracza do nas jako triumfator - rzekła wdówka.

- Ależ słowo honoru daję, że tylko dla skrócenia drogi szedłem przez klomby - tłumaczył się Ochocki.

- I tak pan zjechał z drogi, jak dziś wioząc nas...

- No, słowo honoru daję...

- Już lepiej podprowadź mnie, zamiast się tłomaczyć -przerwała prezesowa. Ochocki podał jej rękę, ale miał minę tak zakłopotaną i kapelusz tak wsadzony na bakier, że pani Wąsowska nie mogła pohamować nadmiaru wesołości, co na twarzy panny Felicji wywołało nową serię rumieńców, a Ochockiego zmusiło do rzucenia wdówce kilku gniewnych spojrzeń. Całe towarzystwo skręciło na lewo i boczną aleją szło do budynków folwarcznych. Naprzód prezesowa z Ochockim, za nimi dziewczyna z koszykiem, potem wdówka z panną Felicją, Wokulski, a za nim panna Ewelina ze Starskim. Przy furtce hałas na przodzie spotęgował się, a w tej chwili Wokulskiemu przywidziało się, że słyszy za sobą cichą rozmowę.

- Czasem zdaje mi się, że wolałabym w grobie leżeć... - szepnęła panna Ewelina.

- Odwagi... odwagi... - odpowiedział jej tym samym tonem Starski. Wokulski teraz dopiero zrozumiał cel wyprawy na folwark, gdy w dziedzińcu wybiegło naprzeciw prezesowej całe stado kur, którym ona rzucała ziarno z kosza. Za kurami ukazała się ich dozorczyni, stara Mateuszowa, donosząc pani, że wszystko jest dobrze, tylko że z rana krążył nad dziedzińcem jastrząb, a po południu jedna z kur trochę udławiła się kamieniem, ale już ją minęło.

Po przeglądzie drobiu prezesować obejrzała obory i stajnie, gdzie parobcy, po większej części ludzie dojrzałego wieku, składali jej raporta. Tu o mało nie zdarzył się wypadek. Ze stajni bowiem nagle wybiegło spore źrebię i rzuciło się na prezesową przednimi nogami jak pies, który staje na dwu łapach. Szczęściem, Ochocki pohamował figlarne zwierzę, a prezesowa dała mu zwykłą porcję cukru...

- On babcię kiedy skaleczy - odezwał się niezadowolony Starski. - Kto widział przyzwyczajać do takich pieszczot źrebięta, z których później wyrastają konie!

- Zawsze mówisz rozsądnie - odpowiedziała mu prezesowa głaszcząc źrebaka, który kładł głowę na jej ramieniu, a później biegł za nią tak, że parobcy musieli go zawracać do stajni. Nawet niektóre krowy poznawały swoją panią i witały ją stłumionym rykiem, podobnym do mruczenia

"Dziwna kobieta" - pomyślał Wokulski patrząc na staruszkę, która umiała budzić miłość dla siebie nie tylko w sercach zwierząt, lecz nawet ludzi.

Po kolacji prezesowa poszła spać, a pani Wąsowska zaproponowała spacer po parku. Baron, lubo niechętnie, zgodził się na projekt; włożył gruby paltot, szyję okręcił chustką i wziąwszy pod rękę narzeczoną wysunął się z nią naprzód. O czym mówili? Nikt nie wie, tyle tylko widziano, że ona była blada, on miał wypieki na twarzy.

Około jedenastej w nocy wszyscy rozeszli się, a baron pokaszlując odprowadził Wokulskiego do jego pokoju.

- Cóż, przypatrzył się pan mojej narzeczonej?... Jaka ona piękna!...Obraz westalki, panie, prawda? A jeszcze kiedy na jej buzi ukaże się ten wyraz dziwnej melancholii, uważał pan, jest tak czarująca, że... oddałbym za nią życie. Nikomu bym tego nie powiedział, wyjąwszy pana, ale wie pan, ona robi na mnie takie wrażenie, że nie wiem, czy ośmielę się kiedykolwiek pieścić ją... chcę tylko modlić się do niej... Po prostu panie, klęczałbym u jej nóg i patrzył w oczy, szczęśliwy, gdyby mi pozwoliła, panie, pocałować brzeg swojej sukni... Ale czy nie nudzę pana?

Gwałtownie zakaszlał się, tak że mu oczy krwią zabiegły. Odpocząwszy mówił dalej:

- Ja nieczęsto kaszlę, ale dziś trochę zaziębiłem się... i nawet nie zawsze jestem skłonny do zaziębień, tylko w jesieni i na nowiu. No, ale to przejdzie, bo właśnie onegdaj zaprosiłem na konsylium Chałubińskiego i Baranowskiego i ci mi powiedzieli, że bylem się szanował, będę zdrów... Pytałem ich również (mówię to tylko panu), co sądzą o moim małżeństwie. Ale oni powiedzieli, że małżeństwo to taka rzecz osobista... Zwróciłem ich uwagę, że lekarze berlińscy od dawna już kazali mi się żenić. To im dało do myślenia i zaraz któryś rzekł: "A to szkoda, wielka szkoda, że pan natychmiast nie spełnił ich zaleceniu..." Toteż, powiem panu, obecnie jestem zdecydowany skończyć przed adwentem...Znowu napadł go kaszel. Odpoczął i nagle spytał Wokulskiego zmienionym głosem:

- Wierzy pan w życie przyszłe?

- Dlaczego?...

-Bo widzi pan, ta wiara chroni człowieka od rozpaczy. Ja na przykład rozumiem, że ani sam nie będę już tak szczęśliwy, jak bym mógł być kiedyś, ani jej nie dam zupełnego szczęścia. Jedyną zaś pociechę mam w tej myśli, że spotkamy się na innym, lepszym świecie, gdzie oboje będziemy młodzi. Przecież ona - dodał zadumany - będzie i tam należała do mnie, gdyż Pismo święte uczy: "Co zwiążecie na ziemi, będzie związane w niebie..." Pan może nie wierzy w to, tak jak i Ochocki; niech pan jednak przyzna, że... czasem... wierzy pan i wcale nie dałby pan słowa, że tak nie będzie?...

Zegar za ścianą wybił północ, baron zerwał się wylękniony i pożegnał Wokulskiego. W kilka minut później jego zanoszący się kaszel było słychać w drugim końcu oficyny.

Wokulski otworzył okno. Przy kuchni piały ogromnymi głosami koguty kałakuckie, w parku kwilił puszczyk; na niebie urwała się jedna gwiazda i spadła gdzieś za drzewami. Baron wciąż kaszlał.

"Czy wszyscy zakochani są tak ślepi jak on? - myślał Wokulski. -Bo dla mnie, i chyba dla każdego tutaj, jest jasne, że ta panna wcale go nie kocha. Może nawet kocha Starskiego...

Nie rozumiem jeszcze sytuacji - ciągnął dalej - ale najprawdopodobniej jest tak: panna idzie za mąż dla pieniędzy, a Starski swymi teoriami umacnia ją w tym zamiarze. A może i on podkochuje się w niej?... Niepodobna. Prędzej już się nią znudził i gwałtem namawia do zamążpójścia. Chociaż... Nie, to byłaby potworna kombinacja. Tylko kobiety publiczne mają kochanków, którzy prowadzą nimi handel. Co za głupie przypuszczenie!... Starski może istotnie być jej przyjacielem i radzić to, w co sam wierzy. On przecież mówi otwarcie, że sam ożeni się tylko z bogatą kobietą. Zasada taka dobra jak każda inna, powiedziałby Ochocki. Słusznie prezesowa mówiła kiedyś, że dzisiejsze pokolenie ma mocne głowy i zimne serca. Nasz przykład zniechęcił ich do sentymentalizmu, więc wierzą w potęgę pieniędzy, co zresztą dowodzi rozsądku. Nie, ten Starski sprytny człowiek; może trochę hulaka, próżniak, ale sprytu mu nie brak. Ciekawym tylko, za co tak na nim używa pani Wąsowska?... Zapewne ma do niego słabość, a że ma i pieniądze, więc w rezultacie pobiorą się. Zresztą - co mnie to obchodzi...

Ciekawym, dlaczego prezesowa dziś nie wspominała o pannie Izabeli? No, już ja pytać się nie będę... Od razu wzięliby nas na języki..."

Zasnął i marzyło mu się, że jest baronem zakochanym i chorym, a Starski odgrywa przy nim rolę przyjaciela dom. Ocknął się i roześmiał... Już to wyleczyłoby mnie od razu" - szepnął.

Ranek znowu zeszedł mu na łapaniu ryb z panną Felicją i Ochockim. Gdy zaś o pierwszej wszyscy zebrali się na śniadanie, pani Wąsowska odezwała się:

- Babcia pozwoli nam osiodłać dwa konie: mnie i panu Wokulskiemu, prawda?

- A potem zwróciwszy się do Wokulskiego dodała:

- Za pół godziny jedziemy. Od tej chwili zaczyna pan służbę przy mnie.

- Państwo tylko we dwoje pojadą? - spytała zapłoniona panna Felicja..

- Czy i ty miałabyś chęć jechać z panem Julianem?

- Tylko proszę... bez żadnych dysponowań moją osobą - zaprotestował Ochocki.

- Felcia zostanie ze mną - wtrąciła prezesowa.

Pannie Felicji krew i łzy napłynęły do oczu. Spojrzała na Wokulskiego naprzód z gniewem, potem ze wzgardą, a nareszcie wybiegła z pokoju pod pozorem znalezienia chustki. Gdy wróciła, wyglądała jak Maria Stuart przebaczająca swoim oprawcom i miała czerwony nosek.

Punkt o drugiej przyprowadzono dwa piękne wierzchowce. Wokulski stanął przy swoim, a w parę minut ukazała się pani Wąsowska. Miała obcisłą amazonkę, kształty Junony, kasztanowate włosy zebrane w jeden węzeł. Końcem nogi oparła się na ręku stangreta i jak sprężyna rzuciła się na siodło. Szpicrózga drżała w jej ręce. Wokulski tymczasem spokojnie dopasowywał strzemiona.

- Prędzej, panie, prędzej - wołała ściągając lejce koniowi, który kręcił się w koło i przysiadał na zadzie. - Za bramą ruszamy galopem... *Avanti, Savoya!...*

Nareszcie Wokulski siadł na konia, pani Wąsowska niecierpliwie uderzyła swego szpicrózgą i wyjechała za folwark. Droga ciągnęła się aleją lipową, mającą z wiorstę długości. Po obu stronach leżało szare pole, a na nim tu i ówdzie widać było sterty pszenicy, duże jak chaty. Niebo czyste, słońce wesołe, z daleka dolatywał jęk młocarni.

Kilka minut jechali kłusem. Potem pani Wąsowska położyła rękojeść szpicrózgi na ustach, pochyliła się i poleciała galopem. Welon kapelusza chwiał się za nią

jak popielate skrzydło.
- *Avanti! avanti!...*
Znowu biegli kilka minut. Nagle pani osadziła konia na miejscu, była zarumieniona i zadyszana.
- Dosyć - rzekła - teraz pojedziemy wolno. Uniosła się na siodle i uważnie patrzyła w stronę błękitnego lasu, który było widać daleko na wschodzie. Aleja skończyła się; jechali polem, na którym zieleniły się grusze i szarzały sterty.
- Powiedz mi pan - rzekła - czy to wielka przyjemność dorabiać się majątku?
- Nie - odparł Wokulski po chwilowym namyśle.
- Ale wydawać przyjemnie?
- Nie wiem.
- Nie wiesz pan? A jednak cuda opowiadają o pańskim majątku. Mówią, że masz pan ze sześćdziesiąt tysięcy rocznie...
- Dziś mam znacznie więcej, ale wydaję bardzo mało.
- Ileż?
- Z dziesięć tysięcy.
- Szkoda. Ja w roku zeszłym postanowiłam wydać masę pieniędzy. Plenipotent i kasjer zapewniają mnie, że wydałam dwadzieścia siedem tysięcy... Szalałam, no - i nie spłoszyłam nudów... Dziś, myślę sobie, zapytam pana: jakie robi wrażenie sześćdziesiąt tysięcy wydanych w ciągu roku? ale pan tyle nie wydajesz. Szkoda. Wiesz pan co?... Wydaj kiedy sześćdziesiąt, no - sto tysięcy na rok i powiedz mi pan: czy to robi sensację i jaką? Dobrze?...
- Z góry mogę pani powiedzieć, że nie robi.
- Nie?... Więc na cóż są pieniądze?:.. Jeżeli sto tysięcy rubli rocznie nie daje szczęścia, cóż go da?
- Można je mieć przy tysiącu rubli. Szczęście każdy nosi w sobie.
- Ale je skądsiś bierze do siebie.
- Nie, pani.
- I to mówi pan, taki człowiek niezwykły?
- Gdybym nawet był niezwykłym, to tylko przez cierpienia, nie przez szczęście. A tym mniej nie przez wydatki. Pod lasem ukazał się tuman kurzu. Pani Wąsowska chwilę popatrzyła, potem nagle zacięła konia i skręciła na prawo, w pole, bez drogi.
- *Avanti!... avanti!...*
Jechali z dziesięć minut, a teraz Wokulski zatrzymał konia. Stał na wzgórzu, nad łąką tak piękną jak marzenie. Co w niej było pięknym, czy zieloność trawy, czy kręty bieg rzeczułki, czy drzewa pochylające się nad nią, czy pogodne niebo? Wokulski nie wiedział.
Ale pani Wąsowska nie zachwycała się. Pędziła z góry na złamanie karku, jakby chcąc zaimponować swemu towarzyszowi odwagą. Gdy Wokulski powoli zjechał z góry, zwróciła do niego konia i zawołała niecierpliwie:
- Ach, panie, czy pan zawsze taki nudny? Przecież nic po to wzięłam pana na spacer, ażeby ziewać. Proszę mnie bawić, tylko zaraz...
- Zaraz?... Dobrze. Pan Starski jest to bardzo zajmujący człowiek.
Pochyliła się na siodło, jakby padając w tył, i przeciągle spojrzała Wokulskiemu w oczy.

- Ach! - zawołała ze śmiechem - nie spodziewałam się usłyszeć tak banalnego frazesu od pana... Pan Starski zajmujący... Dla kogo?...Chyba dla takich... takich... łabędzic jak panna Ewelina, bo na przykład już dla mnie przestał nim być...
- Jednakże...
- Nie ma jednakże. Był nim kiedyś, kiedym miała zamiar stać się męczennicą małżeństwa. Na szczęście, mój mąż znalazł się tak uprzejmie, że prędko umarł, a pan Starski jest tak nieskomplikowany, że nawet przy moim zasobie doświadczenia poznałam się na nim w tydzień. Ma zawsze taki sam zarost a la arcyksiążę Rudolf i ten sam sposób uwodzenia kobiet. Jego spojrzenia, półsłówka, tajemniczość znam tak dobrze jak krój jego żakietu. Zawsze tak samo unika panien bez posagu, jest cynicznym z mężatkami, a wdychającym przy pannach, które mają wyjść za mąż. Mój Boże, ilu ja podobnych spotkałam w życiu!... Dziś trzeba mi czegoś nowego...
- W takim razie pan Ochocki...
- O tak, Ochocki jest zajmujący, a mógłby nawet być niebezpieczny, ale - na to ja musiałabym drugi raz się urodzić. To człowiek nie z tego świata, do którego ja należę sercem i duszą... Ach, jaki on naiwny, a jaki wspaniały! Wierzy w idealną miłość, z którą zamknąłby się w swoim laboratorium i był pewnym, że go nigdy nie zdradzi... Nie, on nie dla mnie...
- Cóż znowu z tym siodłem! - zawołała nagle. - Mój panie, popręg mi się odpiął... proszę zobaczyć... Wokulski zeskoczył z konia.
- Zsiądzie pani? - zapytał.
- Ani myślę. Niech pan tak obejrzy. Zaszedł z prawej strony -popręg był mocno przypasany.- Ależ nie tam... O, tu... Tu coś psuje się, około strzemienia. Zawahał się, lecz odsunął jej amazonkę i włożył rękę pod siodło. Nagle krew uderzyła mu do głowy: wdówka w taki sposób ruszyła nogą, że jej kolano dotknęło twarzy Wokulskiego.
- No i cóż?... No i cóż?... - pytała niecierpliwie.
- Nic - odparł. - Popręg jest mocny...
- Pocałowałeś mnie pan w nogę?!... - krzyknęła.
- Nie. Wtedy trzasnęła konia szpicrózgą i poleciała cwałem szepcząc: "Głupiec czy kamień!..."
Wokulski powoli siadł na konia. Niewysłowiony żal ścisnął mu serce, gdy pomyślał:
"Czy i panna Izabela jeździ konno?... I kto też jej poprawia siodło?..."
Kiedy dojechał do pani Wąsowskiej, wybuchnęła śmiechem:
- Cha! cha! cha!... Jesteś pan nieoceniony!... - A potem zaczęła mówić niskim, metalowym głosem: - Na karcie mojej historii zapisał się piękny dzień - odegrałam rolę Putyfarowej i znalazłam Józefa...Cha! cha! cha!... Jedna tylko rzecz napełnia mnie obawą: że pan nawet nie potrafisz ocenić, jak ja umiem zawracać głowy. W takiej chwili stu innych na pańskim miejscu powiedziałoby, że żyć beze mnie nie mogą, że zabrałam im spokój, i tam dalej... A ten odpowiada krótko: nie!...Za to jedno: "nie" powinieneś pan dostać w królestwie niebieskim krzesło pomiędzy niewiniątkami. Takie wysokie krzesełko z poręczą przodu... Cha! cha! cha!... Tarzała się na siodle ze śmiechu.
- I co by pani z tego przyszło, gdybym odpowiedział jak inni?

- Miałabym jeden triumf więcej.
- A z tego co pani przyjdzie?
- Zapełniam sobie pustkę życia. Z dziesięciu tych, którzy mi się oświadczają, wybieram jednego, który wydaje mi się najciekawszym, bawię się nim, marzę o nim...
- A potem?
- Robię przegląd następnej dziesiątki i wybieram nowego
- I tak często?
- Choćby co miesiąc. Co pan chce - dodała wzruszając ramionami - to miłość wieku pary i elektryczności.
- A tak. Nawet przypomina kolej żelazną.
- Lecí jak burza i sypie iskry?...
- Nie. Jeździ prędko i bierze pasażerów, ilu się da.
- O, panie Wokulski!...
- Nie chciałem obrazić pani: sformułowałem tylko to, com słyszał. Pani Wąsowska przygryzła usta. Jechali jakiś czas milcząc. Po chwili znowu zabrała głos pani Wąsowska.
- Już określiłam sobie pana: pan jesteś pedant. Co wieczór, nie wiem o której, ale zapewne przed dziesiątą, robisz pan rachunki, potem idziesz spać, ale przed spaniem mówisz pacierz, głośno powtarzając: Nie pożądaj żony bliźniego twego. Czy tak?...
- Niech pani mówi dalej.
- Nie będę nic mówić, bo mnie już i rozmowa z panem dręczy. Ach, ten świat daje nam same zawody!... Kiedy kładziemy pierwszą suknię z trenem, kiedy idziemy na pierwszy bal, kiedy pierwszy raz kochamy - zdaje się nam, że otóż jest coś nowego... Lecz po chwili przekonywamy się, że to już było albo że to jest - nic... Pamiętam, w roku zeszłym, w Krymie, jechaliśmy w kilka osób bardzo dziką drogą, po której kiedyś snuli się rozbójnicy. I właśnie gdy rozmawiamy o tym, wysuwa się spoza skały dwu Tatarów... Chwała Bogu! myślę, ci zechcą nas zabić, bo miny mieli okropne, choć bardzo przystojni ludzie. A oni, wie pan, z jaką wystąpili propozycją?... Ażeby kupić od nich winogron!... Panie! Oni nam sprzedawali winogrona, kiedy ja myślałam o bandytach. Chciałam ich wybić ze złości, naprawdę. Otóż - pan dzisiaj przypomniał mi tych Tatarów... Prezesowa przez kilka tygodni tłomaczyła mi, że pan jesteś oryginalny człowiek, zupełnie inny od innych, a tymczasem widzę, że pan jesteś najzwyklejszy pedant. Czy tak?
- Tak
- Widzi pan, jak ja się znam na ludziach. Może byśmy jeszcze pojechali galopem. Albo - nie, już mi się nie chce, jestem zmęczona. Ach... gdybym choć raz w życiu spotkała prawdziwie nowego człowieka...
- A z tego co by pani przyszło?
- Miałby jakiś nowy sposób postępowania, mówiłby mi nowe rzeczy, czasami rozgniewałby mnie do łez, potem sam śmiertelnie obraziłby się na mnie, a potem - naturalnie musiałby przepraszać. O, ten zakochałby się we mnie do szaleństwa! Wpiłabym mu się tak w serce i pamięć, że nawet w grobie nie zapomniałby o mnie... No, taką miłość -rozumiem.

- A pani co by mu dała w zamian? - spytał Wokulski, któremu robiło się coraz ciężej i smutniej.
- Czy ja wiem? Może i ja zdecydowałabym się na jakie szaleństwo...
- Teraz ja powiem, co by ten nowy człowiek dostał od pani mówił Wokulski czując, że zbiera w nim gorycz. - Naprzód, dostałby długą listę wielbicieli dawniejszych, następnie, drugą listę wielbicieli, którzy nastąpią po nim, a w czasie antraktu miałby możność sprawdzania... czy na koniu dobrze leży siodło...
- To nikczemne, co pan powiedziałeś! - krzyknęła pani Wąsowska ściskając szpicrózgę.
- Tylko powtórzenie tego, co słyszałem od pani: Jeżeli jednak mówię za śmiało na tak krótką znajomość...
- Owszem, słucham... Może pańskie impertynencje będą ciekawsze aniżeli ta chłodna grzeczność, którą od dawna umiem na pamięć. Naturalnie, taki człowiek jak pan gardzi takimi kobietami jak ja... No, śmiało...
- Za pozwoleniem. Przede wszystkim nie używajmy zbyt silnych wyrazów, które wcale nie odpowiadają spacerowej sytuacji. Między nami nie ma mowy o uczuciach, tylko o poglądach. Otóż, moim zdaniem, w poglądzie pani na miłość istnieją nie dające się pogodzić kontrasty.
- Proszę? - zdziwiła się wdówka: - To, co pan nazywasz kontrastami, ja najdoskonalej godzę w życiu.
- Mówi pani o częstej zmianie kochanków...
- Jeżeli łaska, nazwijmy ich wielbicielami.
- A następnie, chce pani znaleźć jakiegoś nowego i nietuzinkowego człowieka, który by nawet w grobie nie zapomniał o pani. Otóż, o ile ja znam ludzką naturę, jest to cel nie do osiągnięcia. Ani pani z rozrzutnej w swoich względach nie stanie się oszczędną, ani człowiek nietuzinkowy nie zechce zająć miejsca pośród kilku tuzinów...
- Może o tym nie wiedzieć - przerwała wdówka.
- Ach, więc mamy i mistyfikację, dla udania się której potrzeba, ażeby bohater pani był ślepy i głupi. Ale choćby takim był wybrany, czy sama pani miałaby odwagę zwodzić człowieka, który by aż tak panią kochał?...
- Dobrze, więc powiedziałabym mu wszystko kończąc w ten sposób: pamiętaj, że Chrystus przebaczył Magdalenie, od której przecie ja jestem mniej grzeszna, no i przynajmniej mam równie piękne włosy...
- I to by mu wystarczyło?
- Ja sądzę.
- A gdyby mu nie wystarczyło?
- Zostawiłabym go w spokoju i odeszłabym.
Ale pierwej wpiłaby mu się pani w serce i w pamięć tak, ażeby pani nawet w grobie nie zapomniał!... - wybuchnął Wokulski. - Piękny świat, ten wasz świat... I miłe są te kobiety, przy których, kiedy im człowiek w najlepszej wierze oddaje własną duszę, jeszcze musi spoglądać na zegarek, ażeby nie spotkał swoich poprzedników i nie przeszkadzał następcom. Pani, nawet ciasto, ażeby wyrosło, potrzebuje dłuższego czasu; czy więc podobna wielkie uczucie wyhodować w takim pośpiechu, na takim jarmarku?...

Niech pani skwituje z wielkich uczuć, to pozbawia snu i odbiera apetytu. Po co kiedyś zatruwać życie jakiemuś człowiekowi, którego zapewne dziś jeszcze pani nie zna? Po co sobie samej mącić dobry humor? Lepiej trwać przy programie prędkich i częstych zwycięstw, które innym nieszkodzą, a pani jakoś zapełniają życie.

- Już pan skończył, panie Wokulski?
- Chyba że tak...
- Więc teraz ja panu powiem. Wszyscy jesteście podli...
- Znowu silny wyraz.
- Pańskie były silniejsze. Wszyscy jesteście nędznicy. Kiedy kobieta, w pewnej epoce życia, marzy o idealnej miłości, wyśmiewacie jej złudzenia i domagacie się kokieterii, bez której panna jest dla was nudna, a mężatka głupia. A dopiero gdy dzięki zbiorowym usiłowaniom pozwoli prawić sobie banalne oświadczyny, patrzeć słodko w oczy, ściskać za ręce, wówczas z ciemnego kąta wyłazi jakiś oryginalny egzemplarz w kapturze Piotra z Amiens i uroczyście wyklina kobietę stworzoną na obraz i podobieństwo Adamowych synów. "Tobie już nie wolno kochać, ty już nie będziesz nigdy prawdziwie kochana, bo miałaś nieszczęście znaleźć się wśród jarmarku, boś straciła złudzenia!" A któż ją z nich okradł, jeżeli nie pańscy rodzeni bracia?... I cóż to za świat, który naprzód obdziera z ideałów, a potem skazuje obdartego?...

Pani Wąsowska wydobyła chustkę z kieszeni i poczęła ją gryźć. Na rzęsach błysnęła jej łza i spadła na końską grzywę.

- Jedź pan już sobie - zawołała - jesteś pan drażniąco płytki. Jedź pan... jedź i przyszlij mi Starskiego; jego bezczelność jest zabawniejsza od pana księżowskiej powagi... Wokulski ukłonił się i pojechał naprzód. Był zgryziony i zakłopotany

- Gdzie pan jedziesz?... nie tędy... Ach, prawda, gotów pan jesteś zbłądzić, a później mówić wszystkim przy obiedzie, żem cię sprowadziła z prostej drogi. Proszę za mną... Jadąc o kilka kroków za panią Wąsowską, Wokulski rozmyślał: "Więc to taki świat? Jedne w nim sprzedają się ludziom prawie zgrzybiałym, a inne traktują ludzkie serca jak polędwicę. Dziwna to jednak kobieta z tej pani!... bo złą nie jest, ma nawet szlachetne porywy..."

W pół godziny wjechali `znowu na wzgórza, z których widać było dwór prezesowej. Pani Wąsowska nagle zawróciła konia i bystro patrząc na Wokulskiego spytała:

- Między nami pokój czy wojna?...
- Czy mogę być szczerym ?
- Proszę.
- Mam dla pani głęboką wdzięczność. W jednej godzinie dowiedziałem się od pani więcej aniżeli przez całe życie.
- Ode mnie?... Zdaje się panu. Mam w sobie parę kropli krwi węgierskiej, więc kiedy wsiądę na konia, szaleję i plotę niedorzeczności. Notabene - nie cofam nic z tego, com powiedziała, ale mylisz się pan, jeżeli sądzisz, żeś mnie już poznał. A teraz pocałuj mnie pan w rękę; jesteś pan rzeczywiście interesujący.

Wyciągnęła rękę, którą Wokulski ucałował, szeroko otwierając oczy ze zdziwienia.

ROZDZIAŁ SIÓDMY: POD JEDNYM DACHEM

W tej samej porze, kiedy Wokulski z panią Wąsowską kłócił się albo galopował po łące, z majątku hrabiny do Zasławka dojeżdżała panna Izabela. Wczoraj otrzymała od prezesowej list, wyprawiony przez umyślnego posłańca, a dziś na wyraźne żądanie swej ciotki wyjechała, lubo niechętnie. Była pewna, że w Zasławku już znajduje się mocno protegowany przez prezesową Wokulski; taka więc nagła podróż wydała jej się niewłaściwą.

"Choćbym nawet musiała kiedyś wyjść za niego - mówiła sobie to jeszcze nie mam racji śpieszyć na powitanie".

Ale ponieważ rzeczy spakowano, powóz zajechał, a nawet z przedniego siedzenia wyglądała już jej pokojówka, więc panna Izabela zdecydowała się na wyjazd.

Pożegnanie jej z rodziną było pełne znaczenia. Pan Łęcki, ciągle rozstrojony, przecierał oczy, a hrabina wsunąwszy jej w rękę aksamitny woreczek z pieniędzmi pocałowała ją w czoło i rzekła:

- Nie radzę ani odradzam. Masz rozum, wiesz, jakie jest położenie, więc sama musisz coś postanowić i przyjąć konsekwencje.

Co postanowić?:.. jakie przyjąć konsekwencje?... o tym nie wspomniała hrabina.

Tegoroczny pobyt na wsi głęboko zmodyfikował niektóre poglądy panny Izabeli; nie sprawiło tego jednak świeże powietrze ani piękne krajobrazy, ale wypadki i możność spokojnego zastanowienia się nad nimi.

Przyjechała tu na wyraźne żądanie ciotki, dla Starskiego, o którym powszechnie mówiono, że odziedziczy majątek po prezesowej. Tymczasem prezesowa przypatrzywszy się swemu ciotecznemu wnukowi oświadczyła, że co najwyżej zapisze mu tysiąc rubli dożywotniej renty, która zapewne bardzo mu się przyda na starość. Cały zaś majątek postanowiła zapisać na podrzutków i ich nieszczęśliwe matki.

Od tej chwili Starski w oczach hrabiny stracił wszelką wartość. Stracił ją i u panny Izabeli oświadczywszy pewnego razu, że nigdy nie ożeniłby się z "gołą panną"; raczej z Chinką albo z Japonką, byle miała kilkadziesiąt tysięcy rubli rocznie.

- Za mniejszy dochód nie warto ryzykować przyszłości - powiedział. Ponieważ tak powiedział, więc panna Izabela przestała go traktować jako poważnego epuzera. Ale ponieważ mówiąc to, z cicha westchnął spojrzał na nią przelotnie, więc panna Izabela pomyślała, że piękny Kazio musi mieć jakąś sercową tajemnicę i że szukając bogatej żony robi ofiarę. Dla kogo?... Może dla niej... biedny chłopiec, ale trudno. Kiedyś może znajdzie się sposób osłodzenia jego cierpień, lecz dziś należy go trzymać z daleka. Co przychodziło tym łatwiej, że Starski począł gwałtownie zalecać się do bogatej pani Wąsowskiej i krążyć z daleka około panny Eweliny Janockiej, zapewne dla zatarcia do reszty śladów, że kiedyś kochał się w pannie Izabeli.

"Biedny chłopiec, ale trudno. Życie ma swoje obowiązki, które trzeba spełnić, choć są ciężkie."

W taki sposób Starski, może najstosowniejszy dla panny Izabeli epuzer, wykreślony został z listy jej konkurentów. Nie mógł żenić się z panną ubogą, musiał szukać żony bogatej; były to dwie nieprzebyte między nimi przepaście. Drugi jej konkurent, baron, wykreślił się sam; zaręczywszy się z panną Eweliną. Panna Izabela czuła wstręt do barona, dopóki starał się o jej względy; lecz gdy ją tak nagle opuścił, prawie że się zatrwożyła. Jak to, więc na świecie są kobiety, dla których można wyrzec się jej?!... Jak to, więc może nadejść chwila, w której pannę Izabelę opuszczą nawet tak podeszłego wieku wielbiciele?...Zdawało jej się, że ziemia drży jej pod nogami, i pod wpływem nie określonych obaw, jakie ją wówczas ogarnęły, panna Izabela odezwała się do prezesowej o Wokulskim dosyć życzliwie. Kto wie nawet, czy nie powiedziała tych słów:

- Co się też dzieje z panem Wokulskim? Bardzo żałuję, że może mieć żal do mnie. Nieraz wyrzucam sobie, że nie postępowałam z nim tak, jak zasługiwał. Spuściła oczy i zarumieniła się w ten sposób, że prezesowej wydało się koniecznym zaprosić Wokulskiego na wieś.

"Niech się sobie przypatrzą na świeżym powietrzu - myślała staruszka - a będzie, co Bóg da. On brylant między mężczyznami, ona także dobre dziecko, więc może się porozumieją. Bo że on ma do niej słabość, to prawie bym się założyła."

W kilka dni panna Izabela ochłonąwszy z nieprzyjemnych wrażeń poczęła żałować swojej wzmianki o Wokulskim przed prezesową.

"Jeszcze gotów pomyśleć, że wyszłabym za niego..."- rzekła do siebie.

Tymczasem prezesowa zwierzyła się przed bawiącą u niej panią Wąsowską, że przyjedzie do Zasławka Wokulski, bardzo bogaty wdowiec, człowiek ze wszech miar niepospolity, którego chciałaby ożenić i który kto wie, czy nie kocha się w pannie Izabeli...

Pani Wąsowska bardzo obojętnie słuchała o majątku, o wdowieństwie i o matrymonialnych kwalifikacjach Wokulskiego. Lecz gdy prezesowa nazwała go człowiekiem niepospolitym, zaciekawiła się; dowiedziawszy się zaś, że może kochać pannę Izabelę, rzuciła się jak rumak szlachetnej krwi, niebacznie dotknięty ostrogą.

Pani Wąsowska była najlepszą kobietą, nie myślała powtórnie wychodzić za mąż, a tym mniej odbierać innym paniom konkurentów. Dopóki jednak żyła na świecie, nie mogła pozwolić na to, ażeby jaki mężczyzna mógł kochać się w jakiejś innej kobiecie, nie w niej. Żenić się dla interesu ma prawo; pani Wąsowska gotowa mu była nawet pomagać, ale uwielbiać - można było tylko ją. Nie dlatego nawet, ażeby uważała się za najpiękniejszą, ale że... taką już miała słabość.

Dowiedziawszy się, że panna Izabela dziś przyjeżdża, pani Wąsowska gwałtem zabrała na spacer Wokulskiego. Gdy zaś na gościńcu pod lasem zobaczyła tuman kurzu, wzniecony przez powóz jej rywalki, skręciła na łąkę i tam zrobiła wielką scenę z siodłem, która jej się nieudała.

Tymczasem panna Izabela dojechała do dworu. Całe towarzystwo przyjęło ją na ganku witając prawie tymi samymi wyrazami.

- Wiesz - szepnęła jej prezesowa - przyjechał Wokulski.

- Tylko pani nam brakło - zawołał baron - ażeby Zasławek był podobny do raju.

Bo już mamy tu bardzo przyjemnego towarzysza znakomitego gościa... Panna Felcia Janocka wzięła na bok pannę Izabelę i ze łzami w głosie poczęła jej opowiadać:

- Wiesz, przyjechał tu pan Wokulski... Ach, gdybyś wiedziała, co to za człowiek!... Ale wolę ci nic nie mówić, bo i ty jeszcze pomyślisz, że jestem nim zajęta... No i wyobraź sobie: pani Wąsowska kazała mu jechać ze sobą na spacer, sam na sam... Gdybyś wiedziała, jak się biedak rumienił!... A ja za nią. Bo i ja chodziłam z nim na ryby, ale tylko tu, do sadzawki, i jeszcze był z nami pan Julian. Ale żebym miała tylko z nim jechać konno?... Za nic w świecie!... wolałabym umrzeć...

Uwolniwszy się od witających panna Izabela poszła do przeznaczonego dla niej pokoju.

"Drażni mnie ten Wokulsk" - szepnęła.

W gruncie rzeczy nie było to rozdrażnienie, ale coś innego. Jadąc tu panna Izabela czuła niechęć do prezesowej za jej gwałtowne zaprosiny, do ciotki, że jej kazała natychmiast jechać, a nade wszystko do Wokulskiego. "Więc naprawdę - mówiła sobie - chcą mnie oddać temu parweniuszowi?... A, zobaczy, jak na tym wyjdzie!..."

Była pewna, że pierwszym człowiekiem, który ją powita, będzie Wokulski, i postanowiła traktować go z najwyższą pogardą. Tymczasem Wokulski nie tylko nie wybiegł na jej spotkanie, ale pojechał na spacer z panią Wąsowską. To w przykry sposób dotknęło pannę Izabelę i pomyślała:

"Zawsze kokietka z niej, choć już ma lat trzydzieści!.."

Gdy baron nazwał Wokulskiego znakomitym gościem, panna Izabela uczuła jakby dumę, ale było to bardzo przelotne uczucie. Gdy zaś panna Felicja w niedwuznaczny sposób zdradziła się, że jest o Wokulskiego zazdrosną, pannę Izabelę ogarnął jakby niepokój, ale tylko na chwilę.

" Naiwna jest ta Felcia" - rzekła do siebie.

Krótko mówiąc: przez całą drogę planowana wzgarda dla Wokulskiego całkiem zniknęła wobec mieszaniny takich uczuć jak lekki gniew, lekkie zadowolenie i lekka obawa. W tej chwili Wokulski przedstawiał się pannie Izabeli inaczej niż dotychczas. Nie był to już jakiś tam, kupiec galanteryjny, ale człowiek, który wracał z Paryża, miał ogromny majątek i stosunki, którym zachwycał się baron, którego kokietowała Wąsowska...

Ledwie panna Izabela miała czas przebrać się, do pokoju jej weszła prezesowa.

- Moja Belu - rzekła staruszka ucałowawszy ją jeszcze raz - dlaczegóż to Joasia nie chce przyjechać do mnie?

- Papo jest niezdrów, więc nie chce go opuszczać.

- Proszę cię... proszę cię, tylko tego mi nie mów. Nie przyjedzie, bo nie chce spotkać się z Wokulskim, oto cały sekret..: - mówiła nieco wzruszona prezesowa. - On dla niej wtedy dobry, kiedy sypie pieniądze na jej ochronę... Powiem ci, Belu, że twoja ciotka nigdy już nie będzie mieć rozumu...

W pannie Izabeli odezwały się dawne goryczy.

- Może ciocia nie uważa za stosowne okazywać tylu względów kupcowi - rzekła rumieniąc się.

- Kupiec!... kupiec!... - wybuchnęła prezesowa. - Wokulscy są tak dobrą szlachtą jak Starscy, a nawet Zasławscy... A co się tyczy kupiectwa... Moja Belu, Wokulski nie sprzedawał tego, co dziadek twojej ciotki... Możesz jej to powiedzieć przy okazji. Wolę uczciwego kupca aniżeli dziesięciu austriackich hrabiów. Znam ja dobrze wartość ich tytułów.

- Przyzna pani jednak, że urodzenie...

Prezesowa roześmiała się ironicznie.

- Wierz mi, Belu, że urodzenie jest najmniejszą zasługą tych, którzy się rodzą. A co do czystości krwi... Ach, Boże! wielkie to szczęście, że nie bardzo zajmujemy się sprawdzaniem tych rzeczy. Powiadam ci, że o czyimś urodzeniu nie warto rozmawiać z ludźmi starymi jak ja. Tacy bowiem zwykle pamiętają dziadów i ojców i nieraz dziwią się: dlaczego wnuk jest podobny do kamerdynera, a nie do ojca. No, wiele się tłumaczy zapatrzeniem.

- Pani jednak bardzo lubi pana Wokulskiego - szepnęła panna Izabela.

- Tak jest, bardzo! - zawołała z mocą staruszka. - Kochałam jego stryja, przez całe życie byłam nieszczęśliwa dlatego tylko, że oderwano mnie od niego, i to z tych samych pobudek, dla których twoja ciotka usiłuje dziś lekceważyć Wokulskiego. Ale on nie da sobą pomiatać, o nie!... - mówiła prezesowa. - Kto z takiej nędzy potrafił wydobyć się, kto bez cienia zarzutu zrobił majątek, wykształcił się tak jak on, ten może nie dbać o opinie salonów. Wiesz chyba, jaką on dziś gra rolę i po co jeździł do Paryża... Otóż zapewniam cię, że nie on do salonów; ale salony do niego przyjdą, a pierwszą będzie twoja ciotka, jeżeli zdarzy się interes. Ja znam salony lepiej niż ty, moje dziecko, i wierz mi, że one bardzo prędko znajdą się w przedpokoju Wokulskiego. To nie taki próżniak jak Starski ani marzyciel jak książę, ani półgłówek jak Krzeszowski... To człowiek czynu... Szczęśliwą będzie kobieta, którą on wybierze za żonę... Na nieszczęście, nasze panny mają więcej wymagań aniżeli doświadczenia i serca. Choć nie wszystkie... No, ale przepraszam cię, jeżeli wypowiedziałam ostrzejszy wyraz. Zaraz będzie obiad.

Po tych słowach prezesowa wyszła zostawiając pannę Izabelę pogrążoną w głębokim namyśle.

" Z pewnością mógłby zastąpić barona, o, jeszcze i jak... - mówiła w sobie panna Izabela. - Tamto człowiek zużyty i śmieszny, tego przynajmniej szanują ludzie. Kazia Wąsowska zna się na tym, toteż wzięła go na spacer... Ha, zobaczymy, czy pan Wokulski potrafi być wiernym...Ładna wierność jeździć z inną kobietą na spacery!... To bardzo po rycersku..."

Prawie w tej chwili Wokulski wracał z panią Wąsowską z przejażdżki i na folwarcznym dziedzińcu zobaczył powóz, od którego odprzęgano konie. Tknęło go jakieś nieokreślone przeczucie, ale nie śmiał pytać; nawet udał, że nie patrzy na powóz. Przed pałacem oddał konia chłopcu, a innemu chłopcu kazał przynieść wody do swego pokoju. I właśnie kiedy miał zapytać, kto przyjechał? coś ścisnęło go za gardło i nie mógł słowa przemówić.

"Co za głupstwo! - myślał. - Choćby nawet i ona, więc cóż z tego?... jest taką samą kobietą jak pani Wąsowska, panna Felicja, panna Ewelina... A ja znowu nie jestem takim jak baron..."

Ale tak mówiąc czuł, że ona dla niego jest inną niż inne kobiety i że gdyby zażądała, złożyłby u jej nóg majątek, nawet życie.

"Głupstwo! głupstwo!... - szeptał chodząc po pokoju. - Jest tu przecie jej wielbiciel, pan Starski, z którym umawiali się, że wesoło przepędzą wakacje... Pamiętam te spojrzenia, ach..:"

Gniew w nim zakipiał.

"Zobaczymy, panno Izabelo: kim ty jesteś i co jesteś warta? Teraz ja będę twoim sędzią..." - pomyślał. Zapukano do drzwi, wszedł stary lokaj Obejrzał się po pokoju i rzekł przyciszonym głosem:

- Jaśnie pani kazała powiedzieć, że jest panna Łęcka i że jeżeli jaśnie pan gotów, to prosi na obiad...

- Powiedzcie, że natychmiast służę - odparł Wokulski. Po wyjściu służącego chwilę postał w oknie patrząc na park oświetlony ukośnymi promieniami słońca i na krzak bzu, na którym wesoło świegotały ptaki. Patrzył, ale serce nurtowała mu głucha obawa na myśl, w jaki sposób przywita się z panną Izabelą...

" Co ja jej powiem i jak będę wyglądał? " Zdawało mu się, że wszystkie oczy zwrócą się na nich i że on musi skompromitować się jakimś niewłaściwym czynem.

"Alboż nie powiedziałem jej, że jestem dla nich wiernym sługą... jak pies!... Trzeba jednak iść tam..."

Wyszedł, znowu wrócił do siebie i znowu wyszedł na korytarz. Zbliżał się do drzwi powoli, noga za nogą, czując, że zamiera w nim wszelka energia, że jest jak prostak, który ma stanąć przed królem.

Wziął za klamkę, lecz zatrzymał się... W pokoju jadalnym rozlegał się śmiech kobiecy. Pociemniało mu w oczach, chciał uciec i powiedzieć przez służącego, że jest chory. Nagle usłyszał za sobą czyjeś kroki i popchnął drzwi.

W głębi pokoju zobaczył całe towarzystwo, a przede wszystkim pannę Izabelę rozmawiającą ze Starskim. Ona tak samo patrzyła na Starskiego. a on miał ten sam ironiczny uśmiech jak wówczas w Warszawie.

Wokulski w jednej chwili odzyskał energię; fala gniewu uderzyła mu do mózgu. Wszedł z podniesioną głową, przywitał prezesową i ukłonił się pannie Izabeli, która zarumieniwszy się wyciągnęła do niego rękę.

- Witam panią. Jakże się miewa pan Łęcki?

- Papo trochę przyszedł do siebie... Zasyła panu ukłony...

- Bardzo jestem obowiązany za łaskawą pamięć. A pani hrabina?

- Ciocia jest zupełnie zdrowa. Prezesowa siadła na fotelu; obecni poczęli zajmować miejsca przy stole.

- Panie Wokulski, pan siada przy mnie - odezwała się pani Wąsowska.

- Z największą chęcią, o ile żołnierz ma prawo siadać w obecności swego komendanta.

- Czy już wzięła cię pod komendę, panie Stanisławie? - zapytała z uśmiechem prezesowa.

- Ale jak! Nieczęsto odbywa się podobną musztrę...

- Mści się za to, że wodziłam go po manowcach - wtrąciła pani Wąsowska.

- Po manowcach jeździć najprzyjemniej - odparł Wokulski.

- Byłem pewny, że tak będzie, ale nie sądziłem, że tak prędko...odezwał się baron ukazując swój piękny garnitur sztucznych zębów.

- Niech mi kuzyn przysunie sól - rzekła panna Izabela do Starskiego.
- Służę... Ach, rozsypałem!... Pokłócimy się.
- Już chyba nam ten wypadek nie grozi - odparła panna Izabela z komiczną powagą.
- Czy zobowiązaliście się nigdy nie kłócić? - zapytała pani Wąsowska.
- Nie mamy zamiaru nigdy przepraszać się - odpowiedziała panna Izabela.
- Ładnie! - rzekła pani Wąsowska. - Na pańskim miejscu, panie Kazimierzu, teraz straciłabym wszelką nadzieję.
- Alboż mi ją wolno było kiedy mieć! - westchnął Starski.
- Prawdziwe szczęście dla nas obojga... - szepnęła panna Izabela. Wokulski słuchał i patrzył Panna Izabela rozmawiała naturalnie, w bardzo spokojny sposób, żartując ze Starskiego, który wcale nie zdawał się tym martwić. Natomiast od czasu do czasu spoglądał ukradkiem na pannę Ewelinę Janocką, która szepcząc z baronem, rumieniła się i bladła.
Wokulski uczuł, że z serca zsuwa się mu ogromny ciężar.
"Oczywiście - myślał - jeżeli w tym towarzystwie Starski zajmuje się kimś, to tylko panną Eweliną, a ona nim..."
W tej chwili obudziła się w nim radość i wielka życzliwość dla oszukiwanego barona.
"Już ja go nie będę ostrzegał!" - rzekł w duchu. A potem dodał, że takie zadowolenie z cudzej biedy jest jednak bardzo podłym uczuciem.
Obiad skończył się, panna Izabela zbliżyła się do Wokulskiego.
- Wie pan - rzekła - jakiego doznałam uczucia na widok pana? Oto żalu. Przypomniałam sobie, że mieliśmy we troje jechać do Paryża: ja, ojciec i pan, i że z naszej trójki los był dobry tylko dla pana. Bawił się pan przynajmniej?... Za nas troje?... Musi mi pan odstąpić trzecią część doznanych wrażeń.
- A gdyby nie były wesołe?
- Dlaczego? - Choćby dlatego, że pani nie było tam, gdzie mieliśmy być razem.
- O ile wiem, umie pan jednak bawić się dobrze tam, gdzie mnie nie ma - odparła panna Izabela i odeszła.
- Panie Wokulski!... - zawołała pani Wąsowska. Lecz spojrzawszy na niego i na pannę Izabelę rzekła tonem niechęci:
- Albo nie... już nic... Daję panu na dziś urlop. Moi państwo, chodźmy do parku. Panie Ochocki...
- Pan Ochocki ma mnie dziś uczyć meteorologü - odezwała się panna Felicja.
- Meteorologii?... - powtórzyła pani Wąsowska.
- A tak... Właśnie zaraz idziemy na górę do obserwatorium...
- Czy pan tylko meteorologię ma zamiar wykładać? - spytała pani Wąsowska. - Na wszelki jednak wypadek radziłabym zapytać babci, co ona sądzi o tej meteorologii...
- Pani zawsze musi mi zrobić jakiś skandal! - oburzył się Ochocki. - Pani może ze mną jeździć po wertepach, ale pannie Felicji nie wolno nawet zajrzeć do obserwatorium.
- Ależ zaglądajcie sobie, moi kochani, tylko już raz idźmy do parku. Baronie... Belu... Wyszli. W pierwszą parę pani Wąsowska z panną Izabelą, za nimi Wokulski, dalej baron z narzeczoną, a na końcu panna Felicja z Ochockim,

który rozrzucał rękoma i prawił:

- Nic nigdy nie pozna pani nowego, chyba cudacki kapelusz albo siódmą czy ósmą figurę kontredansa, jeżeli jaki półgłówek wymyśli ją. Nic i nigdy!... - dodał dramatycznym głosem - bo zawsze znajdzie się jakaś baba...

- Fe! panie Julianie, któż tak mówi?...

- Tak, nieznośna baba, która będzie uważać to za nieprzyzwoite, że pani ze mną pójdzie do laboratorium...

- Bo może to naprawdę jest źle...

- Tak, źle!... Dekoltować się do pasa jest dobrze, brać lekcje śpiewu od jakiegoś Włocha, który nie czyści paznokci...

- Ale widzi pan... Bo gdyby młode panny ciągle sam na sam przebywały z młodymi ludźmi, to mogłaby się która zakochać...

- Więc cóż z tego? Niech się kocha... Czy lepiej, ażeby i nie kochała się, i była głupia?... Pani jest dzika kobieta, panno Felicjo...

- O panie...

- No, niech mi pani nie zawraca głowy swymi wykrzyknikami. Albo pani chce uczyć się meteorologii, a w takim razie idźmy na górę...

- Ale z Ewelinką albo z panią Wąsowską.

- Dobrze, dobrze... Dajmy już spokój tej zabawie - zakończył Ochocki, na znak gniewu kładąc ręce w kieszenie. Młoda para rozmawiała tak krzykliwie, że słychać ją było w całym parku, ku wielkiemu zadowoleniu pani Wąsowskiej, która zanosiła się ze śmiechu. Gdy umilkli, do uszu Wokulskiego doleciał szept barona i panny Eweliny.

- Prawda - mówił baron - jak ten Starski traci?... Z każdym dniem, panie, traci. Pani Wąsowska żartuje z niego, panna Izabela lekceważy go w najwyższym stopniu, a nawet nie zajmuje się nim panna Felicja. Zauważyła pani?...

- Tak - cicho szepnęła narzeczona.

- Jest to jeden z tych młodych ludzi, których całą ozdobę stanowiły widoki na duży spadek. Czy nie mam racji?..

- Tak.

- Gdy zaś upadła nadzieja zapisu prezesowej, Starski przestał być interesujący. Wszak prawda?... - Tak - odparła panna Ewelina z ciężkim westchnieniem. -Siądę tu - dodała głośno - a pan może mi przyniesie szal z pokoju...Przepraszam... Wokulski odwrócił głowę. Panna Ewelina upadła na ławkę blada i zmęczona, a baron wdzięczył się do niej.

- Idę natychmiast - rzekł. - Panie Wokulski... - dodał spostrzegłszy Wokulskiego - może pan zechce mnie zastąpić... Biegnę i wracam za chwilę... Pocałował narzeczoną w rękę i poszedł ku pałacowi. Teraz dopiero Wokulski spostrzegł, że baron ma nogi bardzo cienkie i nieosobliwie nimi włada.

- Pan dawno zna barona? - spytała panna Ewelina Wokulskiego. - Przejdźmy się trochę ku altance...

- Właśnie dopiero w tych dniach miałem przyjemność zbliżyć się z nim.

- On dla pana jest z wielkim uwielbieniem... Mówi, że pierwszy raz spotkał człowieka tak miłego w rozmowie... Wokulski uśmiechnął się.

- Zapewne - rzekł - dlatego, że on sam ciągle mówi do mnie o pani. Panna Ewelina mocno się zarumieniła.

- Tak, to bardzo zacny człowiek, bardzo mnie kocha... Jest wprawdzie między nami różnica wieku, ale i cóż to szkodzi? Doświadczone panie utrzymują, że im mąż starszy, tym wierniejszy, a wszakże dla kobiety przywiązanie męża jest wszystkim, prawda, panie? Każda z nas szuka w życiu miłości, kto mi zaś zaręczy, że spotkam drugą, podobną do tej?... Są ludzie młodsi od niego, przystojniejsi, może nawet zdolniejszy; żaden z nich jednak nie powiedział mi z tak serdecznym zapałem, że ostatnie szczęście jego życia jest w moim ręku. Czy można się temu oprzeć, choćby nawet zezwolenie z naszej strony wymagało pewnej ofiary, niech pan sam powie? Zatrzymała się w alei i patrzyła mu w oczy, z niepokojem oczekując na odpowiedź.

- Nie wiem, pani. To sprawa uczuć osobistych - odparł.

- To źle, że mi pan tak odpowiada. Babcia mówi, że pan jest człowiekiem wielkiego charakteru; ja dotychczas nigdy nie spotykałam ludzi z wielkim charakterem, a sama mam bardzo słaby. Nie umiem oprzeć się niczemu, Lękam się odmawiać... Może źle robię, a przynajmniej niektóre osoby dają mi do zrozumienia, że źle robię wychodząc za barona. Czy i pan tak sądzi? Czy pan potrafiłby usunąć się od kogoś, kto by powiedział, że pana kocha nad własną duszę, że bez wzajemności pana niewielka reszta życia, jaka została, zejdzie mu w osamotnieniu rozpaczy? Gdyby ktoś w oczach pańskich zapadał w przepaść i błagało ratunek, czy nie podałby mu pan ręki i w ten sposób nie przykuł się do niego, dopóki nie nadeszłaby pomoc?

- Nie jestem kobietą i nigdy nie byłem proszony o spętanie mego życia na czyjąś korzyść, więc nie wiem, co bym zrobił - odparł wzburzony Wokulski. - To tylko wiem jako mężczyzna, że nie potrafiłbym żebrać nawet o miłość. I jeszcze pani powiem - dodał patrzącej na niego z odchylonymi ustami - nie tylko nie prosiłbym, ale wprost nie przyjąłbym wyżebranej ofiary z czyjegoś serca. Takie dary zwykle bywają tylko połowiczne... Boczną ścieżką biegł do nich Starski, bardzo zaaferowany, mówiąc:

- Panie Wokulski, damy szukają pana w lipowej alei... Jest moja babka, pani Wąsowska... Wokulski zawahał się, co ma zrobić w tej chwili.

- O, niech się pan mną nie krępuje - rzekła, mocniej niż zwykle zaczerwieniona, panna Ewelina. - Zresztą zaraz nadejdzie baron i we troje dogonimy państwa... Wokulski pożegnał ich i poszedł. "Piękne rzeczy! - myślał. - Panna Ewelina przez litość wychodzi za barona i zapewne przez litość romansuje ze Starskim... Rozumiem kobietę, która wychodzi za mąż dla pieniędzy, choć to głupi rodzaj zarobku... Rozumiem nawet mężatkę, która po szczęśliwym pożyciu nagle zakocha się i oszukuje męża... Nieraz zmusza ją do tego obawa skandalu, dzieci, tysiące pęt... Ale panna oszukująca narzeczonego jest zupełnie nowym zjawiskiem..."

- Panno Ewelino!... Panno Ewelino!... - wołał baron zbliżając się w stronę Wokulskiego. Ten nagle skręcił i wpadł między gazony.

"Ciekawym - szepnął - co mu powiem, jeżeli mnie spotka?... Po diabła ja wlazłem w to błoto?..."

- Panno Ewelino!... Panno Ewelino!... - wołał baron już znacznie dalej.

" Słowik wabi samiczkę - myślał Wokulski. - Właściwie jednak, czy można absolutnie potępiać nawet tę kobietę?... Sama przyznaje głośno, że nie ma charakteru, a po cichu - że trzeba jej pieniędzy, których nie posiada i bez których, jak ryba bez wody, żyć nie potrafi. Więc cóż ma robić?... Wychodzi nieszczęśliwa bogato za mąż. A że jednocześnie serce odzywa się w niej, wielbiciel namawia ją, ażeby szła za mąż, i oboje sądzą, że pieszczota starego męża nie zepsuje im smaku, więc robią nowy wynalazek: zdradę przed ślubem, nie starając się nawet o patent. Wreszcie może są aż tak cnotliwi, że umówili się, iż zdradzą go dopiero po ślubie... Bardzo ładne towarzystwo!... Społeczność wytwarza niekiedy ciekawe produkta... I pomyśleć, że, każdemu z nas może trafić się podobny specjał!... Doprawdy, należałoby trochę mniej ufać poetom, kiedy zachwalają miłość jako najwyższe szczęście..."

- Panno Ewelino!... Panno Ewelino!... - odzywał się jękliwie baron.

"Cóż to za podła rola - szepnął Wokulski. - Wolałbym w łeb sobie strzelić aniżeli wyjść na podobnego błazna."

W bocznej alei, przy folwarku, spotkał panie, z którymi była prezesowa i jej pokojówka ze swym koszem.

- A, jesteś - rzekła staruszka do Wokulskiego - to dobrze. Poczekajcież tutaj na Ewelinkę z baronem, który ją może nareszcie znajdzie - dodała lekko marszcząc brwi - a my z Kazią pójdziemy do koni.

- Pan Wokulski mógłby także poczęstować cukrem swego konia, który tak go dziś dobrze nosił - wtrąciła nieco zadąsana pani Wąsowska.

- Dajże mu spokój - przerwała prezesowa. - Mężczyźni lubią tylko jeździć, ale nie pieścić się.

- Niewdzięcznicy! - szepnęła pani Wąsowska podając rękę prezesowej. Odeszły i wkrótce znikły za furtką. Pani Wąsowska obejrzała się, lecz spostrzegłszy, że Wokulski patrzył na nią, szybko odwróciła głowę.

- Czy szukamy narzeczonych? - spytała panna Izabela.

- Jak pani każe - odparł Wokulski.

- To może lepiej zostawić ich w spokoju. Podobno szczęśliwi nie lubią świadków. - Pani nigdy nie była szczęśliwa?...

- Ach, ja!... Owszem... Ale nie w ten sposób jak Ewelinka i baron. Wokulski uważnie spojrzał na nią. Była zamyślona i spokojna jak posągí greckich bogiń. ",No, już ta nie będzie oszukiwać" - pomyślał Wokulski. Szli jakiś czas w milczeniu ku najdzikszej stronie parku. Kiedy niekiedy spomiędzy starych drzew mignęło okno pałacu, połyskując czerwonymi blaskami zachodu.

- Pan był pierwszy raz w Paryżu? - spytała panna Izabela.

- Pierwszy.

- Prawda, jakie to cudowne miasto?!... - zawołała nagle, patrząc mu w oczy. - Niech mówią, co chcą, ale Paryż, nawet zwyciężony, nie przestał być stolicą świata. Czy i na panu zrobił takie wrażenie?...

- Imponujące. Zdaje mi się, że po kilkutygodniowym pobycie przybyło mi sił i odwagi. Naprawdę, tam dopiero nauczyłem się być dumnym z tego, że pracuję.

- Niech mi pan to objaśni.

- Bardzo łatwo. U nas praca ludzka wydaje mierne rezultaty: jesteśmy ubodzy i zaniedbani. Ale tam praca jaśnieje jak słońce. Cóż to za gmachy, od dachów do chodników pokryte ozdobami jak drogocenne szkatułki. A te lasy obrazów i posągów, całe puszcze machin, a te odmęty wyrobów fabrycznych i rękodzielniczych!... Dopiero w Paryżu zrozumiałem, że człowiek jest tylko na pozór istotą drobną i wątłą. W rzeczywistości jest to genialny i nieśmiertelny olbrzym, który z równą łatwością przerzuca skały, jak i rzeźbi z nich coś subtelniejszego od koronek.

- Tak odpowiedziała panna Izabela. - Arystokracja francuska miała możność i czas stworzyć te arcydzieła.

- Arystokracja?... - spytał Wokulski. Panna Izabela zatrzymała się w alei.

- Chyba nie zechce pan twierdzić, że galerie Luwru stworzyła Konwencja albo przedsiębiorcy artykułów paryskich?

- Z pewnością, że nie, ale też nie stworzyli ich magnaci. Jest to zbiorowe dzieło francuskich budowniczych, mularzy, cieślów, wreszcie malarzy i rzeźbiarzy całego świata, którzy nic wspólnego nie mają z arystokracją. Wyborne jest to wieńczenie próżniaków zasługami i pracą ludzi genialnych, a choćby tylko - pracujących!...

- Próżniacy i arystokracja! - zawołała panna Izabela. - Myślę, że zdanie to jest raczej silne aniżeli słuszne.

- Pozwoli mi pani zadać jedno pytanie? - spytał Wokulski.

- Słucham.

- Naprzód cofnę wyraz: próżniacy, jeżeli on panią razi, a następnie... Niech mi pani raczy wskazać człowieka z tej sfery, o jakiej mówimy, który by coś robił?... Znam tych panów około dwudziestu, są to również znajomi pani. Cóż więc robią oni wszyscy począwszy od księcia, najzacniejszej w świecie osobistości, który wreszcie może tłomaczyć się wiekiem, a skończywszy... choćby na panu Starskim, który swoich wiecznie trwających wakacyj nie może tłomaczyć nawet położeniem majątkowym.

-Ach, mój kuzynek!... On chyba nigdy nie miał zamiaru służyć w czymkolwiek za przykład. Zresztą nie mówimy o naszej arystokracji, tylko o francuskiej.

- A tamci co robią?

- O, panie Wokulski, tamci dużo robili. Przede wszystkim stworzyli Francję, byli jej rycerzami, wodzami, ministrami i kapłanami. A nareszcie zgromadzili te skarby sztuki, które pan sam podziwia.

- Niech pani powie: tamci dużo rozkazywali i wydawali pieniędzy, stworzył jednak Francję i sztukę kto inny. Tworzyli ją źle wynagradzani żołnierze i marynarze, przywaleni podatkami rolnicy i rękodzielnicy, a nareszcie uczeni i artyści. Jestem człowiekiem doświadczonym i zapewniam panią, że łatwiej projektować aniżeli wykonywać i łatwiej wydawać pieniądze aniżeli je gromadzić.

- Pan jest nieprzejednanym wrogiem arystokracji.

- Nie, pani, nie mogę być wrogiem tych, którzy w niczym mi nie szkodzą. Sądzę tylko, że zajmują oni uprzywilejowane miejsca bez zasługi i że dla utrzymania się na nich apostołują w społeczeństwach pogardę dla pracy, a cześć dla próżniaczego zbytku.

- Jest pan uprzedzony, gdyż nawet i ta, jak pan mówi, próżnująca arystokracja odgrywa ważną rolę na świecie. To, co pań nazywa zbytkiem, jest właściwie wygodą, przyjemnością i polorem, której od arystokracji uczą się nawet niższe stany i tym sposobem cywilizują się. Słyszałam od bardzo liberalnych ludzi, że w społeczeństwach muszą być klasy pielęgnujące nauki, sztuki i wykwintne obyczaje, raz dlatego, ażeby inni mieli w nich żywe wzory, a po wtóre, ażeby mieli podnietę do szlachetnych czynów. Toteż w Anglii i Francji niejeden człowiek, nawet prostego pochodzenia, skoro tylko zdobędzie majątek, przede wszystkim urządza sobie dom, aby mógł w nim przyjąć ludzi z dobrego towarzystwa, a następnie stara się tak postępować, ażeby sam został przyjęty. Silny rumieniec wystąpił na twarz Wokulskiego. Panna Izabela nie patrząc spostrzegła to i mówiła dalej

- Nareszcie to, co pan nazywa arystokracją, a co ja nazwałabym klasą wyższą, stanowi dobrą rasę. Może być, że pewna część jej za wiele próżnuje; lecz gdy który weźmie się do czegokolwiek, natychmiast odznaczy się: energią, rozumem, a choćby tylko szlachetnością. Przepraszam, że zacytuję tutaj słowa, które często książę powtarzał mi o panu: "Gdyby Wokulski nie był dobrym szlachcicem, nie byłby tym, czym jest dzisiaj..."

- Myli się książę - odparł sucho Wokulski. - Tego, co posiadam i co umiem, nie dało mi szlachectwo, ale ciężka praca. Robiłem więcej, więc mam więcej niż inni.

- Ale czy mógłby pan robić więcej urodziwszy się kimś innym? - spytała panna Izabela. - Mój kuzyn Ochocki jest przyrodnikiem i demokratą, jak pan, a mimo to wierzy w dobre i złe rasy, tak samo jak książę. On również przytaczał pana jako dowód dziedziczności. "Wokulski - mówił - od losu ma powodzenie, ale tęgość ducha ma od rasy."

- Bardzo jestem wdzięczny tym wszystkim, którzy robią mi zaszczyt zaliczaniem do jakiejś uprzywilejowanej rasy - rzekł Wokulski. - Pomimo to nigdy nie uwierzę w przywileje bez pracy i zawsze będę wyżej stawiał źle urodzone zasługi od dobrze urodzonych pretensyj.

- Więc według pana nie jest zasługą pielęgnowanie delikatniejszych uczuć i wykwintniejszych obyczajów?

- Owszem, jest, ale taką rolę w społeczeństwie odgrywają kobiety. Im natura dała tkliwsze serca, ruchliwszą wyobraźnię, subtelniejsze zmysły, i one to, nie zaś arystokracja, utrzymują w życiu codziennym wykwintność, w obyczajach łagodność, a nawet umieją budzić w nas najwznioślejsze uczucia. Tą lampą, której blaski ozłacają drogę cywilizacji, jest kobieta. Ona też bywa niewidzialną sprężyną czynów wymagających niezwykłego natężenia sił... Teraz panna Izabela zarumieniła się.

Szli jakiś czas w milczeniu. Słońce już schowało się za widnokrąg, a między drzewami parku na zachodzie błyszczał sierp księżyca. Wokulski, głęboko zamyślony, porównywał w duchu dwie dzisiejsze rozmowy, jedną z panią Wąsowską, drugą z panną Izabelą.

"Jakie to inne kobiety!... I czy nie miałem racji przywiązać się do tej oto..."

- Czy mogę zadać panu drażliwe pytanie? - odezwała się nagle panna Izabela miękkim głosem.

- Choćby najdrażliwsze.

- Prawda, że wyjeżdżał pan do Paryża bardzo obrażony na mnie?.

Chciał odpowiedzieć, że to było coś gorszego od obrazy, gdyż posądzenie o obłudę, ale milczał.

- Jestem winną wobec pana... Posądzałam pana...
- Czy nie o malwersację w nabyciu domu ojca pani za pośrednictwem Żydów? - spytał uśmiechając się Wokulski.
- O nie! - odparła żywo. - Przeciwnie, posądzałam pana o czyn wysoce chrześcijański, którego jednak nie mogłabym nikomu przebaczyć. Przez chwilę myślałam, że nasz dom kupił pan... za drogo...
- Dziś chyba uspokoiła się pani.
- Tak. Już wiem, że baronowa Krzeszowska chce za niego dać dziewięćdziesiąt tysięcy.
- Doprawdy? Jeszcze nie rozmawiała ze mną, choć przewidywałem, że to nastąpi.
- Bardzo cieszę się, że się tak stało, że pan nic nie straci, gdyż...dopiero teraz mogę panu podziękować z całego serca - mówiła panna Izabela podając mu rękę. - Rozumiem doniosłość pańskiej usługi. Mój ojciec miał być skrzywdzony, po prostu obdarty przez baronową, a pan uratował go od ruiny, może od śmierci... Takich rzeczy nie zapomina się... Wokulski pocałował ją w rękę.
- Już wieczór - rzekła zmieszana - wracajmy do domu... Całe towarzystwo pewnie wyszło z parku...
"Jeżeli ona nie jest aniołem, to ja jestem psem!..." - pomyślał Wokulski. Wszyscy już byli w pałacu, gdzie wkrótce podano kolację. Wieczór zeszedł wesoło. Około jedynastej Ochocki odprowadził Wokulskiego do jego mieszkania.
- Cóż? - rzekł Ochocki - słyszę, że rozmawialiście państwo z kuzynką Izabelą o arystokracji?... Przekonałeś ją pan, że to hołota?...
- Nie! Panna Izabela zanadto dobrze broni swoich tez. Jak ona świetnie rozmawia!... - odparł Wokulski usiłując ukryć pomieszanie.
- Musiała panu mówić, że arystokracja pielęgnuje nauki i sztuki, że jest mistrzynią dobrych obyczajów, a jej stanowisko celem, do którego dążą demokraci, i tym sposobem uszlachetniają się... Ciągle słyszę te argumenta; uszami już mi się wylewają.
- Sam pan wierzysz jednak w dobrą krew - rzekł przykro dotknięty Wokulski.
- Rozumie się... Ale ta dobra krew musi być ciągle odświeżana, gdyż inaczej prędko się psuje - odpowiedział Ochocki. - No, ale dobranoc panu. Zobaczę, co mówi aneroid, gdyż barona łamie po kościach i jutro możemy mieć słotę.
Ledwie wyszedł Ochocki, w pokoju Wokulskiego ukazał się baron, kaszlący, rozgorączkowany, ale uśmiechnięty.
- A, a... ładnie! - mówił, a powieki drgały mu nerwowo ładnie... zdradził mnie pan... zostawił pan moją narzeczoną samą w parku... Żartuję... żartuję - dodał ściskając Wokulskiego za rękę - ale... Choć naprawdę mógłbym mieć do pana pretensję, gdyby nie to, że wróciłem dość wcześnie i... akurat zetknąłem się z panem Starskim, który z przeciwnego końca alei szedł ku naszej stronie...
Wokulski już po raz drugi tego wieczora zarumienił się jak wyrostek.
"Po co ja wpadłem w tę sieć intryg i oszustw!" - pomyślał, ciągle jeszcze rozdrażniony słowami Ochockiego. Baron zakaszlał się i odpocząwszy prawił dalej zniżonym głosem:
- Niech pan jednak nie przypuszcza, że jestem zazdrosny o narzeczoną... Byłoby to bardzo niskie z mojej strony... To nie kobieta, to anioł, któremu

każdej chwili powierzyłbym cały majątek, życie. Co mówię, życie?... złożyłbym w jej ręce życie wieczne, tak spokojny, tak pewny o siebie jak to, że jutro słońce wejdzie... Słońca mogę nie zobaczyć, bo, mój Boże, każdy z nas jest śmiertelny, ale... Ale o nią nie mam obawy, cienia obawy, daję panu słowo, panie Wokulski... Oczom własnym nie wierzyłbym, nie tylko czyimś tam podejrzeniom albo półsłówkom... - zakończył głośniej.

Ale, widzi pan - zaczął po chwili - ten Starski to obrzydliwa figura. Nikomu nie powiedziałbym tego, ale... wie pan, jak on postępuje z kobietami?... Myśli pan, że wzdycha, umizga się, błaga o dobre słówko, o uścisk ręki?... Nie, on je traktuje jak samice, w najbrutalniejszy sposób... Działa im na nerwy rozmową, spojrzeniami...

Baron zaciął się, oczy mu krwią nabiegły; Wokulski słuchał go i nagle rzekł cierpkim tonem:

- Kto wie, mój baronie, czy Starski nie ma racji. Nas nauczono widzieć w kobietach anioły i tak też je traktujemy. Jeżeli one jednak są przede wszystkim samicami, to my wydajemy się w ich oczach głupsi i niedołężniejsi, niż jesteśmy, a Starski musi triumfować. Ten jest panem kasy, kto posiada właściwy klucz do zamku, baronie! - zakończył ze śmiechem.

- Pan to mówisz, panie Wokulski?...

- Ja, panie, i nieraz pytam się, czy my nie zanadto ubóstwiamy kobiety, czy w ogóle nie traktujemy ich zbyt poważnie; poważniej i uroczyściej niż siebie samych

- Panna Ewelina należy do wyjątków!... - zawołał baron.

- Istnieniu wyjątków nie przeczę, kto wie jednak, czy taki Starski nie odkrył ogólnego prawidła.

- Może być - odparł zirytowany baron - ale to prawidło nie stosuje się do panny Eweliny. I jeżeli chronię ją... a raczej nie życzę jej stosunków ze Starskim, gdyż ona sama się chroni, to tylko dlatego, ażeby podobny człowiek nie skalał jej czystej myśli jakim wyrazem... No, ale pan jest znużony... Przepraszam za wizytę w tak niewłaściwej porze.

Baron wyszedł, cicho zamykając drzwi; Wokulski został sam, pogrążony w niewesołych myślach:

"Co ten Ochocki mówił, że argumenta panny Izabeli już mu się wylewają uszami? Więc to, co słyszałem od niej, nie było wybuchem zadraśniętego uczucia, ale dawno wyuczoną lekcją?... Więc jej dowodzenia, uniesienia, a nawet wzruszenia są tylko sposobami, za pomocą których dobrze wychowane panny czarują takich jak ja głupców?...

A może po prostu on kocha się w niej i chce ją zdyskredytować w moich oczach?... No, jeżeli kocha, po cóż ją ma dyskredytować; niech powie, a ona niech wybiera... Naturalnie, że Ochocki ma więcej szans aniżeli ja; tak jeszcze nie straciłem rozumu, ażeby tego nie oceniać...Młody, piękny, genialny... Ha!... niech wybiera: sławę czy pannę Izabelę...

Zresztą - ciągnął dalej w myśli - co mnie obchodzi, że panna Izabela używa zawsze tych samych argumentów w swoich dysputach. Ani ona nie jest Duchem Świętym, ażeby wymyślać coraz nowe, ani ja jestem taką osobliwością, ażeby dla mnie warto było silić się na oryginalność. Niech sobie mówi, jak chce... Ważniejsze to, że chyba do niej nie stosuje się ogólne prawidło o kobietach... Pani Wąsowska to przede wszystkim piękna samica, ale ona nie...

Czy nie tak samo mówił baron o swojej pannie Ewelinie?..."

Lampa gasła. Wokulski zdmuchnął ją i rzucił się na łóżko.

Przez dwa następne dnie padał deszcz i goście zasławscy nie opuszczali pałacu. Ochocki wziął się do książek i prawie nie pokazywał się, panna Ewelina chorowała na migrenę, panny Izabela i Felicja czytały francuskie ilustracje, a reszta towarzystwa, pod przewodnictwem prezesowej, zasiadła do wista.

Przy tej okazji Wokulski spostrzegł, że pani Wąsowska zamiast kokietować go, do czego ciągle nastręczała się sposobność, zachowuje się bardzo obojętnie. Uderzyło go zaś, że gdy Starski chciał ją raz pocałować w rękę, wyrwała ją i obrażona zapowiedziała mu, ażeby nigdy nie ważył się tego robić. Gniew jej był tak szczery, że sam Starski zdziwił się i zmieszał, a baron, choć mu nie szła karta, był w doskonałym humorze.

- Czy i mnie nie pozwoli pani ucałować swej rączki?... - rzekł baron w jakiś czas po owym wypadku.

- Panu owszem - odparła podając mu rękę. Baron ucałował ją jak relikwię spoglądając z triumfem na Wokulskiego, który pomyślał, że jego utytułowany przyjaciel może nie ma powodu do zbyt wielkiej uciechy,. Starski z takim zajęciem patrzył w karty, że zdawał się nie uważać na to, co zaszło.

Na trzeci dzień wypogodziło się, a na czwarty było już tak pięknie i sucho, że panna Felicja zaproponowała spacer na rydze.

Prezesowa tego dnia kazała podać wcześniej drugie śniadanie, a później obiad. Około wpół do pierwszej przed pałac zajechał brek i pani Wąsowska dała hasło do wsiadania.

- Śpieszymy się, bo szkoda czasu... Gdzie twój szal, Ewelinko?.. Służące niech siądą do bryczki i zabiorą kosze. A teraz - dodała, przelotnie spojrzawszy na Wokulskiego - każdy z panów wybierze sobie damę...

Panna Felicja chciała protestować, ale w tej chwili baron podskoczył do panny Eweliny, a Starski do pani Wąsowskiej, która przygryzając usta rzekła:

- Myślałam, że już mnie pan nigdy nie wybierze... I posłała Wokulskiemu piorunujące wejrzenie.

- To my, kuzynko, będziemy trzymać się razem - odezwał się Ochocki do panny Izabeli. - Ale w takim razie musi pani siąść przy koźle, bo ja powożę.

- Pani Wąsowska nie pozwala, bo pan wywróci! - zawołała panna Felicja, której los przeznaczył Wokulskiego.

- Owszem, niech powozi, niech wywraca... - rzekła pani Wąsowska. - Jestem dziś w takim usposobieniu, że zgadzam się na łamanie nam nóg... Biedny ten rydz, który dostanie się w moje ręce!...

- Jestem pierwszy z nich - odezwał się Starski - jeżeli chodzi o zjedzenie...

- Owszem, jeżeli zgodzisz się pan na poprzednie ucięcie głowy - odpowiedziała pani Wąsowska.

- Już jej dawno nie mam...

-      Nie dawniej, aniżeli ja to spostrzegłam... ale siadajmy i jedźmy...

—

Ruszyli. Baron, jak zwykle, szeptał z narzeczoną, Starski w gwałtowny sposób umizgał się do pani Wąsowskiej, która ku zdumieniu Wokulskiego przyjmowała to dość życzliwie, a Ochocki powoził czwórką. Tym razem jednak jego furmański entuzjazm hamowało sąsiedztwo panny Izabeli, do której odwracał się co chwilę.

"Wesoły ptaszek z tego Ochockiego! - myślał Wokulski. -Do mnie mówi, że argumentacja panny Izabeli wylewa mu się uszami, a teraz z nią tylko rozmawia... Oczywiście, chciał mnie do niej zrazić..."

I wpadł w bardzo posępny humor, był już bowiem pewny, że Ochocki kocha się w pannie Izabeli i że z takim współkonkurentem prawie nie ma walki.

"Młody, piękny, zdolny... - mówił w sobie. - Nie miałaby chyba oczu albo rozumu, gdyby wybierając między nim i mną nie oddała jemu pierwszeństwa... Lecz nawet i w tym razie musiałbym przyznać, że ma szlachetną naturę, jeżeli gustuje w Ochockim, nie w Starskim. Biedny baron, a jeszcze biedniejsza jego narzeczona, która tak widocznie durzy się w Starskim. Trzeba mieć bardzo pustą głowę i serce..."

Przyglądał się jesiennemu słońcu, szarym ścierniskom i pługom z wolna orzącym ugory i pełen głębokiego smutku w duszy, wyobrażał sobie chwilę, w której już zupełnie straci nadzieję i ustąpi miejsca przy pannie Izabeli Ochockiemu.

"Cóż robić?... Cóż robić, jeżeli go wybrała... Moje nieszczęście, żem ją poznał..."

Wjechali na wzgórze, gdzie roztoczył się przed nimi rozległy horyzont, obejmujący kilka wiosek, lasy, rzekę i miasteczko z kościołem. Brek chwiał się w obie strony.

- Pyszny widok! - zawołała pani Wąsowska.
- Jak z balonu, którym kieruje pan Ochocki - dodał Starski trzymając się poręczy.
- Pan jeździł balonem? - zapytała panna Felicja.
- Balonem pana Ochockiego?.:.
- Nie, prawdziwym...
- Niestety! nie jeździłem żadnym - westchnął Starski - ale w tej chwili wyobrażam sobie, że jadę bardzo lichym.
- Pan Wokulski pewnie jeździł - rzekła tonem głębokiego przekonania panna Felicja.
- Ależ, Felu, o co ty niedługo zaczniesz posądzać pana Wokulskiego! - zgromiła ją pani Wąsowska.
- Istotnie jeździłem... - odparł zdziwiony Wokulski.
- Jeździł pan?... ach, jak to dobrze! - zawołała panna Felicja . - Niech nam pan opowie...
- Jeździł pan?... - odezwał się z kozła Ochocki. - Hola!... Niech pan zaczeka z opowiadaniem, zaraz tam przyjdę. Rzucił lejce furmanowi, choć zjeżdżali z góry, zeskoczył z kozła i po chwili siadł w breku naprzeciw Wokulskiego.
- Jeździł pan?.. - powtórzył. - Gdzie?... Kiedy?...
- W Paryżu, ale tym uwięzionym balonem. Pół wiorsty w górę, prawie żadna

podróż - odparł nieco zmieszany Wokulski.

- Niech pan mówi... To musi być olbrzymi widok?... Jakich uczuć doznawał pan?.. - mówił Ochocki. Był dziwnie zmieniony: oczy rozszerzyły mu się, na twarz wystąpił rumieniec. Patrząc na niego trudno było wątpić, że w tej chwili zapomniał o pannie Izabeli.

- To musi być szalona przyjemność... Mów pan... - pytał natarczywie, schwyciwszy Wokulskiego za kolano.

- Widok jest istotnie wspaniały - odpowiedział Wokulski - ponieważ horyzont ma kilkadziesiąt wiorst w promieniu, a cały Paryż i jego okolice wyglądają jak na wypukłej mapie. Ale podróż nie jest miła; może tylko pierwszy raz...

- Jakież wrażenie?..

- Dziwaczne. Człowiek myśli, że sam pojedzie w górę; nagle widzi, że nie on jedzie, ale ziemia szybko zapada mu się pod nogami. Jest to zawód tak niespodziany i przykry, że... chciałoby się wyskoczyć...

- Cóż więcej?... - nalegał Ochocki.

- Drugim dziwowiskiem jest horyzont, który ciągle widać na wysokości wzroku. Skutkiem tego ziemia wydaje się wklęsłą jak ogromny, głęboki talerz.

- A ludzie?... domy?... - Domy wyglądają jak pudełka, tramwaje jak duże muchy, a ludzie jak czarne krople, które szybko biegną w różnych kierunkach, ciągnąc za sobą długie cienie. W ogóle jest to podróż przeładowana niespodziankami. Ochocki zamyślił się i patrzył przed siebie nic wiadomo na co... Parę razy zdawało się, że chce wyskoczyć z breka i że go drażni towarzystwo, w którym też zapanowała cisza.

Dojechali do lasu, za nimi dwie służące w bryczce. Panie wzięły do rąk koszyki.

- A teraz każda dama ze swoim kawalerem w inną stronę! - zakomenderowała pani Wąsowska. - Panie Starski, ostrzegam, że jestem dziś w wyjątkowym humorze, a co znaczy u mnie wyjątkowy humor, wie o tym pan Wokulski - dodała śmiejąc się nerwowo. - Panie Ochocki, Belu, proszę do lasu, i nie pokazujcie się, dopóki... nie zbierzecie całego kosza rydzów... Felu!...

- Ja pójdę z Michalinką i z Joasią! - szybko odpowiedziała panna Felicja patrząc na Wokulskiego w taki sposób, jakby to on był owym wrogiem, przeciw któremu należało uzbroić się we dwie służące.

- No, idźmyż, kuzynie - rzekła do Ochockiego panna Izabela widząc, że towarzystwo weszło już w las. - Ale weź mój koszyk i sam zbieraj rydze, bo mnie to, przyznam się, nie bawi.

Ochocki wziął koszyk i rzucił go na bryczkę.

- Co mi tam wasze rydze! - odparł zachmurzony. - Straciłem dwa miesiące na rybach, grzybach, bawieniu dam i tym podobnych głupstwach... Inni przez ten czas jeździli balonem... Wybierałem się do Paryża, ale prezesowa tak nalegała, żebym u niej wypoczął... I pięknie wypocząłem... Zgłupiałem do reszty... Już nawet nie umiem myśleć porządnie... straciłem zdolności... Eh! dajcie mi święty spokój z rydzami... Jestem taki zły!...

Machnął ręką, potem obie włożył do kieszeni i poszedł w las ze spuszczoną głową mrucząc po drodze.

- Miły towarzysz! - odezwała się z uśmiechem panna Izabela do Wokulskiego. - Już będzie z nim tak do końca wakacyj... Byłam pewna, że zepsuje mu się humor, jak tylko Starski wspomniał o balonach...

"Błogosławione te balony! - pomyślał Wokulski. - Taki współzawodnik przy pannie Izabeli nie jest niebezpieczny..." I w tej chwili uczuł, że kocha Ochockiego.

- Jestem pewny - rzekł do panny Izabeli - że kuzyn pani zrobi wielki wynalazek. Kto wie, czy nie stanie się on epoką w dziejach ludzkości... - dodał myśląc o projektach Geista.

- Tak pan sądzi? - odpowiedziała dosyć obojętnie panna Izabela. - Może być... Tymczasem kuzynek jest chwilami impertynent, z czym mu niekiedy bywa do twarzy, ale chwilami jest nudny, co nie przystoi nawet wynalazcom. Kiedy na niego patrzę, przychodzi mi na myśl historyjka o Newtonie. Był to podobno bardzo wielki człowiek, czy tak, panie?... Ale i cóż, kiedy jednego dnia siedząc przy jakiejś panience wziął ją za rękę i... czy pan uwierzy?... zaczął czyścić swoją fajkę jej małym palcem!... No, jeżeli do tego prowadzi geniusz, dziękuję za genialnego męża!... Przejdźmy się trochę po lesie, dobrze, panie?

Każdy wyraz panny Izabeli padał Wokulskiemu na serce jak kropla słodyczy. "Więc ona lubi Ochockiego (bo któż by go nie lubił?), ale za niego nie wyjdzie!..."

Szli wąską drogą, która stanowiła granicę dwu lasów: na prawo rosły dęby i buki, na lewo sosny. Między sosnami od czasu do czasu błysnął czerwony stanik pani Wąsowskiej albo biała okrywka panny Eweliny. W jednym miejscu rozwidlała się droga i Wokulski chciał skręcić, ale panna Izabela zatrzymała go.

- Nie, nie - rzekła - tam nie idźmy, bo stracimy z oczu całe towarzystwo, a dla mnie las tylko wtedy jest piękny, kiedy w nim widzę ludzi. W tej chwili na przykład rozumiem go... Niech no pan spojrzy...prawda, jak ta część jest podobna do ogromnego kościoła?... Te szeregi sosen to kolumny, tam boczna nawa, a tu wielki ołtarz... Widzi pan, widzi pan... Teraz między konarami pokazało się słońce jak w gotyckim oknie... Co za nadzwyczajna rozmaitość widoków! Tu ma pan buduar damski, a te niskie krzaczki to taburety. Nie brak nawet lustra, które zostało po onegdajszym deszczu... A to ulica, prawda?... Trochę krzywa, ale ulica... A tam znowu rynek czy plac... Czy pan widzi to wszystko?...

- Widzę, o ile mi pani pokazuje - odpowiedział Wokulski z uśmiechem. - Trzeba jednak mieć bardzo poetycką fantazję, ażeby spostrzec te podobieństwa.

- Doprawdy?... A ja zawsze myślałam, że jestem uosobioną prozą.

- Może być, że jeszcze nie miała pani sposobności odkryć wszystkich swoich zalet - odparł Wokulski, niekontent, że zbliża się do nich panna Felicja.

- Jak to, nie zbieracie państwo rydzów? - dziwiła się panna Felicja. - Cudowne rydze; jest ich takie mnóstwo, że nam nie wystarczy koszyków i będziemy chyba musiały sypać je do bryczki. Dać ci, Belu, koszyk?...

- Dziękuję ci!

- A panu?...

- Nie wiem, czy potrafiłbym odróżnić rydza od muchomora odpowiedział Wokulski.

- Ślicznie! - zawołała panna Fela. - Nie spodziewałam się od pana takiej odpowiedzi... Powiem to babci i poproszę, ażeby żadnemu z panów nie pozwoliła jeść rydzów, a przynajmniej nie te, które ja zbieram.

Kiwnęła głową i odeszła.

- Obraził pan Felcię - rzekła panna Izabela. - To nie godzi się...ona jest panu tak życzliwa.

- Panna Felicja ma przyjemność w zbieraniu rydzów, ja wolę słuchać wykładu pani o lesie.

- Bardzo mi to pochlebia - odpowiedziała, lekko rumieniąc się, panna Izabela - ale jestem pewna, że prędko znudzi pana mój wykład. Bo dla mnie nie zawsze las jest piękny, czasem bywa okropny. Gdybym tu była sama, z pewnością nie widziałabym ulic, kościołów i buduarów. Kiedy jestem sama, las mnie przeraża. Przestaje być dekoracją, a zaczyna być czymś, czego nie rozumiem i czego się boję. Głosy ptaków są jakieś dzikie, czasem podobne do nagłego krzyku boleści, a czasem do śmiechu ze mnie, że weszłam między potwory... Wtedy każde drzewo wydaje mi się istotą żywą, która chce mnie owinąć gałęźmi i udusić; każde ziele w zdradziecki sposób oplątuje mi nogi, ażeby mnie już stąd nie wypuścić... A wszystkiemu temu winien kuzynek Ochocki, który tłomaczył mi, że natura nie jest stworzona dla człowieka..: Według jego teorii wszystko żyje i wszystko żyje dla siebie...

- Ma rację - szepnął Wokulski.

- Jak to, więc i pan w to wierzy? Więc według pana ten las nie jest przeznaczony na pożytek ludziom, ale ma jakieś swoje własne interesa, nie gorsze od naszych...

- Widziałem ogromne lasy, w których człowiek ukazywał się raz na kilka lat, a jednak rosły bujniej aniżeli nasze...

- Ach, niech pan tak nie mówi!... To jest poniżanie wartości ludzkiej, nawet niezgodne z Pismem świętym. Bóg oddał przecie ludziom ziemię na mieszkanie, a rośliny i zwierzęta na pożytek...

- Krótko mówiąc, według pani natura powinna służyć ludziom, a ludzie klasom uprzywilejowanym i utytułowanym?... Nie, pani. I natura, i ludzie żyją dla siebie, i tylko ci mają prawo władać nimi, którzy posiadają więcej sił i więcej pracują. Siła i praca są jedynymi przywilejami na tym świecie. Niejednokrotnie też tysiącletnie, ale bezwładne drzewa upadają pod ciosami kolonistów-dorobkiewiczów, a pomimo to w naturze nie zachodzi żaden przewrót. Siła i praca, pani, nie tytuł i nie urodzenie...

Panna Izabela była rozdrażniona.

- Tu może mi pan mówić - rzekła - co pan chce, tu uwierzę we wszystko, bo dokoła widzę tylko pańskich sprzymierzeńców.

- Czy oni nigdy nie staną się sprzymierzeńcami pani?!

- Nie wiem... może... Tak często teraz słyszę o nich, że kiedyś mogę uwierzyć w ich potęgę.

Weszli na polankę zamkniętą wzgórzami, na których rosły pochylone sosny. Panna Izabela usiadła na pniu ściętego drzewa, a Wokulski niedaleko niej na ziemi. W tej chwili na brzegu polanki ukazała się pani Wąsowska ze Starskim.

- Czy nie chcesz, Belu - wołała - wziąć sobie tego kawalera?

- Protestuję! - odezwał się Starski. - Panna Izabela jest całkiem zadowolona ze swego towarzysza, a ja z mojej towarzyszki...

- Czy tak, Belu?

- Tak, tak! - zawołał Starski.

- Niech będzie tak... - powtórzyła panna Izabela bawiąc się parasolką i patrząc w ziemię.

Pani Wąsowska i Starski znikli na wzgórzu, panna Izabela coraz niecierpliwiej bawiła się parasolką. Wokulskiemu pulsa biły w skroniach jak dzwony.

Ponieważ milczenie trwało zbyt długo, więc odezwała się panna Izabela:

- Prawie rok temu byliśmy w tym miejscu na wrześniowej majówce... Było ze trzydzieści osób z sąsiedztwa... O, tam palono ogień...

- Bawiła się pani lepiej niż dziś?

- Nie. Siedziałam na tym samym pniu i byłam jakaś smutna...Czegoś mi brakło... I co mi się bardzo rzadko zdarza, myślałam: co też będzie za rok?...

- Dziwna rzecz!... - szepnął Wokulski. - Ja także mniej więcej rok temu mieszkałem z obozem w lesie, ale w Bułgarii... Myślałem: czy za rok żyć będę i...

- I o czym jeszcze?

- O pani. Panna Izabela niespokojnie poruszyła się i pobladła.

- O mnie?.. - spytała. - Albóż pan mnie znał?..

- Tak. znam panią już parę lat, ale niekiedy zdaje mi się, że znam panią od wieków... Czas ogromnie wydłuża się, kiedy o kimś myślimy ciągle, na jawie i we śnie...

Podniosła się z pnia, jakby chcąc uciekać: Wokulski także powstał.

- Niech pani przebaczy, jeżeli mimowolnie zrobiłem jej przykrość. Może, według pani, tacy jak ja nie mają prawa myśleć o pani?... W waszym świecie nawet ten zakaz jest możliwy. Ale ja należę do innego...W moim świecie paproć i mech tak dobrze mają prawo patrzeć na słońce jak sosny albo... grzyby. Dlatego niech mi pani wręcz powie: czy wolno mi, czy nie wolno myśleć o pani? Na dziś nie żądam nic innego.

- Ja pana prawie nie znam - szepnęła, widocznie zakłopotana, panna Izabela.

- Ja też dziś nic nie żądam. Pytam się tylko, czy nie uważa pani za obrazę dla siebie tego, że ja myślę o pani, nic - tylko myślę. Znam opinię klasy, wśród której wychowała się pani, o takich ludziach jak ja i wiem, że to, co mówię w tej chwili, nazwać można zuchwalstwem. Niech mi więc pani powie wprost, a jeżeli aż taka istnieje między nami różnica, nie będę się już dłużej starał o względy pani... Wyjadę dziś lub jutro bez cienia pretensji, owszem, zupełnie wyleczony.

- Każdy człowiek ma prawo myśleć... - odparła panna Izabela, coraz mocniej zmieszana.

- Dziękuję pani. Tym słówkiem dała mi pani poznać, że w jej przekonaniu nie stoję niżej od panów Starskich, marszałków i im podobnych... Rozumiem, że nawet w tych warunkach mogę jeszcze nie zyskać sympatii pani... Do tego bardzo daleko... Ale wiem przynajmniej, że już mam ludzkie prawa i że pani będzie od tej pory sądzić moje czyny, nie tytuły, których nie posiadam.

- Jest pan przecie szlachcicem, a mówi prezesowa, że tak dobrym, jak Starscy, a nawet Zasławscy...

- Owszem, jeżeli pani życzy sobie, jestem szlachcicem, nawet lepszym od niejednego z tych, jakich spotykałem w salonach. Na moje nieszczęście, wobec pani, jestem także i kupcem.

- No, kupcem można być i można nic być, to zależy od pana...odparła już śmielej panna Izabela.

Wokulski zamyślił się.

W tej chwili w lesie poczęto hukać i zwoływać się, a w parę minut później całe towarzystwo ze sługami, koszami i rydzami znalazło się na polance.

- Wracajmy do domu - rzekła pani Wąsowska - bo mnie te rydze znudziły i czas na obiad.

Kilka dni następnych upłynęły Wokulskiemu w sposób dziwny; gdyby go zapytano: czym były dla niego? zapewne odpowiedziałby, że snem szczęścia, jedną z tych epok w życiu, dla których, może być, natura powołała na świat człowieka.

Obojętny widz może nazwałby takie dnie jednostajnymi, a nawet nudnymi. Ochocki sposępniał i od rana do wieczora albo kleił, albo puszczał oryginalnej formy latawce: Pani Wąsowska z panną Felicją czytały albo zajmowały się szyciem ornatu dla miejscowego proboszcza. Starski z prezesową i baronem grali w karty.

I tym sposobem Wokulski i panna Izabela nie tylko byli zupełnie osamotnieni, ale jeszcze musieli być ciągle razem.

Chodzili po parku, czasem w pole, siedzieli pod wiekową lipą na podwórzu, ale najczęściej pływali po stawie. On wiosłował, ona od czasu do czasu rzucała okruchy ciastek łabędziom, które cicho sunęły za nimi. Niejeden podróżny zatrzymywał się na gościńcu za stawem i zdziwiony przypatrywał się niezwykłej grupie, którą tworzyły: biała łódka z siedzącą w niej parą i dwa białe łabędzie ze skrzydłami podniesionymi jak żagle.

Później Wokulski nie umiał nawet przypomnieć sobie, o czym mówili w podobnych chwilach. Najczęściej milczeli. Raz zapytała go: dlaczego ślimaki pływają pod powierzchnią wody? drugi raz - dlaczego obłoki mają tak rozmaitą barwę? Tłomaczył jej i wówczas zdawało mu się, że całą naturę od ziemi do nieba ogarnia w jednym uścisku i składa jej pod nogi.

Pewnego dnia przyszło mu na myśl, że gdyby kazała mu rzucić się w wodę i umrzeć, umarłby błogosławiąc ją.

Podczas tych wodnych przejażdżek, a także podczas spacerów w parku i zawsze, - gdy byli razem, czuł jakiś niezmierny spokój, jakby cała dusza jego i cała ziemia od wschodnich do zachodnich kresów napełniona była ciszą, wśród której nawet turkot wozu, szczekanie psa albo szelest gałęzi wypowiadały się w cudownie pięknych melodiach. Zdawało mu się, że już nie chodzi, lecz pływa w oceanie mistycznego odurzenia, że już nie myśli, nie czuje, nie pragnie, tylko kocha. Godziny umykały gdzieś jak błyskawiceé zapalające się i gasnące na dalekim nieboskłonie. Dopiero był -ranek - już południe - już wieczór i - noc pełna przebudzeń i westchnień. Niekiedy myślał, że dobę podzielono na dwa nierówne okresy czasu: dzień krótszy od mgnienia powiek i noc długą jak wieczność dusz potępionych.

Pewnego dnia wezwała go do siebie prezesowa.

- Siadajże, panie Stanisławie - rzekła - cóż, dobrze się u mnie bawisz? Drgnął jak człowiek przebudzony.

- Ja?... - spytał.

- Nudziłżebyś się?

- Za rok takich nudów oddałbym życie.

Staruszka potrząsnęła głową.

- Tak czasem się zdaje - odpowiedziała. - Nie wiem, kto tam napisał, że
człowiek jest wtedy najszczęśliwszy, kiedy dokoła siebie widzi to, co nosi w
sobie samym... Ale ja mówię, że mniejsza, dlaczego jest szczęśliwy, byle nim
był... Wybaczysz mi, jeżeli cię obudzę?...

- Słucham panią - odparł, mimo woli blednąc. Prezesowa wciąż przypatrywała
mu się i z lekka chwiała głową.

- No, przecie nie myśl, że obudzę cię złymi wiadomościami. Zbudzę cię w
zwykły sposób. Myślałżeś co o tej cukrowni, którą mi tu radzą budować?...

- Jeszcze nie...

- Nic pilnego. Ale o stryju zupełnie już zapomniałeś. A on, biedak, leży
niedaleko stąd, o trzy mile, w Zasławiu... Może byście tam jutro pojechali.
Okolica ładna, są ruiny zamku... Moglibyście bardzo przyjemnie czas
przepędzić i zrobić coś z tym kamieniem nagrobnym.

Wiesz co - dodała staruszka wzdychając - namyśliłam się... Nie trzeba rozbijać
kamienia pod zamkiem. Zostaw go tam i tylko każ wyryć na nim te wiersze:
"Na każdym miejscu i o każdej dobie..." Znasz to?..

- O tak, znam...

- Pod zamkiem więcej bywa ludzi niż na cmentarzu, prędzej przeczytają i może
zamyślą się nad ostatecznym kresem wszystkiego na tym świecie, nawet
miłości...

Wokulski wyszedł od prezesowej silnie rozstrojony. "Co znaczy jej rozmowa?..."
- pomyślał. Na szczęście, spotkał pannę Izabelę idąca w stronę stawu i
zapomniał o wszystkim.

Na drugi dzień istotnie całe towarzystwo pojechało do Zasławia. Mijali lasy,
zielone pagórki, wąwozy z żółtymi ścianami. Okolica była piękna, jeszcze
piękniejsza pogoda, ale Wokulski nie uważał na nic, zatopiony w smutnych
myślach... Już nie był sam z panną Izabelą, jak wczoraj jeszcze; nawet nie
siedział w breku blisko niej, tylko naprzeciw panny Felicji, a nade wszystko...
Ale to już mu się tylko zdawało i nawet śmiał się w duszy ze swych
przywidzeń. Zdawało mu się, że Starski w jakiś dziwny sposób spojrzał na
pannę Izabelę i że ją oblał rumieniec.

"Ach, głupstwo - mówił do siebie - po cóż miałaby mnie oszukiwać!... Ona mnie,
który przecie nie jestem nawet jej narzeczonym."

Otrząsnął się ze swych przywidzeń i tylko było mu trochę przykro, że Starski
siedzi obok panny Izabeli. Ale tylko trochę...

"No, przecież nie zabronię jej - myślał - siadać, przy kim zechce. I nie zniżę się
do zazdrości, która bądź jak bądź jest podłym uczuciem, a najczęściej gruntuje
się na pozorach... Zresztą, gdyby chcieli wymieniać ze Starskim tkliwe
spojrzenia, nie robiliby tego tak jawnie. Szaleniec jestem..."

W parę godzin znaleźli się na miejscu.

Zasław, niegdyś miasteczko, dziś licha osada, stoi w nizinie otoczonej mokrymi łąkami. Oprócz kościoła i dawnego ratusza wszystkie budowle, są parterowe, drewniane i stare. Na środku cynku, a raczej placu pełnego ostów i jam, wznosi się piętrowa kupa śmieci i studnia pod dziurawym dachem opartym na czterech zgniłych słupach.

Z powodu szabasu rynek był pusty, a wszystkie kramiki zamknięte. Dopiero o wiorstę za miastem, w południowej stronie, leżała grupa wzgórz. Na jednym stały ruiny zamku, składające się z dwu wież sześciokątnych, gdzie ze szczytów i okien zwieszały się bujne zielska; na drugim rosła kępa starych dębów.

Gdy podróżni zatrzymali się w rynku, Wokulski wysiadł, ażeby zobaczyć się z proboszczem, Starski zaś objął komendę.

- Więc my - rzekł - jeździmy brekiem do tych dębów i tam zjemy, co Bóg dał, a kucharze przygotowali. Następnie brek wróci się tu po pana Wokulskiego...

- Dziękuję - odparł Wokulski. - Nie wiem, jak długo zabawię, i wolę iść piechotą. Zresztą muszę jeszcze wstąpić do ruin...

- I ja z panem - odezwała się panna Izabela. - Chcę zobaczyć ulubiony kamień prezesowej... - dodała półgłosem. - Proszę mi dać znać, jak pan tam będzie.

Brek odjechał, Wokulski wstąpił na plebanię i w ciągu kwadransa skończył interes. Proboszcz oświadczył mu, że nikt w mieście nie będzie miał pretensji, jeżeli na kamieniu zamkowym znajdzie się jaki napis, byle nie nieprzyzwoity i nie bezbożny... Dowiedziawszy się zaś, że chodzi pamiątkę po nieboszczyku kapitanie Wokulskim, którego znał osobiście, proboszcz obiecał zająć się ułatwieniem tej sprawy.

- Jest tu - rzekł - niejaki Węgiełek, sprytny hultaj, trochę kowal, trochę stolarz, więc może on potrafi wyrzeźbić na kamieniu, co potrzeba. Zaraz ja po niego poślę. W ciągu następnego kwadransa zjawił się i Węgiełek, chłopak dwudziestokilkoletni, z fizjonomią wesołą i inteligentną. Dowiedziawszy się od księżego sługi, że można coś zarobić, ubrał się w szaraczkowy surdut z krótkim stanem i połami do ziemi i obficie wytarł sobie włosy słoniną.

Ponieważ Wokulskiemu było pilno, więc pożegnał proboszcza i poszedł z Węgiełkiem w stronę ruin.

Gdy znaleźli się za nieczynną dziś rogatką osady, Wokulski zapytał chłopaka: - Dobrze umiesz pisać, mój bracie?

- Oj, oj!... Przecie mi nieraz ze sądu dawali do przepisywania, choć nie mam lekkiej ręki. A te wiersze, co pan ekonom z Otrocza pisywał do leśniczanki, to wszystko moja robota. On tyle, że kupował papier i jeszcze mi do tej pory nie dopłacił czterdzieści groszy za pisanie. A o zakręty to tak się dopominał...

- I na kamieniu potrafisz pisać?

- Niby wklęsło, nie wypukło?... Co nie mam potrafić. Podjąłbym się pisania nawet na żelazie, a choćby na szkle i literami, jakimi chcąc: pisanymi, drukowanymi; niemieckimi, żydowskimi... Przecie ja tu, nie chwaląc się, wszystkie szyldy malowałem w mieście.

- I tego krakowiaka, co wisi nad szynkiem?

- A jużci.

-A gdzieżeś ty widział takiego krakowiaka?

- U pana Zwolskiego jest furman, co się nosi z krakowska, więcem se jego obejrzał.

- I widziałeś, że ma obie nogi na lewym boku?

- Proszę łaski pana, ludzie z prowincji nie patrzą na nogi, ino na butelkę. Jak dojrzy butelkę i kieliszek, to już nie chybi, ale trafi prosto do Szmula.

Wokulskiemu coraz więcej podobał się rezolutny chłopak.

- Nic ożeniłeś się jeszcze? - zapytał go.

- Nie. z taką, co chodzi w chustce, to ja się nie ożenię, a kapeluszowa mnie by nie chciała.

- I cóż tu robisz, kiedy nie ma szyldów do malowania?

- O tak, panie: trochę to, trochę owo, a razem nic. Dawniej robiłem stolarszczyznę i nie mogłem nadążyć. Za jakie parę lat odłożyłbym z tysiąc rubli. Ale spaliłem się tamtego roku i już nie mogę przyjść do siebie. Drzewo, warsztaty, wszystko poszło na węgiel, a mówię łasce pana, był taki ogień, że najtwardsze pilniki stopiły się jak smoła. Kiedym spojrzał na pogorzel, tom ino plunął ze złości, ale dziś nawet mi szkoda tej śliny...

- Odbudowałeś się? Masz warsztat?

- Ehe! panie... Odbudowałem w ogrodzie chałupę jak barak, żeby matka miała gdzie gotować, ale warsztaty... Toż by na to, panie, trzeba pięćset rubli gotowego grosza, słowo honoru daję, jak mi Bóg miły...Ileż to przecie lat ojciec nieboszczyk harował, nim postawił dom i zebrał naczynie.

Zbliżali się do ruin. Wokulski rozmyślał.

- Słuchaj, Węgiełek - rzekł nagle - podobasz mi się. Będę w tej okolicy - dodał, cicho wzdychając - będę jeszcze z tydzień... A jeżeli wyrzeźbisz mi dobrze napis, wezmę cię do Warszawy na jakiś czas...Tam przekonam się, co jesteś wart, i... może odnajdą się twoje warsztaty.

Chłopak pochylał głowę na prawo i na lewo, przypatrując się Wokulskiemu. Nagle przyszło mu na myśl, że musi to być bardzo bogaty pan, a może nawet z takich panów, których niekiedy Bóg zsyła, ażeby opiekowali się ludźmi biednymi, i - zdjął czapkę.

- Cóżeś stanął? Nakryj głowę... - rzekł Wokulski.

- Przepraszam pana... może ja co złego powiedziałem?... Ale u nas, panie, to tacy panowie nie bywają... Podobno bywali dawnymi czasy...Nawet ojciec nieboszczyk gadał, że sam widział takiego pana, co wziął z Zasławia sierotę i zrobił z niej wielką panią, a jegomości zostawił tyle pieniędzy, że z nich wybudowali nową dzwonnicę...

Wokulski uśmiechał się patrząc na zakłopotaną minę chłopaka i z dziwnym uczuciem myślał, że za swój jednoroczny dochód mógłby uszczęśliwić stu kiłkudziesięciu takich jak ten oto...

"Pieniądz naprawdę jest wielką potęgą, tylko trzeba go umieć użyć..." Byli już pod górą zamkową, kiedy z sąsiedniej odezwał się głos panny Felicji:

- Panie Wokulski, my tu jesteśmy!...

Wokulski podniósł oczy i zobaczył między dębami wesoły ogień, dokoła którego siedziało zasławskie towarzystwo. O kilkanaście kroków z boku chłopak kredensowy i pokojówka nastawiali samowar.

- Niech pan zaczeka, idę do pana! - zawołała panna Izabela podnosząc się z dywanu.

Starski podskoczył do niej.

- Sprowadzę kuzynkę - rzekł.

- O, dziękuję, sama zejdę -odpowiedziała panna Izabela cofając się. Potem zaczęła iść ze stromej ściany z taką swobodą i wdziękiem, jakby to była ulica w parku.

"Podły jestem z moimi posądzeniami" - szepnął Wokulski. W tej chwili przywidziało mu się, że jakiś tajemniczy głos każe mu robić wybór między tysiącami takich jak Węgiełek, którzy potrzebują pomocy, i jedną kobietą, która schodziła tam z góry.

"Już zrobiłem wybór!..." - pomyślał Wokulski.

- Ale do zamku nie wejdę sama, musi mi pan podać rękę - rzekła panna Izabela stanąwszy przy Wokulskim.

- Może państwo pozwolą lżejszą drogą - odezwał się Węgiełek.

- Prowadź!

Okrążyli górę i poczęli wspinać się na jej szczyt łożyskiem wyschłego potoku.

- Jaki dziwny kolor tych kamieni - odezwała się panna Izabela patrząc na kawały wapienia poplamionego brunatnymi piętnami.

- Ruda żelazna - odparł Wokulski.

- O nie - wtrącił Węgiełek - to nie ruda, to krew...

Panna Izabela cofnęła się.

- Krew?... - powtórzyła.

Stanęli na szczycie wzgórza, zasłonięci od reszty towarzystwa walącym się murem. Z tego miejsca widać było dziedziniec zamkowy zarośnięty cierniem i berberysem. Pod jedną z wież stał oparty o jej ścianę olbrzymi granit.

- Oto jest kamień - rzekł Wokulski.

- Ach, ten.., Ciekawam, jak go tu wnieśli?... Mój człowieku, co mówiliście o krwi? - spytała panna Izabela Węgiełka.

- To dawna historia - odparł Węgiełek - jeszcze mi ją dziaduś opowiadał... Wreszcie tu wszyscy o niej wiedzą.

- Opowiedzcie ją - nalegała panna Izabela. - Między ruinami bardzo lubię słuchać legend. Nad Renem pełno tego...

Weszła na dziedziniec, ostrożnie wymijając cierniste krzaki, i usiadła na kamieniu.

- Opowiedzcie historię o tej krwi...

Węgiełek wcale nie zmieszał się tą propozycją; owszem, uśmiechnął się i zaczął:

- W dawnych czasach, kiedy jeszcze mój dziaduś łapał ptaki między dębami, po tych kamieniach, cośmy nimi szli, płynęła woda. Teraz ona pokazuje się tylko na wiosnę albo po wielkim deszczu, ale za małości dziadusia szła przez cały rok. I był strumień w tym miejscu.

Na dnie potoku, jeszcze za małości dziadusia, leżał jeden spory kamień, jakby nim kto dziurę zatykał. W rzeczy samej była tam dziura, właśnie nawet okno do podziemiów, gdzie są zachowane wielkie skarby, jakich by na całym świecie nie znalazł. A między tymi majątkami, na szczerozłotym łóżku, śpi panna, może nawet jaka hrabini, bardzo śliczności i bogato odziana. Mówią, że za to samo, co ona ma we włosach, kupiłby wszystkie dobra od Zasławia do Otrocza.

Ta zaś panna śpi przez taki interes, że jej ktoś wbił złotą szpilkę w głowę, może ze zbytków, a może i z nienawiści; Bóg ich tam wie. Tak śpi i nie ocknie się, dopóki jej kto szpilki z głowy nie wyciągnie i potem się z nią nie ożeni. Ale to rzecz ciężka i nawet niebezpieczna, bo tam w podziemiach pilnują skarbów i samej panny różne straszydła. A jakie one są, to wiem dobrze, bo póki mi się dom nie spalił, chowałem taki jeden ząb jak pięść, który ząb dziaduś znalazł w tym miejscu (sprawiedliwie mówię i nic nie kłamię). A jeżeli jeden ząb był jak pięść (widziałem go przecie i miałem w rękach przez długie czasy), to już łeb musiał być jak piec, a cała osoba chyba jak stodoła... Więc borykać się z takim było trudno i jeszcze nie z jednym, ale z wieloma. Dlatego najśmielszy człowiek, choćby mu się i jak spodobała panna, a jeszcze lepiej jej majętności, wejść do podziemiów nie miał odwagi, ażeby go co nie ujadło...

O tej pannie i o tych majątkach - prawił dalej Węgiełek - wiedzieli ludzie od dawna; takim sposobem, że dwa razy do roku, na Wielkanoc i na święty Jan, usuwał się kamień, co leżał na dnie potoku i jeżeli kto stał wtedy nad wodą, mógł zajrzeć do otchłani i widzieć tamtejsze dziwy.

Jednej Wielkanocy (dziadusia jeszcze wtedy nie było na świecie)przyszedł tu do zamku młody kowal z Zasławia. Stanął nad potokiem i myśli: "Nie mogłyby się to mnie pokazać skarby?... Zaraz bym wlazł do nich, choćby przez najciaśniejszą dziurę, naładowałbym kieszenie i już nie potrzebowałbym dymać miechem." Ledwie tak pomyślał, aż naraz - usuwa się kamień, a mój ci kowal widzi wory pieniędzy, misy ze szczerego złota i tyle drogiej odzieży jak na jarmarku...

Ale najpierwej wpadła mu przed oczy śpiąca panna, taka, mówił dziaduś, śliczna, że kowal stanął słupem. Spała se i tylko jej łzy płynęły, a co która upadła, czy na jej koszulę, czy na łóżko, czy na podłogę, zaraz zamieniała się w klejnot. Spała i wzdychała z bólu od szpilki; a co westchnęła, to na drzewach nad potokiem zaszelepały liście z żalu nad jej strapieniem.

Już kowal chciał wejść do podziemiów; ale że czas przeszedł, więc znowu kamień zamknął się, aż zabulgotało w potoku. Od tego dnia mój kowal nie mógł sobie miejsca znaleźć na świecie. Robota leciała mu z ręki. Gdzie nie spojrzał, widział ino potok jak szybę, a za nią pannę, której łzy płynęły. Aż pomizerniał, bo go coś ciągle trzymało za serce rozpalonymi obcęgami. Zwyczajnie zamroczyło go. Kiedy już całkiem nie mógł wytrzymać z tęskności, poszedł do jednej baby, co znała się na ziołach, dał jej srebrnego rubla i spytał o radę.

- Ano - mówi baba - nie ma tu inszej rady, tylo musisz doczekać świętego Jana i kiedy się kamień odłoży, musisz leźć w otchłań. Byleś pannie wyjął szpilkę z głowy, obudzi się, ożenisz się z nią i będziesz wielki pan, jakiego świat nie widział. Tylko wtedy o mnie nie zapomnij, że ci dobrze poradziłam. I to se spamiętaj: kiedy cię strachy otoczą, a zaczniesz się bać, zaraz przeżegnaj się i umykaj w imię boskie... Cała sztuka w tym, żebyś się nie zlkął; złe nie ima się niebojącego człowieka.

- A powiedzcież mi - mówi kowal - jak poznać, że człowieka strach zdejmuje?...

- Takiś ty?.. - mówiła baba. - No, to już idź do otchłani, a jak wrócisz, o mnie pamiętaj.

Dwa miesiące chodził kowal do potoku, a na tydzień przed świętym Janem wcale się stąd nie ruszył, tylko czekał. I doczekał. W samo południe kamień odsunął się, a mój kowal z siekierą w garści skoczył w jamę.

Co się tam - mówił dziaduś - koło niego nie działo, włosy na głowie stają. Otoczyły go przecie takie poczwary, że inny umarłby od samego ich wejrzenia. Były - mówił dziaduś - niedopyrze wielkie jak psy, ale ino wachlowały nad nim skrzydliskami. To zastąpiła mu drogę ropucha, duża jak ot ten kamień, to wąż zaplątał mu się między nogi, a kiedy kowal ciapnął go, wąż zaczął płakać ludzkim głosem. Były wilki takie na niego zajadłe, że co im piana padła z pyska, to buchnęła płomieniem, a w opoce wypalała dziury. Wszystkie te potwory siadały mu na plecach, chwytały go za surdut, za rękawy, ale żaden nie śmiał go skrzywdzić. Bo widzieli, że się kowal nie boi, zaś przed nie bojącym się złe umyka jak cień przed człowiekiem. "Zginiesz tu, kowalu!..." - wołały strachy, ale on tylko ściskał siekierę w garści i przepraszam... tak im odpowiadał, że wstyd państwu powtórzyć... Dobrał się nareszcie mój kowal do złotego łóżka, gdzie już nawet poczwary nie miały dostępu, ino stanęły wkoło, kłapiący zębami. On zaraz zobaczył w głowie panny złotą szpilkę, szarpnął i wyciągnął ją do połowy... Aż krew trysnęła... Wtem panna łapie go rękami za surdut i woła z wielkim płaczem:

- Czego mi ból robisz, człowieku!... Wtedy dopiero kowal się zląkł... zatrząsł się i ręce mu opadły. Strachom tego tylko było trzeba. Który miał największy pysk, skoczył na kowala i tak go kłapnął, że krew trysnęła przez okno i poplamiła kamienie, co państwo na własne oczy widzieli. Ale przy tym bestia wyłamał sobie ząb duży jak pięść, co go później mój dziaduś znalazł w potoku. Od tej pory kamień zatkał okno do podziemiów, że go już nikt znaleźć nie może. Potok wysechł, a panna została w otchłani na pół rozbudzona. Płacze teraz już tak głośno, że ją czasem i pastuchy słyszą na łąkach, i będzie płakać wiek wieków. Węgiełek skończył. Panna Izabela spuściła głowę i końcem parasolki rysowała jakieś znaki na gruzach. Wokulski nie śmiał spojrzeć na nią. Po długim milczeniu odezwał się do Węgiełka:

- Ciekawa jest twoja historia... ale powiedz no mi: w jaki sposób zabierzesz się do wycięcia napisu?...

- Kiedy nie wiem, co mam wyciąć?

- Prawda.

Wokulski wydobył noteskę, ołówek i napisawszy podał chłopcu. - Tylko cztery wiersze!... - rzekł Węgiełek. - Za trzy dni, panie, będzie gotowe... Na tym kamieniu można wyciąć bodaj calowe litery... Oj, zapomniałem sznurka, żeby wymierzyć. Zejdę, panie, do furmanów, to może oni mi dadzą... Zaraz wrócę. Węgiełek zbiegł ze wzgórza. Panna Izabela spojrzała na Wokulskiego. Była blada i wzruszona.

- Co to za wiersze?... - spytała wyciągając rękę. Wokulski podał jej kartkę; zaczęła czytać półgłosem:

- "Na każdym miejscu i o każdej dobie, gdziem z tobą płakał, gdziem z tobą się bawił, zawsze i wszędzie będę ja przy tobie, bom wszędzie cząstkę mej duszy zostawił..."

Dokończyła szeptem. Usta jej drżały, oczy zaszły łzami. Przez chwilę mięła

kartkę w palcach, potem z wolna odwróciła głowę i kartka upadła na ziemię...
Wokulski przykląkł, ażeby podnieść papier. Wtem dotknął sukni panny Izabeli
i już nie wiedząc, co robi, schwycił ją za rękę.
- Obudzisz się, ty moja królewno... - rzekł.
- Nie wiem... może... - odpowiedziała.
- Hop!... hop!... - zawołał z dołu Starski. - A chodźcie już, państwo, bo obiad
wystygnie...
Panna Izabela obtarła oczy i prędko opuściła ruinę. Za nią wyszedł Wokulski.
- Cóżeście państwo tak długo robili? - pytał ze śmiechem Starski podając rękę
pannie Izabeli, która przyjęła ją pośpiesznie.
- Słyszeliśmy nadzwyczajną historię!... - odpowiedziała panna Izabela. -
Doprawdy, nigdy nie myślałam, że w tym kraju mogą istnieć podobne legendy i
że mogą je w tak zajmujący sposób opowiadać ludzie prości... Cóż nam dasz na
obiad, kuzynie? Ach, ten chłopak jest niezrównany!... Poproście go, ażeby ją
wam powtórzył...
Wokulskiego nie raziło już to, że panna Izabela idzie ze Starskim pod rękę, że
opiera się na nim, a nawet, że go kokietuje. Wzruszenie, którego był
świadkiem, i jedno nic nie znaczące jej słówko rozproszyło wszystkie jego
obawy. Ogarnęło go spokojne zamyślenie, w którym nie tylko Starski, ale całe
towarzystwo zniknęło mu sprzed oczu.
Pamiętał, że wszedł na górę pod dęby, że coś jadł z wielkim apetytem, że był
wesoły, rozmowny i nawet umizgał się do panny Felicji. Ale o czym mówili?...
co on im sam odpowiadał, nie wiedział...
Zachodziło słońce, a na niebie pokazały się chmury, kiedy Starski kazał służbie
sprzątnąć naczynia, kosze i dywan, a paniom zaproponował powrót.
Siedli do breku w tym samym porządku co pierwej. Otuliwszy Ewelinę szalami
baron pochylił się do Wokulskiego i szepnął z uśmiechem:
- Jeżeli jeszcze jeden dzień będziesz pan w takim humorze jak dzisiaj,
pozawracasz głowy wszystkim paniom.
- Ach, tak!... - odparł Wokulski wzruszając ramionami. Usiadł na końcu breka,
naprzeciw panny Felicji. Ochocki umieścił się przy furmanie i ruszyli.
Niebo chmurzyło się, ciemność zapadała coraz szybciej. Na breku pomimo to
było bardzo wesoło, dzięki kłótni pani Wąsowskiej z Ochockim, który
zapomniał o swych latawcach i przełożywszy nogi przez poręcz kozła,
odwrócił się do towarzystwa. Nagle, chcąc zapalić papierosa, potarł zapałkę i
oświetlił cały brek, najlepiej zaś Starskiego.
W tej chwili Wokulski gwałtownie cofnął się; coś mignęło mu przed oczyma.
"Głupstwo!... - pomyślał - piłem za wiele...'
Pani Wąsowska parsknęła króciutkim śmiechem, lecz wnet opanowała się i
zaczęła mówić:
- Cóż to za oryginalny sposób siedzenia, panie Ochocki!... Fe, jutro musi pan
klęczeć!... Ach, niegodziwiec, ależ on niedługo postawi komu nogi na
kolanach... Odwróćże się pan natychmiast, bo każę furmanowi, ażeby pana
zostawił na drodze...
Wokulskiemu zimny pot wystąpił na czoło; ale wzruszył ramionami i myślał:
"Przywidzenia... przywidzenia!... Co za głupstwo..."

I nadludzkim wysiłkiem woli odegnał w końcu przywidzenia. Znowu odzyskał humor i bardzo wesoło począł rozmawiać z panią Wąsowską.

Gdy zaś wrócili do Zasławka późno w nocy, spał jak zabity i nawet śniło mu się coś zabawnego.

Nazajutrz, gdy przed śniadaniem wyszedł Wokulski na spacer, pierwszą osobą, którą spotkał na dziedzińcu, była pokojówka panny Izabeli; niosła kilka sukien, a za nią chłopak dźwigał kufer.

"Cóż to jest?... - pomyślał. - Dziś niedziela, więc chyba nie wyjedzie... Nie może wyjechać w niedzielę... zresztą wspomniałaby mi coś o tym ona lub prezesowa..."

Poszedł nad staw, obleciał park wokoło, jakby chcąc zgubić w drodze złe przeczucia. Na próżno. Uczepiła go się myśl, że panna Izabela może wyjechać. Tłumił ją i przytłumił o tyle, że już nie rysowała mu się jasno, tylko gdzieś na dnie serca drażniła go nieznacznie.

Przy śniadaniu zdawało mu się, że prezesowa przywitała go czulej niż zwykle, że wszyscy zachowują się uroczyściej, że panna Felicja wpatruje się w niego uporczywie i jakby z wyrzutem. Po śniadaniu znowu przywidziało mu się, że prezesowa dała jakiś znak pani Wąsowskiej.

"Oczywiście jestem chory" - myślał

Wnet jednak ozdrowiał, gdy panna Izabela oświadczyła, że chce przejść się po parku.

- Ma kto z państwa ochotę iść ze mną? - spytała. Wokulski zerwał się z krzesła, inni siedzieli. Więc znalazł się sam z panną Izabelą w ogrodzie i znowu powrócił mu ten spokój, jaki miał zawsze w jej obecności.

W połowie alei odezwała się panna Izabela:

- Bardzo mi żal będzie Zasławka... "Żal?..." - pomyślał Wokulski, a ona prędko mówiła dalej:

- Muszę już jechać. Ciocia pisała jeszcze we środę, ażeby wracać, ale prezesowa nie pokazała mi listu, zatrzymała mnie. Dopiero kiedy wczoraj przybył umyślny posłaniec...

- Jedzie pani jutro? - spytał Wokulski.

- Dziś po drugim śniadaniu... - odpowiedziała spuszczając głowę.

- Dziś!... - powtórzył.

Właśnie przechodzili mimo sztachet, za którymi na dziedzińcu folwarcznym stał powóz, ten sam, którym przyjechała panna Izabela. Nawet około dyszla furman układał zaprzęgi. Ale na Wokulskim ani wiadomość, ani przygotowania do wyjazdu nie zrobiły tym razem wrażenia.

"No cóż - myślał - kto przyjechał, musi odjechać... Rzecz całkiem naturalna..." Nawet dziwił go ten spokój.

Przeszli jeszcze kilkanaście kroków pod zwieszającymi się gałęźmi i nagle - opanowała go straszna rozpacz. zdawało mu się, że gdyby w tej chwili zajechał powóz po pannę Izabelę, on rzuciłby się pod koła i nie pozwoliłby jej jechać. Niechby go roztratowali i niechby już raz przestał cierpieć.

Wnet jednak przyszła nowa fala spokoju i Wokulski znowu dziwił się, skąd mu się biorą takie żakowskie myśli. Przecież panna Izabela ma prawo jechać, kiedy chce, gdzie chce i z kim jej się podoba...

- Długo pani jeszcze zabawi na wsi? - spytał.
- Najwyżej miesiąc.
- Miesiąc!... - powtórzył. - Czy przynajmniej wolno mi będzie po tym miesiącu odwiedzać państwa?...
- O tak, bardzo prosimy... - odparła. - Mój ojciec jest wielkim przyjacielem pana.
- A pani?
Zarumieniła się i milczała.
- Nie odpowiada pani... - rzekł Wokulski. - Nie domyśla się pani nawet, jak jest mi drogie każde jej słowo, których tak mało słyszałem... I oto dziś odjeżdża pani nie zostawiając mi nawet cienia nadziei...
- Może czas to zrobi - szepnęła.
- Bodajby zrobił! - W każdym razie coś pani powiem. Widzi pani, w życiu można spotkać ludzi weselszych ode mnie, eleganckich, z tytułami, nawet z majątkiem większym niż mój... Ale przywiązania jak moje - chyba pani nie znajdzie. Bo jeżeli miłość mierzy się wielkością cierpień, takiej jak moja może jeszcze nie było na świecie.
I nie mam nawet prawa skarżyć się o to na kogokolwiek. Los to robi. Jakimiż bo on dziwnymi drogami prowadził mnie do pani! Ile klęsk musiało spaść na ogół, zanim ja, ubogi chłopak, mogłem zdobyć ukształcenie, które mi dziś pozwala mówić z panią. Jaki traf popchnął mnie do teatru, gdzie pierwszy raz zobaczyłem panią. A na majątek, który posiadam; czy może nie złożył się szereg cudów?...
Kiedy dziś myślę o tych rzeczach, zdaje mi się, że jeszcze przed urodzeniem naznaczone mi było zejść się z panią. Gdyby mój biedny stryj nie kochał się za młodu i nie umarł osamotniony, ja dziś nie znajdowałbym się w tym miejscu. I nie jestże to dziwne, że ja sam, zamiast bawić się kobietami, jak robią inni, unikałem ich dotychczas i prawie świadomie czekałem na jedną, na panią...
Panna Izabela nieznacznie otarła łzę... Wokulski nie patrząc na nią mówił:
- Nie dalej jak teraz, kiedy byłem w Paryżu, miałem przed sobą dwie drogi. Jedna prowadzi do wielkiego wynalazku, który może zmieni dzieje świata, druga do pani. Wyrzekłem się tamtej, bo mnie tu przykuwa niewidzialny łańcuch: nadzieja, że mnie pani pokocha. Jeżeli to jest możliwym, wolę szczęście z panią od największej sławy bez pani; bo sława to liczman, za który własne szczęście poświęcamy dla innych .Ale jeżeli się łudzę, tylko pani może zdjąć ze mnie to zaklęcie. Powiedz, że nie masz i nie będziesz miała nic dla mnie i... Wrócę tam, gdzie może od razu powinienem był zostać.
- Czy tak?... - dodał biorąc ją za rękę.
Nie odpowiedziała nic...
- Więc zostaję... - rzekł po chwili. - Będę cierpliwym, a pani sama da mi znak, że spełniły się moje nadzieje.
Wrócili do pałacu. Panna Izabela była trochę zmieniona, ale rozmawiała ze wszystkimi wesoło. Wokulskiemu znowu powrócił spokój. Nie rozpaczał już, że panna Izabela odjeżdża; powiedział sobie, że zobaczy ją za miesiąc, i to mu obecnie wystarczało. Po śniadaniu zajechał powóz; zaczęto się żegnać. Na ganku panna Izabela szepnęła do pani Wąsowskiej:
- Mogłabyś też, Kaziu, już nie dręczyć tego biedaka...

- Kogóż to?
- Twego imiennika.
- Ach, Starskiego... Zobaczymy.
Panna Izabela podała rękę Wokulskiemu.
- Do widzenia! - szepnęła z akcentem w głosie. Odjechała. Całe towarzystwo
stało w ganku patrząc na powóz, który z początku oddalał się, potem skręcił za
stawem, znikł za pagórkiem, znowu ukazał się i nareszcie został po nim tylko
tuman żółtego kurzu.
- Bardzo piękny dzień - rzekł Wokulski.
- O, bardzo ładny - odparł Starski.
Pani Wąsowska spod spuszczonych brwi przypatrywała się Wokulskiemu.
Powoli rozeszli się wszyscy. Wokulski został sam. Wstąpił do swego pokoju,
lecz wydał mu się bardzo pusty; potem chciał iść do parku, ale coś go stamtąd
odepchnęło... Potem przywidziało mu się, że panna Izabela jeszcze musi być w
pałacu, i w żaden sposób nie mógł zrozumieć, że wyjechała, że jest już o milę
od Zasławka i że każda sekunda oddalają od niego.
"A jednak wyjechała! - szepnął. - Wyjechała, więc i cóż?..." Poszedł nad staw i
przypatrywał się białej łódce, dokoła której błyszczała woda, aż oczy bolały.
Nagle jeden z łabędzi, pływających przy tamtym brzegu, spostrzegł go i
rozpuściwszy skrzydła, szelestem przyleciał do czółna.
I dopiero w tej chwili schwycił Wokulskiego taki smutek, taki niezmierny
niezgruntowany smutek, jak gdyby już miał rozstać się z życiem...
Zatopiony we własnej goryczy, Wokulski nie bardzo uważał, co się dokoła
niego dzieje. Mimo to nad wieczorem spostrzegł; że towarzystwo zasławskie
po powrocie z parku jest skwaszone. Panna Felicja zamknęła się z panną
Eweliną w jej pokoju, baron był rozdrażniony, a Starski ironiczny i zuchwały.
Po obiedzie wezwała Wokulskiego do siebie prezesowa. Na staruszce również
było znać ślady irytacji, którą starała się opanować.
- Myślałżeś co, panie Stanisławie, o tej cukrowni? - rzekła wąchając swój
flakonik, co było znakiem wzruszenia. - Pomyśl o tym, proszę cię, i pogadaj ze
mną, bo już mi zbrzydły te komeraże...
- Ma pani jakie zmartwienie? - spytał Wokulski. Machnęła ręką.
- Ech! zmartwienie... Chciałabym tylko, ażeby albo skojarzył się ten mariaż
Eweliny z baronem, albo żeby się zerwał... Albo niechaj sobie jadą ode mnie oni
oboje czy Starski... Wszystko jedno...
Wokulski spuścił głowę i milczał zgadując, że umizgi Starskiego do
narzeczonej barona musiały już przybrać bardziej widoczne formy. Lecz cóż
jego to obchodziło?
- Głupiutkie są te panny - zaczęła po chwili prezesowa. - Im się zdaje, że jak
złapie która bogatego męża, a poza nim przystojnego kochanka, to już wypełni
sobie życie... Głupiutkie. Ani wiedzą, że wnet sprzykrzy się stary mąż i pusty
kochanek i że prędzej czy później każda zechce poznać prawdziwego
człowieka. A jeżeli się taki trafi, na jej nieszczęście, co ona mu da?... Czy
wdzięki, które sprzedała, czy serce zaszargane z takimi oto Starskimi?...
I pomyśleć, że prawie każda z nich musi przejść podobną szkołę, zanim pozna
ludzi. Przedtem, choćby się jej trafiał najszlachetniejszy, nie oceni go. Wybierze

starego bogacza albo śmiałego hultaja, w ich towarzystwie zmarnuje życie, a dopiero kiedyś chce się odrodzić... Zwykle za późno i na próżno!..

Co mnie jednak dziwi najmocniej - prawiła - to okoliczność, że na podobnych lalkach nie poznają się mężczyźni. Dla żadnej kobiety, począwszy od Wąsowskiej, kończąc na mojej pokojówce, nie jest to sekret, że w Ewelinie nie zbudził się jeszcze ani rozum, ani serce; wszystko w niej śpi... A tymczasem baron widzi w niej bóstwo i durzy się, biedak, że ona go kocha!

- Dlaczegóż go pani nie ostrzeże? - odezwał się Wokulski stłumionym głosem.

- Dajże spokój, to się na nic nie zda... Czy ja mu raz dawałam do zrozumienia, że Ewelina dziś jest tylko zepsute dziecko i lalka? Może kiedyś coś z niej wyrośnie, ale w tej chwili!... akurat Starski dla niej dobry.

- Cóż - dodała po przerwie - pomyślisz o tej cukrowni?... Każ sobie jutro osiodłać konia, przejedź się po polach sam, a jeszcze lepiej z Wąsowską... To kobieta dużo warta, mówię ci...

Wokulski opuścił prezesową przerażony.

"Co ona mówi - myślał - o baronie i Ewelinie?... Czy po prostu nie ostrzega mnie?... Starski bodajże umizga się nie tylko do panny Eweliny. Co to było tam w breku?... Ach, wolałbym w łeb sobie palnąć..."

Wnet jednak opamiętał się.

"W breku - myślał - było albo przywidzenie, albo fakt. Jeżeli przywidzenie, w takim razie krzywdziłbym niewinną, a jeżeli fakt... No, to przecież nie będę rywalem tego uwodziciela z operetki i nie poświęcę życia dla kobiety przewrotnej. Wolno jej romansować, z kim chce, ale nie wolno oszukiwać człowieka, którego jedynym występkiem jest, że ją kocha... Trzeba wyjeżdżać z tej Kapui i wziąć się do roboty. W laboratorium Geista lepiej zapełnię życie aniżeli w salonach..."

Około dziesiątej wieczór wszedł do jego pokoju baron strasznie zmieniony. Z początku śmiał się i dowcipkował, następnie zadyszany upadł na krzesło, a po chwili rzekł:

- Uważa pan, szanowny panie Wokulski, ja czasami myślę, nie z własnego doświadczenia, bo moja narzeczona jest najszlachetniejszą kobietą... ale czasami myślę, że kobiety to nas niekiedy zwodzą...

- Tak, niekiedy.

- Może nie jest to ich wina - mówił baron - trzeba jednak przyznać, że niekiedy pozwalają bałamucić się zręcznym intrygantom...

- O, pozwalają.

Baron drżał tak, że chwilami zęby mu szczękały.

- Nie sądzisz pan - zapytał po namyśle - że jednak należałoby temu zapobiec?...

- W jaki sposób?... - Choćby usuwając kobietę od stosunków z intrygantami... Wokulski głośno roześmiał się... - Można kobietę uwolnić od intrygantów, ale czy podobna uwolnić ją od jej własnych instynktów?... Co pan poradzisz, jeżeli ten, który w pańskich oczach jest tylko bałamutem czy intrygantem, dla niej jest - samcem tego co ona gatunku?...

Stopniowo opanowywał go wściekły gniew. Chodził po pokoju i mówił:

- Jaka walka jest możliwa z prawem natury, według którego suka, choćby najlepszej rasy, nie pójdzie za lwem, ale za psem? Postaw jej pan całą menażerię najszlachetniejszych zwierząt, a ona wyrzeknie się jej dla kilku psów... I trudno się temu dziwić, gdyż one stanowią jej gatunek.

- Więc według pana nie ma rady? - spytał baron.

- Dziś żadnej, a kiedyś będzie jedna: szczerość w ludzkich stosunkach i wolny wybór. Gdy kobieta nie będzie potrzebowała udawać miłości ani kokietować wszystkich, wówczas od razu odsunie tych, którzy jej nie są mili, i pójdzie za tym, który jej przypada do gustu. Wówczas nie będzie oszukiwanych ani oszukujących, stosunki uporządkują się w sposób naturalny.

Po odejściu barona Wokulski położył się. Nie spał całą noc, ale wrócił do równowagi.

"Co ja mam za pretensje do panny Izabeli? - myślał. - Przecież nie mówiła, że mnie kocha; dała mi ledwie cień nadziei, że to może kiedyś nastąpi. Jest w porządku, gdyż prawie mnie nie zna. I co za przywidzenia snują mi się po głowie!... Starski?... Ależ ona chce wyswatać go z panią Wąsowską, więc chyba romansować z nim nie myśli. Prezesowa?... Prezesowa lubi pannę Izabelę, sama mi o tym mówiła, wreszcie kazała mi tu przyjechać... Mam czas. Poznam się z nią bliżej, a jeżeli mnie pokocha, będę szczęśliwy i mogę być spokojny. Jeżeli nie - wrócę do Geista. Na wszelki wypadek sprzedam kamienicę i sklep, a zostanę przy spółce do handlu z Rosją. To mi da za parę lat ze sto tysięcy rubli rocznie, a jej nie narazi na tytuł kupcowej galanterii."

Nazajutrz po pierwszym śniadaniu kazał osiodłać konia i wyjechał pod pozorem obejrzenia okolicy. Nie myśląc skręcił na drogę, gdzie wczoraj toczył się powóz panny Izabeli i gdzie zdawało mu się, że jeszcze widać ślady kół... Potem, również machinalnie, zawrócił w stronę lasu, dokąd tak niedawno jeździli na rydze. W tym miejscu śmiała się, tu rozmawiała z nim, tu spoglądała na okolicę...

Podejrzenia, gniewy, wszystko w nim wygasło.

Zamiast nich począł wpływać mu do serca żal strugą tak cienką jak łzy, a palącą jak ogień wieczny...

Wjechawszy do lasu zsiadł z konia i prowadził go za cugle.

Oto ścieżka, którą wówczas szli oboje, ale wydaje się jakaś inna. Ta część lasu miała być podobna do kościoła - dziś ani śladu podobieństwa. Dokoła szaro i cicho. Słychać tylko krakanie wron, które w tej chwili przelatują nad lasem, i krzyk spłoszonej wiewiórki, co wdrapując się na drzewo szczeka jak mały piesek.

Wokulski doszedł do polanki, gdzie wówczas rozmawiali z panną Izabelą; znalazł nawet pień, na którym siedziała. Wszystko jest, jak było; tylko jej nie ma... Na krzakach leszczyny już żółkną liście, z sosen zwiesza się smutek, jak sieci pajęcze. Taki nieujęty, a tak go omotał!

"Co za głupstwo - myślał - robić się zależnym od jednej ludzkiej istoty! Wszakże ja dla niej tylko pracowałem, o niej myślę, nią żyję. Co gorsze - dla niej porzuciłem Geista... No, ale cóż lepszego miałbym u Geista? Byłbym tak samo zależny jak dziś, tylko zamiast pięknej kobiety panem moim byłby stary Niemiec. I tak samo pracowałbym, nawet ciężej; z tą różnicą, że dziś pracuję dla mego szczęścia, a wówczas dla szczęścia innych, którzy tymczasem bawiliby się i kochaliby się na mój rachunek.

Zresztą, czy ja mam prawo narzekać? Rok temu ledwie śmiałem marzyć o pannie Izabeli, a dziś już ją znam, staram się nawet o jej wzajemność... Czy ja ją aby znam?... Jest zakamieniałą arystokratką, no ale nie rozejrzała się jeszcze w świecie... Ma duszę poetyczną czy może tak się tylko przedstawia... Kokietka ona jest, ale i to się zmieni, jeżeli mnie pokocha... Słowem - nie jest źle, a za rok..."

W tej chwili koń jego wyrzucił głową i zarżał; odpowiedziało mu w głębi lasu inne rżenie i tętent. Niebawem na końcu ścieżki pokazała się amazonka, w której Wokulski poznał panią Wąsowską.

- Hop! hop!... - zawołała śmiejąc się. Zeskoczyła z konia i oddała cugle Wokulskiemu.

- Przywiąż go pan - rzekła. - Ach, jak ja pana już znam!... Pytam się przed godziną prezesowej: gdzie Wokulski?

"Pojechał w pole oglądać miejsce na cukrownię."

"Akurat! - myślę. - On pojechał do lasu marzyć.'

Kazałam sobie podać konia, i otóż znajduję pana siedzącego na pniu, rozgorączkowanego... Cha!... cha!... cha!...

- Czy tak śmiesznie wyglądam? - Nie! dla mnie nie wygląda pan śmiesznie, ale jak by tu powiedzieć?... niespodziewanie. Wyobrażałam sobie pana całkiem inaczej. Kiedy mi powiedziano, że pan jest kupcem, który w dodatku szybko zrobił majątek, pomyślałam:

"Kupiec?... Zatem przyjechał na wieś albo starać się o posażną pannę, albo wydobyć od prezesowej pieniądze na jakieś przedsiębiorstwa."

W każdym razie sądziłam, że pan jest człowiek zimny, rachunkowy, który chodząc po lesie taksuje drzewo, a na niebo nie patrzy, bo to nie daje procentu. Tymczasem cóż widzę?... Marzyciela, średniowiecznego trubadura, który wymyka się do lasu, ażeby wzdychać i wypatrywać zeszłotygodniowe ślady j e j j stóp! Wiernego rycerza, który kocha na życie i śmierć jedną kobietę, a innym robi impertynencje. Ach, panie Wokulski, jakie to zabawne... jakie to niedzisiejsze!...

- Już pani skończyła? - spytał zimno Wokulski.

- Już... Teraz pan zabierze głos?...

- Nie, pani. Zaproponuję, ażebyśmy wracali do domu. Panią Wąsowską oblał mocny rumieniec.

- Za pozwoleniem - rzekła biorąc konia za uzdę. - Czy nie myślisz pan, że mówię w ten sposób o pańskiej miłości, ażeby sama wydać się za pana?... Milczysz pan... Otóż mówmy serio. Była chwila, żeś mi się pan podobał; była i - już przeszła. Ale choćby nie przeszła, choćbym miała umrzeć z miłości dla pana, co zapewne nie nastąpi, bo nie straciłam jeszcze ani snu, ani apetytu, nie oddałabym się panu, słyszysz pan... choćbyś mi się u nóg włóczył. Nie mogłabym żyć z człowiekiem, który tak kochał inną kobietę, jak pan to robisz. Jestem za dumna. Wierzy mi pan?

- Tak!

- Przypuszczam. Jeżeli więc dziś drasnęłam pana moimi żartami, to tylko przez życzliwość dla pana. Imponuje mi pańskie szaleństwo, chciałabym, ażebyś był szczęśliwy, i dlatego mówię: wyrzuć pan z siebie średniowiecznego trubadura, bo już mamy wiek dziewiętnasty, w którym kobiety są inne, niż pan je sobie wyobraża, o czym wiedzą nawet dwudziestoletni chłopcy.

- Jakież są?

- Ładne, miłe, lubią was wszystkich prowadzić za nos, a kochają się tylko o tyle, o ile robi im to przyjemność. Na miłość dramatyczną nie zgodzi się żadna, a przynajmniej nie każda... Musiałaby pierwej znudzić się miłostkami, a następnie znaleźć dramatycznego kochanka.

- Krótko mówiąc, insynuuje pani, że panna Izabela...

- O, ja nic nie insynuuję pannie Izabeli - żywo zaprotestowała pani Wąsowska. - Jest w niej materiał na dzielną kobietę i ten, kogo ona pokocha, będzie szczęśliwy. Zanim jednak pokocha!... Pomóż mi pan wsiąść...

Wokulski podsadził ją i sam wsiadł na swego konia. Pani Wąsowska była rozdrażniona. Jakiś czas jechała naprzód, milcząc; nagle odwróciła się i rzekła:

- Ostatnie słowo. Znam ludzi lepiej, niż pan sądzisz, i... lękam się pańskiego rozczarowania. Otóż gdyby ono kiedy nadeszło, przypomnij sobie moją radę: nie działaj pod wpływem uniesienia, tylko czekaj. Wiele rzeczy na pozór wygląda gorzej aniżeli w rzeczywistości.

"Szatan!" - mruknął Wokulski. Cały świat zaczął przed nim krążyć i nabiegać krwią.

Jechali, nic już nie mówiąc do siebie. Wróciwszy do Zasławka Wokulski poszedł do prezesowej.

- Jutro jadę - rzekł. - A cukrowni niech pani nie stawia.

- Jutro?.. - powtórzyła staruszka. - A cóż będzie z kamieniem?

- Właśnie, jeżeli pani pozwoli, pojadę na Zasław. Obejrzę kamień, zresztą mam tam jeszcze interes.

- Ha! jedź z Bogiem... nie masz tu co robić. A w Warszawie zachodźże do mnie. Wrócę jednocześnie z hrabiną i z Łęckimi... Wieczorem wpadł do niego Ochocki.

- Do licha! - krzyknął - tyle miałem z panem do pogadania...Ale cóż, pan ciągle okładałeś się babami, a teraz wyjeżdżasz...

- Nie lubisz pan kobiet? - rzekł z uśmiechem Wokulski. - Może masz rację ...

- Nie to, żebym nie lubił. Ale od czasu, jak przekonałem się, że wielkie damy nie różnią się od pokojówek, wolę pokojówki.

Te baby - prawił - to wszystko gęsi nie wyłączając najmądrzejszych. Wczoraj na przykład pół godziny tłomaczyłem Wąsowskiej, na co przyda się kierowanie balonami. Mówiłem o zniknięciu granic, o braterstwie ludów, o olbrzymich postępach cywilizacji... Ona patrzyła mi w oczy tak, iż głowę oddałbym, że mnie rozumie. A kiedy skończyłem, zapytała:

- Panie Ochocki, czemu się pan nie żeni?... - Słyszałeś pan!... Naturalnie, przez drugie pół godziny wykładałem jej, że ani myślę się żenić, że nie ożeniłbym się ani z panną Felicją, ani z panną Izabelą, ani nawet z nią. Diabli mi po żonie, która by się szastała po moich laboratoriach w sukni z długim ogonem, wyciągałaby mnie na spacery, wizyty, teatry... Dalibóg, nie znam ani jednej kobiety, w której ciągłym towarzystwie nie zgłupiałbym w pół roku.

Umilkł i chciał odchodzić.

- Słówko - rzekł Wokulski. - Kiedy pan wróci do Warszawy, niech pan do mnie wstąpi. Może zakomunikuję panu wiadomość o wynalazku, który wprawdzie zabierze połowę życia, ale... przypadnie panu do gustu.

- Balony?... - spytał Ochocki z pałającym wzrokiem.

Coś lepszego. Dobranoc. Na drugi dzień około południa Wokulski pożegnał dom prezesowej. W parę godzin później był w Zasławiu. Odwiedził proboszcza i kazał Węgiełkowi zabierać się w drogę do Warszawy. Załatwiwszy to poszedł do ruin zamkowych. Na kamieniu już był wyryty czterowiersz. Wokulski przeczytał go kilka razy i zatrzymał wzrok na słowach:

" Zawsze i wszędzie będę ja przy tobie..."

"A jeżeli nie?..." - szepnął.

Na myśl o tym opanowała go rozpacz. W tej chwili miał jedno tylko pragnienie: ażeby ziemia rozstąpiła się pod nim i pochłonęła go razem z tymi ruinami, z tym kamieniem i z tym napisem...

Gdy wrócił do miasteczka, konie już były nakarmione; przy powozie stał Węgiełek z zieloną skrzynką.

- A czy wiesz, kiedy tu wrócisz? - zapytał go Wokulski.

- Kiedy Bóg da, panie - odparł Węgiełek.

- Siadaj.

Sam rzucił się na poduszki powozu i ruszyli. Z daleka stara kobieta przeżegnała ich na drogę. Węgiełek spostrzegł ją i zdjął czapkę.

- Niech mama będzie zdrowa!... - zawołał z kozła.

ROZDZIAŁ DZIEWIĄTY: PAMIĘTNIK STAREGO SUBIEKTA

"Mamy tedy rok 1879.

Gdybym był przesądny, a nade wszystko gdybym nie rozumiał, że po najgorszych czasach nadchodzą dobre, lękałbym się tego roku 1879. Bo jeżeli jego poprzednik zakończył się źle, to już on zaczął się jeszcze gorzej.

Anglia, na przykład, w końcu roku zeszłego wdeptała w wojnę z Afganistanem i w grudniu było nawet z nimi źle. Austria miała dużo kłopotów w Bośni, a w Macedonii wybuchło powstanie. W październiku i listopadzie były zamachy na króla Alfonsa hiszpańskiego i króla Humberta włoskiego. Obaj wyszli cało. Również w październiku umarł hr. Józef Zamoyski, wielki przyjaciel Wokulskiego. Myślę nawet, że jego śmierć w niejednej sprawie pokrzyżowała plany Stachowi.

Rok 1879 dopiero się zaczął, ale niechaj go kaczki zdepczą !... Anglicy, jeszcze nie wygrzebawszy się z Afganistanu, już mają wojnę w Afryce, gdzieś na Przylądku Dobrej Nadziei, z jakimiś Zulusami. Tu zaś, w Europie, ani mniej ani więcej, tylko - wybuchła dżuma w okolicach Astrachania i lada dzień może do nas zajrzeć.

Co my mamy przez tę dżumę !... Kogo spotkam, mówi: "Co, dobrze wam sprowadzać perkaliki z Moskwy? Zobaczysz pan, że razem z nimi sprowadzicie morową zarazę." A ile się to odbiera anonimów wymyślających na czym świat stoi ! Zdaje mi się jednak, że autorami ich są przede wszystkim kupcy, nasi współzawodnicy, albo też fabrykanci perkalików łódzkich. Ci utopiliby nas w łyżce wody, choćby żadnej dżumy nie było. Naturalnie, że nawet setnej części tych wymysłów nie powtarzam Wokulskiemu; myślę jednak, że on sam słyszy ich i czyta więcej aniżeli ja.

Właściwie mówiąc, chciałem na tym oto miejscu napisać historię niesłychanej sprawy, sprawy kryminalnej, którą pani baronowa Krzeszowska wytoczyła komu?... Nikt by nie zgadł!... Oto tej pięknej, tej poczciwej, tej kochanej pani Helenie Stawskiej. Ale taka mnie pasja ogarnia, że nie mogę myśli zebrać. Więc dla rozerwania uwagi napiszę sobie o czym innym.

Wytoczyła pani Stawskiej proces kryminalny o kradzież!... Jej, o kradzież... Naturalnie, że wyszliśmy z tego błota jak triumfatorowie. Ale co nas to kosztowało... Ja na przykład, dalibóg, nie mogłem sypiać po nocach blisko przez dwa miesiące. A jeżeli dzisiaj lubię wieczorem wstąpić na piwo, czego nigdy nie robiłem, i nawet siedzę w knajpie do pół nocy, to po prostu robię to ze zmartwienia. Jej, tej świętej kobiecie, wytoczyć proces o kradzież!... Na to, Bóg mi świadkiem, trzeba być taką półwariatką jak pani baronowa.

Za to też nam zapłaciła dzika baba dziesięć tysięcy rubli... Ach, gdyby to ode mnie zależało, wydusiłbym ze sto tysięcy. Niechby płakała, niechby spazmowała, niechby nawet umarła... Niegodziwa kobieta!

Ale myślmy o czym innym, nie o ludzkich niegodziwościach.

Właściwie mówiąc, kto wie, czy poczciwy Stach nie był mimowolną przyczyną nieszczęścia pani Stawskiej; a nawet może nie tyle on, ile ja... Ja go do niej gwałtem prowadziłem, ja radziłem Stachowi, ażeby nie odwiedzał tej poczwary, pani baronowej, ja wreszcie pisałem do Wokulskiego, kiedy był w Paryżu, ażeby zasięgnął tam wiadomości o Ludwiku Stawskim. Krótko mówiąc: ja, nikt inny, tylko ja rozdrażniłem tę jędzę Krzeszowską. Odpokutowałem też przez dwa miesiące!...

Ha, trudno. Panie Boże, jeżeli jesteś, zbaw pomimo to duszę moją, jeżeli ją mam - jak mówił pewien żołnierz z czasów rewolucji francuskiej.

(Ach, jak ja się starzeję, jak ja się starzeję!... zamiast od razu przystąpić do rzeczy, baję, kręcę, nudzę... Choć, dalibóg, krew by mnie chyba zalała, gdybym miał od razu napisać o tym potwornym, o tym haniebnym procesie...)

Zaraz, niech zbiorę myśli.

Stach przez wrzesień był na wsi u prezesowej Zasławskiej. Po co on tam jeździł, co robił?... domyśleć się nie mogę. Ale z paru listów, które do mnie napisał, widzę, że musiało mu się dziać nieosobliwie. Jaki diabeł sprowadził tam pannę Izabelę Łęcką?... Eh! przecież nią się już chyba nie zajmuje. I będę chłystkiem, jeżeli go nie wyswatam z panią Stawską. Wyswatam, odprowadzę ich do ołtarza, dopilnuję, ażeby przysiągł jak się należy, a potem... Może sobie w łeb palnę, czy ja wiem?...

(Stary głupcze!... i tobież to myśleć o takim aniele?... Zresztą ja o niej wcale nie myślę; osobliwie od czasu, kiedy przekonałem się, że ona kocha Wokulskiego. Niechże go sobie kocha, byle oboje byli szczęśliwi. A ja?... Ej, Katz, mój stary przyjacielu, miałżebyś być odważniejszy ode mnie?...)

W listopadzie, właśnie w tym samym dniu, kiedy zawalił się dom na ulicy Wspólnej, Wokulski wrócił z Moskwy. I znowu nie wiem, co tam robił, dość, że zarobił około siedemdziesięciu tysięcy rubli... Takie zyski przechodzą moje pojęcie, ale przysięgnę, że interes, do którego Stach należał, musiał być uczciwy.

W parę dni po jego powrocie przychodzi do mnie jeden solidny kupiec i mówi:
- Kochany panie Rzecki, nie mam zwyczaju mieszać się do cudzych spraw, ale -
ostrzeż pan Wokulskiego (nie ode mnie, tylko od siebie), że ten jego wspólnik
Suzin to wielki hultaj i zapewne niedługo zbankrutuje..: Ostrzeż go pan, bo
szkoda człowieka... Zawsze Wokulski, jakkolwiek wszedł na fałszywą drogę,
zasługuje na wśpółczucie...
- Co pan nazywasz fałszywą drogą? - pytam.
- No jużci, panie Rzecki - mówi on - kto jeździ do Paryża, kupuje okręty w
czasie nieporozumień z Anglią i tak dalej, ten, panie Rzecki, nie odznacza się
obywatelskimi cnotami.
- Panie drogi - ja mówię - a czymże kupno okrętów różni się od kupna chmielu?
Chyba większym zarobkiem...
- No - mówi znowu on - panie Rzecki, nie będziemy rozprawiali o tej materii.
Gdyby to zrobił kto inny, nie miałbym nic przeciw temu, ale Wokulski!... Obaj
przecie znamy jego przeszłość, a ja może lepiej niż pan, bo nieraz świętej
pamięci Hopfer robił u mnie przez niego obstalunki.
- Pan - mówię do owego kupca - rzucasz podejrzenia na Wokulskiego?
- Nie, panie - mówi znowu on - ja tylko powtarzam, co gada całe miasto. Nie
myślę bynajmniej szkodzić Wolkulskiemu, osobliwie w opinii pana, który
jesteś jego przyjacielem (i słusznie, boś patrzył na tego człowieka, kiedy był
inny niż dziś), ale... Przyznaj pan, że ten człowiek szkodzi naszemu
przemysłowi... Nie sądzę również jego patriotyzmu, panie Rzecki, ale...
szczerze panu powiem (bo przecie wobec pana muszę być szczery), że te
perkaliki moskiewskie... Rozumie pan?..
Byłem wściekły. Gdyż jakkolwiek jestem eks-porucznikiem węgierskiej
piechoty, nie mogę jednak pojąć: czym perkaliki niemieckie są lepsze od
moskiewskich? Ale z moim kupcem nie było gawędy. W taki sposób bestia
podnosił brwi, tak ruszał ramionami, a tak rozkładał ręce, iż w końcu
pomyślałem, że on jest wielki patriota, a ja gałgan, choć w tym czasie, kiedy on
nabijał kieszenie rublami i imperiałami, mnie paręset kul przeleciało nade
łbem...
Naturalnie, że opowiedziałem o tym Stachowi, który wysłuchawszy odparł:
- Uspokój się, mój kochany. Ci sami ludzie, którzy mnie ostrzegają, że Suzin jest
hultaj, przed miesiącem pisali do Suzina, że ja jestem bankrut, szachraj, eks-
powstaniec.
Po rozmowie z tym poczciwym kupcem, którego nawet nazwiska nie
wymienię, i po wszystkich anonimach, jakie odebrałem, postanowiłem sobie
zapisywać rozmaite opinie wypowiadane przez dobrych ludzi o Wokulskim.
A więc tedy na pierwszą porcję: Stach jest złym patriotą, ponieważ tanimi
perkalikami zepsuł trochę interesa łódzkim-fabrykantom..*Bene!*... Zobaczymy,
co będzie dalej.
W październiku, jakoś w tym czasie, kiedy Matejko skończył malować bitwę
grunwaldzką (duży to obraz i okazały, tylko nie trzeba go pokazywać
żołnierzom, którzy przyjmowali udział w bitwach), wpada do sklepu
Maruszewicz, ten przyjaciel pani baronowej Krzeszowskiej. Widzę - magnat

całą gębą! Na brzuchu, a raczej w tym miejscu, gdzie ludzie mają brzuch, złota dewizka gruba na pół palca, a długa - że choć psy na niej ciągnij. W krawacie brylantowa spinka, na rękach nowe rękawiczki, na nogach nowe buty, na całym ciele (mizerne to ciało, pożal się Boże!) nowy garnitur. Przy tym mina, jakby jednej nitki nie miał na kredyt, tylko wszystko za gotówkę. (Później Klejn, który mieszka w tym samym domu, objaśnił-mnie,. że Maruszewicz grywa w karty i że od pewnego czasu szczęście mu służy.)

Wpada tedy mój elegant do sklepu w kapeluszu na głowie, z hebanową laseczką w ręku i rozejrzawszy się niespokojnie (on bo ma jakieś niepewne spojrzenie), pyta:

- Pan Wokulski jest?... Ach, pan Rzecki!... Na słówko...

Weszliśmy za szafy.

- Z wyborną nowiną przychodzę - mówi, czule ściskając mnie za rękę. - Możecie panowie sprzedać swoją kamienicę, tę po Łęckim... Baronowa Krzeszowska ją kupi. Już wyprocesowała od męża swoje kapitały i (jeżeli potraficie się targować) da, dziewięćdziesiąt tysięcy rubli, a nawet może coś odstępnego...

Musiał spostrzec zadowolenie na mojej twarzy (mnie to kupno kamienicy nigdy nie przypadało do gustu), bo ścisnął mnie za rękę jeszcze mocniej, o ile taki zdechlak może coś mocno robić, i słodko uśmiechając się (mdło mi od tej słodyczy) zaczął szeptać:

- Mogę panom oddać usługę... ważną usługę... Pani baronowa badzo polega na moim zdaniu i... jeżeli ja...

Tu dostał lekkiego kaszlu.

- Rozumiem - odezwałem się zgadując, z kim mam do czynienia. - Pan Wokulski zapewne nie będzie robił trudności co do porękawicznego...

- Ależ proszę pana - zawołał - cóż znowu!... Tym bardziej że ze stanowczą propozycją przyjdzie do panów adwokat baronowej. Zresztą nie o mnie chodzi... To, co mam, zupełnie mi wystarcza... Ale znam pewną ubogą rodzinę, której na moją rekomendację panowie zechcecie coś...

- Proszę pana - przerwałem mu - wolimy złożyć jakąś sumę wprost na pańskie ręce, o ile naturalnie interes dojdzie do skutku.

- O, że dojdzie, mogę ręczyć honorem! - zapewnił pan Maruszewicz.

Ponieważ jednak ja wcale nie dałem mu słowa, że otrzyma porękawiczne, więc chwilę pokręcił się po sklepie i opuścił go gwiżdżąc.

Nad wieczorem powiedziałem o tym Stachowi; ale on zbył mnie milczeniem, co mnie nawet zastanowiło. Więc na drugi dzień pobiegłem do naszego adwokata (który zarazem jest adwokatem księcia) i zakomunikowałem mu wiadomość Maruszewicza.

- Daje dziewięćdziesiąt tysięcy rublil... - zdziwił się adwokat (jest to bardzo znakomity człowiek). - Ależ, drogi panie Rzecki, teraz kamienice idą w górę, a nawet na przyszły rok wybudują ze dwieście nowych domów... W tych warunkach, drogi panie Rzecki, jeżeli sprzedamy im nasz dom za sto tysięcy rubli, zrobimy im łaskę.:. Pani baronowa bardzo pali się do tej kamienicy (jeżeli podobnego wyrażenia wolno używać o damach tak dystyngowanych) i możemy wyciągnąć z niej nierównie większą sumę, drogi panie Rzecki.

Pożegnałem znakomitego adwokata i wróciłem do sklepu mocno postanawiając nie mieszać się już do sprzedaży kamienicy. Teraz dopiero, zresztą nie po raz pierwszy, przyszło mi na myśl, że Maruszewicz jest to wielki frant.

Obecnie uspokoiwszy się o tyle, że już mogę zebrać myśli, opiszę wstrętny proces pani baronowej z tym aniołem, z tą doskonałą kobietą, panią Stawską: Gdybym go nie napisał, za rok albo dwa nie wierzyłbym własnej pamięci, że mogło zdarzyć się cóś równie potwornego.

Zapamiętajże sobie tedy, kochany Ignacy, że pani baronowa Krzeszowska naprzód od dawna nie cierpiała pani Stawskiej myśląc, że wszyscy w niej się kochają, a po drugie, że taż pani baronowa chciała jak najtaniej kupić od Wokulskiego kamienicę. To są dwa ważne fakta, których doniosłość dziś dopiero rozumiem. (Jak ja się starzeję, Boże miłosierny, jak ja się starzeję!...) U pani Stawskiej, od czasu zaznajomienia się z nią, bywałem dosyć często. Nie powiem co dzień. Czasami raz na kilka dni, a czasem i dwa razy w ciągu dnia. Byłem przecie opiekunem tej kamienicy, to jedno. Dalej, musiałem donieść pani Stawskiej, żem pisał do Wokulskiego w sprawie odnalezienia jej męża. Dalej, wypadło mi być u niej z zawiadomieniem, że Wokulski nie dowiedział się nie stanowczego. Potem odwiedzałem ją, ażeby z okien jej mieszkania poznać obyczaje Maruszewicza, który lokował się w oficynie naprzeciw niej. Następnie chodziło mio zbadanie pani Krzeszowskiej i jej stosunku do mieszkających nad nią studentów, na których ciągle się skarżyła.

Ktoś obcy mógłby myśleć, że bywam u pani Stawskiej za często. Ja jednak po dojrzałej rozwadze doszedłem do przekonania, żem bywał za rzadko. W jej mieszkaniu miałem przecie doskonały punkt obserwacyjny na całą kamienicę, no i przy tym byłem życzliwie przyjmowany. Pani Misiewiczowa (zacna matka pani Heleny), ile razy przyszedłem, witała mnie otwartymi rękoma, mała Helunia wskakiwała mi na kolana, a sama pani Stawska ożywiała się na mój widok i mówiła, że w tych godzinach, które u niej przepędzam, zapomina o swoich kłopotach !...

Czy wobec podobnych przyjęć mogłem nie bywać często? Dalibóg, myślę, że bywałem za rzadko i że gdybym miał więcej rycerskich usposobień, powinienem był tam siedzieć od rana do wieczora. Niechby się nawet pani Stawska ubierała przy mnie. Cóż by mi to szkodziło?

W czasie tych wizyt zrobiłem kilka ważnych spostrzeżeń.

Naprzód ci studenci, z trzeciego piętra od frontu, byli to istotnie ludzie niespokojnego ducha. Do godziny drugiej po północy śpiewali i krzyczeli, czasami nawet ryczeli i w ogóle starali się wydawać jak najwięccj głosów nieludzkich. W ciągu dnia, gdy choćby jeden z nich był w domu, a zawsze był któryś, jeżeli tylko pani baronowa Krzeszowska wychyliła głowę przez lufcik (robiła to po kilkanaście razy na dzień), zawsze jej ktoś usiłował wylać z góry wodę na głowę.

Powiem nawet, że między nią a mieszkającymi nad nią studentami wytworzył się pewien rodzaj sportu; polegający na tym, że ona wyjrzawszy przez lufcik starała się jak najprędzej cofnąć głowę, a oni usiłowali wylewać na nią wodę jak najczęściej i w jak największych ilościach.

Wieczorami zaś ci młodzi ludzie, nad którymi już nikt nie mieszkał i nikt nie mógł ich oblewać wodą, wieczorami zwoływali do siebie praczki i służące z całej kamienicy. Wówczas w lokalu pani baronowej rozlegały się krzyki i płacze spazmatyczne.

Drugie moje spostrzeżenie odnosiło się do Maruszewicza, który mieszkał prawie vis ú vis pani Stawskiej. Człowiek ten prowadzi bardzo osobliwy tryb życia cechujący się niezwykłą regularnośeią. Regularnie nie płaci komornego. Regularnie co parę tygodni wynoszą mu mnóstwo gratów z mieszkania: jakieś posągi, lustra, dywany, zegary... Ale co ciekawsze - również regularnie do lokalu przynoszą mu nowe lustra, nowe dywany, nowe zegary i posągi...

Po każdym fakcie wynoszenia rzeczy pan Maruszewicz przez kilka następnych dni ukazuje się w jednym ze swych okien. Goli się w nim, czesze, fiksatuaruje, nawet ubiera się, rzucając bardzo dwuznaczne spojrzenia w kierunku okien pani Stawskiej. Lecz gdy jego lokal napełni się nowymi artykułami wygody i zbytku, wówczas pan Maruszewicz zasłania swoje okna na kilka dni sztorami. Wtedy (rzecz nie do uwierzenia) palą się u niego dniem i nocą światła, a w mieszkaniu słychać głosy wielu mężczyzn, czasami nawet i kobiet...

Alo co mi tam do cudzych interesów!

Jednego dnia, w początkach listopada, rzekł do mnie Stach:

- Podobno bywasz u tej pani Stawskiej?

Gorąco mi się zrobiło.

- Przepraszam cię - zawołałem - jak mam to rozumieć?...

- W najzwyczajniejszy sposób - odparł. - Przecież chyba nie składasz jej wizyt oknem, tylko drzwiami. Zresztą składaj sobie, jak chcesz, a przy pierwszej sposobności oświadcz tym paniom, że miałem list z Paryża...

- O Ludwiku Stawskim? - spytałem.

- Tak.

- Znaleźli go nareszcie?

- Jeszcze nie, ale już są na tropie i spodziewają się niedługo rozstrzygnąć kwestię jego pobytu.

- Może biedak umarł! - zawołałem ściskając Wokulskiego.- Proszę cię - Stachu - dodałem nieco ochłonąwszy ze wzruszenia - zróbże mi łaskę, odwiedź te panie i sam zakomunikuj im wiadomość...

- A cóż to ja jestem grabarz, żeby robić ludziom tego rodzaju przyjemności? - oburzył się Wokulski.

Gdy mu jednak zacząłem przedstawiać, jakie to zacne kobiety, jak wypytywały się: czy ich kiedy nie odwiedzi?... a gdy jeszcze napomknąłem, że warto by rzucić okiem na kamienicę, zaczął mięknąć.

- Mało dbam o tę kamienicę - rzekł wzruszając ramionami - sprzedam ją lada dzień...

Ale w końcu dał się namówić i pojechaliśmy tam około pierwszej w południe. Na podwórku spostrzegłem, że sztory w lokalu Maruszewicza są starannie zasłonięte. Widocznie miał już nowy garnitur mebli.

Stach niedbale rozejrzał się po oknach domu i bez najmniejszej uwagi słuchał mego sprawozdania o melioracjach. Daliśmy nową podłogę w bramie, wyreperowaliśmy dachy, odmalowaliśmy ściany, myliśmy schody co tydzień.

Słowem, z zaniedbanej zrobiliśmy wcale okazałą kamienicę. Wszystko było w porządku nie wyłączając dziedzińca i wodociągów; wszystko - oprócz komornego.

- Zresztą - zakończyłem - bliższych informacji o komornym udzieli ci twój rządca, pan Wirski, po którego zaraz poszlę stróża...

- A dajże mi spokój z komornem i rządcą - mruknął Stach.- Idźmy już do tej pani Stawskiej i wracajmy do sklepu.

Weszliśmy na pierwsze piętro lewej oficyny, gdzie czuć było zapach gotowanych kalafiorów; Stach zmarszczył się, a ja zapukałem do kuchni.

- Są panie? - zapytałem grubej kucharki.

- Jeszcze by też nie były, jak pan przychodzi - odpowiedziała mrużąc oczy. .

- Widzisz, jak nas przyjmują!... - szepnąłem po niemiecku do Stacha.

W odpowiedzi kiwnął głową i wysunął wargę.

W saloniku matka pani Stawskiej, jak zwykle, robiła pończochę; zobaczywszy nas uniosła się nieco z fotelu i zdziwiona przypatrywała się Wokulskiemu.

Z drugiego pokoju wyjrzała Helcia.

- Mamo - szepnęła tak głośno, że zapewne słychać ją było na dziedzińcu - przyszedł pan Rzecki i jeszcze jakiś pan.

W tej chwili wyszła do nas i pani Stawska.

Widząc obie damy odezwałem się:

- Nasz gospodarz, pan Wokulski, przychodzi złożyć paniom uszanowanie i zakomunikować wiadomości...

- O Ludwiczku?.. - pochwyciła pani Misiewiczowa. - Czy żyje?..

Pani Stawska pobladła, a potem równie szybko zarumieniła się. Była w tej chwili tak piękna, że nawet Wokulski przypatrywał się jej, jeżeli nie z zachwytem, to przynajmniej z życzliwością. Jestem pewny, że z miejsca zakochałby się w niej, gdyby nie ten podły zapach kalafiorów zalatujący z kuchni.

Siedliśmy. Wokulski zapytał panie, czy są zadowolone z lokalu, a następnie opowiedział im, że Ludwik Stawski był przed dwoma laty w New Yorku, a następnie przeniósł się do Londynu pod przybranym nazwiskiem. Napomknął z lekka, że Stawski był wówczas chory i że za parę tygodni spodziewa się o nim stanowczych wiadomości.

Słuchając tego pani Misiewiczowa kilka razy odwołała się do pomocy chustki...

Pani Stawska była spokojniejsza, tylko parę łez stoczyło się jej po twarzy. Aby ukryć wzruszenie, zwróciła się z uśmiechem do córeczki i rzekła półgłosem:

- Podziękuj, Heluniu, panu, że nam przyniósł wiadomości o tatce.

Znowu łzy jej błysnęły, ale opanowała się. Tymczasem Helunia zrobiła dyg przed Wokulskim, a następnie przypatrzywszy mu się wielkimi oczyma, nagle schwyciła go za szyję i ucałowała w same usta.

Nieprędko zapomnę zmian, jakim uległa fizjognomia Stacha wobec tak niespodzianych pieszczot. Ponieważ, o ile wiem, jeszcze nigdy nie pocałowało go żadne dziecko, więc w pierwszej chwili cofnął się zdziwiony; potem objął Helunię za ramiona, wpatrywał się w nią ze wzruszeniem i pocałował w głowę.

Byłbym przysiągł, że wstanie z krzesła i powie pani Stawskiej:

Pozwól pani, ażebym zastąpił ojca tej kochanej dziecinie..."

Ale... nie powiedział tego; spuścił głowę i wpadł w zwykłą sobie zadumę. Dałbym połowę mojej rocznej pensji, ażeby dowiedzieć się: o czym on wtedy inyślał? Może o pannie Łęckiej?... Eh, znowu starość wyłazi... Cóż panna Łęcka? ani umywała się do Stawskiej!

Po paruminutowym milczeniu Wokulski spytał:

- Zadowolone panie z sąsiadów?...

- Jak z których - odezwała się pani Misiewiczowa.

- Owszem, bardzo - wtrąciła pani Stawska. Przy tym spojrzała na Wokulskiego i zarumieniła się.

- Czy i pani Krzeszowska jest równie miłą sąsiadką? - spytał Wokulski.

- O panie!... - zawołała pani Misiewiczowa podnosząc palec w górę.

- To nieszczęśliwa kobieta - przerwała pani Stawska. - Straciła córkę.

Mówiąc to obracała w palcach rąbek chusteczki i spod swoich cudownych rzęs usiłowała patrzeć... jużci nie na mnie. Ale powieki musiały jej ciężyć jak ołów, więc tylko rumieniła się coraz mocniej i stawała się coraz poważniejszą, jak gdyby ją który z nas obraził.

- A któż to jest ten pan Maruszewicz? - mówił dalej Wokulski, jakby nie myśląc nawet o obecnych damach.

- Letkiewicz, , urwis... - prędko odpowiedziała pani Misiewiczowa.

- Ależ mateczko, to tylko oryginał!... - poprawiła ją córka. W tej chwili miała oczy tak wielkie i źrenice tak rozszerzone jak chyba jeszcze nigdy.

- Bo ci.studenci to podobno bardzo niesforni - rzekł Wokulski patrząc na fortepian.

- Zwyczajnie młodzi - odparła pani Misiewiczowa i głośno utarła nos

- Widzisz, Heluniu, znowu odpina ci się kokardka - rzekła pani Stawska nachylając się do córeczki, może aby ukryć zakłopotanie na samą wzmiankę o niesfornościach studenckich.

Znudził mnie już Wokulski swoją rozmową. Istotnie, trzeba być albo półgłówkiem, albo źle wychowanym człowiekiem, ażeby tak piękną kobietę wypytywać o współlokatorów! Przestałem go też słuchać i machinalnie począłem wyglądać na podwórze.

I oto, com zobaczył... W jednym z okien Maruszewicza uchyliła się roleta i przez szparę z boku można było dojrzeć, że ktoś patrzy w naszą stronę. "Szpieguje nas ten poczciwiec!" - pomyślałem. Zwróciłem oczy ku drugiemu piętru od frontu. Masz pociechę!... W najdalszym pokoju pani baronowej Krzeszowskiej oba lufciki otwarte, a w głębi widać... ją samą, jak przypatruje się lokalowi pani Stawskiej przez teatralną lornetkę.

"Że też Pan Bóg nie ukarze tej jędzy..." - rzekłem do siebie, pewny, że z tego lornetowania wyniknie kiedy skandal.

Modliłem się nie na próżno. Kara boska już wisiała nad głową intrygantki, w postaci śledzia, który wysuwał się z lufcika na trzecim piętrze. Śledzia owego trzymała jakaś tajemnicza ręka, odziana w granatowy rękaw ze srebrnym galonem, spoza ręki zaś co kilka sekund wychylała się mizerna twarz ze złośliwym uśmiechem.

Nie trzeba było mojej przenikliwości, ażeby zgadnąć, że był to jeden z nie płacących komornego studentów, który tylko czekał na ukazanie się baronowej w lufciku, ażeby na nią puścić śledzia.

Ale baronowa była ostrożna, więc mizerny studencina nudził się. Przekładał opatrznościowego śledzia z jednej ręki do drugiej i zapewne dla zabicia czasu robił bardzo nieprzystojne miny do dziewcząt z paryskiej pralni.

Właśnie kiedy zastanawiałem się, że zamach, przygotowywany na baronowę przez studenta ze śledziem, spełznie na niczym, Wokulski wstał z krzesła i zaczął żegnać damy.

- Tak prędko panowie odchodzą! - szepnęła pani Stawska i w tej chwili ogromnie zmieszała się.

- Może panowie będą łaskawi częściej... - dodała pani Misiewiczowa.

Ale safanduła Stach, zamiast poprosić panie, ażeby pozwoliły mu bywać co dzień albo nawet ażeby go stołowały (co ja niezawodnie powiedziałbym będąc na jego miejscu), ten... ten dziwak, zapytał się: czy nie potrzebują jakich reperacyj w mieszkaniu...

- O, już wszystko, co było potrzebne, zrobił poczciwy pan Rzecki - odparła pani Misiewiczowa zwracając się do mnie z sympatycznym uśmiechem. (Szczerze mówiąc, nawet nie lubię takich uśmiechów u osób w pewnym wieku.)

W kuchni Stach zatrzymał się na sekundę, widać drażnił go zapach kalafiorów, więc rzekł do mnie:

- Trzeba by tu urządzić jaki wentylator albo co...

Na schodach nie mogłem już wytrzymać i zawołałem:

- Gdybyś tu bywał częściej, sam byś poznał, jakie melioracje należałoby zaprowadzić w tym domu. Ale co ciebie obchodzi dom albo nawet taka piękna kobieta!

Wokulski stanął w sieni i patrząc na rynnę mruknął:

- Phy!... gdybym ją poznał wcześniej, może bym się z nią ożenił:

Usłyszawszy to doznałem dziwnego uczucia: byłem kontent, a jednocześnie jakby mnie kto w serce kolnął.

- A tak, to już się nawet nie ożenisz? - spytałem.

- Kto wie?... - odparł. - Może się i ożenię... Ale nie z nią.

Usłyszawszy zaś to, doznałem jeszcze dziwniejszego uczucia; było mi żal, że pani Stawska nie dostanie Stacha za męża, a jednocześnie jakby mi kto zdjął ciężar z piersi.

Ledwie wyszliśmy na dziedziniec, patrzę, a pani baronowa wychyla się ze swego lufcika i woła, oczywiście do nas:

- Panie !... Proszę !...

Nagle - rozdzierającym głosem krzyknęła: "Ach nihiliści...", i cofnęła się w głąb pokoju.

Jednocześnie o kilka kroków od nas spadł na podwórze śledź, na którego stróż rzucił się z taką drapieżnością, że nawet mnie nie spostrzegł.

- Nie zajdziesz do pani baronowej? - zapytałem Stacha. - Ona, zdaje się, ma do ciebie interes.

- Niech mi da święty spokój!- odparł machnąwszy ręką.

Na ulicy zawołał dorożkę i wróciliśmy do sklepu nie rozmawiając ze sobą.

Jestem jednak pewny, że myślał o pani Stawskiej i że gdyby nie te podłe kalafiory...

Taki byłem nieswój, taki zmartwiony, że zamknąwszy sklep poszedłem na piwo. Spotkałem tam radcę Węgrowicza, który wciąż psy wiesza na Wokulskim, ale miewa bardzo szczęśliwe pomysły polityczne... i kłóciliśmy się z nim do północy. Węgrowicz ma rację: istotnie widać z gazet, że w Europie na coś się zanosi. Kto wie, czy po Nowym Roku mały Napoleonek (nazywają go Lulu, zrobi on wam lulu!) nie przeniesie się z Anglii do Francji... Prezydent MacMahon za nim, ks. Broglie za nim, w narodzie większość za nim.:. Można by się założyć, że zostanie cesarzem jako Napoleon IV, a na wiosnę zacznie taniec z Niemcami. Teraz przecie Niemcy nie pójdą do Paryża; nie udaje się dwa razy ta sama sztuka.

Otóż tedy... Co ja chciałem powiedzieć?... Aha! We trzy, może we cztery dni po naszej wizycie u pani Stawskiej przychodzi Stach do sklepu i podaje mi list, ale adresowany do niego.

- Przeczytaj no - rzekł ze śmiechem.

Otworzyłem - czytam:

"Panie Wokulski! Wybacz, że nie nazywam cię szanownym, ale trudno dawać taki tytuł człowiekowi, od którego już wszyscy odwracają się ze wstrętem. Nieszczęsny człowieku! Jeszcze nie zrehabilitowałeś się ze swych dawniejszych występków, a już hańbisz się nowymi. Dziś o niczym więcej nie mówi całe miasto, tylko o twoich odwiedzinach u kobiety tak źle prowadzącej się jak Stawska. Już nie tylko miewasz z nią schadzki na mieście, nie tylko zakradasz się do niej po nocach, co by jeszcze dowodziło, żeś niezupełnie wstyd zatracił, ale nawet odwiedzasz ją w biały dzień, wobec służby, młodzieży i uczciwych mieszkańców tej skompromitowanej kamienicy.

Nie łudź się jednak, nieszczęsny, że sam tylko romans z nią prowadzisz. Pomaga ci jeszcze twój rządca, ten nędznik Wirski, i ten osiwiały w rozpuście twój plenipotent Rzecki.

Muszę dodać, że Rzecki nie tylko uwodzi ci twoją kochanicę, ale jeszcze okrada cię w dochodach z domu: poniżał bowiem komorne niektórym lokatorom, a przede wszystkim tej Stawskiej. Skutkiem tego dom twój już nic niewart, ty sam stoisz nad brzegiem przepaści i zaprawdę! wielką wyrządziłby ci łaskę szlachetny dobroczyńca, który by zechciał kupić tę ruderę po Łęckich z małą dla ciebie stratą.

Gdyby więc znalazł się taki dobrodziej, pozbądź się ciężaru, weź z wdzięcznością, co się da, i uciekaj za granicę, pierwej, nim sprawiedliwość ludzka okuje cię w kajdany i wtrąci do lochów: Czuwaj nad sobą!... strzeż się!... i posłuchaj rady życzliwego przyjaciela"

- Zuch baba, co? - zapytał Wokulski spostrzegłszy, żem już skończył czytanie.

- Niech ją diabli porwą!- zawołałem domyślając się, że mówi o autorce listu. - Ja, według niej, osiwiałem w rozpuście!... Ja kradnę!... Ja romansuję!... Przeklęta jędza.

- No, no, uspokój się, bo już widzę jej adwokata - rzekł Stach.

Istotnie, w tej chwili wszedł do sklepu człeczyna w starym futrze, wypłowiałym cylindrze i ogromnych kaloszach. Wszedł, rozejrzał się jak ajent śledczy, zapytał Klejna, kiedy będzie pan Wokulski, potem nagle udał, że dopiero nas spostrzega, i przybliżywszy się do Stacha szepnął :

- Wszak pan Wokulski?... Czy mogę mieć z panem króciutką konferencję na osobności?

Stach mrugnął na mnie i poszliśmy we trzech do mego mieszkania. Gość rozebrał się, przy czym zauważyłem, że jego spodnie są jeszcze bardziej wytarte, a zarost mocniej zjedzony przez mole niż futro.

- Prezentuję się panom - rzekł wyciągając do Wokulskiego prawą, a do mnie lewą rękę. - Jestem adwokat...

Tu wymienił nazwisko i - tak został z rękoma w powietrzu. Dziwnym bowiem trafem ani Stach, ani ja nie czuliśmy ochoty do uściskania go.

Poznał to, ale nie zmieszał się. Owszem, z najlepszą miną zatarł ręce i rzekł śmiejąc się:

- Panowie nawet nie pytają: jaki mnie tu interes sprowadza

- Domyślamy się, że pan sam powiesz - odparł Wokulski.

- Racja! - zawołał gość. - Otóż mówię krótko. Jest tu jeden bogaty, ale bardzo skąpy Litwin (Litwini są bardzo skąpi!), który prosił mnie, ażebym mu nastręczył do nabycia jaką kamienicę. Mam ich z piętnaście, ale przez szacunek dla pana, panie Wokulski, bo wiem, co pan robisz dla kraju, nastręczyłem mu pańską, tę po Łęckim, i po dwutygodniowej pracy nad nim tylem zrobił, że gotów dać... Zgadnijcie panowie: ile?... Osiemdziesiąt tysięcy rublil... Co? Kokosowy interes. Nieprawdaż?...

Wokulski zaczerwienił się z gniewu, a przez chwilę myślałem, że wyrzuci gościa za drzwi. Pohamował się jednak i odparł, ale już tym swoim tonem, tym ostrym i nieprzyjemnym:

- Znam tego Litwina, nazywa się baronowa Krzeszowska

- Co?... - zdziwił się adwokat.

- Ten skąpy Litwin daje nie osiemdziesiąt, ale dziewięćdziesiąt tysięcy za mój dom, pan zaś proponujesz mi niższą cenę, ażeby więcej zarobić...

- Hę! Hę! hę... - zaczął śmiać się adwokat. - Któż by inaczej robił, szanowny panie Wokulski?

- Powiedz pan zatem swojemu Litwinowi - przerwał mu Stach że sprzedam kamienicę, ale za sto tysięcy rubli. I to do Nowego Roku. Po Nowym Roku cenę podniosę.

- Ależ to jest nieludzkie, co pan mówi!... - wybuchnął gość. - Pan chce tej nieszczęśliwej kobiecie wydrzeć ostatni grosz... Co świat na to powie, zastanów się pan!...

- Co powie świat, o to nie dbam - rzekł Wokulski. - A jeżeli zechce mnie moralizować, tak jak pan, pokażę mu drzwi. O, tam są drzwi, widzisz pan, panie adwokacie?

- Daję panu dziewięćdziesiąt dwa tysiące rubli i ani grosza więcej - odparł adwokat.

- Niech pan włoży futro, bo się pan zaziębi na dziedzińcu...

- Dziewięćdziesiąt pięć... - wtrącił adwokat i szybko zaczął się ubierać.

- No, żegnam pana... - rzekł Wokulski otwierając drzwi. Adwokat nisko ukłonił się i wyszedł, zza proga zaś dodał słodkim tonem :

- To ja tu przyjdę za parę dni. Może szanowny pan będzie lepiej dysponowany...

Stach zamknął mu drzwi przed nosem.

Po wizycie obrzydliwego adwokata wiedziałem już, co myśleć. Pani baronowa z pewnością kupi kamienicę Stacha, ale pierwej użyje wszelkich środków, ażeby coś utargować. Znam te środki! Jednym z nich był ów list anonimowy, w którym szkaluje panią Stawską, a o mnie mówi, że osiwiałem w rozpuście. Skoro zaś kupi kamienicę, przede wszystkim wypędzi z niej studentów, a zapewne i biedną panią Helenę. Gdybyż choć na tym ograniczyła swoją nienawiść...

Teraz już mogę opowiadać galopem wszystkie wypadki, które później nastąpiły.

Otóż po wizycie tego adwokata tknęło mnie złe przeczucie. Postanowiłem dziś jeszcze odwiedzić panią Stawską i ostrzec ją, ażeby się miała na baczności przed baronową. Nade wszystko zaś, ażeby jak najrzadziej siadała w oknie. Te panie bowiem, obok zdobiących je cnót, mają fatalny zwyczaj, że ciągle siedzą w oknie. Pani Misiewiczowa sobie, pani Stawska sobie, Helunia sobie i nawet kucharka Marianna też sobie. I nie dość, że siedzą cały dzień, ale jeszcze siedzą wieczorami przy lampach i nawet nie zapuszczają rolet, chyba przed udaniem się na spoczynek. Toteż widać wszystko, co się dzieje w ich mieszkaniu, jak w latarni.

Dla uczciwych sąsiadów taki sposób przepędzania czasu byłby najlepszym dowodem ich zacności: pokazują się wszystkim cały dzień, bo nie mają czego ukrywać. Gdym sobie jednak przypomniał, że te kobiety są ciągle szpiegowane przez Maruszewicza i przez panią baronowę, i gdy jeszcze pomyślałem, jak baronowa nienawidzi pani Stawskiej - ogarnęły mnie najgorsze przeczucia.

Tego samego wieczora chciałem pobiec do moich szlachetnych przyjaciółek i zakląć na wszystkie świętości, ażeby tak ciągle nie przesiadywały w oknach i nie narażały się na śledztwo baronowej. Tymczasem akurat o wpół do dziewiątej zachciało mi się pić i - zamiast do pań, poszedłem na kufelek.

Był już tam radca Węgrowicz i Szprot, ajent handlowy. Właśnie mówili coś o tym domu, co zawalił się przy ulicy Wspólnej, kiedy naraz Węgrowicz trąca swoim kuflem w mój kufel i mówi:

- Niejeden się to jeszcze dom zawali przed Nowym Rokiem!

A Szprot mrugnął okiem.

Nie podobało mi się jego mruganie, bo nigdy nie lubiłem przemrugiwać się z lada błaznem, więc pytam:

- Cóż to, panie, mają znaczyć pańskie pantominy?

On śmieje się głupowato i mówi:

- Przecież pan wie lepiej aniżeli ja, co to znaczy. Wokulski sprzedaje sklep...

Męko Chrystusowa!... Żem go nie trzasnął kuflem w łeb, dziwię się samemu sobie. Na szczęście, pohamowałem pierwszy impet, wypiłem dwa kufle piwa jeden po drugim i pytam go niby spokojnym głosem:

- Po cóż by Wokulski miał sklep sprzedać i komu?

- Komu?... - wtrąca Węgrowicz. - Alboż to mało Żydów w Warszawie? - Złożą się we trzech, bodaj w dziesięciu, i zaparszywią Krakowskie Przedmieście z łaski jaśnie wielmożnego pana Wokulskiego, co trzyma własny powóz i jeździ do arystokracji na letnie mieszkanie. Mój Boże!... pamiętam, jak mi to biedactwo podawało rozbratel u Hopfera... Nie ma teraz, jak jeździć na wojnę i rewidować tureckie kieszenie.

- Ale po co by sprzedawał sklep? - pytam szczypiąc się w kolano, ażeby nie wybuchnąć na tego dziada.

- Dobrze robi, że sprzedaje! - odparł Węgrowicz wziąwszy w garść już nie wiem który kufel piwa. - Co on ma robić między kupcami, taki pan, taki... dyplomata, taki... nowator, co nam tu nowe towary sprowadza ?...

- Mnie się zdaje, że jest inny powód - wtrącił Szprot. - Wokulski stara się o pannę Łęcką, a choć zrazu dostał odkosza, jednak dziś znowu tam bywa, więc musi mieć widoki... A że panna Łęcka nie wyszłaby za galanteryjnego kupca, choćby on był dyplomatą i nowatorem...

W oczach zaczęły mi ognie latać. Uderzyłem kuflem w stół i krzyknąłem :

- Kłamiesz pan, wszystko pan kłamiesz, panie Szprot!... A oto mój adres... - dodałem rzucając mu bilet na stół.

- Co mi pan dajesz adresy? - odparł Szprot. - Mam panu przysłać partię kortu czy co?...

- Satysfakcji żądam od pana - krzyknąłem, wciąż bijąc w stół.

- Tere-fere! - mówi Szprot i kręci palcem w powietrzu. - Łatwo panu żądać satysfakcji, boś oficer węgierski. Zamordować człowieka albo nawet dwu czy samemu dać się porąbać to u pana chleb z masłem... Ale ja, panie, jestem ajent handlowy, mam żonę, dzieci i terminowe interesa...

- Zmuszę pana do pojedynku!

- Co to zmuszę?... Ciupasem mnie pan sprowadzisz czy co?... A jakbyś mi pan coś podobnego powiedział po trzeźwemu, tobym poszedł do cyrkułu i daliby panu pojedynek...

- Jesteś pan bez honoru! - zawołałem.

Teraz on zaczął bić w stół.

- Kto bez honoru?... Komu pan to mówisz?... Nie płacę weksli czy daję zły towar, czym bankrutował?... Zobaczymy w sądzie, kto ma honor!...

- Uspokójcie się! - prosił radca Węgrowicz. - Pojedynki to były w modzie dawniej, nie teraz... Podajcie sobie ręce...

Wstałem od stołu zalanego piwem, zapłaciłem w bufecie i wyszedłem. Noga moja więcej nie postanie w tej podłej dziurze...

Naturalnie, że po takim wzburzeniu nie mogłem już być u pani Stawskiej. Z początku myślałem nawet, że całą noc spać nie będę. Alem jakoś zasnął. A gdy Stach przyszedł na drugi dzień do sklepu, zapytałem go :

- Wiesz, co mówią?... Że sklep sprzedajesz?...

- A choćbym sprzedał, cóż by w tym było złego?...

(Prawda! Cóż by w tym było złego?... Że też mi tak prosta myśl nie przyszła do głowy.)

- Ale bo widzisz - szepnąłem - mówią jeszcze, że żenisz się z panną Łęcką...

- Gdyby tak... Więc i cóż? - odparł.

(Jużci, ma rację! Cóż to, jemu nie wolno żenić się, z kim by chciał, nawet z panią Stawską?... Że też nie zorientowałem się i bez potrzeby zrobiłem awanturę temu Szprocinie.)

Naturalnie, ponieważ tego wieczora musiałem pójść nie tyle na piwo, ile ażeby pogodzić się z niesłusznie obrażonym Szprotem, więc znowu nie byłem u pani

Stawskiej i nie ostrzegłem, ażeby nie siadała w oknie.

Tak więc nie bez przykrości dowiedziałem się, że do Wokulskiego między kupcami wzrasta niechęć, że sklep nasz będzie sprzedany i że Stach żeni się z panną Łęcką. Mówię: żeni się, bo on nie mając pod tym względem pewności nie wyraziłby się tak stanowczo, nawet przede mną.

Dziś już na pewno wiem, za kim on tęsknił w Bułgarii, dla kogo zębami i pazurami zdobywał majątek... Ha, wola boska!...

No i patrzcie, jak. ja odbiegam od przedmiotu. Ale teraz już na dobre zajmę się awanturą pani Stawskiej i opowiem z szybkością błyskawicy.

ROZDZIAŁ DZIESIĄTY: PAMIĘTNIK STAREGO SUBIEKTA

"Jednego wieczora, zaraz po ósmej, poszedłem do tych pań. Pani Stawska swoim zwyczajem w ostatnim pokoju odrabiała lekcje z jakimiś panienkami, a pani Misiewiczowa z Helunią... znowu swoim zwyczajem siedziały w oknie. Nie rozumiem, co mogły widzieć po nocy, ale że ich wszyscy widzieli, to pewne. Nawet przysiągłbym, że pani baronowa w jednym ze swoich nieoświetlonych okien siedzi z lornetą i penetruje pierwsze piętro, bo rolety jak zwykle nie były zasunięte.

Cofnąłem się tedy za firankę, ażeby choć mnie ta poczwara nie widziała, i prosto z mostu pytam pani Misiewiczowej:

- Bez obrazy pani dobrodziejki, dlaczego panie tak ciągle siedzicie w oknach?... To niedobrze...

- Ja się cugów nie boję - odparła szanowna dama - a mam w tym wielką przyjemność. Bo imaginuj sobie pan, co Helunia odkryła. Czasami okna bywają w takim porządku oświetlone, że układa się z nich jakby abecadło... Heluniu! - zwróciła się do dziecka - a nie ma tam jakiej literki?...

- Jest, babciu, i nawet dwie. Jest H i jest T.

- Prawda! - potwierdziła staruszka. - Jest H i jest T. Niechże pan spojrzy...

Spojrzałem. Istotnie, naprzeciw nas były oświetlone dwa okna na trzecim piętrze, trzy na drugim i dwa na pierwszym w taki sposób, że tworzyły znak: H Zaś w tylnej oficynie pięć okien trzeciego piętra, jedno drugiego, jedno pierwszego i jedno na parterze, również oświetlone, tworzyły znak: T

- Przez te okna, panie - mówiła babcia - (choć rzadko układają się z nich literki) Helunia nabrała ciekawości do abecadła, a i teraz jeszcze bawi się najlepiej, jeżeli potrafi, złożyć z oświetlonych okien jakąś formę. Dlatego nawet nie zapuszczamy rolek wieczorem.

Wzruszyłem ramionami, bo i jakże tu bronić dziewczynce, ażeby wyglądała oknem, jeżeli się ona tym tak ładnie bawi!

- Jak tu nie wyglądać oknem - westchnęła pani Misiewiczowa - kiedy to nasza jedyna przyjemność. Czy my gdzie bywamy? Czy kogo widujemy?... Od czasu jak Ludwik wyjechał, zerwały się nasze stosunki z ludźmi. Dla jednych jesteśmy za ubogie, dla innych podejrzane...

Otarła oczy chustką i mówiła dalej :

- O, Ludwiczek źle zrobił, że wyjechał; bo choćby go nawet uwięzili, okazałaby się jego niewinność i znowu bylibyśmy razem. A teraz on Bóg wie gdzie, a

Stawska... Mówi pan, żeby nie wyglądać!... Przecież ona, biedactwo, ciągle czeka, nasłuchuje i wypatruje, czy Ludwik nie wraca, a przynajmniej czy nie będzie od niego listu? Niech tylko kto biegnie prędzej przez dziedziniec, ona zaraz do okna myśląc, że to bryftrygier. A jeżeli kiedy do nas wstąpi bryftrygier (my, panie Rzecki, bardzo rzadko odbieramy listy), to gdybyś pan widział Helenkę!...Mieni się, bladnie, drży...

Nie śmiałem ust otworzyć, a staruszka odpocząwszy prawiła:

- I ja sama lubię siedzieć w oknie, osobliwie kiedy jest ładny dzień i czyste niebo, bo wtedy staje mi w pamięci mój mąż nieboszczyk jak żywy...

- Tak - szepnąłem - przypomina go pani niebo, gdzie on mieszka obecnie.

- Nie pod tym względem, panie Rzecki - przerwała. - Że on jest w niebie, to wiem, bo gdzieżby mógł być taki spokojny człowiek? Ale jak patrzę na niebo i na ścianę tej kamienicy, zaraz przychodzi mi na myśl szczęśliwy dzień naszego ślubu... Klemens nieboszczyk miał wtedy na sobie szafirowy frak i żółte nankinowe spodnie, zupełnie tego koloru co nasza kamienica...

O, panie Rzecki - mówiła staruszka płacząc - wierz mi, że dla takich jak my nieraz okno starczy za teatr, koncert i znajomości. Bo i na co my już mamy patrzeć?

Nie potrafię opisać, jak mi się zrobiło smutno, kiedy z powodu marnego wyglądania oknem usłyszałem taki dramat... Nagle w drugim pokoju zrobił się szelest... Uczennice pani Stawskiej skończywszy lekcję zabierały się do domu, a ich przecudna nauczycielka uszczęśliwiła mnie swoim widokiem.

Kiedym ją witał, miała zimne ręce, a na boskiej twarzy wyraz zmęczenia i smutku. Zobaczywszy mnie jednak raczyła się uśmiechnąć. (Drogi anioł! jakby domyślała się, że jej słodki uśmiech na cały tydzień rozświetla mi ciemności życia.)

- Mówiła panu mama - rzekła pani Stawska - jaki nas dziś spotkał honor? Aha, prawda, zapomniałam... - wtrąciła pani Misiewiczowa.

Tymczasem dwie panienki wyszły dygając i zostaliśmy sami, jakby w kółku familijnym.

- Niech pan sobie wyobrazi - mówiła pani Stawska - że miałyśmy dziś wizytę baronowej... W pierwszej chwili prawie zlękłam się, bo ona, biedaczka, nie ma przyjemnej powierzchowności, taka blada, tak zawsze czarno ubrana, takie ma jakieś spojrzenie... Ale rozbroiła mnie w jednej chwili, kiedy zobaczywszy Helunię rozpłakała się i upadła przed nią na kolana wołając: takie było moje małe biedactwo i już nie żyje!...

Zimno mi się zrobiło, kiedym tego słuchał. Nie chcąc jednak może na próżno przerażać pani Stawskiej, nie śmiałem zakomunikować jej moich przeczuć. Zapytałem tylko:

- I czego ona chce od pani?

- Przyszła mnie prosić, ażebym pomogła jej w uporządkowaniu bielizny, sukien, koronek, słowem, całego gospodarstwa. Ona spodziewa się, że wkrótce mąż do niej wróci, i chce poodświeżać jedne drobiazgi, inne zakupić. A że jak mówi, nie ma gustu, więc prosi mnie do pomocy i obiecuje mi płacić po dwa ruble za trzy godziny co dzień.

- A pani co na to?

- Mój Boże, cóż miałam robić?... Naturalnie, że przyjęłam z podziękowaniem. Jest to wprawdzie chwilowe zajęcie, ale bardzo przyszło mi w porę, bo właśnie onegdaj (nie rozumiem nawet z jakiego powodu) straciłam jedną lekcję muzyki, za pięć złotych godzina...

Westchnąłem domyślając się, że powodem utraty lekcji mógł być jaki list anonimowy, w pisaniu których pani Krzeszowska odznacza się wielką biegłością. Ale - nie powiedziałem nic. Bo czy mogłem radzić pani Stawskiej, aby odrzuciła dwa ruble dziennie?

Oj, Stachu, Stachu!.:. dlaczego byś ty się z nią nie miał ożenić?...Panna Łęcka zajechała ci w głowę... Bodajbyś tego nie żałował.

Od tej pory, ile razy przyszedłem do moich zacnych przyjaciółek, pani Stawska opowiadała mi jak najszczegółowiej historię swoich stosunków z baronową Krzeszowską, u której bywała co dzień i rozumie się, zamiast trzech, pracowała pięć i sześć godzin, wciąż za owe dwa ruble.

Pani Stawska jest bardzo pobłażliwą kobietą, niemniej jednak, o ile mogłem wymiarkować z jej oględnych wyrażeń, zarówno mieszkanie baronowej, jak i całe otoczenie dziwiło i robiło przykrość pani Stawskiej.

Przede wszystkim baronowa wcale nie korzysta ze swego obszernego apartamentu. Salon, buduar, pokój sypialny, jadalny, pokój barona, wszystko stoi pustką. Meble i lustra pozasłaniane pokrowcami; z roślin, jakie tam były kiedyś, dziś są patyki albo tylko wazony pełne próchna zamiast ziemi ; na kosztownych obiciach kurz. Jada także Bóg wie po jakiemu, nie biorąc czasem przez parę dni nic ciepłego w usta, i trzyma na tak wielki dom tylko jedną służącą, której w dodatku wymyśla od rozpustnic i złodziejek.

Kiedy ją zapytała pani Stawska, czy jej nie smutno żyć w tej pustce - odparła:
- Cóż mam robić, nieszczęsna sierota i prawie wdowa? Chyba jak mego występnego męża natchnie dobry Bóg, ażeby żałował za swoje niecne czyny i wrócił do mnie, chyba wtedy zmieni się nieco moje pustelnicze życie. O ile zaś mogę wnosić ze snów i przeczuć, jakie na mnie zsyła niebo podczas gorących modłów, mąż mój powinien by nawrócić się lada dzień, bo już i pieniędzy, i kredytu nie ma ten nieszczęśliwy opętaniec...

Pani Stawska słysząc to zrobiła w duchu uwagę, że los barona, po jego nawróceniu się, może nie być godnym zazdrości.

Osoby odwiedzające baronowę także nie wzbudzały zaufania w pani Stawskiej. Najczęściej bywały tam jakieś stare, niemiłej powierzchowności kobiety, z którymi w przedpokoju półgłosem rozmawiała o swym mężu. Niekiedy zjawiał się Maruszewicz albo jakiś adwokat w starym futrze. Tych panów baronowa brała do pokoju jadalnego, ale rozmawiając z nimi, płakała i wymyślała tak głośno, że w całym domu było słychać.

Na nieśmiałą uwagę pani Stawskiej, dlaczego nie żyje z familią baronowa odpowiedziała :
- Z jaką, kochana pani? Ja już nie mam nikogo, a choćbym nawet miała, nie mogłabym przyjmować u siebie ludzi tak chciwych i ordynarnych. Familia zaś mego męża wypiera się mnie, gdyż nie pochodzę ze szlachty; co im zresztą nie przeszkadzało wytumanić ode mnie ze dwieście tysięcy rubli. Dopóki pożyczałam im na wieczne nieoddanie, politykowali ze mną ; ale gdy się

opatrzyłam, zerwali stosunki i nawet oni to namawiali mego nieszczęśliwego męża, ażeby położył mi areszt na majątku. O, co ja przeżyłam z tymi ludźmil... - dodała płacząc.

Jedyny pokój (mówi pani Stawska), w którym baronowa cały dzień spędza, jest pokoik jej zmarłej córeczki. Ma to być bardzo smutny i dziwaczny zakątek, wszystko w nim bowiem zostało jak za życia nieboszczki. Jest więc łóżeczko, na którym co kilka dni zmienia się pościel, szafka z ubraniem, które równie często trzepie się i czyści w salonie, bo na dziedziniec nie pozwoliłaby baronowa wynieść tych świętych pamiątek. Jest mały stolik z książkami i z kajetem otwartym na tej stronie, na której biedne dziecko pisało ostatni raz: "Najświętsza Panno, form..." I nareszcie jest półka, pełna lalek małych i dużych, ich łóżeczek i ich garderoby.

Pani Stawska w tym właśnie pokoju ceruje koronki albo jedwabie, których baronowa ma pełno. Czy się w nie będzie kiedy ubierać? - pani Stawska nie może zgadnąć.

Jednego dnia baronowa zapytała panią Stawską, czy zna Wokulskiego. Lecz choć odebrała odpowiedź, że pani Helena zna go bardzo mało, zaczęła mówić:

- Wyrządzi mi kochana pani wielką łaskę, prawdziwe dobrodziejstwo, jeżeli wstawi się za mną do tego pana w ważnym dla mnie interesie. Ja chcę kupić tę kamienicę i daję mu już dziewięćdziesiąt pięć tysięcy rubli, a on przez upór, bo przez nic innego, żąda stu tysięcy. On mnie chce zrujnować, ten człowiek!...

Niech mu pani powic, że on mnie zabije... że ściągnie na siebie karę boską za taką chciwość... - krzyczała i płakała pani baronowa.

Pani Stawska, bardzo zmięszana, odpowiedziała baronowej, że w żaden sposób nie może mówić o tym z Wokulskim.

- Nie znam go... Zaledwie raz był u nas... Zresztą, czy wypada mi wtrącać się do podobnych rzeczy?

- O, pani wszystko mogłaby z nim zrobić - odparła baronowa.- Ale jeżeli pani nie chce uratować mnie od śmierci - wola boska... Niech więc pani przynajmniej spełni chrześcijański obowiązek i powie temu człowiekowi, jak jestem dla pani życzliwa...

Pani Stawka usłyszawszy to podniosła się z krzesła, ażeby wyjść. Ale baronowa rzuciła jej się na szyję i tak przepraszała, tak zaklinała, aby jej przebaczyć, że zacnej pani Helenie łzy zakręciły się w oczach i została.

Opowiedziawszy to wszystko pani Stawka zakończyła pytaniem, które miało ton jakby prośby:

- Więc pan Wokulski nie chce sprzedać tej kamienicy?

- Owszem - odpowiedziałem rozdrażniony - sprzeda kamienicę, sprzeda sklep... Wszystko sprzeda...

Mocny rumieniec oblał twarz pani Stawskiej ; odwróciła krzesło tyłem do lampy i spytała cichym głosem:

- Dlaczego?...

- Albo ja wiem! - rzekłem czując tę okrutną przyjemność, jaką sprawia dręczenie bliźnich. - Albo ja wiem!... Mówią, że chce się żenić...

- Aha - wtrąciła pani Misiewiczowa. - Mówią coś o pannie Łęckiej.

- Czy to prawda?..: - szepnęła pani Stawska. Nagle przycisnęła ręką piersi, jakby jej tchu zabrakło, i wyszła do drugiego pokoju.

"Ładny interes! - pomyślałem. - Widziała go raz i już mdleje..."

- Nic wiem, po co by on się żenił - rzekłem do pani Misiewiczowej. - Bo on chyba nawet nie może mieć szczęścia do kobiet.

- Ach, co też pan mówi, panie Rzecki! - oburzyła się staruszka. - On nie może mieć szczęścia do kobiet?

- No, przecież nie jest piękny...

- On?... Ależ on kompletnie piękny człowiek!... Cóż to za budowa, jaka szlachetna fizjognomia, a co za oczy!... Pan się chyba nie znasz, panie Rzecki. A ja wyznam (bo mi to wolno w moim wieku), że lubo widziałam wielu pięknych mężczyzn (Ludwik był także bardzo przystojny), przecież takiego jak Wokulski widzę pierwszy raz. On między tysiącem zwróciłby uwagę...

Dziwiłem się w duchu tym. pochwałom. Bo choć wiem, że Stach jest bardzo przystojny, to jednak żeby aż tak... Ha, nie jestem kobietą!

Kiedy około dziesiątej wieczór żegnałem moje damy, pani Stawka była zmieniona i smutna i skarżyła się, że ją głowa boli. Ot, osioł Stach! Taka kobieta szaleje za nim od jednego spojrzenia, a on, wariat, ugania się za panną Łęcką. I czy jest jaki porządek na tym świecie?

Gdybym to ja był Panem Bogiem... Ale co to gadać na próżno.

Mówią coś o kanalizacji Warszawy. Był nawet u nas książę i zaprosił Stacha na sesję w tej materii. Skończywszy zaś rozmowę o kanalizacji zagadnął go o kamienicę. Byłem przy tym i wszystko dobrze pamiętam.

- Czy prawda (przepraszam, że zapytuję o podobne rzeczy), czy prawda, panie Wokulski, że za swój dom chce pan od baronowej Krzeszowskiej sto dwadzieścia tysięcy?...

- Nieprawda - odpowiedział Stach. - Chcę sto tysięcy i nie odstąpię od nich.

- Baronowa to jakaś dziwaczka, histeryczka, ale... nieszczęśliwa kobieta - mówił książę. - Chce kupić ten dom raz dlatego, że w nim umarła jej ukochana córeczka, a po wtóre, ażeby zabezpieczyć resztę funduszów przed swoim mężem, który lubi trwonić pieniądze... Może by więc pan zrobił jej jakąś ulgę. To tak pięknie robić dobrze nieszczęśliwym!... - zakończył książę z westchnieniem.

Wyznaję, że choć jestem tylko subiektem, zadziwiła mnie ta dobroczynność z cudzej kieszeni. Stach uczuł to jeszcze mocniej, bo odpowiedział twardym tonem:

- Więc dlatego, że baron trwoni pieniądze; a jego żonie podoba się mieć mój dom, ja mam tracić kilka tysięcy rubli. Z jakiej racji?

- No, nie obrażaj się pan, szanowny panie - rzekł książę ściskając Wokulskiego za rękę. - Wszyscy przecież żyjemy z ludźmi ; oni nam pomagają do naszych celów, więc i my mamy niejakie obowiązki...

- Mnie bodaj czy kto pomaga, a wielu przeszkadza - odparł Stach.

Pożegnali się bardzo chłodno. Zauważyłem nawet, że książę był niekontent. Osobliwi ludzie! Nie dość, że Wokulski, stworzywszy spółkę do handlu z cesarstwem, dał im okazję zarabiania piętnastu procent od ich kapitałów, oni jeszcze chcą, ażeby na ich słowo darowywał baronowej kilka tysięcy rubli.:.

Ale co to za frant baba i gdzie ona nie trafi!... Bo już nawet był u Stacha jakiś ksiądz z religijnym upomnieniem, ażeby sprzedał baronowej kamienicę za dziewięćdziesiąt pięć tysięcy. A ponieważ Stach odmówił, więc zapewne niedługo usłyszymy, że jest bezbożnikiem.

Teraz następuje wypadek główny, który opowiem z szybkością uderzenia piorunu.

Kiedy znowu zaszedłem wieczorem do pani Stawskiej (było to w dzień objęcia rządów przez cesarza Wilhelma, po historii z Nobilingiem), kiedy zaszedłem tam, moje bóstwo, ta nieoceniona kobieta była w cudnym humorze i pełna zachwytu dla... baronowej...

- Niech pan sobie wyobrazi - mówiła - jaka ta pani Krzeszowska, mimo swoich dziwactw, jest zacna kobieta. Spostrzegła, że mi smutno bez Heluni, i prosiła mnie raz na zawsze, ażebym brała Helunię ze sobą do niej na te parę godzin...

- Na te sześć godzin za dwa ruble?... - wtrąciłem.

- Nie, przecie nie sześć, najwyżej cztery... Helunia bawi się tam doskonale, bo choć jej niczego dotykać nie wolno, ale za to jak ona się przypatruje zabawkom po nieboszczce...

- To takie piękne zabawki? - spytałem robiąc sobie pewien plan w duchu.

- Prześliczne! - mówiła z ożywieniem pani Stawska. - Szczególniej jest tam jedna ogromna lalka, która ma ciemne włosy, a kiedy nacisnąć ją... tu, pod gorsem - dodała zarumieniona.

- Czy nie w brzuszek?... za pozwoleniem pani - spytałem.

- Tak - rzekła prędko. - Wtedy lalka rusza oczyma i woła mama!... Ach, jaka ona zabawna, sama bym ją chciała mieć. Nazywa się Mimi. Kiedy Helunia zobaczyła ją pierwszy raz, złożyła ręce i stanęła jak posąg. A kiedy pani Krzeszowska dotknęła jej i lalka zaczęła mówić,

Helunia zawołała :

"Ach, mamo, jaka ona piękna, jaka ona mądra!... czy ja ją mogę pocałować w buzię?..."

I pocałowała ją w koniec lakierowanego bucika.

Od tej pory mówi przez sen o tej lalce; ledwie obudzi się, chce iść do pani baronowej, a kiedy tam jest, gotowa przez cały czas wpatrywać się w lalkę złożywszy ręce jak do pacierza.

Doprawdy - zakończyła pani Stawka półgłosem (Helunia bawiła się w drugim pokoju) - byłabym bardzo szczęśliwa, gdybym mogła kupić jej taką lalkę...

Z pewnością musi to być bardzo droga zabawka - wtrąciła pani Misiewiczowa

- Co tam droga, moja mamo. Kto wie, czy kiedykolwiek będę mogła sprawić jej tyle szczęścia, ile dziś jedną lalką - odpowiedziała pani Stawska.

- Zdaje mi się - rzekłem - że u nas znajdzie się taka właśnie lalka. I gdyby pani raczyła wstąpić do sklepu...

Nie śmiałem zrobić prezentu pojmując, że matce przyjemniej będzie, jeżeli sama przyczyni się do radości dziecka.

Helunia, choć rozmawialiśmy zniżonym głosem, usłyszała widać, że mówimy o lalce, i wybiegła z drugiego pokoju z błyszczącymi oczyma. Ażeby zwrócić jej uwagę na inny przedmiot, spytałem:

- Cóż, podoba ci się, Heluniu, pani baronowa?

- Tak sobie - odpowiedziało dziecko opierając się na moim kolanie i patrząc na

matkę. (Mój Boże, dlaczego ja nie jestem jej ojcem?)
- A rozmawia z tobą?
- Niewiele. Raz tylko wypytywała się, czy mnie bardzo pieści pan Wokulski.
- Tak?... I cóż ty na to?
- Ja powiedziałam, że nie wiem, który to pan Wokulski. A wtedy pani baronowa
mówi... Ach, jak pański zegarek głośno puka. Niech pan pokaże...
Wydobyłem zegarek i podałem go Heli.
- Cóż pani baronowa mówi? - spytałem.
- Pani baronowa mówi: "Jak to, nie wiesz, który jest pan Wokulski? Przecież
ten, co u was bywa z tym roz... z tym rozpsotnikiem Rzeckim..." Cha! cha! cha!...
pan jest psotnik... Niech mi pan pokaże zegarek we środku...
Spojrzałem na panią Stawską. Była tak zdziwiona, że nawet zapomniała
upomnieć Helunię.
Po herbatce z suchymi bułeczkami (bo jak mówiła służąca, masła nie można
było dziś dostać), pożegnałem zacne damy przysięgając sobie, że gdybym był
na miejscu Stacha, nie odstąpiłbym baronowej kamienicy niżej stu dwudziestu
tysięcy rubli.
Tymczasem jędza ta wyczerpawszy rozmaite protekcje i lękając się, ażeby
Wokulski albo nie podniósł ceny, albo nawet nic sprzedał kamienicy komu
innemu, zdecydowała się ostatecznie kupić ją za sto tysięcy rubli! Była
podobno wściekła przez kilka dni, dostała spazmów, zbiła służącą, zwymyślała
swego adwokata w biurze rejentalnym, ale podpisała akt nabycia. Przez kilka
następnych dni po kupieniu naszej kamienicy było cicho.
To jest o tyle cicho, że już nie słyszeliśmy nic o pani baronowej, tylko jej
lokatorowie wpadali do nas z pretensjami.
Najpierw przybiegł szewc, ten z trzeciego piętra w tylnej oficynie, płacząc, że
nowa właścicielka podwyższyła mu komorne o trzydzieści rubli na rok. Gdym
mu zaś w ciągu pół godziny wytłomaczył, że nas to nic nie obchodzi, otarł oczy,
zmarszczył się i pożegnał mnie słowami:
- Pan Wokulski to widać nie ma Boga w sercu, żeby sprzedać dom takiemu, co
krzywdzi ludzi!...
Słyszeliście państwo coś podobnego?...
Na drugi dzień zjawia się właścicielka paryskiej pralni. Ma aksamitną salopę,
dużo godności w ruchach i jeszcze więcej stanowczości w fizjognomii. Siada w
sklepie na fotelu i ogląda się, jakby miała zamiar kupić parę japońskich
wazonów, a następnie zaczyna:
- A, dziękuję panu!... Porządnie pan ze mną wyszedł, nie ma co mówić... Kupił
pan kamienicę w lipcu, a sprzedał ją w grudniu, rychtyg jak na handel, nie
uprzedzając o.tym nikogo...
Robi się czerwona i prawi dalej:
- Dziś ta flądra przysyła do mnie jakiegoś draba z wymówieniem komornego.
Nie wiem nawet, co jej do łba strzeliło, bo płacę przecież regularnie... A ona mi
wymawia komorne, ta lafirynda, i jeszcze rzuca cień na mój zakład... Mówi, że
moje panny wdzięczyły się do studentów, co łże, i myśli... Ona sobie myśli, że ja
w środku zimy znajdę lokal... że się wyprowadzę z domu, do którego przywykli
moi kundmani... Ależ ja mogę na tym stracić kilka tysięcy rubli, a kto mi to

zwróci?..

Było mi na przemian zimno i gorąco, kiedym słuchał tej perory wypowiadanej silnym kontraltem przy gościach. Ledwiem babę wyciągnął do mego mieszkania i uprosiłem, ażeby nam wytoczyła proces o szkody i straty.

W parę godzin po babie - traf! wpada student, ten brodacz, co to z zasady nie płaci komornego.

- A, jak się pan masz? - mówi. - Czy prawda, że ta diablica Krzeszowska kupiła od was dom?

- Prawda - mówię ja, a w duchu jestem pewny, że ten chyba już mnie bić zechce.

- A do licha!... - mówi brodacz strzelając z palców. - Taki był dobry gospodarz z tego Wokulskiego (PS. Stach nie widział od nich ani grosza za lokal) i sprzedał dom... Więc Krzeszowska może nas wylać z chałupy?

- Hum! Hum!... - odpowiedziałem.

- I wyleje - dodał z westchnieniem. - Już był tam u nas jakiś bursz z żądaniem, ażebyśmy się wynosili... Ale zjedzą diabła, czy nas ruszą bez procesu, a jeżeli ruszą... Zrobimy uciechę całemu domowi! Żegnam pana.

"No - myślę - że przynajmniej ten nie ma do nas pretensji. Zdaje się jednak, że oni naprawdę gotowi są zrobić uciechę baronowej..."

Nareszcie na następny dzień wpada Wirski.

- Wiesz, kolego - mówi wzburzony - wymówiła mi baba rządcostwo i każe wynosić się od Nowego Roku.

- Wokulski - odparłem - już pomyślał o panu: dostaniesz posadę przy spółce do handlu z cesarstwem...

I tak słuchając jednych, uspakajając drugich, pocieszając trzecich, przetrzymałem jakoś atak główny. Zrozumiałem również, że baronowa sroży się między lokatorami jak Tamerlan, i czułem instynktowny niepokój o śliczną i cnotliwą panią Helenę.

W drugiej połowie grudnia patrzę - otwierają się drzwi i wchodzi pani Stawska. Śliczna jak nigdy (ona jest zawsze śliczna, i wtedy kiedy jest wesoła, i kiedy ma minę zakłopotaną). Patrzy na mnie swymi czarującymi oczyma i mówi cichym głosem:

- Czy zechce mi pan pokazać tę lalkę?

Lalka (a nawet trzy podobne) od dawna była przygotowana, ale tak się zmieszałem, że przez parę minut nie mogłem jej znaleźć. Śmieszny jest Klejn ze swoimi minami; on gotów myśleć, że ja kocham się w pani Stawskiej.

W końcu wydobywam pudło - są trzy duże lalki: brunetka, blondynka i szatynka. Każda ma prawdziwe włosy, każda, naciśnięta w brzuszek, przewraca oczyma i wydaje głos, który dla pani Stawskiej brzmi jak "mama", dla Klejna jak "tata", a dla mnie jak "u-hu"...

- Prześliczna! - mówi Stawka - ale naprawdę musi być bardzo droga...

- Proszę pani - odpowiadam - jest to towar, którego się pozbywamy , więc możemy go odstąpić bardzo tanio. Zaraz pójdę po pryncypała...

Stach pracował za szafami, lecz gdy mu powiedziałem, że jest pani Stawka i po co przyszła, rzucił rachunki i wbiegł do sklepu w doskonałym humorze. Spostrzegłem nawet, że przypatruje się pani Stawskiej tak życzliwie, jakby na nim robiła silne wrażenie. No, przynajmniej teraz!... chwała Bogu.

Targ w targ, wytłomaczyliśmy pani Helenie, że lalkę, jako towar wybrakowany i nie znajdujący nabywców, możemy oddać za trzy ruble: blondynkę albo brunetkę.

- Wezmę tę - odpowiedziała biorąc szatynkę - ponieważ jest zupełnie taka jak baronowej. Helcia będzie zachwycona.

Kiedy przyszło do płacenia, panią Stawską znowu napadły skrupuły; zdawało jej się, że taka lalka musi być warta z piętnaście rubli, i dopiero połączonym usiłowaniom moim, Wokulskiego i Klejna udało się ją przekonać, że biorąc trzy ruble jeszcze mamy zarobek.

Wokulski wrócił do swoich zajęć, a ja zapytałem pani Heleny: co nowego w domu i w jakich jest stosunkach z baronową.

- Już w żadnych - odparła rumieniąc się. - Pani Krzeszowska zrobiła mi taką scenę za to, że musiała zapłacić sto tysięcy za kamienicę, że ja nie protegowałam jej u pana Wokulskiego, i tak dalej, że... pożegnałam ją i już tam nigdy nie pójdę. Naturalnie, wymówiła nam komorne od Nowego Roku.

- A czy pani zwróciła należność?

- Ach!... - westchnęła pani Stawka upuszczając na ziemię mufkę, którą Klejn zaraz podniósł.

- Więc nie?

- Nie... powiedziała, że nie ma teraz pieniędzy ani pewności, czy mój rachunek jest dokładny.

Naśmieliśmy się oboje z panią Stawską z dziwactw baronowej i pożegnaliśmy się pełni otuchy. Gdy zaś wychodziła, Klejn otworzył jej drzwi tak szarmancko, że jedno z dwojga: albo już ją uważa za naszą pryncypałowę, albo - sam kocha się w niej. Półgłówek!... On także mieszka w domu baronowej i niekiedy bywa u pani Stawskiej ; ale podczas wizyt siedzi tak strasznie smutny, że Helunia pewnego wieczora zapytała babki: czy pan Klejn nie brał dziś olejku?...

Marzyciel! Komu to myśleć o podobnej kobiecie...

A teraz opiszę tragedię, na wspomnienie której gniew mnie dusi.

W wigilię Wigilii r. 1878 jestem w sklepie, kiedy po południu odbieram od pani Stawskiej list, ażebym przyszedł wieczorem. Pismo uderzyło mnie, znać było wzruszenie; więc pomyślałem, że może odebrała wiadomość o mężu.

"Pewnie wraca - pomyślałem. - Diabli z tymi zaginionymi mężami, którzy po kilku latach opamiętują się."

Ku wieczorowi wpada Wirski zadyszany i zmieszany; ciągnie mnie do mego mieszkania, zamyka drzwi, nie zdejmując futra rzuca się na fotel i mówi:

- Wiesz pan, po co wczoraj Krzeszowska siedziała w mieszkaniu Maruszewicza do północy?..

- Do północy, u Maruszewicza?..

- Tak, i jeszcze z tym łotrem swoim adwokatem?... Hultaj Maruszewicz wypatrzył ze swych okien, że pani Stawka ubiera lalkę, a baronowa poszła do niego z lornetką, ażeby to sprawdzić...

- Więc i cóż?... - pytam.

- To, że baronowej przed kilkoma dniami zginęła lalka po nieboszczce córce i że dziś ta wariatka posądza panią Stawską...

- O co?
- O kradzież lalki!...
Przeżegnałem się.
- Śmiej się pan z tego - rzekłem - lalka u nas kupiona...
- Wiem - odparł. - Z tym wszystkim dziś, o dziewiątej, pani baronowa wpadła z rewirowym do mieszkania pani Stawskiej, kazała zabrać lalkę i spisać protokół. Już poszła skarga do sądu...
- Oszalałeś, panie Wirski. Lalka przecież u nas...
- Wiem, wiem, ale co to wszystko znaczy, kiedy już jest skandal - mówił Wirski.
- Co najgorsze (wiem to od rewirowego), że pani Stawka nie chcąc, ażeby Helunia dowiedziała się o lalce, z początku nie chciała jej pokazać, prosiła, ażeby mówić cicho, rozpłakała się... Rewirowy mówi, że sam był zakłopotany, bo przede wszystkim nie wiedział, po co go baronowa ciągnie do mieszkania pani Stawskiej. Ale jak zaczęła jędza wrzeszczeć: "Okradła mnie!... lalka zginęła tego samego dnia, kiedy Stawka była ostatni raz u mnie... aresztujcie ją, bo odpowiadam całym majątkiem za prawdziwość skargi!..." - tak tedy mój rewirowy wziął lalkę do cyrkułu i poprosił ze sobą panią Stawską... Skandal, no, straszny skandal...
- A cóż wy na to?... - zawołałem wściekły z gniewu.
- Mnie nie było już w domu. Służąca pani Stawskiej pogorszyła sprawę wymyślając rewirowemu na ulicy, za co nawet siedzi w kozie... Ta znowu właścicielka paryskiej pralni, ażeby przypochlebić się baronowej, wymyślała pani Stawskiej... Tyle tylko mamy dziś satysfakcji, że poczciwe studenciny wylały na łeb baronowej coś tak obrzydliwego, że się domyć nie może...
- Ależ sąd!... ależ sprawiedliwość!... - krzyczałem.
- Sąd panią Stawską uniewinni - rzekł - to przecie jasna sprawa. Ale co skandal jest, to jest... Biedna kobieta zgubiona; już nawet dziś poodprawiała uczennice i sama nie poszła na lekcje... Zapłaczą się obie z matką.
Rozumie się, że nie czekając na zamknięcie sklepu (teraz zdarza mi się to coraz częściej), pobiegłem do pani Stawskiej, a nawet pojechałem dorożką.
W drodze przyszła mi jedna z najszczęśliwszych myśli, ażeby o sprawie zawiadomić Wokulskiego, do którego też wstąpiłem, niepewny, czy jest w domu, bo coraz częściej przesiadywał na służbie u panny Łęckiej.
Wokulski był u siebie, ale jakiś rozstrojony; konkury oczywiście nie wychodziły mu na zdrowie. Gdym mu jednak opowiedział historię pani Stawskiej z baronową i z lalką, chłopak ożywił się, podniósł głowę i błysnęły mu oczy. (Nieraz spostrzegłem, że najlepszym lekarstwem na nasze własne kłopoty jest cudze nieszczęście.)
Wysłuchał mnie z zajęciem (smutne myśli pierzchnęły mu gdzieś) rzekł :
- Zuch baba z tej baronowej... ale pani Stawka może spać spokojnie; sprawę ma jasną jak słońce. Czy to wreszcie na nią jedną rzuca się ludzka podłość!
- Dobrze ci tak mówić - odparłem - bo jesteś mężczyzna, a nade wszystko masz pieniądze... Tymczasem ona, biedaczka, skutkiem tej awantury już dziś straciła wszystkie lekcje, a raczej sama się ich wyrzekła. Z czego więc będzie żyć?...
- Aj!... - syknął Wokulski uderzając się w czoło. - Nie pomyślałem o tym...
Przeszedł się parę razy po pokoju (silnie marszcząc brwi), potrącił krzesło,

zabębnił na szybie i nagle stanął przede mną. ,

- Dobrze! - rzekł. - Jedźże do tych pań, a ja tam będę za godzinę. Zdaje mi się, że zrobimy interes z panią Milerową...

Spojrzałem na niego z uwielbieniem. Pani Milerowa straciła niedawno męża, kupca galanteryjnego tak jak i my; cały zaś jej sklep, majątek, kredyt zależał od Wokulskiego. Więc już prawie zgadywałem, co Stach zrobi dla pani Stawskiej...

Cwałuję tedy na ulicę, buch w dorożkę, jadę jak trzy lokomotywy i wpadam jak raca kongrewska do tej pięknej, tej szlachetnej, tej nieszczęśliwej, tej od wszystkich opuszczonej pani Heleny. Mam pełne piersi wesołych okrzyków i otwierając drzwi chcę zawołać ze śmiechem: "Kpijcie, panie, z całego świata!..." Wtem wchodzę i - cały mój dobry humor zostaje za progiem. Bo proszę sobie wyobrazić, com znalazł. W kuchni Marianna ma zawiązaną głowę i obrzmiałą fizjognomię, niewątpliwy dowód, że była dziś w cyrkule. Na kominie ciemno, naczynia od obiadu nie pozmywane, samowar nie nastawiony, a nad spuchniętą biedaczką siedzi stróżowa, dwie służące i mleczarka, z minami jak na pogrzebie.

Chłód przeleciał mi po kościach, ale wchodzę do salonu. Prawie ten sam widok. Na środku siedzi w fotelu pani Misiewiczowa, również z obwiązaną głową, a dokoła niej pan Wirski, pani Wirska, właścicielka paryskiej pralni, która znowu pokłóciła się z baronową, i jeszcze jakichś parę dam, które rozmawiają półgłosem, ale za to ucierają nosy o całą oktawę wyżej aniżeli w codziennych okolicznościach. Na domiar spostrzegam pod piecem panią Stawską, która siedzi na stołeczku biała jak kreda.

Słowem, atmosfera katakumbowa, twarze blade lub żółte, oczy załzawione, nosy zaczerwienione. Tylko Helunia trzyma się jako tako. Siedzi przy fortepianie ze swą dawną laleczką i jej rękoma od czasu do czasu uderza w klawisz mówiąc:

- Cicho, Zosiu, cicho... Nie graj, bo babcię głowa boli.

Proszę dodać do tego przyćmione światło lampy, która trochę filuje, i... poodsłaniane rolety, a każdy pojmie, jakie mnie uczucia ogarnęły.

Ujrzawszy mnie pani Misiewiczowa zaczęła wylewać chyba już resztki łez.

- Ach, więc przyszedłeś, szlachetny panie Rzecki?... nie wstydzisz się biednych kobiet okrytych hańbą?... O, nie całujże mnie w rękę!... Nieszczęśliwa nasza rodzina... Niedawno Ludwiczek posądzony, a teraz na nas przyszła kolej... Musimy się stąd wynieść choćby na koniec świata... Mam pod Częstochową siostrę, tam pojedziemy dokonać złamanego życia...

Szepnąłem Wirskiemu, ażeby delikatnie wyprosił stąd gości, i zbliżyłem się do pani Stawskiej.

- Wolałabym nie żyć... - rzekła mi na powitanie.

Wyznaję, że po kilkuminutowym pobycie zupełnie skołowaciałem. Byłbym przysiągł, że pani Stawka, jej matka, a nawet jej obecne tu przyjaciółki są naprawdę zhańbione i że nam wszystkim nie pozostaje nic innego, tylko śmierć. Pragnienie śmierci nie przeszkodziło mi jednak poprawić filującej lampy, która zaczęła już cały pokój zasypywać delikatną, ale bardzo czarną sadzą.

- No, moje panie - odezwał się nagle Wirski - wynośmy się stąd, bo pan Rzecki musi pogadać z panią Stawską.

Wizytujące damy, w których współczucie nie osłabiło ciekawości, oświadczyły, że i one mogą z nami pogadać. Ale Wirski tak zamaszyście zaczął podawać im salopy, że zakłopotane biedaczki ucałowawszy panią Stawską, panią Misiewiczową; Helunię i panią Wirską (myślałem, że w końcu zaczną całować krzesełka) wyniosły się nareszcie i nadto zmusiły małżonków Wirskich do wyjścia razem z nimi.

- Kiedy sekret, to sekret - rzekła najrezolutniejsza z nich. Państwo także nie jesteście tu potrzebni.

Nastąpił nowy atak pożegnań; pocałunków, pocieszeń i ledwie że wyszli na złamanie karku całą bandą, ceremoniując się jeszcze we drzwiach i na schodach. Ach, te baby!... Czasem myślę, że Pan Bóg po to stworzył Ewę, ażeby omierzić Adamowi pobyt w raju.

Zostaliśmy nareszcie w kółku familijnym, ale salonik był już tak nasycony kopciem i smutkiem, że ja sam straciłem wszelką energię. Biadającym głosem poprosiłem panią Stawską, ażeby mi było wolno otworzyć lufcik, i tonem mimowolnego wyrzutu poradziłem jej, ażeby przynajmniej od tej pory zasłaniała rolety w oknach.

- Pamięta pani - rzekłem do pani Misiewiczowej - jak ja dawno zwracałem uwagę na te rolety?... Gdyby były zasłonięte, pani Krzeszowska nie mogłaby śledzić, co się dzieje w mieszkaniu pań.

- Prawda, ale któż się tego spodziewał? - odparła pani Misiewiczowa.

- Takie już nasze szczęście - szepnęła pani Stawska.

Usiadłem na fotelu, splotłem ręce tak, że mi kości w nich trzeszczały, i ze spokojną rozpaczą przysłuchiwałem się jękliwym opowiadaniom pani Misiewiczowej o hańbie, jaka na ich rodzinę spada co kilka lat, o śmierci, która jest kresem ludzkich cierpień, o nankinowych spodniach śp. Misiewicza i mnóstwie tym podobnych rzeczy. Nim upłynęła godzina, byłem pewny, że sprawa o lalkę skończy się aktem jakiegoś ogólnego samobójstwa, przy którym ja, konając u nóg pani Stawskiej, ośmielę się wyznać, że ją kocham.

Wtem ktoś mocno zadzwonił do kuchni.

- Rewirowy! - krzyknęła pani Misiewiczowa.

- Panie przyjmują? - zapytał gość Marianny głosem tak pewnym, że od razu odzyskałem otuchę. ,

- Jest Wokulski - rzekłem do pani Stawskiej i pokręciłem wąsa.

Na cudnej twarzy pani Heleny ukazał się rumieniec podobny do listka bladej róży na śniegu. Boska kobieta!... O, dlaczegóż ja nie jestem Wokulskim... Dopieroż bym...

Wszedł Stach. Pani Helena wysunęła się na jego spotkanie.

- Nie gardzi pan nami?... - spytała zdławionym głosem.

Wokulski ze zdziwieniem popatrzył jej w oczy i... dwa razy, raz po raz... dwa razy, żebym tak zdrów był, pocałował ją w rękę. Z jaką zaś zrobił to tkliwością, najlepszy dowód, że nie było słychać zwykłego w takich razach mlaśnięcia.

- Ach, więc przyszedłeś, szlachetny panie Wokulski?... nie wstydzisz się nieszczęśliwych kobiet okrytych hańbą... - zaczęła nie wiem już który raz pani Misiewiczowa swoją mowę powitalną.

- Za pozwoleniem - przerwał jej Wokulski. - Położenie pań jest niewątpliwie przykre, ale nie widzę powodu do desperacji. Za parę tygodni sprawa wyjaśni się, a dopiero wtedy będzie mogła rozpaczać, ale nie żadna z pań, tylko ta wariatka baronowa: Jak się masz, Heluniu - dodał całując dziewczynkę.

Głos jego był tak spokojny i stanowczy, a całe zachowanie tak naturalne, że pani Misiewiczowa przestała jęczeć, a pani Stawka jakby raźniej spojrzała na mnie.

- Więc cóż mamy robić, szlachetny panie Wokulski, który nie wstydziłeś się... - zaczęła pani Misiewiczowa.

- Trzeba czekać na proces - przerwał Wokulski - dowieść w sądzie pani baronowej, że kłamie, wytoczyć jej sprawę o oszczerstwo i jeżeli pójdzie za to do kozy, nie darować ani jednej godziny. Jakiś miesiąc przepędzony w celi zrobi jej bardzo dobrze. Zresztą mówiłem już z adwokatem, który jutro przyjdzie do pań.

- Bóg cię zesłał, panie Wokulski... - zawołała już zupełnie naturalnym głosem pani Misiewiczowa zrywając z głowy chustkę.

- Przyszedłem tu w ważniejszym interesie - rzekł Stach do pani Stawskiej (pilno mu widać było pożegnać ją, temu ośłu!). - Pani rzuciła swoje lekcje?

- Tak.

- Niech je pani rzuci raz na zawsze. To licha praca i niepopłatna. Niech się pani weźmie do handlu.

- Ja?..

- Tak, pani. Pani umie rachować?

- Uczyłam się buchalterii... - szepnęła pani Stawska. Była tak czegoś wzruszona, że usiadła.

- Wybornie. Otóż spadł tu na mnie jeszcze jeden sklep z jego właścicielką, wdową. Ponieważ prawie cały kapitał należy do mnie, więc w interesie tym muszę mieć kogoś ze swej ręki; wolałbym zaś kobietę ze względu na właścicielkę sklepu. Czy więc przyjmie pani miejsce kasjerki z płacą... tymczasem siedemdziesięciu pięciu rubli na miesiąc?

- Słyszysz, Helenko? - zwróciła się do córki pani Misiewiczowa robiąc przy tym desperacko zdziwioną minę.

- Więc powierzyłby pan swoją kasę mnie, której wytoczono...- rzekła pani Stawka i rozpłakała się.

Wnet jednak obie damy uspokoiły się, a w pół godziny później piliśmy wszyscy herbatę, nie tylko rozmawiając, ale nawet śmiejąc się...

Wokulski to sprawił... Jedyny w świecie człowiek! I jak go tu nie kochać? Co prawda, może i ja miałbym równie dobre serce, tylko brak mi do niego bagatelki... pół miliona rubli, które posiada kochany Stach.

Zaraz po Bożym Narodzeniu zainstalowałem panią Stawską w sklepie Milerowej, która przyjęła nową kasjerkę bardzo serdecznie i przez pół godziny tłomaczyła mi, jaki ten Wokulski jest szlachetny, mądry, przystojny... Jak to on sklep uratował od bankructwa, a ją i dzieci od nędzy, i jak by to było dobrze, gdyby się taki człowiek ożenił.

Figlarna kobiecinka, pomimo swoich trzydziestu pięciu lat!... Ledwie jednego męża odwiozła na Powązki, a już (dałbym sobie rękę uciąć) sama przejechałaby się drugi raz za mąż, naturalnie za Wokulskiego. Nie zliczyłbym, dalibóg, ile tych bab ugania się za Wokulskim (czy też za jego krociami?).

Pani Stawka ze swej strony zachwyca się wszystkim: i posadą, która przynosi jej pensję, jakiej nie miała nigdy, i nowym mieszkaniem, które jej znalazł Wirski.

Rzeczywiście niezłe mieszkanko: mają przedpokój, kuchenkę ze zlewem i wodociągiem, trzy pokoiki wcale zgrabne, a nade wszystko ogródek.

Tymczasem rosną w nim trzy zeschłe kije i leży kupa cegieł; ale pani Stawka wyobraża sobie, że w ciągu lata zrobi z tego raj. Raj, który można by nakryć chustką od nosa!...

Rok 1879 zaczął się zwycięstwem Anglików w Afganistanie, którzy pod jenerałem Robertsem weszli do Kabulu. Pewnie sos Kabu1 zdrożeje!... Ale Roberts chwat; nie ma jednej ręki i pomimo to łupi Afgańczyków, aż się wata sypie... Chociaż takich dzikusów walić nietrudno; lecz zobaczyłbym ja cię, panie Roberts, jak byś ty sobie poczynał mając sprawę z węgierską piechotą!...

Wokulski także miał po Nowym Roku batalię z tą spółką, którą założył do handlu z cesarstwem. Myślę, że jeszcze jedna sesja, a rozpędzi swoich wspólników na cztery wiatry. Cóż to za dziwni ludzie, choć wszystko inteligencja: przemysłowcy, kupcy, szlachta, hrabiowie! On im stworzył spółkę, a oni uważają go za wroga tej spółki i sobie tylko przypisują zasługę. On im daje siedem procent za pół roku, a ci jeszcze się krzywią i chcieliby pozniżać pensje pracownikom.

A ci kochani pracownicy, za których ujada się Wokulski!... Co oni na niego wygadują, jak nazywają go wyzyskiwaczem (nb. w naszym interesie są największe pensje i gratyfikacje!), a jak jedni pod drugimi kopią doły...

Ze smutkiem widzę, że od pewnego czasu między naszymi ludźmi zaczynają kwitnąć nie znane przedtem obyczaje: mało robić, głośno narzekać, a po cichu snuć intrygi i puszczać plotki. Ale co mi tam do cudzych spraw...

A teraz z nadzwyczajną szybkością dokończę opowiadania o tragedii, która powinna była wstrząsnąć każde szlachetne serce.

Już nawet zapomniałem o szkaradnym procesie pani Krzeszowskiej przeciw tej niewinnej, tej czystej, tej cudnej pani Stawskiej, kiedy, jakoś w końcu stycznia, spadły na nas dwa gromy: wieść o tym, że w Wietlance wybuchła dżuma, i - awizacje z sądu do Wokulskiego i do mnie na jutro. Mnie nogi pocierpły i tak mi to cierpnięcie szło od piąt do kolan, później do żołądka, celując oczywiście w stronę serca. Myślę: "Dżuma albo paraliż?..." Ale że Wokulski przyjął awizację bardzo obojętnie, więc i ja nabrałem otuchy.

Idę tedy wieczorem, wciąż pełen otuchy, do tych pań, już na nowe ich mieszkanie, gdy naraz słyszę na środku ulicy: brzęk-brzęk... brzęk brzęk!... O rany boskie, ależ to aresztantów prowadzą!... Co za okropna wróżba...

Oj, jakież mnie smutne myśli opanowały: "A jeżeli sąd nie uwierzy nam (boć przecie omyłki są możliwe) i jeżeli tę najszlachetniejszą kobietę wtrącą do więzienia, choćby na tydzień, choćby na jeden dzień - cóż wtedy?... Ona tego nie przeżyje ani ja... Gdybym zaś przeżył, to chyba tylko - ażeby biedna Helunia miała opiekę..."

Tak ja muszę żyć. Ale jakie to będzie życie!...

Wchodzę do tych dam... A, znowu cała awantura! Pani Stawka siedzi blada na stołeczku, a pani Misiewiczowa ma na głowie chustkę zmoczoną w wodzie uśmierzającej. Pachnie staruszka o dwa łokcie kamforą i mówi lamentującym głosem:

- O, szlachetny panie Rzecki, który nie wstydzisz się nieszczęśliwych, zhańbionych kobiet... Wyobraź sobie, co za nieszczęście: jutro sprawa Helenki... i tylko pomyśl: co będzie, jeżeli się sąd omyli i tę nieszczęśliwą kobietę skaże do rot aresztanckich?... Ale uspokój się, Helciu, bądź odważna, może to Bóg odwróci... Chociaż tej nocy miałam sen okropny...

(Ona miała sen, ja spotkałem aresztantów... Nie obejdzie się bez katastrofy.)

- Ale - mówię - cóż znowu! Sprawa nasza jest jak złoto, wygramy ją... Zresztą co tam taka sprawa; gorsza historia z dżumą...- dodałem, ażeby zwrócić uwagę pani Misiewiczowej, w innym kierunku.

I piękniem trafił... Gdyż jak moja staruszka nie wrzaśnie:

- Dżuma?... tu?... w Warszawie?... A co, Helenko, nie mówiłam?... Aaa... już zginęliśmy wszyscy!... Bo to w czasie dżumy każdy zamyka się w domu... jedzenie podają sobie na drągach... trupów ściągają do dołów hakami...

Uuu... widzę, że mi się rozhulała starowina, więc żeby ją pohamować na punkcie dżumy, napomknąłem znowu o procesie, na co ta kochana pani odpowiedziała mi długim wywodem o hańbie ścigającej jej rodzinę, o możliwym uwięzieniu pani Stawskiej, o tym, że się rozlutował samowar...

Krótko mówiąc, ostatni wieczór przed sprawą, kiedy właśnie najpotrzebniejsza była energia, ostatni ten wieczór upłynął nam pomiędzy dżumą i śmiercią a hańbą i kryminałem. W głowie mi się zamieszało tak, że kiedym się znalazł na ulicy, nie wiedziałem, gdzie iść: w lewo czy w prawo? Na drugi dzień (sprawa miała być o dziesiątej) już o ósmej pojechałem do moich pań i nie zastałem nikogo. Wszystkie poszły do spowiedzi: matka, córka, wnuczka i kucharka, i jednały się z Bogiem do wpół do dziesiątej, a ja nieszczęśliwy (był przecie styczeń) spacerowałem przed bramą na mrozie i myślałem:

"Ładny interes! Spóźnią się do sądu, jeżeli się już nie spóźniły, sąd wyda wyrok zaoczny i naturalnie, nie tylko skaże panią Stawską, ale jeszcze uzna ją za zbiegłą, roześle listy gończe... Tak zawsze z tymi babami!..."

Nareszcie przyszły wszystkie cztery z Wirskim (czy i ten pobożny człowiek chodził dziś do spowiedzi?) i - dwoma dorożkami pojechaliśmy na sprawę: ja z panią Stawską i Helunią, a Wirski z panią Misiewiczową i kucharką. Szkoda jeszcze, że nie wzięły ze sobą rondli, samowara i naftowej kuchenki!... Przed sądem spotkaliśmy powóz Wokulskiego, którym przyjechał on i adwokat. Czekali nas przy schodach tak zabłoconych, jak gdyby przeszedł tędy batalion piechoty - i mieli miny zupełnie spokojne. Założyłbym się nawet, że rozmawiali o czym innym, nie o pani Stawskiej.

- O, zacny panie Wokulski, który nie wstydzisz się biednych kobiet, okrytych... - zaczęła pani Misiewiczowa.

Ale Stach podał jej rękę, adwokat pani Stawskiej, Wirski wziął za rączkę Helunię, a ja asystowałem Mariannie i tak weszliśmy do biura sędziego pokoju. Sala przypomniała mi szkołę; sędzia siedział na wzniesieniu jak profesor na katedrze, a naprzeciw niego, w dwu szeregach ławek, mieścili się oskarżeni i świadkowie. W tej chwili tak żywo stanęły mi w pamięci młode lata; że mimo woli rzuciłem okiem na piec, pewny, że zobaczę woźnego z rózgą i ławkę, na której nas bito w skórę. Chciałem nawet przez roztargnienie krzyknąć: "Póki życia, nie będę, panie profesorze!...", alem się w porę opamiętał.

Zaczęliśmy rozsadzać nasze damy w ławkach i spierać się przy tej okazji z Żydkami, którzy, jak mi to później objaśniono, są najcierpliwszymi audytorami spraw sądowych, szczególniej o kradzież i oszustwo. Znaleźliśmy nawet miejsce dla poczciwej Marianny, która usiadłszy zrobiła taką minę, jakby miała zamiar przeżegnać się i zmówić pacierz.

Wokulski, nasz adwokat i ja uplanowaliśmy się w pierwszej ławce, obok jegomości z rozerwanym paltotem i podbitym okiem, na którego brzydko spoglądał jeden z obecnych rewirowych.

"Pewnie znowu jakiś zatarg z policją" - pomyślałem.

Nagle usta same otworzyły mi się z podziwu; ujrzałem bowiem przed katedrą sędziego pokoju całą gromadę znanych mi osób. Na lewo od stołu - pani Krzeszowska, jej robaczywy adwokat i ten hultaj Maruszewicz, a na prawo dwaj studenci. Jeden z nich odznaczał się bardzo wytartym mundurem i niezwykle obfitą wymową; drugi miał jeszcze mocniej wytarty mundur, kolorowy szalik na szyi i wyglądał, dalibóg, jak emigrant z przedpogrzebowego domu.

Przypatrzyłem mu się lepiej. Tak, to on, to jest ten sam mizerny młody człowiek, który podczas pierwszej bytności Wokulskiego u pani Stawskiej rzucił baronowej śledzia na głowę. Kochany chłopak!... Ale też nie zdarzyło mi się widzieć nic równie chudego i żółtego...

W pierwszej chwili myślałem, że między tymi przyjemnymi młodzieńcami i baronową toczy się proces właśnie o owego śledzia. Wnet jednak przekonałem się, że chodzi o co innego, że mianowicie pani Krzeszowska zostawszy właścicielką domu chce z niego wyrzucić swoich najzapamiętalszych wrogów, a zarazem najniewypłacalniejszych lokatorów.

Sprawa między baronową a młodymi ludźmi w tej chwili dosięgła najwyższego punktu.

Jeden ze studentów, ładny chłopak z wąsikami i faworytami, wspinając się na palcach albo opadając na obcasy opowiadał coś sędziemu; przy czym prawą ręką wykonywał okrągłe ruchy, a lewą kokieteryjnie zakręcał wąsik, wysoko podnosząc mały palec, ozdobiony pierścionkiem bez oczka.

Drugi młodzieniec milczał posępnie i krył się za kolegę. W postawie jego zauważyłem pewną osobliwość: przyciskał on do piersi obie ręce, a dłonie rozłożył w taki sposób, jakby w nich trzymał książkę albo obrazek.

- Więc jak się panowie nazywacie? - spytał sędzia.

- Maleski - odparł z ukłonem właściciel faworytów - i Patkiewicz... - dodał wskazując gestem pełnym dystynkcji na ponurego towarzysza.

- A trzeci pan gdzie?

- Jest cierpiący - odparł kryguąc się pan Maleski. - Jest to nasz sublokator i zresztą bardzo rzadko mieszka z nami.

- Jak to? Bardzo rzadko mieszka? Gdzież on siedzi w dzień?

- W uniwersytecie, w prosektorium, czasem na obiedzie.
- No, a w nocy?
- Pod tym względem mogę panu sędziemu dać tylko poufne objaśnienia.
- A gdzież on zapisany w księgi?
- O, zapisany jest ciągle w naszym domu, ponieważ nie chciałby robić władzom subiekcji - objaśnił pan Maleski z miną lorda.
Sędzia zwrócił się do pani Krzeszowskiej.
- Cóż, pani wciąż nie chce trzymać tych panów?
- Za żadne skarby! - jęknęła pani baronowa. - Po całych nocach ryczą, tupią, pieją, gwiżdżą... Nie ma służącej w domu, której by nie zwabiali do siebie... Ach, Boże!... - krzyknęła odwracając głowę.
Sędzia był zdziwiony wykrzyknikiem, ale ja nie... Spostrzegłem bo wiem, że pan Patkiewicz nie odejmując rąk od piersi nagle wywrócił oczy i opuścił dolną szczękę w taki sposób, że zrobił się podobny do stojącego trupa. Jego twarz i cała postawa istotnie mogła przerazić nawet zdrowego człowieka
- Najokropniejsze jest to, że ci panowie wylewają oknem jakieś płyny...
- Czy na panią? - spytał zuchwale pan Maleski.
Baronowa posiniała z gniewu, ale umilkła; wstyd jej było przyznać się.
- Cóż dalej? - rzekł sędzia.
- Ale najgorsze ze wszystkiego (przez co nawet wpadłam w nerwową chorobę), że ci panowie po kilka razy na dzień stukają do mego okna trupią główką...
- Tak panowie robią? - zapytał sędzia.
- Będę miał honor objaśnić pana sędziego - odparł Maleski, z postawą człowieka, który chce odtańczyć menueta. - Nam usługuje stróż domu mieszkający na dole; ażeby więc nie marnować się schodzeniem i wchodzeniem na trzecie piętro, mamy u siebie długi sznur, wieszamy na nim, co jest pod ręką (może czasem zdarzyć się i trupia główka), i... pukamy do jego okna - zakończył tak słodkim tonem, że trudno było przestraszyć się równie delikatnego pukania.
- Ach, Boże!... - krzyknęła znowu pani baronowa zataczając się.
- Oczywiście, chora kobieta - mruknął Maleski.
- Nie chora! - zawołała baronowa. - Ale wysłuchaj mnie, panie sędzio!... Ja nie mogę patrzeć na tego drugiego... bo on ciągle robi miny jak nieboszczyk... Ja niedawno straciłam córkę!.:. - zakończyła ze łzami.
- Słowo honoru, że ta pani ma halucynacje - rzekł Maleski. Kto tu jest podobny do nieboszczyka?... Patkiewicz?... taki przystojny chłopak!... - dodał wypychając naprzód mizernego kolegę, który...w tej chwili właśnie już po raz piąty udawał trupa.
W sali wybuchnął śmiech; sędzia dla uratowania powagi zanurzył głowę w papierach i po dłuższej pauzie surowo zapowiedział, że śmiać się nie wolno i że każdy, zakłócający porządek, ulegnie karze pieniężnej.
Korzystając z zamieszania Patkiewicz szarpnął kolegę za rękaw i szepnął ponuro :
- Cóż ty, świnio Maleski, kpisz sobie ze mnie w publicznym miejscu.?
Bo jesteś przystojny, Patkiewicz. Kobiety wściekają się za tobą.

- To przecież nie dlatego... - mruknął Patkiewicz znacznie spokojniejszym tonem.

- Kiedyż panowie zapłacą dwanaście rubli kopiejek pięćdziesiąt za miesiąc styczeń? - spytał sędzia.

Pan Patkiewicz tym razem udał człowieka, który ma bielmo na lewym oku i lewą część twarzy sparaliżowaną; pan Małeski zaś pogrążył się w głębokim zamyśleniu.

- Gdybyśmy - rzekł po chwili - mogli zostać do wakacyj, to... Ale tak!... Niech nam pani baronowa zabierze umeblowanie.

Ach, nic już nie chcę, nic... Tylko wyprowadźcie się, panowie! Nie mam żadnej pretensji o komorne... - zawołała baronowa.

- Jak się ta kobieta kompromituje - szepnął nasz adwokat. Włóczy się po sądach, bierze takiego szubrawca na doradcę...

- Ale my mamy do pani pretensję o szkody i straty! - odezwał się Maleski. - Kto słyszał o tej porze wymawiać przyzwoitym ludziom komorne?... Gdybyśmy nawet znaleźli lokal, to będzie taki podły, że przynajmniej ze dwu z nas umrze na suchoty...

Pan Patkiewicz zapewne w celu dodania większej wagi słowom mówcy zaczął poruszać uchem i skórą na głowie; co w sali wywołało nowy atak wesołości.

- Pierwszy raz widzę coś podobnego! - rzekł nasz adwokat.

- Taką sprawę? - spytał Wokulski.

- Nie, ale żeby człowiek uchem ruszał. To artysta!...

Sędzia tymczasem napisał i przeczytał wyrok, mocą którego panowie: Maleski i Patkiewicz, zostali skazani na zapłacenie dwunastu rubli i pięćdziesięciu kopiejek komornego tudzież na opuszczenie lokalu przed 8 lutym.

Tu zdarzył się fakt nadzwyczajny. Pan Patkiewicz usłyszawszy wyrok doznał tak silnego wstrząśnienia moralnego, że twarz zrobiła mu, się zieloną i - zemdlał. Szczęściem, spadając trafił w objęcia pana Maleskiego; inaczej strasznie rozbiłby się nieborak.

Naturalnie w sali odezwały się głosy współczucia, kucharka pani Stawskiej zapłakała. Żydki zaczęły pokazywać palcami na baronowę i chrząkać.

Zakłopotany sędzia przerwał posiedzenie i kiwnąwszy głową Wokulskiemu (skąd oni się znają?)" poszedł do swego pokoju, a dwaj stójkowi prawie wynieśli na rękach nieszczęśliwego młodzieńca, który tym razem był naprawdę podobny do trupa.

Dopiero w przedpokoju, gdy złożono go na ławce, a jeden z obecnych zawołał, ażeby oblać go wodą; chory nagle zerwał się i rzekł groźnie:

- No, no!... tylko bez głupich żartów...

Po czym natychmiast sam ubrał się w palto, energicznie naciągnął niezbyt całe kalosze i lekkim krokiem opuścił sądową salę ku zdziwieniu stójkowych, oskarżonych i świadków.

W tej chwili zbliżył się do naszej ławki jakiś oficjalista sądowy i szepnął Wokulskiemu, że sędzia prosi go na śniadanie. Stach wyszedł, a pani Misiewiczowa zaczęła nawoływać mnie rozpaczliwymi znakami.

- Jezus! Maria!... - rzekła - nie wiesz pan, po co sędzia wezwał tego najszlachetniejszego z ludzi?.. Pewnie chce mu powiedzieć, że Helenka zgubiona!... O, ta niepoczciwa baronowa musi mieć wielkie stosunki... już jedną sprawę wygrała i pewnie będzie to samo z Helenką... O, ja nieszczęśliwa!... , czy nie masz, panie Rzecki, jakich kropli trzeźwiących?

- Pani słabo?

- Jeszcze nie, choć tu jest zaduch... Ale strasznie boję się o Helenkę... Jeżeli ją skażą, zemdleje, i może umrzeć, jeżeli prędko jej nie otrzeźwimy... Czy nie sądzisz, kochany panie, że dobrze bym zrobiła, gdybym upadła do nóg sędziemu i zaklęła go....

- Ależ, pani, to wszystko niepotrzebne... Właśnie mówił nasz adwokat, że baronowa może by i chciała cofnąć skargę, tylko już nie wolno.

- Ależ my ustąpimy! - zawołała staruszka.

- O, co to, to nie, szanowna pani - odezwałem się trochę niecierpliwie. - Albo wyjdziemy stąd kompletnie oczyszczeni, albo...

- Umrzemy, chcesz powiedzieć? - przerwała staruszka. - O, nie mów tego... Pan nawet nie wiesz, jak przykro w moim wieku słyszeć o śmierci...

Cofnąłem się od zrozpaczonej staruszki i podszedłem do pani Stawskiej.

- Jakże się pani czuje?

- Doskonale! - odpowiedziała z mocą. - Jeszcze wczoraj bałam się okropnie; ale już po spowiedzi lżej odetchnęłam, a od chwili kiedy tu jestem, czuję się zupełnie spokojną.

Uścisnąłem ją za rękę długo... długo... tak, jak umieją ściskać tylko prawdziwie kochający, i pobiegłem do swej ławki, gdyż Wokulski, a za nim sędzia weszli do sali.

Serce mi uderzyło jak młot. Spojrzałem wokoło. Pani Misiewiczowa widocznie modliła się z zamkniętymi oczyma, pani Stawka była bardzo blada, lecz zdecydowana, pani baronowa szarpała swoją salopę, a nasz adwokat spoglądał na sufit i tłumił ziewanie.

W tej chwili i Wokulski spojrzał na panią Stawską i - niech mnie diabli wezmą, jeżeli nie dostrzegłem w jego oczach rzadko trafiającego się tam wyrazu rozczulenia!...

Żeby jeszcze parę takich procesów, jestem pewny, że zakochałby się w niej na śmierć.

Sędzia przez parę minut coś pisał, a skończywszy zawiadomił obecnych, że teraz toczyć się będzie sprawa Krzeszowskiej przeciw Stawskiej o kradzież lalki.

Jednocześnie zawezwał strony i ich świadków na środek.

Stałem przy ławkach, dzięki czemu mogłem słyszeć rozmowę dwu kumoszek, z których młodsza i czerwona na twarzy tłumaczyła starszej :

- To, widzi pani: ta ładna pani ukradła tamtej pani lalkę...

- Także miała się na co łakomić!...

- Ha, trudno. Nie każdy może kraść magle...

- To pani ukradłaś magle - odezwał się spoza kumoszek gruby głos. - Nie ten złodziej, co zabiera swoją własność, ale ten, co da piętnaście rubli zadatku i myśli, że już kupił...

Sędzia wciąż pisał, a ja chciałem przypomnieć sobie mowę, którą ułożyłem wczoraj na obronę pani Stawskiej, a na pohańbienie baronowej. Ale że mi się w głowie plątały wyrazy i zdania, więc zacząłem oglądać się po sali.

Pani Misiewiczowa wciąż modliła się w ławce po cichu, a siedząca za nią Marianna płakała. Pani Krzeszowska miała szarą twarz, przycięte usta i spuszczone oczy; ale z każdego fałdu jej ubrania wyglądała złość... Obok niej stał Maruszewicz wpatrzony w ziemię, a za nim służąca baronowej, tak przestraszona, jakby ją miano prowadzić na szafot...

Nasz adwokat tłumił ziewanie.

Wokulski ściskał pięści, a pani Stawka spoglądała kolejno na wszystkich z takim łagodnym spokojem, że gdybym był rzeźbiarzem, wziąłbym ją za model do posągu oskarżonej niewinności.

Wtem, pomimo protestu Marianny, Helunia wybiegła na salę i schwyciwszy matkę za rękę spytała półgłosem:

- Mamo, czego ten pan kazał mamie tu przyjść?... Ja coś powiem do uszka: pewnie mama była niegrzeczna i teraz będzie stać w kącie...

- To wyuczone!... - rzekła czerwona kumoszka do starszej.

- Żebyś pani tak zdrowa była! - mruknął za nią gruby głos.

- Pan będziesz zdrów za moją krzywdę... - odparła z gniewem kumoszka.

- A pani skonasz na konwulsje i będą cię w piekle maglować na moich maglach - odrzekł jej antagonista.

- Ciszej! - zawołał sędzia. - Co pani Krzeszowska mówi o sprawie?

- Wysłuchaj mnie, panie sędzio! - zaczęła deklamować pani baronowa wysunąwszy nogę naprzód. - Po zmarłym dziecku została mi, jako najdroższa pamiątka; lalka, która bardzo podobała się tej oto pani - wskazała na Stawską - i jej córce...

- Oskarżona bywała u pani?

- Tak, wynajmowałam ją do szycia...

- Alem jej nic nie zapłaciła! - huknął z końca sali Wirski.

- Ciszej! - zgromił go sędzia. - Tak i cóż?

- W dniu, w którym tę panią oddaliłam od siebie - mówiła baronowa - zginęła mi lalka. Myślałam, że umrę z żalu, i zaraz na nią powzięłam podejrzenie... Miałam dobre przeczucia, gdyż w kilka dni później przyjaciel mój, pan Maruszewicz, zobaczył z okna, że ta pani (która mieszka vis á vis niego) ma u siebie moją lalkę i dla niepoznaki przebiera ją w inną suknię.

Wtedy poszłam do jego mieszkania z moim doradcą prawnym i zobaczyłam przez lornetkę, że moja lalka jest rzeczywiście u tej pani. Na drugi dzień więc udałam się do niej, zabrałam lalkę, którą tu widzę na stole, i podałam skargę.

- A pan Maruszewicz jest pewny, że to ta sama lalka, która była u pani Krzeszowskiej? - spytał sędzia.

- To jest... właściwie mówiąc... pewności nie mam żadnej.

- Tak dlaczegóż pan Maruszewicz powiedział to pani Krzeszowskiej?

- Właściwie... ja nie w tym znaczeniu...

- Nie kłam pan! - zawołała baronowa. - Przybiegłeś do mnie, śmiejąc się, powiedziałeś, że Stawka ukradła lalkę i że to do niej podobne...

Maruszewicz zaczął mienić się, potnieć i nawet przestępować z nogi na nogę, co jest chyba dowodem wielkiej skruchy.

- Podlec - mruknął Wokulski dosyć głośno.

Spostrzegłem jednak, że uwaga ta nie wzmocniła w Maruszewiczu otuchy. Owszem, zdawał się być jeszcze więcej zmieszany.

Sędzia zwrócił się do służącej pani Krzeszowskiej.

- U was była ta lalka?

- Nie wiem która... - szepnęła zapytana.

Sędzia wyciągnął do niej lalkę, ale służąca milczała mrugając oczyma i załamując ręce.

- Ach, to Mimi!... - zawołała Helunia.

- O, panie sędzio! - krzyknęła baronowa. - Córka świadczy przeciw matce...

- Znasz tę lalkę? - spytał sędzia Heluni.

- O, znam!... Zupełnie taka sama była u pani tam w pokoiku...

- Czy to jest ta sama?

- O, nie, nie ta... Tamta miała popielatą sukienkę i czarne buciki, a ta ma brązowe buciki!...

- Nu, tak... - mruknął sędzia kładąc lalkę na stole. - Co pani Stawka powie?... - dodał.

- Lalkę tę kupiłam w sklepie pana Wokulskiego...

- A ile pani dała za nią?... - syknęła baronowa.

- Trzy ruble.

- Cha! Cha! Cha!... - zaśmiała się baronowa. - Ta lalka kosztuje piętnaście...

- Kto pani sprzedał tę lalkę? - zapytał sędzia Stawskiej.

- Pan Rzecki - odparła rumieniąc się.

- Co powie pan Rzecki?... - rzekł sędzia.

Tu właśnie była pora wypowiedzieć moją mowę. Jakoż zacząłem:

- Szanowny sędzio!... Z bolesnym zdumieniem przychodzi mi... To jest... widzę przed sobą triumfującą złość i tego... uciśnioną...

Nagle tak mi zaschło w ustach, że już nie mogłem słowa przemówić.

Szczęściem, odezwał się Wokulski:

- Rzecki był tylko obecny przy kupnie, lalkę ja sprzedałem.

- Za trzy ruble? - spytała baronowa błysnąwszy oczyma jaszczurki.

- Tak, za trzy ruble. Jest to towar wybrakowany, którego się pozbywamy.

- Czy i mnie pan sprzedałby taką lalkę za trzy ruble? - indagowała baronowa.

- Nie! Pani już nic i nigdy nie sprzedadzą w moim sklepie.

- Jaki pan ma dowód, że ta lalka jest kupiona u pana? - spytał sędzia.

- Otóż to! - zawołała baronowa. - Jaki dowód?...

- Ciszej!... - zgromił ją sędzia.

- Gdzie pani swoją lalkę kupiła? - spytał baronowę Wokulski.

- U Lessera.

- Więc mamy dowód - rzekł Wokulski. - Lalki takie sprowadzałem z zagranicy w kawałkach: oddzielnie głowy, oddzielnie korpusy. Niech więc pan sędzia odpruje głowę, a wewnątrz znajdzie moją firmę.

Pani baronowa zaczęła się niepokoić.

Sędzia wziął do rąk lalkę, która tyle narobiła zgryzoty, i urzędowym scyzorykiem rozciął jej naprzód stanik, a następnie począł z wielką uwagą odpruwać głowę od tułowia. Helenka, z początku zdziwiona, przypatrywała się tej operacji, następnie zwróciła się do matki mówiąc półgłosem:

- Mamo, dlaczego ten pan rozbiera Mimi? Przecież ona będzie się wstydzić...
Nagle zrozumiawszy, o co chodzi, wybuchnęła płaczem i kryjąc twarz w suknię
pani Stawskiej, zawołała:
- Ach, mamo, po co on ją kraje?... To strasznie boli... O mamo, mamo, już nie
chcę, ażeby Mimi krajali...
- Nie płacz, Heluniu, Mimi będzie zdrowa i jeszcze ładniejsza - uspakajał ją
Wokulski, wzruszony nie mniej od Helenki.
Tymczasem głowa Mimi spadła na papiery. Sędzia spojrzał wewnątrz i podając
maskę pani baronowej rzekł:
- Nu, niech pani przeczyta, co tam napisano?
Baronowa przycięła usta i milczała.
- To niech pan Maruszewicz przeczyta głośno, co tam jest.
- Jan Mincel i Stanisław Wokulski... - jęknął Maruszewicz.
- Zatem nie Lesser?
- Nie.
Przez cały ten czas służąca baronowej zachowywała się w sposób bardzo
dwuznaczny: czerwieniła się, bladła, kryła się między ławki...
Sędzia patrzył na nią spod oka ; nagle rzekł :
- Teraz panna nam powie, co to było z lalką? Tylko proszę prawdę, bo panna
stanie do przysięgi...
Zagadnięta, z najwyższym przestrachem schwyciła się za głowę i przypadłszy
do stołu, prędko odpowiedziała:
- Lalka stłukła się, panie...
- Ta wasza lalka, od pani Krzeszowskiej?...
- Ta...
- Nu, to stłukła się jej tylko głowa, a reszta gdzie?...
- Na strychu, panie... Oj, co ja będę miała!
- Nic panna nie będzie miała; gorzej byłoby nie odpowiedzieć prawdy. A pani
oskarżycielka słyszy, co jest?...
Baronowa spuściła oczy i skrzyżowała ręce na piersi jak męczennica.
Sędzia zaczął pisać. Siedzący w drugiej ławce (maglarz oczywiście) odezwał
się do damy czerwonej na twarzy:
A co, ukradła?... Widzisz pani, co się teraz zrobiło z paninej gęby?... Hę?..
- Jak kobieta jest ładna, to się i z kryminału wygrzebie - rzekła czerwona dama
do swojej sąsiadki.
- Ale pani się nie wygrzebiesz... - mruknął maglarz.
- Głupiś pan!...
- Paniś głupsza...
- Ciszej!... - zawołał sędzia.
Kazano nam wstać i usłyszeliśmy wyrok najzupełniej uniewinniający panią
Stawską.
- Teraz - zakończył sędzia skończywszy czytanie - może pani podać skargę o
potwarz.
Zeszedł na salę, uścisnął za rękę panią Stawską i dodał:
- Bardzo mi przykro, żem panią sądził, i bardzo mi przyjemnie, że mogę
powinszować.

Pani Krzeszowska dostała spazmów, a dama z czerwoną twarzą mówiła do swej sąsiadki:

- Na ładną buzię to i sędzia jest pażyrny... Ale nie tak to będzie w dniu ostatecznym! - westchnęła.

- Cholera!... jak to bluźni... - mruknął maglarz.

Poczęliśmy wychodzić. Wokulski podał rękę pani Stawskiej, ż którą wysunął się naprzód, ja zaś ostrożnie zacząłem sprowadzać panią Misiewiczowę z brudnych schodów.

- Mówiłam, że się tak skończy - upewniała mnie staruszka - ale pan to nie miałeś wiary...

- Ja nie miałem wiary?..

- Tak, chodziłeś jak struty... Jezus Maria... A to co?..

Ostatnie te słowa skierowane były do mizernego studenta, który wraz ze swoim towarzyszem czekał przed bramą, widocznie na panią Krzeszowską, a myśląc, że ona wychodzi, ucharakteryzował się na trupa przed... panią Misiewiczowę!... Wnet poznał swoją omyłkę i zawstydził się tak; że pobiegł parę kroków naprzód.

- Patkiewicz!... Stójże... już idą... - zawołał pan Maleski.

- Niech cię diabli porwą!... - wybuchnął pan Patkiewicz. - Ty zawsze musisz mnie skompromitować.

Usłyszawszy jednak hałas w bramie zawrócił się i jeszcze raz pokazał nieboszczyka... Wirskiemu!...

To już młodych ludzi ostatecznie zdetonowało; więc poszli do domu bardzo rozgniewani na siebie i każdy inną stroną ulicy.

Nimeśmy jednak dopędzili ich dorożkami, już znowu szli razem i ukłonili się nam z wielką galanterią.

ROZDZIAŁ JEDENASTY: PAMIĘTNIK STAREGO SUBIEKTA

Wiem ja, dlaczego tak szeroko rozpisałem się o sprawie pani Stawskiej. Oto dlaczego...

Na świecie jest dużo niedowiarków i ja sam bywam czasami niedowiarkiem i wątpię o Opatrzności Boskiej. Nieraz też, kiedy źle idą polityczne interesa albo kiedy patrzę na nędzę ludzką i na triumfy łajdaków (jeżeli taki wyraz wolno wymawiać), nieraz myślę sobie:

"Stary głupcze, nazywający się Ignacym Rzeckim! Ty wyobrażasz sobie, że Napoleonidzi wrócą na tron, że Wokulski zrobi coś nadzwyczajnego, bo jest zdolny, i będzie szczęśliwym, bo jest uczciwy?... Ty myślisz, ośla głowo, że chociaż hultajom zrazu dzieje się dobrze, a ludziom poczciwym źle, to jednakże w końcu źli zostaną pohańbieni, a dobrzy sławą okryci?... Tak sobie imaginujesz?... Więc głupio sobie imaginujesz!... Na świecie nie ma żadnego porządku, żadnej sprawiedliwości, tylko walka. O ile w tej walce zwyciężają dobrzy, jest dobrze, o ile źli; jest źle; ale ażeby istniała jakaś potęga protegująca tylko dobrych, tego sobie wcale nie wyobrażaj... Ludzie są jak liście, którymi wiatr ciska; gdy rzuci je na trawnik, leżą na trawniku, a gdy rzuci w błoto - leżą w błocie..."

Tak sobie nieraz myślałem w chwilach zwątpienia; lecz proces pani Stawskiej doprowadził mnie do wręcz przeciwnych rezultatów, do wiary, że dobrym ludziom prędzej czy później stanie się sprawiedliwość.

Bo zastanów się tylko... Pani Stawka jest zacności kobieta, więc powinna być szczęśliwą; Stach jest wyższym nad wszelką wartość człowiekiem, więc - i on powinien być szczęśliwy. Tymczasem Stach jest ciągle rozdrażniony i smutny (aż mi się czasem płakać chciało, kiedym na niego patrzył), a pani Stawka miała sprawę o kradzież...

Gdzież więc jest sprawiedliwość nagradzająca dobrych?...

Zaraz ją zobaczysz, o człowieku małej wiary! Ażeby zaś lepiej przekonać cię, że na tym świecie jest porządek, zapisuję tu następujące proroctwa :

Po pierwsze - pani Stawka wyjdzie za mąż za Wokulskiego i będzie z nim szczęśliwa.

Po drugie - Wokulski wyrzeknie się swojej panny Łęckiej, a ożeni się z panią Stawską i będzie z nią szczęśliwy.

Po trzecie - mały Lulu jeszcze w tym roku zostanie cesarzem Francuzów pod imieniem Napoleona IV, zbije Niemców na bryndzę i zrobi sprawiedliwość na całym świecie, co mi jeszcze przepowiadał śp. mój ojciec.

Że Wokulski ożeni się z panią Stawską i że zrobi coś nadzwyczajnego, o tym już dziś nie mam najmniejszej wątpliwości. Jeszcze się, co prawda, nie zaręczył z nią, jeszcze się nawet nie oświadczył, zresztą... jeszcze nawet on sam sobie z tego nie zdaje sprawy. Ale ja już widzę... Jasno widzę, jak rzeczy pójdą, i głowę dam sobie uciąć, że tak będzie... Ja mam nos polityczny!

Bo tylko uważ, co się dzieje.

Na drugi dzień po procesie Wokulski był wieczorem u pani Stawskiej i siedział do jedynastej w nocy. Na trzeci dzień był w sklepie u Milerowej, przejrzał księgi i oddawał wielkie pochwały pani Stawskiej, co nawet trochę ubodło Milerowę. Na czwarty zaś dzień...

No, on wprawdzie nie był ani u Milerowej, ani u pani Stawskiej, ale za to mnie zdarzyły się dziwne wypadki.

Przed południem (jakoś nie było gości w sklepie) ni stąd, ni zowąd przychodzi do mnie kto?... Młody Szlangbaum, ten starozakonny, który pracuje w ruskich tkaninach.

Patrzę mój Szlangbaum zaciera ręce, wąs do góry, głowa pod sufit... Myślę: "Zwariował czy co?..." A on - kłania mi się, ale z głową zadartą, i mówi dosłownie te wyrazy:

- Spodziewam się, panie Rzecki, że cokolwiek nastąpi, będziemy dobrymi przyjaciółmi...

Myślę: "Tam do diabła, czy Stach nie dał mu dymisji?.." Więc odpowiadam :

- Możesz być pewny, panie Szlangbaum, mojej życzliwości, cokolwiek bądź nastąpi, byleś nie popełnił nadużycia, panie Szlangbaum...

Na ostatnie słowa położyłem nacisk, bo mi mój pan Szlangbaum wyglądał tak, jakby miał zamiar albo nasz sklep kupić (co wydaje mi się nieprawdopodobnym), albo kasę okraść... Czego, lubo jest uczciwy starozakonny, nie uważałbym za rzecz niemożliwą.

On to widać zmiarkował, bo uśmiechnął się nieznacznie i wyszedł do swojego oddziału. W kwadrans później wpadłem tam niby niechcący, ale zastałem go jak zwykle przy robocie. Owszem, powiedziałbym nawet, że pracował gorliwiej niż zwykle: wbiegał na drabinki, wydobywał sztuki rypsu i aksamitu, wkładał je na powrót do szaf, słowem kręcił się jak bąk.

"Nie - myślę - już ten chyba nas nie okradnie..."

Spostrzegłem, co mnie również zastanowiło, że pan Zięba jest uniżenie grzeczny dla Szlangbauma, a na mnie patrzy trochę z góry, choć jeszcze nie bardzo:

"Ha! - myślę - chce Szlangbaumowi wynagrodzić dawne krzywdy, a wobec mnie, najstarszego subiekta, zachowuje godność osobistą. Bardzo uczciwie robi, zawsze bowiem należy trochę zadzierać głowy wobec wyższych, a być uprzedzająco grzecznym dla niższych..."

Wieczorkiem zaszedłem do restauracyjki na piwko. Patrzę, jest pan Szprot i radca Węgrowicz. Ze Szprotem od tamtej afery, co to o niej mówiłem, jesteśmy na stopie obojętności, ale z radcą witam się kordialnie. A on do mnie:

- No i co, już?...

- Przepraszam - mówię - ale nie rozumiem. (Myślałem, że robi aluzję do procesu pani Stawskiej.) Nie rozumiem - mówię - panie radco.

- Czego nie rozumiesz - on mówi - tego, że sklep sprzedany?...

- Przeżegnaj się pan, panie radco - ja mówię - jaki sklep?

Poczciwy radca był już po szóstym kuflu, więc zaczyna się śmiać i mówi :

- Phy! ja się przeżegnam, ale panu to się i przeżegnać nie pozwolą, jak z chrześcijańskiego chleba przejdziesz na żydowską chałę; wszak ci to; jak gadają, Żydzi wasz sklep kupili...

Myślałem, że dostanę apopleksji.

- Panie radco - mówię - jesteś pan zbyt poważnym człowiekiem, ażebyś nie miał powiedzieć, skąd ta wiadomość.

- Całe miasto gada - odparł radca - a zresztą niech obecny tu pan Szprot pana objaśni.

- Panie Szprot - mówię kłaniając się - nie chciałbym ubliżyć panu, tym więcej, że żądałem od pana satysfakcji, a pan odmówiłeś mi jej jak hultaj... Jak hultaj, panie Szprot... Oświadczam panu jednak, że albo powtarzasz, albo sam fabrykujesz plotki...

- Co to jest?!... - wrzasnął Szprot, znowu jak niegdyś bijąc pięścią w stół. - Odmówiłem, gdyż nie jestem od dawania satysfakcji panu ani nikomu. Z tym wszystkim powtarzam, że sklep wasz kupują Żydzi...

- Jacy Żydzi?

- Diabeł ich wie: Szlangbaumy, Hundbaumy, czy ja ich zresztą znam!...

Taka mnie porwała wściekłość, żem kazał przynieść piwa, a radca Węgrowicz mówi :

- Z tymi Żydami to może być kiedyś głupia awantura. Tak nas duszą, tak nas ze wszystkich miejsc wysadzają, tak nas wykupują, że trudno poradzić z nimi. Już my ich nie przeszachrujemy, to darmo, ale jak przyjdzie na gołe łby i pięści, zobaczymy, kto kogo przetrzyma...

- Pan radca ma rację! - dodał Szprot. - Tak wszystko ci Żydzi zagarniają, że w końcu trzeba im będzie siłą odbierać, dla utrzymania równowagi. Bo zobaczcie tylko, panowie, co się dzieje choćby z takimi kortami...

- No - mówię - jeżeli nasz sklep kupią Żydzi, to i ja się z wami połączę; jeszcze moja pięść coś zaważy... Ale tymczasem, na miłosierdzie boskie, nie rozpuszczajcie plotek o Wokulskim i nie drażnijcie ludzi przeciw Żydom, bo już i bez tego panuje rozgoryczenie...

Wróciłem do domu z bólem głowy, wściekając się na cały świat. Budziłem się kilka razy w ciągu nocy, a po każdym zaśnięciu śniło mi się, że Żydzi naprawdę sklep nasz kupili i że ja, aby nie umrzeć z głodu, chodziłem po podwórzach z katarynką, na której był napis: "Ulitujcie się nad biednym, starym oficerem węgierskim!"

Dopiero z rana wpadłem na jedyną myśl prostą i rozsądną, ażeby stanowczo rozmówić się ze Stachem i jeżeli istotnie sklep sprzedaje, wystarać się o miejsce.

Ładna kariera po tylu latach służby! Gdyby człowiek był psem, to by mu przynajmniej w łeb strzelili... Ale że jest człowiekiem, więc musi wycierać obce kąty, niepewny zresztą, czy nie zbilansuje życia w rynsztoku.

Przed południem Wokulski nie był w sklepie, więc około drugiej wybrałem się do niego. Może chory?

Idę i w bramie domu, w którym mieszka, wpadam na doktora Szumana. Gdy powiedziałem mu, że chcę odwiedzić Stacha, odparł :

- Nie chodź pan tam. Jest rozdrażniony i lepiej zostawić go w spokoju. Zajdź pan lepiej do mnie na herbatę... A propos, czy ja mam pańskie włosy?

- Zdaje mi się - odpowiedziałem - że niedługo oddam panu moje włosy razem ze skórą.

- Chcesz się pan wypchać?

- Powinien bym, bo świat jeszcze nie widział podobnego mi głupca:

- Pociesz się pan - odparł Szuman - są głupsi. Ale o cóż to chodzi?

- Mniejsza, o co mnie chodzi, ale słyszałem, że Stach sklep sprzedaje Żydom... No, a ja już do nich w służbę nie pójdę.

- Cóż to, czy i pana ogarnia antysemityzm?

- Nie; ale co innego nie być antysemitą, a co innego służyć Żydom.

- Któż więc im będzie służył?... Bo ja, choć jestem Żyd, także nie wdzieję liberii tych parchów. Zresztą - dodał - skądże panu takie myśli przychodzą? Jeżeli sklep zostanie sprzedany, pan będziesz miał świetną posadę przy spółce handlu z cesarstwem...

- Niepewna to ta spółka - wtrąciłem.

- Bardzo niepewna - odpowiedział Szuman - bo za mało w niej Zydów, a za wielu magnatów. Ale pana i to nie obchodzi, bo... Tylko nie wydaj mnie z sekretu... Otóż pana to nic nie obchodzi, co się stanie ze sklepem i spółką, gdyż Wokulski zapisał panu dwadzieścia tysięcy rubli...

- Mnie?... zapisał?... cóż to znaczy?... - wykrzyknąłem zdziwiony.

Akurat weszliśmy do mieszkania Szumana i doktor kazał podać samowar.

- Co znaczy ten zapis? - spytałem, trochę nawet zaniepokojony.

- Zapis... zapis!... - mruczał Szuman chodząc po pokoju i pocierając sobie tył głowy. - Co znaczy? nie wiem, dość, że Wokulski zrobił go. Widocznie chce być przygotowany na wszelki wypadek jako rozsądny kupiec!...

- Czyby znowu pojedynek?...
- Eh! cóż znowu... Wokulski za dużo ma rozumu, ażeby dwa razy popełniał to samo głupstwo. Tylko, kochany panie Rzecki, kto z taką babą ma do czynienia, ten musi być przygotowany...
- Z jaką babą?... z panią Stawską?... - spytałem.
- Co za pani Stawska! - mówił doktór. - Tu chodzi o grubszą rybkę, o pannę Łęcką, w którą ten wariat wdeptał bez ratunku. Już zaczyna poznawać, jakie to ziółko, cierpi, gryzie się, ale oderwać się od niej nie może. Najgorsza rzecz spóźnione amory, osobliwie, kiedy trafią na takiego diabła jak Wokulski.
- Cóż się znowu stało? Przecie wczoraj był w ratuszu na balu?
- Właśnie był dlatego, że ona była, a i ja tam byłem dlatego, że oni oboje byli. Ciekawa historia! - mruknął doktór.
- Czy nie mógłbyś pan mówić jaśniej? - spytałem niecierpliwie.
- Dlaczegóż by nie, tym bardziej że wszyscy widzą to samo - mówił doktór. - Wokulski szaleje za panną, ona go bardzo mądrze kokietuje, a wielbiciele... czekają.
Awantura - ciągnął Szuman, precz chodząc po pokoju i trąc sobie głowę. - Dopóki panna Izabela była bez grosza i bez konkurenta, pies do nich nie zaglądał. Ale gdy znalazł się Wokulski, bogaty, z wielką reputacją i stosunkami, które nawet przeceniają, dokoła panny Łęckiej zgromadził się taki rój więcej lub mniej głupich, wyniszczonych i ładnych kawalerów, że przecisnąć się między nimi nie można. A każdy wzdycha, przewraca oczy, szepcze tkliwe półsłówka, czule za rączkę ściska w tańcu...
- I cóż ona na to?
- Marna kobieta! - rzekł doktór machając ręką. - Zamiast gardzić hołotą, która ją w dodatku po kilka razy opuszczała, ona upaja się ich towarzystwem. Wszyscy to widzą, a co najgorsze - widzi sam Wokulski...
- Więc dlaczego, do diabła, nie puści jej?... Już kto jak kto, ale chyba on kpić ze siebie nie pozwoli.
Podano samowar; Szuman odprawił służącego i nalał herbatę.
- Widzisz pan - rzekł - on by ją niezawodnie puścił, gdyby mógł oceniać rzeczy rozsądnie. Była taka chwila wczoraj na balu, że w naszym Stachu obudził się lew i kiedy przyszedł do panny Łęckiej, ażeby z nią zamienić parę wyrazów, przysiągłbym, że jej powie: "Dobranoc pani, już poznałem jej karty i ogrywać się nimi nie pozwolę!" Taką miał minę, kiedy szedł do niej. Ale i cóż z tego?... Panna raz spojrzała, szepnęła, ścisnęła go za rękę i mój Stach był taki szczęśliwy przez całą noc, taki szczęśliwy, że... dziś miałby ochotę w łeb sobie wypalić, gdyby nie czekał na drugie spojrzenie, szept i uścisk ręki... Nie widzi, cymbał, że ona zupełnie takimi samymi słodyczami obdzielała dziesięciu, nawet w znakomicie większych dozach.
- Cóż to za kobieta?
- Jak setki i tysiące innych. Piękna, rozpieszczona, ale bez duszy. Dla niej Wokulski tyle wart, o ile ma pieniądze i znaczenie: jest dobry na męża, naturalnie, w braku lepszego. Ale na kochanków to już ona wybierze sobie takich, którzy do niej więcej pasują.
A tymczasem on - prawił Szuman - czy to w piwnicy Hopfera, czy to na stepie

tak się karmił Aldonami, Grażynami, Marylami i tym podobnymi chimerami, że w pannie Łęckiej widzi bóstwo. On się już nie tylko kocha, ale uwielbia ją, modli się, padałby przed nią na twarz... Przykre go czeka zbudzenie!... Bo choć to romantyk pełnej krwi, jednak nie będzie naśladować Mickiewicza, który nie tylko przebaczył tej, co z niego zadrwiła, ale jeszcze tęsknił do niej po zdradzie, bal nawet ją unieśmiertnił... Piękna nauka dla naszych panien: jeżeli chcesz być sławną, zdradzaj najgorętszych wielbicieli!... My, Polacy, jesteśmy skazani na głupców nawet w tak prostej rzeczy jak miłość...

- I myślisz doktór, że Wokulski będzie taki błazen?... - spytałem czując, że burzy się we mnie krew jak pod Vilagos:

Szuman aż skoczył na krześle.

- O, do licha, nie!... - zawołał. - Dziś może szaleć, dopóki mówi sobie: "A nuż mnie kocha, a nuż jest taką, jak myślę?..." Ale gdyby nie ocknął się spostrzegłszy, że z niego żartują, ja... ja pierwszy, jakem Żyd, plunąłbym mu w oczy... Taki człowiek może być nieszczęśliwym, ale nie wolno mu być podłym... Dawno już nie widziałem Szumana tak rozdrażnionego. Żyd, bo Żyd, ma to wypisane od czuba do pięty, ale rzetelny przyjaciel i człowiek z poczuciem honoru.

- No - rzekłem - uspokój się, doktorze. Mam dla Stacha lekarstwo.

I opowiedziałem mu wszystko, co wiem o pani Stawskiej, dodając:

- Umrę, mówię ci, doktorze, umrę albo... ożenię Stacha z panią Stawską. To kobieta, która ma i rozum, i serce, i za miłość zapłaci miłością, a jemu takiej trzeba.

Szuman kiwał głową i wznosił brwi.

- Ha! próbuj pan... Na żal po kobiecie jedynym lekarstwem może być tylko druga kobieta. Chociaż obawiam się, czy kuracja już nie jest spóźniona...

- Stalowy to człowiek - wtrąciłem.

- I dlatego niebezpieczny - odparł doktór. - Trudno zatrzeć, co się raz w takim zapisze, i trudno skleić, co pęknie.

- Pani Stawka zrobi to.

- Bodajby.

- I Stach będzie szczęśliwy.

- Oho!...

Pożegnałem doktora pełen otuchy. Kocham, bo kocham panią Helenę, ale dla niego... wyrzeknę się jej.

Byle nie było za późno! Ale nie...

Nazajutrz w południe wpadł do sklepu Szuman; z jego uśmieszków i ze sposobu przygryzania warg poznałem, że mu coś dolega i nastraja go na ton ironiczny:

- Byłeś doktór u Stacha? - spytałem. - Jakże dziś...

Pociągnął mnie za szafy i począł mówić zirytowanym głosem:

- Oto patrz pan, do czego doprowadzają baby nawet takich ludzi jak Wokulskil Wiesz pan, dlaczego on rozdrażniony?..

- Przekonał się, że panna Łęcka ma kochanka

- Gdybyż się przekonał!... to może by go radykalnie uleczyło. Ale ona za sprytna, ażeby taki naiwny wielbiciel spostrzegł, co się dzieje za kulisami.

Zresztą, w tej chwili chodzi o co innego. Śmiech powiedzieć, wstyd powiedzieć!... - zżymał się doktór.

Uderzył się w łysinę i mówił ciszej:

- Jutro bal u księcia, gdzie, naturalnie, będzie panna Łęcka. I czy pan wiesz, że książę do tej chwili nie zaprosił Wokulskiego, choć z innymi zrobił to już od dwu tygodni!... A czy uwierzyłbyś pan, że Stach chory z tego powodu?...

Doktór zaśmiał się piskliwie, wyszczerzając popsute zęby, a ja dalibóg - zarumieniłem się ze wstydu.!

- Teraz rozumiesz pan, na jakiej pochyłości może znaleźć się człowiek?... - spytał Szuman. - Już drugi dzień truje się, że go jakiś książę nie zaprosił na bal... On, ten nasz kochany, ten nasz podziwiany Stach...

- I on sam powiedział to panu?

- Bah! - mruknął doktór - właśnie, że nie powiedział. Gdyby miał siłę powiedzieć, potrafiłby odrzucić tak dalece spóźnione zaproszenie.

- Myślisz pan, że go zaproszą?

- Och! Niezaproszenie kosztowałoby piętnaście procent rocznie od kapitału, który książę ma w spółce. Zaprosi go, zaprosi, gdyż, dzięki Bogu, Wokulski jest jeszcze rzeczywistą siłą. Ale pierwej, znając jego słabość dla panny Łęckiej, podrażni go, pobawi się nim jak psem, któremu pokazuje się i chowa mięso, ażeby nauczyć go chodzenia na dwu łapach. Nie bój się pan, oni go nie wypuszczą od siebie, na to są za mądrzy; ale go chcą wytresować, ażeby pięknie służył, dobrze aportował, a choćby i kąsał tych, którzy im nie są mili.

Wziął swoją bobrową czapkę i kiwnąwszy mi głową, wyszedł. Zawsze dziwak. Cały dzień upłynął mi marnie; nawet parę razy omyliłem się w rachunkach. Wtem, kiedym już myślał o zamknięciu sklepu, zjawił się Stach. Zdawało mi się, że przez parę tych dni schudł. Obojętnie przywitał się z naszymi panami i zaczął przewracać w biurku.

- Szukasz czego? - spytałem.

- Czy nie było tu listu od księcia?... - odparł nie patrząc mi w oczy.

- Odsyłałem ci wszystkie listy do mieszkania...

- Wiem, ale mógł się który zostać, zarzucić...

Wolałbym rwać ząb aniżeli usłyszeć to pytanie. Więc Szuman miał rację: Stach gryzie się, że go książę na bal nie zaprosił!

Gdy sklep zamknięto i panowie wyszli, Wokulski rzekł:

- Co dziś robisz ze sobą? Nie zaprosiłbyś mnie na herbatę?

Naturalnie, zaprosiłem go z radością i przypomniałem sobie dobre czasy, kiedy Stach przepędzał u mnie prawie każdy wieczór. Jakże daleko te czasy! Dziś on był posępny, ja zakłopotany i choć obaj mieliśmy sobie dużo do powiedzenia, żaden z nas nie patrzył drugiemu w oczy. Nawet zaczęliśmy rozmawiać o mrozie i dopiero szklanka herbaty, w której było pół szklanki araku, rozwiązała mi trochę usta.

- Wciąż mówią - odezwałem się -- że sprzedajesz sklep.

- Już go prawie sprzedałem - odparł Wokulski.

- Żydom?...

Zerwał się z fotelu i wsadziwszy ręce w kieszenie zaczął chodzić po pokoju.

- A komuż go sprzedam?... - spytał. - Czy tym, którzy nie kupią sklepu, gdyż

mają pieniądze, czy tym, którzy by go dlatego tylko kupili, że nie mają pieniędzy? Sklep wart ze sto dwadzieścia tysięcy rubli, mam je rzucić w błoto?
- Strasznie ci Żydzi wypierają nas...
- Skąd?... Z tych pozycyj, których nie zajmujemy albo do zajmowania których sami ich zmuszamy, pchamy ich, błagamy, aby je zajęli. Mego sklepu nie kupi żaden z naszych panów, ale każdy da pieniądze Żydowi, aby on go kupił i... płacił dobre procenta od wziętego kapitału.
- Czy tak?...
- Naturalnie, że tak, wiem przecie, kto Szlangbaumowi pożycza pieniędzy...
- To Szlangbaum kupuje?
- A któż by inny? Klejn, Lisiecki czy Zięba?... Ci nie znaleźliby kredytu, a znalazłszy, może by go zmarnowali.
- Będzie kiedyś awantura z tymi Żydami - mruknąłem.
- Bywały już, trwały przez osiemnaście wieków i jaki rezultat?.. W antyżydowskich prześladowaniach zginęły najszlachetniejsze jednostki, a zostały tylko takie, które mogły uchronić się od zagłady. I oto jakich mamy dziś Żydów: wytrwałych, cierpliwych, podstępnych, solidarnych, sprytnych i po mistrzowsku władających jedyną bronią, jaka im pozostała - pieniędzmi. Tępiąc wszystko, co lepsze, zrobiliśmy dobór sztuczny i wypielęgnowaliśmy najgorszych.
- Czy jednak pomyślałeś, że gdy twój sklep przejdzie w ich ręce, kilkudziesięciu Żydów zyska popłatną pracę, a kilkudziesięciu naszych ludzi straci ją?
- To nie moja wina - odparł zirytowany Wokulski. - Nie moja wina, że ci, z którymi łączą mnie stosunki, domagają się, ażebym sklep sprzedał. Prawda, że społeczność straci, ale też i społeczność chce tego.
- A obowiązki?..
- Jakie obowiązki?!... - wykrzyknął. - Czy względem tych, którzy nazywają mnie wyzyskiwaczem, czy tych, którzy mnie okradają? Spełniony obowiązek powinien coś przynosić człowiekowi, gdyż inaczej byłby ofiarą, której nikt od nikogo nie ma prawa wymagać. A ja co mam w zysku? Nienawiść i oszczerstwa z jednej strony, lekceważenie z drugiej. Sam powiedz: czy jest występek, którego by mi nie zarzucano i za co?... Za to, żem zrobił majątek i dałem byt setkom ludzi.
- Oszczercy są wszędzie.
- Ale nigdzie w tym stopniu co u nas. Gdzie indziej taki jak ja uczciwy dorobkiewicz miałby wrogów, ale miałby też uznanie, które wynagradza krzywdy... A tu...
Machnął ręką.
Jednym łykiem wypiłem znowu pół szklanki araku z herbatą, na odwagę. Stach tymczasem usłyszawszy kroki w sieni stanął przy drzwiach. Odgadłem, że tak czeka na książęce zaprosiny!...
Już mi w głowie szumiało, więc zapytałem:
- A czy ci, ci, dla których sprzedajesz sklep, ocenią cię lepiej?...
- A jeżeli ocenią?... - spytał zamyśliwszy się.
- I będą cię lepiej kochać aniżeli ci, których opuszczasz?
Przybiegł do mnie i bystro popatrzył mi w oczy.

- A jeżeli będą kochać?... - odparł.
- Jesteś pewny?...
Rzucił się na fotel.
- Czy ja wiem?... - szepnął. - Czy ja wiem?... Co jest pewnego na tym świecie?
- I czy nigdy nie przyszło ci na myśl - mówiłem coraz śmielej - że możesz być nie tylko wyzyskiwany i oszukiwany, ale jeszcze wyśmiewany i lekceważony?... Powiedz, nigdyś o tym nie pomyślał?... Wszystko jest możliwe na świecie, a w takim wypadku należy się zabezpieczyć, jeżeli nie od zawodu, to przynajmniej od śmieszności.
Do diabła! - zakończyłem uderzając szklanką w stół - można ponosić ofiary mając z czego, ale nie można pozwalać na maltretowanie siebie...
- Kto mnie maltretuje? - krzyknął zrywając się.
- Wszyscy ci, którzy cię nie szanują tak, jakeś na to zasłużył.
Przestraszyłem się własnej śmiałości, ale Wokulski nic nie odpowiedział.
Położył się na kozetce i splótł ręce pod głową, co było objawem niezwykłego wzruszenia. Potem zaczął mówić o interesach sklepowych głosem zupełnie spokojnym.
Około dziewiątej otworzyły się drzwi i wszedł lokaj Wokulskiego.
- Jest list od księcia!... - zawołał.
Stach przygryzł wargi i nie podnosząc się wyciągnął rękę.
- Daj - rzekł - i idź spać.
Służący wyszedł. Stach powoli otworzył kopertę, przeczytał i - rozdarłszy list na kilka kawałków, rzucił go pod piec.
- Cóż to jest? - spytałem.
- Zaproszenie na bal jutrzejszy - odparł sucho.
- Nie idziesz?
- Ani myślę.
Osłupiałem... I nagle w tym osłupieniu przyszła mi najgenialniejsza myśl pod słońcem.
- Wiesz co? - rzekłem - a może byśmy jutro poszli do pani Stawskiej na wieczór?...
Usiadł na kozetce i odparł z uśmiechem:
- A wiesz, że to będzie nieźle!... Wcale miła kobieta i dawnom już tam nie był. Trzeba by przy okazji posłać parę zabawek tej małej.
Lodowata ściana, jaka utworzyła się między nami, pękła.
Obaj odzyskaliśmy dawną szczerość i do północy rozmawialiśmy o przeszłych czasach. Na dobranoc powiedział mi Stach:
- Człowiek niekiedy głupieje, ale też niekiedy odzyskuje rozum... Bóg ci zapłać, mój stary!
Złoty, kochany Stach!... Żebym miał pęknąć, ożenię go z panią Stawską!...
W dzień balu u księcia ani Stach, ani Szlangbaum nie byli w sklepie. Odgadłem, że muszą układać się o sprzedaż naszego interesu.
W każdym innym razie podobny wypadek zatrułby mi humor na całą dobę. Ale dziś ani myślałem o zniknięciu naszej firmy i zastąpieniu jej szyldem żydowskim. Co mi tam sklep! byle Stach był szczęśliwy, a przynajmniej wydobył się ze swoich zgryzot. Muszę go ożenić, ażeby pioruny biły!...

Z rana wysłałem do pani Stawskiej liścik donosząc, że przyjdziemy dziś na herbatę obaj z Wokulskim. Do listu ośmieliłem się załączyć pudełko zabawek dla Heluni. Był tam las ze zwierzętami, całe umeblowanie dla lalki, mały serwis i mosiężny samowar. Razem za rs 13 kop. 60 towaru z opakowaniem.

Muszę jeszcze,coś wymyślić dla pani Misiewiczowej. Tym sposobem zrobię obcążki z babuni i z wnuczki i tak nimi piękną mamę ścisnę za serce, że musi kapitulować przed świętym Janem...

(Aj, do licha! a ten mąż za granicą?... No, co tam mąż, niechby się pilnował... Zresztą, za jakiś dziesiątek tysięcy rubli dostaniemy rozwód z nieobecnym i zapewne już nieżyjącym.)

Po zamknięciu sklepu idę do Stacha. Lokaj otwiera mi drzwi i trzyma w ręku wykrochmaloną koszulę. Przechodząc przez pokój sypialni widzę na krześle frak, kamizelkę... Oj, czy z naszej wizyty nie miałoby nic być?..

Stach w gabinecie czytał angielską książkę. (Czort wie, na co jemu ta angielszczyzna? Przecie można ożenić się będąc nawet głuchoniemym...) Przywitał mnie serdecznie, chociaż nie bez pewnego wahania. "Trzeba wziąć byka za rogi!" - pomyślałem i nie kładąc czapki na stole mówię:

- No, chyba nie ma co czekać. Idźmy, bo te panie spać się pokładą.

Wokulski złożył książkę i zamyślił się.

- Brzydki wieczór - rzekł - śnieżyca.

- Innym ta śnieżyca nie przeszkodzi jechać na bal, więc dlaczegóż nam miałaby psuć wieczorek - odpowiedziałem z głupia frant.

Jakbym kolnął Stacha. Zerwał się z krzesła i kazał podać futro. Służący ubierając go mówił:

- Tylko niech pan żara wraca, bo już pora ubierać się i fryzjer przyjdzie.

- Nie potrzeba - odparł Stach.

- Przecie nie uczesany nie pójdzie pan tańczować...

- Nie idę na bal.

Służący rozłożył ze zdziwieniem ręce i rozstawił nogi.

- Czo pan dziś wyrabia? - zawołał. - Pan tak robi, jakby pan miał źle w głowie... Pan Łęczki tak prosił...

Wokulski prędko wyszedł z pokoju i zatrzasnął drzwi pod nosem zuchwałemu famulusowi.

"Aha! - myślę - więc książę spostrzegł, że Stach może nie przyjść, i na przeprosiny wysłał tego niby teścia!... Szuman ma rację, że oni go nie zechcą wypuścić, no, ale my wam go odbierzemy! "W kwadrans byliśmy u pani Stawskiej. Rozkosz jak nas przyjęto!...

Marianna wysypała kuchnię piaskiem, pani Misiewiczowa ubrała się w jedwabną suknię tabaczkowego koloru, a pani Stawka miała dziś takie śliczne oczy, rumieńce i usta, że można się było na śmierć zacałować przy tej pięknej kobiecie.

Nie chcę się uprzedzać, ale dalibóg! Stach spoglądał na nią z wielkim zajęciem przez cały wieczór.. Nie miał nawet czasu spostrzec, że Helunia ubrała się w nową szarfę.

Co to był za wieczór!... Jak pani Stawka dziękowała nam za zabawki, jak ona osładzała Wokulskiemu herbatę, jak go parę razy trąciła brzegiem rękawa...

Dziś już jestem pewny, że Stach będzie tu przychodził jak najczęściej, z początku ze mną, później beze mnie.

W środku kolacji zły czy dobry duch skierował oczy pani Misiewiczowej na "Kurier"

- Widzisz, Helenko - rzekła do córki - że to dziś bal u księcia.

Wokulski sposępniał i zamiast w oczy pani Stawskiej zaczął patrzeć w talerz. Wziąwszy na odwagę odezwałem się nie bez ironii:

- Piękne to musi być towarzystwo u takiego księcia! Stroje, elegancja...

- Nie tak piękne, jak się wydaje - odpowiedziała staruszka. - Stroje bardzo często nie popłacone, a elegancja!... Zapewne, inna musi być w salonie z hrabiami i książętami, a inna w garderobie z biednymi robotnicami.(O! jakże mi staruszka w porę wystąpiła ze swoją krytyką. "Słuchajże, Stasiu" - pomyślałem i pytam dalej:)

- Więc te wielkie damy nie bardzo są eleganckie w stosunkach z pracownicami?...

- Proszę pana!... - odparła pani Misiewiczowa trzęsąc ręką. Znamy tu jedną magazynierkę, której te panie dają roboty, bo jest bardzo zręczna i tania. Łzami się nieraz zalewa, kiedy od nich wraca. Ile się trzeba naczekać z przymierzeniem sukni, z poprawieniem, z rachunkiem... A jaki ton w rozmowie, jakie impertynencje, jakie targi... Ta magazynierka mówi (jak dobrze życzę!), że woli mieć do czynienia z czterema Żydówkami aniżeli z jedną wielką damą. Choć teraz i Żydówki psują się: gdy która zbogaci się, zaraz zaczyna mówić tylko po francusku, targować się i grymasić.

Chciałem spytać: czy panna Łęcka nie stroi się u tej magazynierki? ale żal mi było Stacha. Tak mienił się na twarzy, biedaczysko!...

Po herbacie Helunia zaczęła ustawiać na dywanie dziś otrzymane zabawki, co chwilę wykrzykując z radości; pani Misiewiczowa i ja usiedliśmy pod oknem (staruszka nie może odzwyczaić się od tych okien!), a Wokulski i pani Stawska uplacowali się na kanapie : ona z jakąś siatką, on z papierosem.

Ponieważ starowina z wielkim ogniem zaczęła mi opowiadać, jakim doskonałym naczelnikiem powiatu był śp. jej mąż, więc nie bardzo słyszałem, o czym rozmawiała pani Stawka z Wokulskim. A musiało to być interesujące, gdyż mówili półgłosem:

"Ja panią widziałem w roku zeszłym u Karmelitów przy grobach."

"A ja pana najlepiej zapamiętałam, kiedy pan w lecie był w tej kamienicy, gdzie mieszkałyśmy. I nie wiem dlaczego, zdawało mi się..."

- A co to był za kłopot z tymi paszportami!... Bóg wie, kto brał, komu oddawał, czyje wpisywał nazwisko... - opowiadała pani Misiewiczowa.

"...Owszem, ile tylko razy pan zechce..." - mówiła rumieniąc się pani Stawska.

"...I nie będę natrętny?...'

- Piękna para! - rzekłem półgłosem do pani Misiewiczowej.

Spojrzała na nich i wzdychając odparła:

- Cóż z tego, choćby nieszczęśliwy Ludwik już nawet nie żył?

- Miejmy w Bogu ufność...

- Że żyje?... - spytała staruszka, wcale nie zdradzając zachwytu.

- Nie, nie o tym mówię..: Ale...

- Mamo, ja już spać chcę - odezwała się Helunia.

Wokulski wstał z kanapki i pożegnaliśmy damy.

"Kto wie - pomyślałem - czy ten jesiotr nie połknął już haczyka?..."

Na dworze wciąż sypał śnieg; Stach odwiózł mnie do domu i nie wiem, z jakiej racji czekał w sankach, aż wejdę w bramę.

Wszedłem, ale zatrzymałem się w sieni. I dopiero, kiedy stróż zamknął bramę, usłyszałem na ulicy dzwonki odjeżdżających sanek.

"Takiś to ty? - pomyślałem. - Zobaczymy, dokąd teraz pójdziesz..."

Wstąpiłem do siebie, włożyłem mój stary płaszcz, cylinder i tak przebrany, w pół godziny wyszedłem na ulicę.

W mieszkaniu Stacha było ciemno, zatem nie siedzi w domu. Więc gdzież jest?...

Kiwnąłem na przejeżdżające sanki i w parę minut wysiadłem niedaleko domu, w którym mieszka książę.

Na ulicy stało kilka karet, inne jeszcze zajeżdżały; ale już pierwsze piętro było oświetlone, muzyka grała, a w oknach od czasu do czasu migały cienie tańczących.

"Tam jest panna Łęcka" - pomyślałem i czegoś serce mi się ścisnęło.

Rozejrzałem się po ulicy. Uf! jakie tumany śniegu... Ledwie można dojrzeć targane przez wiatr płomyki gazowe. Trzeba iść spać.

Chcąc złapać sanki przeszedłem na drugi chodnik i... prawie otarłem się o Wokulskiego... stał pod drzewem zasypany śniegiem, zapatrzony w okna.

"Więc to tak?... O, żebyś zdechł, mój kochanku, musisz ożenić się z panią Stawską.:"

Wobec takiego niebezpieczeństwa postanowiłem działać energicznie. Więc zaraz na drugi dzień wybrałem się do Szumana i mówię:

- A wiesz, doktór, co się stało ze Stachem?

- Cóż, złamał nogę?

- Gorzej. Bo jakkolwiek, pomimo dwukrotnych zaproszeń, nie był na balu u księcia, lecz około północy wymknął się pod jego dom i stojąc na śnieżycy patrzył w okna. Rozumiesz pan?

- Rozumiem. Na to nie trzeba być psychiatrą.

- Zatem - mówię dalej - nieodwołalnie postanowiłem ożenić Stacha w tym jeszcze roku, nawet przed świętym Janem.

- Z panną Łęcką? - pochwycił doktór. - Radzę nie mieszać się do tego.

- Nie z panną Łęcką, ale z panią Stawską.

Szuman zaczął bić się po głowie.

- Szpital wariatów! - mruczał. - Nie brak ani jednego... Pan, oczywiście, masz wodę w głowie, panie Rzecki - dodał po chwili.

- Pan mnie obrażasz! - krzyknąłem zniecierpliwiony.

Stanął przede mną i schwyciwszy mnie za klapy surduta mówił zirytowanym głosem :

- Słuchaj pan... Użyję porównania, które powinieneś zrozumieć Jeżeli masz pełną szufladę, na przykład, portmonetek, czy możesz w tę samą szufladę nakłaść, na przykład, krawatów?... Nie możesz. Więc jeżeli Wokulski ma pełne serce panny Łęckiej, czy możesz mu tam wpakować panią Stawską?...

Odczepiłem mu ręce od moich klap i odparłem:

- Wyjmę portmonetki i włożę krawaty, rozumiesz pan, panie uczony?:...

I zaraz wyszedłem, bo już mnie jego arogancja rozdrażniła. Myśli, że wszystkie rozumy pozjadał.

Od doktora pojechałem do pani Misiewiczowej. Stawska była w swoim sklepie, Helunię wyprawiłem do drugiego pokoju, do zabawek, a sam przysiadłem się do staruszki i bez żadnych wstępów zaczynam :

- Pani dobrodziejko!... Czy sądzi pani, że Wokulski jest godnym człowiekiem?...

- Ach, dobry panie Rzecki, jak możesz o to pytać?... W swoim domu zniżył nam komorne, wydobył Helenkę z takiej hańby, dał jej posadę na siedemdziesiąt pięć rubli, Heluni przysłał tyle zabawek...

- Za pozwoleniem - przerywam. - Jeżeli więc zgadza się pani, że to człowiek zacny, to muszę pani dodać, pod największym sekretem, że jest bardzo nieszczęśliwy...

- W imię Ojca i Syna!... - przeżegnała się staruszka. - On nieszczęśliwy, on, który ma taki sklep, spółkę, taki straszny majątek?... On, który niedawno sprzedał kamienicę?... Chyba że ma długi, o których ja nic nie wiem.

- Długów ani grosza - mówię - a po zlikwidowaniu interesu ma ze sześćset tysięcy rubli, choć dwa lata temu miał ze trzydzieści tysięcy rubli, rozumie się, oprócz sklepu... Ale, pani dobrodziejko!...pieniądze nie stanowią wszystkiego, bo człowiek oprócz kieszeni ma jeszcze i serce...

- Przecież słyszałam, że się żeni, nawet z piękną osobą, z panną Łęcką?

- Tu jest nieszczęście; Wokulski nie może, nie powinien żenić się...

- Czyżby miał defekt?... Taki zdrowy mężczyzna...

- Nie powinien żenić się z panną Łęcką, to nie dla niego partia. Dla niego trzeba by żony takiej:...

- Takiej jak moja Helenka... - wtrąciła spiesznie pani Misiewiczowa.

- Otóż to!... - zawołałem. - Nie tylko takiej, ale wprost tej samej... Jej samej, pani Heleny Stawskiej, trzeba nam za żonę.

Staruszka rozpłakała się.

- Czy wiesz, kochany panie Rzecki - mówiła szlochając - że to jest moje najmilsze marzenie... Bo, że poczciwy Ludwiczek już umarł, za to głowę sobie dam uciąć... Tyle razy mi się śnił, a zawsze albo nagi, albo jakiś inny, nie ten...

- Zresztą - mówię - choćby nie umarł, dostaniemy rozwód.

- Naturalnie. Za pieniądze wszystkiego można dostać.

- Otóż to!... Cała rzecz w tym, ażeby pani Stawka nie opierała się...

- Zacny panie Rzecki! - zawołała starowina. - Ależ ona, przysięgnę, już dziś kocha się, biedactwo, w Wokulskim... Humor jej się zepsuł, po nocach nie sypia, tylko wzdycha, mizernieje kobiecisko, a kiedyście tu byli wczoraj, cóż się z nią działo... Ja, matka, poznać jej nie mogłam...

- Więc - basta!... - przerwałem. - Moja głowa w tym, ażeby Wokulski bywał tu jak najczęściej, a pani... niech dobrze usposabia panią Helenę. Wyrwiemy Stacha z rąk tej panny Łęckiej i... bodaj przed świętym Janem wesele...

- Bój się Boga, ależ Ludwiczek?...

- Umarł, umarł... - mówię. - Głowę sobie dam uciąć, że już nie żyje...

- Ha, w takim razie wola boska..

- Tylko... proszę panią o sekret. To gruba gra.
- Za kogóż to mnie masz, panie Rzecki? - obraziła się staruszka. - Tu... tu... - dodała stukając się w piersi - tu każda tajemnica leży jak w grobie. A tym więcej tajemnica mego dziecka i tego szlachetnego człowieka:
Oboje byliśmy głęboko wzruszeni.
- Cóż - rzekłem po chwili, zabierając się do wyjścia - cóż, czy przypuściłby kto, że taka drobna rzecz jak lalka może przyczynić się do uszczęśliwienia dwojga ludzi?
- Jak to lalka?
- No, jakże?... Gdyby pani Stawka nie kupiła u nas lalki, nie byłoby procesu.. Stach nie wzruszyłby się losem pani Heleny, pani Helena nie pokochałaby go, a więc i nie pobraliby się... Bo, ściśle rzeczy biorąc, jeżeli w Stachu zbudziło się jakieś gorętsze uczucie dla pani Stawskiej, to dopiero od owego procesu.
- Zbudziło się, powiadasz pan?...
- Bah! Czy to pani nie widziała, jak wczoraj szeptali na tej kanapie?... Wokulski dawno już nie był tak ożywiony, nawet wzruszony jak wczoraj...
- Bóg cię zesłał, kochany panie Rzecki! - zawołała staruszka i na pożegnanie pocałowała mnie w głowę.
Dziś kontent jestem z siebie i choćbym nie chciał, muszę przyznać, że mam metternichowską głowę. Jak to ja wpadłem na myśl zakochania Stacha w pani Helenie, jak ja to wszystko ułożyłem, ażeby im nie przeszkadzano!...
Bo dziś nie mam już najmniejszej wątpliwości, że i pani Stawka, i Wokulski wpadli w zastawioną na nich pułapkę. Ona w ciągu paru tygodni zmizerniała (ale jeszcze lepiej wyładniała, bestyjka!), a on formalnie traci głowę. Jeżeli tylko nie jest wieczorem u Łęckich, co zresztą trafia się nieczęsto, bo panna wciąż baluje, to zaraz chłopak sprowadza się do pani Stawskiej i siedzi tam choćby do północy. A jak się wtedy ożywia, jak jej opowiada historie o Syberii, o Moskwie, o Paryżu!... Wiem, bo choć nie bywam wieczorami, ażeby im nie przeszkadzać, to zaraz na drugi dzień wszystko opowiada mi pani Misiewiczowa, rozumie się pod największym sekretem.
Jedno mi się tylko nie podobało.
Dowiedziawszy się, że Wirski załazi czasem do naszych pań i, naturalnie, płoszy gruchającą parę, wybrałem się, ażeby go ostrzec.
Właśnie już ubrany wychodzę z domu, gdy wtem spotykam w sieni Wirskiego. Naturalnie, zawracam się, zapalam światło, pogadaliśmy trochę o polityce... Następnie zmieniam przedmiot rozmowy i zaczynam obcesowo :
- Chciałem też panu poufnie zakomunikować...
- Wiem już, wiem!... - on mówi śmiejąc się.
- Co pan wiesz?
- A że Wolkulski kocha się w pani Stawskiej.
- Rany boskie! - wołam. - A panu to kto powiedział?...
- No, przede wszystkim nie bój się pan zdradzenia sekretu mówi on poważnie.
- W naszym domu sekret to jak w studni...
- Ale kto panu powiedział?
- Mnie, widzisz pan, powiedziała żona, która dowiedziała się o tym od pani Kolerowej...

- A ona skąd?
- Pani Kolerowej powiedziała pani Radzińska, a pani Radzińskiej pod najświętszym słowem powierzyła tę tajemnicę pani Denowa, wiesz pan, ta przyjaciółka pani Misiewiczowej.
- Jakaż nieostrożna pani Misiewiczowa!...
- Ale! - mówił Wirski - cóż miała robić, nieboga, jeżeli Denowa wpadła na nią z góry, że Wokulski przesiaduje u nich do rana, że to jakieś nieczyste sprawy... Naturalnie, zatrwożona staruszka powiedziała jej, że tu nie chodzi o figle, ale o sakrament, i że może pobiorą się około świętego Jana.
Aż mnie głowa zabolała, ale cóż robić? Aj, te baby, te baby!...
- Cóż słychać na mieście? - pytam Wirskiego, ażeby raz skończyć kłopotliwą rozmowę.
- Awantury - mówi - awantury z baronową! Ale daj mi pan cygaro, bo to dwie duże historie.
Podałem mu cygaro, a on opowiedział rzeczy, które ostatecznie przekonały mnie, że źli prędzej czy później muszą być ukarani, dobrzy wynagrodzeni i że w najzakamienialszym sercu tli się przecież iskra sumienia.
- Dawnoś pan był u naszych dam? - zaczyna Wirski.- Ze cztery... z pięć dni... - odparłem. - Pojmujesz pan, że nie chcę przeszkadzać Wokulskiemu, a... i panu radzę to samo. Młoda z młodym prędzej porozumie się aniżeli z nami, starymi.
- Za pozwoleniem! - przerywa Wirski. - Mężczyzna pięćdziesięeioletni nie jest starym; jest dopiero dojrzałym...
- Jak jabłko, które już spada.
- Masz pan rację: mężczyzna pięćdziesięcioletni jest bardzo skłonny do upadku. I gdyby nie żona i dzieci... Panie Ignacy!... panie Rzecki!...
niech mnie diabli wezmą, jeżelibym się nie ścigał z młodymi. Ale, panie, żonaty człowiek to kaleka: kobiety na niego nie patrzą, chociaż... panie Ignacy...
W tym miejscu oczy mu się zaiskrzyły i zrobił taką pantominę, że jeżeli jest naprawdę pobożnym, jutro powinien iść do spowiedzi.
Już to w ogóle uważam, że ze szlachtą jest tak: do nauki ani do handlu nie ma głowy, do roboty go nie napędzisz, ale do butelki, do wojaczki i do sprośności zawsze gotów, choćby nawet trumną zalatywał. Paskudniki!
- Wszystko to dobrze - mówię - panie Wirski, ale cóżeś mi pan miał opowiedzieć?
- Aha! właśnie o tym myślałem - mówi on, a dymi cygarem jak kocieł asfaltu. - Otóż tedy, pamiętasz pan tych studentów z naszej kamienicy, co mieszkali nad baronową?...
- Maleski, Patkiewicz i ten trzeci. Co nie miałbym pamiętać takich diabłów. Jowialne chłopaki!
- Bardzo, bardzo! - potwierdza Wirski. - Niech mnie Bóg skarze, jeżeli przy tych urwipołciach można było utrzymać młodą kucharkę dłużej jak osiem miesięcy. Panie Rzecki! mówię ci, że oni we trzech zaludniliby wszystkie ochrony... Ich tam, widać, w uniwersytecie uczą tego. Bo za moich czasów, na wsi, jeżeli ojciec mający młodego syna dał trzy, a cztery krowy na rok... fiu!... fiu!... to już zaraz obrażał się nawet ksiądz proboszcz, ażeby mu nie psuć owieczek. A ci, panie...

- Miałeś pan mówić o baronowej - wtrąciłem, bo nie lubię, jeżeli głupstwa trzymają się szpakowatej głowy.

- Właśnie... Otóż tedy... A najgorszy bestia to ten Patkiewicz, co trupa udaje. Jak zapadł wieczór, a ten pokraka wylazł na schody, to mówię ci, taki był pisk, jakby stado szczurów tamtędy przechodziło...

- Miałeś pan przecie o baronowej...

- Właśnie też... Otóż tedy, mości dobrodzieju... No i Maleskiemu nic nie brak!... Otóż tedy, jak panu wiadomo, baronowa uzyskała wyrok na chłopaków, ażeby się wyprowadzili ósmego. Tymczasem ci ani weź... Ósmy, dziewiąty, dziesiąty... oni siedzą, a pani Krzeszowskiej rośnie wątróbka z irytacji. W końcu, naradziwszy się z tym swoim niby adwokatem i z Maruszewiczem, na dzień 15 lutego pchnęła im komornika z policją.

Drapie się tedy komornik z policją na trzecie piętro, stuk - puk! drzwi u chłopców zamknięte, ale ze środka pytają się: "Kto tam?"- "W imieniu prawa otwórzcie!" - mówi komornik. - "Prawo prawem - mówią mu ze środka - ale my nie mamy klucza. Ktoś nas zamknął, pewnie pani baronowa." - "Panowie żarty robicie z władzy - mówi komornik - a panowie wiecie, że powinniście się wyprowadzić." - "Owszem - mówią ze środka - ale przecież dziurką od klucza nie wyjdziemy. Chybaby..."

Naturalnie, komornik wysyła stróża po ślusarza i czeka na schodach z policją. W jakie pół godziny przychodzi i ślusarz: otworzył ten zwyczajny zamek wytrychem, ale angielskiemu zatrzaskowi nie może dać rady. Kręci, wierci - na próżno... Dyma znowu po narzędzia, na co znowu schodzi mu z pół godziny, a tymczasem w podwórzu zbiegowisko, wrzask, a na drugim piętrze pani baronowa dostaje najstraszniejszych spazmów.

Komornik ciągle czeka na schodach, aż tu wpada do niego Maruszewicz. "Panie! - wola - zobacz no, co ci dokazują..." Komornik wybiega na dziedziniec i widzi taką scenę:

Okno na trzecim piętrze otwarte (miarkuj pan, w lutym!) i z owego okna lecą na podwórze: sienniki, kołdry, książki, trupie główki i tam dalej. Niedługo poczekawszy zjeżdża na sznurze kufer, a po nim łóżko.

No i cóż pan na to?" - woła Maruszewicz.

"Trzeba spisać protokół - mówi komornik. - Zresztą wyprowadzają się, więc może nie warto im przeszkadzać."

Wtem - nowa szopka. W otwartym oknie na trzecim piętrze ukazuje się krzesło, na krześle siada Patkiewicz, dwaj koledzy spychają go i - mój Patkiewicz jedzie z krzesłem na sznurach na dół!... To już i komornika zemdliło, a jeden stójkowy przeżegnał się.

"Kark skręci... - mówią baby. - Jezus Maria! ratuj duszę jego..." Maruszewicz, jako człowiek nerwowy, uciekł do pani Krzeszowskiej, a tymczasem krzesełko z Patkiewiczem zatrzymuje się na wysokości drugiego piętra, przy oknie baronowej.

"Skończcież, panowie, z tymi żartami!" - woła komornik do dwu kolegów Patkiewicza, którzy go spuszczali.

"Ale ba! kiedy nam się sznur zerwał..." - mówią tamci.

"Ratuj się, Patkiewicz!" - woła z góry Maleski.

Na dziedzińcu awantura. Baby (ile, że niejedna mocno interesowała się zdrowiem Patkiewicza) zaczynają wrzeszczeć, stójkowi osłupieli, a komornik zupełnie stracił głowę.

"Stań pan na gzymsie!... Bij w okno..." - woła do Patkiewicza.

Memu Patkiewiczowi nie trzeba było dwa razy powtarzać. Zaczyna tedy pukać do okna baronowej tak, że sam Maruszewicz nie tylko mu otworzył lufcik, ale jeszcze własnoręcznie wciągnął chłopa do pokoju.

Nawet baronowa przybiegła zatrwożona i mówi do Patkiewicza:

"Boże miłosierny! potrzebne też to panu takie figle"

"Inaczej nie miałbym przyjemności pożegnać szanownej pani"- odpowiada Patkiewicz i słyszę, pokazał jej takiego nieboszczyka, że baba runęła na wznak na podłogę wołając:

"Nie ma mnie kto bronić!... Nie ma już mężczyzn!... Mężczyzny!... Mężczyzny!..."

Krzyczała tak głośno, że ją było słychać na całym dziedzińcu, i nawet komornik bardzo opacznie wytłomaczył sobie jej wołania, bo powiedział do stójkowych : "Ot, w jaką chorobę wpadła biedna kobieta!... Trudno, już ze dwa lata jest w separacji z mężem."

Patkiewicz, jako medyk, pomacawszy puls baronowej, kazał jej zadać waleriany i najspokojniej wyszedł. A tymczasem w ich lokalu ślusarz wziął się do odbijania angielskiego zatrzasku. Kiedy już skończył swoją czynność i dobrze drzwi pokaleczył, Maleski nagle przypomniał sobie, że oba klucze: od zamku i od zatrzasku - ma w kieszeni.

Ledwie baronowa. doszła do przytomności, zaraz ów adwokat począł ją namawiać, ażeby wytoczyła proces i Patkiewiczowi, i Maleskiemu. Ale baba jest już tak zrażona do procesów, że tylko zwymyślała swego doradcę i przysięgła, iż od tej pory żadnemu studentowi nie wynajmie lokalu, choćby na wieki miał stać pustkami.

Potem, jak mi mówiono, z wielkim płaczem zaczęła namawiać Maruszewicza, ażeby on nakłonił barona do przeproszenia jej i do sprowadzenia się do niej. "Ja wiem - szlochała - że on już nie ma ani grosza, że za mieszkanic nie płaci i nawet ze swoim lokajem jada na kredyt. Mimo to; wszystko mu zapomnę i popłacę długi, byle nawrócił się i sprowadził do domu. Bez mężczyzny nie mogę rządzić takim domem... umrę tu w ciągu roku..."

W tym widzę karę boską - zakończył Wirski odmuchując cygaro. - A narzędziem tej kary będzie baron...

- A druga historia? - spytałem.

- Druga jest krótsza, ale za to ciekawsza. Wyobraź pan sobie, że baronowa, baronowa Krzeszowska, złożyła wczoraj wizytę pani Stawskiej...

Oj! do licha... - szepnąłem. - To zły znak...

- Wcale nie - rzekł Wirski. - Baronowa przyszła do pani Stawskiej, spłakała się, dostała spazmów i prosiła obie damy prawie na klęczkach, ażeby jej zapomniały ów proces o lalkę, bo inaczej nie będzie mieć spokoju do końca życia.

- I one obiecały zapomnieć?

- Nie tylko obiecały, ale jeszcze ucałowały ją i nawet przyrzekły wyjednać jej przebaczenie u Wokulskiego. o którym baronowa odzywa się z wielkimi pochwałami...

- Oj, do diabła!... - zawołałem. - Po cóż one z nią rozmawiały o Wokulskim?... Gotowe nieszczęście...

- Ale, co pan mówisz! - reflektował mnie Wirski. - To kobieta skruszona, żałuje za grzechy i niezawodnie poprawi się.

Była już północ, więc sobie poszedł. Nie zatrzymywałem go, bo mnie trochę zraził swą wiarą w skruchę baronowej. Ha! zresztą kto ją tam wie, może się i naprawdę nawróciła?...

Post scriptum. Byłem pewny, że MacMahonowi uda się zrobić zamach na rzecz małego Napoleonka. Tymczasem dziś dowiaduję się, że MacMahon upadł, prezydentem rzeczypospolitej został mieszczanin Grévy, a mały Napoleonek pojechał na wojnę, do jakiegoś Natalu do Afryki.

Trudna rada - niech się chłopak uczy wojować. Za jakie pół roku wróci okryty sławą, tak że go sami Francuzi gwałtem zaczną ciągnąć do siebie, a my tymczasem - ożenimy Stacha z panią Heleną.

O, bo ja, kiedy uwezmę się na co, to mam metternichowskie sposoby i rozumiem naturalny bieg rzeczy.

Niech więc żyje Francja z Napoleonidami, a Wokulski z panią Stawską!...

ROZDZIAŁ DWUNASTY: DAMY I KOBIETY

W minionym karnawale i w bieżącym wielkim poście fortuna po raz trzeci czy czwarty znowu łaskawym okiem spojrzała na dom pana Łęckiego.

Jego salony były pełne gości, a do przedpokoju sypały się bilety wizytowe jak śnieg. I znowu pan Tomasz znalazł się w tej szczęśliwej pozycji, że nie tylko miał kogo przyjmować, ale nawet mógł robić wybór pomiędzy odwiedzającymi.

- Pewnie już niedługo umrę - mówił nieraz do córki. - Mam jednak tę satysfakcję, że ludzie ocenili mnie choć przed śmiercią.

Panna Izabela słuchała tego z uśmiechem. Nie chciała rozpraszać ojcowskich złudzeń, ale była pewna, że rój wizytujących jej składa hołdy - nie ojcu.

Wszakże pan Niwiński, najwykwintniejszy aranżer, najczęściej z nią tańczył, nie z ojcem. Pan Malborg, wzór dobrych manier i wyrocznia mody, z nią rozmawiał, nie z ojcem, a pan Szastalski, przyjaciel poprzedzających, nie przez ojca, tylko przez nią czuł się nieszczęśliwym i niepocieszonym. Pan Szastalski wyraźnie jej to oświadczył, a chociaż sam nie był ani najwykwintniejszym tancerzem jak pan Niwiński, ani wyrocznią mody jak pan Malborg, był jednak przyjacielem panów: Niwińskiego i Malborga. Mieszkał blisko nich, z nimi jadał, z nimi sprowadzał sobie angielskie lub francuskie garnitury, damy zaś dojrzałe nie mogąc w nim dopatrzeć żadnych innych zalet nazywały go przynajmniej poetycznym.

Dopiero drobny fakt, jedno zdanie zmusiło pannę Izabelę do szukania w innym kierunku tajemnicy jej triumfów.

Podczas pewnego balu rzekła do panny Pantarkiewiczówny:

- Nigdy tak dobrze nie bawiłam się w Warszawie jak tego roku.

- Bo jesteś zachwycająca - odpowiedziała krótko panna Pantarkiewiczówna zasłaniając się wachlarzem, jakby chciała ukryć mimowolne ziewnięcie...

- Panny "w tym wieku" umieją być interesujące - odezwała się na cały głos pani z de Ginsów Upadalska do pani z Fertalskich Wywrotnickiej.

Ruch wachlarza panny Pantarkiewiczówny i słówko pani z de Ginsów Upadalskiej zastanowiły pannę Izabelę. Za dużo miała rozumu, ażeby nie zorientować się w sytuacji, jeszcze tak jaskrawo oświetlonej.

"Cóż to za wiek? - myślała. - Dwadzieścia pięć lat jeszcze nie stanowią <<tego wieku>>... Co one mówią?..."

Spojrzała na bok i zobaczyła utkwione w siebie oczy Wokulskiego. Ponieważ miała do wyboru albo przypisać swoje triumfy "temu wiekowi", albo Wokulskiemu, więc... poczęła zastanawiać się nad Wokulskim.

Kto wie, czy nie był on mimowolnym twórcą uwielbień, które ją ze wszech stron otaczały?...

Zaczęła przypominać sobie. Przede wszystkim ojciec pana Niwińskiego miał kapitały w spółce, którą założył Wokulski, a która (o czym było wiadomo nawet pannie Izabeli) przynosiła wielkie zyski. Następnie pan Malborg, który ukończył jakąś szkołę techniczną (z czym się nie zdradzał), za pośrednictwem Wokulskiego (co w najgłębszej zachował dyskrecji) starał się o posadę przy kolei. I rzeczywiście, dostał taką, która posiadała jedną wielką zaletę, że nie wymagała pracy, i jedną straszną wadę, że nie dawała trzech tysięcy rubli pensji. Pan Malborg miał nawet o to żal do Wokulskiego; lecz ze względu na stosunki ograniczał się na wymawianiu jego nazwiska z ironicznym półuśmiechem.

Pan Szastalski nie miał kapitałów w spółce ani posady przy kolei. Ale ponieważ dwaj jego przyjaciele, panowie Niwiński i Malborg, mieli do Wokulskiego pretensję, więc i on miał do Wokulskiego pretensję, którą formułował wzdychając obok panny Izabeli i mówiąc:

- Są ludzie szczęśliwi, którzy...

O tym, jak wyglądają ci "którzy...", panna Izabela nigdy nie mogła się dowiedzieć. Tylko przy wyrazie "którzy" przychodził jej na myśl Wokulski. Wtedy zaciskała drobne pięści i mówiła do siebie:

"Despota... tyran..."

Choć Wokulski nie zdradzał najmniejszej skłonności ani do tyranii, ani do despotyzmu. Tylko przypatrywał się jej i myślał:

"Tyżeś to czy... nie ty?.. "

Czasami na widok młodszych i starszych elegantów otaczających pannę Izabelę, której oczy błyszczały jak brylanty albo jako gwiazdy, po niebie jego zachwytów przelatywał obłok i rzucał mu na duszę cień nieokreślonej wątpliwości. Ale Wokulski na cienie zamykał oczy. Panna Izabela była jego życiem, szczęściem, słońcem, którego nie mogły zaćmić jakieś przelotne chmurki, może nawet zgoła urojone.

Niekiedy przychodził mu na myśl Geist, zdziczały mędrzec wśród wielkich pomysłów, który wskazywał mu inny cel aniżeli miłość panny Łęckiej. Ale wówczas starczyło Wokulskiemu jedno spojrzenie panny Izabeli, ażeby go otrzeźwić z mrzonek.

"Co mi tam ludzkość! - mówił wzruszając ramionami. - Za całą ludzkość i za całą przyszłość świata, za moją własną wieczność... nie oddam jednego jej pocałunku..." I na myśl o tym pocałunku działo się z nim coś niezwykłego. Wola w nim słabła, czuł, że traci przytomność, i ażeby odzyskać ją, musiał znowu zobaczyć pannę Izabelę w towarzystwie elegantów. I dopiero wówczas, gdy słyszał jej szczery śmiech i stanowcze zdania, kiedy widział jej ogniste spojrzenia rzucane na panów: Niwińskiego, Malborga i Szastalskiego, przez mgnienie oka zdawało mu się, że spada przed nim zasłona, poza którą widzi jakiś inny świat i jakąś inną pannę Izabelę. Wtedy, nie wiadomo skąd, zapalała się przed nim jego młodość pełna tytanicznych wysiłków. Widział swoją pracę nad wydobyciem się z nędzy, słyszał świst pocisków, które kiedyś przelatywały mu nad głową, a potem widział laboratorium Geista, gdzie rodziły się niezmierne wypadki, i spoglądając na panów: Niwińskiego, Malborga i Szastalskiego; myślał:

"Co ja tu robię?..: Skąd ja modlę się do jednego z nimi ołtarza?.:"

Chciał roześmiać się, ale znowu wpadał w moc obłędu. I znowu wydawało mu się, że takie jak jego życie warto złożyć u nóg takiej jak panna Izabela kobiety. Bądź jak bądź, pod wpływem nieostrożnego słówka pani z de Ginsów Upadalskiej, w pannie Izabeli poczęła wytwarzać się zmiana na korzyść Wokulskiego. Z uwagą przysłuchiwała się rozmowom panów odwiedzających jej ojca i w rezultacie spostrzegła, że każdy z nich ma albo kapitalik, który chce umieścić u Wokulskiego; "bodajby na piętnaście procent", albo kuzyna, któremu chce wyrobić posadę, albo pragnie poznać się z Wokulskim dla jakichś innych celów. Co się zaś tycze dam, te albo również chciały kogoś protegować, albo miały córki na wydaniu i nawet nie taiły się, że pragną odbić Wokulskiego pannie Izabeli, albo, o ile nie były zbyt dojrzałymi, rade były uszczęśliwić go same.

- Oto być żoną takiego człowieka! - mówiła z Fertalskich Wywrotnicka.

- Choćby nawet i nie żoną! - odparła z uśmiechem baronowa von Ples, której mąż od pięciu lat był sparaliżowany.

"Tyran... despota..." - powtarzała panna Izabela czując, że lekceważony przez nią kupiec zwraca ku sobie wiele spojrzeń, nadziei i zazdrości.

Pomimo resztek pogardy i wstrętu, jakie w niej jeszcze tlały, musiała przyznać, że ten szorstki i ponury człowiek więcej znaczy i lepiej wygląda aniżeli marszałek, baron Dalski, a nawet aniżeli panowie: Niwiński, Malborg i Szastalski.

Najsilniej jednak wpłynął na postanowienia jej książę.

Książę, na którego prośbę Wokulski nie tylko w grudniu roku zeszłego nie chciał ofiarować pani Krzeszowskiej dziesięciu tysięcy rubli, ale nawet w styczniu i lutym roku bieżącego nie dał ani grosza na protegowanych przez niego ubogich, książę na chwilę stracił serce do Wokulskiego. Wokulski zrobił księciu przykry zawód. Książę sądził i wierzył, iż ma prawo tak sądzić, że człowiek podobny Wokulskiemu, raz posiadłszy książęcą życzliwość, powinien wyrzec się nie tylko swoich gustów i interesów, ale nawet majątku i osoby. Że powinien lubić to, co lubi książę, nienawidzieć tego, co nienawidzi książę, służyć tylko księcia celom i dogadzać tylko jego upodobaniom. Tymczasem ten parweniusz (aczkolwiek niewątpliwie dobry szlachcic) nie tylko nie myślał być książęcym sługą, ale nawet odważył się być samodzielnym człowiekiem; nieraz sprzeczał się z księciem, a co gorsza, wręcz odmawiał jego żądaniom.

"Szorstki człowiek... interesowny... egoista!..." - myślał książę, ale coraz mocniej dziwił się zuchwalstwu dorobkiewicza.

Traf zdarzył, że pan Łęcki, nie mogąc już ukryć zabiegów Wokulskiego o pannę Izabelę, zapytał księcia o zdanie o Wokulskim i o radę.

Otóż książę, pomimo rozmaitych słabości, był z gruntu uczciwym człowiekiem. W sądzie o ludziach nie polegał na własnym upodobaniu, ale zasięgał opinii. Poprosił więc pana Łęckiego o parę tygodni zwłoki "dla uformowania sobie zdania", a ponieważ miał rozmaite stosunki i jakby własną policję, podowiadywał się więc różnych rzeczy.

Naprzód tedy zauważył, że szlachta, lubo o Wokulskim odzywa się z przekąsem jako o dorobkiewiczu i demokracie, w cichości jednak chełpi się nim:

Znać, że nasza krew, choć przystał do kupców!

Ile razy zaś chodziło o przeciwstawienie kogoś żydowskim bankierom, najzakamienialsi szlachcice wysuwali naprzód Wokulskiego.

Kupcy, a nade wszystko fabrykanci, nienawidzili Wokulskiego, najcięższe jednak zarzuty, jakie mu stawiali, były te: "To szlachcic... wielki pan... polityk!...", czego znowu książę w żaden sposób nie mógł mu brać za złe...

Najciekawszych jednak wiadomości dostarczyły księciu zakonnice. Był jakiś furman w Warszawie i jego brat dróżnik na Kolei Warszawsko-Wiedeńskiej, którzy błogosławili Wokulskiego. Byli jacyś studenci, którzy głośno opowiadali, że Wokulski daje im stypendia; byli rzemieślnicy, którzy zawdzięczali mu warsztaty, byli kramarze, którym Wokulski pomógł do założenia sklepów.

Nie brakło nawet (o czym siostry mówiły z pobożną zgrozą i rumieniąc się), nie brakło nawet kobiety upadłej, którą Wokulski wydobył z nędzy, oddał do magdalenek i ostatecznie zrobił z niej uczciwą kobietę, o ile (mówiły siostry) taka osoba może być uczciwą kobietą.

Relacje te nie tylko zdziwiły, ale wprost przestraszyły księcia. I naraz Wokulski spotężniał w jego opinii. Był przecie człowiekiem, który ma swój własny program, ba! nawet prowadzi politykę na własną rękę, i który ma wielkie znaczenie wśród pospólstwa...

Toteż kiedy książę w oznaczonym terminie przyszedł do pana Łęckiego, nie omieszkał jednocześnie zobaczyć się z panną Izabelą. W znaczący sposób uścisnął ją i powiedział te zagadkowe słowa:

- Szanowna kuzynko, trzymasz w ręku niezwykłego ptaka... Trzymajże go i pieść tak, ażeby wyrósł na pożytek nieszczęśliwemu krajowi...

Panna Izabela bardzo zarumieniła się; odgadła, że owym niezwykłym ptakiem jest Wokulski.

"Tyran... despota!..." - pomyślała.

Pomimo to w stosunku Wokulskiego do panny Izabeli pierwsze lody były przełamane. Już decydowała się wyjść za niego...

Pewnego dnia, kiedy pan Łęcki był trochę niezdrów, a panna Izabela czytała w swoim gabinecie, dano jej znać, że w salonie czeka pani Wąsowska. Panna

Izabela natychmiast wybiegła tam i zastała, oprócz pani Wąsowskiej, kuzynka Ochockiego, który był bardzo zachmurzony:

Obie przyjaciółki ucałowały się z demonstracyjną czułością, ale Ochocki, który widział nie patrząc, spostrzegł, że albo jedna z nich, albo obie mają do siebie jakąś pretensję, zresztą niewielką.

"Czyby o mnie?... - pomyślał. - Nie trzeba się zbytecznie angażować..."

- A, i kuzynek jest tutaj! - rzekła panna Izabela podając mu rękę - czegóż taki smutny?

- Powinien być wesoły - wtrąciła pani Wąsowska - gdyż przez całą drogę, od banku do was, umizgał się do mnie, i to z dobrym skutkiem. Na rogu Alei pozwoliłam mu odpiąć dwa guziki u rękawiczki i pocałować się w rękę. Gdybyś wiedziała, Belu, jak on nie umie całować...

- Tak?... - zawołał Ochocki rumieniąc się powyżej czoła .Dobrze! Od tej pory nigdy nie pocałuję pani w rękę... Przysięgam...

- Jeszcze dziś przed wieczorem pocałujesz mnie pan w obie - odparła pani Wąsowska.

- Czy mogę złożyć uszanowanie panu Łęckiemu? - spytał uroczyście Ochocki i nie czekając na odpowiedź panny Izabeli wyszedł z salonu.

- Zawstydziłaś go - rzekła panna Izabela.

- To niech się nic umizga, kiedy nie umie. W podobnych wypadkach niezręczność jest śmiertelnym grzechem. Czy nieprawda?

- Kiedyżeś przyjechała?

- Wczoraj rano - odpowiedziała pani Wąsowska. - Ale dwa razy musiałam być w banku, w magazynie, zrobić porządki u siebie. Tymczasem asystuje mi Ochocki, dopóki nie znajdę kogoś zabawniejszego. Jeżeli mi kogo odstąpisz... - dodała z akcentem.

- Cóż znowu za pogłoski! - rzekła rumieniąc się panna Izabela.

- Które doszły aż: do mnie na wieś. Starski opowiadał mi, nie bez zazdrości, że w tym roku, jak zawsze zresztą byłaś królową. Podobno Szastalski zupełnie głowę stracił.

- I obaj jego równie nudni przyjaciele - wtrąciła panna Izabela z uśmiechem. - Wszyscy trzej kochali się we mnie co wieczór, każdy oświadczał mi się w takich godzinach, ażeby nie przeszkadzać innym, a później wszyscy trzej zwierzali się przed sobą ze swoich cierpień. Ci panowie wszystko robią na spółkę.

- A ty co na to?

Panna Izabela wzruszyła ramionami.

- Ty mnie pytasz? - rzekła.

- Słyszałam również - mówiła pani Wąsowska - że Wokulski oświadczył się...

Panna Izabela zaczęła bawić się kokardą swej sukni.

- No, zaraz: oświadczył się!... Oświadcza mi się, ile razy mnie widzi: patrząc na mnie, nie patrząc, mówiąc, nie mówiąc... jak zwykle oni.

- A ty?

- Tymczasem przeprowadzam mój program.

- Wolno wiedzieć, jaki?

- Owszem, nawet zależy mi, ażeby nie był tajemnicą. Naprzód, jeszcze u prezesowej... Jakże ona się ma?

- Bardzo źle - odparła pani Wąsowska. - Starski już prawie nie opuszcza jej pokoju, a rejent przyjeżdża co dzień, ale zdaje się na próżno... Więc co do programu?...
- Jeszcze w Zasławku - ciągnęła panna Izabela - wspomniałam o pozbyciu się tego sklepu (tu oblał ją rumieniec); który też ma być sprzedany najpóźniej w czerwcu.
- Pysznie. Cóż dalej?
- Następnie mam kłopot z tą spółką handlową. On, rozumie się, rzuciłby ją natychmiast, ale ja się zastanawiam. Przy spółce dochody wynoszą około dziewięćdziesięciu tysięcy rubli, bez niej tylko trzydzieści tysięcy, więc pojmujesz, że można wahać się.
- Widzę, że zaczynasz znać się na cyfrach.
Panna Izabela pogardliwie rzuciła ręką.
- Ach, już chyba nigdy nie poznam się z nimi. Ale on mi to wszystko tłomaczy, trochę ojciec... i trochę ciotka.
- I mówisz z nim tak wprost?...
- No, nie... Ale ponieważ nam nie wolno pytać się o wiele rzeczy, więc musimy tak prowadzić rozmowę, ażeby nam wszystko powiedziano. Czyżbyś tego nie rozumiała?
- Owszem. I cóż dalej? - badała pani Wąsowska nie bez odcienia niecierpliwości.
- Ostatni warunek dotyczył strony czysto moralnej. Dowiedziałam się, że nie ma żadnej rodziny, co jest jego największą zaletą, i zastrzegłam sobie, że utrzymam wszystkie moje dotychczasowe stosunki...
- A on zgodził się bez szemrania?
Panna Izabela trochę z góry spojrzała na przyjaciółkę.
- Wątpiłaś? - rzekła.
- Ani przez chwilę. Więc Starski, Szastalski...
- Ależ Starski, Szastalski, książę, Malborg... no wszyscy, wszyscy, których podoba mi się wybrać dziś i na przyszłość, wszyscy muszą bywać w moim domu. Czy może być inaczej?...
- Bardzo słusznie. I nie obawiasz się scen zazdrości?
Panna Izabela zaśmiała się.
- Ja i sceny!... Zazdrość i Wokulski... Cha! Cha! Cha!... Ależ nie ma na świecie człowieka, który ośmieliłby się zrobić mi scenę, a tym bardziej on... Nie masz pojęcia o jego uwielbieniu, poddaniu się... A jego bezgraniczna ufność, nawet zrzeczenie się wszelkiej osobistości do prawdy rozbrajają mnie... I kto wie, czy to jedno nie przywiąże mnie do niego.
Pani Wąsowska nieznacznie przygryzła usta.
- Będziecie bardzo szczęśliwi, a przynajmniej... ty - rzekła pohamowawszy westchnienie. - Chociaż..:
- Widzisz jakieś: chociaż? - spytała panna Izabela z nieudanym zdziwieniem.
- Powiem ci coś - ciągnęła pani Wąsowska tonem niezwykłego u niej spokoju. - Prezesowa bardzo lubi Wokulskiego, zdaje mi się, że go bardzo dobrze zna, choć nie wiem skąd, i często rozmawiała ze mną o nim. I wiesz, co mi raz powiedziała?...

- Ciekawam?... - odparła panna Izabela, coraz mocniej zdziwiona.
- Powiedziała mi: obawiam się, że Bela wcale nie rozumie Wokulskiego. zdaje mi się, że z nim igra, a z nim igrać nie można. I jeszcze zdaje mi się, że oceni go za późno...
-Tak powiedziała prezesowa? - rzekła chłodno panna Izabela.
- Tak! Zresztą powiem ci wszystko. Swoją rozmowę zakończyła słowami, które dziwnie mnie poruszyły... "Wspomnisz sobie moje słowa, Kaziu, że tak będzie, bo umierający widzą jaśniej..."
- Czy z prezesową aż tak źle?
- W każdym razie niedobrze - sucho zakończyła pani Wąsowska czując, że rozmowa zaczyna się rwać.
Nastała chwila milczenia, którą szczęściem przerwało wejście Ochockiego.
Pani Wąsowska znowu bardzo serdecznie pożegnała pannę Izabelę i rzucając na swego towarzysza ogniste spojrzenie rzekła:
- Więc teraz jedziemy do mnie na obiad.
Ochocki zrobił wielką minę, która miała oznaczać, że nie pojedzie z panią Wąsowską. Nachmurzywszy się jednak jeszcze bardziej, wziął kapelusz i wyszedł.
Gdy wsiedli do powozu, odwrócił się bokiem do pani Wąsowskiej i spoglądając na ulicę zaczął:
- Żeby ta Bela raz już skończyła z Wokulskim tak albo owak...
- Zapewne wolałbyś pan: tak, ażeby zostać jednym z przyjaciół domu? Ale to się na nic nie zdało - rzekła pani Wąsowska.
- Bardzo proszę, moja pani - odparł z oburzeniem. - To nie mój fach... Zostawiam to Starskiemu i jemu podobnym...
- Więc cóż panu zależy na tym, ażeby Bela skończyła?
- Bardzo wiele. Dałbym sobie głowę uciąć, że Wokulski zna jakąś ważną tajemnicę naukową, ale jestem pewny, że nie odkryje mi jej, dopóki sam będzie w takiej gorączce... Ach, te kobiety z ich obrzydliwą kokieterią...
- Wasza jest mniej obrzydliwa? - spytała pani Wąsowska.
- Nam wolno.
- Wam wolno... pyszny sobie!... - oburzyła się. - I to mówi człowiek postępowy, w wieku emancypacji!.:.
- Niech licho weźmie emancypację! - odparł Ochocki. - Piękna emancypacja. Wy chciałybyście mieć wszystkie przywileje: męskie i kobiece, a żadnych obowiązków... Drzwi im otwieraj, ustępuj im miejsca, za które zapłaciłeś, kochaj się w nich, a one...
- Bo my jesteśmy waszym szczęściem - odpowiedziała drwiąco pani Wąsowska.
- Co to za szczęście?... Sto pięć kobiet przypada na stu mężczyzn, więc czym się tu drożyć?
- Toteż pańskie wielbicielki, garderobiane, zapewne nie drożą się.
- Naturalnie! Ale najnieznośniejsze są wielkie damy i służące z restauracji. Co to za wymagania, jakie grymasy!...
- Zapominasz się pan - rzekła dumnie pani Wąsowska.
- No, to pocałuję w rączkę - odparł, natychmiast wykonując swój zamiar.

- Proszę nie całować w tę rękę...
- Więc w tamtą...
- A co, nie powiedziałam, że przed wieczorem pocałujesz mnie pan w obie ręce?
- Ach, jak Boga kocham!... Nie chcę być u pani na obiedzie... tu wysiadam...
- Zatrzymaj pan powóz.
- Po co?...
- No, jeżeli chcesz tu wysiąść...
- Właśnie, że tu nie wysiądę... O, ja nieszczęśliwy z takim podłym usposobieniem!...

Wokulski przychodził do państwa Łęckich co kilka dni i najczęściej zastawał tylko pana Tomasza, który witał go z ojcowską czułością, a następnie po parę godzin rozmawiał o swoich chorobach lub o swoich interesach dając z lekka do zrozumienia, że uważa go już za członka rodziny.

Panny Izabeli zazwyczaj nie było wtedy w domu: była u hrabiny ciotki, u znajomych albo w magazynach. Jeżeli zaś Wokulski trafił szczęśliwie, rozmawiali ze sobą krótko i o rzeczach obojętnych, gdyż panna Izabela nawet i wówczas albo wybierała się gdzieś, albo u siebie przyjmowała wizyty.

W parę dni po odwiedzinach pani Wąsowskiej Wokulski zastał pannę Izabelę. Podając mu rękę, którą jak zwykle z religijną czcią ucałował, rzekła:
- Wie pan, że z prezesową jest bardzo niedobrze...

Wokulski stropił się.
- Biedna, zacna staruszka... Gdybym był pewny, że moje przybycie nie przestraszy jej, pojechałbym... Czy aby ma opiekę?
- O tak - odparła panna Izabela. - Są tam baronostwo Dalscy rzekła z uśmiechem - bo Ewelinka już wyszła za barona. Jest Fela Janocka i... Starski...

Twarz jej oblał lekki rumieniec i umilkła.

"Oto skutki mego nietaktu - pomyślał Wokulski. - Spostrzegła, że ten Starski wydaje mi się niesmacznym, i teraz miesza się na lada wspomnienie o nim. Jakże to podle z mojej strony!"

Chciał powiedzieć coś życzliwego o Starskim, ale uwięzły mu wyrazy. Aby więc przerwać kłopotliwe milczenie, rzekł:
- Gdzież w tym roku wybiorą się państwo na lato?
- Czy ja wiem? Ciotka Hortensja jest trochę słaba, więc może pojedziemy do niej do Krakowa. Ja jednak, muszę przyznać, miałabym ochotę do Szwajcarii, gdyby to ode mnie zależało.
- A od kogóż? - spytał Wokulski.
- Od ojca... Zresztą, czy ja wiem, co się jeszcze stanie? - odpowiedziała rumieniąc się i spoglądając na Wokulskiego w sposób jej tylko właściwy.
- Przypuściwszy, że wszystko stanie się według woli pani rzekł - czy mnie przyjęłaby pani za towarzysza?...
- Jeżeli pan zasłuży...

Powiedziała to takim tonem, że Wokulski stracił władzę nad sobą, już nie wiadomo po raz który w tym roku.
- Czym ja mogę zasłużyć na łaskę pani? - spytał biorąc ją za rękę. - Chyba litość... Nie, nie litość. Jest to uczucie równie przykre dla ofiarującego, jak i

dla przyjmującego. Litości nie chcę. Ale niech pani tylko pomyśli, co ja pocznę, tak długo nie widząc pani? Prawda, że i dziś widujemy się bardzo rzadko; pani nawet nie wie, jak wlecze się czas tym, którzy czekają... Ale dopóki mieszka pani w Warszawie, mówię sobie: zobaczę ją pojutrze... jutro... Zresztą mogę zobaczyć każdej chwili, jeżeli nie panią, to przynajmniej ojca, Mikołaja, a choćby ten dom...

Ach, mogłaby pani spełnić uczynek miłosierny i jednym słowem zakończyć - nie wiem... moje cierpienia czy przywidzenia... Wszak zna pani to zdanie, że najgorsza pewność jest lepsza od niepewności...

- A jeżeli pewność nie jest najgorsza?... - spytała panna Izabela nie patrząc mu w oczy.

W przedpokoju zadzwoniono, a po chwili Mikołaj podał bilety panów Rydzewskiego i Pieczarkowskiego.

- Proś - rzekła panna Izabela.

Do salonu weszli dwaj bardzo eleganccy młodzi ludzie, z których jeden odznaczał się cienką szyją i dość wyraźną łysiną, a drugi powłóczystymi spojrzeniami i subtelnym sposobem mówienia. Weszli rzędem, jeden obok drugiego; trzymając kapelusze na tej samej wysokości. Jednakowo ukłonili się, jednakowo usiedli, jednakowo założyli nogę na nogę, po czym pan Rydzewski zaczął pracować nad utrzymaniem swojej szyi w kierunku pionowym, a pan Pieczarkowski zaczął mówić bez wytchnienia.

Mówił o tym, że obecnie świat chrześcijański obchodzi wielki post za pomocą rautów, że przed wielkim postem był karnawał, w czasie którego bawiono się wyjątkowo dobrze, i że po wielkim poście nastąpi czas najgorszy, w którym nie wiadomo, co robić. Następnie zakomunikował pannie Izabeli, że podczas wielkiego postu obok rautów odbywają się odczyty, na których można bardzo przyjemnie czas spędzać, jeżeli się siedzi obok znajomych dam, i że najwykwintniejsze przyjęcia w tym poście są u państwa Rzeżuchowskich.

- Coś zachwycającego, coś oryginalnego!... powiadam pani - mówił. - Kolacja, rozumie się, jak zwykle: ostrygi, homary, ryby, zwierzyna, ale na zakończenie, dla amatorów, wie pani co?... Kasza!... Prawdziwa kasza... jakaż to?...

- Tatarska - wtrącił pierwszy i ostatni raz pan Rydzewski.

- Nie tatarska, ale tatarczana. Coś cudownego, coś bajecznego!... Każde ziarnko wygląda tak, jakby oddzielnie gotowane... Formalnie zajadamy się nią: ja, książę Kiełbik, hrabia Śledziński... Coś przechodzącego wszelkie pojęcie... Podaje się zwyczajnie, na srebrnych półmiskach.

Panna Izabela z takim zachwytem patrzyła na mówiącego, w taki sposób każdy jego wyraz podkreślała ruchem, uśmiechem lub spojrzeniem, że Wokulskiemu zaczęło robić się ciemno w oczach. Więc wstał i pożegnawszy towarzystwo wybiegł na ulicę.

"Nie rozumiem tej kobiety! - pomyślał. - Kiedy ona jest sobą, z kim ona jest sobą?..."

Ale po przejściu paruset kroków na mrozie ochłonął.

"W rezultacie - myślał - cóż w tym nadzwyczajnego? Musi żyć z ludźmi, do których nawykła; a jeżeli z nimi żyje, musi słuchać ich błazeńskiej rozmowy. Co ona zaś temu winna, że jest piękna jak bóstwo i że dla każdego jest bóstwem?...

Chociaż:.. gust do podobnego towarzystwa... Ach, jakiż ja jestem nikczemny, zawsze i zawsze nikczemny!.."

Ile razy po wizycie u panny Izabeli jak dokuczliwe muchy rzucały się na niego wątpliwości, biegł do pracy. Przeglądał rachunki, uczył się angielskich słówek, czytał nowe książki. A gdy i to nie pomagało, szedł do pani Stawskiej, u niej spędzał cały wieczór i dziwna rzecz, w jej towarzystwie znajdował jeżeli nie zupełny spokój, to przynajmniej ukojenie...

Rozmawiali o rzeczach najzwyklejszych. Najczęściej ona opowiadała mu o tym, że w sklepie Milerowej interesa idą coraz lepiej, ponieważ ludzie dowiedzieli się, że sklep ten w większej części należy do pana Wokulskiego. Potem mówiła, że Helunia robi się coraz grzeczniejsza, a jeżeli jest kiedy niegrzeczną, wówczas babcia straszy ją, że powie przed panem Wokulskim, i - dziecko zaraz się uspakaja. Potem jeszcze napomykała o panu Rzeckim, który bywa tu niekiedy i jest bardzo lubiany przez babcię, ponieważ opowiada jej mnóstwo szczegółów z życia pana Wokulskiego. I że babcia równie lubi pana Wirskiego, który po prostu zachwyca się panem Wokulskim.

Wokulski patrzył na nią zdziwiony. W pierwszych czasach zdawało mu się, że słucha pochlebstw, i - uczuł przykrość. Lecz pani Stawska opowiadała to z tak naiwną prostotą, że powoli zaczął odgadywać w niej najlepszą przyjaciółkę, która jakkolwiek przecenia go, jednak mówi bez cienia obłudy.

Spostrzegł również, że pani Stawska nigdy nie zajmuje się sobą. Kiedy skończy ze sklepem, myśli o Heluni, służy matce, troszczy się interesami służącej i mnóstwa ludzi obcych, po największej części biedaków, którzy niczym odwdzięczyć się jej nie mogli. Gdy zaś i tych kiedy zabrakło, wówczas zagląda do klatki kanarka, ażeby mu zmienić wodę albo dosypać ziarna.

"Anielskie serce!..." - myślał Wokulski. Pewnego zaś wieczora rzekł do niej :

- Wie pani, co mi się zdaje, kiedy patrzę na panią?

Spojrzała na niego zalękniona.

- Zdaje mi się, że gdyby pani dotknęła człowieka ciężko poranionego, nie tylko ból by go opuścił, ale chyba zagoiłyby mu się rany.

- Pan myśli, że jestem czarodziejką? - spytała bardzo zakłopotana.

- Nie, pani. Ja myślę, że tak jak pani wyglądały kobiety święte.

- Pan Wokulski ma rację - potwierdziła pani Misiewiczowa.

Pani Stawska zaczęła się śmiać.

- O, ja i święta!... - odparła. - Gdyby kto mógł zajrzeć w moje serce, dopiero przekonałby się, jak dalece zasługuję na potępienie... Ach, ale teraz wszystko mi jedno!... - zakończyła z desperacją w głosie.

Pani Misiewiczowa nieznacznie przeżegnała się. Wokulski nie zwrócił na to uwagi.

Myślał o innej.

Swoich uczuć dla Wokulskiego pani Stawska nie umiałaby określić.

Z widzenia znała go od lat kilku, nawet wydawał jej się przystojnym człowiekiem, ale nic ją nie obchodził. Potem Wokulski zniknął z Warszawy, rozeszła się wieść, że pojechał do Bułgarii, a później, że zrobił wielki majątek. Dużo mówiono o nim, i pani Stawka zaczęła się nim interesować jako przedmiotem publicznej ciekawości. Gdy zaś jeden ze znajomych powiedział o

Wokulskim: "To człowiek diabelnie energiczny ", pani Stawskiej podobał się frazes: "diabelnie energiczny", i postanowiła lepiej przypatrzeć się Wokulskiemu.

Z tą intencją nieraz zachodziła do sklepu. Parę razy wcale nie znalazła tam Wokulskiego, raz widziała go, ale z boku, a raz zamieniła z nim parę słów i wtedy zrobił na niej szczególne wrażenie. Uderzył ją kontrast pomiędzy zdaniem: "diabelnie energiczny", a jego zachowaniem się; wcale nie wyglądał na diabelnego, był raczej spokojny i smutny. I jeszcze dostrzegła jedną rzecz: oto - miał oczy wielkie i rozmarzone, takie rozmarzone...

"Piękny człowiek!" - pomyślała.

Pewnego dnia w lecie zetknęła się z nim w bramie domu, gdzie mieszkała. Wokulski spojrzał na nią ciekawie, a ją ogarnął taki wstyd, że zarumieniła się powyżej oczu. Była zła na siebie za ten wstyd i za ten rumieniec i długi czas miała pretensję do Wokulskiego, że tak ciekawie na nią spojrzał.

Od tej pory nie mogła ukryć zakłopotania, ile razy wymawiano przy niej to nazwisko; czuła jakiś żal, nie wiedziała jednak, czy do niego, czy do siebie? Ale najprędzej do siebie, gdyż pani Stawska nigdy do nikogo nie .czuła żalu; a wreszcie - cóż on temu winien, że ona jest taka zabawna i bez powodu wstydzi się?...

Gdy Wokulski kupił dom, w którym mieszkała, i gdy Rzecki za jego wiedzą zniżył im komorne, pani Stawska (lubo jej wszyscy tłomaczyli; że bogaty właściciel nie tylko może, ale nawet ma obowiązek zniżać komorne) poczuła dla Wokulskiego wdzięczność. Stopniowo wdzięczność zamieniła się w podziw, gdy począł bywać u nich Rzecki i opowiadać mnóstwo szczegółów z życia swojego Stacha.

- To nadzwyczajny człowiek! - mówiła jej nieraz pani Mîsiewiczowa.

Pani Stawska słuchała w milczeniu, lecz powoli doszła do przekonania, że Wokulski jest najbardziej nadzwyczajnym człowiekiem, jaki istniał na ziemi.

Po powrocie Wokulskiego z Paryża stary subiekt częściej odwiedzał panią Stawską i robił przed nią coraz poufniejsze zwierzenia. Mówił, rozumie się, pod największym sekretem, że Wokulski jest zakochany w pannie Łęckiej i że on, Rzecki, wcale tego nie pochwala.

W pani Stawskiej zaczęła budzić się niechęć do panny Łęckiej i współczucie dla Wokulskiego.

Już wówczas przyszło jej na myśl, ale tylko na chwilę, że Wokulski musi być bardzo nieszczęśliwy i że miałby wielką zasługę ten, kto by wydobył go z sideł kokietki.

Później spadły na panią Stawską dwie duże klęski: proces o lalkę i utrata zarobków. Wokulski nie tylko nie wyparł się znajomości z nią, co przecież mógł zrobić, ale jeszcze uniewinnił ją w sądzie i ofiarował jej korzystne miejsce w sklepie.

Wówczas pani Stawska wyznała przed samą sobą, że ten człowiek obchodzi ją i że jest jej równie drogim jak Helunia i matka.

Odtąd zaczęło się dla niej dziwne życie. Ktokolwiek przyszedł do nich, mówił jej wprost albo z ogródkami o WokuIskim. Pani Denowa, pani Kolerowa i pani Radzińska tłomaczyły jej, że Wokulski jest najlepszą partią w Warszawie;

matka napomykała, że Ludwiczek już nie nie, a zresztą choćby żył, nie zasługuje na jej pamięć. Nareszcie Rzecki a każdą bytnością opowiadał, że jego Stach jest nieszczęśliwy, że trzeba go ocalić; a ocalić go może tylko ona.
- W jaki sposób?... - zapytała, sama niedobrze rozumiejąc, co mówi.
- Niech go pani pokocha, to znajdzie się sposób - odparł Rzecki.
Nie odpowiedziała nic, ale w duszy robiła sobie gorzkie wyrzuty, że nie potrafi kochać Wokulskiego, choćby chciała. Już serce jej wyschło; zresztą ona sama nie jest pewna, czy ma serce. Wprawdzie myślała wciąż o Wokulskim podczas zajęć sklepowych czy w domu; czekała jego odwiedzin, a gdy nie przyszedł, była rozdrażniona i smutna. Często śnił jej się, ale to przecie nie miłość; ona nie jest zdolna do miłości. Jeżeli miałaby powiedzieć prawdę, to już nawet męża przestała kochać. Zdawało jej się, że wspomnienie o nieobecnym jest jak drzewo w jesieni, którego opadają liście całymi tumanami i zostaje tylko czarny szkielet.
"Gdzie mnie tam do kochania! - myślała. - We mnie już namiętności wygasły."
Rzecki tymczasem wciąż wykonywał swój chytry plan. z początku mówił jej, że panna Łęcka zgubi Wokulskiego, potem, że tylko inna kobieta mogłaby go otrzeźwić; potem wyznał, że Wokulski jest znacznie spokojniejszy w jej towarzystwie, a nareszcie (ale o tym wspomniał w formie domysłu), że Wokulski zaczyna ją kochać.
Pod wpływem tych zwierzeń pani Stawska szczuplała, mizerniała, nawet zaczęła się trwożyć. Opanowała ją bowiem jedna myśl: co ona odpowie, jeżeli Wokulski wyzna, że ją kocha?... Wprawdzie serce w niej już od dawna zamarło, ale czy będzie miała odwagę odepchnąć i go przyznać, że ją nic nie obchodzi? Czy mógł jej nie obchodzić człowiek taki jak on, nie dlatego, że mu coś zawdzięczała, ale że był nieszczęśliwy i że ją kochał. "Która kobieta - myślała sobie - potrafi nie ulitować się nad sercem tak głęboko zranionym, a tak cichym w swojej boleści?"
Zatopiona w wewnętrznej walce, z której nie miała się nawet przed kim zwierzyć, pani Stawska nie spostrzegła zmiany w postępowaniu pani Milerowej, nie zauważyła jej uśmiechów i półsłówek.
- Jakże się miewa pan Wokulski ? - pytała jej nieraz kupcowa. - O, dziś jest pani mizerniutka... Pan Wokulski nie powinien już pozwolić, ażeby pani tak pracowała...
Pewnego dnia, było to jakoś w drugiej połowie marca, pani Stawska wróciwszy do domu zastała matkę zapłakaną.
- Co to znaczy mamo ?... Co się stało ?... - spytała.
- Nic, nic, moje dziecko... Co ci mam życie zatruwać plotkami !...Boże miłosierny, jacy ci ludzie niegodziwi.
- Pewnie mama odebrała anonim. Ja co parę dni odbieram anonimy, w których nawet nazywają mnie kochanką Wokulskiego, no i cóż ?...Domyślam się, że to sprawka pani Krzeszowskiej, i rzucam listy do pieca.
- Nic, nic, moje dziecko...Gdybyż to anonimy... Ale była dziś u mnie ta poczciwa Denowa z Radzińską i ... Ale co ja ci mam życie zatruwać !.. One mówią (słychać to podobno w całym mieście), że ty zamiast do sklepu chodzisz do Wokulskiego...

Pierwszy raz w życiu w pani Stawskiej obudziła się lwica. Podniosła głowę, oczy jej błysnęły i odpowiedziała twardym tonem :

- A gdyby tak było, więc i cóż ?...

- Bój się Boga, co mówisz ?... - jęknęła matka składając ręce.

- No, ale gdyby tak było ? - powtórzyła pani Stawska.

- A mąż ?

- Gdzież on jest ?... Zresztą niech mnie zabije...

- A córka ?... a Helunia ?... - wyszeptała staruszka.

- Nie mówmy o Heluni, tylko o mnie...

- Heleno... dziecko moje ... Ty przecież nie jesteś...

- Jego kochanką ?... Tak, nie jestem, bo on tego jeszcze nie zażądał. Co mnie obchodzi pani Denowa czy Radzińska albo mąż, który mnie opuścił... Już nie wiem, co się ze mną dzieje...To jedno czuję, że ten człowiek zabrał mi duszę.

- Bądźże przynajmniej rozsądna... Zresztą...

- Jestem nią, dopóki być mogę... Ale ja nie dbam o taki świat, który dwoje ludzi skazuje na tortury za to tylko, że się kochają. Nienawidzieć się wolno - dodała z gorzkim uśmiechem - kraść, zabijać... wszystko, wszystko wolno, tylko nie wolno kochać... Ach, moja mamo, jeżeli ja nie mam racji, więc dlaczegóż Jezus Chrystus nie mówił ludziom: bądźcie rozsądni, tylko - kochajcie się?

Pani Misiewiczowa umilkła, przerażona wybuchem, którego nigdy nie oczekiwała. Zdawało się, że niebo spada jej na głowę, kiedy z ust tej gołębicy bryznęły zdania, jakich dotychczas nie słyszała, nie czytała, jakie jej samej nie przeszły przez myśl, nawet kiedy była w tyfusie.

Na drugi dzień był u niej Rzecki; przyszedł z miną zakłopotaną, gdy mu wszystko opowiedziała, wyszedł złamany.

Bo właśnie dziś w południe zdarzył mu się taki wypadek.

Do sklepu, do Szlangbauma, przyszedł kto?... Maruszewicz i rozmawiał z nim blisko godzinę. Inni subiekci, od czasu gdy dowiedzieli się, że Szlangbaum kupuje sklep, natychmiast wobec niego spokornieli. Ale pan Ignacy zhardział i po odejściu Maruszewicza zaraz zapytał:

- Cóż pan masz za interesa z tym łotrem, panie Henryku?

Ale i Szlangbaum już zhardział, więc odpowiedział panu Rzeckiemu, wysunąwszy pierwej dolną wargę:

- Maruszewicz chce dla barona pożyczyć pieniędzy, a dla siebie chciałby jakiejś posady, bo już gadają na mieście, że Wokulski odstępuje mi swoją spółkę. Za to obiecuje mi, że baron będzie odwiedzał mój dom z baronową...

- I pan przyjmiesz taką jędzę? - spytał Rzecki.

- Dlaczegóż by nie?:.. Baron będzie dla mnie, a baronowa dla mojej żony. W duszy jestem demokratą, ale co pocznę, kiedy wobec głupich ludzi salon lepiej wygląda z baronami i hrabiami aniżeli bez ich. Wiele robi się dla stosunków, panie Rzecki.

- Winszuję.

- Ale, ale... - dodał Szlangbaum. - Mówił mi jeszcze Maruszewicz, iż po mieście kursuje, że Stasiek wziął na utrzymanie tę... tę... Stawską... Czy to prawda, panie Rzecki?...

Stary subiekt plunął mu pod nogi i wrócił do swego biurka.

Nad wieczorem zaszedł do pani Misiewiczowej, ażeby się z nią naradzić, i tu dowiedział się z ust matki, że pani Stawska dlatego tylko nie jest kochanką Wokulskiego, ponieważ on tego nie żądał...

Opuścił panią Misiewiczową strapiony.

"Niechby sobie była jego kochanką - mówił w duchu. - Ojej!... ile to dam bardzo renomowanych są kochankami jeszcze jak lichych facetów... Ale to gorsze, że Wokulski wcale o niej nie myśli. Tu jest awantura!... Ha, trzeba coś poradzić."

Ale że sam już nie znajdował rady, więc poszedł do doktora Szumana.

ROZDZIAŁ TRZYNASTY: W JAKI SPOSÓB ZACZYNAJĄ OTWIERAĆ SIĘ OCZY

Doktór siedział przy lampie z zieloną umbrelką i pilnie przeglądał stos papierów.

- Cóż - spytał Rzecki - znowu doktór pracuje nad włosami?...

Phi! co za mnóstwo cyfr... Jak sklepowe rachunki.

- Bo też to są rachunki z waszego sklepu i waszej spółki - odparł Szuman.

- A pan skąd je masz?

- Mam tego dosyć. Szlangbaum namawia mnie, ażebym mu powierzył mój kapitał. Ponieważ wolę mieć sześć tysięcy aniżeli cztery tysiące rocznie, więc jestem gotów wysłuchać jego propozycji. Ale że nie lubię działać na ślepo, więc zażądałem cyfr. No, i jak widzę, zrobimy interes.

Rzecki był zdumiony.

- Nigdy nie myślałem - rzekł - ażebyś pan zajmował się podobnymi kwestiami.

- Bom był głupi - odparł doktór wzruszając ramionami.- W moich oczach Wokulski zrobił fortunę, Szlangbaum robi ją, a ja siedzę na paru groszach jak kamień na miejscu. Kto nie idzie naprzód, cofa się.

- Ależ to nie pańska specjalność zbijanie pieniędzy!...

- Dlaczego nie moja? Nie każdy może być poetą albo bohaterem, ale każdy potrzebuje pieniędzy - mówił Szuman. - Pieniądz jest spiżarnią najszlachetniejszej siły w naturze, bo ludzkiej pracy. On jest sezamem, przed którym otwierają się wszystkie drzwi, jest obrusem, na którym zawsze można znaleźć obiad, jest lampą Aladyna, za której potarciem ma się wszystko, czego się pragnie. Czarodziejskie ogrody, bogate pałace, piękne królewny, wierna służba i gotowi do ofiar przyjaciele, wszystko to ma się za pieniądze...

Rzecki przygryzł wargi.

- Nie zawsze - rzekł - byłeś pan tego zdania.

- *Tempora mutantur et nos mutamur in illis* - spokojnie odpowiedział doktór. - Dziesięć lat zmarnowałem na badaniu włosów, wydałem tysiąc rubli na druk broszury o stu stronicach i... pies nie wspomniał ani o niej, ani o mnie. Spróbuję dziesięć następnych lat poświęcić operacjom pieniężnym i jestem z góry pewny, że mnie będą kochać i podziwiać. Bylem otworzył salon i kupił ekwipaż...

Chwilę milczeli nie spoglądając na siebie. Szuman był pochmurny, Rzecki prawie zawstydzony.

- Chciałbym - odezwał się nareszcie - pogadać z panem o Stachu...

Doktór niecierpliwie odsunął od siebie papiery.

- Co ja mu pomogę - mruknął. - To nieuleczony marzyciel, który już nie odzyska rozsądku. Fatalnie posuwa się do ruiny materialnej i moralnej, tak jak wy wszyscy i cały wasz system.

- Jaki system?..

- Wasz, polski system...

- A co doktór postawisz na jego miejsce?

- Nasz, żydowski...

Rzecki aż podskoczył na krześle.

- Jeszcze miesiąc temu nazywałeś pan Żydów parchami?...

- Bo oni są parchy. Ale ich system jest wielki: on triumfuje, kiedy wasz bankrutuje.

- A gdzież on siedzi, ten nowy system?

- W umysłach, które wyszły z masy żydowskiej, ale wzbiły się do szczytów cywilizacji. Weź pan Heinego, Börnego, Lassalle'a, Marksa, Rotszylda, Bleichrödera, a poznasz nowe drogi świata. To Żydzi je utorowali: ci pogardzani, prześladowani, ale cierpliwi i genialni.

Rzecki przetarł oczy; zdawało mu się, że śni na jawie. Wreszcie rzekł po chwili:

- Wybacz, doktór, ale... czy pan nie żartujesz ze mnie?... Pół roku temu słyszałem od pana coś zupełnie innego...

- Pół roku temu - odparł rozdrażniony Szuman - słyszałeś pan protesty przeciw starym porządkom, a dziś słyszysz nowy program. Człowiek nie jest ostrygą, która tak przyrasta do swojej skały, że dopiero trzeba ją nożem odrywać. Człowiek patrzy dokoła siebie, myśli, sądzi i w rezultacie odpycha dawne złudzenia przekonawszy się, że są złudzeniami... Ale pan tego nie pojmujesz ani Wokulski... Wszyscy bankrutujecie, wszyscy... Całe szczęście, że wasze miejsca zajmują świeże siły.

- Nic pana nie rozumiem.

- Zaraz mnie pan zrozumiesz - prawił doktór gorączkując się coraz mocniej. - Weź pan rodzinę Łęckich, co oni robili? Trwonili majątki: trwonił dziad, ojciec i syn, któremu w rezultacie zostało trzydzieści tysięcy ocalonych przez Wokulskiego i - piękna córka dla dopełnienia niedoborów.

A co tymczasem robili Szlangbaumowie? Pieniądze. Zbierał je dziad i ojciec, tak że dziś syn, do niedawna skromny subiekt, za rok będzie trząsł naszym handlem. A oni to rozumieją, bo stary Szlangbaum jeszcze w styczniu napisał szaradę:

"Pierwsze po niemiecku znaczy wąż, drugie roślina, wszystko do góry się wspina..." I zaraz mi objaśnił, że to znaczy:

Szlang - Baum. Kiepska szarada, ale porządna robota - dodał śmiejąc się doktór.

Rzecki spuścił głowę. Szuman mówił dalej:

- Weź pan księcia, co on robi? Wzdycha nad "tym nieszczęśliwym krajem", i tyle. A pan baron Krzeszowski? Myśli, ażeby wydobyć pieniądze od żony. A baron Dalski? Usycha ze strachu, ażeby go nie zdradziła żona. Pan Maruszewicz poluje na pożyczki, a gdzie nie może pożyczyć, tam wykpiwa; zaś pan Starski siedzi przy dogorywającej babce, ażeby podsunąć jej do podpisania testament ułożony według jego myśli.

Inni, więksi i mniejsi panowie, przeczuwając, że cały interes Wokulskiego przejdzie w ręce Szlangbauma, już składają mu wizyty. Nie wiedzą, biedaki! że on co najmniej o pięć procent zniży im dochody... Najmądrzejszy zaś z nich, Ochocki, zamiast wyzyskać lampy elektryczne swego systemu, myśli o machinach latających. Ba!... zdaje mi; się, że od kilku dni radzi o nich z Wokulskim. Zawsze znajdzie swój swego: marzyciel marzyciela...

- No, już chyba Stachowi nie będziesz doktór nic zarzucał - przerwał niecierpliwie Rzecki.

- Nic, oprócz tego, że nigdy nie pilnował fachu, a zawsze gonił za mrzonkami. Będąc subiektem chciał zostać uczonym, a zacząwszy uczyć się postanowił awansować na bohatera. Majątek zrobił nie dlatego, że był kupcem, ale że oszalał dla panny Łęckiej; a dziś, kiedy jej dosięga, co wreszcie bardzo jest niepewne, już zaczyna naradzać się z Ochockim... Słowo honoru, nie pojmuję: o czym finansista może rozmawiać z takim Ochockim?... Lunatycy!...

Rzecki szczypał się w nogę, ażeby doktorowi nie zrobić awantury.

- Uważa pan - odezwał się po chwili - przyszedłem do pana w sprawie już nie tylko Wokulskiego, ale kobiety... Kobiety, panie Szuman, a przeciw tym nic pan chyba nie znajdziesz do powiedzenia.

- Wasze kobiety są akurat tyle warte co i mężczyźni. Wokulski za dziesięć lat mógłby być milionerem i potęgą w tym kraju, ale ponieważ związał losy swoje z panną Łęcką, więc sprzedał sklep doskonale procentujący, rzuci spółkę, wcale nie gorszą od sklepu, a potem strwoni majątek. Albo ten Ochocki!... Inny, na jego miejscu, już pracowałby nad oświetleniem elektrycznym, skoro udał mu się wynalazek. Tymczasem on hula po Warszawie z tą ładną panią Wąsowską, dla której więcej znaczy dobry tancerz aniżeli największy wynalazca

Żyd zrobiłby inaczej Gdyby był elektrotechnikiem, znalazłby sobie kobietę, która albo siedziałaby z nim w pracowni, albo - handlowała elektrycznością. A gdyby był finansistą, jak Wokulski, nie kochałby się na oślep, tylko szukałby żony bogatej. Wreszcie może by wziął ubogą i piękną, ale wtedy musiałyby procentować jej wdzięki. Ona prowadziłaby mu salon, zwabiała gości, uśmiechałaby się do możnych, romansowałaby z najmożniejszymi, słowem, na wszelki sposób popierałaby interes firmy, zamiast ją gubić.

- I w tym wypadku byłeś pan przed pół rokiem innego zdania - wtrącił Rzecki.

- Nie przed pół rokiem, ale przed dziesięcioma laty. Ba! trułem się po śmierci narzeczonej, ale to właśnie jeden więcej argument przeciw waszemu systematowi. Dziś aż cierpnę, kiedy pomyślę, że albo mogłem umrzeć, licho wie po co, albo ożenić się z kobietą, która strwoniłaby mi majątek.

Rzecki podniósł się z krzesła.

- Więc teraz - rzekł - ideałem pańskim jest Szlangbaum.

- Ideałem nie, ale dzielnym człowiekiem.

- Który wydobył rachunki sklepowe...

- Ma do tego prawo. Wszak od lipca zostanie właścicielem.

- A tymczasem demoralizując kolegów, swoich przyszłych subiektów?...

- On ich rozpędzi!...

- I ten pański ideał, kiedy prosił Stacha o posadę, to już wówczas myślał o zagarnięciu naszego sklepu?
- Nie zagarnia, tylko kupuje! - zawołał doktór. - Może wolałbyś pan, ażeby sklep zmarniał nie znalazłszy nabywcy?... I kto z was mądrzejszy: pan, który po kilkudziesięciu latach nie masz nic, czy on, który w ciągu roku zdobywa taką fortecę, nikomu notabene nie robiąc krzywdy, a Wokulskiemu płacąc gotówką?...
- Może masz pan rację, ale mnie jakoś się to nie wydaje - mruknął Rzecki potrząsając głową.
- Nie wydaje się panu, bo należysz do tych, co sądzą, że ludzie jak kamienie muszą porastać mchem nie ruszając się z miejsca. Dla pana Szlangbaumy zawsze powinni być subiektami, Wokulscy zawsze pryncypałami, a Łęccy zawsze jaśnie wielmożnymi... Nie, panie! Społeczeństwo jest jak gotująca się woda: co wczoraj było na dole, dziś pędzi w górę...
- A jutro znowu spada na dół - zakończył Rzecki. - Dobranoc, doktorze.
Szuman ścisnął go za rękę.
- Gniewasz się pan?
- Nie... Tylko nie wierzę w ubóstwienie pieniędzy.
- To stan przejściowy.
- A któż panu zaręczy, że marzycielstwo Wokulskich albo Ochockich nie jest stanem przejściowym? Machina latająca śmieszna to rzecz na pozór, ale tylko na pozór; wiem coś o jej wartości, bo przez całe lata tłómaczył mi to Stach. Lecz gdyby takiemu na przykład Ochockiemu udało się ją zbudować, pomyśl pan, co byłoby więcej warte dla świata: czy spryt Szlangbaumów, czy marzycielstwo Wokulskich i Ochockich?
- Tere-fere - przerwał doktór. - Już ja na tych godach nie będę.
- Ale gdybyś pan był, musiałbyś chyba trzeci raz zmienić program.
Doktór zmieszał się...
- No, co tam - rzekł. - Jakiż to interes miałeś pan do mnie?
- Tej biednej Stawskiej... Ona naprawdę zakochała się w Wokulskim.
- Ehe!... takimi sprawami już mógłbyś pan mnie nie zajmować - ofuknął go doktór. - Kiedy jedni zbogacają się i rosną w siłę, a inni bankrutują, on mi zawraca głowę amorami jakiejś pani Stawskiej. Nie trzeba było bawić się w swata!...
Rzecki opuścił doktora tak zmartwiony, że nawet nie uważał na brutalność jego ostatnich słów.
Dopiero na ulicy spostrzegł się i uczuł żal do Szumana.
"Ot, przyjaźń żydowska!" - mruknął.
Wielki post nie był tak nudny, jak obawiano się w modnym świecie.
Naprzód Opatrzność zesłała wezbranie Wisły, co dało powód do publicznego koncertu i kilku prywatnych wieczorów z muzyką i deklamacją. Następnie w szeregu prelegentów na Osady Rolne wystąpił jeden krakowianin, nadzieja partii arystokratycznej, na którego odczyt wybrało się najlepsze towarzystwo. Potem Szegedyn uległ powodzi, co znowu wywołało wprawdzie nieduże składki, ale za to ogromny ruch w salonach. Odbył się nawet w domu hrabiny teatr amatorski, na którym odegrano dwie sztuki w języku francuskim i jedną

w angielskim.

We wszystkich tych filantropijnych zajęciach panna Izabela przyjmowała czynny udział. Bywała na koncertach, zajmowała się wręczeniem bukietu uczonemu krakowianinowi, występowała w żywym obrazie w roli anioła litości i grała w sztuce Musseta *Nie igra się z miłością*. Panowie Niwiński, Malborg, Rydzewski i Pieczarkowski prawie zasypali ją bukietami, a pan Szastalski zwierzył się kilku damom, że prawdopodobnie w tym jeszcze roku będzie musiał odebrać sobie życie.

Gdy rozeszła się wieść o zamierzonym samobójstwie, pan Szastalski stał się bohaterem rautów, a panna Izabela zyskała przydomek okrutnej. Kiedy panowie powymykali się na wista, wówczas damy pewnego wieku miały największą przyjemność w tym, ażeby za pomocą dowcipnych manewrów zbliżyć pannę Izabelę z Szastalskim. Z nieopisanym współczuciem przypatrywały się przez lornetki cierpieniom młodego człowieka; prawie starczyło im to za koncert. Gniewały się tylko na pannę Izabelę widząc, że ona rozumie swoje uprzywilejowane stanowisko, a każdym ruchem i spojrzeniem zdaje się mówić: patrzcie, to mnie on kocha, przeze mnie jest nieszczęśliwy!... Wokulski znajdował się niekiedy w tych towarzystwach, widział lornetki dam skierowane na Szastalskiego i pannę Izabelę, nawet słyszał uwagi, które brzęczały mu około uszu jak osy, ale nic nie rozumiał. Nim wreszcie nikt się nie zajmował, odkąd dowiedziano się, że jest poważnym konkurentem.

- Nieszczęśliwa miłość budzi daleko więcej interesu - szepnęła raz panna Rzeżuchowska do pani Wąsowskiej.

- Kto wie, gdzie tu naprawdę jest miłość nieszczęśliwa, a nawet tragiczna!... - odpowiedziała pani Wąsowska patrząc na Wokulskiego.

W kwadrans później panna Rzeżuchowska kazała przedstawić sobie Wokulskiego, a w ciągu następnego kwadransa zawiadomiła go (spuszczając przy tym oczy), że jej zdaniem najpiękniejszą rolą kobiety jest pielęgnować ranione serca, które cierpią w milczeniu.

Pewnego dnia przy końcu marca Wokulski przyszedłszy do panny Izabeli zastał ją w doskonałym humorze.

- Wyborna wiadomość! - zawołała witając się z nim niezwykle gorąco. - Czy wie pan, że przyjechał ten znakomity skrzypek Molinari...

- Molinari?... - powtórzył Wokulski. - Ach, tak, widziałem go w Paryżu.

- Tak pan chłodno o nim mówi? - zdziwiła się panna Izabela.- Czyby jego gra nie podobała się panu?...

- Przyznam się pani, że nawet nie uważałem, jak on gra.

- To niepodobna!... to chyba nie słyszał go pan... Pan Szastalski (no, on zawsze przesadza) powiedział, że tylko słuchając Molinariego mógłby umrzeć bez żalu. Pani Wywrotnicka jest nim zachwycona, a pani Rzeżuchowska ma zamiar wydać dla niego raut.

- O ile mi się zdaje, jest to dosyć mierny skrzypek.

- Ależ, panie!... Pan Rydzewski i pan Pieczarkowski mieli sposobność widzieć jego album, złożone z samych recenzyj... Pan Pieczarkowski mówi, że Molinariemu ofiarowali to jego wielbiciele. Otóż wszyscy europejscy recenzenci nazywają go genialnym.

Wokulski potrząsnął głową.

- Widziałem go w sali, gdzie najdroższe miejsce kosztowało dwa franki.

- To niepodobna, to chyba nie on... On dostał order od ojca świętego, od szacha perskiego, ma tytuł... Miernych skrzypków nie spotykają takie odznaczenia.

Wokulski z podziwem przypatrywał się zarumienionej twarzy i błyszczącym oczom panny Izabeli. Były to tak silne argumenta, że zwątpił we własną pamięć i odparł:

- Może być...

Ale pannę Izabelę w przykry sposób dotknęła jego obojętność dla sztuki. Sposępniała i przez resztę dnia rozmawiała z Wokulskim dosyć chłodno.

"Głupiec jestem! - pomyślał wychodząc. - Zawsze muszę się wyrwać z czymś, co jej robi przykrość. Jeżeli jest melomanką, może uważać za świętokradztwo moje zdanie o Molinarim..."

I przez cały następny dzień gorzko wyrzucał sobie nieznajomość sztuki, prostactwo, niedelikatność, a nawet brak szacunku dla panny Izabeli.

"Z pewnością - mówił - znakomitszym jest ten skrzypek, który na niej zrobi wrażenie, aniżeli ten, który by mnie się podobał. Trzeba być arogantem, ażeby wypowiadać sądy tak stanowcze, tym bardziej że musiałem nie poznać się na jego grze..."

Wstyd go ogarnął.

Na trzeci dzień otrzymał od panny Izabeli krótki liścik:

"Panie - pisała. - Musi mi pan ułatwić zaznajomienie się z Molinarim, ale to koniecznie, koniecznie... Obiecałam Cioci, że skłonię go, ażeby zagrał u niej na ochronę; pojmuje więc pan, ile mi na tym zależy."

W pierwszej chwili zdawało się Wokulskiemu, że zbliżenie się do genialnego skrzypka będzie jednym z najtrudniejszych zadań, jakie mu kazano rozwiązać. Szczęściem, przypomniał sobie, że ma znajomego muzyka, który nie tylko poznał się z Molinarim, ale już chodził za nim i przesiadywał u niego jak cień. Kiedy zwierzył się z kłopotu przed muzykiem, ten naprzód szeroko otworzył oczy, potem zmarszczył brwi, w końcu zaś, po długim namyśle, odparł:

- O, to sprawa trudna, bardzo trudna, ale dla pana postaramy się. Tylko muszę go przygotować, dobrze usposobić... I wie pan, jak zrobimy?... Niech pan jutro zajdzie do hotelu o pierwszej w południe; ja tam będę na śniadaniu. Wtedy niech pan wywoła mnie nieznacznie przez służącego, a już ja wyrobię panu audiencję.

Te ostrożności i ton, jakim je wypowiadano, przykro dotknęły Wokulskiego; mimo to w oznaczonym terminie poszedł do hotelu.

- Pan Molinari w domu? - zapytał szwajcara.

Szwajcar, człowiek znajomy, wyprawił pomocnika na górę, sam zaś zaczął bawić Wokulskiego rozmową:

- To, wielmożny panie, mamy ruch w hotelu z tym Włochem!...

Schodzą się państwo jak do cudownego obrazu, ale najwięcej kobiety...

- Oho?...

- Tak, wielmożny panie. Taka najpierwej przysyła mu list, potem bukiet, a nareszcie sama przychodzi za woalką, bo myśli, że jej nikt nie pozna... To, panie, śmiech dla całej służby!... On nie każdą przyjmuje, choć która da jego lokajowi ze trzy ruble. Ale czasem, jak trafi mu się dobry humor, to nieraz dobiera sobie chłopisko jeszcze dwa numery, każdy w innej stronie korytarza, i w każdym inną rozwesela... Taki, bestia, zajadły.

Wokulski spojrzał na zegarek. Upłynęło z dziesięć minut na czekaniu, więc pożegnał szwajcara i poszedł na schody czując, że gniew zaczyna w nim kipieć. "Tęgi blagier! - myślał. - Ale też i miłe te kobietki..."

W drodze spotkał go zadyszany pomocnik szwajcara.

- Pan Molinari - rzekł - kazał prosić, ażeby jaśnie pan chwilkę zaczekał...

Wokulski chciał schwycić za kark posłańca, ale pohamował się i zawrócił na dół.

- Jaśnie pan odchodzi?... Co mam powiedzieć panu Molinaremu?...

- Powiedz mu, ażeby... Rozumiesz?

- Powiem, jaśnie panie, tylko on nie zrozumie - odpowiedział zadowolony lokaj, a wpadłszy do szwajcara rzekł:

- Przynajmniej znalazł się choć jeden pan, co się poznał na tym kundlu Włochu... O, hycel! łeb to zadziera, ale nim ci da, człeku, dziesiątczynę, to ją pierwej ze trzy razy obejrzy... Legawa suka go urodziła, pokrakę... Zgnilec... obieżyświat... kopernik !...

Była chwila, że Wokulski uczuł żal do panny Izabeli. Jak można zapalać się do człowieka, z którego nawet hotelowa służba żartuje!... Jak można zapisywać się na długą listę jego wielbicielek... Czy w końcu godziło się zmuszać go, ażeby szukał znajomości z takim płytkim blagierem!...

Ale wnet ochłonął; przyszła mu bardzo słuszna uwaga, że panna Izabela nie znając Molinariego daje się tylko unosić prądowi jego reputacji.

"Pozna go i ochłonie - pomyślał. - Tylko już ja nie będę im służył za pośrednika."

Kiedy Wokulski wrócił do domu, zastał u siebie Węgiełka, który czekał na niego od godziny.

Chłopak wyglądał po warszawsku, ale był trochę mizerny.

- Wychudłeś, zbladłeś - rzekł Wokulski przypatrzywszy mu się. Łajdaczysz się czy co?...

- Nie, panie, tylko dziesięć dni chorowałem. Coś mi się zrobiło na szyi takie paskudne, że mnie doktór pokrajał. Ale już wczoraj poszedłem do roboty.

- Potrzebujesz pieniędzy?

- Nie, panie. Chciałem tylko opowiedzieć się względem powrotu do Zasławia.

- Już cię korci. A nauczyłeś się czego?

- Ojej! I ze ślusarką się trochę... i według stolarki... Koszyków nauczyłem się też wcale pięknych i rysować. A nawet jakby przyszło do malowania, to też...

Mówiąc to kłaniał się, rumienił i miętosił czapkę w ręku.

- Dobrze - odezwał się po chwili Wokulski. - Na narzędzia dostaniesz sześćset rubli. Wystarczy?... A kiedy chcesz wracać?

Chłopak zaczerwienił się jeszcze mocniej i pocałował Wokulskiego w rękę.

- Bo ja jeszcze, z przeproszeniem łaski pańskiej, chciałbym się ożenić... Tylko nie wiem...

Poskrobał się w głowę.

- Z kimże to? - spytał Wokulski.

- Z tą panną Marianną, co mieszka u furmanów Wysockich. Ja też mieszkam w tym domu, tylko na górze.

"Chce się żenić z moją magdalenką?" - pomyślał Wokulski. Przeszedł się po pokoju i rzekł:

- A dobrze ty znasz pannę Mariannę?

- Co nie mam znać? Przecie widujemy się co dzień trzy razy, a czasami to i przez całą niedzielę albo ja siedzę u niej, albo oboje u Wysockich.

- No tak. Ale czy wiesz, czym ona była przed rokiem?,

- Wiem, panie. Ledwiem tu przyjechał z łaski pańskiej, zaraz Wysocka mówi do mnie: "Uważaj, młody, bo ona się puszczała..." Takim sposobem od pierwszego dnia wiedziałem, co ona za jedna; okpistwa ze mną nie robiła żadnego.

- I jakże się stało, że chcesz żenić się z nią?

- Bóg wie, panie, ani tak, ani owak. Nawet z początku to śmiałem się z niej i jak kto przechodził za oknem, mówiłem: "Pewno i ten znajomy panny Marianny, boś panna nie z jednego pieca chleb jadła." A ona nic, tylko spuści głowę, kręci maszyną, aż warczy, i ognie jej na twarz biją.

Później spostrzegłem się, że mi ktoś łata bieliznę; więc na Boże Narodzenie kupiłem jej za dziesięć złotych parasol, a ona sześć chustek perkalowych z moim nazwiskiem. A Wysocka mówi: "Nie daj się, młody, bo to probantka!..." Więcem se do głowy nie dopuszczał, choć gdyby nie była ladaco, już bym się w zapusty ożenił.

Akurat w Popielec Wysocki rozpowiedział mi, jak się z nią zrobił ten interes, niby z panną Marianną. Zgodziła ją jakaś pani w aksamitach do służby, no i miała służbę, niech ręka boska broni! Coraz chce uciekać, ale ją łapią i mówią: "Albo siedź tu, albo oddamy cię do kryminału za złodziejstwo." "Cóżem ja ukradła" - ona mówi. "Nasze dochody, psiawiaro!" - oni krzyczą. I tak by siedziała (rozpowiadał Wysocki) do sądnego dnia, gdyby jej pan Wokulski nie zobaczył w kościele. Wtedy ją wykupił i wyratował.

- Mów dalej, mów - odezwał się Wokulski spostrzegłszy, że Węgiełek waha się.

- Zaraz mnie tknęło - ciągnął Węgiełek - że to nie żadne łajdactwo, tylko nieszczęście. I pytam się Wysockiego: "Ożeniłby się pan z panną Marianną?" "I z jedną babą jest utrapienie" - on mówi. "Ale żeby pan Wysocki był w kawalerskiej kondycji, to co?" "Eh mówi - kiedy już nie mam ciekawości do kobiet." Widząc ja, że stary nie chce gadać, takem go zakłął, że mi w końcu powiedział: "Nie ożeniłbym się, bo nie miałbym przekonania, że się w niej stary obyczaj nie odezwie. Kobieta jak dobra, to dobra, ale jak się rozwydrzy, niczym diabeł."

Tymczasem na początku świętego postu zesłał Pan Bóg miłosierny na mnie takiego bolaka, żem musiał leżeć w domu, i jeszcze doktór mnie pokrajał. Aż tu panna i Marianna jak nie zacznie do mnie chodzić, łóżko prześcielać, pokrajanie mi opatrywać... Mówił doktór, żeby nie jej opatrunki, tobym z tydzień dłużej leżał. Mnie nieraz złość brała, osobliwie, jak mnie trzęsło, więc jednego dnia mówię: "Co sobie panna Marianna robi subiekcję?... Panna myśli, że ja się z panną ożenię, a ja chybabym zgłupiał, żeby się z taką wiązać, co się dziesięciu wysługiwała."

A ona na to nic, tylko spuściła głowę i łzy jej kap... kap...

"Przecie ja rozumiem - mówi - żeby się pan Węgiełek ze mną nie ożenił...
Aż mnie, z przeproszeniem łaski pańskiej, zemdliło z wielkiej litości, kiedym to
usłyszał. I zaraz powiedziałem Wysockiej: "Wie pani Wysocka co, może ja się z
panną Marianną ożenię...'
A ona na to: "Nie bądź głupi, bo..."
Kiedy nie śmiem mówić - dodał nagle Węgiełek, znowu całując Wokulskiego w
rękę.
- Mów śmiało.
- "Bo - rzekła mi pani Wysocka - jakbyś się ożenił z panną Marianną, to może
byś obraził pana Wokulskiego za jego łaskę nad nami wszystkimi... Kto zaś wie,
czy panna Marianna do niego nie chodzi..."
Wokulski zatrzymał się przed nim.
- Tego się lękasz? - spytał. - Daję ci słowo honoru, że nigdy nie widuję tej
panny.
Węgiełek odetchnął
- To i chwała Bogu. Bo jedno, że nie śmiałbym przecie panu włazić w drogę za
jego dobroć, a po drugie...
- Cóż po drugie?
- Po drugie, widzi pan, że ona się puszczała, to przez nieszczęście, źli ludzie ją
skrzywdzili i temu ona nie winna. Ale żeby ona teraz nade mną chorym
płakała, a do wielmożnego pana chodziła, to już byłaby taka szelma jak
wściekły pies, co to tylko zabić, ażeby ludzi nie kąsał.
- A zatem?... - spytał Wokulski.
- Ha, cóż? ożenię się po świętach - odparł Węgiełek. - Przecie ona za nie swoje
grzechy cierpieć nie może. Nie jej to była wola.
- Masz jeszcze jaki interes?
- Już nic.
- Więc bywaj zdrów, a przed ślubem wstąp do mnie. Ona będzie miała pięćset
rubli posagu, no i co potrzeba na bieliznę i gospodarstwo.
Węgiełek opuścił go bardzo wzruszony.
"Oto logika prostych serc! - pomyślał Wokulski. - Pogarda dla występku,
miłosierdzie dla nieszczęścia"
Naiwny mieszczanin w jego oczach wyrósł na posłannika odwiecznej
sprawiedliwości, który zdeptanej kobiecie przyniósł spokój i przebaczenie.
W końcu marca u państwa Rzeżuchowskich odbył się wielki raut z Molinarim;
Wokulski także otrzymał zaproszenie zaadresowane piękną rączką panny
Rzeżuchowskiej.
Przybył tam dosyć późno, właśnie w chwili kiedy mistrz dał się uprosić do
uszczęśliwienia słuchaczy koncertem własnej kompozycji.
Jeden z miejscowych muzyków usiadł towarzyszyć mu na fortepianie, drugi
przyniósł mistrzowi skrzypce, trzeci odwracał nuty akompaniatorowi, czwarty
stał za mistrzem w zamiarze podkreślania fizjognomią i gestami piękniejszych
albo trudniejszych ustępów.
Ktoś poprosił obecnych o spokojność, damy usiadły w półkole, mężczyźni
zgromadzili się za ich krzesłami, koncert zaczął się.
Teraz Wokulski spojrzał na skrzypka i przede wszystkim spostrzegł pewne

podobieństwo między nim i Starskim. Molinari miał takież same niewielkie faworyciki, jeszcze mniejsze wąsiki i ten sam wyraz znużenia, jaki cechuje ludzi posiadających szczęście u płci pięknej. Grał dobrze i wyglądał przyzwoicie, lecz było widać po nim, że już pogodził się z rolą półbożka łaskawego dla swoich wiernych.

Od czasu do czasu skrzypce odezwały się głośniej, stojący za mistrzem muzyk robił minę zachwyconą, a po sali przebiegał cichy i krótki szmer. Pomiędzy uroczyście nastrojonymi mężczyznami i zasłuchanymi, zamyślonymi, rozmarzonymi lub drzemiącymi damami Wokulski dostrzegał kobiece fizjognomie napiętnowane niezwykłym wyrazem. Były tam namiętnie odrzucone głowy, zarumienione policzki, pałające oczy, rozchylone i drgające usta, jakby pod wpływem narkotyku.

"Straszna rzecz! - pomyślał Wokulski. - Cóż to za chore indywidua wprzęgają się do triumfalnego wozu tego pana...

Wtem spojrzał na bok i zrobiło mu się zimno... Zobaczył pannę Łęcką bardziej odurzoną i roznamiętnioną od innych. Nie wierzył własnym oczom.

Mistrz grał z kwadrans, ale Wokulski nie słyszał już ani jednej nuty. Rozbudził go dopiero przeciągły grzmot oklasków. Potem znowu zapomniał, gdzie jest, ale za to doskonale widział, jak Molinari szepnął coś do ucha panu Rzeżuchowskiemu, jak pan Rzeżuchowski wziął go pod rękę i - przedstawił pannie Izabeli.

Przywitała go rumieńcem i wejrzeniem nieopisanego zachwytu. A ponieważ proszono na kolację, mistrz podał jej rękę i zaprowadził do sali jadalnej. Przeszli tuż obok niego, Molinari potrącił go łokciem, ale tak byli zajęci sobą, że panna Izabela nawet nie spostrzegła Wokulskiego. Potem usiedli we czworo przy jednym stoliku: pan Szastalski z panną Rzeżuchowską, Molinari z panną Izabelą, i było znać, że jest im bardzo dobrze razem.

Wokulskiemu znowu zdawało się, że z oczu spada mu zasłona, poza którą widać zupełnie inny świat i inną pannę Izabelę. Ale w tej samej chwili uczuł taki zamęt w głowie, ból w piersiach, szał w nerwach, że uciekł do przedpokoju, a stamtąd na ulicę obawiając się, że traci rozum.

"Boże miłosierny! - szepnął - zdejmijże ze mnie to przekleństwo..."

O kilka kroków od Molinariego, przy mikroskopijnym stoliczku, siedziała pani Wąsowska z Ochockim.

- Moja kuzynka zaczyna mi się coraz mniej podobać - rzekł Ochocki patrząc na pannę Izabelę. - Widzi ją pani?...

- Od godziny - odparła pani Wąsowska. - Ale zdaje mi się, że i Wokulski coś spostrzegł, bo był bardzo zmieniony. Żal mi go.

- O, niech pani będzie spokojna o Wokulskiego. Prawda, że dziś jest rozbity, ale jeżeli się raz ocknie... Takich nie zabijają wachlarzem.

- Więc może być dramat.

- Żadnego - rzekł Ochocki. - Ludzie o skoncentrowanych uczuciach wówczas tylko są niebezpieczni, jeżeli nie mają rezerw...

- Mówisz pan o tej pani... jakże ona... Sta... Star?...

- Boże uchowaj, tam nic nie ma i nigdy nie było. Zresztą dla zakochanego mężczyzny nie stanowi rezerwy inna kobieta.

- Więc cóż?

- Wokulski ma silny umysł i wie o cudownym wynalazku, którego wykończenie naprawdę przewróciłoby świat...

- I pan wiesz o nim?

- Treść znam, dowód widziałem; nie znam tylko bliższych szczegółów. Przysięgam - mówił zapalając się Ochocki - że dla takiej sprawy można by poświęcić nawet dziesięć kochanek!

- Więc i mnie poświęciłbyś, niewdzięczniku?

- Alboż pani jest moją kochanką?... Nie jestem przecie lunatykiem.

- Ale kochasz się we mnie.

- Może jeszcze tak jak Wokulski w Izabeli?... Ani myślę... Choć każdej chwili jestem gotów...

- W każdej chwili jesteś pan źle wychowany. Ale... tym lepiej, że się we mnie nie kochasz.

- I nawet wiem, dlaczego lepiej. Pani wzdycha do Wokulskiego.

Panią Wąsowską oblał mocny rumieniec; zmieszała się tak, że wachlarz upadł jej na posadzkę. Ochocki podniósł go.

- Nie chcę grać z panem komedii, mój potworze - odparła po chwili. - Obchodzi mnie tak, że... robię wszystko, co jest w mojej mocy, ażeby dostał Belę, ponieważ... ją kocha ten szaleniec...

- Przysięgam, że spomiędzy znajomych mi dam jesteś pani jedyną kobietą, która naprawdę coś warta... Ale dosyć o tym. Od czasu kiedym poznał, że Wokulski kocha Belę (a jak on ją kocha!), moja kuzynka robi na mnie dziwne wrażenie. Dawniej uważałem ją za wyjątkową, dziś wydaje mi się pospolitą, dawniej wzniosła, dziś jest płaska... Ale to tylko chwilami i jeszcze ostrzegam, że mogę się mylić.

Pani Wąsowska uśmiechnęła się.

- Podobno - rzekła - ile razy mężczyzna patrzy na kobietę, szatan zakłada mu różowe okulary.

- Czasami zdejmuje.

- Ale nie bez cierpień - odpowiedziała pani Wąsowska. - Wiesz pan co - dodała - ponieważ jesteśmy prawie kuzynami, mówmy sobie t y...

- Bardzo dziękuję.

- Dlaczego?

- Nie mam zamiaru być wielbicielem pani.

- Ja proponuję panu przyjaźń.

- Właśnie. Jest to mostek, po którym...

W tej chwili panna Izabela wstała nagle od swego stolika i podeszła do nich; była wzburzona.

- Porzucasz mistrza? - spytała ją pani Wąsowska.

- Ależ to jest impertynent! - rzekła panna Izabela tonem, w którym czuć było gniew.

- Bardzom kontent, kuzynko, że tak prędko poznałaś się na tym poliszynelu - odezwał się Ochocki. - Może pani siądzie?

Ale panna Izabela rzuciła na niego piorunujące spojrzenie, zaczęła rozmawiać z Malborgiem, który właśnie zbliżył się do niej, i odeszła do sali.

Na progu, spoza wachlarza, spojrzała w stronę Molinariego, który bardzo wesoło rozmawiał z panną Rzeżuchowską...

- Zdaje mi się, panie Ochocki - rzekła pani Wąsowska - że prędzej zostaniesz naszym Kopernikiem, aniżeli nauczysz się ostrożności! Jak mogłeś wobec Izabeli nazwać tego pana poliszynelem?...
- Ona przecież nazwała go impertynentem...
- Niemniej interesuje się nim.
- No, proszę ze mnie nie żartować. Jeżeli nie interesuje się człowiekiem, który ją ubóstwia...
- To właśnie będzie interesować się takim, który ją lekceważy.
- Pociąg do ostrych sosów jest oznaką nietęgiego zdrowia zauważył Ochocki.
- Która tu jest zdrowa! - rzekła pani Wąsowska, pogardliwie obwodząc wzrokiem towarzystwo. - Podaj mi pan rękę i idźmy do salonu.

Na przejściu spotkali księcia, który z wielkim zadowoleniem przywitał panią Wąsowską.

- Cóż, mości książę, Molinari?... - zapytała.
- Ma bardzo ładny ton... Bardzo...
- I będziemy przyjmować go u siebie?
- O tak... w przedpokoju...

W parę minut dowcip księcia obleciał wszystkie sale... Pani Rzeżuchowska z powodu nagłej migreny musiała puścić gości.

Gdy pani Wąsowska rozmawiając po drodze ze znajomymi weszła z Ochockim do salonu, zobaczyła już pannę Izabelę siedzącą w towarzystwie Molinariego.

- Kto z nas miał rację? - rzekła trącając Ochockiego wachlarzem. - Biedny Wokulski!...
- Zapewniam panią, że jest mniej biednym aniżeli panna Izabela.
- Dlaczego?
- Bo jeżeli kobiety kochają tylko tych, którzy je lekceważą, to moja kuzynka bardzo prędko będzie musiała oszaleć za Wokulskim.
- Powiesz mu pan?... - oburzyła się pani Wąsowska.
- Nigdy! Jestem przecie jego przyjacielem, a już to samo wkłada na mnie obowiązek nieostrzegania o niebezpieczeństwach. Ale jestem także mężczyzną i dalibóg, czuję, że gdy między mężczyzną i kobietą zacznie się tego rodzaju walka...
- To przegra mężczyzna.
- Nie, pani. Przegra kobieta, i to na łeb na szyję. Przecież dlatego kobiety wszędzie są niewolnicami, że lgną do tych, którzy je lekceważą.
- Nie bluźnij pan.

Ponieważ Molinari zaczął rozmawiać z panią Wywrotnicką, pani Wąsowska zbliżyła się do panny Izabeli, wzięła ją pod rękę i zaczęły spacerować po salonie.

- Pogodziłaś się jednak z tym impertynentem? - zapytała pani Wąsowska.
- Przeprosił mnie - odparła panna Izabela.
- Tak prędko? A czy choć obiecał poprawę?
- Moją będzie rzeczą, ażeby nie potrzebował się poprawiać.
- Był tu Wokulski - mówiła pani Wąsowska - i dosyć nagle wyszedł.

- Dawno?
- Kiedyście siedli do kolacji; stał nawet w tych drzwiach.
Panna Izabela zmarszczyła brwi.
- Moja Kaziu - rzekła - wiem, o co ci chodzi. Otóż oświadczam ci raz na zawsze, że ani myślę wyrzekać się dla Wokulskiego moich sympatii i upodobań. Małżeństwo nie jest więzieniem, a ja mniej niż kto inny nadaję się na więźnia.
- Masz słuszność. Czy jednakże dla kaprysu godzi się drażnić takie uczucia?
Panna Izabela zmieszała się.
- Więc cóż mam robić?
- To już od ciebie zależy. Jeszcze nie jesteś z nim związana...
- Ach, tak!... już pojmuję... - uśmiechnęła się panna Izabela.
Stojący pod oknem pan Malborg z panem Niwińskim przypatrywali się obu damom przez binokle.
- Piękne kobiety! - westchnął pan Malborg. ,
- A każda w innym guście - dodał pan Niwiński.
- Którą byś wolał?
- Obie.
- A ja Izabelkę, a potem... Wąsowską.
- Jak one tulą się do siebie... jak się uśmiechają!... To wszystko, ażeby nas podrażnić. Sprytne są te kobietki.
- A w gruncie mogą się nienawidzieć.
- No, przynajmniej nie w tej chwili - zakończył pan Niwiński.
Do spacerujących pań zbliżył się Ochocki.
- Czy i kuzynek należy do spisku przeciw mnie? - zapytała panna Izabela. ,
- Do spisku nigdy; mogę z panią być tylko w otwartej wojnie.
- Z panią? w otwartej wojnie?... Cóż to znaczy. Wojny prowadzą się w celu zawarcia korzystnego pokoju!
- To nie mój system.
- Czy tak?... - rzekła panna Izabela z uśmiechem. - Więc załóżmy się, że kuzynek złożysz broń; bo wojnę uważam już za rozpoczętą.
- Przegrasz ją, kuzynko, nawet w tych punktach, w których liczysz na najzupełniejsze zwycięstwo - odpowiedział uroczyście Ochocki.
Panna Izabela sposępniała.
- Belu - szepnęła do niej przechodząca w tej chwili hrabina wyjeżdżamy.
- Cóż, Molinari obiecał?... - zapytała tym samym tonem panna Izabela.
- Wcale go nie prosiłam - odpowiedziała dumnie hrabina.
- Dlaczego, ciociu?...
- Zrobił niekorzystne wrażenie.
Gdyby doniesiono pannie Izabeli, że umarł Wokulski z powodu Molinariego, wielki skrzypek nie straciłby nic w jej oczach. Ale wiadomość, że zrobił złe wrażenie, dotknęła ją w niemiły sposób.
Pożegnała artystę chłodno, prawie wyniośle.
Pomimo znajomości trwającej ledwie kilka godzin Molinari żywo zainteresował pannę Izabelę.
Kiedy późno wróciwszy do domu spojrzała na swego Apollina, zdawało jej się, że marmurowy bożek ma coś z postawy i rysów skrzypka. Zarumieniła się

przypomniawszy sobie, że posąg bardzo często zmieniał fizjognomię; nawet przez krótką chwilę był podobny do Wokulskiego. Uspokoiła się jednak uwagą, że dzisiejsza zmiana jest ostatnią, że dotychczasowe jej upodobania polegały na omyłkach i że Apollo, jeżeli mógł kogoś symbolizować, to tylko Molinariego Nie mogła zasnąć, w sercu jej walczyły najsprzeczniejsze uczucia: gniew, obawa, ciekawość i jakaś tkliwość. Czasem nawet budziło się zdumienie, kiedy przypominała sobie zuchwałe czyny skrzypka. Przy pierwszych słowach powiedział, że jest najpiękniejszą kobietą, jaką zna; idąc na kolację namiętnie przytulał jej ramię i oświadczył, że ją kocha.

A przy kolacji, bez względu na obecność Szastalskiego i panny Rzeżuchowskiej, tak natarczywie szukał pod stołem jej ręki, że... cóż miała zrobić?...

Podobnie gwałtownych uczuć nie spotkała jeszcze nigdy. On naprawdę musiał ją pokochać od pierwszego wejrzenia, szalenie, na śmierć. Czy jej wreszcie nie szepnął (co nawet zmusiło ją do opuszczenia stolika), że bez namysłu oddałby życie za kilka dni spędzonych z nią razem.

"I na co on się narażał mówiąc coś podobnego" - pomyślała panna Izabela. Nie przyszło jej do głowy, że co najwyżej narażał się na opuszczenie towarzystwa przed końcem kolacji.

"Co za uczucie!... co za namiętność!..." - powtarzała w duchu.

Przez dwa dni panna Izabela nie wychodziła z domu i nikogo nie przyjmowała. W trzecim dniu zdawało jej się, że Apollo, jakkolwiek wciąż podobny do Molinariego, chwilami przypomina Starskiego. Tegoż dnia po południu przyjęła panów Rydzewskiego i Pieczarkowskiego, którzy oświadczyli jej, że Molinari opuszcza już Warszawę, że zraził do siebie całe towarzystwo, że jego album z recenzjami jest blagą, ponieważ nie umieszczono w nim krytyk nieprzychylnych. Dodali w końcu, że tak mierny skrzypek i pospolity człowiek tylko w Warszawie mógł doznać podobnych owacyj.

Panna Izabela była oburzona i przypomniała panu Pieczarkowskiemu, że nie kto inny, tylko on chwalił artystę. Pan Pieczarkowski zdziwił się i powołał się na świadectwo obecnego pana Rydzewskiego i nieobecnego Szastalskiego, że Molinari od pierwszej chwili nie budził w nim zaufania.

Przez następne dwa dni panna Izabela uważała wielkiego artystę jako ofiarę zawiści. Powtarzała sobie, że tylko on jeden zasługuje na jej współczucie i że nigdy o nim nie zapomni.

W tym czasie pan Szastalski przysłał jej bukiet fiołków, a panna Izabela nie bez wyrzutów spostrzegła, że Apollo zaczyna być podobnym do Szastalskiego i że Molinari szybko zaciera się w jej pamięci.

Prawie w tydzień po koncercie, kiedy bez światła siedziała w swoim pokoju, przed oczyma jej stanęła dawno zapomniana wizja. Zdawało jej się, że w towarzystwie ojca zjeżdża powozem z jakiejś góry w dolinę napełnioną chmurami dymów i pary. Spomiędzy chmur wysunęła się olbrzymia ręka trzymająca kartę, na którą pan Tomasz patrzył z niespokojną ciekawością. "Z kim ojciec gra?..." - pomyślała. W tej chwili wionął wiatr i z tumanów ukazała się twarz Wokulskiego, także w olbrzymich rozmiarach.

"Rok temu miałam toż samo widzenie - rzekła do siebie panna Izabela. - Co to znaczy?...

I dopiero teraz przypomniała sobie, że Wokulski nie był u nich od tygodnia.
Po raucie u państwa Rzeżuchowskich Wokulski wrócił do siebie w niezwykłym
nastroju ducha. Atak szału minął go i ustąpił miejsca apatycznemu spokojowi.
Wokulski nie spał całą noc, ale stan ten nie wydawał mu się przykrym. Leżał
spokojnie, nie myślał o niczym i tylko ciekawie przysłuchiwał się bijącym
godzinom. Pierwsza... druga... trzecia...
Na drugi dzień wstał późno i do południa, pijąc herbatę, znowu przysłuchiwał
się biciu zegara. Jedynasta... dwunasta... pierwsza... Jakie to nudne!...
Chciał coś czytać, ale nie chciało mu się pójść do biblioteki po książkę ; więc
położył się na szezlongu i zaczął myśleć o teorii Darwina.
"Co to jest dobór naturalny? Jest to skutek walki o byt, w której giną istoty nie
posiadające pewnych uzdolnień, a zwyciężają więcej uzdolnione. Jaka jest
najważniejsza zdolność: czy pociąg płciowy? Nie, wstręt do śmierci. Istoty,
które nie miałyby wstrętu do śmierci, musiałyby wyginąć najpierwej. Gdyby
człowieka nie hamował wstręt do śmierci, ten najmędrszy zwierz nie
dźwigałby kajdan życia. W poezji staroindyjskiej są ślady, że istniała kiedyś
ludzka rasa mająca mniejszy wstręt do śmierci aniżeli my. No i rasa ta
wyginęła, a jej potomkowie są albo niewolnikami, albo ascetami.
A co to jest wstręt do śmierci? Naturalnie, instynkt polegający na złudzeniu. Są
osoby mające wstręt do myszy, która jest zupełnie niewinnym stworzeniem,
albo nawet do poziomek, które są wcale smaczne. (Kiedy to ja jadłem
poziomki?... Aha, w końcu września roku zeszłego w Zasławku.... Zabawna
miejscowość ten Zasławek; ciekawym, czy jeszcze żyje prezesowa i czy ma
wstręt do śmierci?...)
Bo cóż to jest obawa śmierci?... Złudzenie! Umrzeć jest to nie być nigdzie, nic
nie czuć i o niczym nie myśleć. W iluż ja miejscach dziś nie jestem: nie jestem
w Ameryce, w Paryżu, na księżycu, nie jestem nawet w moim sklepie i nic mnie
nie trwoży. A o ilu ja rzeczach nie myślałem przed chwilą i o ilu nie myślę?
Myślę tylko o jakiejś jednej rzeczy, a nie myślę o miliardzie innych rzeczy, nie
wiem nawet o nich i nic mnie to nie obchodzi.
Cóż więc może być przykrego w tym, że nie będąc w milionie miejsc, tylko w
jakimś jednym, i nie myśląc o miliardzie rzeczy, tylko o jakiejś jednej,
przestanę być i w tym jednym miejscu i myśleć o tej jednej rzeczy?... Istotnie,
obawa śmierci jest najkomiczniejszym złudzeniem, jakiemu od tylu wieków
ulega ludzkość. Dzicy boją się piorunu, huku broni palnej, nawet zwierciadła; a
my, niby to ucywilizowani, lękamy się śmierci!..."
Wstał, wyjrzał przez okno i z uśmiechem przypatrywał się ludziom, którzy
gdzieś biegli, kłaniali się sobie, asystowali damom. Przypatrywał się ich
gwałtownym ruchom, wielkiemu zainteresowaniu, bezświadomej szarmanterii
mężczyzn, automatycznej kokieterii kobiet, obojętnym minom dorożkarzy,
męce ich koni i nie mógł oprzeć się uwadze, że całe to życie, pełne niepokoju i
udręczeń, jest kapitalnym głupstwem.
Tak przesiedział cały dzień. Następnego przyszedł Rzecki i przypomniał mu, że
dziś jest dzień pierwszego kwietnia i że panu Łęckiemu trzeba zapłacić dwa
tysiące pięćset rubli procentów.
- A prawda - odparł Wokulski. - Odwieź mu tam...

- Myślałem, że sam odwieziesz.
- Nie chce mi się...
Rzecki kręcił się po pokoju, chrząkał, nareszcie rzekł:
- Pani Stawka jest jakaś markotna. Może byś ją odwiedził?
- A prawda, że już dawno u niej nie byłem. Pójdę wieczorem.
Odebrawszy taką odpowiedź Rzecki już nie zatrzymywał się. Bardzo czule
pożegnał Wokulskiego, wpadł do sklepu po pieniądze, potem siadł w dorożkę i
kazał jechać do pani Misiewiczowej.
- Przybiegłem tylko na chwilę, bo mam załatwić pilny interes - zawołał
uradowany. - Wie pani, Stach będzie tu dzisiaj... Zdaje mi się (ale mówię to pani
w największej tajemnicy), że Wokulski już stanowczo zerwał z Łęckimi...
- Czyby tak?... - rzekła pani Misiewiczowa składając ręce.
- Jestem prawie pewny, ale... żegnam panią... Stach będzie dziś wieczorem...
Istotnie, Wokulski był wieczorem i co ważniejsza, zaczął bywać każdego
wieczora. Przychodził dosyć późno, kiedy Helunia już spała, a pani
Misiewiczowa odchodziła do swego pokoju, i z panią Stawską przepędzał po
parę godzin. Zwykle milczał i słuchał jej opowiadań o sklepie Milerowej albo o
brukowych wypadkach. Sam odzywał się rzadko, a wtedy wypowiadał
aforyzmy; nawet nie mające związku z tym, co do niego mówiono.
Raz rzekł bez powodu:
- Człowiek jest jak ćma: na oślep rwie się do ognia, choć go boli i choć się w
nim spali. Robi to jednak dopóty - dodał po namyśle dopóki nie oprzytomnieje.
I tym różni się od ćmy...
"Mówi o pannie Łęckiej!..." - pomyślała pani Stawka i serce jej spieszniej
uderzyło.
Innym razem opowiedział jej dziwaczną historię:
- Słyszałem o dwu przyjaciołach, z których jeden mieszkał w Odessie, a drugi
w Tobolsku; nie widzieli się kilka lat i bardzo tęsknili za sobą.
Nareszcie przyjaciel tobolski, nie mogąc wytrzymać dłużej, postanowił zrobić
odeskiemu niespodziankę i nie uprzedzając go pojechał do Odessy. Nie zastał
go jednak w domu, ponieważ jego przyjaciel odeski, również stęskniony,
pojechał do Tobolska...
Interesa nie pozwoliły im zetknąć się w czasie powrotu. Zobaczyli się więc
dopiero po kilku latach i wie pani, co się pokazało?..
Pani Stawska podniosła na niego oczy.
- Oto obaj, szukając się, tego samego dnia zjechali się w Moskwie, stanęli w
tym samym hotelu i w sąsiednich numerach. Los czasami mocno żartuje z
ludzi...
- W życiu chyba nieczęsto się tak trafia... - szepnęła pani Stawska.
- Kto wie?... Kto wie?... - odparł Wokulski.
Pocałował ją w rękę i wyszedł zamyślony.
"Z nami tak nie będzie!..." - pomyślała, głęboko wzruszona.
Podczas wieczorów przepędzanych w domu pani Stawskiej Wokulski
stosunkowo był najbardziej ożywiony, trochę jadł i rozmawiał.
Lecz przez resztę dnia zapadał w apatię. Prawie nie jadł, tylko wypijał
mnóstwo herbaty, nie zajmował się interesami, nie był na kwartalnym

posiedzeniu spółki, nic nie czytał, a nawet nie myślał. Zdawało mu się, że potęga, której nie umiałby nazwać, wyrzuciła go poza obręb wszelkich spraw, nadziei, pragnień i że jego życie, podobne dziś do martwego ciężaru, toczy się wśród pustki.

"Przecież w łeb sobie nie wypalę - myślał. - Gdybym choć zbankrutował, ale tak!... Pogardzałbym sam sobą, gdyby z tego świata miała mnie wymieść spódnica... Trzeba było zostać w Paryżu... Kto wie, czy już dziś nie posiadałbym broni, która prędzej czy później wytępi potwory z ludzką twarzą."

Rzecki odgadując, co się z nim dzieje, zachodził w różnych porach dnia i próbował wciągnąć go w rozmowę. Ale ani stan pogody, ani handel, ani polityka nie obchodziły Wokulskiego. Raz się tylko ożywił, gdy pan Ignacy zrobił wzmiankę, że Milerowa prześladuje panią Stawską.

- O cóż jej chodzi?

- Może zazdrości, że bywasz u pani Stawskiej, że jej płacisz dobrą pensję.

- Uspokoi się Milerowa - rzekł Wokulski - jak oddam sklep Stawskiej, a ją zrobię kasjerką.

- Bój się Boga, dajże spokój!... - zawołał przestraszony Rzecki. - Zgubiłbyś tym panią Stawską.

Wokulski zaczął chodzić.

- Masz rację. Ale swoją drogą, jeżeli baby kłócą się, trzeba je rozdzielić... Namów Stawską, ażeby sama na siebie założyła sklep, a my jej dostarczymy funduszów. Od razu o tym myślałem, a teraz widzę, że nie warto dłużej odkładać.

Pan Ignacy, naturalnie, w tej chwili pobiegł do swoich pań i zawiadomił je o wielkiej nowinie.

- Nie wiem, czy nam wypada przyjmować taką ofiarę? - odezwała się zakłopotana pani Misiewiczowa.

- Cóż to za ofiara? - zawołał Rzecki. - Spłacicie nas panie w ciągu paru lat, i basta. Jakże pani sądzi?... - zapytał Stawskiej.

- Zrobię tak, jak zechce pan Wokulski. Każe mi otworzyć sklep otworzę; każe zostać u Milerowej, zostanę

- Ależ, Helenko!... - zreflektowała ją matka. - Pomyśl, na co się narażasz mówiąc w podobny sposób?... Całe szczęście, że nas nie słyszy nikt obcy.

Pani Stawska umilkła ku wielkiemu zmartwieniu pani Misiewiczowej, którą przerażała stanowczość córki dotychczas tak łagodnej i uległej.

Pewnego dnia Wokulski przechodząc ulicą spotkał karetę pani Wąsowskiej. Ukłonił się i szedł dalej bez celu; wtem dopędził go służący.

- Jaśnie pani prosi...

- Co się z panem dzieje?... - zawołała piękna wdówka, gdy Wokulski zbliżył się do powozu. - Siądź no pan, przejedziemy się po Alejach.

Wsiadł, pojechali.

- Co to znaczy? - ciągnęła pani Wąsowska. - Wyglądasz pan okropnie, już blisko dziesięć dni nie byłeś u Beli... No, mówże pan coś!...

- Nie mam nic do powiedzenia. Nie jestem chory i nie sądzę, ażeby pannie Izabeli były potrzebne moje wizyty.

- A jeżeli są potrzebne?

- Nigdy nie miałem tych złudzeń; dziś mniej niż kiedykolwiek.
- No, no... mój panie... mówmy jasno. Jesteś pan zazdrośnik, a to poniża
mężczyznę w oczach kobiet. Zirytowałeś się pan Molinarim...
- Myli się pani. Tak dalece nie jestem zazdrosny, że wcale nie przeszkadzam
pannie Izabeli wybierać pomiędzy mną i panem Molinarim. Wiem przecie, że
w tym wypadku obaj mamy równe prawa.
- O panie, to już zbyt ostre! - zgromiła go pani Wąsowska. - Cóż to, więc biedna
kobieta, jeżeli raczy ją uwielbiać jeden z was, nie może rozmawiać z innymi?...
Nie spodziewałam się, ażeby taki człowiek jak pan w taki haremowy sposób
traktował kobietę. Zresztą o co panu chodzi?.. Gdyby nawet Bela kokietowała
Molinariego, to i cóż?... Trwało to jeden wieczór i skończyło się tak
wzgardliwym pożegnaniem go ze strony Beli, że aż przykro było patrzeć.
Zgnębienie opuściło Wokulskiego.
- Pani łaskawa, nie udawajmy, że się nie rozumiemy. Pani wie, że dla
mężczyzny kochającego kobieta jest świętością jak ołtarz. Słusznie czy
niesłusznie, ale tymczasem tak jest. Otóż jeżeli pierwszy lepszy awanturnik
zbliża się do tej świętości jak do krzesła i postępuje z nią jak z krzesłem, a
ołtarz prawie zachwyca się podobnym traktowaniem, wówczas... pojmuje
pani?... Zaczynamy przypuszczać, że ów ołtarz jest naprawdę tylko krzesłem.
Jasno się wytłumaczyłem?...
Pani Wąsowska rzuciła się na poduszkach powozu.
- O panie, aż nadto jasno!... Co byś pan jednak powiedział, gdyby kokieteria Beli
była tylko niewinnym odwetem, a raczej ostrzeżeniem?..
- Do kogo wystosowanym?
- Do pana; wszakże pan ciągle zajmujesz się panią Stawską?...
- Ja?... Kto to powiedział?...
- Przypuśćmy, że naoczni świadkowie: pani Krzeszowska, pan Maruszewicz...
Wokulski pochwycił się za głowę.
- I pani wierzy temu?
- Nie, ponieważ zapewnił mnie Ochocki, że tam nic nie ma; czy jednak Belę
uspokoił kto w podobny sposób i czy mogłaby na tym poprzestać, to już inna
sprawa:
Wokulski ujął ją za rękę. - Pani droga - szepnął - cofam wszystko, com
powiedział z powodu tego Molinariego... Przysięgam pani, że czczę pannę
Izabelę i że największym dla mnie nieszczęściem jest moje nierozważne
słowo... Teraz dopiero widzę, czego się dopuściłem, mówiąc to...
Był tak wzruszony, że pani Wąsowskiej żal go się zrobiło.
- No, no - rzekła - niech pan się uspokoi i nie przesadza... Pod słowem honoru
(choć kobiety podobno nie mają honoru) zapewniam pana, że to, o czym
mówiliśmy, zostanie między nami. Zresztą jestem pewna, że nawet Bela
przebaczyłaby panu jego wybuch. Była to niegodziwość, ale... zakochanym
wybacza się nie takie niegodziwości.
Wokulski ucałował jej obie ręce, które mu wydarła.
- Proszę się do mnie nie umizgać, bo dla zakochanej kobiety mężczyzna jest
ołtarzem... A teraz wysiadaj pan, idź, o tam, do Beli i...
- I co pani?

- I przyznaj, że umiem dotrzymywać obietnic.

Głos jej drgnął, ale Wokulski nie spostrzegł tego. Wyskoczył z karety i pobiegł do kamienicy zajmowanej przez pana Łęckiego, gdzie właśnie stanęli.

Gdy Mikołaj otworzył mu drzwi, kazał zameldować się pannie Łęckiej. Była sama i przyjęła go natychmiast, zarumieniona i zmieszana.

- Tak dawno nie był pan u nas - rzekła. - Czy pan był chory?...
- Gorzej, pani - odpowiedział nie siadając. - Ciężko obraziłem panią bez powodu...
- Pan mnie?..
- Tak, pani, obraziłem panią podejrzeniami. Byłem - mówił stłumionym głosem - byłem na koncercie u państwa Rzeżuchowskich... Wyszedłem nawet nie pożegnawszy się z panią... Już nie chcę mówić dalej... Czuję tylko, że ma pani prawo nie przyjmować mnie jako człowieka, który nie ocenił pani... śmiał posądzać...

Panna Izabela głęboko spojrzała mu w oczy i wyciągając rękę rzekła:

- Przebaczam... niech pan siada.
- Niech pani nie spieszy się z przebaczeniem, bo ono może podnieść moje nadzieje...

Zamyśliła się.

- Mój Boże, i cóż na to poradzę?... niechże już pan ma nadzieję, jeżeli tak o nią chodzi...
- I to pani mówi, panno Izabelo?...
- Tak widać było przeznaczone - odpowiedziała z uśmiechem.

Namiętnie ucałował jej rękę, której mu nie broniła, potem odszedł do okna i coś zdjął z szyi.

- Niech pani przyjmie to ode mnie - rzekł i podał jej złoty medalion z łańcuszkiem.

Panna Izabela ciekawie zaczęła się przyglądać.

- Dziwny prezent, nieprawdaż - mówił Wokulski otwierając medalion. - Widzi pani tę blaszkę lekką jak pajęczyna?... A jednak jest to klejnot, jakiego nie posiada żaden skarbiec, nasienie wielkiego wynalazku, który może ludzkość przemienić. Kto wie, czy z tej blaszki nie urodzą się okręty napowietrzne. Ale mniejsza o nie... Oddając go pani, składam moją przyszłość...
- Więc to jest talizman?
- Prawie. Jest to rzecz, która mogła mnie wyciągnąć z kraju, a cały mój majątek i resztę życia utopić w nowej pracy. Może byłaby ona stratą czasu, maniactwem, ale w każdym razie myśl o niej była jedyną rywalką pani. Jedyną... - powtórzył z naciskiem.
- Myślał pan opuścić nas?
- Nawet nie dawniej jak dziś rano. Dlatego oddaję pani ten amulet. Odtąd, oprócz pani, już nie mam innego szczęścia na świecie; została mi pani albo śmierć.
- Jeżeli tak, więc biorę pana do niewoli - rzekła panna Izabela i zawiesiła medalion na szyi. A kiedy przyszło wsunąć go za stanik, spuściła oczy i zarumieniła się.

"Otom podły - pomyślał Wokulski. - I, ja taką kobietę podejrzywałem... Ach, nędznik..."

Kiedy wrócił do siebie i wpadł do sklepu, był tak rozpromieniony, że pan Ignacy nieledwie przeraził się.

- Co tobie? - zapytał

- Powinszuj mi. Jestem narzeczonym panny Łęckiej.

Ale Rzecki, zamiast winszować, mocno pobladł.

- Miałem list od Mraczewskiego - rzekł po chwili. - Suzin, jak wiesz, jeszcze w lutym wysłał go do Francji...

- Więc?... - przerwał Wokulski.

- Ano pisze mi teraz z Lyonu, że Ludwik Stawski żyje i mieszka w Algierze, tylko pod nazwiskiem Ernesta Waltera. Podobno handluje winem. Przed rokiem ktoś go widział.

- Sprawdzimy to - odpowiedział Wokulski i spokojnie zanotował w katalogu adres.

Odtąd każde popołudnie spędzał u państwa Łęckich, a nawet raz na zawsze został zaproszony na obiady.

W kilka dni przyszedł do niego Rzecki.

- Cóż, mój stary! - zawołał Wokulski. - Jakże tam z księciem Lulu?... Gniewasz się jeszcze na Szlangbauma, że śmiał sklep kupić?..

Stary subiekt pokręcił głową.

- Pani Stawska - rzekł - już nie jest u Milerowej... trochę chora... Mówi coś o wyjeździe z Warszawy... Może byś tam wstąpił?..

- Prawda, trzeba by zajść - odparł pocierając czoło. - Mówiłeś z nią o sklepie?

- Owszem; pożyczyłem jej nawet tysiąc dwieście rubli.

- Z twoich biednych oszczędności?... Dlaczegóż nie ma pożyczyć ode mnie?...

Rzecki nic nie odpowiedział.

Przed drugą Wokulski pojechał do pani Stawskiej. Była bardzo mizerna; jej słodkie oczy wydawały się jeszcze większe i jeszcze smutniejsze.

- Cóż to - spytał Wokulski - słyszałem, że pani chce opuścić Warszawę?

- Tak, panie... Może mąż powróci... - dodała stłumionym głosem.

- Mówił mi o tym Rzecki i pozwoli pani, że postaram się o sprawdzenie tej wiadomości...

Pani Stawska zalała się łzami.

- Pan taki dobry dla nas - szepnęła. - Niechże pan będzie szczęśliwy...

O tej samej godzinie pani Wąsowska była z wizytą u panny Izabeli i dowiedziała się od niej, że Wokulski został przyjęty.

- Nareszcie..: - rzekła pani Wąsowska. - Myślałam, że nigdy się nie zdecydujesz.

- Więc zrobiłam ci przyjemną niespodziankę - odpowiedziała panna Izabela. - W każdym razie jest to idealny mąż: bogaty, nietuzinkowy, a nade wszystko człowiek gołębiego serca. Nie tylko nie jest zazdrosny, ale nawet przeprasza za podejrzenia. To mnie ostatecznie rozbroiło... Prawdziwa miłość ma zawiązane oczy. Nic mi nie odpowiadasz?

- Myślę...

- O czym?

- Że jeżeli on tak zna ciebie, jak ty jego, to oboje bardzo się nie znacie.

- Tym przyjemniej zejdzie nam miodowy miesiąc.

- Życzę...

ROZDZIAŁ CZTERNASTY: POGODZENI MAŁŻONKOWIE

Od połowy kwietnia pani baronowa Krzeszowska nagle zmieniła tryb życia. Do tej pory dzień schodził jej na wymyślaniu Mariannie, na pisywaniu listów do lokatorów o to, że schody są zaśmiecone, na wypytywaniu stróża: czy nie zdarł kto karty wynajmu mieszkań? czy praczki z paryskiej pralni nocują w domu albo czy rewirowy nie miał do niej jakiego interesu? Nie zapominała przy tym upominać go, ażeby w razie zgłoszenia się konkurenta o lokal na trzecim piętrze bacznie przypatrywał się, szczególniej ludziom młodym, a gdyby to byli studenci, ażeby odpowiadał, że lokal już wynajęty.
- Uważaj, Kacprze, co ci mówię - kończyła - bo stracisz miejsce, jeżeli mi tu zakradnie się jaki student. Mam już dosyć tych nihilistów, rozpustników, ateuszów, którzy znoszą trupie główki.
Po każdej takiej konferencji stróż wróciwszy do swej komórki rzucał czapkę na stół i wykrzykiwał:
- Albo się, psia mać, powieszę, albo dłużej nie wytrzymam z taką panią! W piątek na targ - idź, stróżu, do apteki po dwa razy na dzień lataj, do magla drałuj i choroba wie, gdzie nie chodź. Przecie już mi zapowiedziała, że będę z nią jeździł na cmentarz do porządkowania grobu!... Słychane to rzeczy na świecie?... Odejdę stąd na święty Jan, żebym miał dać komu dwadzieścia rubli odstępnego...
Ale od połowy kwietnia pani baronowa złagodniała.
Złożyło się na to kilka okoliczności.
Przede wszystkim któregoś dnia odwiedził ją nieznany adwokat z poufnym zapytaniem, czy pani baronowa nie wie czego o funduszach pana barona... Gdyby zaś takowe gdzie istniały, o czym zresztą wątpi adwokat, należałoby je wskazać dla uwolnienia pana barona od kompromitacji. Wierzyciele jego bowiem gotowi są chwycić się ostatecznych środków.
Pani baronowa solennie upewniła adwokata, że jej małżonek, baron, pomimo całej przewrotności i udręczeń, jakie jej zadał, żadnych funduszów nie posiada. W tym miejscu dostała spazmów, co skłoniło adwokata do szybkiego odwrotu. Gdy zaś kapłan sprawiedliwości opuścił jej mieszkanie, nader szybko powróciła do zdrowia i zawoławszy Marianny rzekła do niej niezwykle spokojnym głosem:
- Trzeba by, moja Marysiu, założyć świeże firanki, bo mam przeczucie, że nieszczęśliwy nasz pan nawróci się...
W parę dni później był u baronowej książę w swojej własnej osobie. Zamknęli się oboje w najodleglejszym pokoju i mieli długą konferencję, w trakcie której pani parę razy zaniosła się od płaczu, a raz zemdlała. O czym by jednak mówili, tego nie wie nawet Marianna. Tylko po odejściu księcia baronowa kazała natychmiast wezwać pana Maruszewicza, a gdy przybiegł, rzekła dziwnie łagodnym głosem, przeplatając mowę westchnieniami :
- Zdaje mi się, panie Maruszewicz, że mój zbłąkany mąż nareszcie się opamięta... Bądź więc łaskaw, jedź do miasta i kup męski szlafrok i parę

pantofli. Weź na twoją miarę, bo wy obaj, biedacy, jesteście jednakowo szczupli...

Pan Maruszewicz ruszył brwiami, ale wziął pieniądze i zrobił sprawunek. Baronowej cena czterdziestu rubli za szlafrok i sześciu za pantofle wydała się nieco wysoką, ale pan Maruszewicz odpowiedział, że nie zna się na cenie, że kupował w pierwszorzędnych magazynach, i już nie mówiono o tym.

Znowu po kilku dniach do mieszkania pani Krzeszowskiej zgłosiło się dwu Żydków zapytując, czy pan baron jest w domu... Pani baronowa, zamiast wpaść na nich z krzykiem, jak to zwykle robiła, kazała im bardzo spokojnym tonem wyjść za drzwi. Potem zawoławszy Kacpra rzekła

- Zdaje mi się, kochany Kacprze, że nasz biedny pan sprowadzi się do nas dziś albo jutro. Trzeba położyć sukno na schodach od drugiego piętra... Tylko uważaj, moje dziecko, ażeby nie pokradli prętów... I sukno trzeba co kilka dni trzepać...

Od tej chwili już nie wymyślała Mariannie, nie pisywała listów, nie dręczyła stróża... Tylko po całych dniach, z rękoma założonymi na piersi, chodziła po swym rozległym mieszkaniu, blada, cicha, zirytowana.

Na turkot dorożki, zatrzymującej się przed domem, biegła do okna; na odgłos dzwonka rzucała się do progu i spoza przymkniętych drzwi salonu nasłuchiwała, kto rozmawia z Marianną.

Po paru dniach takiego trybu życia zrobiła się jeszcze bledszą i jeszcze bardziej rozdrażnioną. Biegała coraz prędzej po coraz mniejszej przestrzeni, często upadała na krzesło lub fotel z biciem serca, a nareszcie położyła się do łóżka.

- Każ zdjąć sukno ze schodów - rzekła do Marianny schrypniętym głosem. - Panu znowu musiał jakiś łotr pożyczyć pieniędzy...

Ledwie to powiedziała, energicznie zadzwoniono do drzwi. Pani baronowa posłała naprzód Mariannę, a sama tknięta przeczuciem, pomimo bólu głowy, zaczęła się ubierać. Wszystko leciało jej z rąk.

Tymczasem Marianna, uchyliwszy drzwi zaczepione na łańcuch, zobaczyła w sieni jakiegoś bardzo dystyngowanego jegomościa z jedwabnym parasolem i ręczną walizką. Za jegomościem, który pomimo starannie ogolonych wąsów i bujnych faworytów wyglądał nieco na kamerdynera, stali tragarze z kuframi i tłomokami.

- A co to?.. - machinalnie zapytała służąca.

- Otworzyć drzwi, obie połowy!... - odparł jegomość z walizką. Rzeczy pana barona i moje...

Drzwi otworzyły się, jegomość kazał tragarzom złożyć kufry i tłomoki w przedpokoju i zapytał:

- Gdzie tu gabinet jaśnie pana?...

W tej chwili przybiegła baronowa w nie zapiętym szlafroku, z włosami w nieładzie.

- Co to?... - zawołała wzruszonym głosem. - Ach, to ty, Leonie... Gdzie pan?..

- Zdaje się, że jaśnie pan u Stępka... Chciałbym złożyć rzeczy, ale nie widzę ani gabinetu pana, ani pokoju dla mnie.

- Zaczekajże mówiła gorączkowo baronowa. - Zaraz Marianna wyniesie się z kuchni, to ty tam...

- Ja w kuchni?... - spytał jegomość nazwany Leonem. - Chyba jaśnie pani żartuje. Według umowy z panem mam mieć swój pokój...

Pani baronowa zmieszała się.

- Co ja mówię!... - rzekła. - To wiesz, mój Leonie, wprowadź się tymczasem na trzecie piętro, do mieszkania po studentach...

- Tak to rozumiem - odparł Leon. - Jeżeli tam jest z parę pokoików, to mogę nawet mieszkać z kucharzem...

- Jak to z kucharzem?

- Bo przecie jaśnie państwo bez kucharza obejść się nie mogą. Bierzcie te rzeczy na górę - zwrócił się do tragarzy.

- Co wy robicie?... - krzyknęła baronowa widząc, że zabierają wszystkie kufry i tłomoki.

- Biorą moje rzeczy. Nieście! - komenderował Leon.

- A gdzież pana barona?...

- O, proszę... - odparł służący podając Mariannie ręczną walizkę i parasol.

- A pościel?... garderoba?... sprzęty?... - zawołała pani łamiąc ręce.

- Niechże jaśnie pani nie robi skandalu przy służbie!... - zgromił ją Leon. - Wszystkie te rzeczy jaśnie pan powinien mieć w domu...

- Prawda... prawda!... - szepnęła upokorzona baronowa.

Zainstalowawszy się na górze, gdzie mu jeszcze musiano zanieść łóżko, stół, parę krzeseł i miednicę z dzbankiem wody, pan Leon ubrał się we frak, biały krawat, świeżą koszulę (trochę ciasną na niego), wrócił do pani baronowej i poważnie zasiadł w przedpokoju.

- Za pół godziny - rzekł do Marianny spoglądając na złoty zegarek - jaśnie pan powinien być, bo co dzień sypia od godziny czwartej do piątej. - Cóż, nudno tu pannie? - dodał. - No, ale ja pannę rozruszam...

- Marianno!... Marianno, chodź tutaj!... - zawołała ze swego pokoju baronowa.

- Cóż panna zaraz tak lecisz? - zapytał Leon. - Ucieknie starej interes czy co?... Niech trochę poczeka...

- Kiedy boję się, bo strasznie zła - szepnęła Marianna wydzierając mu się z rąk.

- Zła, boś ją sama panna zepsuła. Im tylko pozwolić, toby zaraz człowiekowi kołki na łbie ciosali... Z baronem będziesz panna miała lżej, bo to koneser... Ale ubrać się panna musisz inaczej, nie tak po tercjarsku. My nie lubimy zakonnic.

- Marysia!... Marysia!...

- No, to idź już panna, tylko powoli - upominał ją Leon.

Wbrew przewidywaniom Leona baron przybył do swej małżonki nie o czwartej, ale dopiero około piątej.

Był ubrany w nowy tużurek i świeży kapelusz, w ręku trzymał laseczkę ze srebrną końską nogą. Miał minę spokojną, ale pod tymi pozorami wierny sługa dostrzegł mocne wzruszenie. Już w przedpokoju binokle dwa razy spadły baronowi, a lewa powieka drgała mu bez porównania częściej aniżeli przed pojedynkiem albo nawet przy sztosie.

- Zamelduj mnie pani baronowej - rzekł pan Krzeszowski nieco przytłumionym głosem.

Leon otworzył drzwi salonu i prawie groźnie zawołał:

- Jaśnie pan!...

A gdy baron wszedł, zamknął za nim drzwi, odprawił Mariannę, która przybiegła z kuchni, i - sam zaczął podsłuchiwać.

Pani baronowa, siedząca z książką na kanapie, na widok męża powstała. Gdy baron złożył jej głęboki ukłon, chciała odkłonić się, ale znowu upadła na kanapę.

- Mężu mój... - szepnęła zasłaniając twarz rękoma. - O! Co ty robisz...

- Przykro mi bardzo - rzekł baron kłaniając się po raz drugi - że składam pani uszanowanie w takich warunkach...

- Ja wszystko gotowa jestem przebaczyć, jeżeli...

- Jest to bardzo zaszczytne dla nas obojga - przerwał baron - ponieważ i ja gotów jestem zapomnieć pani wszystko, co dotyczy mojej osoby. Na nieszczęście, raczyła pani wprowadzić w grę moje nazwisko, które lubo w historii świata nie odznaczyło się żadną niezwykłością, zasługuje przecież na to, aby je oszczędzano.

- Nazwisko?... - powtórzyła baronowa.

- Tak, pani - odparł baron kłaniając się po raz trzeci, ciągle z kapeluszem w ręku. - Daruje pani, że dotknę tej niemiłej sprawy, ale... Od pewnego czasu nazwisko moje figuruje we wszystkich sądach... W tej chwili na przykład podoba się pani mieć aż trzy procesy: dwa z lokatorami, a jeden z jej byłym adwokatem, który nie uchybiając mu, jest skończonym łotrem.

- Ależ, mężu! - zawołała baronowa zrywając się z kanapy. - Wszakże w tej chwili ty masz jedynaście procesów o trzydzieści tysięcy rubli długów...

- Przepraszam!... Mam siedemnaście procesów o trzydzieści dziewięć tysięcy rubli długów, jeżeli mnie pamięć nie myli. Ale to są procesy o długi. Między nimi nie ma ani jednego, który wytoczyłbym uczciwej kobiecie o kradzież lalki... Między moimi grzechami nie ma ani jednego anonimu, który by spotwarzał niewinną, a spomiędzy moich wierzycieli ani jeden nie musiał uciekać z Warszawy wygnany przez oszczerstwa, jak się to zdarzyło niejakiej pani Stawskiej dzięki troskliwości pani baronowej Krzeszowskiej...

- Stawska była twoją kochanką...

- Przepraszam. Nie twierdzę, że nie starałem się o jej względy, ale przysięgam na honor, że jest to najszlachetniejsza kobieta, jaką spotkałem w życiu. Niech pani nie obraża ten superlatyw zastosowany do osoby obcej i niech pani raczy mi wierzyć, że pani Stawska jest kobietą, która nawet moje... moje starania zostawiała bez odpowiedzi. A ponieważ, pani baronowo, ja mam honor znać przeciętne kobiety, więc... moje świadectwo coś znaczy...

- W rezultacie czego chcesz, mój mężu? - zapytała pani baronowa już pewnym głosem.

- Chcę... bronić nazwiska, które oboje nosimy. Chcę... nakazać w tym domu szacunek dla baronowej Krzeszowskiej. Chcę zakończyć procesy i dać pani opiekę... Dla dopięcia tego celu zmuszony jestem prosić panią o gościnność. Gdy zaś ureguluję stosunki...

- Opuścisz mnie?

- Zapewne.

- A twoje długi?

Baron powstał z krzesła.

- Moje długi niech panią nie interesują - odparł tonem głębokiego przekonania.
- Jeżeli pan Wokulski, zwyczajny szlachcic, mógł w ciągu paru lat zrobić miliony, człowiek z moim nazwiskiem potrafi spłacić czterdzieści tysięcy długów. I ja pokażę, że umiem pracować...
- Jesteś chory, mój mężu - odparła baronowa. - Przecie wiesz, że pochodzę z rodziny, która zrobiła swój majątek, i dlatego mówię ci, że ty nie potrafisz zapracować nawet na własne utrzymanie... Ach, nawet na wykarmienie najuboższego człowieka!...
- Zatem pani odrzucasz moją opiekę, którą ofiaruję jej pod wpływem próśb księcia i dbałości o honor nazwiska?
- Ale owszem!... Zacznijże się nareszcie mną opiekować, bo dotychczas...
- Co do mnie - przerwał baron z nowym ukłonem - będę się starał zapomnieć o przeszłości...
- Zapomniałeś o niej dawno... Nie byłeś nawet na grobie naszej córki...
W taki sposób baron zainstalował się w mieszkaniu swojej żony. Przerwał procesy z lokatorami, byłemu adwokatowi baronowej oświadczył, że każe mu dać baty, jeżeli kiedykolwiek wyrazi się bez szacunku o swojej klientce, do pani Stawskiej napisał list z przeprosinami i posłał jej (aż pod Częstochowę) ogromny bukiet. Nareszcie przyjął kucharza i wraz ze swoją małżonką złożył wizyty rozmaitym osobom z towarzystwa, powiedziawszy pierwej Maruszewiczowi, który ogłosił to po mieście, że jeżeli która z dam nie odda im rewizyty, wówczas baron od jej męża zażąda satysfakcji.
W salonach zgorszono się dzikimi pretensjami barona; rewizyty jednak złożyli państwu Krzeszowskim wszyscy i prawie wszyscy zawarli z nimi bliższe stosunki.
W zamian pani baronowa, co z jej strony było dowodem nadzwyczajnej delikatności, nic nikomu nie mówiąc spłacała długi męża. Niektórym z wierzycieli robiła impertynencje, wobec innych płakała, prawie wszystkim odtrącała jakieś sumy na rachunek lichwiarskich procentów, irytowała się, ale - płaciła.
Już w osobnej szufladzie jej biurka leżało kilka funtów mężowskich weksli, kiedy zdarzył się następny wypadek.
Sklep Wokulskiego w lipcu miał objąć w posiadanie Henryk Szlangbaum; a ponieważ nowy nabywca nie życzył sobie przejmować ani długów, ani wierzytelności dawnej firmy, więc pan Rzecki na gwałt regulował rachunki. Między innymi posłał notatkę na pareset rubli baronowi Krzeszowskiemu, z prośbą o rychłą odpowiedź.
Notatka, jak wszystkie tego rodzaju dokumenta, dostała się w ręce baronowej, która zamiast zapłacić, odpisała Rzeckiemu list impertynencki, gdzie nie brakło wzmianki o szachrajstwie, o nieuczciwym kupnie klaczy, i tak dalej.
Akurat we dwadzieścia cztery godzin po wysłaniu tego listu w lokalu państwa Krzeszowskich zjawił się Rzecki oświadczając, że chce się widzieć z baronem. Baron przyjął go bardzo życzliwie, choć nie ukrywał zdziwienia spostrzegłszy, że były sekundant jego przeciwnika jest mocno rozdrażniony.
- Przychodzę do pana z pretensją - zaczął stary subiekt. - Onegdaj ośmieliłem się przysłać panu rachunek...

- Ach, tak... jestem coś winien panom... Ileż to wynosi?
- Dwieście trzydzieści sześć rubli kopiejek trzynaście...
- Jutro postaram się zaspokoić panów...
- To nie wszystko - przerwał mu Rzecki. - Wczoraj bowiem od szanownej małżonki pańskiej otrzymałem ten oto list...
Baron przeczytał podany mu papier, zamyślił się i odparł:
- Przykro mi bardzo, że baronowa użyła tak nieparlamentarnych wyrazów, ale... co do tej klaczy - to ma rację... Pan Wokulski (czego mu zresztą nie mam za złe) dał mi istotnie za klacz sześćset, a wziął kwit na osiemset rubli.
Rzecki pozieleniał z gniewu.
- Panie baronie, boleję nad tym wypadkiem, ale... jeden z nas dwu jest ofiarą mistyfikacji... grubej mistyfikacji, panie!... A oto dowód...
Wydobył z kieszeni dwa arkusze i jeden z nich podał Krzeszowskiemu. Baron rzucił okiem i zawołał:
- Więc to ten łotr Maruszewicz?... Ależ honorem ręczę, że oddał mi tylko sześćset rubli i jeszcze dużo mówił o interesowności pana Wokulskiego...
- A to?... - spytał Rzecki podając drugi papier.
Baron obejrzał dokument z góry na dół i z dołu do góry. Usta mu pobladły.
- Teraz wszystko rozumiem - rzekł. - Ten kwit jest sfałszowany, a sfałszowany przez Maruszewicza. Ja nie pożyczałem pieniędzy od pana Wokulskiego!...
- Niemniej jednak pani baronowa nazwała nas szachrajami...
Baron podniósł się z fotelu.
- Wybacz pan - rzekł. - W imieniu mojej żony uroczyście przepraszam i niezależnie od satysfakcji, jaką gotów jestem dać panom, zrobię, co potrzeba, ażeby naprawić krzywdę wyrządzoną panu Wokulskiemu... Tak, panie. Złożę wizyty wszystkim moim przyjaciołom i oświadczę im, że pan Wokulski jest dżentelmenem, że zapłacił za klacz osiemset rubli i że obaj staliśmy się ofiarami intryg tego łotra Maruszewicza: Krzeszowscy, panie... panie...
- Rzecki.
- Szanowny panie Rzecki, Krzeszowscy nigdy i nikogo nie oczerniali. Mogli błądzić, ale w dobrej wierze, panie...
- Rzecki.
- Szanowny panie Rzecki.
Na tym zakończyła się rozmowa; stary subiekt bowiem pomimo nalegań barona nie chciał ani słuchać usprawiedliwień, ani nawet widzieć się z panią baronową.
Baron odprowadziwszy Rzeckiego do drzwi, nie mogąc wytrzymać, odezwał się do Leona:
- Ci kupcy to jednak honorowi ludzie.
- Mają gotówkę, jaśnie panie, mają kredyt - odparł Leon.
- Głupcze jakiś!... więc my już nie mamy honoru dlatego, że nie mamy kredytu?...
- Mamy, jaśnie panie, ale na inszy sposób.
- Spodziewam się, że nie na kupiecki sposób!... - odparł dumnie baron.
I kazał sobie podać garnitur wizytowy.
Prosto od barona Rzecki udał się do Wokulskiego i treściwie opowiedział mu o

nadużyciach Maruszewicza, o skrusze barona, a nareszcie oddał sfałszowane dokumenta radząc wytoczenie procesu.

Wokulski słuchał go poważnie, nawet kiwał głową, ale patrzył nie wiadomo gdzie i myślał nie wiadomo o czym.

Stary subiekt zmiarkowawszy, że nie ma tu co robić dłużej, pożegnał swego Stacha i rzekł na odchodne:

- Widzę, że jesteś diabelnie zajęty, więc najlepiej zrobisz, jeżeli od razu oddasz sprawę adwokatowi.

- Dobrze... dobrze... - odparł Wokulski nie zdając sobie sprawy z tego, co mówi pan Ignacy. Właśnie w tej chwili myślał o ruinach zasławskiego zamku, wśród których pierwszy raz zobaczył łzy w oczach panny Izabeli.

"Jaka ona szlachetna!... Jaka delikatność uczuć!... Jeszcze nieprędko poznam wszystkie skarby tej pięknej duszy..."

Po dwa razy dziennie bywał u pana Łęckiego, a jeżeli nie u niego, to przynajmniej w tych towarzystwach, gdzie mógł spotkać się z panną Izbelą, patrzeć na nią i zamienić choć parę wyrazów. To mu na dziś wystarczało, a o przyszłości nie śmiał myśleć.

"Zdaje mi się, że umrę u jej nóg... - mówił sobie. - No i co z tego?... Umrę patrząc na nią i może przez całą wieczność będę ją widział. Któż wie, czy życie przyszłe nie zamyka się w ostatnim uczuciu człowieka?...

I powtarzał za Mickiewiczem:

"A po dniach wielu czy po latach wielu, kiedy mi każą mogiłę porzucić, wspomnisz o twoim sennym przyjacielu i spłyniesz z nieba, aby go ocucić... Znowu mnie złożysz na twym łonie białym... znowu mnie ramię kochane otoczy... Zbudzę się - myśląc, że chwilkę drzemałem, całując lica, patrząc w twoje oczy..."

W kilka dni wpadł do niego baron Krzeszowski.

- Byłem już u pana dwa razy! - zawołał majstrując około binokli, które, zdaje się, stanowiły jedyny kłopot jego życia.

- Pan? spytał Wokulski. I nagle przypomniał sobie opowiadanie Rzeckiego i to, że na swym stole znalazł wczoraj dwa bilety barona.

- Domyśla się pan, z czym przychodzę? - mówił baron. - Panie Wokulski, czy mam przeprosić pana za mimowolną krzywdę?...

- Ani słowa więcej, baronie!... - przerwał Wokulski ściskając go. - Drobna to sprawa. Zresztą gdybym nawet utargował na pańskiej klaczy dwieście rubli, czy potrzebowałbym się z tym kryć?...

- To prawda!... - odparł baron uderzając się w czoło. - Że też mi wcześniej nie przyszła podobna myśl... *A propos* zarobku, czy nie wskazałbyś mi pan sposobu szybkiego zbogacenia się? Potrzebuję na gwałt stu tysięcy rubli w ciągu roku...

Wokulski uśmiechnął się.

- Śmiejesz się pan, mój kuzynie (bo sądzę, że już mogę pana tak nazywać?). Śmiejesz się, a przecież sam na uczciwej drodze zdobyłeś miliony w ciągu dwu lat?...

- Niecałych - dodał Wokulski. - Ale to majątek nie wypracowany, tylko wygrany. Wygrałem, kilkanaście razy z rzędu dublując stawkę jak szuler, a cała moja zasługa polega na tym, że grałem nie fałszowanymi kartami.

- Więc znowu szczęście! - krzyknął baron obrywając binokle. - A ja, mój kuzynie, ani za grosz nie mam szczęścia. Pół majątku przegrałem, drugą połowę zjadły kobietki i - choć w łeb sobie strzel!...

Nie, ja stanowczo nie mam szczęścia!... Oto i teraz. Myślałem, że osioł Maruszewicz zbałamuci baronowę... Dopieroż miałbym spokój w domu!... Jaka byłaby ona pobłażliwa na moje drobne grzechy... Ale i cóż?... Baronowa ani myśli mi się sprzeniewierzyć, a tego błazna czekają roty aresztanckie... Proszę cię, wsadź go tam koniecznie, bo jego łotrostwa nawet mnie już zaczynają nudzić.

A więc - zakończył - między nami zgoda. Dodam tylko, że odwiedziłem wszystkich znajomych, do których mogły dojść moje nieostrożne słowa o klaczy, i najskrupulatniej rzecz wyjaśniłem... Maruszewicz niech idzie du więzienia; tam dla niego najwłaściwsze miejsce, a ja na jego nieobecności zyskam parę tysięcy rubli rocznie... Byłem także u pana Tomasza i u panny Izabeli i również wytłomaczyłem nasze nieporozumienie... Strach, jak ten łotr umiał ze mnie wyciskać pieniądze! Choć już od roku nic nie mam, on jednak zawsze ode mnie pożyczał. Genialny hultaj!... Czuję, że jeżeli nie przeflancują go do ciężkich robót, nie będę umiał uwolnić się od niego. Do widzenia, kuzynie.

Nie upłynęło dziesięć minut po wyjściu barona, kiedy służący zameldował Wokulskiemu jakiegoś pana, który koniecznie chce się widzieć, ale nie mówi swojego nazwiska.

"Czyżby Maruszewicz?..." - pomyślał Wokulski.

Istotnie, wszedł Maruszewicz, blady, z pałającymi oczyma.

- Panie! - rzekł ponurym głosem, zamykając drzwi gabinetu. - Widzisz przed sobą człowieka, który postanowił...

- Cóżeś pan postanowił?

- Postanowiłem zakończyć życie... Ciężka to chwila, ale trudno. Honor...

Odpoczął i mówił dalej wzburzony:

- Mógłbym wprawdzie pierwej zabić pana, który jesteś przyczyną moich nieszczęść...

- O, nie rób pan ceremonii - rzekł Wokulski.

- Pan żartuje, a ja doprawdy mam broń przy sobie i jestem gotów...

- Sprobuj no pan swojej gotowości.

- Panie! tak nie przemawia się do człowieka stojącego nad grobem. Jeżelim przyszedł, to tylko, ażeby dać panu dowód, że pomimo błędów mam serce szlachetne.

- I dlaczegóż to stajesz pan nad grobem? - spytał Wokulski.

- Ażeby ocalić honor, który chcesz mi pan wydrzeć

- O!... zachowajże pan ten drogi skarb - odparł Wokulski i wydobył z biurka fatalne dokumenta. - Czy o te papiery panu chodzi?

- Pan pytasz?... pan naigrawasz się z mojej rozpaczy!

- Uważa pan, panie Maruszewicz - mówił Wokulski przeglądając papiery - mógłbym panu w tej chwili wypowiedzieć kilka morałów albo nawet przez pewien czas zostawić pana w niepewności. Ale że obaj jesteśmy już pełnoletni, więc...

Rozdarł papiery i kawałki ich oddał Maruszewiczowi.

- Więc niech pan zachowa sobie to na pamiątkę.

Maruszewicz ukląkł przed nim.

- Panie! - zawołał - darowałeś mi życie... Wdzięczność moja...

- .Nie bądź pan śmieszny - przerwał mu Wokulski. - O życie pańskie byłem zupełnie spokojny, tak jak jestem pewny, że kiedyś dostaniesz się do więzienia. Cała rzecz, że ja nie chcę panu ułatwiać tej podróży.

- O, pan jesteś nielitościwy! - odparł Maruszewicz, machinalnie otrzepując spodnie. - Jedno życzliwsze słowo, jeden cieplejszy uścisk ręki może wprowadziłby mnie na nowe tory. Ale pan nie możesz się na to zdobyć...

- No, żegnam pana, panie Maruszewicz. Niech tylko panu nie przyjdzie koncept podpisać kiedy mego nazwiska, bo wówczas... Rozumie pan?

Maruszewicz wyszedł obrażony.

"To dla ciebie, dla ciebie, ty ukochana, ubył dziś jeden więzień. Straszna to rzecz uwięzić kogoś, nawet złodzieja i oszczercę" - pomyślał Wokulski.

Przez chwilę jeszcze toczyła się w nim walka. Raz - wyrzucał sobie, że mogąc uwolnić świat od hultaja nie zrobił tego, to znowu myślał, co działoby się z nim, gdyby tak jego samego uwięziono, oderwano od panny Izabeli na całe miesiące, może na lata.

"Cóż to za okropność już nigdy jej nie zobaczyć... Kto zresztą wie, czy miłosierdzie nie jest najlepszą sprawiedliwością?... Jaki ja się robię sentymentalny!..."

ROZDZIAŁ PIĘTNASTY: TEMPUS FUGIT, AETERNITAS MANET

Jakkolwiek sprawa z Maruszewiczem załatwiła się we cztery oczy, jednak wieść o niej rozeszła się... Wokulski powiedział o tym Rzeckiemu i kazał wykreślić z księgi rzekomy dług barona. Maruszewicz zaś opowiedział baronowi dodając, że baron już nie powinien gniewać się na niego, ponieważ dług został umorzony a on, Maruszewicz, ma zamiar poprawić się.

- Czuję - mówił wzdychając - że byłbym inny, gdybym miał choć ze trzy tysiące rubli rocznie... Nikczemny świat, na którym tacy jak ja ludzie muszą się marnować!...

- No, daj spokój, Maruszewicz - uspakajał go baron. - Kocham cię, ale przecie wszyscy wiedzą, że jesteś hultaj.

- Zaglądałeś, baron, w moje serce?... wiesz, jakie tam uczucia?... O, gdyby istniał jakiś trybunał, który umie czytać w duszy człowieka, zobaczylibyśmy, kto z nas lepszy: ja czy ci, co mnie sądzą i potępiają!..:

W rezultacie tak Rzecki, jak baron, jak książę i paru hrabiów, którzy dowiedzieli się o "nowym figlu" Maruszewicza, wszyscy przyznawali, że Wokulski postąpił szlachetnie, ale nie po męsku.

- To bardzo piękny czyn - mówił książę - ale... nie w stylu Wokulskiego. On mi wyglądał na jednego z tych ludzi, którzy w społeczeństwie stanowią siłę tworzącą rzeczy dobre, a karcącą łotrów. Tak jak postąpił Wokulski z Maruszewiczem, mógłby zrobić każdy ksiądz... Obawiam się, że ten człowiek traci energię.

W rzeczywistości Wokulski nie stracił energii, ale zmienił się pod wieloma względami. Sklepem na przykład nie zajmował się, nawet czuł do niego wstręt, ponieważ tytuł kupca galanteryjnego szkodził mu w oczach panny Izabeli. Natomiast zaczął goręcej zajmować się spółką do handlu z cesarstwem, ponieważ ona przynosiła ogromne dochody, a tym samym zwiększała majątek, który chciał ofiarować pannie Izabeli.

Prawie od chwili kiedy oświadczył się i został przyjęty, opanowała go dziwna rzewność i współczucie. Zdawało mu się, że nie tylko nie umiałby nikomu zrobić przykrości, ale nawet sam nie umiałby się bronić przeciw krzywdom, byle te nie dotykały panny Izabeli.

Natomiast czuł niepokonaną potrzebę robienia dobrze innym. Oprócz zapisu dla Rzeckiego, przeznaczył Lisieckiemu i Klejnowi, swoim byłym subiektom, po cztery tysiące rubli, tytułem wynagrodzenia szkód, jakie wyrządził im sprzedając sklep Szlangbaumowi. Przeznaczył również około dwunastu tysięcy rubli na gratyfikacje dla inkasentów, woźnych, parobków i furmanów. Węgiełkowi nie tylko sprawił huczne wesele, ale jeszcze do sumy obiecanej młodemu małżeństwu dołożył kilkaset rubli. Ponieważ w tym czasie furmanowi Wysockiemu urodziła się córka, więc trzymał ją do chrztu; gdy zaś sprytny ojciec dał dziecku imię Izabeli, Wokulski złożył dla niej pięćset rubli na posag.

Imię to było mu bardzo drogie. Nieraz, gdy siedział samotny, brał papier i ołówek i bez końca pisał: Izabela... Iza... Bela... a potem palił, ażeby nazwisko ukochanej nie wpadło w obce ręce. Miał zamiar kupić pod Warszawą mały folwark, zbudować willę i nazwać ją Izabelinem. Przypomniał sobie, że w czasie jego wędrówek po górach uralskich pewien uczony, który znalazł nowy minerał, radził się: jak by go nazwać? I wyrzucał sobie, że nie znając wówczas panny Izabeli, nie wpadł jednakże na pomysł nazwania go izabelitem.

Nareszcie przeczytawszy w gazetach o znalezieniu nowej planetoidy, której znalazca również kłopotał się o danie jej nazwiska, chciał przeznaczyć dużą nagrodę temu z astronomów, który odkryje nowe ciało niebieskie i nazwie je :Izabelą.

Odurzające przywiązanie do jednej kobiety nie wykluczało jednak myśli o drugiej. Niekiedy przypominał sobie panią Stawską, o której wiedział, że wszystko gotowa była dla niego poświęcić, i czuł jakby wyrzuty sumienia. "No, co ja zrobię?... - mówił. - Com winien, że tę kocham, a tamtą... Gdybyż ona zapomniała o mnie i była szczęśliwą."

Na wszelki sposób postanowił zabezpieczyć jej przyszłość i stanowczo dowiedzieć się o jej mężu.

"Niech przynajmniej nie potrzebuje troszczyć się o jutro... Niechaj ma posag dla dziecka..."

Co kilka dni widywał pannę Izabelę w licznych towarzystwach, otoczoną młodszymi i starszymi ludźmi. Ale już nie raziły go ani umizgi mężczyzn, ani jej spojrzenia i uśmiechy.

"Taką ma naturę - myślał - nie umie ani śmiać się, ani patrzeć inaczej. Jest jak kwiat albo jak słońce, które mimo woli uszczęśliwia wszystkich, dla wszystkich jest piękne."

Pewnego dnia otrzymał telegram z Zasławia wzywający go na pogrzeb prezesowej.

"Zmarła?... - szepnął. - Jaka szkoda tej zacnej kobiety!... Dlaczego ja nie byłem przed jej śmiercią?.. "

Zmartwił się, posmutniał, ale - nie pojechał na pogrzeb staruszki, która dała mu tyle dowodów życzliwości. Nie miał odwagi rozstać się z panną Izabelą nawet na kilka dni...

Już zrozumiał, że nie należy do siebie, że wszystkie jego myśli, uczucia i pragnienia, wszystkie zamiary i nadzieje przykute są do tej jednej kobiety. Gdyby ona umarła, nie potrzebowałby się zabijać; jego dusza sama odleciałaby za nią jak ptak, który tylko chwilę odpoczywa na gałęzi. Zresztą nawet nie mówił z nią o miłości, jak nie mówi się o ciężarze ciała albo o powietrzu, które człowieka napełnia i ze wszystkich stron otacza. Jeżeli w ciągu dnia wypadło mu pomyśleć o czym innym niż o niej, wstrząsał się ze zdumienia jak człowiek, który cudem znalazłby się w nie znanej sobie okolicy.

Nie była to miłość, ale ekstaza.

Pewnego dnia, już w maju, wezwał go pan Łęcki.

- Wyobraź sobie - rzekł do Wokulskiego - musimy jechać do Krakowa. Hortensja jest chora, chce widzieć Belę (zdaje się, że chodzi o zapis), no, a zapewne rada by poznać ciebie... Możesz jechać z nami?...

- Każdej chwili - odparł Wokulski. - Kiedyż to?

- Powinni byśmy jechać dziś, ale zapewne zejdzie do jutra.

Wokulski obiecał być gotowym na jutro. Kiedy pożegnał pana Tomasza i wstąpił do panny Izabeli, dowiedział się od niej, że jest w Warszawie Starski...

- Biedny chłopak! - mówiła śmiejąc się. - Dostał po prezesowej tylko dwa tysiące rubli rocznie i dziesięć tysięcy ciepłą ręką, Radzę mu, ażeby ożenił się bogato, ale on woli jechać do Wiednia, a stamtąd zapewne do Monte Carlo... Mówiłam, ażeby jechał z nami. Będzie weselej, nieprawdaż?...

- Zapewne - odparł Wokulski - tym bardziej że weźmiemy osobny wagon.

- Więc do jutra!

Wokulski załatwił najpilniejsze interesa, na kolei zamówił wagon salonowy do Krakowa, a około ósmej wieczór, wyekspediowawszy swoje rzeczy, był u państwa Łęckich. Wypili herbatę we troje i przed dziesiątą udali się na kolej.

- Gdzież pan Starski? - zapytał Wokulski.

- Czy ja wiem? - odpowiedziała panna Izabela. - Może wcale nie pojedzie... to taki lekkoduch!...

Już siedzieli w wagonie, ale Starskiego jeszcze nie było. Panna Izabela przygryzała usta, co chwilę wyglądając oknem. Nareszcie po drugim dzwonku Starski ukazał się na peronie.

- Tutaj, tutaj!... - zawołała panna Izabela. Ale ponieważ młody człowiek nie dosłyszał jej, więc wybiegł Wokulski i wprowadził go do saloniku.

- Myślałam, że już pan nie przyjdzie - rzekła panna Izabela.

- Niewiele do tego brakowało - odparł Starski witając się z panem Tomaszem. - Byłem u Krzeszowskiego i niech sobie kuzynka wyobrazi, od drugiej po południu do dziewiątej graliśmy...

- I naturalnie przegrał pan?...

- Rozumie się... Szczęście ucieka od takich jak ja... - dodał spoglądając na nią.
Panna Izabela lekko się zarumieniła.

Pociąg ruszył. Starski usiadł po lewej stronie panny Izabeli i zaczął z nią rozmawiać w połowie po polsku, w połowie po angielsku, coraz częściej wpadając w angielszczyznę. Wokulski siedział na prawo od panny Izabeli, nie chcąc jednak przeszkadzać w rozmowie wstał stamtąd i usiadł za panem Tomaszem.

Pan Łęcki, trochę niezdrów, odział się w hawelok, w pled i jeszcze położył kołdrę na nogach. Kazał pozamykać wszystkie okna w wagonie i przyćmić latarnie, które go raziły. Obiecywał sobie, że zaśnie, nawet czuł, że go sen morzy; tymczasem wdał się w rozmowę z Wokulskim i szeroko zaczął mu opowiadać o siostrze Hortensji, która za młodu była do niego bardzo przywiązana, o dworze Napoleona III, który z nim kilka razy rozmawiał, o uprzejmości i miłostkach Wiktora Emanuela i o mnóstwie innych rzeczy.

Wokulski słuchał go uważnie do Pruszkowa. Za Pruszkowem zmęczony i jednostajny głos pana Tomasza zaczął go męczyć. Za to coraz wyraźniej wpadała mu w ucho rozmowa panny Izabeli ze Starskim, prowadzona po angielsku. Usłyszał nawet kilka zdań, które go zainteresowały, i zadał sobie pytanie: czy nie należałoby ostrzec ich, że on rozumie po angielsku?

Już chciał powstać z siedzenia, kiedy wypadkiem spojrzał w przeciwległą szybę wagonu i zobaczył w niej jak w lustrze słabe odbicie panny Izabeli i Starskiego. Siedzieli bardzo blisko siebie, oboje zarumienieni, choć rozmawiali tonem tak lekkim, jakby chodziło o rzeczy obojętne.

Wokulski jednakże spostrzegł, że obojętny ton nie odpowiada treści rozmowy; czuł nawet, że tym swobodnym tonem chcą kogoś w błąd wprowadzić. I w tej chwili; pierwszy raz od czasu jak znał pannę Izabelę, przeleciały mu przez myśl straszne wyrazy: "fałsz!... fałsz!..."

Przycisnął się do ławki wagonu, patrzył w szybę i - słuchał. Zdawało mu się, że każde słowo Starskiego i panny Izabeli pada mu na twarz, na głowę, na piersi jak krople ołowianego deszczu...

Już nie myślał ich ostrzegać, że rozumie, co mówią, tylko słuchał i słuchał...
Właśnie pociąg wyjechał z Radziwiłłowa, a pierwszy frazes, który zwrócił uwagę Wokulskiego, był ten:

- Wszystko możesz mu zarzucić - mówiła panna Izabela po angielsku. - Nie jest młody ani dystyngowany; jest zanadto sentymentalny i czasami nudny, ale chciwy?... Już dosyć, kiedy nawet papo nazywa go zbyt hojnym...
- A sprawa z panem K?... - wtrącił Starski.
- O klacz wyścigową?... - Jak to zaraz znać, że wracasz z prowincji. Niedawno był u nas baron i powiedział, że jeżeli kiedy, to w tej sprawie pan, o którym mówimy, postąpił jak dżentelmen.
- Żaden dżentelmen nie uwolniłby fałszerza, gdyby nie miał z nim jakichś zakulisowych interesów - odparł z uśmiechem Starski.
- A baron ile razy uwalniał go? - spytała panna Izabela.
- I akurat baron ma rozmaite grzeszki, o których wie pan M. Źle bronisz swoich protegowanych, kuzynko - mówił drwiącym tonem Starski.
Wokulski przycisnął się do ławki wagonu, ażeby nie zerwać się i nie uderzyć

Starskiego. Ale pohamował się. "Każdy ma prawo sądzić innych - myślał. - Zresztą zobaczymy, co będzie dalej!..."

Przez kilka chwil słyszał tylko turkot kół i zauważył, że wagon się chwieje. "Nigdy nie czułem takiego chwiania się wagonu" - rzekł do siebie.

- I ten medalion - drwił Starski - jest całym prezentem przedślubnym?... Niezbyt hojny narzeczony: kocha jak trubadur, ale...

- Zapewniam cię - przerwała panna Izabela - że oddałby mi cały majątek...

- Bierzże go, kuzynko, i mnie pożycz ze sto tysięcy... A cóż, znalazła się ta cudowna blaszka?...

- Właśnie że nie, i jestem bardzo zmartwiona. Boże, gdyby on się kiedy dowiedział...

- Czy o tym, że zgubiliśmy jego blaszkę, czy że szukaliśmy medalionu? - szepnął Starski przytulając się do jej ramienia.

Wokulskiemu mgłą zaszły oczy.

"Tracę przytomność?..." - pomyślał chwytając za pas przy oknie. Zdawało mu się, że wagon zaczyna skakać i lada moment nastąpi wykolejenie.

- Wiesz, że jesteś zuchwały!... - mówiła przyciszonym głosem panna Izabela.

- To właśnie stanowi moją siłę -- odparł Starski.

- Zlituj się... Ależ on może spojrzeć!... Znienawidzę cię...

- Będziesz szaleć za mną, bo nikt nie zdobyłby się na to... Kobiety lubią demonów...

Panna Izabela przysunęła się do ojca. Wokulski patrzył w przeciwległą szybę i słuchał.

- Oświadczam ci - mówiła zirytowana - że nie wejdziesz za próg naszego domu... A gdybyś ośmielił się... powiem mu wszystko...

Starski roześmiał się.

- Nie wejdę, kuzynko, dopóki sama mnie nie wezwiesz; jestem zaś pewny, że nastąpi to bardzo prędko. W tydzień znudzi cię ten ubóstwiający mąż i zapragniesz weselszego towarzystwa. Przypomnisz sobie łobuza kuzynka, który ani przez jedną chwilę w życiu nie był poważnym, zawsze dowcipnym, a niekiedy bezczelnie śmiałym... I pożałujesz tego, który zawsze gotów do uwielbiania cię, nigdy nie był zazdrosnym, umiał ustępować innym, szanował twoje kaprysy...

- Wynagradzając sobie na innych drogach - wtrąciła panna Izabela.

- Właśnie!... Gdybym tak nie robił, nie miałabyś mi czego przebaczać i mogłabyś lękać się wymówek z mojej strony...

Nie zmieniając pozycji objął ją prawą ręką, a lewą ściskał jej rączkę, ukrytą pod płaszczykiem.

- Tak, kuzynko - mówił. - Takiej jak ty kobiecie nie wystarczy powszedni chleb szacunku ani pierniczki uwielbień... Tobie niekiedy potrzeba szampana, ciebie musi ktoś odurzyć choćby cynizmem.

- Cynikiem być łatwo...

- Ale nie każdy ośmieli się być nim. Zapytaj tego pana, czy on wpadłby kiedy na myśl, że jego miłosne modlitwy są mniej warte od moich bluźnierstw?..

Wokulski już nie słyszał dalszej rozmowy; uwagę jego pochłonął inny fakt: zmiana, która szybko poczęła odbywać się w nim samym. Gdyby wczoraj powiedziano mu, że będzie niemym świadkiem podobnej rozmowy, nie uwierzyłby; myślałby, że każdy wyraz zabije go albo przyprawi o szaleństwo. Kiedy się to jednak stało, musiał przyznać, że od zdrady, rozczarowania i upokorzeń jest coś gorszego.

Ale co?... Oto - jazda koleją. Jak ten wagon drży... jak on pędzi!...

Drżenie pociągu udziela się jego nogom, płucom, sercu, mózgowi; w nim samym wszystko drży, każda kosteczka, każde włókno nerwowe...

A ten pęd przez pole nie ograniczone niczym, pod ogromnym sklepieniem nieba!... I on musi jechać, nie wiadomo jak jeszcze daleko... może z pięć, może z dziesięć minut!...

Co tam Starski albo i panna Izabela... Jedno warte drugiego!... Ale ta kolej, ach, ta kolej... to drżenie...

Zdawało mu się, że się rozpłacze, że zacznie krzyczeć, że wybije okno i wyskoczy z wagonu... Gorzej. Zdawało mu się, że będzie błagać Starskiego, aby go ratował... Przed czym?... Była chwila, że chciał schować się pod ławkę, prosić obecnych, ażeby na nim usiedli, i tak dojechać do stacji...

Zamknął oczy, zaciął zęby, schwycił się rękoma za frędzle obicia; pot wystąpił mu na czoło i spływał po twarzy, a pociąg drżał i pędził... Nareszcie rozległ się świst jeden... drugi i pociąg zatrzymał się na stacji.

"Jestem ocalony" - pomyślał Wokulski.

Jednocześnie obudził się pan Łęcki.

- Co to za stacja? - spytał Wokulskiego.

- Skierniewice - odpowiedziała panna Izabela.

Konduktor otworzył drzwi. Wokulski zerwał się z siedzenia. Potrącił pana Tomasza, zatoczył się na przeciwną ławkę, potknął się na stopniu i wbiegł do bufetu.

- Wódki!... - zawołał.

Zdziwiona bufetowa podała mu kieliszek. Podniósł go do ust, ale uczuł ściskanie w gardle i nudności i postawił kieliszek nietknięty.

W wagonie Starski rozmawiał z panną Izabelą.

- No, już daruj, kuzynko - rzekł - ale z takim pośpiechem nie wychodzi się z wagonu przy damach.

- Może chory? - odpowiedziała panna Izabela czując jakiś niepokój.

- W każdym razie jest to choroba nie tyle niebezpieczna, ile nie cierpiąca zwłoki... Czy każesz sobie co podać, kuzynko?

- Niech mi dadzą wody sodowej.

Starski poszedł do bufetu; panna Izabela wyglądała oknem. Jej nieokreślony niepokój wzrastał.

"W tym coś jest... - myślała. - Jak on dziwnie wyglądał..."

Wokulski z bufetu poszedł na koniec peronu. Kilka razy odetchnął głęboko, napił się wody z beczki, przy której stała jakaś uboga kobieta i paru Żydów. Powoli oprzytomniał, a spostrzegłszy nadkonduktora rzekł :

- Kochany panie, weź do rąk jaki papier...

- Co to panu?...

- Nic. Weź pan z biura jakiś papier i przed naszym wagonem powiedz, że jest telegram do Wokulskiego.

- Do pana?...

- Tak...

Nadkonduktor mocno się zdziwił, ale poszedł do telegrafu. W parę minut wyszedł z biura i zbliżywszy się do wagonu, w którym siedział pan Łęcki z córką, zawołał:

- Telegram do pana Wokulskiego!...

- Co to znaczy?... pokaż pan... - odezwał się zaniepokojony pan Tomasz.

Ale w tej chwili obok nadkonduktora stanął Wokulski, odebrał papier, spokojnie otworzył go i choć w tym miejscu było zupełnie ciemno, udał, że czyta.

- Co to za telegram?... - zapytał go pan Tomasz.

- Z Warszawy - odparł Wokulski. - Muszę wracać.

- Wraca pan?... - zawołała panna Izabela. - Czy jakie nieszczęście?...

- Nie, pani. Mój wspólnik wzywa mnie.

- Zysk czy strata?... - szepnął pan Tomasz wychylając się przez okno.

- Ogromny zysk - odparł tym samym tonem Wokulski.

- A... to jedź..: - poradził mu pan Tomasz.

- Ale po cóż ma pan tu zostawać? - zawołała panna Izabela.- Musi pan czekać na pociąg, a w takim razie lepiej niech pan jedzie z nami naprzeciw niego. Będziemy jeszcze parę godzin razem...

- Bela wybornie radzi - wtrącił pan Tomasz.

- Nie, panie - odpowiedział Wokulski. - Wolę stąd pojechać na lokomotywie aniżeli tracić parę godzin.

Panna Izabela przypatrywała mu się szeroko otwartymi oczyma. W tej chwili spostrzegła w nim coś zupełnie nowego i - zainteresował ją.

"Jaka to bogata natura!" - pomyślała.

W ciągu paru minut Wokulski bez powodu spotężniał w jej oczach, a Starski wydał się małym i zabawnym.

"Ale dlaczego on zostaje?... Skąd się tu wziął telegram?.. " - mówiła w sobie i po nieokreślonym niepokoju ogarnęła ją trwoga.

Wokulski znowu zwrócił się ku bufetowi, aby znaleźć posługacza, który wyjąłby mu rzeczy, i zetknął się ze Starskim.

- Co panu jest?... - zawołał Starski wpatrując się w niego przy świetle padającym z sali.

Wokulski wziął go pod ramię i pociągnął za sobą wzdłuż peronu.

- Niech pana to nie gniewa, panie Starski, co powiem - rzekł głuchym głosem. - Pan myli się co do siebie... W panu jest tyle demona, ile trucizny w zapałce... I wcale pan nie posiada szampańskich własności... Pan ma raczej własności starego sera, co to podnieca chore żołądki, ale prosty smak może pobudzić do wymiotów... Przepraszam pana...

Starski słuchał oszołomiony. Nic nie rozumiał, a jednak zdawało mu się, że coś rozumie. zaczął przypuszczać, że ma przed sobą wariata.

Odezwał się drugi dzwonek, podróżni tłumem wybiegli z bufetu do wagonów.

- I jeszcze dam panu radę, panie Starski. Przy korzystaniu ze względów płci pięknej lepszą jest tradycyjna ostrożność aniżeli więcej lub mniej demoniczna śmiałość. Pańska śmiałość demaskuje kobiety. A że kobiety nie lubią być demaskowane, więc możesz pan stracić u nich kredyt, co byłoby nieszczęściem i dla pana, i dla pańskich pupilek.

Starski wciąż nie rozumiał, o co chodzi.

- Jeżeli pana czym obraziłem - rzekł - gotów jestem dać satysfakcję...

Zadzwoniono po raz trzeci.

- Panowie, proszę siadać!... - wołali konduktorzy.

- Nie, panie - mówił Wokulski zwracając się z nim do wagonu państwa Łęckich.

- Gdybym czuł potrzebę satysfakcji od pana, już byś nie żył, bez dodatkowych formalności. To raczej pan masz prawo żądać ode mnie satysfakcji, że ośmieliłem się wejść do tego ogródka, gdzie pielęgnujesz swoje kwiaty... Będę w każdym czasie do dyspozycji... Pan wie, gdzie mieszkam?...

Zbliżyli się do wagonu, przy którym już stał konduktor. Wokulski siłą wprowadził Starskiego na stopnie, popchnął go do saloniku, a konduktor zatrzasnął drzwi.

- Cóż to, nie żegnasz się, panie Stanisławie? zapytał zdziwiony pan Tomasz.

- Przyjemnej podróży!... - odparł kłaniając się.

W oknie stanęła panna Izabela. Nadkonduktor świsnął, odpowiedziano mu z lokomotywy.

- *Farawell, miss Iza, farewell*! - zawołał Wokulski.

Pociąg ruszył. Panna Izabela rzuciła się na ławkę naprzeciw ojca; Starski odszedł w drugi kąt saloniku.

"No... no... no!... - mruknął do siebie Wokulski. - Zbliżycie wy się jeszcze przed Piotrkowem..."

Patrzył na odchodzący pociąg i śmiał się.

Został na peronie sam i przysłuchiwał się szumowi odlatującego pociągu; szum niekiedy słabnął, czasem milknął, znowu potężniał i nareszcie ucichł. Potem słyszał stąpanie rozchodzącej się służby, przesuwanie stołków w bufecie; potem w bufecie zaczęły gasnąć światła i ziewający kelner zamknął szklane drzwi, które wyskrzypiały jakiś wyraz.

"Zgubili moją blaszkę szukając medalionu!... - myślał Wokulski. - Ja jestem sentymentalny i nudny... Ona oprócz powszedniego chleba szacunku i pierniczków uwielbień jeszcze musi mieć szampana... Pierniczki uwielbień to dobry dowcip!... Ale jakiego to ona lubi szampana?... Ach, cynizmu!... Szampan cynizmu - także dobry dowcip... No, przynajmniej opłaciła mi się nauka angielskiego..."

Błąkając się bez celu, wszedł między dwa sznury zapasowych wagonów. Przez chwilę nie wiedział: dokąd iść? - i nagle doznał halucynacji. Zdawało mu się, że stoi we wnętrzu ogromnej wieży, która zawaliła się nie wydawszy łoskotu. Nie zabiła go, ale otoczyła ze wszystkich stron wałem gruzów, spośród których nie mógł się wydostać. Nie było wyjścia!...

Otrząsnął się i widzenie znikło.

"Oczywiście, morzy mnie senność - myślał. - Właściwie mówiąc nie spotkała mnie żadna niespodzianka; wszystko można było z góry przewidzieć, ja nawet wszystko to widziałem... Jakie ona ze mną płaskie rozmowy prowadziła!... Co ją zajmowało?... Bale, rauty, koncerta, stroje... Co ona kochała?... Siebie. zdawało jej się, że cały świat jest dla niej, a ona po to, ażeby się bawić. Kokietowała...

ależ tak, najbezwstydniej kokietowała wszystkich mężczyzn; ze wszystkimi kobietami walczyła o piękność, hołdy i toalety... Co robiła?... Nic. Przyozdabiała salony. Jedyną rzeczą, za pomocą której mogła zdobyć sobie byt materialny, była jej miłość, fałszywy towar!... A ten Starski... Cóż Starski? taki pasożyt jak i ona... Był zaledwie epizodem w jej życiu pełnym doświadczeń. Do niego przecież nie mogę mieć pretensji: znalazł swój swoją. Ani do niej... Tak, to Mesalina przez imaginację!... Ściskał ją i szukał medalionu, kto chciał, nawet ten Starski, biedak, który z powodu braku zajęcia musiał zostać uwodzicielem...
Niegdyś wierzyłem, że są tu na ziemi,
Białe anioły z skrzydłami jasnemi...
Piękne anioły!... jasne skrzydła!... Pan Molinari, pan Starski i Bóg wie ilu jeszcze... Oto skutki znajomości kobiet z poezji !
Trzeba było poznawać kobiety nie przez okulary Mickiewiczów, Krasińskich albo Słowackich, ale ze statystyki, która uczy, że każdy biały anioł jest w dziesiątej części prostytutką; no i jeżeli spotkałoby cię rozczarowanie, to choć przyjemne..."
W tej chwili rozległ się jakiś ryk: nalewano wody do kotła czy do rezerwoaru. Wokulski przystanął. Zdawało mu się, że w tym przeciągłym i melancholijnym dźwięku słyszy całą orkiestrę wygrywającą inwokację z Roberta Diabła. "Wy, co spoczywacie tu, pod zimnym śmierci głazem..." Śmiech, płacz, żal, pisk, niesforne okrzyki, wszystko to odzywało się razem, a nad wszystkim unosił się głos potężny, pełen beznadziejnego smutku.
Byłby przysiągł, że słyszy taką orkiestrę, i znowu uległ halucynacji. Zdawało mu się, że jest na cmentarzu, pośród otwartych grobów, z których wymykały się wstrętne cienie. Po chwili każdy cień stawał się piękną kobietą, między którymi ostrożnie przesuwała się panna Izabela wabiąc go ręką i spojrzeniem...
Ogarnęła go taka trwoga, że przeżegnał się, i widma znikły.
"Basta! - pomyślał - ja tu rozum stracę..."
I postanowił zapomnieć o pannie Izabeli.
Była już druga po północy. W biurze telegrafu paliła się lampa z zielonym daszkiem i słychać było pukanie aparatu. Obok dworca przechadzał się jakiś człowiek, który zdjął czapkę.
- Kiedy jedzie pociąg do Warszawy? - spytał go Wokulski.
- O piątej, wielmożny panie - odparł człowiek robiąc ruch, jakby chciał pocałować go w rękę. - Ja, wielmożny panie, jestem...
- Dopiero o piątej!... - powtórzył Wokulski. - Końmi można... A z Warszawy o której?
- Za trzy kwadranse. Ja, wielmożny panie...
- Za trzy kwadranse... - szepnął Wokulski. - Kwadranse... kwadranse... - powtarzał czując, że niedokładnie wymawia literę r.
Odwrócił się od nieznajomego i wzdłuż plantu poszedł w kierunku Warszawy. Człowiek patrzył za nim, kręcił głową i zniknął w ciemnościach.
"Kwadranse... kwadranse... - mruczał Wokulski. - Język mi kołowacieje?... Jaka dziwna plątanina wypadków; uczyłem się, ażeby zdobyć pannę Izabelę, a

nauczyłem się, aby ją stracić... Albo i Geist. Po to zrobił wielki wynalazek, po to powierzył mi święty depozyt, ażeby pan Starski miał jeden więcej powód do swoich poszukiwań... Wszystkiego mnie pozbawiła, nawet ostatniej nadziei... Gdyby w tej chwili zapytano mnie: czy ja istotnie znałem Geista? czym widział jego dziwny metal? Nie umiałbym odpowiedzieć i już sam nie wiem, czy to nie było złudzeniem... Ach, gdybym mógł o niej nie myśleć... Choćby przez kilkanaście minut...

Otóż nie będę o niej myślał..."

Noc była gwiaździsta, pola ciemne, wzdłuż kolei w wielkich odstępach paliły się sygnałowe latarnie. Wokulski idąc rowem potknął się o spory kamień i w jednej chwili stanęły mu przed oczyma ruiny zamku w Zasławiu, kamień, na którym siedziała panna Izabela, i jej łzy. Ale tym razem poza łzami błysnęło spojrzenie pełne fałszu.

"Otóż nie będę o niej myślał... Pojadę do Geista, będę pracował od szóstej rano do jedenastej w nocy, będę musiał uważać na każdą zmianę ciśnienia, temperatury, natężenia prądu... Nie zostanie mi ani jednej chwili..."

Zdawało mu się, że ktoś za nim idzie. Odwrócił się, ale nie dojrzał nic. Natomiast spostrzegł, że lewym okiem widzi gorzej niż prawym, co niewymownie zaczęło go drażnić.

Chciał wrócić się do ludzi, ale uczuł, że nie zniósłby ich widoku. Już samo nawet myślenie męczyło go, prawie bolało.

"Nie wiedziałem, że człowiekowi może ciężyć własna dusza..."- mruknął.

"Ach, gdybym mógł nie myśleć..."

Daleko na wschodzie zamajaczył blask i ukazał się wąski sierp księżyca oblewając krajobraz niewymownie ponurym światłem. I nagle ukazało się Wokulskiemu nowe widzenie. Był w cichym i pustym lesie; pnie sosen rosły pochylone w dziwaczny sposób, nie odzywał się żaden ptak, wiatr nie poruszał najmniejszej gałązki. Nie było nawet światła, tylko półmrok. Wokulski czuł, że ten mrok, żal i smutek wypływał z jego serca i że to wszystko zakończy się chyba z życiem, jeżeli się zakończy...

Spomiędzy sosen, gdziekolwiek spojrzał, przeglądały płaty szarego nieba; każdy zamieniał się w drgającą szybę wagonu, w której widać było blady obraz panny Izabeli w uścisku Starskiego.

Wokulski już nie mógł oprzeć się widzeniom: opanowały go, pożarły mu wolę, skrzywiły myśl i zatruły serce. Duch jego stracił wszelką samodzielność: rządziło nim lada rażenie, odbijające się w tysiącznych, coraz posępniejszych, coraz boleśniejszych formach, jak echa w pustej budowli.

Znowu potknął się o kamień i ten nie znaczący fakt obudził w nim straszliwe medytacje.

Zdawało mu się, że kiedyś, kiedyś... on sam był kamieniem, zimnym, ślepym, nieczułym.

A gdy leżał pyszny w swojej martwocie, której największe ziemskie kataklizmy nie zdołały ożywić, w nim czy nad nim odezwał się głos zapytujący:

"Chcesz zostać człowiekiem?"

"Co to jest człowiek?..." - odparł kamień.

"Chcesz widzieć, słyszeć, czuć?..."

"Co to jest czuć?..." "Więc czy chcesz zaznać coś zupełnie nowego? Czy chcesz istnienia, które w jednej chwili doświadcza więcej aniżeli wszystkie kamienie w ciągu miliona wieków?"

"Nie rozumiem - odparł kamień - ale mogę być wszystkim."

"A jeżeli - pytał głos nadnaturalny - po tym nowym bycie pozostanie ci wieczny żal?..."

"Co to jest żal?... Mogę być wszystkim."

"Więc niech się stanie człowiek" - odpowiedziano.

I stał się człowiek. Żył kilkadziesiąt lat, a w ciągu nich tyle pragnął i tyle cierpiał, że martwy świat nie zaznałby tego przez całą wieczność. Goniąc za jednym pragnieniem znajdował tysiące innych, uciekając przed jednym cierpieniem wpadł w morze cierpień i tyle odczuł, tyle przemyślał, tyle pochłonął sił bezświadomych, że w końcu obudził przeciw sobie całą naturę.

"Dosyć!... poczęto wołać ze wszystkich stron. - Dosyć!... ustąp innym miejsca w tym widowisku..."

"Dosyć!... dosyć!... już dosyć!... - wołały kamienie, drzewa, powietrze, ziemia i niebo. - Ustąp innym!... niech i oni poznają ten nowy byt..."

Dosyć!... Więc znowu ma zostać niczym, i to w chwili, kiedy ów wyższy byt jako ostatnią pamiątkę daje mu tylko rozpacz po tym, co stracił, i żal za tym, czego nie dosięgnął!...

"Ach, gdyby już słońce weszło! - szepnął Wokulski. - Wracam do Warszawy... zabiorę się do jakiejkolwiek roboty i skończę z tymi głupstwami, które mi rozstrajają nerwy... Chce Starskiego? niech ma Starskiego!... Przegrałem na niej? Dobrze !... Za to wygrałem na innych rzeczach... Wszystkiego nie można posiadać..."

Od kilku chwil czuł na wąsach jakąś gęstą wilgoć.

"Krew?" - pomyślał. Otarł usta i przy świetle zapałki zobaczył na chustce pianę.

"Wściekłem się czy co, u diabła?..."

Wtem z daleka zobaczył dwa światła, powoli zbliżające się w jego stronę; za nimi majaczyła ciemna masa, za którą ciągnął gęsty snop iskier.

"Pociąg?..." - rzekł do siebie, i przywidziało mu się, że jest to ten sam pociąg, którym jedzie panna Izabela. Znowu zobaczył salonik oświetlony latarnią przysłoniętą niebieskim klamotem, a w kącie dostrzegł pannę Izabelę w objęciach Starskiego..

"Tak kocham... tak kocham... - szepnął. - I nie mogę zapomnieć!..." W tej chwili opanowało go cierpienie, na które w ludzkim języku już nie ma nazwiska. Dręczyła go zmęczona myśl, zbolałe uczucie, zdruzgotana wola, całe istnienie... I nagle uczuł już nie pragnienie, ale głód i żądzę śmierci.

Pociąg z wolna zbliżał się. Wokulski nie zdając sobie sprawy z tego, co robi, upadł na szyny. Drżał, zęby mu szczękały, schwycił się oburącz podkładów, miał usta pełne piasku... Na drogę padł blask latarń, szyny zaczęły cicho dźwięczeć pod toczącą się lokomotywą...

"Boże, bądź miłościwy..." - szepnął i zamknął oczy.

Nagle uczuł ciepło i gwałtowne szarpnięcie, które strąciło go z szyn... Pociąg przeleciał o kilka cali od głowy obryzgując go parą i gorącym popiołem. Na chwilę stracił przytomność, a gdy ocknął się, zobaczył jakiegoś człowieka, który siedział mu na piersiach i trzymał za ręce.

- Co wielmożny pan robi najlepszego?... - mówił człowiek.- Kto słyszał takie rzeczy... Przecie Bóg...

Nie dokończył. Wokulski zepchnął go z siebie, pochwycił za kołnierz i jednym szarpnięciem rzucił na ziemię.

- Czego chcesz ode mnie, ty podły!... - zawołał.

- Panie... wielmożny panie... ja przecie jestem Wysocki...

- Wysocki?... Wysocki?... - powtórzył Wokulski. - Kłamiesz, Wysocki jest w Warszawie...

- Ale ja jego brat, dróżnik. Przecie mi wielmożny pan sam miejsce tu wyrobił jeszcze w przeszłym roku, po Wielkanocy... I gdzieżbym ja mógł patrzeć na takie nieszczęście pana?... Zresztą, panie, na kolei nie wolno włazić pod maszynę...

Wokulski zamyślił się i puścił go.

"Wszystko zwraca się przeciw mnie, cokolwiek zrobiłem dobrego"- szepnął. Był bardzo zmęczony, więc usiadł na ziemi, obok dzikiej gruszki, co w tym miejscu rosła, nie większa od dziecka. W tym czasie wiał wiatr i poruszał listkami drzewa wywołując szelesty, które nie wiadomo skąd przypomniały Wokulskiemu dawne lata.

Gdzie moje szczęście!..." - pomyślał.

Uczuł ściskanie w piersiach, które stopniowo doszło do gardła. Chciał odetchnąć, lecz nie mógł; myślał, że się dusi, i objął rękoma drzewko które wciąż szeleściło.

"Umieram!..." - zawołał.

Zdawało mu się, że go krew zalewa, że mu pękają piersi, wił się z bólu i nagle zaniósł się od płaczu.

"Boże miłosierny... Boże miłosierny!..." - powtarzał wśród łkań.

Dróżnik przypełznął do niego i ostrożnie wsunął mu rękę pod głowę.

- Płacz, wielmożny panie!... - mówił nachylając się nad nim.-Płacz, wielmożny panie, i wzywaj boskiego imienia... Nie będziesz go wzywał nadaremnie... "Kto się w opiekę poda Panu swemu, a całym sercem szczerze ufa jemu, śmiele rzec może, mam obrońcę Boga, nie spadnie na mnie żadna straszna trwoga... Ciebie on z sideł zdradzieckich wyzuje..." Co tam, wielmożny panie, dostatki, co największe skarby!... Wszystko człowieka zawodzi, tylko jeden Bóg nie zawiedzie...

Wokulski przytulił twarz do ziemi. Zdawało mu się, że z każdą łzą spada mu z serca jakiś ból, jakiś zawód i rozpacz. Wykolejona myśl poczęła układać się do równowagi. Już zdawał sobie sprawę z tego, co robił, i już zrozumiał, że w chwili nieszczęścia, kiedy go wszystko zdradziło, jeszcze pozostała mu wierną ziemia, prosty człowiek i Bóg...

Powoli uspokajał się, łkania coraz rzadziej rozdzierały mu piersi, uczuł niemoc w całym ciele i twardo zasnął.

Świtało, kiedy się obudził; usiadł, przetarł oczy, zobaczył obok siebie Wysockiego i wszystko sobie przypomniał.

- Długo spałem? - zapytał.
- Może kwadrans... może pół godziny - odparł dróżnik.
Wokulski wyjął pugilares, wydobył kilka sturublówek i podając je Wysockiemu rzekł :
- Uważasz... Wczoraj byłem pijany... Nie mówże nic i nikomu, co się tu stało. A oto masz... dla dzieci...
Dróżnik pocałował go w nogi.
- Myślałem - rzekł - że jaśnie pan stracił wszystko i dlatego...
- Masz rację! - odparł w zamyśleniu Wokulski - straciłem wszystko... oprócz majątku. Nie zapomnę o tobie, chociaż... Wolałbym już nie żyć.
- Ja też zaraz mówiłem, że taki pan nie szukałby nieszczęścia, choćby stracił wszystkie pieniądze. Zrobiła to złość ludzka... Ale i na nią przyjdzie koniec. Bóg nierychliwy, ale sprawiedliwy, przekona się pan...
Wokulski podniósł się z ziemi i zaczął iść do stacji. Nagle zwrócił się do Wysockiego.
- Jak będziesz w Warszawie - rzekł - wstąp do mnie... Ale ani słowa o tym, co się tu stało...
- Tak mi Boże dopomóż, że nie powiem - odparł Wysocki i zdjął czapkę.
- A na drugi raz... - dodał Wokulski kładąc mu rękę na ramieniu - na drugi raz... Gdybyś spotkał takiego człowieka... rozumiesz?... gdybyś spotkał, nie ratuj go... Kiedy kto chce dobrowolnie stanąć ze swoją krzywdą przed boskim sądem, nie zatrzymuj go...
Nie zatrzymuj!...

ROZDZIAŁ SZESNASTY: PAMIĘTNIK STAREGO SUBIEKTA

Sytuacja polityczna zarysowuje się coraz wyraźniej. Mamy już dwie koalicje. Z jednej strony Rosja z Turcją, z drugiej Niemcy, Austria i Anglia. A jeżeli tak jest, więc znaczy, że lada chwilę może wybuchnąć wojna, w której zostaną rozstrzygnięte bardzo, ale to bardzo ważne sprawy.
Czy tylko będzie wojna? bo my zawsze lubimy się łudzić. Otóż będzie, tym razem niezawodnie. Mówił mi Lisiecki, że ja co roku zapowiadałem wojnę i nigdy się nie sprawdziło. Głupi on, uczciwszy uszy... Co innego było w tamtych latach, a co innego dziś.
Czytam na przykład w gazetach, że Garibaldi agituje we Włoszech przeciw Austrii. Dlaczegóż on agituje?... Bo spodziewa się wielkiej wojny. I nie na tym koniec, gdyż w kilka dni później słyszę, że jenerał Türr na wszystkie świętości zaklina Garibaldiego, ażeby nie robił kłopotu Włochom...
Co to znaczy?... To znaczy, przetłomaczone na ludzki język, że: "Wy, Włosi, nie ruszajcie się, bo i bez tego Austria da wam Triest, jeśli wygra: Gdyby zaś z waszej winy przegrała, nie dostaniecie nic..."
To są ważne zapowiedzi te agitacje Józia Garibaldiego i uspakajania Türra. Józio agituje, bo widzi wojnę na długość ręki, a Türr uspakaja, bo widzi dalsze interesa.
Ale czy zaraz wybuchnie wojna? w końcu czerwca czy w lipcu?...
Tak by myślał niedoświadczony polityk, ale nie ja. Niemcy bowiem nie

rozpoczęliby wojny nie zabezpieczywszy się od Francji.

Jakże się zaś zabezpieczą?... Szprot mówi, że na to nie ma sposobu, ale ja widzę, że jest, i jeszcze bardzo prosty. O, Bismarck to sprytny ptaszek, zaczynam się do niego przekonywać!...

Bo i po co Niemcy i Austria wciągnęły do związku Anglię?... Rozumie się po to, ażeby mieć plaster na Francję i ją namówić do przymierza. Zrobi się to w następujący sposób:

W wojsku angielskim służy młody Napoleonek, Lulu, i bije się z Zulusami w Afryce jak jego dziadek, Napoleon Wielki. Kiedy zaś Anglicy skończą wojnę, mianują Napoleonka jenerałem i powiedzą do Francuzów te słowa :

- Moi kochani! Macie tu Bonapartego, który wojował w Afryce i okrył się tam nieśmiertelną chwałą jak jego dziad. Zróbcie go więc waszym cesarzem jak dziada, a my za to wypolitykujemy u Niemców Alzację i Lotaryngię. Zapłacicie im kilka miliardów, no, ale to lepsze aniżeli przeprowadzić nową wojnę, która będzie kosztowała z dziesięć miliardów i jest dla was wątpliwa...

Francuzi, naturalnie, zrobią Lulu cesarzem, odbiorą swoją ziemię, zapłacą, wejdą w przymierze z Niemcami, a wtedy Bismarck mając tyle pieniędzy pokaże swoją sztukę!...

O, Bismarck mądra ryba i jeżeli kto, to tylko on może taki plan przeprowadzić. Ja już od dawna czułem, że to frant szpakami karmiony, i miałem do niego słabość, chociaż się z nią taiłem... To, panie, ziółko!... Jest on ożeniony z Puttkamerówną; wiadomo zaś, że Puttkamerowie są spokrewnieni z Mickiewiczem. Przy tym podobno pasjami lubi Polaków; a nawet synowi następcy tronu niemieckiego radził uczyć się po polsku...

No, jeżeli w tym roku nie będzie wojny... Dopieroż to Lisieckiemu powiem bajkę o kpie! On, biedak, myśli, że polityczna mądrość polega na tym, ażeby w nic nie wierzyć. Głupstwo!.. Polityka polega na kombinacjach, które wynikają z porządku rzeczy.

A więc niech żyje Napoleon IV!... Bo chociaż dzisiaj nikt o nim nie myśli, ja przecie jestem pewny, że w tym rozgardiaszu on główną odegra rolę. A jeżeli potrafi się wziąć do rzeczy, to nie tylko odzyska Alzację i Lotaryngię darmo; ale jeszcze granice Francji może posunąć do Renu na całej linii. Byle Bismarck nie spostrzegł się za wcześnie i nie zmiarkował, że posługiwać się Bonapartym znaczy to samo, co lwa zaprzęgać do taczek. Zdaje mi się nawet, że w tej jednej kwestii Bismarck przerachuje się. I powiem prawdę, że nie będę go żałował, bo nigdy nie miałem do niego zaufania.

Jakoś z moim zdrowiem nie jest dobrze. Nie powiem, ażeby mi coś dolegało, ale ot tak... Chodzić wiele nie mogę, apetyt straciłem, nawet nie bardzo chce mi się pisać.

W sklepie prawie nie mam zajęcia, już tam bowiem rządzi Szlangbaum, a ja - tylko na przyprzążkę załatwiam interesa Stacha. Przed październikiem ma nas Szlangbaum spłacić zupełnie. Biedy nie zaznam, bo poczciwy Stach zapewnił mi półtora tysiąca rubli dożywotniej pensji; ale jak sobie człowiek pomyśli, że niedługo nic już nie będzie znaczył w sklepie, do niczego nie będzie miał już prawa...

Nie warto żyć... Gdyby nie Stach i nie Napoleonek, to czasem jest mi tak ciężko na świecie, że zrobiłbym sobie co... Kto wie, stary kolego Katz, czy nie najmądrzej postąpiłeś? Nie masz wprawdzie żadnych nadziei, ale też i nie boisz się zawodów... Nie twierdzę, ażebym się ich lękał, bo przecie ani Wokulski, ani Bonaparte... Ale zawsze... tak coś...

Jaki ja jestem zmęczony; już nawet ciężko mi pisać. Tak bym gdzie pojechał... Mój Boże, dwadzieścia lat nie wyjrzałem za warszawskie rogatki!... A tak mi czasami tęskno, ażeby jeszcze choć raz przed śmiercią spojrzeć na Węgry... Może na dawnych polach bitew znalazłbym bodaj kości kamratów... Ej, Katz, ej, Katz!... pamiętasz ty ten dym, ten świst, te sygnały?... Jaka wtedy była zielona trawa i jak świeciło nam słońce?...

Nic nie pomoże, muszę wybrać się w podróż, spojrzeć na góry i lasy, wykąpać się w słońcu i w powietrzu szerokich równin i zacząć nowe życie. Może nawet wyniosę się gdzie na prowincję, w sąsiedztwo pani Stawskiej, bo i cóż więcej pozostaje emerytowi?...

Ten Szlangbaum dziwny człowiek; anibym myślał znając go biedakiem, że on tak potrafi zadzierać nosa. Już, widzę, zapoznał się przez Maruszewicza z baronami, przez baronów z hrabiami, a tylko jeszcze nie może dostać się do księcia, który z Żydami jest bardzo grzeczny, ale i bardzo z daleka.

I kiedy tak Szlangbaum zadziera nosa, w mieście na Żydów krzyk. Ile razy wstąpię na piwo, zawsze ktoś napada mnie i wymyśla, że Stach sprzedał sklep Żydom. Radca narzeka, że Żydzi zabierają mu trzecią część emerytury ; Szprot utyskuje, że Żydzi popsuli mu interesa ; Lisiecki płacze, że mu Szlangbaum wymówił miejsce od świętego Jana, a Klejn milczy.

Już i w gazetach zaczynają pisać przeciw Żydom, ale co dziwniejsze, że nawet doktór Szuman, choć sam starozakonny, miał raz ze mną taka rozmowę :

- Zobaczysz pan, że przed upływem kilku lat z Żydami będzie jakaś awantura.
- Za pozwoleniem - mówię - przecie sam doktór niedawno chwaliłeś ich!...
- Chwaliłem, bo to genialna rasa, ale podłe charaktery. Wyobraź pan sobie, że Szlangbaumy, stary i młody, mnie chcieli okpić, mnie...

"Aha! - myślę sobie - zaczynasz się znowu nawracać, kiedy cię połaskotali za kieszeń..."

I mówiąc prawdę, do reszty straciłem serce dla Szumana.

A co oni wygadują na Wokulskiego!... Marzyciel, idealista, romantyk... Może za to, że nigdy nie zrobił świństwa.

Kiedy Klejnowi opowiedziałem moją rozmowę z Szumanem, nasz mizerny kolega odparł:

- On mówi, że dopiero za kilka lat będzie awantura z Żydami?... Uspokój go pan, będzie wcześniej...
- Rany Chrystusowe! - mówię - dlaczego ma być?...
- Bo m y dobrze ich znamy, choć się i do n a s umizgają... - odpowiedział Klejn. - To migdały! ale przerachowali się... M y wiemy, do czego oni są zdolni, gdyby mieli siłę.

Uważałem Klejna za człowieka bardzo postępowego, może nawet zanadto postępowego, ale teraz myślę, że to jest wielki zacofaniec. Zresztą, co znaczą owe: m y - n a s?...

I to ma być wiek, który nastąpił po XVIII, po tym XVIII wieku, co napisał na swoich sztandarach: wolność, równość, braterstwo?... Za cóż ja się, u diabła, biłem z Austriakami?... Za co ginęli moi kamraci?..

Facecje! Przywidzenia! wszystko to odrobi cesarz Napoleon IV.

Wówczas i Szlangbaum przestanie być arogantem, i Szuman przestanie chełpić się swoim żydostwem, i Klejn nie będzie im groził.

A niedalekie to czasy, bo nawet Stach Wokulski...

Ach, jaki ja jestem zmęczony... Muszę gdzieś wyjechać.

Nie jestem przecie taki stary, ażebym miał myśleć o śmierci; ale mój Boże, kiedy z wody wyjmą rybę, choćby najmłodszą i najzdrowszą, musi zdychać, gdyż nie ma właściwego sobie żywiołu...

Bodaj czy ja nie stałem się taką rybą wyciąganą z wody; w sklepie już rozpanoszył się Szlangbaum i ażeby zamanifestować swoją władzę, wypędził szwajcara i inkasenta za to tylko, że nie okazywali mu dosyć szacunku.

Kiedy prosiłem za biedakami, odparł z gniewem:

- Patrz pan, jak oni mnie traktują, a jak Wokulskiego!... Jemu nie kłaniali się tak nisko, ale w każdym ruchu, w każdym spojrzeniu było widać, żeby za nim poszli w ogień...

- Więc i pan, panie Szlangbaumie, chcesz, ażeby za tobą szli w ogień? - spytałem.

- Naturalnie. Przecie jedzą mój chleb, mają u mnie zarobki! ja im płacę pensję...

Myślałem, że Lisiecki, który posiniał słuchając tych bredni, palnie go w ucho. Pohamował się jednak i tylko spytał:

- A czy wiesz pan, dlaczego my za Wokulskim poszlibyśmy w ogień?...

- Bo on ma więcej pieniędzy - odparł Szlangbaum.

- Nie, panie. Bo on ma to, czego pan nie masz i mieć nie będziesz - rzekł Lisiecki bijąc się w piersi.

Szlangbaum zaczerwienił się jak upiór.

- Co to jest?... - zawołał. - Czego ja nie mam?... My nie możemy razem pracować, panie Lisiecki... pan obrażasz moje obrządki religijne.:.

Schwyciłem Lisieckiego za rękę i odciągnąłem za szafy. Śmieli się wszyscy panowie z tej obrazy Szlangbauma... Tylko Zięba (on jeden zostaje przy sklepie) zaperzył się i zawołał:

- Pryncypał ma rację... nie można drwić z wyznania, bo wyznanie to święta rzecz!... Gdzież wolność sumienia?... gdzie postęp?... cywilizacja?... emancypacja?...

- Lizus bestia - mruknął Klejn, a potem rzekł mi do ucha:

- Czy nie ma Szuman racji, że oni muszą się doczekać awantury?..

Widziałeś go pan, jaki był, kiedy do nas nastał, a jaki jest dzisiaj?...

Naturalnie, że zgromiłem Klejna, bo i co on ma za prawo straszyć swoich współobywateli awanturami? Nie mogę jednak ukryć przed sobą, że Szlangbaum mocno zmienił się w ciągu roku.

Dawniej był potulny, dziś arogant i pogardliwy; dawniej milczał, kiedy go krzywdzono, dziś sam rozbija się bez powodu. Dawniej mianował się Polakiem, dziś chełpi się ze swego żydostwa. Dawniej nawet wierzył w szlachetność i bezinteresowność, a teraz mówi tylko o swoich pieniądzach i stosunkach. Może być źle!...

Za to wobec gości jest uniżony, a hrabiom, a nawet baronom właziłby pod podeszwy. Ale wobec swoich podwładnych istny hipopotam: ciągle parska i depcze ludzi po nogach. To nawet nie jest pięknie... Swoją drogą radca, Szprot, Klejn i Lisiecki nie mają racji grozić mu jakimiś awanturami.

Cóż więc ja dziś znaczę w sklepie przy takim smoku? Gdy chcę zrobić rachunek, on zagląda mi przez ramię; wydam jaką dyspozycję, on ją zaraz głośno powtarza. Ze sklepu usuwa mnie coraz bardziej, przy znajomych gościach ciągle mówi: "Mój przyjaciel Wokulski... mój znajomy baron Krzeszowski... mój subiekt Rzecki..." Gdy zaś jesteśmy sami, nazywa mnie "kochanym Rzesiem"...

Parę razy w najdelikatniejszy sposób dałem mu do zrozumienia, że te pieszczotliwe nazwiska nie robią mi przyjemności. Ale on, biedak, nawet nie poznał się na tym; ja zaś mam zwyczaj długo czekać, nim komu nawymyślam. Lisiecki robi to z miejsca, więc Szlangbaum szanuje go.

Swoją drogą Szuman miał rację mówiąc wtedy, że my, z dziada pradziada, myślimy: jak trwonić pieniądze? a oni: jak by je zrobić? Pod tym względem byliby już dziś pierwszymi na świecie, gdyby ludzka wartość zasadzała się tylko na pieniądzach. Ale co mi tam!...

Ponieważ w sklepie nie mam wiele zajęcia, więc coraz częściej myślę o podróży do Węgier. Przez dwadzieścia lat nie widzieć ani zboża, ani lasu... To strach!...

Zacząłem się już starać o paszport; myślałem, że mi zejdzie z miesiąc. Tymczasem wziął się do tego Wirski i paf!... traf!... wyrobił mi paszport w ciągu czterech dni. Ażem się przestraszył...

Nie ma co, trzeba wyjechać choćby na kilka tygodni. Zdawało się, że przygotowania do wyjazdu zabiorą mi trochę czasu... Gdzie tam!...Znowu wmieszał się Wirski, jednego dnia kupił mi podróżny kufer, drugiego dnia spakował mi rzeczy i mówi: "Jedź!..."

Ażem się rozgniewał. Czego oni, u diabła, chcą mnie sięg pozbyć.?... Kazałem im na złość rozpakować rzeczy i kufer nakryć dywanem, bo mnie to już drażni. Ale swoją drogą, tak bym gdzieś pojechał... tak bym jechał...

Muszę jednak pierwej trochę sił nabrać. Wciąż brak mi apetytu, chudnę, źle sypiam, choć przez cały dzień jestem senny; miewam jakieś zawroty, bicia serca... Ech! wszystko to przejdzie...

Klejn także zaczyna się zaniedbywać. Spóźnia się do sklepu, znosi jakieś książeczki, chodzi na sesje nie wiadomo z kim... Ale to najgorsze, że z sumy przeznaczonej mu przez Wokulskiego wziął już tysiąc rubli i wydał w ciągu jednego dnia. Na co?...

Pomimo to wszystko dobry chłopak! A najlepszą miarą jego poczciwości jest fakt, że nawet baronowa Krzeszowska nie wyrzuciła go ze swego domu, gdzie po dawnemu mieszka na trzecim piętrze, zawsze cichutki, nikomu nie mącąc wody.

Gdyby tylko wydobył się z tych niepotrzebnych stosunków; bo z Żydami może nie być awantury, ale z nim!...

Niech go tam Pan Bóg oświeca i chroni.

Zabawną historię i pouczającą opowiedział mi Klejn. Uśmiałem się do łez, a zarazem przybył mi jeden więcej dowód sprawiedliwości boskiej nawet w drobiazgowych rzeczach.

"Krótki jest triumf bezbożników" - mówi, zdaje mi się, Pismo święte czy może jaki ojciec Kościoła. Ktokolwiek zresztą powiedział, jest niezawodnym, że zdanie to sprawdziło się i na baronowej, i na Maruszewiczu.

Wiadomo, że baronowa raz pozbywszy się Maleskiego i Patkiewicza zapowiedziała stróżowi, ażeby pod żadnym pozorem nie wynajmował mieszkania na trzecim piętrze studentom, choćby miało stać pustką.

Rzeczywiście, pokój studencki przez parę miesięcy był nie zajęty, ale pani miała przynajmniej satysfakcję.

Tymczasem wrócił do niej mąż, baron, i naturalnie objął zarząd kamienicy. A ponieważ baron ciągle potrzebuje pieniędzy, więc mocno korcił go i ów pusty pokój, i zakaz baronowej, który zmniejszał dochody o sto dwadzieścia rubli rocznie.

Nade wszystko jednak buntował go Maruszewicz (już się pogodzili!...), który znowu ciągle od Krzeszowskiego pożycza pieniędzy.

- Co baron - mówił mu nieraz - masz sprawdzać, czy kandydat na lokatora jest, czy nie jest studentem? Na co ten kłopot? Byle nie przyszedł w mundurze, to już nie student; a jak z góry za miesiąc zapłaci, to brać, i kwita.

Baron mocno wziął do serca te rady; nakazał nawet stróżowi, ażeby gdy trafi się lokator, nie pytając przysłał go na górę. Stróż, rozumie się, powiedział o tym swej żonie, a żona Klejnowi, któremu znowu chciało się mieć sąsiadów najlepiej odpowiadających jego gustowi.

Więc w parę dni po owej dyspozycji zjawia się u barona jakiś elegant z dziwną fizjognomią, a jeszcze dziwniej ubrany: jego spodnie nie pasowały do kamizelki, kamizelka do surduta, a krawat do wszystkiego.

- W domu pana barona jest kawalerski pokój do wynajęcia - mówił elegant - za dziesięć rubli miesięcznie?

- A tak - mówi baron - może go pan obejrzy.

- O, to zbyteczne! Jestem pewny, że pan baron nie wynajmowałby złego mieszkania. Czy mogę dać zadatek?

- Proszę - odpowiada baron. - A ponieważ pan ufasz mi na słowo, więc i ja nie będę żądał bliższych informacyj...

- O, jeżeli pan baron życzy sobie...

- Między ludźmi dobrze wychowanymi wystarcza wzajemne zaufanie - odparł baron. - Mam więc nadzieję, że ani ja, ani moja żona, a nade wszystko moja żona nie będzie miała powodu skarżyć się na panów...

Młody człowiek gorąco ścisnął go za rękę.

- Daję panu słowo - rzekł - że nigdy nie zrobimy przykrości pańskiej żonie, która może niesłusznie uprzedziła się...

- Dość! Dość!... panie - przerwał baron. Wziął zadatek i wydał kwit.

Po wyjściu młodzieńca wezwał do siebie Maruszewicza.

- Nie wiem - rzekł strapiony baron - czy nie palnąłem głupstwa... bo lokatora już mam, ale sądząc z opisu obawiam się, czy nie będzie nim jeden z tych młodych ludzi, których właśnie wypędziła moja żona...

- Wszystko jedno! . - odparł Maruszewicz - byle z góry płacili.

Na drugi dzień z rana wprowadzili się do pokoiku trzej młodzi ludzie, ale tak cicho, że nikt ich nawet nie widział. Nikt nawet nie uważał, że wieczorami sesjonują z Klejnem. Zaś w kilka dni później wpadł do barona mocno zirytowany Maruszewicz wołając:

- A wie baron, że to istotnie są ci hultaje, których wyrzuciła baronowa. Maleski, Patkiewicz...

- Wszystko jedno - odpowiada baron. - Żonie mojej nie dokuczają, więc byle płacili...

- Ale mnie dokuczają! - wybuchnął Maruszewicz. - Jeżeli okno otworzę, jeden z nich strzela do mnie grochem przez świstułę, co wcale nie jest przyjemne. Gdy się zaś zejdzie u mnie parę osób albo któraś z dam (dodał ciszej), bębnią mi grochem w okna tak, że wysiedzieć nie można... To mi przeszkadza... to mnie kompromituje. Ja pójdę na skargę do cyrkułu!...

Baron naturalnie opowiedział o tym swoim lokatorom prosząc ich, aby nie strzelali do okien Maruszewicza. Ci przestali strzelać, ale za to jeżeli Maruszewicz przyjmuje u siebie jaką damę, co trafia mu się dosyć często, zaraz jeden z chłopaków wychyla się przez okno i wrzeszczy :

- Stróżu! stróżu!... a nie wiecie, jaka to pani poszła do pana Maruszewicza? Naturalnie, stróż nie wie nawet, czy jaka poszła, ale po podobnym zapytaniu dowiaduje się o tym cała kamienica.

Maruszewicz jest wściekły na nich; tym bardziej że baron na jego skargi odpowiada :

- Sam mi radziłeś, ażebym nie trzymał pustego lokalu...

I baronowa spokorniała, bo z jednej strony boi się męża, a z drugiej studentów. Takim sposobem baronowa za swoją złość i mściwość, a Maruszewicz za intrygi, z jednej i tej samej ręki ponoszą karę; uczciwy zaś Klejn ma towarzystwo, jakiego pragnął.

O, jest sprawiedliwość na świecie!...

Ten Maruszewicz, dalibóg, jest bezwstydny!

Przyleciał dziś do Szlangbauma ze skargą na Klejna.

- Panie - mówił - jeden z pańskich oficjalistów, który mieszka w domu baronowej Krzeszowskiej, po prostu kompromituje mnie...

- Jak on pana kompromituje? - zapytał Szlangbaum otwierając oczy.

- On bywa u tych studentów, których okno wychodzi na podwórze. A oni, panie, zaglądają w moje okna, strzelają do mnie grochem, a jeżeli zbierze się kilka osób, wrzeszczą, że u mnie jest szulernia!...

- Pan Klejn już nie będzie u mnie służył od lipca - odparł Szlangbaum. - Więc niech pan rozmówi się z panem Rzeckim, oni znają się dawniej.

Maruszewicz z kolei wpadł na mnie i znowu opowiedział historię studentów, którzy nazywają go szulerem albo kompromitują damy bywającc u niego. "Porządne damy!" - pomyślałem, głośno zaś odparłem:

- Pan Klejn cały dzień siedzi w sklepie, więc nie może odpowiadać za swoich sąsiadów.

- Tak, ale pan Klejn ma z nimi jakieś konszachty, namówił ich, ażeby znowu sprowadzili się do kamienicy, bywa u nich, przyjmuje ich u siebie.

- Młody chłopak - odparłem - woli przestawać z młodymi.

- Ale ja z tego powodu nie chcę cierpieć!... Niech więc ich uspokoi albo... wszystkim wytoczę proces.

Dzika pretensja, ażeby Klejn uspakajał studentów, a może jednał u nich sympatię dla Maruszewicza! Swoją drogą, ostrzegłem Klejna i dodałem, że byłby to bardzo przykry wypadek, gdyby on, subiekt Wokulskiego, miał proces o jakieś studenckie awantury.

Klejn wysłuchał i wzruszył ramionami.

- Co mnie to obchodzi!- odparł. - ja może powiesiłbym takiego nicponia, ale mu w okna grochu nie rzucam i nie nazywam go szulerem. Co mnie do jego szulerki?...

Ma rację! Toteż nie odezwałem się ani słowa więcej.

Trzeba jechać... trzeba jechać!... Żeby tylko Klejn nie wdeptał się w jakie głupstwo. Strach, co to za dzieciaki: chcieliby świat przebudować, a jednocześnie robią tak płaskie figle.

Albo jestem w grubym błędzie, albo znajdujemy: się w przededniu nadzwyczajnych wypadków.

W maju jednego dnia pojechał Wokulski z panną Łęcką i z panem Łęckim do Krakowa i wyraźnie mi zapowiedział, że nie wie, kiedy wróci, może dopiero za miesiąc.

Tymczasem wrócił nie za miesiąc, ale na drugi dzień, taki sponiewierany, że litość brała patrzeć na niego. Okropność, co się zrobiło z tym człowiekiem przez jedną dobę!

Kiedym go pytał: co się stało? dlaczego wrócił? z początku wahał się, a potem powiedział, że otrzymał telegram od Suzina i że pojedzie do Moskwy. Lecz znowu po upływie doby rozmyślił się i oświadczył, że do Moskwy nie pojedzie.

- A jeżeli to ważny interes?... - spytałem.

- Pal diabli interesa! - mruknął i machnął ręką.

Teraz po całych dniach nie wychodzi z domu i po większej części leży. Byłem u niego, ale przyjął mnie rozdrażniony; od lokaja zaś dowiedziałem się, że nikogo nie każe przyjmować.

Posłałem mu Szumana, ale Stach i z Szumanem nie chciał gadać, tylko powiedział mu, że nie potrzebuje doktorów. Szumanowi to jednak nie wystarczyło; a że jest trochę wścibski, więc zaczął śledztwo na własną rękę i dowiedział się dziwacznych rzeczy.

Mówił, że Wokulski wysiadł z pociągu około północy w Skierniewicach, udając, że otrzymał telegram, że potem zniknął sprzed stacji i wrócił dopiero nad ranem, powalany ziemią i jakby pijany. Na stacji myślą, że on naprawdę podchmielił sobie i zasnął gdzieś w polu.

Wyjaśnienie to nie trafiło do przekonania ani mnie, ani Szumanowi. Doktór twierdzi, że Stach musiał zerwać z panną Łęcką i może nawet próbował jakiej niedorzeczności... Ale ja myślę, że on naprawdę miał telegram od Suzina.

W każdym razie trzeba jechać, dla zdrowia. Jeszcze nie jestem inwalidem i dla chwilowego osłabienia nie mogę się wyrzekać przyszłości.

Jest tu Mraczewski i mieszka u mnie. Wygląda chłopak jak bernardyński prowincjał, zmężniał, opalił się, utył. A ile on świata obleciał przez parę ostatnich miesięcy...

Był w Paryżu, potem w Lyonie; z Lyonu wpadł pod Częstochowę do pani Stawskiej i z nią przyjechał do Warszawy. Potem odwiózł ją pod Częstochowę, siedział z tydzień i podobno pomógł jej do urządzenia sklepu. Następnie poleciał aż do Moskwy, stamtąd znowu wrócił pod Częstochowę, do pani Stawskiej, znowu u niej siedział trochę i obecnie jest u mnie.

Mraczewski twierdzi, że Suzin wcale nie telegrafował do Wokulskiego, a przy tym jest pewny, że Wokulski zerwał z panną Łęcką. Musiał nawet coś mówić pani Stawskiej, gdyż ten anioł, nie kobieta, będąc przed paroma tygodniami w Warszawie raczyła mnie odwiedzić i mocno wypytywała się o Stacha. "A czy zdrów?... a czy bardzo zmieniony i smutny?... a czy już nigdy nie wydobędzie się ze swej rozpaczy?..."

Z jakiej rozpaczy?... Gdyby nawet zerwał z panną Łęcką, to jeszcze, dzięki Bogu, nie brak kobiet i jeżeli Stach zechce, może się ożenić choćby z panią Stawską. Złote, diamentowe kobiecisko, jak ona go kochała i kto wie, czy teraz nie kocha?... Dalibóg, śmiałbym się, żeby Stach powrócił do niej Taka piękna, taka szlachetna, tyle w niej poświęcenia... Jeżeli jest ład na świecie (o czym niekiedy wątpię), to Wokulski powinien by się ożenić ze Stawską.

Ale musi się spieszyć, bo jeżeli się nie mylę, naprawdę zaczyna o niej myśleć Mraczewski.

- Panie! - mówi nieraz do mnie załamując ręce. - Panie, co to za kobieta, co to za kobieta... Gdyby nie ten nieszczęsny jej mąż, już bym się jej oświadczył.

- A przyjęłaby cię? - pytam.

- Otóż nie wiem - westchnął.

Padł na krzesło, aż zatrzeszczało, i mówił:

- Kiedy ją spotkałem pierwszy raz po jej wyjeździe z Warszawy, jakby we mnie piorun trzasł, tak mi się podobała...

- No, ona i dawniej robiła na tobie wrażenie.

- Ale nie takie. Po przyjechaniu z Paryża do Częstochowy byłem rozmarzony, a ona taka blada, z takimi smutnymi oczyma, że zaraz pomyślałem: nuż mi się uda?... i dalejże w umizgi. Tymczasem ona po pierwszych słowach odpycha mnie, a gdym upadł przed nią na kolana i przysiągłem, że ją kocham... rozbeczała się!... Ach, panie Ignacy, te łzy... zupełnie straciłem głowę, zupełnie... Gdyby raz tego jej męża diabli wzięli albo gdybym miał pieniądze na rozwód... Panie Ignacy!... po tygodniu życia z tą kobietą albo umarłbym, albo jeździłbym wózkiem... Tak, panie... Dziś dopiero czuję, jak ją kocham.

- A gdyby ona kochała się w innym? - pytam.

- W kim?... Może w Wokulskim?... Cha! cha!... Kto w tym mruku może się kochać?... Kobiecie potrzeba okazywać uczucie, namiętność, mówić jej o miłości, ściskać za ręce, a jeżeli można, to i... A czy ten głaz potrafiłby coś podobnego?... Wystawał do panny Izabeli jak wyżeł do kaczki, bo mu się zdawało, że wejdzie w stosunki z arystokracją i że panna ma posag. Ale gdy poznał stan rzeczy, uciekł ze Skierniewic. O panie, z kobietami tak nie można...

Wyznaję, że nie podobają mi się zapały Mraczewskiego. Jak zacznie padać do nóg, skomleć, płakać, to w końcu zawróci głowę pani Stawskiej. A Wokulski może tego żałować, bo, na mój honor oficerski, była to jedyna kobieta dla niego.

Ale zaczekajmy, a tymczasem jedźmy... jedźmy!...

Brr!... Otóż i pojechałem... Kupiłem bilet do Krakowa, na Dworcu Warszawsko-Wiedeńskim siadłem do wagonu i kiedy już było po trzecim dzwonku, wyskoczyłem...

Nie mogę ani na chwilę rozstać się z Warszawą i ze sklepem..., Żyć bym bez nich nie potrafił...

Rzeczy odebrałem z kolei dopiero na drugi dzień, gdyż zajechały aż do Piotrkowa.

Jeżeli wszystkie moje plany spełnią się w taki sposób, to winszuję...

ROZDZIAŁ SIEDMNASTY: DUSZA W LETARGU

Leżąc albo siedząc w swoim pokoju Wokulski machinalnie przypominał sobie, w jaki sposób ze Skierniewic powrócił do Warszawy.

Około piątej rano kupił na dworcu bilet pierwszej klasy, nie był jednak pewny, czy takiego żądał, czy dano mu go bez żądania. Następnie wsiadł do przedziału drugiej klasy i zastał tam księdza, który przez cały czas podróży wyglądał oknem, tudzież rudego Niemca, który zdjął kamasze i oparłszy nogi w brudnych skarpetkach na przeciwległej ławce, spał jak zarżnięty. Wreszcie naprzeciw siebie miał jakąś starą damę, którą tak bolały zęby, że nawet nie obrażała się na postępowanie swego sąsiada w skarpetkach.

Wokulski chciał porachować liczbę osób jadących w przedziale i z wielkim trudem zmiarkował, że bez niego jest ich trzy, a z nim cztery. Potem zaczął rozmyślać: dlaczego trzy osoby i jedna osoba stanowią razem cztery osoby - i zasnął.

W Warszawie opamiętał się dopiero w Alejach Jerozolimskich, już jadąc dorożką. Kto mu jednak wyniósł walizkę, jakim sposobem on sam znalazł się w dorożce? o tym nie wiedział i nawet nic go to nie obchodziło.

Do swego mieszkania dostał się ledwie po półgodzinnym dzwonieniu, choć była blisko ósma rano. Otworzył mu służący zaspany, rozebrany, przerażony jego nagłym powrotem. Wszedłszy zaś do sypialni Wokulski przekonał się, że wierny sługa spał na jego własnym łóżku. Nie robił mu jednak wymówek, lecz kazał podać samowar.

Służący, otrzeźwiony, ale i zakłopotany, szybko zmienił prześcieradła i poszewki, Wokulski zaś zobaczywszy świeżo posłane łóżko nie pił herbaty, ale rozebrał się i legł spać.

Spał do piątej po południu, a potem, umywszy się i ubrawszy jak do wyjścia, całkiem mimo woli usiadł na fotelu w salonie i drzemał do wieczora. Gdy zaś na ulicach zapłonęły latarnie, kazał podać światło i przynieść befsztyk z restauracji. Zjadł go z apetytem, popił winem i około północy znowu poszedł spać.

Na drugi dzień odwiedził go Rzecki, ale jak długo siedział i o czym rozmawiali, nie pamięta. Tylko następnej nocy, kiedy obudził się na chwilę, zdawało mu się, że widzi Rzeckiego z twarzą bardzo zafrasowaną.

Potem zupełnie stracił rachubę czasu, nie spostrzegał różnic pomiędzy dniem i nocą, nie uważał, ażeby godziny mijały za prędko albo za wolno. W ogóle nie zajmował się czasem, który dla niego jakby nie istniał. Czuł tylko pustkę w sobie i naokoło siebie i nie był pewny, czy nie powiększyło się jego mieszkanie. Raz przywidziało mu się, że leży na wysokim katafalku, i zaczął myśleć o śmierci. Zdawało mu się, że musi umrzeć koniecznie na paraliż serca; ale ani przerażało go to, ani cieszyło. Niekiedy z ciągłego siedzenia na fotelu cierpły mu nogi, a wówczas myślał, że idzie śmierć, i z obojętną ciekawością uważał, jak szybko owo cierpnięcie posuwa się do serca? Obserwacje te chwilowo robiły mu jakby cień przyjemności, ale i one rozpływały się w apatii. Służącemu nakazał nie przyjmować nikogo; pomimo to kilka razy odwiedził go doktór Szuman.

Na pierwszej wizycie wziął go za puls i kazał pokazać język.

- Może angielski?... - spytał Wokulski, lecz wnet opamiętał się i wyrwał rękę.

Szuman bystro popatrzył mu w oczy.

- Nie jesteś zdrów - rzekł - co ci dolega?

- Nic. Czy znowu zajmujesz się praktyką?

- Spodziewam się! - zawołał Szuman .- a pierwszą kurację zrobiłem na samym sobie: uleczyłem się z marzycielstwa.

- Bardzo pięknie - odparł Wokulski. - Rzecki wspominał mi coś o twoim wyleczeniu.

- Rzecki jest półgłówek... stary romantyk... To rasa już ginąca! Kto chce żyć, musi trzeźwo patrzeć na świat... Uważaj no i po kolei zamykaj oczy. Kiedy ci powiem: lewe... prawe... prawe... Załóż nogę na nogę...

- Co ty robisz, mój kochany?... - zapytał Wokulski.

- Badam cię.

- O!... I masz nadzieję zbadać?

- Spodziewam się.

- A potem?

- Będę cię leczył.

- Z marzycielstwa?

- Nie, z neurastenii.

Wokulski uśmiechnął się i rzekł po chwili:

- Czy możesz wyjąć człowiekowi jego mózg i włożyć na to miejsce inny?

- Tymczasem nie...

- No, to daj spokój leczeniu.

- Mogę podsunąć ci nowe pragnienia...

- Już je mam. Chciałbym zapaść się pod ziemię, choć tak głęboko jak... studnia w zasławskim zamku... I jeszcze chciałbym, ażeby mnie zasypały gruzy, mnie i mój majątek, i nawet ślad tego, że kiedykolwiek istniałem. Oto moje pragnienia, owoc wszystkich poprzednich.

- Romantyzm!... - zawołał Szuman klepiąc go po ramieniu. Ale i to przejdzie.

Wokulski już nic nie odpowiedział. Gniewał się za swoje ostatnie wyrazy i dziwił się: skąd nagle przyszła mu taka otwartość?... Głupia otwartość!... Co komu do jego pragnień?... Po co on to mówił?... Po co jak bezwstydny żebrak odsłonił swoje rany?

Po wyjściu doktora spostrzegł, że coś się w nim zmieniło; oto na tle dotychczas bezwzględnej apatii pojawiło się jakieś uczucie. Był to bezimienny ból, z początku bardzo mały, który szybko powiększył się i stanął w mierze. W pierwszej chwili można go było porównać do delikatnego ukłucia szpilką, a później do jakiejś zawady w sercu, nie większej od laskowego orzecha. już żałował apatii kiedy przyszło mu na myśl zdanie Feuchterslebena: "Radowałem się w mojej boleści; bo zdawało mi się, żem spostrzegł w sobie tę płodną walkę, która tworzyła i tworzy wszystko na tym świecie, gdzie bez przerwy walczą nieskończone siły."

"Jednakże co to jest?" - spytał siebie czując, że w jego duszy miejsce apatii zajmuje głucha boleść. I wnet odparł:

"Aha, jest to budzenie się świadomości..."

Powoli w jego umyśle, dotychczas jakby zasnutym mgłą, począł zarysowywać się obraz. Wokulski ciekawie wpatrywał się w niego i dostrzegł - sylwetkę kobiety w objęciach mężczyzny... Obraz ten miał z początku słaby blask fosforycznego światła, potem stał się różowym... żółtawym... zielonawym... błękitnym... wreszcie zupełnie czarnym jak aksamit. Potem zniknął na kilka chwil i znowu zaczął ukazywać się kolejno we wszystkich barwach, począwszy od fosforycznej, kończąc na czarnej.

Jednocześnie ból wzmagał się.

"Cierpię, więc jestem!..." - pomyślał śmiejąc się Wokulski.

Tak upłynęło kilka dni na wpatrywaniu się już to w ów obraz zmieniający barwę, już to w ból, który zmieniał natężenie. Czasami zupełnie ginął, pojawiał się drobny jak atom, rósł, wypełniał serce, całą istotę, cały świat... I w chwili kiedy już przekroczył wszelką miarę, znowu niknął ustępując miejsca absolutnemu spokojowi i zdziwieniu.

Z wolna zaczęło się rodzić w duszy coś nowego: pragnienie pozbycia się i tych bólów, i tych obrazów. Było to podobne do iskry zapalającej się na tle nocy. Jakaś słaba otucha błysnęła Wokulskiemu.

"Czy tylko aby potrafię jeszcze myśleć?" - rzekł do siebie.

Ażeby sprawdzić to, zaczął przypominać sobie tabliczkę mnożenia, potem mnożyć liczby dwucyfrowe przez jednocyfrowe i dwucyfrowe przez dwucyfrowe. Nie dowierzając sobie zapisywał rezultaty działań, a potem sprawdzał je... Mnożenia na papierze zgadzały się z pamięciowymi i Wokulski odetchnął.

"Jeszcze nie straciłem rozumu!" - pomyślał z radością.

Zaczął wyobrażać sobie rozkład własnego mieszkania, ulice Warszawy, Paryż... Otucha rosła; spostrzegł bowiem, że nie tylko dokładnie pamięta, ale że jeszcze ćwiczenia te przynoszą mu pewien rodzaj ulgi. Im więcej myślał o Paryżu, im żywiej przedstawiały mu się tamtejszy ruch, budowle, targi, muzea, tym mocniej zacierała się sylwetka kobiety spoczywającej w objęciach mężczyzny... Już zaczął spacerować po mieszkaniu i oczy jego przypadkowo zatrzymały się na stosie ilustracji. Były tam kopie z galerii drezdeńskiej i monachijskiej, *Don Quichot* z rysunkami Dorégo, Hogart...

Przypomniał sobie, że skazani na gilotynę najznośniej przepędzają czas oglądając rysunki... I odtąd całe dnie schodziły mu na przeglądaniu rysunków. Skończywszy jedną książkę, brał się do drugiej, trzeciej... i znowu powracał do pierwszej.

Ból głuchnął; widziadła ukazywały się coraz rzadziej, otucha rosła...

Najczęściej jednak przeglądał *Don Quichota*, który robił na nim potężne wrażenie.

Przypomniał sobie tę dziwną historię człowieka, przez kilkanaście lat żyjącego w sferze poezji - tak jak on, który rzucał się na wiatraki jak on, był druzgotany - jak on, który zmarnował życie uganiając się za ideałem kobiety - jak on, i zamiast królewny znalazł brudną dziewkę od krów - znowu jak on!...

"A jednakże ten don Quichot był szczęśliwszy ode mnie! - myślał. - Dopiero nad grobem zaczął budzić się ze swych złudzeń... A ja?..."

Im dłużej przypatrywał się rysunkom, im bardziej oswajał się z nimi, tym mniej pochłaniały jego uwagę. Spoza don Quichota, Sancho Pansy i mulników Dorégo, spoza *Walki kogutów* i *Ulicy pijackiej* Hogarta coraz częściej pokazywało mu się wnętrze wagonu, drgająca szyba, a w niej niewyraźny obraz Starskiego i panny Izabeli...

Wtedy odrzucił ilustracje i zaczął czytać książki znane mu jeszcze z epoki dzieciństwa albo z piwnicy Hopfera. Z niewymownym wzruszeniem odświeżał w pamięci: *Żywot św. Genowefy, Różę z Tannenburgu,Rinaldiniego, Robinsona Kruzoe*, a nareszcie - *Tysiąc i jedną nocy.* Znowu zdawało mu się, że już nie istnieje czas ani rzeczywistość i że jego raniona dusza uciekłszy z ziemi błądzi po jakichś czarodziejskich krainach, gdzie biją tylko szlachetne serca, gdzie podłość nie stroi się w maskę obłudy, gdzie rządzi wieczna sprawiedliwość kojąca bóle i nagradzająca krzywdy...

I tu uderzył go jeden dziwny szczegół. Kiedy z własnej literatury wyniósł złudzenia, które zakończyły się rozkładem jego duszy - ukojenie i spokój znajdował tylko w literaturach obcych.

"Czy my naprawdę - myślał z trwogą - jesteśmy narodem marzycieli i czy już nigdy nie zejdzie anioł, który by poruszył betsedejską sadzawkę obłożoną tylu chorymi?..."

Pewnego dnia przyniesiono mu z poczty gruby pakiet.

"Z Paryża?... - rzekł. - Tak z Paryża. Ciekawym, co to?..."

Ale ciekawość jego nie była dość silną, ażeby zachęcić go do otworzenia i przeczytania listu.

"Taki gruby list!... Komu, u licha, chce się dziś tyle pisać?"

Rzucił pakiet na biurko i w dalszym ciągu wziął się do czytania *Tysiąca i jednej nocy.*

Co za rozkosz dla zmęczonego umysłu te pałace z drogich kamieni, drzewa, których owocami były klejnoty!... Te kabalistyczne słowa, przed którymi ustępowały mury, te cudowne lampy, dzięki którym można było zwalczać nieprzyjaciół, przenosić się w mgnieniu oka o setki mil... A ci potężni czarodzieje!... Co za szkoda, że taka władza dostawała się ludziom złośliwym i nikczemnym!...

Odkładał książkę i śmiejąc się sam z siebie marzył, że on jest czarodziejem, który posiada dwie bagatelki: władzę nad siłami natury i zdolność stawania się niewidzialnym...

"Myślę - rzekł - że po kilku latach mojej gospodarki świat wyglądałby inaczej... Najwięksi hultaje zmieniliby się na Sokratesów i Platonów."

Wtem spojrzał na list paryski i przypomniał sobie Geista i jego słowa:
"Ludzkość składa się z gadów i tygrysów, między którymi ledwie jeden na całą
gromadę znajdzie się człowiek... Dzisiejsze niedole pochodzą stąd, że wielkie
wynalazki dostawały się bez różnicy ludziom i potworom... Ja nie popełnię
tego błędu i jeżeli ostatecznie znajdę metal lżejszy od powietrza, oddam go
tylko prawdziwym ludziom. Niech oni choć raz zaopatrzą się w broń na swój
wyłączny użytek; niechaj ich rasa mnoży się i rośnie w potęgę..."
"Niezawodnie byłoby lepiej - mruknął - gdyby tacy Ochoccy i Rzeccy mieli siłę,
a nie Starscy i Maruszewicze..."
"To jest cel!... - myślał w dalszym ciągu. - Gdybym był młodszy... Chociaż... No i
tutaj bywają ludzie, i tu jest niemało do zrobienia..."
Zaczął znowu czytać historię z *Tysiąca nocy*, lecz spostrzegł, że i ona już nie
absorbuje go. Dawny ból zaczął nurtować serce, a przed oczyma coraz
wyraźniej rysowała się sylwetka panny Izabeli i Starskiego.
Przypomniał sobie Geista w drewnianych sandałach, później jego dziwny dom
otoczony murem... I nagle przywidziało mu się, że ten dom jest pierwszym
stopniem olbrzymich schodów, na szczycie których stoi posąg niknący w
obłokach. Przedstawiał on kobietę, której nie było widać głowy ani piersi,
tylko spiżowe fałdy sukni. Zdawało mu się, że na stopniu, którego dotykają jej
nogi, czerni się napis: "Niezmienna i czysta." Nie rozumiał, co to jest, ale czuł,
że od stóp posągu napływa mu w serce jakaś wielkość pełna spokoju. I dziwił
się, że on, który był zdolnym doświadczać podobnego uczucia, mógł kochać
czy gniewać się na pannę Izabelę albo zazdrościć jej Starskiemu!...
Wstyd uderzył mu na twarz, choć nikogo nie było w pokoju.
Widzenie znikło. Wokulski ocknął się. Był znowu tylko człowiekiem zbolałym i
słabym, ale w jego duszy huczał jakiś potężny głos niby echo kwietniowej
burzy, grzmotami zapowiadającej wiosnę i zmartwychwstanie.
Pierwszego czerwca odwiedził go Szlangbaum. Wszedł zakłopotany; ale
przypatrzywszy się Wokulskiemu nabrał otuchy.
- Nie odwiedzałem cię do tej pory - zaczął - bo wiem, żeś był niezdrów i nie
chciałeś nikogo widywać. No, ale dzięki Bogu, już wszystko przeszło...
Kręcił się na krześle i spod oka rzucał spojrzenia na pokój; może spodziewał
się znaleźć w nim więcej nieładu.
- Masz jaki interes? - zapytał go Wokulski.
- Nie tyle interes, ile propozycję... Właśnie kiedy dowiedziałem się, żeś chory,
przyszło mi na myśl... Uważasz... tobie potrzeba dłuższego wypoczynku,
usunięcia się od wszelkich zajęć, więc przyszło mi na myśl, czybyś nie zostawił
u mnie tych stu dwudziestu tysięcy rubli... Miałbyś bez kłopotu dziesiąty
procent.
- Aha!... - wtrącił Wokulski. - Ja moim wspólnikom bez kłopotu, nawet dla
siebie, płaciłem piętnaście.
- Ale teraz cięższe czasy... Zresztą chętnie dam piętnasty procent, jeżeli mi
zostawisz swoją firmę...
- Ani firmy, ani pieniędzy - odparł niecierpliwie Wokulski:- Firma bodajby
nigdy nie istniała, a co do pieniędzy... Tyle ich mam, że mi wystarczy procent,
jaki dają papiery. Aaa... i tego za dużo.

- Więc chcesz odebrać swój kapitał na święty Jan? - spytał Szlangbaum.
- Mogę ci go zostawić do października, nawet bez procentu, pod warunkiem, że zatrzymasz przy sklepie tych ludzi, którzy zechcą zostać.
- Ciężki warunek, ale,..
- Jak chcesz.
Nastała chwila milczenia.
- Cóż myślisz robić ze spółką do handlu z cesarstwem? - zapytał Szlangbaum. - Bo mówisz tak, jakbyś się i z niej chciał wycofać...
- Jest to bardzo prawdopodobne.
Szlangbaum zarumienił się, chciał coś powiedzieć, ale dał spokój. Pogadali jeszcze o rzeczach obojętnych i Szlangbaum wyszedł żegnając się z nim bardzo serdecznie.
"On, widzę, ma zamiar wszystko odziedziczyć po mnie - myślał Wokulski. - Ha! niech dziedziczy... świat należy do tych, którzy go biorą."
Swoją drogą Szlangbaum rozmawiający z nim w tej chwili o swoich interesach wydał mu się zabawny.
"Wszyscy w sklepie skarżą się na niego - myślał - mówią, że głowę zadziera, że wyzyskuje... Co prawda, o mnie mówili to samo..."
Spojrzenie jego znowu padło na biurko, gdzie od kilku dni leżał list z Paryża. Wziął go do rąk, ziewnął, ale nareszcie odpieczętował.
Była to korespondencja od baronowej mającej dyplomatyczne stosunki, tudzież kilka urzędowych aktów. Przejrzał je i przekonał się, że są to dowody śmierci Ernesta Waltera, inaczej Ludwika Stawskiego, który zmarł w Algierze: Wokulski zamyślił się.
"Gdybym przed trzema miesiącami dostał te papiery, kto wie, co by dziś było?... Stawska - piękna, a nade wszystko jaka szlachetna... jaka szlachetna!... Czy ja wiem, może ona naprawdę mnie kochała?... Stawska mnie, a ja tamtą... Co za ironia losu!..."
Rzucił papiery na biurko i przypomniał sobie ten mały, czysty salonik, w którym tyle wieczorów przepędził z panią Stawską, gdzie czuł się tak spokojnym.
"No - mówił - i odrzuciłem szczęście, które samo wpadło mi w ręce... Ale czy może być szczęściem to, czego nie pragniemy?... I jeżeli ona choć przez jeden dzień tyle cierpiała co ja?...
Okrutne jest to urządzenie świata, na którym dwoje ludzi nieszczęśliwych z tego samego powodu nie mogą sobie pomóc..."
Dokumenta o śmierci Stawskiego leżały kilka dni, a Wokulski jeszcze nie zdecydował się, co z nimi zrobić.
Z początku wcale o nich nie myślał, potem, gdy mu coraz częściej wpadały w oczy lub pod rękę, zaczął doświadczać wyrzutów sumienia.
"Ostatecznie - mówił - sprowadziłem je dla pani Stawskiej, więc trzeba to oddać pani Stawskiej; ale gdzie ona jest?... Nie wiem... Zabawna byłaby historia, gdybym się z nią ożenił... Miałbym towarzystwo. Helunia miłe dziecko... miałbym cel w życiu. No, ale ona sama nie zrobiłaby interesu... Cóż bym jej wreszcie powiedział? Jestem chory, potrzebuję dozorczyni i dlatego ofiaruję pani kilkanaście tysięcy rubli rocznie... Nawet pozwolę się pani kochać, chociaż

sam... Mam już dosyć miłości..."

Dzień schodził za dniem, a Wokulski nie wymyślił sposobu odesłania papierów pani Stawskiej. Trzeba by dowiedzieć się, gdzie mieszka, napisać list rekomendowany, oddać go na pocztę... W końcu przypomniał sobie, że najprostszą rzeczą będzie wezwać Rzeckiego (z którym nie widział się od kilku tygodni) i jemu oddać dokumenta: Lecz chcąc wezwać Rzeckiego, trzeba dzwonić na lokaja, posłać go do sklepu...

"Aaa... dajcież mi spokój !" - mruknął.

Wziął się znowu do czytania, tym razem podróży. Zwiedził Stany Zjednoczone, Chiny, ale papiery pani Stawskiej nie dawały mu spokoju. Rozumiał, że coś trzeba zrobić z nimi, a czuł, - że on nic nie zrobi.

Taki stan ducha jego samego zaczął dziwić.

"Myślę przecież prawidłowo - mówił - no, o ile nie przeszkadzają mi wspomnienia... Czuję prawidłowo... ach, nawet zanadto prawidłowo ! Tylko... nie chce mi się załatwić tego interesu i zresztą żadnego... Jest to więc modna dzisiaj choroba woli... Pyszny wynalazek !... Ależ ja, u diabła, nigdy nie stosowałem się do mody... W końcu, co mi tam moda czy nie moda; jest mi z nią dobrze, zatem...

Właśnie kończył podróż do Chin, kiedy przyszło mu na myśl, że gdyby on miał wolę, to mógłby prędzej czy później zapomnieć i o pewnych wypadkach, i o pewnych osobach.

"A tak mnie to dręczy... tak dręczy.!..." - szepnął.

Już zupełnie stracił rachubę czasu.

Pewnego dnia gwałtem wszedł do niego Szuman.

- No, jakże tam? - spytał. - Czytamy, widzę... powieści, dobrze... podróże, doskonale... Nie miałbyś ochoty wyjść na spacer? Ładny dzień, a przez pięć tygodni chyba nacieszyłeś się swoim mieszkaniem...

- Ty z dziesięć lat cieszyłeś się swoim - odparł Wokulski.

- Racja! Ale ja miałem zajęcie, badałem ludzkie włosy i myślałem o sławie. Nade wszystko zaś nie miałem na karku interesów cudzych i swoich. Przecież za kilka tygodni będzie sesja tej spółki do handlu z cesarstwem...

- Wycofuję się z niej...

- Proszę... Dobra myśl - mówił z ironią Szuman. - I jeszcze, ażeby cię lepiej ocenili, pozwól im wziąć na dyrektora Szlangbauma. On ich urządzi!... tak jak mnie... Genialna rasa te Żydki, ale cóż to za łajdaki!...

- No, no, no...

- Tylkoż ty ich nie broń przede mną - zawołał gniewnie Szuman - bo ja ich nie tylko znam, ale i odczuwam... Dałbym gardło, że już w tej chwili Szlangbaum kopie pod tobą doły w owej spółce, i jestem pewny, że się tam wkręci, bo jakżeby polska szlachta mogła obejść się bez Żyda...

- Widzę, że nie lubisz Szlangbaunla?

- Owszem, nawet podziwiam go i chciałbym naśladować, ale nie potrafię! A właśnie teraz zaczyna się budzić we mnie instynkt przodków: skłonność do geszefciarstwa... O naturo! jakżebym chciał mieć z milion rubli, ażeby zrobić drugi milion, trzeci... i stać się młodszym bratem Rotszylda. Tymczasem nawet Szlangbaum wyprowadza mnie w pole... Tak długo kręciłem się w waszym świecie, żem w końcu utracił najcenniejsze przymioty mojej rasy... Ale to wielka rasa: oni świat zdobędą, i nawet nie rozumem, tylko szachrajstwem i bezczelnością...

- Więc zerwij z nimi, ochrzcij się...

- Ani myślę. Naprzód, nie zerwę z nimi, choćbym się ochrzcił, a jestem znowu taki fenomenalny Żydziak, że nie lubię blagować. Po wtóre - jeżeli nie zerwałem z nimi, kiedy byli słabi, nie zerwę dziś, kiedy są potężni.

- Mnie się zdaje, że właśnie teraz są słabsi - wtrącił Wokulski.

- Czy dlatego, że ich zaczynają nienawidzieć ?...

- No, nienawiść zbyt silne słowo.

- Dajże spokój, nie jestem ślepy ani głupi... Wiem, co mówi się o Żydach w warsztatach, szynkach, sklepach, nawet w gazetach...I jestem pewny, że lada rok wybuchnie nowe prześladowanie, z którego moi bracia w Izraelu wyjdą jeszcze mędrsi, jeszcze silniejsi i jeszcze solidarniejsi... A jak oni wam kiedyś zapłacą!... Szelmy spod ciemnej gwiazdy, ale muszę uznać ich geniusz i nie mogę wyprzeć się sympatii... Czuję, że dla mnie brudny Żydziak jest milszym od umytego panicza; a kiedy po dwudziestu latach pierwszy raz zajrzałem do synagogi i usłyszałem śpiewy, na honor, łzy mi w oczach stanęły... Co tu gadać... Pięknym jest Izrael triumfujący i miło pomyśleć, że w tym triumfie uciśnionych jest cząstka mojej pracy!...

- Szuman, zdaje mi się, że masz gorączkę...

- Wokulski, jestem pewny, że masz bielmo, i to nie na oczach, ale na mózgu...

- Jakże możesz wobec mnie mówić o takich rzeczach?..

- Mówię, bo naprzód, nie chcę być gadem, który kąsa podstępnie, a po wtóre... ty, Stachu, już nie będziesz z nami walczył... Jesteś złamany, i to złamany przez swoich... Sklep sprzedałeś, spółkę porzucasz... Kariera twoja skończona. Wokulski spuścił głowę na piersi.

- Pomyśl zresztą - ciągnął Szuman - kto dziś jest przy tobie?... Ja, Żyd, tak pogardzony i tak skrzywdzony jak ty... I przez tych samych ludzi... przez wielkich panów...

- Robisz się sentymentalny - wtrącił Wokulski.

- To nie sentymentalizm!... Bryzgali nam w oczy swoją wielkością, reklamowali swoje cnoty, kazali nam mieć ich ideały... A dziś, powiedz sam: co warte są te ideały i cnoty, gdzie ich wielkość, która musiała czerpać z twojej kieszeni?... Rok tylko żyłeś z nimi, niby na równej stopie, i co z ciebie zrobili?... Więc pomyśl, co musieli zrobić z nami, których gnietli i kopali przez całe wieki?... I dlatego radzę ci: połącz się z Żydami. Zdublujesz majątek i jak mówi Stary Testament, zobaczysz nieprzyjacioły twoje u podnóżka nóg twoich... Za firmę i dobre słowo oddamy ci Łęckich, Starskiego i nawet jeszcze kogo na przykładkę... Szlangbaum to nie dla ciebie wspólnik, to błazen.

- A jak zagryziecie owych wielkich panów, to co?...

- Z konieczności połączymy się z waszym ludem, będziemy jego inteligeneją, której dziś nie posiada... Nauczymy go naszej filozofii, naszej polityki, naszej ekonomii i z pewnością lepiej wyjdzie na nas aniżeli na swoich dotychczasowych przewodnikach... Przewodnikach!... - dodał ze śmiechem. Wokulski machnął ręką.

- Mnie się zdaje - rzekł - że ty, który chcesz wszystkich leczyć na marzycielstwo, sam jesteś marzycielem.
- A toż znowu?... - zapytał Szuman.
- Tak... Nie macie .gruntu pod nogami, a chcecie innych brać za łeb... Myślcie wy lepiej o uczciwej równości z innymi, nie o zdobywaniu świata, i nie leczcie cudzych wad przed uleczeniem własnych, które mnożą wam nieprzyjaciół. Zresztą ty sam nie wiesz, czego się trzymać: raz gardzisz Żydami, drugi raz oceniasz ich zbyt wysoko...
- Gardzę jednostkami, szanuję siłę gromady.
- Wprost przeciwnie, aniżeli ja, który gardzę gromadami, a niekiedy szanuję jednostki.
Szuman zamyślił się.
- Rób, jak chcesz - rzekł biorąc za kapelusz. - Faktem jest jednak, że jeżeli ty wyjdziesz ze swojej spółki, to ona wpadnie w ręce Szlangbauma i całej zgrai parszywych Żydziaków. Tymczasem gdybyś został, mógłbyś tam wprowadzić ludzi uczciwych i przyzwoitych, którzy mają niewiele wad, a wszystkie żydowskie stosunki.
- Tak czy owak, spółkę opanują Żydzi.
- Ale bez twej pomocy zrobią to Żydzi chederowi, a z tobą zrobiliby uniwersyteccy.
- Czy to nie wszystko jedno! - odparł Wokulski wzruszając ramionami.
- Nie wszystko. Nas z nimi łączy rasa i wspólne położenie, ale dzielą poglądy. My mamy naukę, oni Talmud, my rozum, oni spryt; my jesteśmy trochę kosmopolici, oni partykularyści, którzy nie widzą dalej poza swoją synagogę i gminę. Gdy chodzi o wspólnych nieprzyjaciół, są wybornymi sprzymierzeńcami, ale gdy o postęp judaizmu... wówczas są dla nas nieznośnym ciężarem! Dlatego w interesie cywilizacji leży, ażeby kierunek spraw był w naszych rękach. Tamci mogą tylko zaplugawić świat chałatami i cebulą, ale nie posunąć go naprzód... Pomyśl o tym, Stachu!...
Uścisnął Wokulskiego i wyszedł pogwizdując arię: "Rachelo, kiedy Pan w dobroci niepojęty..."
"Tak tedy - myślał Wokulski - zanosi się na walkę między Żydami postępowymi i zacofanymi o naszą skórę, a ja mam brać w niej udział jako sprzymierzeniec tych albo tamtych... Piękna rola!.. Ach, jak mnie to nudzi i nuży..."
Zaczął marzyć, i znowu zobaczył odrapany mur domu Geista i nieskończoną ilość schodów, na szczycie których siedział posąg spiżowej bogini, z głową w chmurach i z zagadkowym napisem u stóp: "Niezmienna i czysta..."
Przez chwilę, kiedy patrzył na fałdy jej sukni, śmiać mu się chciało i z panny Izabeli, i z jej triumfującego wielbiciela, i z własnych cierpień.
"Czy to podobna?... czy to podobna?... - szepnął. - Ażebym ja..."
Ale posąg wnet zniknął, a ból powrócił i rozsiadł się w jego sercu jak wielki pan, któremu nikt nie sprosta.
W parę dni po wizycie Szumana zjawił się u Wokulskiego Rzecki. Był bardzo mizerny, podpierał się laską i tak zmęczył się wejściem na pierwsze piętro, że zadyszany upadł na krzesło i z trudnością mówił.
Wokulski przeraził się.

- Co tobie, Ignacy?... - zawołał.

- Et, nic!... Trochę starość, trochę... Ot, nic!...

- Ależ ty lecz się, mój drogi, wyjedź gdzie...

- Powiem ci, że próbowałem wyjeżdżać... Już nawet byłem na kolei. Ale ogarnęła mnie taka tęsknota za Warszawą i... za naszym sklepem - dodał ciszej - że... Iii... co tam!... Przepraszam cię, żem tu przyszedł...

- Ty mnie przepraszasz, kochany stary?.. Ja myślałem, że gniewasz się na mnie.

- Ja na ciebie?... - odparł Rzecki wpatrując się w niego z przywiązaniem. - Ja na ciebie?... - Ale co tam!... Przypędziły mnie tu interesa i ciężki kłopot...

- Kłopot?

- Wyobraź sobie, że Klejn aresztowany...

Wokulski cofnął się z krzesłem.

- Klejn i ci dwaj... pamiętasz?... Ten Maleski i Patkiewicz...

- Za co?

- Oni mieszkali w domu baronowej Krzeszowskiej, no i trochę, co prawda, szykanowali tego... tego Maruszewicza... On groził, a ci jeszcze lepiej... W końcu poleciał na skargę do cyrkułu... Zeszła policja, zrobił się jakiś skandal i wszystkich trzech wzięto do kozy.

- Dzieciaki... dzieciaki!... - szepnął Wokulski.

- Ja to samo mówiłem - ciągnął Rzecki. - Naturalnie, nic im się nie stanie, ale zawsze niemiła historia. Ten osioł Maruszewicz sam przestraszony... Wpadł do mnie, przysięgał, że on temu nie winien... Nie mogłem już wytrzymać i odpowiedziałem mu: "Żeś pan nie winien, jestem pewny; ale i to pewne, że w naszych czasach Pan Bóg opiekuj się hultajami... Bo naprawdę to pan powinieneś siedzieć dziś pod kluczem za fałszowanie podpisów,, ale nie te lekkoduchy..." Aż rozpłakał się. Przysiągł, że odtąd wejdzie na dobrą drogę i że jeżeli dotychczas nie wszedł na nią, to tylko z twojej winy.

"Byłem pełen najszlachetniejszych zamiarów - mówił - ale pan Wokulski, zamiast podać mi rękę, zamiast utwierdzić w zacnych intencjach, zbył mnie lekceważeniem..."

- Poczciwa dusza! - roześmiał się Wokulski. - Cóż więcej?

- W mieście gadają - mówił Rzecki - że opuszczasz spółkę...

- Tak...

- I że odstępujesz ją Żydom.

- No, przecież moi wspólnicy nie są starą garderobą, ażebym mógł ich odstępować - wybuchnął Wokulski. - Mają pieniądze, mają głowy na karkach... Niech znajdą ludzi i niech sobie radzą.

- Kogo oni tam znajdą, a choćby znaleźli, komu zaufają, jeżeli nie Żydom!... A Żydzi na serio myślą o tym interesie. Nie ma dnia, ażeby nie odwiedził mnie Szuman albo Szlangbaum, a każdy namawia, ażebym ja po tobie prowadził spółkę...

- Właściwie ty ją dziś prowadzisz.

Rzecki machnął ręką.

- Twoimi pomysłami i pieniędzmi! - odparł. - Ale mniejsza... Z tego widzę, że Szuman należy do jednej partii, a Szlangbaum do drugiej i że potrzebują sztromanów... Przede mną jeden na drugiego wiesza psy, ale wczoraj słyszałem, że obie partie już mają się porozumieć.

- Mądrzy! - szepnął Wokulski.

- Ale ja do nich straciłem serce - odparł Rzecki. - Jestem przecie stary kupiec i mówię ci, że u nich wszystko stoi na bladze, szacherce i tandecie.

- Nie bardzo im wymyślaj - wtrącił Wokulski - boć to przecie my ich wyhodowaliśmy...

- Nie my!... - zawołał gniewnie Rzecki - oni wszędzie tacy... Gdziekolwiek ich spotkałem: w Peszcie, Konstantynopolu, w Paryżu i w Londynie, zawsze widziałem jedną zasadę: dawać jak najmniej, a brać jak najwięcej, tak we względzie materialnym, jak i w moralnym... Blichtr... zawsze blichtr!...

Wokulski zaczął chodzić. po pokoju.

- Szuman miał rację - rzekł - że wzrasta do nich niechęć, kiedy nawet ty...

- Ja nie jestem niechętny... ja już schodzę z pola... Ale spojrzyj tylko, co się tu dzieje?... Gdzie oni nie włażą, gdzie nie otwierają sklepów, do czego nie wyciągają rąk?... A każdy, byle zajął jakie stanowisko, prowadzi za sobą cały legion swoich, bynajmniej nie lepszych od nas, nawet gorszych. Zobaczysz, co zrobią z naszym sklepem: jacy to tam będą subiekci, jakie towary... I ledwie zagarnęli sklep, już wkręcają się między arystokrację, już biorą się do twojej spółki...

- Nasza wina... Nasza wina!... - powtarzał Wokulski. - Nie możemy odmawiać ludziom prawa do zdobywania stanowisk, ale możemy bronić własnych.

- Ty sam opuszczasz stanowisko.

- Nie przez nich; oni ze mną uczciwie wychodzili.

- Boś był im potrzebny. Z ciebie i twoich stosunków zrobili szczebel...

- No, co tam - przerwał Wokulski - obaj nie przekonamy, się... Ale, ale... Mam tu urzędowe papiery o śmierci Ludwika Stawskiego.

Rzecki zerwał się z fotelu.

- Męża pani Heleny?... Gdzie?... - mówił rozgorączkowany. - Ależ to ocalenie dla nas wszystkich!...

Wokulski podał dokumenta, które Rzecki schwycił drżącymi rękoma.

- Wieczny odpoczynek i... chwała Bogu!... - prawił czytając.- No, kochany Stachu, dziś nie ma już żadnej przeszkody... Zeń się z nią... Ach, gdybyś wiedział, jak ona cię kocha... Zaraz doniosę o tym biedaczce, a papiery ty sam zawieź i... oświadcz się z miejsca... Już widzę, spółka będzie uratowana, a może i sklep... Paruset ludzi, których uchronisz od nędzy, pobłogosławi was... Co to za kobieta!... Przy niej dopiero znajdziesz spokój i szczęście...

Wokulski stanął przed nim i pokiwał głową.

- A ona ze mną znajdzie szczęście? - spytał.

- Szalenie cię kocha... Ty nawet nie domyślasz się...

- A wie ona: co kocha?... Czy ty nie widzisz, że ja już jestem tylko ruiną, najgorszą, bo moralną... Zatruć komu szczęście potrafię, ale dać!...

I jeżeli mógłbym dać coś światu, to chyba pieniądze i pracę, ale... nie dla dzisiejszych ludzi i jak najdalej od nich.

- Eh, przestań!... - zawołał Rzecki. - Ożeń się z nią, a zaraz inaczej spojrzysz...

Wokulski śmiał się smutno.

- Tak... ożenić się!... Spętać dobrą i niewinną istotę, wyzyskiwać najszlachetniejsze uczucia, a myślą być gdzie indziej... I może jeszcze za rok lub dwa wymawiać, że dla niej porzuciłem wielkie zamiary... ,

- Polityka?... - szepnął tajemniczo Rzecki.

- Co tam polityka!... już miałem czas i okazje rozczarować się do niej... Jest coś ważniejszego od polityki...

- Może wynalazek tego Geista?... - pytał Rzecki.

- A ty skąd wiesz?

- Od Szumana.

- Ach, prawda!... Zapomniałem, że Szuman musi wiedzieć o wszystkim. To także talent...

- I bardzo pomocny. Swoją drogą, radzę ci: pomyśl o pani Stawskiej, bo...

- Ty mi ją odbijesz?... - uśmiechnął się Wokulski. - Odbij, odbij!... Gwarantuję wam, że nie zaznacie biedy.

- Tfy! dajże spokój!... Ziemia by się zapadła, gdyby taki stary grat jak ja myślał o podobnej kobiecie. Ale jest tu ktoś niebezpieczniejszy... Mraczewski... Szaleje za nią, mówię ci, i już pojechał do niej trzeci czy czwarty raz... Serce kobiety nie kamień...

- O!... Mraczewski?... Już nie bawi się w socjalizm?

- Ale skąd! on mówi, że byle człowiek odłożył pierwszy tysiąc rubli, a jeszcze poznał taką piękną kobietę jak Stawka, zaraz polityka wywietrzeje mu z głowy.

- Biedny Klejn był innego zdania - rzekł Wokulski.

-.Co tam Klejn, narwaniec!... Dobry chłopak, ale żaden subiekt... Mraczewski, oto była perła!... Piękny, paplał po francusku, a jak on spoglądał na klientki, jak podkręcał wąsy!... Ten zrobi interes na świecie i zdmuchnie ci panią Stawską... Zobaczysz!...

Zabrał się do wyjścia, ale jeszcze stanął i rzekł:

- Żeń się z nią, Stachu, żeń... Uszczęśliwisz kobietę, uratujesz spółkę, a może i sklep ocalisz. Co tam wynalazki!... Rozumiałbym cele polityczne w tych czasach, kiedy mogą zajść najdonioślejsze wypadki. Ale te machiny latające... Chociaż może i one przydałyby się? - dodał po namyśle. - Ha! zresztą rób, jak chcesz, ale prędko decyduj się co do Stawskiej, bo czuję, że Mraczewski nie zaśpi gruszek w popiele. To frant! Machiny latające... Phy! czy ja wiem?... Może i to... może i to na coś się przyda.

Wokulski został sam.

"Paryż czy Warszawa?... - myślał. - Tam wielki cel, ale niepewny, tu paruset ludzi... Na których nie mogę patrzeć..." - dodał po chwili.

Zbliżył się do okna i jakiś czas wyglądał na ulicę, po prostu ażeby się przemóc. Ale wszystko drażniło go: ruch powozów, bieganina pieszych, ich zafrasowane lub uśmiechnięte twarze. Najbardziej zaś rozstrajał go widok kobiet. Zdawało mu się, że każda jest uosobieniem głupoty i fałszu.

"Każda znajdzie swego Starskiego, prędzej lub później - myślał.- Każda go szuka."

Wkrótce znowu odwiedził Wokulskiego Szuman.

- Mój drogi - zawołał od progu śmiejąc się - choćbyś miał mnie wyrzucić za drzwi, będę cię prześladował wizytami...

- Ale owszem, przychodź jak najczęściej - odparł Wokulski.

- Więc zgadzasz się?... Wybornie!... To połowa kuracji...Co znaczy jednakże silny mózg!... Po niecałych siedmiu tygodniach ciężkiej mizantropii już zaczynasz tolerować gatunek człowieczy, i to jeszcze w mojej osobie... Cha! Cha! Cha!... Cóż by było, gdyby wpuścić do twej klatki jakąś szykowną kobietkę...
Wokulski zbladł.

- No, no... wiem, że jeszcze za wcześnie... Choć już pora, ażebyś zaczął ukazywać się między ludźmi. To uleczyłoby cię do reszty. Bo weź za przykład mnie - prawił Szuman. - Dopóki siedziałem w czterech ścianach, nudziłem się jak diabeł w dzwonnicy; a dziś ledwiem pokazał się w świecie, już mam tysiące rozrywek. Szlangbaum chce mnie okpić i z jednego zdziwienia wpada w drugie, dzień po dniu przekonywając się, że choć mam tak naiwną minę, przecież z góry przewidziałem wszystkie jego cugi. To nawet zjednało mi u niego szacunek...

- Dosyć skromna zabawa - wtrącił Wokulski.

- Zaczekaj ! Drugą uciechę sprawiają mi moi współwyznawcy ze sfer finansowych, ponieważ zdaje im się, że ja mam nadzwyczajny spryt do interesów i że pomimo to będą mną mogli kierować, jak im się podoba... Wyobrażam sobie ich bolesne rozczarowanie, kiedy przekonają się, że ani jestem dość sprytnym do interesów, ani dość głupim, ażeby stać się pionkiem w ich rękach...

- A tak namawiałeś mnie do wejścia w spółkę z nimi?..

- To co innego. Ja i dziś jeszcze cię namawiam. Na ostrożnej spółce z rozumnymi Żydami nikt nigdy nie stracił, przynajmniej finansowo. Ale co innego być wspólnikiem, a co innego pionkiem, jakim mnie chcą zrobić... Ach, te Żydziaki !... zawsze szelmy, w chałatach czy we frakach...

- Co ci jednak nie przeszkadza uwielbiać ich, a nawet łączyć się ze Szlangbaumen!?...

- To znowu co innego - odparł Szuman. - Żydzi, moim zdaniem, są najgenialniejszą rasą w świecie, a przy tym moją rasą, więc ich podziwiam i w gromadzie kocham. A co do porozumienia ze Szlangbaumem... Bój się Boga, Stachu! czyby to była rzecz rozsądna z nasze strony, gdybyśmy się żarli między sobą wówczas, kiedy idzie o uratowanie tak świetnego interesu jak spółka do handlu z cesarstwem?... Ty ją rzucasz, więc albo runie, albo złapią ją Niemcy i w każdym razie kraj straci. A tak i kraj zyska, i my...

- Coraz mniej rozumiem cię - wtrącił Wokulski. - Żydzi są wielcy i Żydzi są szelmy... Szlangbauma trzeba wyrzucić ze spółki i trzeba go znowu przyjąć... Raz Żydzi na tym zyskują, to znowu kraj zyska... Kompletny chaos!..

- Masz, Stachu, mózg przewrócony... To żaden chaos, najjaśniejsza prawda... W tym kraju tylko Żydzi tworzą jakiś ruch przemysłowy i handlowy, a więc każde ich ekonomiczne zwycięstwo jest czystym zyskiem dla kraju... Nie mam racji?...

- Muszę się nad tym zastanowić - odparł Wokulski. - No, a jaką jeszcze masz uciechę?..

- Największą. Wyobraź sobie, że na pierwszą wieść o moich przyszłych sukcesach finansowych już chcą mnie żenić... Mnie, z moją żydowską mordą i łysiną!...

- Kto?... z kim?..

- Naturalnie, że nasi znajomi, a z kim?... Z kim zechcę. Nawet z chrześcijanką, i to z pięknej familii, byłem się ochrzcił...
- A ty?..
- Wiesz co, że gotowem to zrobić przez ciekawość. Po prostu dla dowiedzenia się: w jaki sposób przekona mnie o swej miłości chrześcijanka piękna, młoda, dobrze wychowana, a nade wszystko z porządnej familii?... Tu już miałbym miliony zabaw. Bawiłbym się widząc jej konkury o moją rękę i serce. Bawiłbym się słysząc, jak mówi o swej wielkiej ofierze dla dobra rodziny, a może nawet ojczyzny. Bawiłbym się w końcu śledząc, w jaki sposób powetowałaby sobie swoją ofiarę: czy oszukiwałaby mnie starą metodą, to jest potajemnie, czy nową, to jest jawnie, i może nawet żądając mego przyzwolenia?...
Wokulski schwycił się za głowę.
- Okropność... - szepnął.
Szuman patrzył na niego spod oka.
- Stary romantyku!... stary romantyku!... - mówił. - Chwytasz się za głowę, bo w twojej chorej wyobraźni ciągle jeszcze pokutuje chimera idealnej miłości, kobiety z anielską duszą... Takich jest ledwie jedna na dziesięć, więc masz dziewięć przeciw jednemu, że na taką nie trafisz. A chcesz poznać normę?..: więc rozejrzyj się w stosunkach ludzkich. Albo mężczyzna jak kogut uwija się między kilkunastoma kurami, albo kobieta, jak wilczyca w lutym, wabi za sobą całą zgraję ogłupiałych wilków czy psów... I powiadam ci, że nie ma nic bardziej upadlającego jak ściganie się w takiej gromadzie, jak zależność od wilczycy... W tym stosunku traci się majątek, zdrowie, serce, energię, a w końcu i rozum... Hańba temu, kto nie potrafi wydobyć się z podobnego błota!
Wokulski siedział milczący, z szeroko otwartymi oczyma. Wreszcie rzekł cichym głosem:
- Masz rację...
Doktór pochwycił go za rękę i gwałtownie targając nią zawołał:
- Mam rację?... ty to powiedziałeś?... A więc - jesteś ocalony!... Tak, jeszcze będą z ciebie ludzie... Pluń na wszystko, co minęło: na własną boleść i na cudzą nikczemność... Wybierz sobie jaki cel, jakikolwiek, i zacznij nowe życie. Rób dalej majątek czy cudowne wynalazki, żeń się ze Stawską czy zawiąż drugą spółkę, byłeś czegoś pragnął i coś robił. Rozumiesz? I nigdy nie pozwól nakrywać się spódnicą... Rozumiesz? Ludzie twojej energii rozkazują, nie słuchają, prowadzą, nie zaś są prowadzeni... Kto mając do wyboru ciebie i Starskiego wybrał Starskiego, ten dowiódł, że niewart nawet Starskiego... Oto moja recepta, pojmujesz?... A teraz bądź zdrów i zostań z własnymi myślami.
Wokulski nie zatrzymywał go.
- Gniewasz się? - rzekł Szuman. - Nie dziwię się, wypaliłem ci tęgiego raka; a to, co jeszcze zostało, samo zginie. Bywaj zdrów.
Po odejściu doktora Wokulski otworzył okno i rozpiął koszulę. Było mu duszno, gorąco i zdawało mu się, że go krew zaleje. Przypomniał sobie Zasławek i oszukiwanego barona, przy którym on sam odgrywał wówczas prawie taką rolę, jak dzisiaj przy nim Szuman...
Zaczął marzyć i obok wizerunku panny Izabeli w objęciach Starskiego ukazała mu się teraz gromada zziajanych wilków uganiających się po śniegu za

wilczycą... A on był jednym z nich!...

Znowu ogarnął go ból, a zarazem wstręt i obrzydzenie do samego siebie. "Jakim ja nikczemny i głupi!... - zawołał uderzając się w czoło. Żeby tyle widzieć, tyle słyszeć i jednakże dojść do podobnego upodlenia... Ja... ja... ścigałem się ze Starskim i Bóg wie z kim jeszcze."

Tym razem śmiało wywołał w pamięci obraz panny Izabeli; śmiało przypatrywał się jej posągowym rysom, popielatym włosom, oczom mieniącym się wszystkimi barwami, od niebieskiej do czarnej. I zdawało mu się, że na jej twarzy, szyi, ramionach i piersiach widzi, jak piętna, ślady pocałunków Starskiego...

"Miał rację Szuman - pomyślał - jestem naprawdę uleczony..."

Powoli jednak gniew ostygł w nim, a jego miejsce znowu zajął żal i smutek. Przez kilka następnych dni Wokulski już nic nie czytał. Prowadził ożywioną korespondencję z Suzinem i dużo rozmyślał.

Myślał, że w obecnym położeniu, prawie od dwu miesięcy zamknięty w swoim gabinecie; już przestał być człowiekiem i zaczyna robić się czymś podobnym do ostrygi, która, siedząc na jednym miejscu, bez wyboru przyjmuje od świata to, co jej rzuci przypadek.

A jemu co dał przypadek?

Najpierw podsunął książki, z których jedne oświeciły go, że jest don Quichotem, a inne obudziły w nim pociąg do cudownego świata, w którym ludzie posiadają władzę nad wszelkimi siłami natury.

Więc chciał już nie być don Quichotem i zapragnął posiadać władzę nad siłami natury.

Potem kolejno wpadali do niego Szlangbaum i Szuman, od których dowiedział się, że dwie partie żydowskie walczą między sobą o odziedziczenie po nim kierunku spółką. W całym kraju nie było nikogo, kto by mógł dalej rozwijać jego pomysły; nikogo, prócz Żydów, którzy występowali z całą kastową arogancją, przebiegłością, bezwzględnością i jeszcze kazali mu wierzyć, że jego upadek, a ich triumf - będzie korzystnym dla kraju...

Wobec tego poczuł taki wstręt do handlu, spółek i wszystkich zysków, że dziwił się samemu sobie: jakim sposobem on mógł, prawie przez dwa lata, mieszać się do podobnych rzeczy?

"Zdobywałem majątek dla niej!... - pomyślał. - Handel... ja i handel!... I to ja zgromadziłem przeszło pół miliona rubli w ciągu dwu lat, ja zmieszałem się z ekonomicznymi szulerami, stawiałem na kartę pracę i życie, no... i wygrałem... Ja - idealista, ja - uczony, ja, który przecie rozumiem, że pół miliona rubli człowiek nie mógłby wypracować przez całe życie, nawet przez trzy życia... A jedyną pociechą, jaką jeszcze wyniosłem z tej szulerki, jest pewność, żem nie kradł i nie oszukiwał... Widocznie Bóg opiekuje się głupcami..."

Potem znowu wypadek przyniósł mu wiadomość o śmierci Stawskiego w liście z Paryża i od tej chwili kolejno budziły się w nim wspomnienia pani Stawskiej i Geista.

"Mówiąc prawdę - myślał - powinien bym ten wyszulerowany majątek zwrócić ogółowi. Biedy i ciemnoty u nas pełno, a ci ludzie biedni ciemni są jednocześnie najczcigodniejszym materiałem... Jedyny zaś na to sposób byłby ożenić się ze Stawską. Ona z pewnością nie tylko nie paraliżowałaby moich zamiarów, ale byłaby najwierniejszą pomocnicą. Ona przecież zna pracę i biedę, i jest taka szlachetna!..."

Tak rozumował, ale czuł co innego: pogardę dla ludzi, których chciał uszczęśliwić. Czuł, że pesymizm Szumana nie tylko poderwał w nim namiętność dla panny Izabeli, ale jeszcze zatruł jego samego. Trudno mu było opędzić się przed skutkami słów, że rodzaj ludzki albo składa się z kur kokietujących koguta, albo z wilków uganiających się za wilczycą. I że gdziekolwiek zwróci się, ma dziewięć razy więcej szans, że trafi na zwierzę aniżeli na człowieka!...

"Niech go diabli wezmą z taką kuracją" - szepnął.

Teraz począł zastanawiać się nad Szumanem.

Trzej ludzie upatrywali w człowieczym gatunku cechy mocno zwierzęce: on sam, Geist i Szuman. Ale on sądził, że zwierzęta w ludzkiej postaci są wyjątkami, ogół zaś składa się z dobrych jednostek. Geist twierdził, przeciwnie, że ogół ludzki jest bydlęcym, a jednostki dobre są wyjątkami; ale Geist wierzył, że z czasem rozmnożą się ci dobrzy ludzie, że opanują całą ziemię - i od kilkudziesięciu lat pracował nad wynalazkiem, który by umożliwił ten triumf.

Szuman także twierdził, że ogromna większość ludzi są zwierzętami, lecz ani wierzył w lepszą przyszłość, ani w nikim nie budził tej otuchy. Dla niego ludzki rodzaj był już skazany na wiekuiste bydlęctwo, wśród którego odróżniali się tylko Żydzi, jak szczupaki między karasiami.

"Piękna filozofia!" - myślał Wokulski.

Czuł jednak, że w jego zranionej duszy, jak w świeżo zaoranym polu, pesymizm Szumana bystro się pleni. Czuł, że gaśnie w nim nie tylko miłość, ale nawet żal do panny Izabeli. Bo jeżeli cały świat składa się z bydląt, to nie ma dobrej racji ani szaleć za jednym z nich, ani gniewać się za to, że jest zwierzęciem, nie lepszym i zapewne nie gorszym od innych.

"Piekielna jego kuracja! - powtarzał. - Ale kto wie, czy nie słuszna?... Ja fatalnie zbankrutowałem na moich poglądach; kto mi zaręczy, że i Geist nie myli się w swoich albo że nie ma racji Szuman?... Rzecki bydlę, Stawska bydlę, Geist bydlę, ja sam bydlę... Ideały - to malowane żłoby, w których jest malowana trawa, niezdolna nikogo nasycić!... Więc co się poświęcać dla jednych albo uganiać za drugimi?... Po prostu trzeba się wyleczyć, a potem na odmianę jadać polędwicę albo ładne kobiety i popijać to dobrym winem... Czasami coś przeczytać, czasami gdzie wyjechać, wysłuchać koncertu i tak doczekać starości "

Na tydzień przed sesją, która miała zdecydować o losach spółki, wizyty u Wokulskiego stały się coraz częstszymi. Przychodzili kupcy, arystokracja, adwokaci zaklinając go, ażeby nie opuszczał stanowiska i nie narażał instytucji, która przecież jest jego dziełem. Wokulski przyjmował interesantów z tak lodowatą obojętnością, że nawet nie mieli ochoty wypowiedzieć mu swoich argumentów; mówił, że jest znużony i chory i że musi się wycofać. Interesanci odchodzili bez nadziei; każdy jednak przyznawał, że Wokulski musi być ciężko chory. Wychudł, odpowiadał krótko i cierpko, a w oczach paliła mu się gorączka.

- Zabił się chciwością! - mówili kupcy.

Na parę dni przed ostatecznym terminem Wokulski wezwał swego adwokata i prosił go o zawiadomienie wspólników, że stosownie do zawartej z nimi umowy, wycofuje kapitał i usuwa się ze spółki. Inni mogą zrobić to samo.

- A pieniądze? - spytał adwokat.

- Dla nich już są gotowe w banku; ja zaś mam rachunki z Suzinem.

Adwokat pożegnał go strapiony. Tegoż dnia przyjechał do Wokulskiego książę.

- Słyszę nieprawdopodobne rzeczy! - zaczął książę ściskając go za rękę. - Adwokat pański zachowuje się tak, jakby pan naprawdę miał zamiar nas opuścić...

- Czy książę myślał, że żartuję?...

- No, nie... Ja myślę, że pan spostrzegł jakieś niedogodności w naszej umowie i...

- I targuję się, ażeby zmusić was do podpisania innej, która zmniejszy wasze procenta, a zwiększy moje dochody... - pochwycił Wokulski. - Nie, książę, usuwam się zupełnie na serio.

- Więc robi pan zawód swoim wspólnikom...

- Jaki? Panowie sami zawiązaliście ze mną spółkę tylko na rok i sami żądaliście takiego prowadzenia interesów, ażeby w ciągu miesiąca po rozwiązaniu umowy każdy wspólnik mógł wycofać swój wkład. To było wasze wyraźne żądanie. Ja zaś przekroczyłem je o tyle, że zwrócę pieniądze nie w miesiąc dopiero, ale w godzinę po rozwiązaniu spółki.

Książę upadł na fotel.

- Spółka zostanie - rzekł cicho - ale na miejsce pana wejdą do niej starozakonni...

- To już z wyboru panów.

- Żydowszczyzna w naszej spółce!... - westchnął książę. - Oni nawet na posiedzeniach gotowi rozmawiać po żydowsku... Nieszczęsny kraj! nieszczęsny język!...

- Nie ma obawy - wtrącił Wokulski. - Większość naszych wspólników ma zwyczaj rozmawiać na sesjach po francusku i językowi nic się nie stało, więc chyba nie zaszkodzi mu i kilka frazesów w żargonie.

Książę zarumienił się.

- Ależ starozakonni, panie... obca rasa... Teraz jeszcze zaczęła się przeciw nim jakaś niechęć...

- Niechęć tłumu niczego nie dowodzi. Lecz któż zresztą broni panom zebrać odpowiednie kapitały, jak to zrobili Żydzi, i powierzyć je nie Szlangbaumowi, ale któremu z chrześcijańskich kupców?

- Nie znamy takiego, któremu można by zaufać.

- A Szlangbauma znacie?...

- Przy tym u nas nie ma ludzi dość zdolnych - wtrącił książę.- To są subiekci, nie finansiści...

- A ja czym byłem?... Także subiektem i nawet restauracyjnym chłopcem; mimo to spółka przyniosła zapowiedziany dochód.

- Pan jesteś wyjątkiem...

- Któż panom zaręczy, że nie znaleźlibyście więcej takich wyjątków w piwnicach i za kontuarami. Poszukajcie.

- Starozakonni sami do nas przychodzą...
- Otóż to!... - zawołał Wokulski. - Żydzi przychodzą albo wy do nich, ale chrześcijański parweniusz do was nawet przyjść nie może, bo tyle napotyka zawad po drodze... Wiem coś o tym. Wasze drzwi tak szczelnie są zamknięte przed kupcem i przemysłowcem, że albo trzeba je zbombardować setkami tysięcy rubli, ażeby się otworzyły, albo wciskać się jak pluskwa... Uchylcie trochę tych drzwi, a może będziecie mogli obchodzić się bez Żydów.
Książę zasłonił rękoma oczy.
- O, panie Wokulski, to... bardzo słuszne, co pan mówi, ale i bardzo gorzkie... bardzo okrutne... Mniejsza jednak... Rozumiem pański żal do nas, ależ... są jakieś obowiązki względem ogółu...
- No, ja nie uważam tego za pełnienie obowiązków, że od mego kapitału miałem piętnaście procent rocznie. I nie sądzę, ażebym był gorszym obywatelem poprzestając na pięciu...
- Ależ my wydajemy te pieniądze - odparł już obrażony książę. - Ludzie żyją około nas...
- I ja będę wydawał. Pojadę na lato do Ostendy, na jesień do Paryża, na zimę do Nizzy...
- Przepraszam!... Nie tylko za granicą żyją z nas ludzie.. Iluż tutejszych rzemieślników...
- Czeka na swoje należności po roku i dłużej - pochwycił Wokulski. - My obaj, mości książę, znamy takich protektorów krajowego przemysłu, mieliśmy ich nawet w naszej spółce...
Książę zerwał się z fotelu.
- Aaa!... to się nie godzi, panie Wokulski - mówił zadyszany.- Prawda, są wśród nas duże wady, są grzechy, ale żadnego z nich nie popełniliśmy względem pana... Miałeś naszą życzliwość... szacunek...
- Szacunek!... - zawołał śmiejąc się Wokulski. - Czy książę sądzi, że nie zrozumiałem, na czym on polegał i jakie zapewniał mi stanowisko między wami?... Pan Szastalski, pan Niwiński, nawet... pan Starski, który nigdy nic nie robił i nie wiadomo skąd brał pieniądze, o dziesięć pięter stali wyżej ode mnie w waszym szacunku. Co mówię... Lada zagraniczny przybłęda bez trudu dostawał się do waszych salonów, które ja musiałem dopiero zdobywać, choćby... piętnastym procentem od powierzonych mi kapitałów!... To oni, to ci ludzie, nie ja, posiadali wasz szacunek, ba! mieli nierówno rozleglejsze przywileje... Choć każdy z tych wyżej oszacowanych mniej jest wart aniżeli mój szwajcar sklepowy, bo on coś robi i przynajmniej nie gnoi ogółu...
- Panie Wokulski, krzywdzisz nas... Rozumiem, o czym pan mówisz, i na mój honor, wstydzę się... Ależ my nie odpowiadamy za występki jednostek...
- Owszem, wy wszyscy odpowiadacie, bo owe jednostki wyrosły pośród was, a to, co książę nazywasz występkiem, jest tylko owocem waszych poglądów, waszej pogardy dla wszelkiej pracy i wszelkich obowiązków.
- Żal mówi przez pana... - odparł książę zabierając się do wyjścia. - Żal słuszny, ale może niewłaściwie skierowany... Żegnam pana. Więc zostawiasz nas na pastwę starozakonnym?...
- Mam nadzieję, że porozumiecie się z nimi lepiej niż z nami rzekł Wokulski z

ironią.

Książę miał łzy w oczach.

- Myślałem - mówił wzruszony - że będziesz pan złotym mostem między nami a tymi, którzy... coraz więcej odsuwają się od nas...

- Chciałem być mostem, ale podpiłowano go i zawalił się... - odpowiedział Wokulski kłaniając się.

- Wracajmy więc do okopów Świętej Trójcy!...

- To jeszcze nie okopy... to dopiero spółka z Żydami.

- Tak pan mówisz?... - zapytał książę blednąc. - A więc ja... nie należę do tej spółki... Nieszczęsny kraj!...

Kiwnął głową i wyszedł.

Nareszcie odbyła się sesja rozstrzygająca losy spółki do handlu z cesarstwem. Przede wszystkim zarząd, utworzony przez Wokulskiego, złożył sprawozdanie za rok ubiegły. Okazało się, że obroty przewyższały kilkanaście razy kapitał, który przyniósł nie piętnaście, ale osiemnaście procent zysku. Wspólnicy słuchając tego byli wzruszeni i na wniosek księcia podziękowali zarządowi i nieobecnemu Wokulskiemu przez powstanie.

Potem podniósł się adwokat Wokulskiego i oświadczył, że jego klient z powodu choroby wycofuje się nie tylko od zarządu, ale nawet od udziału w spółce. Wszyscy od dawna byli przygotowani na tę wiadomość, niemniej zrobiła wrażenie bardzo przygnębiające. Korzystając z przerwy książę poprosił o głos i zawiadomił obecnych, że skutkiem usunięcia się Wokulskiego i on występuje ze spółki. Co powiedziawszy zaraz opuścił salę obrad; na odchodne zaś rzekł do któregoś ze swoich przyjaciół.

- Nigdy nie miałem zdolności do operacji handlowych, a Wokulski jest jedynym człowiekiem, któremu mogłem powierzyć honor mego nazwiska. Dziś nie ma jego, więc i ja nie mam tu co robić.

- Ale dywidenda?... - szepnął przyjaciel.

Książę spojrzał na niego z góry.

- To, com robił, robiłem nie dla dywidendy, ale dla nieszczęśliwego kraju - odparł. - Chciałem do naszej sfery wlać trochę świeżej krwi i świeższych poglądów; muszę jednak wyznać, żem przegrał, i to nie z winy Wokulskiego... Biedny ten kraj!...

Wyjście księcia, aczkolwiek nieoczekiwane, zrobiło mniejsze wrażenie; obecni bowiem już byli uprzedzeni, że spółka utrzyma się.

Teraz wystąpił jeden z adwokatów i drżącym głosem odczytał bardzo piękną mowę, której treścią było to, że z usunięciem się Wokulskiego spółka traci nie tylko kierownika, ale i pięć szóstych kapitału. "Powinna by więc upaść - ciągnął mówca - i gruzami swoimi zasypać cały kraj, tysiące pracowników, setki rodzin..."

Tu przerwał czekając na efekt. Ale obecni zachowywali się obojętnie, z góry wiedząc, co nastąpi dalej.

Adwokat zabrał znowu głos i wezwał obecnych, ażeby nie tracili męstwa. "Znalazł się bowiem zacny obywatel, człowiek fachowy, nawet przyjaciel i wspólnik Wokulskiego, który jest zdecydowany jak Atlas niebo podeprzeć zachwianą spółkę. Mężem tym, który chce obetrzeć łzy tysiącom, ocalić kraj od ruiny, handel popchnąć na nowe drogi..."

W tym miejscu wszyscy obecni zwrócili głowy ku krzesłu, na którym siedział spotniały i zarumieniony Szlangbaum.

- Mężem tym - zawołał adwokat - jest pan...

- Mój syn, Henryś... - odezwał się głos z kąta.

Ponieważ ten efekt nie był oczekiwany, więc sala zatrzęsła się od śmiechu. Swoją drogą zarząd spółki udał radosne zdziwienie, zapytał obecnych: czy chcą przyjąć pana Szlangbauma na wspólnika i kierownika? a otrzymawszy jednomyślne zezwolenie, wezwał nowego kierownika na fotel prezydialny.

Tu znowu zrobiło się małe zamieszanie. .Natychmiast bowiem zażądał głosu Szlangbaum ojciec i wypowiedziawszy kilka pochwał synowi i zarządowi, postawił wniosek, że spółka nie może gwarantować wspólnikom więcej nad dziesięć procent rocznego zysku.

Powstał hałas, kilkunastu mówców zabrało głos i po bardzo ożywionych rozprawach uchwalono, że spółka przyjmuje nowych członków wskazanych przez pana Szlangbauma, a kierunek spraw powierza temuż panu Szlangbaumowi.

Ostatnim epizodem było przemówienie doktora Szumana, którego wezwano na członka zarządu, ale który odmawiając przyjęcia tak zaszczytnego stanowiska w szyderczy sposób pozwolił sobie zażartować ze spółki między arystokracją i Żydami.

"Jest to jakby nieślubne małżeństwo - mówił. - Ale ponieważ z takich związków rodzą się niekiedy genialne dzieci, miejmy więc nadzieję, że i nasza spółka wyda jakieś niezwykłe owoce..."

Zarząd był zaniepokojony, garstka obecnych oburzona; ale większość dała doktorowi rzęsiste brawo.

Wokulski najdokładniej znał przebieg sesji: przez cały bowiem następny tydzień odwiedzano go i zasypywano listami lub anonimami.

Przy tej sposobności odkrył w sobie nowy i dziwny nastrój duszy. Zdawało mu się, że pękły w nim wszystkie nici łączące go z ludźmi, że są mu obojętni, że go nic nie obchodzi, co ich obchodzi. Słowem, że jest podobny do aktora, który skończywszy rolę na scenie, gdzie przed chwilą śmiał się, gniewał lub płakał, zasiadł obecnie między widzami i na grę swoich kolegów patrzy jak na zabawę dzieci.

"Czego oni się tak rzucają?... Co to za głupstwa!..." - myślał.

Zdawało mu się, że spoza świata patrzy na ten świat, a jego sprawy widzi z jakiejś nowej strony, której dotychczas nie spostrzegał.

Przez parę pierwszych dni nachodzili go wspólnicy, pracownicy albo klienci spółki, niezadowoleni z wejścia Szlangbauma, a może zatrwożeni o swoją przyszłość. Ci po największej części namawiali go, ażeby wrócił na porzucone stanowisko, które jeszcze może zająć, gdyż kontrakt ze Szlangbaumem nie podpisany.

Niektórzy w tak smutnych barwach przedstawiali swoje położenie, a nawet płakali, że Wokulski doznał wzruszenia.

Lecz zarazem odkrył w sobie taką obojętność, taki brak współczucia dla cudzej niedoli, że sam się zadziwił.

Coś we mnie umarło!..." - myślał i odprawił interesantów z niczym.

Potem przyszła druga fala odwiedzających, którzy pod pozorem podziękowania mu za oddane usługi chcieli zaspokoić ciekawość i zobaczyć, jak wygląda ten niegdyś silny człowiek, o którym teraz mówiono, że całkiem zniedołężniał.

Ci już nie prosili go, ażeby wszedł znowu do spółki, tylko wychwalali jego minioną działalność i mówili, że nieprędko znajdzie się działacz podobny do niego.

Trzecia fala gości odwiedzała Wokulskiego nie wiadomo po co. Bo nawet już nie mówili mu komplementów, ale coraz częściej wspominali o Szlangbaumie, jego energii i zdolnościach.

Z gromady wizytujących wyróżnił się furman Wysocki. Przyszedł pożegnać się ze swoim dawnym chlebodawcą; chciał nawet coś powiedzieć, lecz nagle rozpłakał się, ucałował go w obie ręce i wybiegł z pokoju.

Mniej więcej to samo powtarzało się w listach... W jednych znajomi i nieznajomi zaklinali go, ażeby nie cofał się od interesów, ustąpienie jego bowiem będzie klęską dla kraju. Inni chwalili jego minioną działalność lub żałowali go; jeszcze inni radzili mu połączyć się ze Szlangbaumem, jako z człowiekiem bardzo zdolnym i myślącym o dobru ogółu. Za to w anonimach wymyślano mu bez miłosierdzia, że zgubiwszy rok temu przemysł krajowy przez sprowadzanie obcych wyrobów, dziś zgubił handel sprzedawszy go Żydom. Nawet wymieniano sumę.

Wokulski całkiem spokojnie rozmyślał nad tymi rzeczami. Zdawało mu się, że już jest zmarłym człowiekiem, który patrzy na własny pogrzeb. Widział tych, co żałowali go, co go chwalili, co mu złorzeczyli; widział swego następcę, do którego dziś zaczęły zwracać się sympatie ogółu, a nareszcie zrozumiał, że jest zapomniany i nikomu niepotrzebny. Był podobny do rzuconego w wodę kamienia, nad którym w pierwszej chwili powstaje wir i zamęt, a później tylko rozbiegają się fale coraz mniejsze, coraz mniejsze... I w końcu nad miejscem, gdzie upadł, tworzy się gładkie zwierciadło wody, gdzie znowu przebiegają fale, lecz zrodzone już w innych punktach, wywołane przez kogo innego.

"No, ale co dalej?... - mówił do siebie. - Z nikim nie żyję... nic nie robię... cóż dalej?..."

Przypomniał sobie, że Szuman radził mu upatrzyć jakiś cel w życiu. Rada dobra, ale... jak ją wykonać, kiedy on sam nie czuł żadnego pragnienia, nie miał sił ani ochoty?... Był jak zeschły liść, który tam pójdzie, gdzie nim wiatr rzuci.

"Kiedyś przeczuwałem ten stan - myślał - ale dziś widzę, że nie miałem o nim pojęcia..."

Pewnego dnia usłyszał w przedpokoju głośny spór. Wyjrzał i zobaczył Węgiełka, którego lokaj nie chciał puścić do pokoju.

- Ach, to ty! - rzekł Wokulski. - Chodźże no... Co u was słychać?

Węgiełek z początku przypatrywał mu się z miną niespokojną; stopniowo jednak ożywił się i nabrał otuchy.

- Mówili - rzekł z uśmiechem - że wielmożny pan już na ostatnich nogach, ale, widzę, łgali. Zmizerniał pan, bo zmizerniał, ale na księżą oborę to już żadnym sposobem pan nie patrzy...

- Cóż słychać? - powtórzył Wokulski.

Węgiełek szeroko opowiedział mu, że już ma dom, lepszy od tamtego, co się spalił, i że ma mnóstwo roboty. Dlatego właśnie przyjechał do Warszawy, ażeby kupić materiały i zabrać choćby ze dwu pomocników.

- Fabrykę mógłbym założyć, mówię wielmożnemu panu!... - zakończył Węgiełek.

Wokulski słuchał go milcząc. Nagle zapytał:

- A z żoną jesteś szczęśliwy?

Cień przeleciał po twarzy Węgiełka.

- Dobra kobieta, wielmożny panie, ale... Wreszcie przed panem powiem jak przed Bogiem... Trochę nam już nie tak... Zawsze to prawda, że czego oczy nie widzą, tego sercu nie żal; ale jak raz zobaczą...

Otarł łzy rękawem.

- Co to znaczy!... - zdziwił się Wokulski.

- Ot, nic. Wiem przecie, kogo wziąłem, alem był spokojny, bo kobieta dobra, cicha, pracowita i przywiązana do mnie jak ten pies. No, ale co z tego?.. Dopótym był spokojny, dopókim nie zobaczył jej dawnego gacha czy jak tam...

- Gdzie?...

- W Zasławiu, panie - ciągnął Węgiełek. - Jednej niedzieli poszliśmy z Marysią na zamek; chciałem jej pokazać ten potok, gdzie zginął kowal, i ten kamień, co na nim wielmożny pan kazał mi wyciąć napis. Wtem patrzę, jest powóz pana barona Dalskiego, co ożenił się z wnuczką nieboszczki pani Zasławskiej... Dobra to była pani, niech jej Bóg da wieczne odpocznienie!...

- Znasz barona? - spytał Wokulski.

- Ojej! - odparł Węgiełek - przecie pan baron gospodaruje teraz dobrami po nieboszczce, dopóki się tam coś nie zrobi. A ja już za jego rządów wyklejałem pokoje i poprawiałem okna. Znam go!... rzetelny pan i hojny...

- Cóż dalej?

- Więc mówię wielmożnemu panu, stoimy w zamku z Marysią i patrzymy na potok, aż ci na jeden raz włażą między gruzy: pani baronowa, niby wnuczka nieboszczki, i ten psubrat Starszczak...

Wokulski rzucił się na krześle.

- Kto?... - szepnął.

- Ten pan Starski, także wnuk po nieboszczce pani Zasławskiej, co się podlizywał jej za życia, a teraz chce zwalić testament, bo mówi, że babka przed śmiercią zwariowała... Taki to on! Odpoczął i ciągnął dalej:

- Wzięli się z panią baronową pod ręce, patrzyli na nasz kamień, ale więcej gadali ze sobą i chichotali. Wtem Starszczak ogląda się. Zobaczył moją żonę i roześmiał się do niej nieznacznie, a ona tak zbielała jak chusta...

"Co ci to, Maryś?... " - mówię. A ona: "Nic mi..." A tymczasem pani baronowa i ten bisurman zbiegli z górki zamkowej i poszli między leszczynę. "Co ci to? mówię jeszcze raz do Marysi. - Ino mi gadaj prawdę, bom zmiarkował, że się z tym cholerą znasz..." A ona siadła na ziemi i w płacz: "Żeby go Bóg skarał! - mówi - przecie on najpierwszy mnie zgubił...'

Wokulski przymknął oczy. Węgiełek zirytowanym głosem opowiadał :

- Jakem to usłyszał, wielmożny panie, myślałem, że polecę za nim i choć przy

pani baronowej, nogami go zabiję na miejscu. Taki mnie żal zdjął. Ale wnet przyszło mi do głowy: "Po cóżeś się, durny, z nią ożenił? Wiedziałeś przecie, co za jedna..." I w tym momencie serce mi zemdlało, żem się nawet bał zejść z górki, a na żonę wcalem nie spojrzał. Ona mówi: "Gniewasz się?..." A ja: "Pewnieście się tu spotykali?..." "Bogiem się świadczę - ona odpowiada - żem go tylko wtedy widziała..." "I dobrzeście się sobie przypatrzyli!... - ja mówię.- Bodajem był pierwej oślepł, nimem na cię spojrzał; bodajem zdechł, niżem się z tobą poznał..." A ona pyta się z płaczem: "Za co się gniewasz?..." Ja jej wtedy powiedziałem, pierwszy i ostatni raz: "Świnia jesteś, i tyle..." - bom już nie mógł wytrzymać. Wtem patrzę, leci sam pan baron, zakaszlany, aż posiniał, i pyta: "Nie widziałeś, Węgiełek, mojej żony?..." Mnie coś wtedy do łba strzeliło, żem mu odpowiedział: "Widziałem, jaśnie panie, poszła w krzaki z panem Starskim. Już mu zabrakło pieniędzy na kupowanie dziewcząt, to teraz chwyta się mężatek..." No, jak on na mnie wtedy spojrzał, choć i pan baron!...
Węgiełek ukradkiem otarł oczy.
- Ot, takie jest moje życie, wielmożny panie. Byłem spokojny, dopókim nie zobaczył jednego gacha; ale teraz na kogo spojrzę, wydaje mi się, że i on mój szwagier... A od żony, choć jej o tym nie gadam, to tak mnie odpycha... tak mnie odpycha, jakby co między mną i nią stało... Nawet pocałować jej nie mogę po dawnemu i żeby nie święta przysięga, to mówię panu, już bym porzucił dom i leciał gdzie na cztery strony.., A wszystko tylko z tego idzie, żem do niej przywiązany. Bo żebym ja jej nie lubił, to co mi tam!... Gospodyni staranna, dobrze gotuje, pięknie szyje i w domu cichutka jak pajęczyna. Niechby tam miała gachów.
Ale żem ją lubił, więc przez to taki mam żal i złość, że się we mnie wszystko pali na popiół...
Węgiełek drżał z gniewu.
- Z początku, wielmożny panie, jakeśmy się pobrali, tom ino wyglądał dzieci. Ale dziś to mnie strach bierze, ażebym zamiast mojego dziecka nie zobaczył gachowego. Bo przecie wiadomo, że jak wyżlica ma raz szczenięta z kundlem, to później żebyś jej dawał wyżły najlepsze, zawsze się odezwie kundel w pomiocie, widać przez zapatrzenie...
- Muszę wyjść - rzekł nagle Wokulski - więc bądź zdrów... A przed wyjazdem wstąp jeszcze do mnie...
Węgiełek pożegnał go bardzo serdecznie, w przedpokoju zaś rzekł do lokaja :
- Coś waszemu panu dolega... Zrazu tom myślał, że zdrów, choć źle wygląda; ale on, widać, nietęgi... Niech się wami Pan Bóg opiekuje!...
- A widzisz, mówiłem ci, żebyś tam nie właził i dużo nie gadał odparł pochmurnie lokaj wypychając go do sieni.
Po odejściu Węgiełka Wokulski wpadł w głęboką zadumę. "Stali naprzeciw mego kamienia i śmieli się!... - szepnął. - Nawet kamień musiał zbezcześcić, niewinny kamień."
Przez chwilę zdawało mu się, że znalazł nowy cel, chodziło tylko o wybór; czy wypalić w łeb Starskiemu wymieniwszy mu pierwej listę osób, którym zrujnował szczęście, czyli też - zostawić go przy życiu, lecz doprowadzić do ostatecznej nędzy i upodlenia?...

Ale wnet przyszedł rozmysł i wydało mu się rzeczą dziecinną, a nawet niesmaczną, ażeby on miał poświęcać majątek, pracę i spokojność dla zemsty nad tego rodzaju człowiekiem.

"Wolałbym zastanawiać się nad tępieniem myszy polnych albo karaluchów, bo one są rzeczywistą klęską, a taki Starski... licho wie, co to jest?... Zresztą niepodobna, ażeby człowiek tak ograniczony mógł być wyłączną przyczyną tylu nieszczęść. On jest tylko iskrą, która podpala już gotowe materiały..."

Położył się na szezlongu i myślał:

"Mnie urządził - dlaczego?... Miał wspólniczkę najzupełniej godną siebie, no i drugą wspólniczkę: moją głupotę. Jak można było od razu nie poznać się na tej kobiecie i zrobić ją bożyszczem dlatego tylko, że pozowała na istotę wyższą?... Urządził też Dalskiego, ale kto winien Dalskiemu, że oszalał na starość dla osoby, której wartość moralna leżała jak na półmisku... Przyczyną klęsk świata nie są Starscy ani im podobni, ale przede wszystkim głupota ich ofiar. A znowu ani Starski, ani panna Izabela, ani pani Ewelina nie spadli z księżyca, tylko wyhodowali się w pewnej sferze, epoce i wśród pewnych pojęć. Oni są jak wysypka, która sama przez się nie stanowi choroby, ale jest objawem zakażenia społecznych soków. Co się tu mścić nad nimi, po co ich tępić..."

Tego wieczora Wokulski pierwszy raz wyszedł na ulicę i przekonał się, jak jest osłabiony. Kręciło mu się w głowie od turkotu dorożek i ruchu przechodniów, i po prostu bał się zbyt daleko odchodzić od mieszkania. Zdawało mu się, że nie dojdzie do Nowego Światu, że nie trafi z powrotem albo że mimo woli zrobi jakiś śmieszny skandal. Nade wszystko zaś lękał się spotkania znajomej twarzy.

Wrócił zmęczony i wzburzony, ale tej nocy spał dobrze.

W tydzień po odwiedzinach Węgiełka wpadł Ochocki. zmężniał, opalił się i wyglądał na młodego szlachcica.

- A pan skąd? - zapytał go Wokulski.

- Prosto z Zasławka, gdzie siedzę prawie od dwu miesięcy - odparł Ochocki. - A niechże ich w końcu diabli wezmą, w jakie wpadłem awantury!...

- Pan?...

- Ja, ja, panie, i w dodatku bez winy. Włosy panu powstaną na głowie!...

Zapalił papierosa i prawił:

- Nie wiem, czyś pan słyszał, że nieboszczka prezesowa, oprócz drobnej części, cały swój majątek zapisała na cele dobroczynne. Szpitale, domy podrzutków, szkółki, sklepy wiejskie *et caetera*... A książę, Dalski i ja należymy do grona wykonawców jej woli... Bardzo dobrze!...

Już zaczynamy wykonywać, a raczej starać się o zatwierdzenie testamentu, gdy wtem (będzie z miesiąc) wraca z Krakowa Starski i oświadcza nam, że w imieniu pokrzywdzonej rodziny wytoczy proces o zwalenie testamentu. Naturalnie, książę ani ja nie chcemy o tym słyszeć; ale baron, którego podburzyła żona, zbuntowana przez Starskiego, otóż baron zaczyna mięknąć... Nawet z tej racji przemówiliśmy się parę razy, a książę wprost zerwał z nim stosunki...

Tymczasem co się dzieje - mówił Ochocki zniżając głos. - Pewnej niedzieli baron z żoną i ze Starskim pojechali do Zasławia na spacer. Co tam zaszło?...

nie wiem, dość, że rezultat jest następujący. Baron jak najenergiczniej oświadczył, że testamentu obalić nie pozwoli, ale to jeszcze nic... Bo tenże baron stanowczo rozwodzi się ze swoją ubóstwianą małżonką (słyszałeś pan ?...). Ale i to jeszcze nic: gdyż baron przed dziesięcioma dniami strzelał się ze Starskim i dostał kulą po wierzchu żeber... Mówię panu, jakby mu kto hakiem rozdarł skórę od prawej do lewej strony piersi... zły stary, wrzeszczy, wymyśla, gorączkuje, ale żonie kazał natychmiast wyjechać do familii i jestem pewny, że jej nie przyjmie... To twarda sztuka!... A tak się bestia zawzięł, że na łożu boleści kazał felczerowi, ażeby mu, na złość żonie, ufarbował łeb i zarost i dziś wygląda na dwudziestoletniego trupa.

Wokulski uśmiechnął się.

- Z panią dobrze zrobił - rzekł - ale ufarbował się niepotrzebnie.

- No i po żebrach dostał niepotrzebnie - wtrącił Ochocki.- A niewiele brakowało, ażeby prześwidrował mózgownicę Starskiemu!... Kule zawsze ślepe. Mówię panu, żem przechorował ten wypadek.

- I gdzież teraz jest ten bohater? - spytał Wokulski.

- Starski?... Dmuchnął za granicę, i nie tyle przed impertynencjami, które go zaczęły spotykać, ile przed wierzycielami. Panie! co to za majster... Przecież on ma ze sto tysięcy rubli długów.

Nastało długie milczenie. Wokulski siedział tyłem do okna ze spuszczoną głową, Ochocki cicho pogwizdując rozmyślał.

Nagle ocknął się i zaczął mówić jakby do siebie:

- Co to za dziwna plątanina - życie ludzkie! Kto by się spodziewał, że taki cymbał Starski może zrobić tyle dobrego... I właśnie z racji, że jest cymbałem...

Wokulski podniósł głowę i pytająco spojrzał na Ochockiego.

- Prawda, że dziwne?... - ciągnął Ochocki - a przecież tak jest. Gdyby Starski był człowiekiem przyzwoitym i nie awanturował się z młodą panią baronową, Dalski niezawodnie poparłby jego pretensje do testamentu, ba! dałby mu nawet pieniędzy na proces, gdyż zyskałaby na tym i jego żona. Ale że Starski jest cymbał, więc naraził się baronowi i... uratował zapisy. Tym sposobem nawet nie urodzone jeszcze pokolenia chłopów zasławskich powinny błogosławić Starskiego za to, że umizgał się do baronowej...

- Paradoks!... - wtrącił Wokulski.

- Paradoks!... To są przecie fakta... A cóż pan sądzisz, czy Starski nie ma zasługi, że uwolnił barona od takiej żony?... Mówiąc między nami, to żaba, nie kobieta. Myślała tylko o strojach, zabawach i kokietowaniu, ja nawet nie wiem, czy ona co kiedy czytała, czy na co patrzyła z uwagą... Istny kawał mięsa przy kości, który udawał, że ma duszę, a miał zaledwie żołądek... Pan jej nie znałeś, pan nie wyobrażasz sobie, co to jest za automat i jak tam pod wszelkimi pozorami człowieczeństwa nie było nic ludzkiego... Że baron nareszcie poznał się na niej, toż to jakby wygrał wielki los...

- Boże miłosierny! - szepnął Wokulski.

- Co pan mówi? - zapytał Ochocki.

- Nic.

- Ale ocalenie zapisów nieboszczki prezesowej i uwolnienie barona od takiej żony to dopiero cząstka zasług Starskiego...

Wokulski przeciągnął się na krześle.

- Bo wyobraź pan sobie, że ten cymbał swoimi umizgami może przyczynić się do faktu rzeczywiście doniosłego - mówił Ochocki.- Rzecz jest taka. Ja nieraz napomykałem Dalskiemu (i zresztą wszystkim, którzy mają pieniądze), że warto by założyć w Warszawie gabinet doświadczalny do technologii chemicznej i mechanicznej. Bo pojmujesz pan, u nas nie ma wynalazków przede wszystkiem dlatego, że nie ma ich gdzie robić... Naturalnie, baron słuchał moich wywodów jednym uchem, a drugim je wypuszczał. Coś mu z tego jednak ugrzęzło w mózgu, bo dziś, kiedy Starski połaskotał go po sercu i po żebrach, mój baron, rozmyślając nad sposobami wydziedziczenia żony, gadał ze mną po całych dniach o pracowni technologicznej. A na co się to zda?... A czy ludzie istotnie zrobią się mądrzejsi i lepsi, gdyby im ufundować pracownię?... A ile by kosztowała i czy ja podjąłbym się urządzenia podobnej instytucji?... Kiedym zaś wyjeżdżał, rzeczy tak stanęły, że baron wezwał do siebie rejenta i spisali jakiś akt, który, o ile mogę wnosić z półsłówek, dotyczy właśnie pracowni. Zresztą Dalski prosił mnie, ażeby mu wskazać facetów zdolnych do dyrygowania tym interesem. No i patrz pan, czy to nie ironia losu, ażeby takie zero jak Starski, taki gatunek publicznego mężczyzny na pociechę nudzących się mężatek ażeby ten frant był zarodkiem technologicznej pracowni!... I niechże mi teraz dowodzą, że na świecie jest coś niepotrzebnego. Wokulski otarł pot z twarzy, która przy białej chustce wydawała się prawie popielatą.

- Ale może ja pana męczę?... - zapytał Ochocki.

- Owszem, niech pan mówi... Chociaż... zdaje mi się, że pan trochę przecenia zasługi tego... pana, a już całkiem zapomina pan...

- O czym?...

- O tym, że pracownia technologiczna wyrośnie z cierpień, z gruzów ludzkiego szczęścia. I nawet nie zadaje pan sobie pytania, jaką drogą przeszedł baron od miłości dla swojej żony do... pracowni technologicznej!...

- A cóż mnie to obchodzi! - zawołał Ochocki wyrzucając rękoma. - Kupić postęp społeczny za cierpienia choćby najokropniejsze jednostki to, dalibóg! tanie kupno...

- A czy pan przynajmniej wiesz, jakie bywają cierpienia jednostek? - spytał Wokulski.

- Wiem! Wiem!... Wyrywali mi przecież bez chloroformu paznogieć u nogi, i jeszcze u wielkiego palca...

- Paznogieć? - powtórzył w zamyśleniu Wokulski. - A czy pan zna ten dawny aforyzm: "Niekiedy duch ludzki rozdziera się i walczy z samym sobą"?... Kto wie, czy to nie gorsze od wyrywania paznogcia, a może od zdarcia całej skóry?

- Iii... to jakaś niemęska dolegliwość! - odparł krzywiąc się Ochocki. - To może kobiety doświadczają czegoś podobnego przy porodach... Ale mężczyzna... Wokulski roześmiał się głośno.

- Śmiejesz się pan ze mnie?... - ofuknął Ochocki.

- Nie, tylko z barona... A pan dlaczego nie podjąłeś się zorganizować pracowni technologicznej?

- Dajże mi pan spokój ! Wolę pojechać do gotowej pracowni, a nie dopiero tworzyć nową, z której bym nie doczekał się owoców i sam zmarniał. Na to trzeba mieć zdolności administracyjne i pedagogiczne, a już bynajmniej nie myśleć o machinach latających...

- Więc?... - spytał Wokulski.

- Jakie więc?... Byłem odebrał mój kapitalik, jaki jeszcze mam na hipotece, a o który od trzech lat nie mogę się doprosić, zmykam za granicę i na serio biorę się do roboty. Tutaj można nie tylko rozpróżniaczyć się, ale zgłupieć i skwaśnieć...

- Pracować wszędzie można.

- Facecje!... - odparł Ochocki. - Bo nawet, pominąwszy brak pracowni, tu przede wszystkim nie ma naukowego klimatu. To jest miasto karierowiczów, między którymi istotny badacz uchodzi za gbura albo wariata. Ludzie uczą się nie dla wiedzy, ale dla posady; a posadę i rozgłos zdobywają przez stosunki, przez baby, przez rauty, czy ja wiem wreszcie przez co!... Skąpałem się w tej sadzawce. Znam prawdziwie uczonych, nawet ludzi z geniuszem, którzy nagle zatrzymani w swym rozwoju wzięli się do dawania lekcyj albo do pisania artykułów popularnych, których nikt nie czyta, a choćby czytał, nie rozumie. Rozmawiałem z wielkimi przemysłowcami myśląc, że skłonię ich do popierania nauki, choćby dla praktycznych wynalazków. I wiesz pan, com poznał?... Oto oni mają takie wyobrażenie o nauce jak gęsi o logarytmach. A wiesz pan, jakie wynalazki zainteresowałyby ich?... Tylko dwa: jeden, który by wpłynął na zwiększenie dywidend, a drugi, który by nauczył ich pisać takie kontrakty obstalunkowe, żeby na nich można było okpić kundmana bądź na cenie, bądź na towarze. Przecież oni, dopóki myśleli, że pan zrobisz szwindel na tej spółce do handlu z cesarstwem, nazywali pana geniuszem; a dziś mówią, że pan masz rozmiękczenie mózgu, ponieważ dałeś swoim wspólnikom o trzy procent więcej, aniżeli obiecałeś.

- Wiem o tym - odparł Wokulski.

- No, więc spróbujże pan między takimi ludźmi pracować dla nauki. Zdechniesz z głodu albo zidiociejesz!... Ale za to jeżeli będziesz pan umiał tańczyć, grać na jakim instrumencie, występować w teatrze amatorskim, a nade wszystko bawić damy, aaa... to zrobisz pan karierę. Natychmiast ogłoszą pana za znakomitość i zajmiesz takie stanowisko, na którym dochody dziesięć razy przeniosą wartość pańskiej pracy. Rauty i damy, damy i rauty!... A ponieważ ja nie jestem lokajem, ażebym miał fatygować się na rautach, a damy uważam za bardzo pożyteczne, ale tylko do rodzenia dzieci, więc umknę stąd, chociażby do Zurychu.

- A do Geista nie pojechałbyś pan? - spytał Wokulski.

Ochocki zamyślił się.

- Tam potrzeba setek tysięcy rubli, których ja nie mam - odparł. - Zresztą, choćbym je miał, musiałbym pierwej przekonać się, co to jest naprawdę... Bo owe zmniejszanie ciężaru gatunkowego ciał wygląda mi na bajkę.

- Przecież pokazywałem panu blaszkę - rzekł Wokulski.

- Aha, prawda... Niech no ją pan pokaże!... - zawołał Ochocki.

Wokulskiemu wystąpił na twarz chorobliwy rumieniec i szybko zniknął.

- Już jej nie mam!... - rzekł stłumionym głosem.

- Cóż się z nią stało? - zdziwił się Ochocki.

- Mniejsza!... Przypuść pan, że upadła gdzieś w kanał... Ale czy do Geista pojechałbyś pan mając na przykład pieniądze?..

- Owszem, pojechałbym, ale najpierwej dla sprawdzenia faktu. Bo to, co ja wiem o materiałach chemicznych, wybacz pan, ale nie godzi się z teorią zmienności ciężarów gatunkowych poza pewną granicą.

Obaj umilkli, a wkrótce Ochocki opuścił Wokulskiego.

Wizyta Ochockiego zbudziła w Wokulskim nowy prąd myśli. Poczuł nie tylko chęć, ale żądzę przypomnienia sobie doświadczeń chemicznych i tego samego dnia wybiegł na miasto, ażeby kupić retort, cucek, epruwetek tudzież rozmaitych preparatów.

Pod wpływem tej myśli wyszedł śmiało na ulicę, nawet wsiadł w dorożkę; na ludzi patrzył obojętnie i nie doznawał przykrości widząc, że jedni ciekawie przypatrują mu się, inni go nie poznają, a inni nawet uśmiechają się złośliwie na jego widok.

Ale już w magazynie szkieł, a jeszcze bardziej w składzie materiałów aptecznych przyszło mu na myśl, jak dalece osłabła w nim nie tylko energia, ale wprost ludzka samodzielność, jeżeli rozmowa z Ochockim przypomniała mu chemię, którą nie zajmował się od kilku lat!..

"Wszystko jedno - mruknął - jeżeli mi to czas zapełni"

Na drugi dzień zakupił wagę precyzyjną i kilka bardziej skomplikowanych narzędzi i wziął się do roboty jak uczeń, który dopiero zaczyna studia.

Na początek otrzymał wodór, co przypomniało mu czasy akademickie, kiedy to wyrabiało się wodór we flaszce owiniętej ręcznikiem, przy pomocy puszek od szuwaksu. Jakie to były szczęśliwe czasy!... Potem przyszły mu na myśl balony jego pomysłu, a potem Geist, który utrzymywał, że chemia związków wodoru zmieni dzieje ludzkości...

"No, a gdybym tak ja za parę lat trafił na ów metal, którego Geist poszukuje? - rzekł do siebie. - Geist twierdzi, że odkrycie zależy od wypróbowania kilku tysięcy kombinacji; jest to więc loteria, a ja mam szczęście... Gdybym zaś znalazł taki metal, co wówczas powiedziałaby panna Izabela?.. "

Gniew zakipiał w nim na to wspomnienie.

"Ach - szepnął - chciałbym być sławnym i potężnym, ażebym mógł jej dowieść, jak nią gardzę..."

Potem przyszło mu na myśl, że pogarda nie objawia się ani gniewem, ani chęcią upokorzenia kogoś, i znowu zabrał się do roboty.

Elementarne doświadczenia z wodorem sprawiały mu najwięcej przyjemności, toteż powtarzał je najczęściej.

Jednego dnia zrobił sobie harmonijkę fizyczną i tak głośno na niej wygrywał, że nazajutrz odwiedził go sam właściciel domu zapytując z całą uprzejmością, czy nie zgodziłby się na odstąpienie swojego mieszkania od kwartału.

- A ma pan kandydata? - spytał Wokulski.

- To jest... tak jakby... Prawie mam - odpowiedział zakłopotany gospodarz.

- W takim razie odstąpię.

Gospodarz trochę zdziwił się gotowości Wokulskiego, ale pożegnał go bardzo zadowolony. Wokulski śmiał się.

"Oczywiście - myślał - uważa mnie za bzika albo za bankruta... Tym lepiej!... Prawdę bowiem powiedziawszy, mogę doskonale mieszkać w dwu pokojach zamiast ośmiu."

Potem przychodziły chwile, że nie wiadomo dlaczego żałował pośpiechu w odstąpieniu mieszkania. Ale wówczas przypomniał sobie barona i Węgiełka. "Baron - mówił - rozwodzi się z żoną, która romansowała z innym; Węgiełek stracił serce do swojej dlatego tylko, że na własne oczy zobaczył jednego z jej gachów... Cóż bym więc ja powinien zrobić?..."

I znowu zabierał się do analiz, z przyjemnością widząc, że nie bardzo stracił wprawę.

Zajęcia te wybornie go pochłaniały. Niekiedy przez kilka godzin z rzędu nie myślał o pannie Izabeli, a wtedy czuł, że jego zmęczony mózg naprawdę wypoczywa. Nawet przygasła w nim obawa ludzi i ulic, i zaczął coraz częściej wychodzić na miasto.

Jednego dnia pojechał aż do Łazienek; zrobił więcej, gdyż spojrzał w aleję, po której niegdyś spacerował z panną Izabelą. Wtem zwabione przez kogoś łabędzie rozpuściły skrzydła i uderzając nimi o wodę przyleciały do brzegu. Zwykły ten widok straszne zrobił wrażenie na Wokulskim: przypomniał mu odjazd panny Izabeli z Zasławka... Jak szalony uciekł z parku, wpadł do dorożki i z zamkniętymi oczyma zajechał do domu.

Tego dnia nie zajmował się niczym, a w nocy miał dziwny sen.

Śniło mu się, że stanęła przed nim panna Izabela i ze łzami w oczach zapytywała go, czemu ją porzucił... Wszakże owa podróż do Skierniewic, rozmowa ze Starskim i jego umizgi były tylko snem. Wszakże jemu się to tylko śniło...

Wokulski zerwał się z pościeli i zapalił światło.

"Co tu jest snem?... - pytał się. - Czy podróż do Skierniewic, czy jej żal i wyrzuty?..."

Do rana nie mógł zasnąć, trapiły go kwestie i wątpliwości największej wagi. "Czy osoby, siedzące w słabo oświetlonym wagonie, mogły odbić się w szybie - myślał - i czy to, co widziałem wówczas, nie było halucynacją?... Czy posiadam w tym stopniu język angielski, ażebym nie mógł przesłyszeć się co do znaczenia niektórych wyrazów?... Jak ja wyglądam wobec niej, jeżelim zrobił tak straszny afront bez powodu?...

Przecież kuzyni, i jeszcze znający się od dziecka, mogą prowadzić nawet dość drastyczne rozmowy nie zdradzając niczyjego zaufania?...

Co ja zrobiłem, nieszczęśliwy, jeżelim się omylił tylko pod wpływem nieusprawiedliwionej zazdrości!... Wszakże ten Starski kochał się w baronowej, panna Izabela wiedziała o tym i już chyba nie miałaby wstydu romansując z cudzym kochankiem..."

Potem przypomniał sobie swoje życie obecne, tak puste, tak okropnie puste!... Zerwał z dotychczasowymi zajęciami, zerwał z ludźmi i już nie miał przed sobą nic, no - nic. Co dalej pocznie?... Czy ma czytać fantastyczne książki? Czy robić bezcelowe doświadczenia? Czy jechać gdzie? Czy ożenić się ze Stawską?... Ależ cokolwiek z tego wybierze, gdziekolwiek pójdzie, nigdy nie pozbędzie się ani żalu, ani uczucia samotności!

"No, a baron?... - rzekł do siebie. - Ożenił się ze swoją panną Eweliną i co?...
Myśli dziś o założeniu pracowni technologicznej, on, który może nawet nie
rozumie, co znaczy technologia..."
Dzień i kąpiel pod prysznicem nadały znowu inny kierunek myślom
Wokulskiego.
"Mam, co najmniej, trzydzieści do czterdziestu tysięcy rubli rocznie; wydam na
siebie dwa do trzech tysięcy, cóż zrobię z resztą, co z majątkiem, który mnie
wprost przytłacza?... Za taką sumę mógłbym ustalić byt tysiącowi rodzin ; ale
co mi z tego, jeżeli jedne z nich będą nieszczęśliwymi jak Węgiełek, a inne
odwdzięczą mi się tak jak dróżnik Wysocki?..."
Znowu przypomniał sobie Geista i jego tajemniczy warsztat, w którym
wykluwał się zarodek nowej cywilizacji. Tam włożony majątek i praca
opłaciłaby się milion milionów razy. Tam był i cel kolosalny, i sposób
zapełnienia czasu, a w perspektywie sława i potęga, jakiej nie widziano na
świecie... Pancerniki unoszące się w powietrzu!... czy mogło być coś
niezmierniejszego w skutkach?...
"A jeżeli nie ja znajdę ów metal, tylko ktoś inny, co jest bardzo
prawdopodobne?..." - pytał sam siebie.
"No to i cóż? - odpowiadał. - W najgorszym razie należałbym do tych kilku,
którzy wynalazek posunęli naprzód. Taka sprawa warta przecie ofiary z
bezużytecznego majątku i bezcelowego życia. Więc lepiej tu zmarnować się w
czterech ścianach albo zgłupieć przy preferansie aniżeli tam sięgać po
bezprzykładną chwałę.?..."
Stopniowo w duszy Wokulskiego coraz wyraźniej począł zarysowywać się
jakiś zamiar; lecz im dokładniej pojmował go, im więcej odkrywał w nim zalet,
tym lepiej czuł, że do wykonania brakuje mu energii, a nawet pobudki.
Wola jego była zupełnie sparaliżowana; ocucić ją mogło tylko silne
wstrząśnienie. Tymczasem wstrząśnienie nie przychodziło, a codzienny bieg
wypadków pogrążał Wokulskiego w coraz głębszej apatii.
"Już nie ginę, ale gniję" - mówił do siebie.
Rzecki, który odwiedzał go coraz rzadziej, patrzył na niego z przerażeniem.
- Źle robisz, Stachu - odzywał się nieraz. - Źle, źle, źle!... Lepiej nie żyć aniżeli
tak żyć...
Pewnego dnia służący oddał Wokulskiemu list zaadresowany kobiecą ręką.
Otworzył go i przeczytał:
"Muszę się z panem widzieć, czekam dziś o trzeciej po południu ;
Wąsowska"
"Czego ona może chcieć ode mnie?..." - zapytał zdumiony.
Ale przed trzecią pojechał.
Punkt o trzeciej Wokulski znalazł się w przedpokoju Wąsowskiej. Lokaj, nawet
nie pytając, kim jest, otworzył drzwi do salonu, po którym szybkimi krokami
spacerowała piękna wdowa.
Była w ciemnej sukni, doskonale uwydatniającej jej posągową figurę; rude
włosy, jak zwykle, były zebrane w ogromny węzeł, ale zamiast szpilki tkwił w
nich wąski sztylecik ze złotą rękojeścią.
Na jej widok ogarnęło Wokulskiego osobliwe uczucie radości i rozrzewnienia;

podbiegł do niej i gorąco ucałował jej rękę.

- Nie powinna bym mówić z panem!... - rzekła pani Wąsowska wydzierając mu rękę

- W takim razie po cóż mnie pani wezwała? - odparł zdziwiony. Zdawało mu się, że go na wstępie oblano zimną wodą.

- Niech pan siada.

Wokulski siadł milcząc; pani Wąsowska wciąż chodziła po salonie.

- Doskonale się pan popisuje, nie ma co mówić!... - zaczęła po chwili wzburzonym głosem. - Naraził pan osobę z towarzystwa na plotki, jej ojca na chorobę, całą rodzinę na przykrości... Zamyka się pan po parę miesięcy w domu, robi pan zawód kilkunastu ludziom, którzy mu nieograniczenie ufali, a potem nawet poczciwy książę wszystkie pańskie dziwactwa nazywa "przyczynkiem do działalności kobiet..." Winszuję panu... Gdybyż to jeszcze zrobił jaki student...

Nagle umilkła... Wokulski był strasznie zmieniony.

- Ach, cóż znowu, przecież mi pan chyba nie zemdlejesz?.. - rzekła przestraszona. - Dam panu wody albo wina...

- Dziękuję pani - odparł. Jego twarz bardzo szybko odzyskała naturalną barwę i spokojny wyraz. - Widzi pani, że naprawdę nie jestem zdrów.

Pani Wąsowska zaczęła mu się pilnie przypatrywać.

- Tak - mówiła - trochę pan zeszczuplał, ale z tą brodą jest panu wcale nieźle... Nie powinien pan jej golić... Wygląda pan interesująco...

Wokulski rumienił się jak dzieciak. Słuchał pani Wąsowskiej i dziwił się czując, że jest wobec niej nieśmiały, prawie zawstydzony.

"Co się ze mną dzieje?..," - pomyślał.

- W każdym razie powinien pan zaraz wyjechać na wieś - ciągnęła dalej. - Kto słyszał siedzieć w mieście na początku sierpnia?... O, basta, mój panie... Pojutrze zabieram pana do siebie, bo inaczej cień nieboszczki prezesowej nie dałby mi spokoju... Od dzisiejszego dnia przychodzi pan do mnie na obiady i kolacje; po obiedzie jedziemy na spacer, a pojutrze... bądź zdrowa, Warszawo!... Dosyć tego...

Wokulski był tak zahukany, że nie umiał zdobyć się na odpowiedź. Nie wiedział, co zrobić z rękoma, i czuł, że na twarz biją mu ognie.

Zadzwoniła. Wszedł lokaj.

- Proszę podać wina - rzekła pani Wąsowska. - Wiesz, tego maślacza... Panie Wokulski, niech pan zapali papierosa.

Wokulski natychmiast zapalił papierosa modląc się w duszy, żeby mógł zapanować nad drżeniem rąk. Lokaj przyniósł wino i dwa kieliszki; pani Wąsowska nalała oba.

- Pij pan - rzekła.

Wokulski wypił duszkiem.

- O tak, to lubię!... Za pańskie zdrowie! - dodała pijąc. - A teraz musi pan wypić za moje...

Wokulski wypił drugi kieliszek.

- A teraz wypije pan za spełnienie moich zamiarów... Proszę... proszę... tylko natychmiast...

- Za pozwoleniem pani - odparł - ale ja nie chcę upić się.

- Więc pan nie życzy mi spełnienia zamiarów?

- Owszem, ale muszę je pierwej poznać.

- Doprawdy?... - zawołała pani Wąsowska. - A to coś zupełnie nowego... Dobrze, niech pan nie pije.

Zaczęła patrzeć w okno uderzając nogą w podłogę. Wokulski zamyślił się. Milczenie trwało parę minut, nareszcie przerwała je pani.

- Słyszałeś pan, co zrobił baron?... Jak się to panu podoba?...

- Dobrze zrobił - odparł Wokulski już zupełnie spokojnym tonem.

Pani Wąsowska zerwała się z fotelu.

- Co?!... - zawołała. - Pan bronisz człowieka, który okrył hańbą kobietę?... Brutala, egoistę, który dla dogodzenia zemście nie cofnął się przed najniższymi środkami...

- Cóż on zrobił?

- Ach, więc pan nic nie wiesz... Wyobraź pan sobie, że zażądał rozwodu z żoną i ażeby skandal zrobić jeszcze głośniejszym, strzelał się ze Starskim...

- To prawda - rzekł Wokulski po namyśle. - Bo przecież, nie mówiąc nikomu, mógł był tylko sobie w łeb strzelić zapisawszy pierwej żonie majątek.

Pani Wąsowska wybuchnęła gniewem.

- Z pewnością - rzekła - tak by zrobił każdy mężczyzna mający iskrę szlachetności i poczucia honoru... Wolałby się sam zabić aniżeli ciągnąć pod pręgierz biedną kobietę, słabą istotę, nad którą tak łatwa jest zemsta, kiedy się ma za sobą majątek, stanowisko i przesądy publiczne!... Ale po panu nie spodziewałam się tego... Cha! cha! cha!... I to jest ten nowy człowiek, ten bohater, który cierpi i milczy... O, wy wszyscy jesteście jednakowi!...

- Przepraszam, ale... o co właściwie ma pani pretensję do barona?

Z oczu pani Wąsuwskiej posypały się błyskawice.

- Kochał baron Ewelinę czy nie?... - zapytała.

- Wariował za nią!

- Otóż nieprawda, on udawał, że ją kocha, kłamał, że ubóstwia... Ale przy najpierwszej sposobności dowiódł, że nawet nie traktował jej jak równego sobie człowieka, ale jak niewolnicę, której za chwilę słabości można założyć powróz na szyję, wyciągnąć na rynek, okryć sromotą... O, wy panowie świata, obłudnicy!... Dopóki was zaślepia zwierzęcy instynkt, włóczycie się u nóg, gotowiście spełnić podłość, kłamiecie, ty najdroższa... ty ubóstwiana... za ciebie oddałbym życie... Kiedy zaś biedna ofiara uwierzy waszym krzywoprzysięstwom, zaczynacie się nudzić, a jeżeli i w niej odezwie się ludzka, ułomna natura, depczecie ją nogami... .Ach, jakie to oburzające, jakie to nikczemne... Czy mi pan co nareszcie odpowiesz?...

- Czy pani baronowa nie romansowała z panem Starskim?- zapytał Wokulski.

- O!... zaraz romansowała. Flirtowała go, zresztą miała do niego feblik...

- Feblik?... Nie znałem tego wyrazu. Więc jeżeli miała feblik do Starskiego, to po cóż wyszła za barona?

- Bo ją o to błagał na klęczkach... groził, że odbierze sobie życie...

- Przepraszam, ale... Czy on ją błagał tylko o to, ażeby raczyła przyjąć jego nazwisko i majątek, czy też i o to, ażeby nie miała feblika do innych mężczyzn?...

- A wy?... a mężczyźni?... co wyrabiacie przed ślubem i po ślubie?... Więc kobieta...

- Proszę pani, nam, jeszcze kiedy jesteśmy dziećmi, tłomaczą, żeśmy zwierzęta i że jedynym sposobem uczłowieczenia się jest miłość dla kobiety, której szlachetność, niewinność i wierność trochę powściągają świat od zupełnego zbydlęcenia. No, i my wierzymy w tę szlachetność, niewinność *et caetera*, ubóstwiamy ją, padamy przed nią na kolana...

- I słusznie, bo jesteście daleko mniej warci od kobiet.

- Uznajemy to na tysiące sposobów i twierdzimy, że wprawdzie mężczyzna tworzy cywilizację, ale dopiero kobieta uświęca ją i wyciska na niej idealniejsze piętno... Jeżeli jednak kobiety mają nas naśladować pod względem owej zwierzęcości, to niby czymże będą lepsze od nas, a nade wszystko: za co mamy je ubóstwiać?...

- Za miłość.

- I to piękna rzecz! Ale jeżeli pan Starski otrzymuje miłość za swoje wąsiki i spojrzenia, to znowu inny pan nie ma racji dawać za nią nazwiska, majątku i swobody.

- Ja pana coraz mniej rozumiem - rzekła pani Wąsowska.- Uznajesz pan, że kobiety są równe mężczyznom czy nie?..

- W sumie są równe, w szczegółach nie! Umysłem i pracą przeciętna kobieta jest niższą od mężczyzny; ale obyczajami i uczuciem ma być od niego o tyle wyższą, że kompensuje tamte nierówności. Przynajmniej tak nam to ciągle mówią, my w to wierzymy i pomimo wielu niższości kobiet stawiamy je wyżej od nas... Jeżeli zaś pani baronowa zrzekła się swoich zalet, a że się ich od dawna zrzekła, tośmy widzieli wszyscy, więc nie może dziwić się, że straciła i przywileje. Mąż pozbył się jej jako nieuczciwego wspólnika.

- Ależ baron to niedołężny starzec!...

- Po cóż za niego wyszła, po co nawet słuchała jego miłosnych paroksyzmów?

- Więc pan nie pojmujesz tego, że kobieta może być zmuszoną do sprzedania się?... - zapytała pani Wąsowska blednąc i rumieniąc się.

- Pojmuję, pani, bo... ja sam kiedyś... sprzedałem się, tylko nie dla zyskania majątku, ale z nędzy...

- Cóż dalej?

- Ale żona moja przede wszystkim z góry nie posądzała mnie o niewinność, a ja jej, co prawda, nic obiecywałem miłości. Byłem bardzo lichym mężem, ale za to, jak człowiek kupiony, byłem najlepszym subiektem i najwierniejszym jej sługą. Chodziłem z nią po kościołach, koncertach, teatrach, bawiłem jej gości i faktycznie potroiłem dochody ze sklepu.

- I nie miałeś pan kochanek?

- Nie, pani. Tak gorzko odczuwałem moją niewolę, żem po prostu nie śmiał patrzeć na inne kobiety. Niech więc pani przyzna, że mam prawo być surowym sędzią pani baronowej, która sprzedając się wiedziała, że nie kupowano od niej... jej pracy...

- Okropność! - szepnęła pani Wąsowska patrząc w ziemię.

- Tak, pani. Handel ludźmi jest rzeczą okropną, a jeszcze okropniejszą handel samym sobą. Ale dopiero transakcje zawierane w złej wierze są rzeczą haniebną. Gdy się taka sprawa wykryje, następstwa muszą być bardzo przykre dla strony zdemaskowanej.

Jakiś czas oboje siedzieli milcząc. Pani Wąsowska była zirytowana, Wokulski sposępniał.

- Nie!... - zawołała nagle - ja muszę z pana wydobyć zdanie stanowcze...

- O czym?

- O różnych kwestiach, na które mi pan odpowie jasno i wyraźnie.

- Czy to ma być egzamin?

- Coś na kształt tego.

- Słucham panią.

Można było myśleć, że się waha; przemogła się jednak i zapytała:

- Więc utrzymuje pan, że baron miał prawo odepchnąć i zniesławić kobietę?...

- Która go oszukała?... Miał.

- Co pan nazywa oszustwem?

- Przyjmowanie uwielbień barona pomimo feblika, jak pani mówi, do pana Starskiego.

Pani Wąsowska przygryzła usta.

- A baron ile miał takich feblików?...

- Zapewne tyle, na ile mu starczyło ochoty i okazji - odparł Wokulski. - Ale baron nie pozował na niewinność, nie nosił tytułu specjalisty od czystości obyczajów, nie był za to otaczany hołdami... Gdyby baron zdobył czyjeś serce twierdząc, że nigdy nie miał kochanek, a miał je, byłby także oszustem. Co prawda, nie tego w nim szukano.

Pani Wąsowska uśmiechnęła się.

- Wyborny pan jesteś!... A któraż kobieta twierdzi czy zapewnia was, że nie miała kochanków?...

- Ach, więc pani ich miała...

- Mój panie!... - wybuchnęła wdówka zrywając się.

Wnet jednak opamiętała się i rzekła chłodno:

- Zastrzegam sobie u pana niejaką względność w wyborze argumentów.

- Na co to?... Przecież oboje mamy równe prawa, a ja wcale się nie obrażę, jeżeli pani zapyta mnie o liczbę moich kochanek.

- Nie ciekawam.

Zaczęła chodzić po salonie. W Wokulskim zadrgał gniew., ale go opanował.

- Tak, przyznaję panu - mówiła - że nie jestem wolną od przesądów. No, ale ja jestem tylko kobietą, mam mózg lżejszy, jak utrzymują wasi antropologowie: zresztą jestem spętana stosunkami, nałogami i Bóg wie czym!... Gdybym jednak była rozumnym mężczyzną jak pan i wierzyła w postęp jak pan, umiałabym otrząsnąć się z tych naleciałości, a choćby tylko uznać, że prędzej lub później kobiety muszą być równouprawnione.

- Niby pod względem tych feblików?...

- Niby... niby... - przedrzeźniała go. - Właśnie mówię o tych feblikach...

- O!... to po cóż mamy czekać na wątpliwe rezultaty postępu? Już dziś jest bardzo wiele kobiet równouprawnionych pod tym względem. Tworzą nawet potężne stronnictwo, nazywające się kokotami... Ale dziwna rzecz: posiadając względy mężczyzn, panie te nie cieszą się życzliwością kobiet...

- Z panem nie można rozmawiać, panie Wokulski - upomniała go wdówka.

- Nie można ze mną rozmawiać o równouprawnieniu kobiet?

Pani Wąsowskiej zapłonęły oczy i krew uderzyła na twarz. Usiadła gwałtownie na fotelu i uderzywszy ręką w stół, zawołała:

- Dobrze!... otóż wytrzymam pański cynizm i będę mówiła nawet o kokotach... Dowiedzże się pan, że trzeba mieć bardzo niski charakter, ażeby zestawiać te damy, które sprzedają się za pieniądze, z kobietami uczciwymi i szlachetnymi, które oddają się z miłości...

- Ciągle pozując na niewinność...

- Chociażby.

- I po kolei oszukując naiwnych, którzy temu wierzą.

- A co im szkodzi oszustwo?... - zapytała, zuchwale patrząc mu w oczy.

Wokulski zaciął zęby, ale opanował się i mówił spokojnie:

- Proszę pani, co by też powiedzieli o mnie moi wspólnicy, gdybym ja zamiast sześciu kroć stu tysięcy rubli majątku, jak to ogłoszono, miał sześć tysięcy i nie protestował przeciw pogłoskom?... Chodzi przecież tylko o dwa zera...

- Wyłączmy kwestie pieniężne - przerwała pani Wąsowska.

- Aha!... A więc co sama pani powiedziałaby o mnie, gdybym ja na przykład nazywał się nie Wokulski, ale - Wolkuski i za pomocą tak małego przestawienia liter zdobył życzliwość nieboszczki prezesowej, wcisnął się do jej domu i tam miał honor poznać panią?... Jak by pani nazwała ten sposób robienia znajomości i pozyskiwania ludzkich względów?...

Na ruchliwej twarzy pani Wąsowskiej odmalowało się uczucie wstrętu.

- Jakiż to znowu ma związek ze sprawą barona i jego żony?...- odparła.

- Ma, proszę pani, ten związek; że na świecie nie wolno przywłaszczać sobie tytułów. Kokota może być zresztą użyteczną kobietą i nikt nie ma prawa robić jej wymówek za specjalność; ale kokota maskująca się pozorami tak zwanej nieskazitelności jest oszustką. A za to już można robić wymówki.

- Okropność!... - wybuchnęła pani Wąsowska. - Ale mniejsza...

Powiedz mi pan jednak, co świat traci na podobnej mistyfikacji?...

Wokulskiemu zaczęło szumieć w uszach.

- Świat niekiedy zyskuje, jeżeli jakiś naiwny prostak wpada w obłęd zwany miłością idealną i za cenę największych niebezpieczeństw zdobywa majątek, aby go złożyć u stóp swego ideału... Ale świat czasem traci, jeżeli ten wariat odkrywszy mistyfikację upada złamany, do niczego niezdolny... Albo... nie rozporządziwszy majątkiem rzuca się... To jest: strzela się z panem Starskim i dostaje kulą po żebrach... Świat traci, pani, jedno zabite szczęście, jeden zwichnięty umysł, a może i człowieka, który mógł coś zrobić...

- Ten człowiek sam sobie winien...

- Ma pani rację: byłby winien, gdyby spostrzegłszy się nie postąpił jak baron i nie zerwał ze swoim ogłupieniem i hańbą...

- Krótko mówiąc - rzekła pani Wąsowska - mężczyźni nie zrzekną się dobrowolnie swoich dzikich przywilejów wobec kobiet...

- To jest: nie uznają przywileju zwodzenia...

- Kto zaś odrzuca układy - mówiła z uniesieniem - ten rozpoczyna walkę...

- Walkę?.. - powtórzył śmiejąc się Wokulski.

- Tak, walkę, w której strona silniejsza zwycięży... A kto silniejszy, to dopiero zobaczymy!... - zawołała potrząsając ręką.

W tej chwili stała się rzecz dziwna. Wokulski nagle schwycił panią Wąsowską za obie ręce i umieścił je między trzema palcami swojej.

- Cóż to znaczy?... - zapytała blednąc.

- Próbujemy, kto silniejszy - odparł.

- No... już dosyć żartów...

- Nie, pani, to nie są żarty... To tylko mały dowód, że z panią, jako reprezentantką walki, mogę zrobić, co mi się podoba. Tak czy nie?

- Puść mnie pan - zawołała szarpiąc się - bo zawołam na służbę...

Wokulski puścił jej ręce.

- Ach, więc będziecie panie walczyć z nami przy pomocy służby?... Ciekawym, jakiego wynagrodzenia zażądaliby ci sprzymierzeńcy i czy pozwoliliby nie dotrzymywać zobowiązań?

Pani Wąsowska przypatrywała mu się naprzód z lekką trwogą, potem z oburzeniem, w końcu wzruszyła ramionami.

- Wie pan, co mi na myśl przyszło?

- Żem oszalał.

- Coś na kształt tego.

- Wobec tak pięknej kobiety i przy takiej dyskusji byłoby to rzeczą naturalną.

- Ach, jakiż płaski kompliment!... - zawołała z grymasem.- W każdym razie muszę wyznać, żeś mi pan trochę zaimponował. Trochę... Ale nie wytrzymałeś pan w roli, puściłeś mi ręce, i to mnie rozczarowało...

- O, ja potrafiłbym nie puścić rąk.

- A ja potrafiłabym zawołać na służbę...

- A ja, przepraszam panią, potrafiłbym zakneblować usta. .

- Co?..: co?...

- To, co powiedziałem.

Pani Wąsowska znowu się zadziwiła.

- Wie pan - rzekła zakładając po napoleońsku ręce - że pan jest albo bardzo oryginalny, albo... bardzo źle wychowany...

- Wcale nie jestem wychowany...

- Więc istotnie oryginalny - szepnęła. - Szkoda, że z tej strony nie dałeś się pan poznać Beli...

Wokulski osłupiał. Nie na dźwięk tego imienia, ale z powodu zmiany, jaką uczuł w sobie. Panna Izabela wydała mu się całkiem obojętną, a natomiast zaczęła go interesować pani Wąsowska.

- Trzeba jej było - ciągnęła - od razu wyłożyć swoje teorie tak jak mnie, a nie wynikłyby między wami nieporozumienia.

- Nieporozumienia?.. - spytał Wokulski szeroko otwierając oczy.

- Tak, bo o ile wiem, ona panu gotowa przebaczyć.

- Przebaczyć?...

- Jesteś pan, widzę, jeszcze bardzo... osłabiony - mówiła obojętnym tonem - jeżeli nie czujesz, że postępek pański był brutalny... Wobec pańskich ekscentryczności nawet baron wygląda na eleganckiego człowieka.

Wokulski roześmiał się tak szczerze, iż jego samego to zaniepokoiło. Pani Wąsowska mówiła dalej:

- Śmiejesz się pan?... Wybaczam, ponieważ rozumiem taki śmiech... Jest to najwyższy stopień cierpienia...

- Przysięgam pani, że od dziesięciu tygodni nie czułem się tak swobodnym... Boże mój!... nawet od paru lat... Zdaje mi się, że przez cały ten czas szarpała mi mózg jakaś straszna zmora i przed chwilą znikła... Teraz dopiero czuję, że jestem ocalony, i to dzięki pani...

Głos mu drżał. Wziął ją za obie ręce i całował prawie namiętnie. Pani Wąsowskiej zdawało się, że dostrzegła w jego oczach coś na kształt łez.

- Ocalony!... Uwolniony!... - powtarzał.

- Posłuchaj mnie pan - mówiła zimno, cofając ręce. - Wszystko wiem, co między wami zaszło... Postąpiłeś pan niegodziwie podsłuchując rozmowę, którą znam w najdrobniejszych szczegółach, a nawet więcej... Była to najzwyklejsza flirtacja...

- Ach, więc to jest flirtacja?... - przerwał. - To, co robi kobietę podobną do restauracyjnej serwetki, którą każdy może obcierać usta i palce?... To jest flirtacja, bardzo dobrze!...

- Milcz pan!... - zawołała pani Wąsowska. - Nie przeczę, że Bela postąpiła źle, ale... osądź pan sam siebie, jeżeli powiem, że ona pana...

- Kocha, czy tak? - spytał Wokulski bawiąc się swoją brodą.

- O, kocha!... Dopiero żałuje pana. Nie chcę się wdawać w szczegóły, dość, jeżeli powiem, że widywałam ją prze dwa miesiące prawie co dzień... Że przez ten czas mówiła tylko o panu i że najulubieńszym miejscem jej przejażdżek jest... zamek zasławski!... Ile razy siadała na tym wielkim kamieniu z napisem, ile razy widziałam łzy w jej oczach... A nawet raz rozpłakała się na dobre, powtarzając wyryty tam dwuwiersz :

Wszędzie i zawsze będę ja przy tobie,
Bom wszędzie cząstkę mej duszy zostawi!

Cóż pan na to?...

- Co ja na to?.. - powtórzył Wokulski. - Przysięgam, że jedynym moim życzeniem w tej chwili jest, ażeby zaginął najdrobniejszy ślad mojej znajomości z panną Łęcką... A przede wszystkim ten nieszczęśliwy kamień, który ją tak roztkliwia.

- Gdyby to była prawda, miałabym piękny dowód męskiej stałości

- Nie, miałaby pani tylko dowód cudownej kuracji - mówił wzruszony. - O Boże!... zdaje mi się, że mnie ktoś na parę lat zamagnetyzował, że przed dziesięcioma tygodniami zbudzono mnie nieumiejętnie i że dopiero dziś ocknąłem się naprawdę...

- Pan to mówisz na serio?...

- Czyliż pani nie widzi, jaki jestem szczęśliwy?... Odzyskałem siebie i znowu należę do siebie... Niech mi pani wierzy, że jest to cud, którego najzupełniej nie rozumiem, ale który porównać można tylko z przebudzeniem z letargu człowieka, który już leżał w trumnie.

- I czemu pan to przypisuje?... - zapytała spuszczając oczy.

- Przede wszystkim pani... A następnie temu, że nareszcie zdobyłem się na

jasne sformułowanie przed kimś rzeczy, którą od dawna rozumiał, alem nie
miał odwagi uznać. Panna Izabela to kobieta innego gatunku aniżeli ja i tylko
jakieś obłąkanie mogło mnie przykuć do niej.
- I co pan zrobi po tym ciekawym odkryciu?
- Nie wiem.
- Nie znalazł pan czasem kobiety swego gatunku?..
- Może.
- Zapewne jest nią ta pani... pani Sta... Sta...
- Stawska?... Nie. Prędzej byłaby nią pani.
Pani Wąsowska podniosła się z fotelu z miną bardzo uroczystą.
- Rozumiem - rzekł Wokulski. - Mam już odejść?
- Jak pan uważa.
- I na wieś nie pojedziemy razem?
- O, to z pewnością... Chociaż... nie bronię panu przyjechać tam...
Zapewne będzie u mnie Bela...
- W takim razie nie przyjadę.
- Nie twierdzę, że będzie.
- I zastałbym tylko samą panią?
- Przypuszczam.
- I rozmawialibyśmy tak jak dzisiaj?... Jeździlibyśmy na spacer jak wówczas?..
- I naprawdę rozpoczęłaby się między nami wojna - odparła pani Wąsowska.
- Ostrzegam, żebym ją wygrał.
- Doprawdy?... I może zrobiłby mnie pan swoją niewolnicą?..
- Tak. Przekonałbym, że potrafię mieć władzę, a później u nóg pani błagałbym,
ażebyś przyjęła mnie za swego niewolnika...
Pani Wąsowska odwróciła się i wyszła z salonu. Na progu zatrzymała się
chwilę i z lekka odwracając głowę rzekła:
- Do widzenia... na wsi!...
Wokulski opuścił jej mieszkanie jak pijany. Znalazłszy się na ulicy szepnął :
"Oczywiście, zgłupiałem."
Spojrzał za siebie i zobaczył w oknie panią Wąsowską, która wyglądała spoza
firanki.
"Do licha ! - pomyślał. - Czy ja znowu nie wlazłem w jaką awanturę?..."
Idąc ulicą Wokulski wciąż zastanawiał się nad zmianą, jaka w nim zaszła.
Zdawało mu się, że : otchłani, w której panuje noc i obłęd, wydobył się na jasny
dzień. Pulsa biły mu silniej, oddychał szerzej, myśli toczyły się z niezwykłą
swobodą; czuł jakąś rześkość w całym organizmie i nie dający się opisać
spokój w sercu.
Już nic drażnił go ruch uliczny, a cieszyły tłumy. Niebo miało ciemniejszą
barwę, domy wyglądały zdrowiej, a nawet kurz, nasycony potokami światła
był piękny.
Największą jednak przyjemność robił mu widok młodych kobiet, ich giętkich
ruchów, uśmiechających się ust i wabiących spojrzeń. Kilka z nich spojrzały mu
prosto w oczy z wyrazem słodkiej tkliwości i kokieterii; Wokulskiemu serce
uderzyło śpieszniej, jakiś prąd drażniący przeleciał po nim od stóp do głów.
"Ładne!..." - pomyślał.

Wnet jednak przypomniał sobie panią Wąsowską i musiał przyznać, że spomiędzy tych ładnych ona jest najładniejsza, a co lepiej, najponętniejsza... Co to za figura, jaki wspaniały kontur nogi, a płeć, a oczy mające w sobie coś z brylantów i aksamitu... Byłby przysiągł, że czuje zapach jej ciała, że słyszy spazmatyczny śmiech, i w głowic zaszumiało mu na samą myśl zbliżenia się do niej.

"Co to musi być za wściekła kobieta!... - szepnął. - Kąsałbym ją..."

Widmo pani Wąsowskiej tak go prześladowało i drażniło, że nagle przyszedł mu projekt odwiedzić ją jeszcze dziś wieczorem.

"Przecież zaprosiła mnie na obiady i kolacje - mówił do siebie czując, że w nim coś kipi. - Wyrzuci mnie za drzwi?... Po cóż by mnie kokietowała. Że nie ma do mnie wstrętu, wiem nic od dzisiaj, no, a ja, dalibóg, mam na nią apetyt, który także coś wart..."

Wtem przeszła obok niego jakaś szatynka z fiołkowymi oczyma i twarzą dziecka, a Wokulski spostrzegł ze zdziwieniem, że i ta mu się podoba.

O kilkanaście kroków od swojego domu usłyszał wołanie:

- Hej!... hej!... Stachu!...

Wokulski odwrócił głowę i pod werandą cukierni zobaczył Szumana. Doktór zostawił nie dokończoną porcję lodów, rzucił na stół srebrną czterdziestówkę i wybiegł do niego.

- Idę do ciebie - mówił Szuman biorąc go pod rękę. - Wiesz co, że dawno już nie miałeś tak byczej miny... Założę się, że wrócisz do spółki i porozpędzasz tych parchów... Co za Fizjognomia... co za oko... Dziś dopiero poznaję dawnego Stacha!...

Minęli bramę, schody i weszli do mieszkania.

- A ja w tej chwili myślałem, że grozi mi jakaś nowa choroba... rzekł Wokulski ze śmiechem. - Chcesz cygaro?

- Dlaczego grozi?

- Wyobraź sobie, że może od godziny ogromne wrażenie robią na mnie kobiety... Jestem przestraszony...

Szuman roześmiał się na cały głos.

- Pyszny jesteś... Zamiast wydać obiad na znak radości, to ten się boi... A cóż ty myślisz, że wówczas byłeś zdrów, kiedyś wariował za jedną kobietą? Dziś jesteś zdrów, kiedy ci się wszystkie podobają, i nie masz nic pilniejszego jak postarać się o względy tej, która ci najlepiej przypadnie do gustu.

- Bah!... A gdyby to była wielka dama?...

- Tym lepiej... tym lepiej... Wielkie damy są daleko smaczniejsze od pokojówek. Kobiecość ogromnie zyskuje na szyku i inteligencji, a nade wszystko na dumie. Jakie czekają cię idealne rozmowy, jakie miny pełne godności... Ach, powiadam ci, to ze trzy razy więcej warte...

Po twarzy Wokulskiego przeleciał cień.

- Oho! - zawołał Szuman - już widzę obok ciebie długie ucho tego patrona, na którym Chrystus wjeżdżał do Jerozolimy. Czego się krzywisz?... Właśnie umizgaj się tylko do wielkich dam, bo one mają ciekawość do demokracji.

W przedpokoju rozległ się dzwonek i wszedł Ochocki. Spojrzał na zacietrzewionego doktora i zapytał:

- Przeszkadzam panom?

- Nie - odparł Szuman - możesz pan nawet być pomocny. Bo właśnie radzę w tej chwili Stachowi, ażeby leczył się romansem, ale... nie idealnym. Z ideałami już dosyć...

- A wie pan, że tego wykładu i ja gotów jestem posłuchać - rzekł Ochocki zapalając podane cygaro.

- Awantura! - mruknął Wokulski.

- Żadna awantura - prawił Szuman. - Człowiek z twoim majątkiem może być kompletnie szczęśliwy, do rozsądnego bowiem szczęścia potrzeba: co dzień jadać inne potrawy i brać czystą bieliznę, a co kwartał zmieniać miejsce pobytu i kochanki.

- Zabraknie kobiet - wtrącił Ochocki.

- Zostaw pan to kobietom, a już one postarają się, ażeby ich nie zabrakło - odparł szyderczo doktor. - Przecież ta sama dieta stosuje się i do kobiet.

- Ta kwartalna dieta?.. - spytał Ochocki.

- Naturalnie. Dlaczegóż one mają być gorsze od nas?

- Nie ciekawa to jednak służba w dziesiątym lub dwudziestym kwartale.

- Przesąd!... przesąd!... - mówił Szuman. - Ani się pan spostrzeżesz, ani się domyślisz, szczególniej, jeżeli cię zapewnią, że jesteś dopiero drugim lub czwartym, i to tym prawdziwie kochanym, tym od dawna przeczuwanym...

- Nie byłeś u Rzeckiego? - spytał Szumana Wokulski.

- No, jemu już nie zapiszę recepty na miłość - odparł doktór.- Stary kapcanieje...

- Istotnie, źle wygląda - dorzucił Ochocki.

Rozmowa przeszła na stan zdrowia Rzeckiego, potem na politykę, w końcu Szuman pożegnał ich.

- Bestia cynik!... - mruknął Ochocki.

- Nie lubi kobiet - dodał Wokulski - a w dodatku miewa gorzkie dnie i wtedy wygaduje herezje.

- Czasami nie bez racji - rzekł Ochocki. - Ale też dobrze trafił ze swymi poglądami... Bo akurat przed godziną miałem uroczystą rozmowę z ciotką, która koniecznie namawia mnie, abym się ożenił, i dowodzi, że nic tak nie uszlachetnia człowieka, jak miłość zacnej kobiety...

- On nie radził panu, tylko mnie.

- Ja też właśnie, gdym słuchał jego wywodów, myślałem o panu. Wyobrażam sobie, jak byś pan wyglądał zmieniając co kwartał kochanki, gdyby kiedy stanęli przed panem ci wszyscy ludzie, którzy dziś pracują na pańskie dochody, i zapytali: "Czym się wywdzięczasz nam za nasze trudy, nędzę i krótsze życie, którego część tobie oddajemy?... Czy pracą, czy radą, czy przykładem?..."

- Jacyż dziś ludzie pracują na moje dochody? - spytał Wokulski. - Wycofałem się z interesów i zamieniam majątek na papiery.

- Jeżeli na listy zastawne ziemskie, to przecież kupony od nich płacą parobcy; a jeżeli na jakieś akcje, to znowu ich dywidendy pokrywają robotnicy kolejowi, cukrowniani, tkaccy, czy ja zresztą wiem jacy?..

Wokulski jeszcze bardziej spochmurniał.

- Proszę pana - rzekł - czy ja potrzebuję myśleć o tym?... Tysiące żyją z procentów i nie troszczą się podobnymi pytaniami.

- Ale ba!- mruknął Ochocki. - Inni to nie pan... Ja mam wszystkiego półtora tysiąca rubli rocznie, a jednak bardzo często przychodzi mi na myśl, że taka suma stanowi utrzymanie trzech albo czterech ludzi i że jacyś faceci ustępują dla mnie ze świata albo muszą ograniczać swoje, już i tak ograniczone potrzeby...

Wokulski przeszedł się po pokoju.

- Kiedy pan jedziesz za granicę? - nagle zapytał.

- I tego nie wiem - odparł kwaśno Ochocki. - Mój dłużnik nie zwróci mi pieniędzy wcześniej jak za rok. Spłaci mnie dopiero nową pożyczką, a tej dziś niełatwo zaciągnąć.

- Duży daje procent?

- Siódmy.

- A pewna to lokacja?

- Pierwszy numer po Towarzystwie Kredytowym.

- A gdybym ja panu dał gotówkę i wszedł w pańskie prawa, wyjechałbyś pan za granicę?

- Jednej chwili!... - zawołał Ochocki zrywając się. - Cóż ja tu wysiedzę?... Chyba z desperacji ożenię się bogato, a później będę robił tak, jak radzi Szuman.

Wokulski zamyślił się.

- Cóż by to było złego ożenić się? - rzekł półgłosem.

- Dajże mi pan spokój!... Ubogiej żony nie wykarmię, bogata wciągnęłaby mnie w sybarytyzm, a każda byłaby grobem moich planów. Dla mnie trzeba jakiejś dziwnej kobiety, która by razem ze mną pracowała w laboratorium; a gdzież znajdę taką?...

Ochocki zdawał się być mocno rozstrojony i zabrał się do wyjścia.

- Więc, kochany panie - mówił żegnając się z nim Wokulski sprawę pańskiego kapitału obgadamy. Ja gotów jestem spłacić pana.

- Jak pan chce... Nie proszę o to, ale byłbym bardzo wdzięczny.

- Kiedy pan wyjeżdżasz do Zasławka?

- Jutro, właśnie przyszedłem pożegnać pana.

- A więc interes gotów - zakończył ściskając go Wokulski.- W październiku możesz pan mieć pieniądze.

Po.wyjściu Ochockiego Wokulski położył się spać. Doznał dziś tylu silnych i sprzecznych wrażeń, że nie umiał ich uporządkować. Zdawało mu się, że od chwili zerwania z panną Izabelą wchodził na jakąś straszną wysokość, otoczoną przepaściami, i dopiero dziś dosięgnął jej szczytów, a nawet zeszedł na drugi skłon, gdzie ujrzał jeszcze niewyraźne, lecz całkiem nowe horyzonty. Jakiś czas snuły mu się przed oczyma roje kobiet, a między nimi najczęściej pani Wąsowska; to znowu widział gromady parobków i robotników, którzy zapytywali go, co im dał w zamian za swoje dochody.

Nareszcie twardo zasnął.

Obudził się o szóstej rano, a pierwszym wrażeniem było uczucie swobody i rześkości.

Wprawdzie nie chciało mu się wstawać, lecz nie doznawał żadnego cierpienia i nie myślał o pannie Izabeli. To jest myślał, ale mógł nie myśleć; w każdym razie wspomnienie jej nie nurtowało go w sposób jak dotychczas bolesny.

Ten brak cierpień znowu zatrwożył go.

"Czy to nie przywidzenie?" - pomyślał.

Przypomniał sobie historię dnia wczorajszego; pamięć i logika dopisywały mu.

"Może i wolę odzyskam?" - szepnął.

Na próbę postanowił, że wstanie za pięć minut, wykąpie się, ubierze i natychmiast pójdzie na spacer do Łazienek. Patrzył na posuwającą się skazówkę zegarka i z niepokojem zapytał: "A może ja się nawet na to nie zdobędę ?.. "

Skazówka dosięgła pięciu minut i Wokulski wstał bez pośpiechu, ale też i bez wahania. Sam nalał sobie wody do wanny, wykąpał się, wytarł, ubrał i już w pół godziny szedł do Łazienek.

Uderzyło go, że przez cały ten czas nie myślał o pannie Izabeli, tylko o pani Wąsowskiej. Oczywiście, coś się w nim wczoraj zmieniło: może zaczęły działać jakieś sparaliżowane komórki w mózgu?... Myśl o pannie Izabeli straciła nad nim władzę.

"Co to za dziwna plątanina - mówił. - Tamtą wyrugowała pani Wąsowska, a panią Wąsowską może zastąpić każda inna kobieta. Jestem więc naprawdę uleczony z obłędu..."

Przeszedł nad stawem i obojętnie przypatrywał się czółnom i łabędziom. Potem skręcił w aleję ku Pomarańczarni, na której byli wtedy oboje, i powiedział sobie, że... zje śniadanie z apetytem. Ale gdy wracał tą samą drogą, opanował go gniew i z dziką radością złośliwego dzieciaka poprzednie ślady własnych stóp zacierał nogą.

"Gdybym mógł wszystko tak zetrzeć... I tamten kamień, i ruiny... Wszystko!..."

W tej chwili uczuł, że budzi się w nim niepokonany instynkt niszczenia pewnych rzeczy; lecz zarazem zdawał sobie sprawę, że jest to objaw chorobliwy. Wielką też robiło mu satysfakcję, że nie tylko spokojnie może myśleć o pannie Izabeli, ale nawet oddawać jej sprawiedliwość.

"O co ja się irytowałem? - mówił do siebie. - Gdyby nie ona, nie zdobyłbym majątku... Gdyby nie ona i nie Starski, za pierwszym razem nie wyjechałbym do Paryża i nie zbliżyłbym się z Geistem, a pod Skierniewicami nie uleczyłbym się z głupoty... Wszakże to moi dobrodzieje ci państwo... Nawet powinien bym wyswatać tę dobraną parę, a przynajmniej ułatwiać im schadzki... I pomyśleć, że z takiej mierzwy kiedyś wykwitnie metal Geista!..."

W Ogrodzie Botanicznym było cicho i prawie pusto. Wokulski wyminął studnię i z wolna począł wstępować na ocieniony pagórek, na którym przeszło rok temu po raz pierwszy rozmawiał z Ochockim. Zdawało mu się, że wzgórze jest podwaliną tych ogromnych schodów, na szczycie których ukazywał mu się posąg tajemniczej bogini. Ujrzał ją i teraz i ze wzruszeniem spostrzegł, że chmury otaczające jej głowę rozsunęły się na chwilę. Zobaczył surową twarz, rozwiane włosy, a pod spiżowym czołem żywe, lwie oczy, które wpatrywały się w niego z wyrazem przygniatającej potęgi. Wytrzymał to spojrzenie i nagle uczuł, że rośnie... rośnie... że już przenosi głową najwyższe drzewa parku i sięga prawie do obnażonych stóp bogini.

Teraz zrozumiał, że tą czystą i wieczną pięknością jest Sława i że na jej szczytach nie ma innej uciechy nad pracę i niebezpieczeństwa.

Wrócił do domu smutniejszy, ale wciąż spokojny. Zdawało mu się, że podczas tej przechadzki nawiązał się jakiś węzeł między jego przyszłością a ową odległą epoką, kiedy jeszcze jako subiekt i student budował machiny o wiecznym ruchu albo dające się kierować balony. Kilkanaście zaś ostatnich lat były tylko przerwą i stratą czasu.

"Muszę gdzieś wyjechać - rzekł do siebie - muszę odpocząć, a później... zobaczymy..."

Po południu wysłał długą depeszę do Suzina do Moskwy.

Na drugi dzień, około pierwszej, kiedy Wokulski jadł śniadanie, wszedł lokaj pani Wąsowskiej i oświadczył, że pani czeka w powozie.

Gdy wybiegł na ulicę, pani Wąsowska kazała mu wsiąść.

- Zabieram pana - rzekła.

- Czy na obiad?...

- O nie, tylko do Łazienek. Bezpieczniej mi będzie rozmawiać z panem przy świadkach i na wolnym powietrzu.

Ale Wokulski był pochmurny i milczał.

W Łazienkach wysiedli z powozu, minęli pałacowy taras i zaczęli spacerować po alei dotykającej amfiteatru.

- Musi pan wejść między ludzi, panie Wokulski - zaczęła pani Wąsowska. - Musi ocknąć się pan ze swej apatii, bo inaczej minie pana słodka nagroda...

- Och?... aż tak...

- Niezawodnie. Wszystkie damy są zainteresowane pańskimi cierpieniami i założę się, że niejedna chciałaby odegrać rolę pocieszycielki.

- Albo pobawić się moim rzekomym cierpieniem jak kot poranioną myszą?...Nie, pani, ja nie potrzebuję pocieszycielek, ponieważ wcale nie cierpię, a już najmniej z winy dam...

- Proszę?... - zawołała pani Wąsowska. - Myślałby kto, że naprawdę nie otrzymałeś pan ciosu z małych rączek...

- I dobrze by myślał - odparł Wokulski. - Jeżeli zadał mi kto ciosy, to bynajmniej nie płeć piękna, ale... czy ja wiem co?... może fatalność.

- Zawsze jednak za pośrednictwem kobiety...

- A nade wszystko mojej własnej naiwności. Prawie od dzieciństwa szukałem jakiejś rzeczy wielkiej i nieznanej; a ponieważ kobiety widywałem tylko przez okulary poetów, którzy im przesadnie pochlebiają, więc myślałem, że kobieta jest ową rzeczą wielką i nieznaną. Omyliłem się i w tym leży sekret mego chwilowego zachwiania, na którym zresztą udało mi się zrobić majątek.

Pani Wąsowska zatrzymała się w alei.

- No, wie pan co, że jestem zdumiona!... Nie widzieliśmy się od onegdaj, a dziś przedstawia mi się pan jako całkiem inny człowiek, coś w rodzaju starego dziada, który lekceważy kobiety...

- To nie lekceważenie, to spostrzeżenie.

- Mianowicie?... - zapytała pani Wąsowska.

- Że jest gatunek kobiet, które po to tylko żyją na świecie, ażeby drażnić i podniecać namiętności mężczyzn. Tym sposobem ogłupiają ludzi rozumnych, upadlają uczciwych i utrzymują w równowadze głupców Mają licznych wielbicieli i dzięki temu wywierają na nas taki wpływ jak haremy na Turcję.

Widzi więc pani, że damy nic mają powodu roztkliwiać się nad moimi cierpieniami ani prawa bawić się mną. Nic należę do ich referatu.

- I nawet zrywasz pan z miłością?... - zapytała ironicznie pani Wąsowska.

W Wokulskim zakipiał gniew...

- Nie, pani - odparł - tylko mam przyjaciela pesymistę, który mi wytłumaczył, że nierównie korzystniej jest kupić miłość za cztery tysiące rubli rocznie, a wierność za pięć tysięcy aniżeli za to, co nazywamy uczuciem.

- Piękna wierność!... - szepnęła pani Wąsowska.

- Przynajmniej z góry zapowiada, czego się mamy od niej spodziewać.

Pani Wąsowska przygryzła wargi i skręciła w stronę powozu.

- Powinien by pan zacząć apostołować swoje nowe poglądy.

- Ja myślę, proszę pani, że na to szkoda czasu, bo jedni nigdy ich nie zrozumieją, a inni nic uwierzą bez osobistego doświadczenia.

- Dziękuję panu za prelekcję - rzekła po chwili. - Zrobiła na mnie tak silne wrażenie, że nawet nie proszę pana, ażebyś mnie odwiózł do domu... Jesteś pan dziś w wyjątkowo złym humorze, sądzę jednak, że to minie... Ale... ale... Oto list - dodała wsuwając mu w rękę kopertę - który niech pan przeczyta. Popełniam niedyskrecję, ale wiem, że mnie pan nie zdradzi, a postanowiłam sobie ostatecznie rozwikłać nieporozumienie między panem i Belą. Jeżeli mi się zamiar uda, niech pan spali, jeżeli nie... niech mi pan ten list przywiezie na wieś... *Adieu!*

Siadła do powozu i zostawiła Wokulskiego na ogrodowej szosie.

"Do licha, czyżbym ją obraził?... - rzekł do siebie. - A szkoda, bo warta grzechu!..."

Szedł powoli w stronę Alei Ujazdowskiej i myślał o pani Wąsowskiej.

"Głupstwo!... przecież jej nie oświadczę, że mam na nią apetyt... A zresztą, choćbym trafił na dobrą chwilę, co bym dał jej w zamian?.. Nawet nie mógłbym powiedzieć, że ją kocham."

Dopiero w domu Wokulski otworzył list panny Izabeli.

Na widok drogiego niegdyś pisma przeleciała po nim błyskawica żalu; ale zapach papieru przypomniał mu te dawne, bardzo dawne czasy, kiedy jeszcze zachęcała go do urządzania owacyj Rossiemu.

"To był jeden paciorek z różańca, na którym panna Izabela odprawiała nabożeństwo!..." - szepnął z uśmiechem.

Zaczął czytać.

"Moja droga Kaziu! Jestem tak zniechęcona do wszystkiego i tak jeszcze nie mogę zebrać myśli, że dziś dopiero zdobywam się na opowiedzenie ci wydarzeń, jakie u nas zaszły od twego wyjazdu.

Już wiem, ile mi zapisała ciotka Hortensja: oto sześćdziesiąt tysięcy rubli; razem więc mamy dziewięćdziesiąt tysięcy rubli, które poczciwy baron obiecuje umieścić na siedem procent, co wyniesie około sześciu tysięcy rubli rocznie. Ale trudno, trzeba nauczyć się oszczędności.

Nie umiem ci opowiedzieć, jak się nudzę, a może tylko tęsknię... Ale i to przejdzie. Ten młody inżynier ciągle u nas bywa, co parę dni. Z początku bawił mnie rozmową o mostach żelaznych, a obecnie opowiada, jak się kochał w osobie, która wyszła za innego, jak za nią rozpaczał, jak stracił nadzieję zakochania się po raz drugi i jak by pragnął uzdrowić się przez nową, lepszą miłość. Wyznał mi jeszcze, że niekiedy pisuje wiersze, w których jednak opiewa tylko wdzięki natury... Czasami płakać mi się chce z nudów, ale że bez towarzystwa umarłabym, więc udaję, że słucham, i niekiedy pozwalam mu ucałować moją rączkę..."

Wokulskiemu żyły nabrzmiały na czole... Odpoczął i czytał dalej:

"Papo coraz słabszy. Płacze po kilka razy na dzień i byleśmy porozmawiali pięć minut sami, robi mi wymówki, wiesz za kogo!... Nie uwierzysz, jak mnie to rozstraja.

W ruinach zasławskich bywam co parę dni. Coś mnie tam ciągnie, nie wiem - piękna natura czy samotność. Kiedy jestem bardzo nieszczęśliwa, piszę różne rzeczy ołówkiem na spękanych ścianach i z radością myślę: jak dobrze, że to wszystko pierwszy deszcz zmyje.

Ale, ale... Zapomniałam o najważniejszym! Wiesz: marszałek napisał do ojca list, w którym najformalniej oświadcza się o moją rękę. Całą noc płakałam, nie dlatego, że mogę zostać marszałkową, ale... że się to tak łatwo stać może!...

Pióro wypada mi z ręki. Bądź zdrowa i wspomnij czasami o twej nieszczęśliwej Beli."

Wokulski zmiął list.

"Tak pogardzam i... jeszcze ją kocham!" - szepnął.

Głowa mu pałała. Chodził tam i na powrót z zaciśniętymi pięściami i uśmiechał się do własnych marzeń.

Nad wieczorem otrzymał telegram z Moskwy, po którym natychmiast wysłał depeszę do Paryża. Następny zaś dzień, od rana do późnej nocy spędził ze swym adwokatem i rejentem.

Kładąc się spać pomyślał:

"Czy tylko ja nie zrobię głupstwa?... No, przecież zbadam rzeczy na miejscu... Czy może istnieć metal lżejszy od powietrza, to inna kwestia, ale że coś w tym jest - nie ma wątpliwości... Zresztą szukając kamienia filozoficznego znaleziono chemię; kto zatem wie, co się napotka teraz?... W rezultacie wszystko mi jedno, byle wydobyć się z tego błota..."

Dopiero nazajutrz w południe przyszła odpowiedź z Paryża, którą Wokulski parę razy odczytał, W chwilę później oddano mu list od pani Wąsowskiej, gdzie na kopercie, w miejsce pieczątki, znajdował się wizerunek Sfinksa.

- Tak - mruknął z uśmiechem Wokulski - twarz ludzka i tułów zwierzęcia: nasza zaś imaginacja dodaje wam skrzydeł.

"Niech pan do mnie wpadnie na kilka minut - pisała pani Wąsowska - gdyż mam bardzo ważny interes, a dzisiaj chciałabym jechać."

"Zobaczymy ten ważny interes!" - rzekł do siebie.

W pół godziny później był u pani Wąsowskiej; w przedpokoju stały już gotowe do drogi kufry. Pani przyjęła go w swoim gabinecie do pracy, w którym przecie ani jeden szczegół nie przypominał pracy.

- A, pan jest bardzo grzeczny! - zaczęła obrażonym tonem pani Wąsowska. - Wczoraj cały dzień czekałam na pana, a pan ani się pokazał...

- Przecież zabroniła mi pani przychodzić do siebie - odparł zdziwiony Wokulski.

- Jak to?... Czyliż wyraźnie nie zaprosiłam pana na wieś?... Ale mniejsza, policzę to na karb pańskiej ekscentryczności... Drogi panie, mam do pana bardzo ważny interes. Chcę niedługo wyjechać za granicę i chcę poradzić się pana: kiedy najlepiej kupić franki, teraz czy przed wyjazdem?..
- Kiedyż pani jedzie?...
- Tak... w listopadzie... w grudniu... - odparła rumieniąc się.
- Lepiej przed samym wyjazdem.
- Tak pan sądzi?
- Przynajmniej tak wszyscy robią.
- Ja właśnie nie chcę robić jak wszyscy! - zawołała pani Wąsowska.
- To niech pani kupi teraz.
- A jeżeli do grudnia franki stanieją?
- To niech pani odłoży kupno do grudnia.
- No, wie pan co - mówiła drąc jakiś papier - że jesteś pan jedyny do rady... Czarno to czarno, biało to biało... Cóż z pana za mężczyzna? Mężczyzna w każdej chwili powinien być stanowczy, a przynajmniej wiedzieć, czego chce... Cóż, odniósł mi pan list Beli?
Wokulski milcząc oddał list.
- Doprawdy? - zawołała ożywiona. - Więc pan jej nie kochasz?... A w takim razie rozmowa o niej nie powinna panu robić przykrości. Bo ja muszę... pogodzić was albo... Niech się już biedna dziewczyna nie dręczy... Pan się do niej uprzedziłeś... pan wyrządzasz jej krzywdę... To nieuczciwie... tak nie postępuje człowiek honorowy, aby zbałamuciwszy kogoś rzucał jak zwiędły bukiet...
- Nieuczciwie! - powtórzył Wokulski. - Niech mi pani z łaski swej powie, jaka uczciwość może pozostać w człowieku, którego wykarmiono albo cierpieniem i upokorzeniem, albo upokorzeniem i cierpieniem?
- Ale obok tego miałeś pan i inne chwile.
- O tak, parę życzliwych spojrzeń i kilka dobrych słówek, które dziś mają w moich oczach tę jedną wadę, że były... mistyfikacją.
- Ale ona dziś tego żałuje i gdybyś pan zwrócił się...
- Po co?
- Ażeby pozyskać jej serce i rękę.
- Zostawiając drugą dla znanych i nieznanych wielbicieli?... Nie, pani, już mam dosyć tych wyścigów, w których byłem bity przez panów Starskich, Szastalskich i licho nie wie jakich jeszcze!... Nie mogę odegrywać roli eunucha przy moim ideale i upatrywać w każdym mężczyźnie szczęśliwego rywala czy niepożądanego kuzyna.
- Jakież to niskie!... - zawołała pani Wąsowska. - Więc za jeden błąd, zresztą niewinny, poniewierasz pan niegdyś ukochaną kobietę?..
- Co do liczby owych błędów, to pozwoli pani, ażebym miał własna opinię; a co do niewinności... Boże miłosierny! w jak nędznym jestem położeniu, skoro nawet nie mam pojęcia, dokąd sięgała ich niewinność.
- Pan przypuszczasz?.. - surowo zapytała go pani Wąsowska.
- Ja już nic nie przypuszczam - odparł chłodno Wokulski.- Wiem tylko, że w moich oczach, pod pozorami obojętnej życzliwości, toczył się najzwyklejszy romans, i - to mi wystarcza. Rozumiem żonę, która oszukuje męża; bo ona

może się tłumaczyć pętami, jakie wkłada na nią małżeństwo. Ale ażeby kobieta wolna oszukiwała obcego sobie człowieka... Cha!... cha!... cha!... to już jest, dalibóg, zamiłowanie do sportu... Przecież miała prawo przenosić nade mnie Starskiego - i ich wszystkich... Ale nie! Jej jeszcze było potrzeba mieć w swoim orszaku błazna, który ją naprawdę kochał, który dla niej wszystko był gotów poświęcić... I dla ostatecznego zhańbienia natury ludzkiej właśnie z mojej piersi chciała zrobić parawan dla siebie i adoratorów... Czy pani domyśla się, jak musieli drwić ze mnie ci ludzie, tak tanio obsypywani względami?... I czy pani czuje, co to za piekło być tak śmiesznym jak ja, a zarazem tak nieszczęśliwym, tak oceniać swój upadek i tak rozumieć, że jest niezasłużony?...

Pani Wąsowskiej drżały usta; z trudnością powstrzymywała się od łez.

- Czy to nie jest imaginacja? - wtrąciła.

- Eh, nie, pani... Skrzywdzona ludzka godność to nie imaginacja.

- A zatem?..

- Cóż być może? - odparł Wokulski. - Spostrzegłem się, odzyskałem siebie, a dziś mam tę tylko satysfakcję, że triumf moich współzawodników, przynajmniej co do mnie, nie był zupełny.

- I to jest nieodwołalne?...

- Proszę pani, rozumiem kobietę, która oddaje się z miłości albo sprzedaje się z nędzy. Ale na zrozumienie tej duchowej prostytucji, którą prowadzi się bez potrzeby, na zimno, przy zachowaniu pozorów cnoty, na to już brakuje mi zmysłu.

- Więc są rzeczy, których się nie przebacza? - spytała cicho.

- Kto i komu ma przebaczać?... Pan Starski chyba nigdy nie obrazi się o takie rzeczy, a może nawet będzie rekomendował swoich przyjaciół. O resztę zaś można nie dbać mając liczne i tak dobrane towarzystwo.

- Jeszcze słówko - rzekła pani Wąsowska powstając. - Wolno wiedzieć, jakie pan ma zamiary?...

- Gdybyżem ja sam wiedział!...

Podała mu rękę.

- Żegnam pana.

- Życzę pani szczęścia...

- O!... - westchnęła i szybko weszła do następnego pokoju.

"Zdaje mi się - myślał Wokulski schodząc ze schodów - że w tej chwili załatwiłem dwa interesa... Kto wie, czy Szuman nie ma racji?.. "

Od pani Wąsowskiej pojechał do mieszkania Rzeckiego. Stary subiekt był bardzo mizerny i ledwie podniósł się z fotelu. Wokulskiego głęboko poruszył jego widok.

- Czy ty się gniewasz, stary, że tak dawno nie byłem u ciebie?- rzekł ściskając go za rękę.

Rzecki smutnie pokiwał głową.

- Alboż ja nie wiem, co się z tobą dzieje?... - odparł. - Bieda... bieda na świecie!... Coraz gorzej...

Wokulski usiadł zamyślony, Rzecki począł mówić:

- Widzisz, Stachu, ja już miarkuję, że mi czas iść do Katza i do moich piechurów, co tam gdzieś wyszczerzają na mnie zęby, żem maruder... Wiem, że cokolwiek postanowisz ze sobą, będzie mądre i dobre, ale... Czy nie byłoby praktycznie, gdybyś się ożenił ze Stawską?... Przecież to jakby twoja ofiara...

Wokulski schwycił się za głowę.

- Boże miłosierny! - zawołał - a kiedyż ja się wyplączę z tych babskich stosunków?... Jedna pochlebia sobie, że ja stałem się jej ofiarą, druga jest moją ofiarą, trzecia chciała zostać moją ofiarą, a jeszcze znalazłby się z dziesiątek takich, z których każda przyjęłaby mnie i mój majątek w ofierze... Zabawny kraj, gdzie baby trzymają pierwsze skrzypce i gdzie nie ma żadnych innych interesów, tylko szczęśliwa albo nieszczęśliwa miłość!

- No, no, no... - odparł Rzecki - ja cię przecież za kark nie ciągnę!... Tylko, widzisz, mówił mi Szuman, że tobie na gwałt potrzeba romansu...

- Iii.. nie!... Mnie bardziej potrzeba zmiany klimatu i to lekarstwo już sobie zapisałem.

- Wyjeżdżasz?

- Najdalej pojutrze do Moskwy, a potem... gdzie Bóg przeznaczy...

- Masz co na myśli? - spytał tajemniczo Rzecki.

Wokulski zastanowił się.

- jeszcze nic nie wiem; waham się, jakbym siedział na dziesięciopiętrowej huśtawce. Czasami zdaje mi się, że coś zrobię dla świata...

- Oj, to... to...

- Ale chwilami ogarnia mnie taka desperacja, że chciałbym, ażeby mnie ziemia pochłonęła i wszystko, czegom tylko dotknął.

- To nierozsądne... nierozsądne... - wtrącił Rzecki.

- Wiem... Toteż nie dziwiłbym się ani temu, gdybym kiedy narobił hałasu, ani temu, gdybym skończył wszelkie rachunki ze światem...

Siedzieli obaj do późnego wieczora.

W kilka dni rozeszła się wieść, że Wokulski gdzieś wyjechał nagle i może na zawsze.

Wszystkie jego ruchomości, począwszy od sprzętów, skończywszy na powozie i koniach, nabył hurtem Szlangbaum za dosyć niską cenę.

ROZDZIAŁ ÓSMNASTY: PAMIĘTNIK STAREGO SUBIEKTA

"Od kilku miesięcy utrzymuje się pogłoska, że w dniu 26 czerwca bieżącego roku zginął w Afryce książę Ludwik Napoleon, syn cesarza. I to jeszcze zginął w bitwie z dzikim narodem, o którym nie wiadomo, ani gdzie mieszka, ani jak się nazywa ; bo przecie Zulusami nie może nazywać się żaden naród.

Tak wszyscy mówią. Nawet miała tam pojechać cesarzowa Eugenia i przywieźć zwłoki syna do Anglii. Czy tak jest w rzeczy samej, nie wiem, bo już od lipca nie czytuję gazet i nie lubię rozmawiać o polityce.

Głupia jest polityka! Dawniej nie było telegramów i artykułów wstępnych, a przecie świat posuwał się naprzód i każdy człowiek rozsądny mógł zorientować się w sytuacji politycznej. Dziś zaś są telegramy, artykuły wstępne i ostatnie wiadomości, ale wszystko służy do bałamucenia w głowach.

Gorzej nawet, niż bałamucą, bo odejmują serca ludziom. I gdyby nie Kenig albo poczciwy Sulicki, to człowiek przestałby wierzyć w sprawiedliwość boską. Takie się dziś rzeczy wypisują w gazetach!...

Co zaś do księcia Ludwika Napoleona, to mógł on zginąć, ale może się też i ukrył gdzie przed ajentami Gambetty. Ja tam do pogłosek nie przywiązuję wagi.

Klejna wciąż nie ma, a Lisiecki przeniósł się do Astrachania nad Wołgę. Na odjezdne powiedział mi, że tu niedługo zostaną tylko Żydzi, a reszta zżydzieje. Lisiecki zawsze był gorączka.

Moje zdrowie jakoś nietęgie. Męczę się tak łatwo, że już bez laski nie wychodzę na ulicę. W ogóle nic mi nie jest, tylko czasem napada mnie dziwny ból w ramionach i duszność. Ale to przejdzie, a nie przejdzie - to wszystko mi jedno. Tak się jakoś zmienia świat na złe, że niedługo nie będę mógł z nikim gadać i w nic wierzyć.

W końcu lipca Henryk Szlangbaum wyprawiał urodziny jako właściciel sklepu i naczelnik naszej spółki. A choć i w połowie nie wystąpił tak jak Stach w roku zeszłym, jednakże zbiegli się wszyscy przyjaciele i nieprzyjaciele Wokulskiego i pili zdrowie Szlangbauma... aż okna się trzęsły.

Oj, ludzie, ludzie!... za pełnym talerzem i butelką wleźliby do kanału, a za rublem to już nawet nie wiem gdzie.

Fiu! Fiu!... Pokazano mi dzisiaj kurierek, w którym pani baronowa Krzeszowska nazywa się jedną z najzacniejszych i najlitościwszych naszych niewiast za to, że dała dwieście rubli na jakiś przytułek. Widocznie zapomniano o jej procesie z panią Stawską i awanturach z lokatorami. Czyby mąż tak babę ujeździł?...

Przeciw Żydom ciągle rosną kwasy. Nie brak nawet pogłosek o tym, że Żydzi chwytają chrześcijańskie dzieci i zabijają na mace.

Kiedy słyszę takie historie, dalibóg, że przecieram oczy i zapytuję samego siebie: czy ja teraz majaczę w gorączce, czyli też cała moja młodość była snem?..

Ale najbardziej gniewa mnie uciecha doktora Szumana z tego fermentu.

- Dobrze tak parchom!... - mówi. - Niech im zrobią awanturę, niech ich nauczą rozumu. To genialna rasa, ale takie szelmy, że nie ujeździsz ich bez bata i ostrogi...

- Mój doktorze - odpowiedziałem, bo już mi zbrakło cierpliwości - jeżeli Żydzi są takie gałgany, jak pan mówisz, to im nawet i ostrogi nie pomogą.

- Może ich nie poprawią, ale napędzą im nową porcję rozumu i nauczą silniej trzymać się za ręce - odparł. - A gdyby Żydzi byli solidarniejsi... no!...

Dziwny człowiek z tego doktora. Uczciwy to on jest, a nade wszystko rozumny; ale jego uczciwość nie wypływa z uczucia, tylko - albo ja wiem? - może z nałogu; a rozum ma tego gatunku, że łatwiej mu sto rzeczy wyśmiać i zepsuć aniżeli jedną zbudować. Kiedy z nim rozmawiam, czasami przychodzi mi na myśl, że jego dusza jest jak tafla lodu : nawet ogień może się w niej odbić, ale ona sama nigdy się nie rozgrzeje.

Stach wyjechał do Moskwy, zdaje mi się po to, ażeby uregulować rachunki z Suzinem. Ma u niego z pół miliona rubli (kto mógł przypuścić coś podobnego przed dwoma laty!), ale co zrobi z taką masą pieniędzy, ani się domyślam.

Już to Stach był zawsze oryginał i robił niespodzianki. Czy nam teraz jakiej nie przygotowuje?... aż się lękam.

A tymczasem Mraczewski oświadczył się pani Stawskiej i po krótkim wahaniu został przyjęty. Gdyby, jak projektuje sobie Mraczewski, otworzyli sklep w Warszawie, wszedłbym do spółki i przy nich bym zamieszkał. I mój Boże! niańczyłbym dzieci Mraczewskiego, choć myślałem, że podobny urząd mógłbym pełnić tylko przy dzieciach Stacha...

Życie jest okrutnie ciężkie...

Wczoraj dałem pięć rubli na nabożeństwo na intencją księcia Ludwika Napoleona. Tylko na intencją, bo może nie zginął, choć tak wszyscy gadają... Gdyby zaś... Nie znam ja się na teologii, ale zawsze bezpieczniej wyrobić mu stosunki na tamtym świecie. Bo nużby?...

Naprawdę jestem niezdrów, choć Szuman mówi, że wszystko idzie dobrze. Zabronił mi: piwa, kawy, wina, prędkiego chodzenia, irytacji... Wyborny sobie!... Taką receptę to i ja potrafię zapisać; ale potraf ty ją sam wykonać... On mówi ze mną tak, jakby podejrzywał, że ja niepokoję się losem Stacha. Zabawny człowiek!... A cóż to Stach nie jest pełnoletni albo czy ja go już nie żegnałem na siedem lat? Lata minęły, Stach wrócił i znowu puścił się na awanturę.

Teraz będzie to samo; jak nagle zniknął, tak nagle powróci...

A jednakże ciężko żyć na świecie. I nieraz myślę sobie: czy naprawdę jest jaki plan, wedle którego cała ludzkość posuwa się ku lepszemu, czyli też wszystko jest dziełem przypadku, a ludzkość czy nie idzie tam, gdzie ją popchnie większa siła?... Jeżeli dobrzy mają górę, wówczas świat toczy się ku dobremu, a jeżeli gałgany są mocniejsi, to idzie ku złemu. Zaś ostatecznym kresem złych i dobrych jest garść popiołu.

Jeżeli jest tak, nie dziwię się Stachowi, który nieraz mówił, że chciałby jak najprędzej sam zginąć i zniszczyć wszelki ślad po sobie. Ale mam przeczucie, że tak nie jest.

Chociaż... Czy to ja nie miałem przeczuć, że książę Ludwik Napoleon zostanie cesarzem Francuzów?... Ha! jeszcze zaczekajmy, bo mi ta jego śmierć, w bitwie z gołymi Murzynami, jakoś dziwnie wygląda...

ROZDZIAŁ DZIEWIĘTNASTY: ... ? ...

Pan Rzecki istotnie niedomagał; według własnej opinii z powodu braku zajęcia, według Szumana z powodu sercowej choroby, która nagle rozwinęła się w nim i szła dosyć szybko pod wpływem jakichś zmartwień.

Zajęć miał niewiele. Z rana przychodził do sklepu niegdyś Wokulskiego, obecnie Szlangbauma, lecz bawił tam, dopóki nie zaczęli się schodzić subiekci, a nade wszystko goście. Goście bowiem, nie wiadomo nawet dlaczego, przypatrywali mu się ze zdziwieniem, a subiekci, dziś z wyjątkiem pana Zięby starozakonni, nie tylko nie okazywali mu szacunku, do którego przywykł, ale nawet wbrew upomnieniom Szlangbauma traktowali go w sposób lekceważący.

W tym stanie rzeczy pan Ignacy coraz częściej myślał o Wokulskim. Nie z racji, ażeby lękał się jakiegoś nieszczęścia, ale - ot tak sobie.

Z rana około szóstej myślał: czy Wokulski wstaje, czy śpi o tej porze i gdzie jest? W Moskwie czy może już wyjechał z Moskwy i dąży do Warszawy? W południe przypominał sobie te czasy, kiedy prawie nie było dnia, ażeby Stach nie jadł z nim obiadu, wieczorem zaś, szczególniej kładąc się do łóżka, mówił: "Zapewne Stach jest u Suzina... To dopiero używają!... A może wraca w tej chwili do Warszawy i w wagonie zabiera się do spania?..."

Ilekroć zaś wszedł do sklepu, a robił to po kilka razy na dzień, mimo niechęci subiektów i drażniącej grzeczności Szlangbauma, zawsze myślał, że jednak za czasów Wokulskiego było tu inaczej.

Martwiło go, ale tylko trochę, że Wokulski nie dawał znać o sobie. Uważał to przecież za zwykłe dziwactwo.

"Nie bardzo rwał się on do pisania, kiedy był zdrów, więc cóż dopiero teraz, kiedy jest tak rozbity - myślał. - Oj, te baby, te baby!..."

W dniu nabycia przez Szlangbauma sprzętów i powozu Wokulskiego pan Ignacy położył się do łóżka. Nie dlatego, ażeby miało mu to robić przykrość, bo przecie powóz i zbytkowne sprzęty były rzeczami wcale niepotrzebnymi, ale dlatego, że podobne sprawunki robią się tylko po ludziach już umarłych.

"No, a Stach, dzięki Bogu, jest zdrów!..." - mówił do siebie.

Pewnego wieczora, kiedy pan Ignacy siedząc w szlafroku rozmyślał, jak to on urządzi sklep Mraczewskiemu, ażeby zakasować Szlangbauma, usłyszał gwałtowne dzwonienie do przedpokoju i szczególny hałas w sieni.

Służący, który już zabierał się do spania, otworzył drzwi.

- Jest pan? - zapytał głos znany Rzeckiemu.

- Pan chory.

- Co to chory!... Kryje się przed ludźmi.

- Może, panie radco, zrobimy subiekcję... - odezwał się inny głos.

- Co to subiekcję!... Kto nie chce mieć subiekcji w domu, niech przychodzi do knajpy...

Rzecki podniósł się z fotelu, a jednocześnie ukazał się we drzwiach jego sypialni radca Węgrowicz i ajent Szprot... Spoza nich wychylała się jakaś kudłata głowa i oblicze nie pierwszej czystości.

- Nie chciała przyjść góra do Mahometów, więc Mahomeci przyszli do góry!... - zawołał radca. - Panie Rzecki... panie Ignacy!... co pan najlepszego wyrabiasz?... Przecież od czasu jakeśmy pana ostatni raz widzieli, odkryliśmy nowy gatunek piwa... Postaw tu, kochanku, i zgłoś się jutro - dodał zwracając się do zasmolonego kudłacza.

Na to wezwanie kudłaty człowiek, ubrany w wielki fartuch, postawił na umywalni kosz wysmukłych butelek i trzy kufle. Potem zniknął, jak gdyby był istotą złożoną ze mgły i powietrza, nie zaś z dwustu funtów ciała.

Pan Ignacy zdziwił się na widok wysmukłych butelek; uczucie to jednak nie łączyło się z żadną przykrością.

- Na miłość boską, cóż się z panem dzieje? - zaczął znowu radca rozkładając ręce, jakby cały świat chciał ogarnąć w jednym uścisku.- Tak dawno nie byłeś pan między nami, że Szprot nawet zapomniał, jak wyglądasz, a ja pomyślałem, że zaraziłeś się od swego przyjaciela, co to ma bzika...

Rzecki sposępniał.

- Więc właśnie dziś - prawił radca - kiedy na pańskim przyjacielu wygrałem od Deklewskiego kosz piwa nowej marki, mówię do Szprota: wiesz pan co, zabierzmy piwo i chodźmy do starego, a może się chłop rozrusza... Cóż to, nawet nie prosisz nas, ażebyśmy usiedli?...

- Ależ bardzo proszę - odpowiedział Rzecki.

- I stolik jest... - mówił radca oglądając się po pokoju - i miejsce, widzę, zaciszne. Ehe, he!... my tu będziem mogli złazić się do chorego na partyjkę co wieczór... Szprot, dobądź, synu, trybuszonik i zabierz się do szkliwa... Niech poczciwiec zaznajomi się z nową marką...

- Jakiż to zakład wygrał radca? - zapytał Rzecki, któremu znowu fizjognomia zaczęła się wyjaśniać.

- Zakład o Wokulskiego. Widzisz pan, było tak. Jeszcze w styczniu roku zeszłego, kiedy to Wokulski awanturował się po Bułgarii, ja powiedziałem do Szprota, że pan Stanisław jest wariat, że zbankrutuje i źle skończy... Tymczasem dzisiaj, wyobraź sobie, Deklewski utrzymuje, że to on to powiedział... Naturalnie, założyliśmy się o kosz piwa, Szprot rozstrzygnął na moją stronę i jesteśmy u ciebie...

W ciągu tego wyjaśnienia pan Szprot ustawił na stole trzy kufle i odkorkował trzy butelki.

- No, tylko spojrzyj, panie Ignacy - mówił radca podnosząc napełniony kufel. - Kolor starego miodu, piana jak śmietana, a smak szesnastoletniej dziewczyny. Skosztujże... Co to za smak i co to za posmak?... Gdybyś zamknął oczy, przysiągłbyś, że to jest A l e... O! uważasz?... Ja powiadam, że przed takim piwem należałoby płukać usta. Powiedźże sam: piłeś kiedy coś podobnego?...

Rzecki wypił pół kufla.

- Dobre - rzekł. - Skądże jednak przyszło radcy do głowy, że Wokulski zbankrutował?

- Bo nikt w mieście nie mówi inaczej. Przecież człowiek, który ma pieniądze, sens w głowie i nikogo nie zarwał, nie ucieka z miasta Bóg wie gdzie...

- Wokulski wyjechał do Moskwy.

- Tere, fere!... Tak wam powiedział, ażeby zmylić ślady. Ale sam się złapał, skoro wyrzekł się nawet swoich pieniędzy...

- Czego się wyrzekł?... - spytał już rozgniewany pan Ignacy.

- Tych pieniędzy, które ma w banku, a nade wszystko u Szlangbauma... Przecież to razem wyniesie ze dwakroć sto tysięcy rubli... Kto więc taką sumę zostawia bez dyspozycji, po prostu rzuca ją w błoto, ten jest albo wariat, albo... zmajstrował coś takiego, że już nie czeka na wypłatę... W całym mieście rozlega się tylko jeden głos oburzenia przeciw temu... temu... że go nie nazwę właściwym imieniem...

- Radco, zapominasz się!... - zawołał Rzecki.

- Rozum tracisz, panie Ignacy, ujmując się za takim człowiekiem - odparł gwałtownie radca. - Bo tylko pomyśl. Pojechał po majątek, gdzie?... na wojnę turecką... Na wojnę turecką!... czy rozumiesz doniosłość tych słów?... Tam zrobił majątek, ale w jaki sposób?... Jakim sposobem można w pół roku zrobić pół miliona rubli?..

- Bo obracał dziesięcioma milionami rubli - odparł Rzecki - więc nawet zrobił mniej, niżby mógł...
- Ale czyje to były miliony?
- Suzina... kupca... jego przyjaciela...
- Otóż to!... Ale mniejsza; przypuśćmy, że w tym razie nie zrobił żadnego świństwa... Co to jednakże za interesa prowadził on w Paryżu, a później w Moskwie, na czym również grubo zarobił?... A godziło się to zabijać krajowy przemysł, ażeby dać osiemnaście procent dywidendy kilku arystokratom dla wkręcenia się pomiędzy nich?... A pięknie to sprzedawać całą spółkę Żydom i naresszcie uciekać zostawiając setki ludzi w nędzy lub w niepewności?... To tak robi dobry obywatel i człowiek uczciwy?... No, pijże, panie Ignacy!... - zawołał trącając jego kufel swoim. - Nasze kawalerskie!... Panie Szprot, pokaż, co umiesz... nie kompromituj się przy chorym...
- Hola!... - odezwał się doktór Szuman, który od kilku chwil stał na progu nie zdejmując kapelusza z głowy. - Hola!... A cóż to wy, moi panowie, jesteście ajentami domu pogrzebowego, że mi w taki sposób urządzacie pacjenta?... Kazimierz! - zawołał na służącego wyrzuć mi te butelki do sieni... A panów proszę, ażebyście pożegnali chorego... Szpital, choćby na jedną osobę, nie jest knajpą... To pan tak wykonywasz moje zlecenia?... - zwrócił się do Rzeckiego.- To pan mając wadę serca będziesz mi urządzał pijatyki?... Może jeszcze zaprosicie sobie dziewczęta?... Dobrej nocy panom... - rzekł do radcy i Szprota - a na drugi raz nie otwierajcie mi tu piwiarni, bo was zaskarżę o zabójstwo... Panowie radca Węgrowicz i ajent Szprot wynieśli się tak szybko, że gdyby nic gęsty dym ich cygar, można by myśleć, że nikogo nie było w pokoju.
- Otwórz okno!... - mówił doktór do służącego. - Oj, to! To!... dodał patrząc ironicznie na Rzeckiego. - Twarz w płomieniach, oczy szkliste, pulsa biją tak, że słychać na ulicy...
- Słyszałeś pan, co on mówił o Stachu?.. - spytał Rzecki.
- Ma rację - odparł Szuman. - Całe miasto mówi to samo, chociaż myli się tytułując Wokulskiego bankrutem, bo on jest tylko półgłówkiem z tego typu, który ja nazywam polskimi romantykami.
Rzecki patrzył na niego prawie wylękniony.
- Nie patrz pan tak na mnie - ciągnął spokojnym głosem Szuman - raczej zastanów się, czy nie mam racji. Wszakże ten człowiek ani razu w życiu nie działał przytomnie... Kiedy był subiektem, myślał o wynalazkach i o uniwersytecie; kiedy wszedł do uniwersytetu, zaczął bawić się polityką. Później, zamiast robić pieniądze, został uczonym i wrócił tu tak goły, że gdyby nie Minclowa, umarłby z głodu... Naresszcie zaczął robić majątek, ale - nie jako kupiec, tylko jako wielbiciel panny, która od wielu lat ma ustaloną reputację kokietki. Nie koniec na tym, już bowiem mając w ręku i pannę, i majątek, rzucił oboje, a dzisiaj - co robi i gdzie jest?... Powiedz pan, jeżeliś mądry?... Półgłówek, skończony półgłówek! - mówił Szuman machając ręką. - Czystej krwi polski romantyk, co to wiecznie szuka czegoś poza rzeczywistością...
- Czy doktór powtórzy to Wokulskiemu, gdy wróci?... - spytał Rzecki.
- Sto razy mu tak mówiłem, a jeżeli teraz nie powiem, to tylko dlatego, że nie wróci...

- Co nie ma wrócić szepnął Rzecki blednąc.

- Nie wróci, bo albo sobie gdzieś łeb rozbije, jeżeli odzyska rozsądek, albo weźmie się do jakiejś nowej utopii. Choćby do wynalazków tego mitycznego Geista, który także musi być patentowanym wariatem.

- A doktór nie uganiałeś się nigdy za utopiami?

- Tak, ale robiłem to odurzywszy się w waszej atmosferze. Opatrzyłem się jednak w porę i ta okoliczność pozwala mi stawiać jak najdokładniejsze diagnozy podobnych chorób... No, zdejmij pan szlafrok, zobaczymy, jakie skutki wywołał wieczór spędzony w wesołym towarzystwie...

Zbadał Rzeckiego, kazał mu natychmiast iść do łóżka, a na przyszłość nie robić ze swego mieszkania szynkowni.

- Pan to także jesteś okazem romantyka; tyle tylko, żeś miał mniej sposobności do robienia głupstw - zakończył doktór.

Po czym wyszedł zostawiając Rzeckiego w bardzo ponurym nastroju.

"Już tam twoje gadanie więcej mi zaszkodzi aniżeli piwo" - pomyślał Rzecki, a po chwili dodał półgłosem:

"Mógłby jednakże Stach choć słówko napisać... Bo licho wie, jakie domysły snują się człowiekowi po głowie!..."

Przykuty do łóżka pan Ignacy nudził się piekielnie. Więc dla zabicia czasu odczytywał, po raz nie wiadomo który, historię konsulatu i cesarstwa albo - rozmyślał o Wokulskim.

Oba te jednak zajęcia, zamiast uspakajać, drażniły go... Historia przypominała mu cudowne dzieje jednego z największych triumfatorów, na którego dynastii Rzecki opierał wiarę w przyszłość świata, a która to dynastia w jego oczach padła pod oszczepem zulusa. Rozmyślania zaś o Wokulskim prowadziły go do wniosku, że ukochany przyjaciel, a tak niezwykły człowiek, co najmniej znajdował się na drodze do jakiegoś moralnego bankructwa.

"Tyle chciał zrobić, tyle mógł zrobić i nic nie zrobił!... - powtarzał pan Ignacy ze smutkiem w sercu. - Gdybyż choć napisał, gdzie jest i jakie ma zamiary... Gdyby chociaż dał znać, że żyje!..."

Od pewnego bowiem czasu trapiły pana Rzeckiego niejasne, ale złowrogie przeczucia. Przychodził mu na myśl jego sen, kiedy po przedstawieniu Rossiego marzyło mu się, że Wokulski skoczył za panną Izabelą z wieży ratuszowej. To znowu przypominał sobie dziwne, a nic dobrego nie zapowiadające zdania Stacha: "Chciałbym zginąć sam i zniszczyć wszelkie ślady mego istnienia!"

Jak łatwo podobne życzenie może się spełnić u człowieka, który mówił tylko to, co czuł, i umiał wykonywać to, co mówił!...

Codziennie odwiedzający go doktór Szuman wcale nie dodawał mu otuchy i już prawie znudził go powtarzaniem jednej i tej samej zwrotki:

- Doprawdy, że trzeba być albo kompletnym bankrutem, albo wariatem, ażeby zostawiwszy tyle pieniędzy w Warszawie, nie wydać żadnej dyspozycji, a nawet nie donieść, gdzie jest!...

Rzecki kłócił się z nim, ale w duszy przyznawał mu rację.

Pewnego dnia doktór wpadł do niego w porze niezwykłej, bo o godzinie dziesiątej rano. Cisnął kapelusz na stół i zawołał:

- A co, nie miałem racji, że to jest półgłówek!...
- Cóż się stało?... - zapytał pan Ignacy, z góry wiedząc, o kim mowa.
- Stało się, że już przed tygodniem ten wariat wyjechał z Moskwy i... zgadnij pan dokąd?...
- Do Paryża?...
- Ale gdzie zaś!... Wyjechał do Odessy, stamtąd ma zamiar udać się do Indyj, z Indyj do Chin i Japonii, a później przez Ocean Spokojny do Ameryki... Rozumiem podróż, nawet naokoło świata, sam bym mu ją radził. Ale ażeby nie napisać słówka, zostawiając, bądź jak bądź, ludzi życzliwych i ze dwakroć sto tysięcy rubli w Warszawie, na to, dalibóg! trzeba mieć w wysokim stopniu rozwiniętą psychozę...
- Skądże te wiadomości? - spytał Rzecki.
- Z najlepszego źródła, bo od Szlangbauma, któremu zbyt wiele zależy na tym, ażeby dowiedzieć się o projektach Wokulskiego. Ma mu przecież w początkach października zapłacić sto dwadzieścia tysięcy rubli... No, a gdyby kochany Stasio w łeb sobie palnął czy utonął, czy umarł na żółtą febrę... Rozumiesz pan?... Wówczas moglibyśmy albo całemu kapitałowi ukręcić szyję, albo przynajmniej obracać nim z pół roku bez procentu... Pan już chyba poznałeś Szlangbauma? On przecież mnie... mnie chciał okpić!
Doktór biegał po pokoju i gestykulował rękoma w taki sposób, jak gdyby sam był dotknięty początkami psychozy. Nagle zatrzymał się przed panem Ignacym, popatrzył mu w oczy i schwycił za rękę.
- Co... co... co?... Puls przeszło sto?... Miałeś pan dziś gorączkę?...
- Jeszcze nie.
- Jak to: nie?... Przecież widzę...
- Mniejsza!. - odparł Rzecki. - Czyby jednakże Stach zrobił coś podobnego?...
- Ten nasz dawny Stach, pomimo romantyzmu, może by nie zrobił; ale ten pan Wokulski, zakochany w jaśnie wielmożnej pannie Łęckiej, może zrobić wszystko... No, i jak pan widzisz, robi, na co go stać...
Od tej wizyty doktora pan Ignacy sam zaczął zeznawać, że jest z nim niedobrze.
"To byłoby zabawne - myślał - gdybym ja tak w tych czasach dał nura?... Phy! trafiało się to lepszym ode mnie... Napoleon I... Napoleon III... mały Lulu... Stach... No, cóż Stach?... przecież jedzie teraz do Indyj..."
Zadumał się, wstał z łóżka, ubrał się jak należy i poszedł do sklepu ku wielkiemu zgorszeniu Szlangbauma, który wiedział, że panu Ignacemu zabroniono podnosić się.
Za to przez następny dzień było mu gorzej; odleżał więc dobę i znowu na parę godzin zaszedł do sklepu.
- Cóż on sobie myśli, że sklep to trupiarnia?... - rzekł jeden ze starozakonnych subiektów do pana Zięby, który z właściwą sobie szczerością znalazł, że ten koncept jest doskonały.
W połowie września odwiedził pana Rzeckiego Ochocki, który na kilka dni przyjechał tu z Zasławka.
Na jego widok pan Ignacy odzyskał dobry humor.
- Cóż pana tu sprowadza!... - zawołał, gorąco ściskając kochanego przez

wszystkich wynalazcę.

Ale Ochocki był pochmurny.

- Cóż by innego, jeżeli nie kłopoty! - odparł. - Wiesz pan, że umarł Łęcki...
- Ojciec tej... tej?... - zdziwił się pan Ignacy.
- Tej... tej!... I nawet bodaj czy nie przez nią...
- W imię Ojca i Syna... - przeżegnał się Rzecki. - Iluż ludzi ma zamiar zgubić ta kobieta?... Bo, o ile wiem, a zapewne i dla pana nie jest to tajemnicą, że jeżeli Stach wpadł w nieszczęście, to tylko przez nią...

Ochocki pokiwał głową.

- Możesz mi pan powiedzieć, co się stało z Łęckim?... - ciekawie zapytał pan Ignacy.
- Żaden to sekret - odparł Ochocki. - W początkach lata oświadczył się o pannę Izabelę marszałek...
- Ten... ten?... Mógł być moim ojcem - wtrącił Rzecki.
- Może też dlatego panna przyjęła go, a przynajmniej nie odrzuciła. Więc stary zebrał manatki po dwu swoich żonach i przyjechał na wieś do hrabiny... do ciotki panny Izabeli, u której mieszkała wraz z ojcem...
- Oszalał.
- Trafiało się to i mędrszym od niego - ciągnął Ochocki. Tymczasem, pomimo że marszałek zaczął uważać się za konkurenta, panna Izabela co parę dni, a później nawet i co dzień jeździła sobie w towarzystwie pewnego inżyniera do ruin starego zamku w Zasławiu... Mówiła, że jej to rozpędza nudy...
- I marszałek nic?...
- Marszałek, naturalnie, milczał, ale kobiety perswadowały pannie, że tak robić nie wypada. Ona zaś ma w tych razach jedną odpowiedź: "Marszałek powinien być kontent, jeżeli wyjdę za niego, a wyjdę nie po to, aby wyrzekać się moich przyjemności..."
- I pewnie marszałek przydybał ich na czym w owych ruinach? - wtrącił Rzecki.
- Ii... nie!... nawet tam nie zaglądał. A gdyby i zajrzał, przekonałby się, że panna Izabela brała z sobą naiwnego inżynierka po to, ażeby w jego asystencji tęsknić za Wokulskim...
- Za Wo-kul-skim?...
- Przynajmniej tak domyślano się - mówił Ochocki. - Tym razem ja sam zwróciłem jej uwagę, że w towarzystwie jednego wielbiciela nie wypada tęsknić za drugim. Ale ona odpowiedziała mi swoim zwyczajem: "Niech będzie kontent, że pozwalam mu patrzeć na siebie..."
- To osioł ten inżynier!...
- Nie bardzo, gdyż pomimo całej naiwności spostrzegł się i pewnego dnia, a nawet przez wszystkie dnie następne nie pojechał z panną tęsknić między gruzami. Jednocześnie zaś marszałek, zazdrosny o inżyniera, zaprzestał konkurów i wyniósł się na Litwę w sposób tak demonstracyjny, że panna Izabela i hrabina dostały spazmów, a poczciwy Łęcki nawet nie kiwnąwszy palcem umarł na apopleksję...

Skończywszy opowiadać Ochocki objął się rękoma za głowę i śmiał się.

- I pomyśleć tu - dodał - że tego rodzaju kobieta tylu ludziom głowy zawróciła...
- Ależ to potwór!... - zawołał Rzecki.

- Nie. Nawet niegłupia i niezła w gruncie rzeczy, tylko... taka jak tysiące innych z jej sfery.

- Tysiące?...

- Niestety!... - westchnął Ochocki. - Wyobraź pan sobie klasę ludzi majętnych lub zamożnych, którzy dobrze jedzą, a niewiele robią. Człowiek musi w jakiś sposób zużywać siły; więc jeżeli nie pracuje, musi wpaść w rozpustę, a przynajmniej drażnić nerwy... I do rozpusty zaś, i do drażnienia nerwów potrzebne są kobiety piękne, eleganckie, dowcipne, świetnie wychowane, a raczej wytresowane w tym właśnie kierunku... Toż to ich jedyna kariera...

- I panna Izabela zaciągnęła się w ich szeregi?...

- To jest, właściwie zaciągnęli ją... Przykro mi to mówić, ale panu mówię, ażebyś wiedział, o jaką to kobietę potknął się Wokulski...

Rozmowa urwała się - zaczął ją Ochocki pytając:

- Kiedyż on wraca?

- Wokulski?... - odparł pan Ignacy. - Przecież wyjechał do Indyj, Chin, Ameryki...

Ochocki rzucił się na krześle.

- To niepodobna!... - zawołał. - Chociaż... - dodał po namyśle.

- Czy ma pan jakie wskazówki, że tam nie pojechał?.. - zapytał Rzecki zniżonym głosem.

- Żadnych. Tylko dziwię się nagłej decyzji... Kiedym tu był ostatnim razem, obiecał mi załatwić pewien interes... Ale...

- I niezawodnie załatwiłby go ten dawny Wokulski. Ten nowy zaś zapomniał nie tylko o pańskich interesach... Przede wszystkim o własnych...

- Że on wyjedzie - mówił Ochocki jakby do siebie - tego można było spodziewać się, ale nie podoba mi się ta nagłość. Pisał do pana?..

- Ani litery, i do nikogo - odparł stary subiekt.

Ochocki kręcił głową.

- Musiało się tak stać - mruknął.

- Dlaczego musiało się stać?... - wybuchnął Rzecki. - Cóż to on bankrut czy może nie miał zajęcia?... Taki sklep, spółka to fraszki? A nie mógł ożenić się z kobietą piękną, zacną...

- Znalazłoby się więcej takich kobiet - wtrącił Ochocki.- Wszystko to było dobre - mówił ożywiając się - ale nie dla człowieka z jego usposobieniem...

- Jak pan to rozumiesz? - pochwycił Rzecki, któremu rozmowa o Wokulskim sprawiała taką przyjemność jak o kochance. - Jak pan to rozumiesz?... Poznałeś pan bliżej tego człowieka?... - pytał natarczywie, a oczy mu błyszczały.

- Poznać go łatwo. Był to jednym słowem człowiek szerokiej duszy.

- Oto właśnie!... - odezwał się Rzecki wybijając takt palcem i wpatrując się w Ochockiego jak w obraz. - Co pan jednak rozumiesz przez tę szerokość?... Pięknie powiedziane!... Wytłomacz to pan, a jasno!...

Ochocki uśmiechnął się.

- Widzi pan - rzekł - ludzie małej duszy dbają tylko o swoje interesa, nie sięgają myślą poza dzień dzisiejszy i mają wstręt do rzeczy nieznanych. Byle im było spokojnie i suto... Taki zaś facet jak on troszczy się interesami tysięcy, patrzy nieraz o kilkadziesiąt lat naprzód, a każda rzecz nieznana i nierozstrzygnięta pociąga go w sposób nieprzeparty. To nawet nie jest żadna zasługa, tylko mus.

Jak żelazo bez namysłu rusza się za magnesem albo pszczoła lepi swoje komórki, tak ten gatunek ludzi rzuca się do wielkich idei i niezwykłych prac... Rzecki ściskał go za obie ręce i drżał ze wzruszenia.

- Szuman - rzekł - mądry doktór Szuman mówi, że Stach jest wariat, polski romantyk.

- Głupi Szuman ze swoim żydowskim klasycyzmem!... - odparł Ochocki. - On nawet nie domyśla się, że cywilizacji nie stworzyli ani filistrowie, ani geszefciarze, lecz właśnie tacy wariaci... Gdyby rozum polegał na myśleniu o dochodach, ludzie do dzisiejszego dnia byliby małpami...

- Święte słowa... piękne słowa!... - powtarzał subiekt. - Wytłomaczże pan jednak: jakim sposobem człowiek, podobny Wokulskiemu, mógł... tak oto... zaawanturować się?..

- Proszę pana, ja się dziwię, że to tak późno nastąpiło!... - odparł Ochocki wzruszając ramionami. - Przecież znam jego życie i wiem, że ten człowiek prawie dusił się tutaj od dzieciństwa. Miał aspiracje naukowe, lecz nie było ich czym zaspokoić; miał szerokie instynkta społeczne, ale czego dotknął się w tym kierunku, wszystko padało... Nawet ta marna spółczyna, którą zatożył, zwaliła mu na łeb tylko pretensje i nienawiści...

- Masz pan rację!... masz pan rację!... - powtarzał Rzecki.- A teraz ta panna Izabela...

- Tak, ona mogła go uspokoić. Mając szczęście osobiste, łatwiej pogodziłby się z otoczeniem i zużyłby energię w tych kierunkach, jakie są u nas możliwe. Ale... nietęgo trafił...

- A co dalej?...

- Czy ja wiem?.. - szepnął Ochocki. - Dziś jest on podobny do wyrwanego drzewa. Jeżeli znajdzie grunt właściwy, a w Europie może go znaleźć, i jeżeli ma jeszcze energię, to wlezie w jakąś robotę i bodaj czy nie zacznie naprawdę żyć... Ale jeżeli wyczerpał się, co także w jego wieku jest możliwym... Rzecki podniósł palec do ust.

- Cicho!... cicho!... - przerwał. - Stach ma energię... o, ma!... On jeszcze wypłynie... wypły...

Odszedł od okna i oparłszy się o futrynę zaczął szlochać.

- Taki jestem chory - mówił - taki rozdrażniony... - Bo ja mam podobno wadę serca... Ale to przejdzie... przejdzie... Tylko dlaczego on tak ucieka... kryje się... nie pisze?..:

- Ach, jak ja rozumiem - zawołał Ochocki - ten wstręt człowieka rozbitego do rzeczy, które mu przypominają przeszłość!... Jak ja to znam, choćby z małego doświadczenia... Wyobraź pan sobie, że kiedy zdawałem w gimnazjum egzamin dojrzałości, musiałem w pięć tygodni przejść kursa łaciny i greki z siedmiu klas, bom się tego nigdy nie chciał uczyć. No i jakoś wykręciłem się na egzaminie, ale tak przedtem pracowałem, żem się przepracował.

Od tej pory nie tylko nie mogłem patrzeć na książki łacińskie albo greckie, ale nawet myśleć o nich. Nie mogłem patrzeć na gmach szkolny, unikałem kolegów, którzy pracowali razem ze mną, ale nawet musiałem opuścić owe mieszkanie, gdzie uczyłem się dzień i noc. Trwało to parę miesięcy i naprawdę nie pierwej uspokoiłem się, ażem... Wiesz pan, com zrobił? Rzuciłem do pieca

wszystkie podręczniki greckie i łacińskie i spaliłem bestie!... Paskudziło się to z godzinę, ale kiedy ostatecznie kazałem popioły wysypać na śmietnik, ozdrowiałem! Chociaż i dziś jeszcze dostaję bicia serca na widok greckich liter albo łacińskich wyjątków:*panis, piscis, crinis*... Aaa... jakie to obrzydliwe...
Nie dziwże się pan - kończył Ochocki - że Wokulski umyka stąd aż do Chin... Długie udręczenie może doprowadzić człowieka do wścieklizny... Chociaż i to przechodzi...
- A czterdzieści sześć lat, panie?... - zapytał Rzecki.
- A silny organizm?... a tęgi mózg?... No, ale zagadałem się... Bywaj mi pan zdrów...
- Co, może wyjeżdżasz pan?...
- Aż do Petersburga - odparł Ochocki. - Muszę pilnować testamentu nieboszczki Zasławskiej, który chce obalić wdzięczna rodzina. Posiedzę tam, bodaj czy nie do końca października.
- Jak tylko będę miał wiadomość od Stacha, zaraz panu doniosę. Tylko przyślij mi pan adres.
- I ja panu dam znać, tylko zachwycę języka... Chociaż wątpię... Do widzenia!...
- Rychłego powrotu...
Rozmowa z Ochockim orzeźwiła pana Ignacego. Zdawało się, że stary subiekt nabrał sił nagadawszy się z człowiekiem, który nie tylko rozumiał ukochanego Stacha, ale i przypominał go w wielu punktach.
"On był taki sam - myślał Rzecki. - Energiczny, trzeźwy, a mimo to zawsze pełen idealnych popędów..."
Można powiedzieć, że od tego dnia zaczęła się rekonwalescencja pana Ignacego. Opuścił łóżko, potem szlafrok zamienił na surdut, bywał w sklepie i nawet często wychodził na ulicę. Szuman zachwycał się trafnością swojej kuracji, dzięki której choroba serca zatrzymała się w rozwoju.
- Co będzie dalej - mówił do Szlangbauma - nie wiadomo. Ale fakt, że od kilku dni stary ma się lepiej. Odzyskał apetyt i sen, a nade wszystko opuściła go apatia. Z Wokulskim miałem to samo.
Naprawdę zaś Rzecki pokrzepiał się nadzieją, że prędzej lub później będzie miał list od swego Stacha.
"Już może jest w Indiach - myślał - więc w końcu września powinien bym mieć wiadomość.. .No, o spóźnienie w takich razach nietrudno; ale za październik dam głowę..."
Rzeczywiście, w epokach wskazanych nadeszły wiadomości o Wokulskim, lecz bardzo dziwne.
W końcu września wieczorem odwiedził pana Ignacego Szuman i śmiejąc się rzekł:
- Tylko uważaj pan, jak ten półgłówek zainteresował ludzi. Pachciarz z Zasławka mówił Szlangbaumowi, że furman nieboszczki prezesowej widział niedawno Wokulskiego w lesie zasławskim. Opisywał nawet, jak był ubrany i na jakim koniu jechał...
- Może być!... - wtrącił ożywiony pan Ignacy.
- Farsa!... Gdzie Krym, gdzie Rzym, gdzie Indie, a gdzie Zasławek?... - odparł doktór. - Tym bardziej że prawie jednocześnie inny Żydek, handlujący węglami,

widział znowu Wokulskiego w Dąbrowie... A nawet więcej, bo jakoby dowiedział się, że ów Wokulski kupił od jednego górnika, pijaczyny, dwa naboje dynamitowe... No, już tego głupstwa chyba i pan nie zechcesz bronić?...

- Ale cóż by to znaczyło?...

- Nic. Widocznie Szlangbaum musiał między Żydkami ogłosić nagrodę za dowiedzenie się o Wokulskim, więc teraz każdy będzie upatrywał Wokulskiego bodajby w mysiej jamie... I święty rubel tworzy jasnowidzących!... - zakończył doktór śmiejąc się ironicznie.

Rzecki musiał przyznać, że pogłoski nie miały sensu, a wyjaśnienie ich przez Szumana było najzupełniej racjonalne. Pomimo to niepokój o Wokulskiego wzmógł się.

Niepokój jednak zamienił się w istotną trwogę wobec faktu nieulegającego już żadnej wątpliwości. Oto w dniu pierwszego października jeden z rejentów zawezwał do siebie pana Ignacego i pokazał mu akt, zeznany przez Wokulskiego przed wyjazdem do Moskwy.

Był to formalny testament; w którym Wokulski rozporządził pozostałymi w Warszawie pieniędzmi, z których siedemdziesiąt tysięcy rs leżały w banku, zaś sto dwadzieścia tysięcy rs. u Szlangbauma.

Dla osób obcych rozporządzenie to było dowodem niepoczytalności Wokulskiego; Rzeckiemu jednak wydało się całkiem logiczne. Testator zapisał: ogromną sumę stu czterdziestu tysięcy rubli Ochockiemu, dwadzieścia pięć tysięcy rs. Rzeckiemu, dwadzieścia tysięcy rs. Helence Stawskiej. Pozostałe zaś pięć tysięcy rs. podzielił między swoją dawną służbę albo biedaków, którzy mieli z nim stosunki. Z tej sumy otrzymali po pięćset rubli: Węgiełek, stolarz z Zasławia, Wysocki, furman z Warszawy, i drugi Wysocki, jego brat, dróżnik ze Skierniewic.

Wokulski rzewnymi słowami prosił obdarowanych, ażeby zapisy przyjęli jak od zmarłego; rejenta zaś zobowiązał do nieogłaszania aktu przed pierwszym październikiem.

Między ludźmi, którzy znali Wokulskiego, zrobił się hałas, posypały się plotki, insynuacje, obrazy osobiste... Szuman zaś w rozmowie z Rzeckim wypowiedział taki pogląd:

- O zapisie dla pana dawno wiedziałem... Ochockiemu dał blisko milion złotych, ponieważ odkrył w nim wariata tego co sam gatunku... No i prezent dla córeczki pięknej pani Stawskiej rozumiem - dodał z uśmiechem - jedno mnie tylko intryguje...

- Cóż mianowicie.? - spytał Rzecki przygryzając wąsy.

- Skąd się wziął między obdarowanymi ów dróżnik Wysocki?:.. zakończył Szuman.

Zanotował jego imię i nazwisko i wyszedł zamyślony.

Wielki był niepokój Rzeckiego o to, co mogło się stać z Wokulskim, dlaczego zrobił zapis i dlaczego przemawiał w nim jak człowiek myślący o bliskiej śmierci... Wnet jednak trafiły się wypadki, które obudziły w panu Ignacym iskrę nadziei lub do pewnego stopnia wyjaśniły dziwne postępowanie Wokulskiego.

Przede wszystkim Ochocki, zawiadomiony o darze, nie tylko natychmiast odpowiedział z Petersburga, że zapis przyjmuje i że całą gotówkę chce mieć w początkach listopada, ale jeszcze zastrzegł sobie u Szlangbauma procent za miesiąc październik.

Nadto zaś napisał do Rzeckiego list z zapytaniem: czy pan Ignacy nie dałby mu ze swego kapitału dwudziestu jeden tysięcy rubli gotowizną, w zamian za sumę płatną na święty Jan, którą Ochocki miał na hipotece wiejskiego majątku?

"Bardzo zależy mi na tym - kończył swój list - ażeby wszystko, co posiadam, mieć w ręku, gdyż w listopadzie stanowczo muszę wyjechać za granicę. Objaśnię to panu przy osobistej rozmowie..."

"Dlaczego on tak nagle wyjeżdża za granicę i dlaczego zbiera wszystkie pieniądze?... - zapytywał sam siebie Rzecki. - Dlaczego w końcu odkłada wyjaśnienia do rozmowy osobistej?..."

Naturalnie, że przyjął propozycję Ochockiego; zdawało mu się, że w tym nagłym wyjeździe i niedomówieniach tkwi jakaś otucha.

"Kto wie - myślał - czy Stach pojechał do Indyj ze swoim półmilionem?... Może oni obaj z Ochockim zejdą się w Paryżu, u tego dziwnego Geista?... Jakieś metale... jakieś balony!... Widocznie chodzi im o utrzymanie tajemnicy, przynajmniej do czasu..."

W tym jednak razie pomieszał mu rachunki Szuman powiedziawszy przy jakiejś okazji:

- Dowiadywałem się w Paryżu o tego sławnego Geista myśląc, że Wokulski może się o niego zechce zaczepić. No, ale Geist, niegdyś bardzo zdolny chemik, jest dziś skończonym wariatem... Cała Akademia śmieje się z jego pomysłów!...

Drwiny całej Akademii z Geista mocno zachwiały nadziejami Rzeckiego. Jużci, jeżeli kto, to tylko Akademia Francuska mogłaby ocenić wartość owych metali czy balonów... A jeżeli mędrcy zadecydowali, że Geist jest wariatem, to już chyba Wokulski nie miałby co robić u niego.

"Gdzie i po co w takim razie wyjechał? - myślał Rzecki. - Ha, oczywiście, wyjechał w podróż, bo mu tu było źle... Jeżeli Ochocki musiał opuścić mieszkanie, w którym dokuczyła mu tylko gramatyka grecka, to Wokulski mógł tym bardziej wynieść się z miasta, gdzie mu tak dokuczyła kobieta... I gdybyż to tylko ona!... Czy był kiedy człowiek bardziej szkalowany od niego?..."

"Ale dlaczego on zrobił prawie testament i jeszcze napomykał w nim o śmierci?..." - dodawał pan Ignacy. .

Tę wątpliwość rozjaśniła mu wizyta Mraczewskiego. Młody człowiek przyjechał do Warszawy niespodzianie i przyszedł do Rzeckiego z miną zakłopotaną. Rozmawiał urywkowo, a w końcu napomknął, że pani Stawska waha się przyjąć darowizny Wokulskiego i że jemu samemu dar ten wydaje się niepokojącym...

- Dzieciak jesteś, mój kochany!... - oburzył się pan Ignacy.- Wokulski zapisał jej czy Helci dwadzieścia tysięcy rubli, bo polubił kobietę; a polubił ją, bo w jej domu znajdował spokój w najcięższych czasach dla siebie... Wiesz przecie, że kochał się w pannie Izabeli?..

- To wiem - odparł nieco spokojniej Mraczewski - ale wiem i o tym, że pani Stawska miała do Wokulskiego słabość...

- Więc i cóż?... Dziś Wokulski jest dla nas wszystkich prawie umarłym i Bóg wie, czy go kiedy zobaczymy.

Mraczewskiemu twarz rozjaśniła się.

- To prawda - rzekł - to prawda!... Pani Stawska może przyjąć zapis od zmarłego, a ja nie potrzebuję się obawiać wspomnień o nim...

I wyszedł bardzo kontent z tego, że Wokulski może już nie żyje.

"Stach miał rację - myślał pan Ignacy - nadając taką formę swoim zapisom. Umniejszył kłopotu obdarowanym, a nade wszystko tej poczciwej pani Helenie..."

W sklepie Rzecki bywał ledwie raz na kilka dni, jedyne zaś jego zajęcie, notabene bezpłatne, polegało na układaniu wystawy w oknach, co zwykle robił w nocy z soboty na niedzielę. Stary subiekt bardzo lubił to układanie, a Szlangbaum sam go o nie prosił w nadziei, że pan Ignacy umieści swój kapitał w jego kantorze na niewysoki procent.

Ale i te rzadkie odwiedziny wystarczyły panu Ignacemu do zorientowania się, że w sklepie zaszły gruntowne zmiany na gorsze. Towary, lubo pokaźne na oko, były liche, choć zarazem zniżyła się trochę ich cena; subiekci w arogancki sposób traktowali publiczność i dopuszczali się drobnych nadużyć, które nie uszły uwagi Rzeckiego. Nareszcie dwu nowych inkasentów dopuściło się malwersacji na sto kilkadziesiąt rubli.

Kiedy pan Ignacy wspomniał o tym Szlangbaumowi, usłyszał odpowiedź :

- Proszę pana, publiczność nie zna się na dobrym towarze, tylko na tanim... A co do malwersacji, te się wszędzie trafiają. Skąd zresztą wezmę innych ludzi?

Pomimo tęgiej miny Szlangbaum jednak martwił się, a Szuman drwił z niego bez miłosierdzia.

- Prawda, panie Szlangbaum - mówił doktór - że gdyby w kraju zostali sami Żydzi, wyszlibyśmy z torbami z interesu! Bo jedni okpiwaliby nas, a drudzy nie daliby się łapać na nasze sztuki...

Mając dużo wolnego czasu pan Ignacy dużo rozmyślał i dziwił się, że teraz po całych dniach zaprzątały go kwestie, które dawniej nawet nie przeszły mu przez głowę.

"Dlaczego nasz sklep upadł?... - mówił do siebie. - Bo gospodaruje w nim Szlangbaum, nie Wokulski. A dlaczego nie gospodaruje Wokulski?... Bo jak to wspomniał Ochocki, Stach dusił się tutaj prawie od dzieciństwa i nareszcie musiał uciec na świeże powietrze..."

I przypomniał sobie najwydatniejsze momenta z życia Wokulskiego. Kiedy chciał uczyć się, jeszcze jako subiekt Hopfera, wszyscy mu dokuczali. Kiedy wstąpił do uniwersytetu, zażądano od niego poświęceń. Kiedy wrócił do kraju, nawet pracy mu odmówiono. Kiedy zrobił majątek, obrzucono go podejrzeniami, a kiedy zakochał się, ubóstwiana kobieta zdradziła go w najnikczemniejszy sposób...

"Trzeba przyznać - rzekł pan Ignacy - że w takich warunkach zrobił, co mógł najlepszego..."

Ale jeżeli Wokulskiego siła faktów wypchnęła z kraju, dlaczego sklepu po nim nie odziedziczył bodajby on sam, Rzecki, nie zaś Szlangbaum?...

Bo on, Rzecki, nigdy o tym nie myślał, ażeby posiadać własny sklep. On walczył za interesa Węgrów albo czekał, aż Napoleonidzi świat przebudują. I cóż się stało?... Świat nie poprawił się, Napoleonidzi wyginęli, a właścicielem sklepu został Szlangbaum.

"Strach, ile się u nas marnuje uczciwych ludzi - myślał. - Katz palnął sobie w leb, Wokulski wyjechał, Klejn Bóg wie gdzie, a Lisiecki musiał także się wynosić, bo dla niego nie było tu miejsca..."

Wobec tych medytacyj pan Ignacy doznawał wyrzutów sumienia, pod wpływem których począł mu się zarysowywać jakiś plan na przyszłość...

"Wejdę - mówił - do spółki z panią Stawską i z Mraczewskim. Oni mają dwadzieścia tysięcy rubli, ja dwadzieścia pięć tysięcy, więc za taką sumę możemy otworzyć porządny sklep choćby pod bokiem Szlangbaumowi..."

Projekt ten tak go opanował, że pod jego wpływem czuł się nawet zdrowszym. Wprawdzie coraz częściej doznawał bólu w ramionach i duszności, ale nie zważał na to...

"Pojadę na kurację choćby za granicę - myślał - pozbędę się tych głupich duszności i wezmę się do roboty naprawdę... Cóż to, czy tylko Szlangbaum ma robić u nas majątek?..."

Czuł się młodszym i rzeźwiejszym, choć Szuman nie radził mu wychodzić na ulicę i zalecał unikać wzruszeń.

Sam doktor jednakże często zapominał o własnym przepisie.

Raz wpadł do Rzeckiego z rana, wzburzony tak, że zapomniał włożyć krawata na szyję.

- Wiesz pan - zawołał - pięknych rzeczy dowiedziałem się o Wokulskim!...

Pan Ignacy położył na stole nóż i widelec (właśnie jadł befsztyk z borówkami) i uczuł ból w ramionach.

- Cóż się stało?... - zapytał słabym głosem.

- Pyszny jest Staś!... - mówił Szuman. - Odnalazłem tego dróżnika Wysockiego w Skierniewicach, wybadałem go i wiesz pan, com odkrył?...

- Skądże mogę wiedzieć?... - spytał Rzecki, któremu na chwilę zrobiło się ciemno w oczach.

- Wyobraź pan sobie - mówił zirytowany Szuman - że... to bydlę... to zwierzę... wtedy w maju, kiedy jechał z Łęckimi do Krakowa, rzucił się w Skierniewicach pod pociąg!... Wysocki go uratował...

- Ehl... - mruknął Rzecki.

- Nie: eh!... tylko tak jest. Z czego widzę, że kochany Stasieczek, obok romantyzmu, miał jeszcze manię samobójstwa... Założyłbym się o cały mój majątek, że on już nie żyje!...

Nagle umilkł spostrzegłszy straszną zmianę na twarzy pana Ignacego. Zmieszał się niesłychanie, sam prawie zaniósł go na łóżko i przysiągł sobie, że już nigdy nie będzie zaczepiać tych kwestyj.

Ale los zrządził inaczej.

W końcu października bryftrygier oddał Rzeckiemu list rekomendowany pod adresem Wokulskiego.

List pochodził z Zasławia, pismo było niewprawne.

"Czyby od Węgiełka..." - pomyślał pan Ignacy i otworzył kopertę.

"Wielmożny panie ! - pisał Węgiełek. - Najpierwej dziękujemy wielmożnemu panu za pamięć o nas i za te pięćset rubli, którymi nas wielmożny pan znowu obdarzył, i za wszystkie dobrodziejstwa, które otrzymaliśmy z jego szczodrobliwej ręki, dziękujemy: matka moja, żona moja i ja... Po drugie zaś wszyscy troje zapytujemy się o zdrowie i życie wielmożnego pana i czy pan szczęśliwie do dom powrócił. Pewno, że tak jest, bo inaczej nie wysłałby nam pan swego wspaniałego daru. Tylko żona moja jest bardzo o wielmożnego pana niespokojna i po nocach nie sypia, a nawet chciała, ażebym sam do Warszawy pojechał, zwyczajnie jak kobieta.

Bo to u nas, wielmożny panie, we wrześniu, tego samego dnia, kiedy wielmożny pan idąc na zamek spotkał moją matkę przy kartoflach, trafiło się wielkie zdarzenie. Tylko co matka wróciła z pola i nastawiła wieczerzę, aż tu w zamku dwa razy tak strasznie huknęło, jak pioruny, a w miasteczku szyby się zatrzęsły. Matce garnczek wypadł z rąk i zaraz mówi do mnie:

<<Leć na zamek, bo tam może bawi się jeszcze pan Wokulski, więc żeby go nieszczęście nie spotkało.>> I ja też zaraz poleciałem.

Chryste Panie! Ledwieżem poznał górę. Z czterech ścian zamku, co się jeszcze mocno trzymały, została tylko jedna, a trzy zmielone prawie na mąkę. Kamień, cośmy, na nim rok temu wycięli wiersze, rozbity na jakie dwadzieścia kawałków, a w tym miejscu, gdzie była zawalona studnia, zrobił się dół i gruzów nasypało w niego więcej niż na stodołę.

Ja myślę, że to mury same zawaliły się ze starości; ale matka mówi, że to może kowal nieboszczyk, com o nim wielmożnemu państwu rozpowiadał, że on taką psotę zrobił.

Nic nie mówiąc nikomu o tym, że wielmożny pan szedł wtedy na zamek, przez cały tydzień grzebałem między gruzami, czy, broń Boże, nie stało się nieszczęście. I dopiero, kiedym śladu nie znalazł, ucieszyłem się tak, że na tym miejscu święty krzyż stawiam, cały z drzewa dębowego, nie malowany, ażeby była pamiątka, jako wielmożny pan od nieszczęścia się ocalił. Ale moja żona, kobiecym obyczajem, wciąż się niepokoi... Więc dlatego pokornie upraszam wielmożnego pana, ażeby nam dał znać o sobie, że żyje i że zdrów jest...

Ksiądz proboszcz jegomość taki poradził mi wyciąć napis na krzyżu:

Non omnis moriar...

Ażeby ludzie wiedzieli, że choć stary zamek, pamiątka z czasów dawnych, w gruzy się rozleciał, to przecie nie wszystek zginął i jeszcze niemało zostanie po nim do widzenia nawet dla naszych wnuków..."

"A zatem Wokulski był w kraju!..." - zawołał ucieszony Rzecki i posłał po doktora prosząc go, ażeby przyszedł natychmiast.

W niecały kwadrans zjawił się Szuman. Dwa razy przeczytał podany mu list i ze zdziwieniem przypatrywał się ożywionej fizjognomii pana Ignacego.

- Cóż doktór na to?... - zapytał triumfalnie Rzecki.

Szuman zdziwił się jeszcze mocniej.

- Co ja na to?... - powtórzył. - Że stało się, co przepowiadałem Wokulskiemu jeszcze przed jego wyjazdem do Bułgarii. Przecież to jasne, że Stach zabił się w Zasławiu.

Rzecki uśmiechnął się.

- Ależ zastanów się, panie Ignacy - mówił doktór, z trudnością hamując wzruszenie. -- Pomyśl tylko : widziano go w Dąbrowie, jak kupował naboje, potem widziano go w okolicach Zasławka, a nareszcie w samym Zasławiu. Myślę, że w zamku musiało coś kiedyś zajść między nim a tą... tą potępienicą. Bo nawet mnie raz wspomniał, że chciałby zapaść się pod ziemię tak głęboko jak studnia zasławska...

- Gdyby zechciał się zabić, mógłby to zrobić dawniej... Zresztą i pistolet by wystarczył, nie dynamit - odparł Rzecki.

- Toteż zabijał się... Ale że w każdym calu była to wściekła bestia, więc mu pistolet nie wystarczał... Jemu trzeba było lokomotywy, ażeby zginąć... Samobójcy umieją być wybredni, wiem o tym!...

Rzecki kręcił głową i uśmiechał się.

- Więc co pan myślisz, u diabła?... - zawołał zniecierpliwiony Szuman. - Czy masz jaką inną hipotezę.?...

- Mam. Stacha po prostu dręczyły wspomnienia tego zamku, więc chciał go zniszczyć, jak Ochocki zniszczył grecką gramatykę, kiedy się na niej przepracował. Jest to także odpowiedź dana tej pannie, która podobno co dzień jeździła tęsknić do tych gruzów...

- Ależ to byłoby dzieciństwo!... Czterdziestoletni chłop nie może postępować jak uczeń...

- Kwestia temperamentu - odparł Rzecki spokojnie. - Jedni odsyłają pamiątki, a on swoją wysadził w powietrze... Szkoda tylko, że tej Dulcynei nie było między gruzami.

Doktór zamyślił się.

- Wściekła bestia!... Ale gdzież by teraz się podział, jeżeliby żył?...

- Teraz właśnie podróżuje z lekkim sercem. A nie pisze, bośmy mu już widać wszyscy obrzydli... - dokończył ciszej pan Ignacy.- Zresztą, gdyby tam zginął, pozostałby jakiś ślad...

- Swoją drogą, nie przysiągłbym, że pan nie masz racji, chociaż... ja w to nie wierzę - mruknął Szuman.

Kiwał smutnie głową i mówił:

- Romantycy muszą wyginąć, to darmo; dzisiejszy świat nie dla nich...

Powszechna jawność sprawia to, że już nie wierzymy ani w anielskość kobiet, ani w możliwość ideałów. Kto tego nie rozumie, musi zginąć albo dobrowolnie sam ustąpić...

Ale jaki to człowiek stylowy!... - zakończył. - Umarł przywalony resztkami feudalizmu. Zginął, aż ziemia zadrżała... Ciekawy typ, ciekawy...

Nagle schwycił kapelusz i wybiegł z pokoju mrucząc:

- Wariaty!... wariaty!... cały świat mogliby zarazić swoim obłędem...

Rzecki wciąż uśmiechał się.

"Niech mnie diabli wezmą - mówił do siebie - jeżeli co do Stacha nie mam racji!... Powiedział pannie: adieu! i pojechał... Oto cały sekret. Byle wrócił Ochocki, dowiemy się prawdy..."

Był w tak dobrym usposobieniu, że wydobył spod łóżka gitarę, naciągnął struny i przy jej akompaniamencie zaczął nucić:

Wiosna się budzi w całej naturze,

Witana nowym słowików pieniem...

W zielonym gaju, ponad strumieniem,
Kwitnęły dwie piękne róże...
Ostry ból w piersiach przypomniał mu, że nie powinien się męczyć.
Niemniej czuł w sobie ogromną energię.
"Stach - myślał - wziął się do jakiejś wielkiej roboty, Ochocki jedzie do niego,
więc muszę i ja pokazać, co umiem... Precz z marzeniami!... Napoleonidzi już
nie poprawią świata i nikt go nie poprawi, jeżeli i nadal będziemy postępować
jak lunatycy... Zawiążę spółkę z Mraczewskimi, sprowadzę Lisieckiego, znajdę
Klejna i spróbujemy, panie Szlangbaum, czy tylko ty masz rozum... Do licha, co
może być łatwiejszego aniżeli zrobienie pieniędzy, jeżeli chce się tego?
A jeszcze z takim kapitałem i takimi ludźmi!..."
W sobotę po rozejściu się subiektów wieczorem pan Ignacy wziął od
Szlangbauma klucz od tylnych drzwi sklepu, ażeby na przyszły tydzień ułożyć
wystawę w oknach.
Zapalił jedną lampę, z głównego okna wydobył przy pomocy Kazimierza
żardynierkę i dwa wazony saskie, a na ich miejsce ustawił wazony japońskie i
starorzymski stolik. Następnie kazał służącemu iść spać, miał bowiem zwyczaj
własnoręcznie rozkładać przedmioty drobne, a osobliwie mechaniczne
zabawki. Nie chciał zresztą, ażeby prosty człowiek wiedział, że on sam
najlepiej bawi się sklepowymi zabawkami.
Jak zwykle, tak i tym razem wydobył wszystkie, zapełnił nimi cały kontuar i
wszystkie jednocześnie nakręcił. Po raz tysiączny w życiu przysłuchiwał się
melodiom grających tabakierek i patrzył, jak niedźwiedź wdrapuje się na słup,
jak szklana woda obraca młyńskie koła, jak kot ugania się za myszą, jak tańczą
krakowiacy, a na wyciągniętym koniu pędzi dżokej.
I przypatrując się ruchowi martwych figur po tysiączny raz w życiu powtarzał :
"Marionetki!... Wszystko marionetki!... Zdaje im się, że robią, co chcą, a robią
tylko, co im każe sprężyna, taka ślepa jak one..."
Kiedy źle kierowany dżokej wywrócił się na tańczących parach, pan Ignacy
posmutniał.
"Dopomóc do szczęścia jeden drugiemu nie potrafi - myślał - ale zrujnować
cudze życie umieją tak dobrze, jak gdyby byli ludźmi..."
Nagle usłyszał łoskot. Spojrzał w głąb sklepu i zobaczył wydobywającą się
spod kontuaru ludzką figurę.
"Złodziej?..." - przeleciało mu przez głowę.
- Bardzo przepraszam, panie Rzecki, ale... ja zaraz przyjdę odezwała się figura z
oliwkową twarzą i czarnymi włosami. Pobiegła do drzwi, otworzyła je
pośpiesznie i znikła.
Pan Ignacy nie mógł podnieść się z fotelu; ręce mu opadły, nogi odmówiły
posłuszeństwa. Tylko serce uderzało w nim jak dzwon rozbity, a w oczach
zrobiło mu się ciemno.
"Cóż, u diabła, ja się zląkłem? - szepnął. - Wszakże to jest ten... ten Izydor
Gutmorgen... tutejszy subiekt... Oczywiście, coś skradł i uciekł... Ale dlaczego ja
się zląkłem?..."
Tymczasem pan Izydor Gutmorgen po dłuższej nieobecności wrócił do sklepu,
co jeszcze więcej zadziwiło Rzeckiego.

- Skądeś się pan tu wziął?... czego pan chcesz?... - zapytał go pan Ignacy.
Pan Gutmorgen zdawał się być mocno zakłopotany. Spuścił głowę jak
winowajca i przebierając palcami po kontuarze, mówił:
- Przepraszam pana, panie Rzecki, ale pan może myśli, że ja co ukradłem?...
Niech mnie pan zrewiduje...
- Ale co pan tu robisz? - zapytał Rzecki. Chciał się podnieść z fotelu, lecz nie
mógł.
- Mnie pan Szlangbaum kazał zostać tu dziś na noc...
- Po co?...
- Bo, widzi pan, panie Rzecki... z panem przychodzi tu do ustawiania ten
Kazimierz... Więc pan Szlangbaum kazał mnie pilnować ,ażeby on czego nie
wyniósł... Ale że mnie się trochę niedobrze zrobiło, więc... ja pana bardzo
przepraszam...
Rzecki już powstał z siedzenia.
- Ach, wy kundle!... - zawołał w najwyższej pasji. - To wy mnie uważacie za
złodzieja?... I za to, że wam darmo pracuję?...
- Przepraszam pana, panie Rzecki - wtrącił z pokorą Gutmorgen - ale... po co
pan darmo pracuje?...
- Niechże was milion diabłów porwie!... - krzyknął pan Ignacy. Wybiegł ze
sklepu i starannie zamknął drzwi na klucz.
"Posiedźże sobie do rana, kiedy ci niedobrze!... I zostaw pamiątkę swemu
pryncypałowi" - mruknął.
Pan Ignacy nie mógł spać całą noc. A ponieważ jego lokal dzieliła tylko sień od
sklepu, więc około drugiej usłyszał ciche pukanie wewnątrz sklepu i stłumiony
głos Gutmorgena, który mówił:
- Panie Rzecki, niech pan otworzy... Ja zaraz wrócę...
Wkrótce jednak wszystko ucichło.
"O gałgany!... - myślał Rzecki przewracając się na łóżku. - To wy mnie
traktujecie jak złodzieja... Poczekajcież!...
Około dziewiątej z rana usłyszał, że Szlangbaum uwolnił Gutmorgena, a
następnie zaczął kołatać do jego drzwi. Nie odezwał się jednak, a kiedy
przyszedł Kazimierz, zapowiedział mu, ażeby nigdy nie puszczał tu
Szlangbauma.
"Wyniosę się stąd - mówił - bodaj od Nowego Roku... Żebym miał mieszkać na
strychu albo wziąć numer w hotelu... Mnie zrobili złodziejem!... Stach
powierzał mi krocie, a ten, bestia, lęka się o swoje tandeciarskie towary..."
Przed południem napisał dwa długie listy: jeden do pani Stawskiej proponując,
ażeby sprowadziła się do Warszawy i zawiązała z nim spółkę ; drugi do
Lisieckiego zapytując : czyby nie zechciał powrócić i objąć posady w jego
sklepie?...
Przez cały czas pisania i odczytywania listów złośliwy uśmiech nie schodził
mu z twarzy.
"Wyobrażam sobie minę Szlangbauma - myślał - kiedy otworzymy mu przed
nosem sklep konkurencyjny... he!... he!... he!... On mnie kazał pilnować... Dobrze
mi tak, kiedym pozwolił rozpanoszyć się temu filutowi... He! He! He!"
W tej chwili trącił rękawem pióro, które z biurka upadło na podłogę. Rzecki

schylił się, ażeby je podnieść, i nagle uczuł dziwny ból w piersiach, jakby mu kto przebił płuca wąskim nożykiem. Na chwilę zaćmiło mu się w oczach i doznał lekkich mdłości; więc nie podnosząc pióra wstał z fotelu i położył się na szezlongu.

"Będę ostatnim cymbałem - myślał - jeżeli za parę lat Szlangbaum nie wyjdzie na Nalewki... Stary głupiec ze mnie!... troszczyłem się o Bonapartych i o całą Europę, a tymczasem wyrósł mi pod bokiem tandeciarz, który każe mnie pilnować jak złodzieja... No, ale przynajmniej nabrałem doświadczenia; wystarczy mi go na całe życie... Przestaniecie wy mnie teraz nazywać romantykiem i marzycielem..."

Coś jakby zawadzało mu w lewym płucu.

"Astma?... - mruknął. - Muszę ja się na serio wziąć do kuracji. Inaczej za pięć, sześć lat zostałbym kompletnym niedołęgą... Ach, gdybym się był spostrzegł dziesięć lat temu!..."

Przymknął oczy i zdawało mu się, że widzi całe swoje życie, od chwili obecnej aż do dzieciństwa, rozwinięte na kształt panoramy, wzdłuż której on sam płynął dziwnie spokojnym ruchem... Uderzało go tylko, że każdy miniony obraz zacierał mu się w pamięci tak nieodwołalnie, iż w żaden sposób nie mógł przypomnieć sobie tego, na co patrzył przed chwilą. Oto obiad w Hotelu Europejskim z powodu otwarcia nowego sklepu... Oto stary sklep, a w nim panna Łęcka rozmawia z Mraczewskim... Oto jego pokój z zakratowanym oknem, gdzie przed chwilą wszedł Wokulski, kiedy powrócił z Bułgarii...

"Zaraz... Co to ja poprzednio widziałem..." - myślał.

Oto piwnica Hopfera, gdzie poznał się z Wokulskim... A oto pole bitwy, gdzie niebieskawy dym unosi się nad liniami granatowych i białych mundurów... A oto stary Mincel siedzi na fotelu i ciągnie za sznurek wiszącego w oknie kozaka...

"Czy ja to wszystko istotnie widziałem, czy mi się tylko śniło?... Boże miłosierny..." - szepnął.

Teraz zdawało mu się, że jest małym chłopcem i że podczas gdy jego ojciec rozmawiał z panem Raczkiem o cesarzu Napoleonie, on wymknął się na strych i przez dymnik patrzył na Wisłę w stronę Pragi... Stopniowo jednak obraz przedmieścia zatarł mu się przed oczyma i został tylko dymnik. Z początku był on wielki jak talerz, później jak spodek, a potem zmalał do rozmiarów srebrnej dziesiątki...

Jednocześnie ze wszystkich stron ogarnęła go niepamięć i ciemność, a raczej głęboka czarność, wśród której tylko ów dymnik świecił jak gwiazda o nieustannie zmniejszającym się blasku.

Nareszcie i ta ostatnia gwiazda zgasła...

Może zobaczył ją znowu, ale już nie nad ziemskim horyzontem.

Około drugiej w południe przyszedł służący pana Ignacego, Kazimierz, z koszem talerzy. Hałaśliwie nakrył do stołu, a widząc, że pan nie budzi się, zawołał:

- Proszę pana, obiad wystygnie...

Ponieważ pan Ignacy nie ruszył się i tym razem, więc Kazimierz zbliżył się do szezlonga i rzekł:

- Proszę pana....

Nagle cofnął się, wybiegł do sieni i zaczął pukać do tylnych drzwi sklepu, w którym jeszcze był Szlangbaum i jeden z jego subiektów.

Szlangbaum otworzył drzwi.

- Czego chcesz?... - szorstko zapytał służącego.

- Proszę pana... naszemu panu coś się stało...

Szlangbaum ostrożnie wszedł do pokoju, spojrzał na szezlong i również cofnął się...

- Biegnij po doktora Szumana!... - zawołał. - Ja tu nie chcę wchodzić...

W tej samej porze u doktora był Ochocki i opowiadał mu, że wczoraj z rana powrócił z Petersburga, a w południe odprowadzał na pociąg wiedeński swoją kuzynkę pannę Izabelę Łęcką, która wyjechała za granicę.

- Wyobraź pan sobie - zakończył - że wstępuje do klasztoru!...

- Panna Izabela?... - zapytał Szuman. - Cóż to, czy ma zamiar nawet Pana Boga kokietować, czy tylko chce po wzruszeniach odpocząć, ażeby pewniejszym krokiem wyjść za mąż?

- Daj jej pan spokój... to dziwna kobieta... - szepnął Ochocki.

- One wszystkie wydają się nam dziwne - odparł zirytowanym głosem doktór - dopóki nie sprawdzimy, że są tylko głupie albo nędzne... O Wokulskim nie słyszałeś pan czego?

- A właśnie... - odpowiedział. Lecz nagle zatrzymał się i umilkł.

- Cóż, wiesz pan co o nim?... Czy może robisz z tego tajemnicę stanu?... - nalegał doktór.

W tej chwili wpadł Kazimierz wołając:- Panie doktorze, coś się stało naszemu panu. Prędzej, panie!

Szuman zerwał się, razem z nim Ochocki. Siedli w dorożkę i pędem zajechali przed dom, w którym mieszkał Rzecki.

W bramie zastąpił im drogę Maruszewicz z mocno zafrasowaną miną.

- No, wyobraź pan sobie - zawołał do doktora - taki miałem do niego ważny interes... Chodzi przecież o mój honor... a ten tymczasem umarł sobie!...

Doktór i Ochocki w towarzystwie Maruszewicza weszli do mieszkania Rzeckiego. W pierwszym pokoju był już Szlangbaum, radca Węgrowicz i ajent Szprot.

- Gdyby pił radzika - mówił Węgrowicz - dosięgnąłby stu lat... A tak...

Szlangbaum spostrzegłszy Ochockiego schwycił go za rękę i zapytał:

- Pan nieodwołalnie chce odebrać pieniądze w tym tygodniu?...

- Tak.

- Dlaczego tak prędko?...

- Bo wyjeżdżam.

- Na długo?...

- Może na zawsze - odparł szorstko i wszedł za doktorem do pokoju, gdzie leżały zwłoki.

Za nim na palcach weszli inni.

- Straszna rzecz! - odezwał się doktór. - Ci giną, wy wyjeżdżacie... Któż tu w końcu zostanie?...

- My!... - odpowiedzieli jednogłośnie Maruszewicz i Szlangbaum.

- Ludzi nie zabraknie... - dorzucił radca Węgrowicz.

- Nie zabraknie... ale tymczasem idźcie, panowie, stąd!... - krzyknął doktór.

Cała gromada z oznakami oburzenia cofnęła się do przedpokoju. Został tylko Szuman i Ochocki.

- Przypatrz mu się pan... - rzekł doktór wskazując na zwłoki.- Ostatni to romantyk!... Jak oni się wynoszą... Jak oni się wynoszą...

Szarpał wąsy i odwrócił się do okna.

Ochocki ujął zimną już rękę Rzeckiego i pochylił się, jakby chcąc mu coś szepnąć do ucha. Nagle w bocznej kieszeni zmarłego spostrzegł wysunięty do połowy list Węgiełka i machinalnie przeczytał nakreślone wielkimi literami wyrazy: *Non omnis moriar...*

- Masz rację... - rzekł jakby do siebie.

- Ja mam rację?... - zapytał doktór. - Wiem o tym od dawna.

Ochocki milczał.

Also Available from JiaHu Books

Lalka (Tom I)

Ziemia obiecana

Ludzie bezdomni

Quo vadis?

Pan Taduesz

Na wzgórzu róż

Utwory wybrane – Maria Konopnicka

Osudy dobrého vojáka Švejka za světové války

Válka s molky

R.U.R.

Hordubal

Krakatit

Továrna na absolutno

Povětroň

Obyčejný život

Babička

Hiša Marije Pomočnice

Judita

Dundo Maroje

Suze sina razmetnoga

Чорна рада - 978-1-909669-52-9

Горски вијенац - 978-1-909669-56-7

Стихотворения и Проза Ботев 978-1-909669-86-4

Под игото — 978-1-78435-055-0

Епопея на забравените - 978-1-78435-087-1

Az arany ember

Szigeti veszedelem